MEMORY HOUSE

记忆坊文化

粥小九 著

又一程

Another
Journey
to
Love

（全二册）上

江苏凤凰文艺出版社
JIANGSU PHOENIX LITERATURE AND
ART PUBLISHING, LTD

目录
contents

魇 楔子

程杉走在山间。

她习惯这座山，所以走得并不慌乱。

晨起的浓雾自她脚下漾开去，流亡似的贴地而行，裹挟着黑色老树盘旋错节的巨根，舔舐着地表堆叠的枯枝烂叶。

黑森林里一片死寂，程杉光裸的脚踏在枯叶上，逼得它们发出"咯吱咯吱"的抗议声。

程杉环抱着自己同样不着一物的躯体，茫然四顾，终于在视野内捕捉到一点异样的色泽。

她跋涉而去，在拨开迷雾后看见一尊塑像。

撒旦。

他全身披着猩红刺目的劣质颜料，头上凸起锋利的角，尾部也同样尖锐，生殖器官丑陋而嚣张地立着，那上头的颜料干结得极不匀称，淋漓滴答，像摇摇欲坠的血珠。

程杉脸色煞白，几欲作呕，掉头落荒而逃。

可四下光景变幻，脚边顿时荆棘丛生，将她的去路阻绝。她不管不顾，抬脚便跨，任凭脚底、小腿被刺得鲜血淋漓也不敢停下半点。荆棘得了鲜血滋养，张扬腾起，交错织就一张浓黑的荆棘网，自四面八方朝内合拢，将她的身体缚在其中。

挣扎得越厉害，便被尖刺扎得越深。

放开我！她在心里大喊。

可这不是她的地盘，万事不由她掌控，那荆条裹上她纤细的脖颈，一寸一寸以锐利的刺楔进她的血管里，贪婪地想要索取更多。程杉无知无觉，也终于不再挣扎。她想，也许他想要放干自己的血。

到那个时候，自己会变成什么呢？

思及此，虚空里突然有了回应。但那声音并非切实存在，倒像是自她心底而起。

她听见那个声音说：魇。

魇是什么？

魇是人死以后，不记得自己已经死了的灵魂。

程杉张开眼，身体僵硬而紧绷。夜色笼罩在整个城市上空，房间里落针可闻，枕头边的荧光电子钟发出绿幽幽的光。

丹麦时间，凌晨两点四十八分。

程杉睁着眼睛，保持醒来的姿势一动不动，缓了很长时间，才慢慢从床上坐起。毛毯自她单薄的肩头滑落，从厚重的床帘缝隙里钻出去，堆叠曳地。

程杉租住的房间卧室极大，墙角搁着的这张单人床却小得可怜，还被她买来的五面遮光床帘挡了个完全。远看过去，活像一副棺材。

程杉抬手隔着靠墙的帘子在墙壁上敲了几下，卧室里的声控灯悠然亮起。她拨开床帘，把毛毯捞回床上，脚够到床边的毛绒拖鞋，重回人间。

程杉去冰箱里拿了一瓶矿泉水，拉开书桌左手边的第一个抽屉，取出三瓶药，各倒两粒就水服下。又摸出火柴点燃桌角的香氛蜡烛，石蜡、蜂蜡、植物蜡在高温下缓缓熔化，室内的气氛变得柔软而温暖，调香师混入的香料如真实的花朵，在这片柔软中悄然绽放。

坐在桌前，程杉打开笔记本电脑，从隐藏文件夹里调出一份名为《山》的文档，在空白处敲入日期和地点——

"23-08-2017，哥本哈根。"

回车，输入"黑森林，迷雾，红色撒旦，荆棘"。

程杉的手指顿了片刻，继续敲击键盘："魔是人死以后，不记得自己已经死了的灵魂。"

记录完毕，她双指压在触控板上，向上翻阅，查看自"07-10-2015"以来，自己零星记录的所有与那座山相关的梦境关键词。

她不是第一次梦到那座山，和人有喜怒哀乐一样，那也是一座有脾气的山，它不总是像方才梦里那么可怖。

"12-08-2017，哥本哈根。

"梧桐树，图书馆，4003，《天球运行论》，纸，钢笔，手指，阳光。"

比如十多天前，梦里那座山温柔得像缠绵时的情人。林间满是高大的阔叶梧桐，程杉穿过一条洒满阳光的小径，甚至还看见了一座图书馆。她走进去，顺着某种神秘的索引，找到了4003号桌。桌边放着一本名为《天球运行论》的厚书，旁边有原木色的演算纸和一支黑色钢笔。

甚至，对面坐着一个人。

程杉心情愉悦，她很少在梦里遇见除自己以外的人，这让她格外珍惜。可惜浮光大盛，横亘在两人之间，她看不清那人的面目。只隐隐约约看见桌上偶尔移动的手指——那个人会提笔在纸上做一些简单的运算。

程杉看得分明，他细白的指尖有雀跃的阳光。

"03-05-2016，科伦坡。

"溪水，草场，卡其色呢子大衣，日落，吻，梅花鹿，做爱。"

去年在科伦坡，程杉甚至还在那座山上做了一个激情的春梦。梦里的她身边一直有人陪伴，只是同样看不清面貌，他们穿山越岭，一起发现了一条透迤绵延的清澈小溪，和一整片茵绿的草场。

那人将大衣脱下来，铺在溪边草地上，两人坐在一起，看黄澄澄的太阳一点一点被另一个山头吞没。天色将晚，身边的人偏头来吻她，问她可不可以。

程杉点了头，他便开始解她的扣子。该死的欧式长裙，繁复的设计让人快要没有耐心等待，程杉眨巴着眼睛，瞧见溪边跑来一只白尾巴的梅花鹿，旁若无人地低头喝水。

她有一点害羞，也有一点被窥伺的刺激。她倒在温暖的大衣上，顺从地被解开衣裙扣子……包括后来的整个过程，程杉竟然都没有去看那人的脸，反倒直直盯着那只悠哉喝水的梅花鹿。

梦总是预示着什么，尤其是对她这样的人而言。那么这一次，黑森林里的赤红撒旦，又代表了什么？

程杉在社交软件上给远在美国的乔恩留言，那是陪伴了她两年的私人心理咨询师。乔恩是美籍华人，从事心理咨询多年，专业而细心，把程杉从最初的混沌中带出来，只用了半年的时间。抛开医患关系，她们还是无话不说的朋友，程杉足够信任她。

旧金山此时是晚九点。乔恩裹着浴巾从浴室出来，听见程杉专属的信息提示音，步子快了些，几乎是小跑来到书房拿起手机。

乔恩站在书房附带的开放式阳台上吹夜风，一边擦着头发一边给程杉回电。后者接起电话，缩起双脚搁在椅子上，将自己的整个身子蜷进椅背里，摆出长聊的架势。

程杉："这么快，一个人在家？"

乔恩与丈夫离婚后独居，偶尔会带男朋友回家过夜。除此以外，工作占据了她生活的绝大部分。

乔恩"嗯"了一声算是回答，又说："这个时间找我，又做梦了？"她很少废话，从来都直击要害。

程杉："嗯……"

"你说你梦见了猩红色的撒旦塑像？"果然，乔恩听了程杉断断续续的描述，低声问，"梦里，你没有穿衣服？"

程杉点头，又想起她看不见，于是说："对。这一次，我在梦里很害怕，一直延续到醒来。乔恩，这代表什么？"

乔恩没有直接回答程杉的问题，而是柔声问她："你最近感觉怎么样？"

程杉坦诚道："不太好。最近十天，每天在外头闲逛，没灵感，拍出来的东西大多不满意。无缘无故地，很沮丧，想哭，也想喝酒……但是乔恩，我忍住了。"

乔恩："你做得很好。"

"可是我晚上睡不安稳，一直在做梦，不过能整段记住的并不多……差不多就是这样。再不做点什么，也许会更糟。丹麦不是最具幸福感的国度吗，为什么我没有感觉到？是我的问题吗，为什么我依然很难控制自己的情绪？"

乔恩轻声说："小杉，我们的情绪、欲望、行为大多数时候并不由自己的意志控制，你不必过于责备自己。"

程杉嗓子发苦，问她："可是我该怎么办？我想见你。你比这些药管用很多。也许你一开始就不该放一个精神病人独自出门。"

乔恩的表情有片刻凝滞，说出的话却带着与神情不符的轻松和自在："得了吧程杉，一年多以前你就已经痊愈了。"

是吗？如果是这样，为什么还要吃药呢？乔恩每次故作轻松，开始哄骗她的时候，都叫她的全名。程杉想，心理学专家也不过是普通人，也会被病人看穿一些小把戏。

她还想追问，桌上的电脑却"叮咚"一声，提示她收到一封新邮件。程杉随手点开来，没扫两行就慢慢坐直了身子。

"程杉？"

许久没有听到声音，乔恩有些疑惑。这个时候，那姑娘该反驳自己才对——她需要让程杉偶尔占据上风，让她相信自己完全拥有独立思考的能力，而不是由自己完完全全掌控。乔恩从不愿做一个掌控者，于她而言，每一个具有独立意识的病人，都是她博弈的对象。何况，程杉是她以前没有遇见过的那类病例，是她愿意花费数年也想要研究探索的"病人"。

"乔恩，是'M·O'的入职邀请，职位是他们的新刊《无疆》的摄影总策划。"程杉的语气犹疑不定，似乎在自言自语，"我不记得我向这家公司投递过简历。"

乔恩不得不承认，程杉一直都是让人羡妒的天赋型摄影师。2015年她在那样的精神状态下，却交出了获得奥赛两个奖项的摄影作品。乔恩知道只要她愿意，她可以凭着自己的履历和那些获奖作品，去全世界九成以上需要摄影师的公司工作。可是程杉自由惯了，她宁可各地漂泊采风，向杂志供稿赚取稿费，也不愿意把自己圈缚住。

但这一次……她会单独提起M·O的入职邀请，一定是因为她动了心思。

乔恩搭在阳台栏杆上的手指不由自主地攥了攥，依旧语气轻松，似乎是第一次听说这个公司。她说："或许是你曾给过人家名片？公司在美国吗？我倒是没听过。"

"在中国，是一家主营线上旅游产品的互联网公司。原本是叶氏集团的子公司，近两年独立出来拆分上市，发展势头很猛，所以开出的薪水也很高。但这都不算什么……"

程杉的语气有些古怪，说这些话的时候，她的手也没有闲着，"噼里啪啦"地敲击着键盘，浏览M·O的官方网站，搜索与M·O相关的新闻。

随后，她才慢吞吞道："你知道吗？它的总部在Q市。"

Q市，那是程杉暌违五年的家乡。

"是吗？我记得你跟我提过好几次，说你想回去看看。"乔恩缓声道。

乔恩当然知道Q市对程杉而言意味着什么，她只是不确定，程杉回去，会变得更好，还是更糟。她也无法确定，自己是不是真的能达成向那个人所许诺的目标。

挂了电话已经接近清晨五点。云破日出，窗帘摇曳的褶皱里隐约漏出一点晨间的躁动。

程杉听出了乔恩的意思，她也希望她能回去一趟，哪怕不是为了这份工作。可是，回去吗……程杉望着香氛蜡烛微微跃动的火焰发怔。

她母亲去世得早，父亲在她上小学的时候就远渡重洋去了国外工作，后来甚至在外面重组了新的家庭，仅仅负担程杉的生活费。程杉从小跟着住在Q市的舅舅、舅妈生活，家里还有两个表哥。现如今，表哥们都已经成家立业，一个移民加拿大，一个定居上海，早都把舅舅、舅妈接过去了。

Q市别说是家，连一间旧屋子都不剩——这似乎不是一座值得她眷恋的城市。

程杉想到这里，有些赌气地拉开抽屉，从里头摸出一枚二十克朗的硬币来。她口中念念有词："正面回去，反面不回去，硬币立起来就去美国找乔恩……"

说着，用力向上一抛！硬币在空中翻腾着画出一道极长的弧线，最终"当啷"一声落在地面上，又"骨碌碌"不知滚到哪个角落里去了。

程杉站起身，看也不看最后的结果，趿着拖鞋径直走向衣柜，拖出自己最大尺寸的行李箱来。

有人说，在抛起硬币的那一瞬间，决定已经印在你心里了。程杉觉得这句话不假，当她盼望看见老天给她正面的指引时，她其实就已经做好了选择。

Q市没有她的家，却有她的过去和故人。

此时，桌面电脑屏幕仍显示着方才程杉浏览的页面——那是Google搜索的首页。她检索的内容是"M·O公司CEO"，弹跳而出的相关新闻、文章按时间和相关性排列，多达数百万条。

按照时间和热度排序，当前页面最上方显示出一则新闻，标题为"M·O行政总裁叶臻：展望《无疆》，自由行将成行业新方向——环球旅讯(Travel Daily)"。

海蓝色背景的配图照片里，男人着白色衬衣，五官俊朗，正目视前方，习惯性地收唇。他看起来年轻、神采奕奕，带着成功男人惯有的自信与稳重。

这是三年前正式接手M·O的新一任CEO，时年三十二岁的叶家长子，叶臻。

第一章
一人双程

八月底，程杉飞抵Q市。

各项手续都办理得很快，那天HR刘悦在收到程杉回邮的半小时内，就打来电话与她沟通入职细则，一口一句"程老师"，语气中有难掩的欣喜，甚至体贴地问起国内租房需不需要帮助，并热心地充当了房产中介这个角色。

程杉确实联系不上国内的熟人，便拜托了刘悦替她看房子。后者尽心尽力，还考虑到了她的时差问题。

程杉发现，刘悦给自己发"小区推荐"邮件的时间是在国内凌晨一点多。她不由得好奇，在线上问刘悦："你们平时都要加班到这个时间吗？"

"尽己所能地给将入职的新人提供最全面的信息和帮助，是公司一直以来秉承的传统。不过这一次，是我个人用私人时间给程老师找房子。因为未来能与您共事，我感觉很荣幸，希望您来到Q市，能有回家的感觉！我想，公司也会因为程老师的加入而变得更好。"

哪里招来的HR，真是个宝啊。程杉被她一番话说得心里暖暖的，直言道："你叫我程杉就好，我习惯了自由职业，以后还有很多要向你学习的东西。"

等到程杉回国后，真正坐在比自己还年长几岁的刘悦面前办理入职手续时，后者亲切的笑容里平添了几分意外："原来程杉老师这么年轻，证件照已经够美了，真人更好看！"

程杉微笑，几日微信联系下来，她已经习惯了刘悦的说话方式。

其实简历里面有年龄，二十八岁这个年纪，在互联网公司遍地"90"后的大环境下，也实在称不上多年轻。只是她生来一张短圆脸，也砸了钱护理皮肤，养出了软嫩的奶油肌，加上一双荔枝眼，看起来既无辜又年轻。她在国外，但凡出入赌场或是其他对年龄有所限制的场所，必然会被叫住核查护照。

所以近两年来，她特地留长了头发，卷出最风情的大波浪，凌乱一抓，大把青丝荡在胸前身后，中和了过分稚嫩的五官"缺陷"。

刘悦已经替她搞定了房屋出租的手续，只等她本人签字。按照程杉的要求，租在公司附近临海的小区，保证通勤时长在骑行半小时以内。是的，骑行，程杉最擅长也最喜欢的出行方式。

刘悦最早听到她的这个要求时，好心劝过她："Q市以丘陵地带为主，多山地，上下坡非常多，实在不适合骑车，甚至城市道路两边都没有专门的自行车道。"

不过程杉并不担心，说："我小时候就骑车上学的。"

对车技或者体力一般的人来说，Q市确实不适合骑行，上坡上不去，下坡刹不住，时刻都在跟各种或平或陡的上下坡做斗争。但程杉显然不在此列。

既然她如此坚持，刘悦也不好说什么。办公室内，她将一年期的租房合同递交给程杉："今天就可以入住，屋里电器家具齐全，生活用品还需要置办。不过也方便的，小区北门对面就有大型商超。"

刘悦对自己为程杉选择的小区非常满意，于她而言，这个小区除了租金以外没有任何缺点。不，她甚至觉得租金高不能算是小区的缺点，而是她自己的缺点——租不起。

"好，我知道了，这几天麻烦你了。"程杉说，"剩下的就交给我吧。"

她收拾起桌上的一堆资料放进文件夹里，同刘悦道别。

刘悦："好嘞，那周一见！有什么需要随时call我。"

离开的时候，程杉才得以好好打量这家公司。

M·O公司总部位于Q市东南海滨的软件园区，拥有一整栋独立建筑。程杉在方才进入园区的时候，就已经被这栋建筑吸引：它的外形如同一座旧时地堡。程杉在东欧旅行时曾见过类似风格的建筑，有点意大利未来主义的意思。

公司内部极宽阔，三层无隔断，抬头即可见玻璃穹顶、飞鸟流云。整体装修走的是极简现代风，崇尚实用主义。程杉沿着楼梯一路走下去，发现公司的各个角落都填满了不同的"人情味"。

比如全透明会议室里的大抱枕、懒人沙发，比如开水间置物架上一排排姿态各异的马克杯，又比如随处可见的绿植和角落里被人精心照料的守宫、龙猫等宠物……目之所处，都是体现世界各地风貌的彩绘：有埃及法老的金色权杖，有苗寨新娘的银色头饰，也有吉卜赛女郎的热吻红唇；有夺目绚烂的北欧极光，有神秘醉人的海底蓝洞，也有生机勃勃的热带雨林。

比起传统企业，互联网公司本就更包容开放、生机盎然，何况这还是一家主营出境旅游的互联网公司。程杉想，这也许会是一家有趣的公司。她的目光不由得向上移动，最终落在三楼——刘悦提起过，总裁办公室就在三楼。

那或许也会是一个有趣的老板。

程杉离开软件园，按照刘悦给自己的地址找过去，如她所言，小区与软件园区只相隔两条长街，北门正对着星耀广场，东侧开了一家红星美凯龙。地铁站的一个出入口就在红星美凯龙门前二十米处。

工作日上午十点左右，街道上车辆、人流稀疏，海风撩动街边的行道树，程杉拖着行李箱刷卡走进小区。小区楼栋之间间距很宽，其间种了银杏、五角枫、樱花、水杉与大叶黄杨，路边花坛里植满鸢尾，若是当季，必然极美。

掩映在绿树间的居民楼均是小高层设计，坡屋顶覆红瓦。和程杉记忆中Q市老城区的模样非常相像——这也是她最终选择这个小区的原因。

程杉住七栋301，她手机里有防盗门密码锁的初始密码，按照说明修改好密码后，程杉推门进去。

冷冷清清一间大屋子，两室一厅，窗明几净，样板间似的。主色调是白色与灰色，原木家具为主，铁艺布艺穿插其中——明明是在中国，却把北欧现代风格贯彻得这么到位。

程杉在屋里转了一圈，差点以为自己还在丹麦。她站在空荡荡的客厅当中，竟然开始怀念刚才在M·O看见的那些稀奇古怪的彩绘。程杉不得不承认，寂寞久了的人，会对浓烈的色彩与喧嚣的烟火产生一种近乎本能的向往。

程杉连行李箱都懒得整理，拿了钱包出门直奔对面的红星美凯龙。先去挑选地毯与窗帘，程杉转了几圈，最后停在了一家土耳其手织工艺地毯的小店面门口。虽然不指望能买到地道的古法织染地毯，但也有不错的高密度双结手工地毯成品，程杉在斯佩斯利纹样和几何图腾纹样中纠结的时候，听见身侧传来一声惊呼。

"程杉！"

真是人生何处不相逢，程杉没想到回Q市遇上的第一个旧友会是童菲。

她们曾是大学校友，就读于Q市最好的大学Q大。童菲比她高一级，是艺术系的系花，程杉念的则是旅游管理专业，因为总去艺术系蹭摄影课而跟童菲结识。

她们因为一组写真结缘，那是在四月的樱花小镇，摄影课老师带整个班的学生去采风。落樱蹁跹如织如云，童菲身穿一袭青色薄纱长裙，容颜姣好，身姿窈窕，在这盛景中最为瞩目。

程杉不自觉就按下了一次次快门，而看见成片的童菲坚持认为程杉是她遇见过的最好的摄影师。

"给我拍片的人海了去了，但你和别人都不一样。"童菲说，"撇开基本的摄影技巧不谈，你的照片有着太旺盛的生命力。"

童菲本人纤细文弱，乌黑的直发款款落在肩头，眸如点漆，唇似早樱，标标准准的古典美人。奈何一开口，不知文雅为何物。

程杉记得当初童菲的绯闻男友时辰学长第一次正式向她告白的时候，自己也在场。

那会儿时辰还青涩得很，紧张又腼腆，目光灼灼地望着童菲，声音都在颤抖："菲菲，我想我是真的喜欢上你了。"

童菲面不改色，斜睨他一眼："你把话说清楚，我什么时候让你上过？"

时辰登时傻了："……"

童菲继续面不改色："有些话要想清楚再说，小杉，我们走。"

按照童菲当时的意思，两人传了近三年绯闻，当事人都不出来担责任，现在都快毕业了才突然告白算什么？难不成要谈黄昏恋啊？拉倒吧他！

而后，伴随着童菲毕业后只身前往英国留学，所有人都以为这段"恋情"就此告吹了，程杉还一度为时辰学长感到可惜。可是跨过七年时光，当童菲挽着时辰重新出现在程杉面前，程杉终于深刻领会到什么叫千里姻缘一线牵。

五分钟后，三人来到商场一楼的咖啡店小坐叙旧。童菲支使时辰去点单，拉着程杉窝在沙发椅上聊天。

程杉以眼神示意，笑道："你们这是，逛家居店的节奏了？"

童菲大剌剌往椅背上一靠，半是嗔怨半是甜蜜地道："我算是想明白了。爱情这东西，大概就是强求不来，只能保持一切随缘的佛系心态敲着木鱼等。我怎么都没想到，最后等来的还是那家伙。"

等来的是谁不重要，重要的是她能确认等来的是爱情。

程杉："什么时候结婚？没想到我一回来就赶上了，这就是缘分。"

"结婚还早，等新房装修好估摸得到明年五月份了。"童菲说，"倒是你！你说说你，都失联多久了？我们现在想了解你的近况，都得百度一下才能知道。小杉，你看我之前说什么来着，你就是比别人牛啊！"

童菲说话的风格还和往日一样，程杉乐呵呵的，说："功劳是大家的。"

童菲一听她这么说就笑了。"功劳是大家的"这句话是当年摄影班的一个笑梗，因为最早大部分人都是菜鸟，每次出片都弄得声势浩大，必须团队出征，什么化妆组、动作设计组、打光组、清场组、后期支援组，整全乎了才敢出门。

虽然都不专业，但热情高涨且齐心协力，明明手忙脚乱又偏偏都要指手画脚，最后出来的成片简直被像亲闺女一样看待。如果作品拿了奖或者登刊登报了，那准要大肆庆祝一番，头一杯酒一定要说上一句："吃好喝好，功劳是大家的！"

人真是不能怀旧，一回忆起来就没个头，童菲打开了话匣子，说："你还记不记得，有一次我们去海边取景，结果夙赵那个旱鸭子掉海里去了？要不是程见溪发现得及时，他就真的要凉掉了。"

童菲在提起程见溪的时候，注意到程杉的表情明显变得不同了。但她形容不好那种异样，只能说程杉原本流畅的笑意在那一刹那变得极其僵硬，就像……电脑突然一下卡顿死机。

童菲说话虽然大大咧咧，心思却细，立刻意识到了什么。正打算不动声色地把话题带走，时辰端着三杯饮料来了，并且笑容灿烂地问程杉："怎么只有你一个人逛商场，你们程见溪呢？"

童菲在桌子底下狠狠扯了时辰一把，仰头盯着他的眼睛拼命使眼色。时辰被她拉扯得愣了一下，立刻缄默，低头把饮品分放在她们面前。

童菲提高音量，说："小杉,你最喜欢的奶茶！这家港奶味道很正！"

难得她还记得。程杉素来不爱喝咖啡，即便加了糖也会觉得苦。倒是很喜欢喝奶茶，来者不拒。久而久之，嘴巴也刁，不仅能喝出奶、茶的配比来，还能尝出里头是不是掺了奶精或者劣质糖浆。懂行却也不挑，几块钱一大杯的速溶奶茶都能喝得津津有味，有时候嫌一整包倒进去味道太腻，边喝边兑水，能喝一下午。

以前程见溪不喜欢她喝这些没有营养的"垃圾饮品"，可每次路过街边奶茶店，她那双小狗一样圆滚滚湿漉漉的大眼睛就忍不住盯紧他。

于是，他狠下心拒绝的次数总是不如纵容她的次数多。

突如其来的回忆让程杉有些失神。她真的已经很久很久，没有在非刻意的情况下回想起这个人了。程杉不知道，自己发怔时，脸色几乎是在一瞬间变得煞白，以至身旁的这对准新人登时面面相觑，大气也不敢出。

等到她慢慢缓过神来，自知失态，垂目喝了一口奶茶，说："抱歉，我只是太久没听人提起他了。"

童菲小心翼翼道："你们是分开了吗？什么时候的事……"

"嗯。"程杉的语气几乎没有什么波澜，平铺直叙道，"大概是快毕业那会儿，他生病去世了。"

"你说什么？！"

童菲的惊呼如同平地一声惊雷，与程杉平静的神情产生了极其鲜明的对比。

"家族遗传病，很罕见的那种。发病前几乎没有什么预兆，最后走的时候我也不在他身边。"程杉低声叙述。

童菲心情复杂，甚至不知道该如何出言安慰。怎么说呢，如果真的是分手，她也许还能违心地配合程杉说几句"你还会碰到更好的人，不用在一棵歪脖树上吊死"这种鬼话。

但竟然是……死了？

这太可怕了。童菲无法想象，她下意识握住时辰的手，低声对程杉说："那这些年，你都是一个人吗？"

程杉笑了笑，神情已经恢复如常："对啊，好像一直也没有遇上合适的。"

童菲几乎是感同身受地默默点了点头，她完全能够理解，任何一个人，如果能有幸遇见程见溪那样的前任，都不可能再找到更好的了吧。

死别的话题太沉重，童菲和时辰很有默契地打起了岔，可惜与程杉学生时代有关的回忆无论如何都绕不开程见溪，他们只好不约而同地关心起程杉如今的生活和工作。程杉心领他们的好意，配合着把入职M·O的事说了。

"你进了M·O？"

童菲显然对本地的公司更为熟悉，她欣喜道："这公司很棒啊，和时辰他们公司在一个园区。我跟时辰明年去巴厘岛度蜜月，还打算去上面订个套餐呢，只不过一直没看到合适的搭配产品。"

时辰也点头，说："我们两家公司之间还有合作，M·O马上要推的杂志《无疆》的同名APP就是我们公司技术部门参与制作的。听说叶主编花了大心思，挖来一位大牛来扛《无疆》的摄影总策划……"

时辰越说越慢，最后迟疑地看向程杉。童菲率先反应过来，"扑哧"笑道："你傻呀，人家大牛就坐你跟前呢。"

程杉听见时辰提及自己往后的顶头上司，不由得问："时辰，你见过那位叶主编吗？"

"你是问叶慕吧，她来我们公司开项目会议的时候我见过一次。"时辰回忆道，"气场很足，说一不二。菲菲看的那些都市剧里面，职场白骨精恐怕就是照着她选角的。"

童菲说:"她气场足也是应该的,毕竟是公司二把手。"

程杉有些意外,问:"这话怎么说?"

"你不知道吗?这个叶慕,是你们公司总裁叶臻的堂妹。"童菲说,"叶氏说到底还是家族企业嘛,兄妹齐上阵也正常。不过别担心,叶慕好歹是常春藤出来的,个人能力肯定够。"

时辰有点惊讶,说:"连我都不知道叶慕的背景,你怎么知道?"

"开玩笑,我们童菲搜集八卦的能力可是师承Q大校广播站站长秦笑梅的。"程杉接道。

时辰哑然,秦笑梅是当初童菲她们宿舍的舍长,一个成天神道道的姑娘。

程杉说:"童菲,你还记得她总挂在嘴边的话吗?'我是一个对自己有要求的人,真伪不明的八卦不传,众所周知的八卦不传,有损德行的八卦不传。'"

童菲被她活灵活现的模仿逗得笑倒在时辰怀里,说:"哈哈哈,这么经典谁忘得了?三不传定律嘛!所以啊,现在咱们力求'真实、深入、博爱'的站长去了市电视台当记者。"

他们聊得很开心,童菲听说程杉正打算添置新住处的家居用品,欣喜地拉着免费劳动力时辰帮忙一起选购搬运。最后大包小包扛进301的时候,三个人都气喘如牛。

程杉万分感激,便道:"也不知道该怎么谢你们,什么时候拍婚纱照就来找我吧。"

童菲惊喜地尖叫一声,扑上去抱住程杉:"天啊!还能有这待遇,这比中头奖还赞啊。等我们新家装好了,第一个要请的就是你!"

"你跟我就不要客气了。"程杉说,"说老实话,没回国前我有时会觉得,就算我哪天横死在异国他乡,最多也就是报纸上的一栏讣告。"

这话的语气,搁以前的程杉是绝对不可能用的,想来也知道这些年她一个人有多么难熬。童菲心头微酸，把她抱得更紧，郑重道："妹子，你的终身幸福就交给我吧。"

时辰有点紧张，警惕地看着程杉，后者一下笑出声，说："准新郎要吃醋了。终身幸福这种事，我还是自己操心吧。"

童菲和时辰跟程杉道别。走在小区里，童菲却不像方才那么淡定，她重复道："我是真没想到，程见溪竟然死了。"

时辰和程杉的关系一般，也没有童菲这么心思细腻，只道："世事无常。不过都过去这么久了，时间可以抹平一切，程杉看上去也不怎么伤心的样子。"

"你懂什么？哀莫大于心死！你没看到她今天的表情，肯定还没有释怀啊。真是太惨了，好好的一对金童玉女，怎么会落得这么个下场？"童菲扼腕叹息，"而且程杉几乎完全变了个人，你是跟她不熟，不明白，以前这丫头天天跟打了鸡血似的，浑身上下都有用不完的精力！"

对这一点，时辰倒是有所耳闻，毕竟程杉是运动会时，唯一一个从1500米赛场上下来，还能活蹦乱跳满场撒欢，给后面比赛的同学加油的"神奇女侠"。

童菲不知道，其实时辰说得没错，程杉如今说起程见溪的死，确确实实没有掺杂什么伤心的情愫在里头。他们两人走后，程杉没有急着收拾屋子，她仰面倒在客厅沙发上望着天花板发呆。

关于程见溪，她能够调动的情绪，甚至还不如提及秦笑梅的时候丰富。虽然这个人，程杉分明地知道，曾在她的生活中扮演过非常重要的角色。只可惜，那些关于程见溪的零星片段，对现在的程杉来说，更像是读过的小说情节，或是看过的电影桥段。

有印象，也有画面感，但没有身临其境的代入感。

这种感觉很微妙，程杉总会忍不住去探究，为什么当初自己会爱一个人爱到那么疯狂，以至在他死后一度走不出来，非要借助心理医生的疏导与药物的压制，才能过上正常人的生活。

但她可能永远也没办法知道了。因为走出混沌之后，程杉慢慢淡忘了那些痛苦的记忆。身体的自我保护机制和乔恩一起帮她进行了筛选，那些所谓的痛不欲生，以及对程见溪的感情，都伴随着程杉的"清醒"而变得模糊抽象起来。

这样的结果应该是好的，因为在乔恩的描述里，曾经混沌中的自己阴郁而悲观，像一具没有灵魂的走尸。只是恢复后的副作用也显而易见，程杉很难提起兴趣去应对新的人际关系，"记忆感知"的缺失让她极度缺乏安全感。

程杉慢慢意识到，问题的症结依旧在程见溪身上，或者说，在那个爱着程见溪的自己身上。

可她早弄丢了那个自己，如今回到Q市，也未必能找得回来。

程杉花了五个多小时拆包裹，将所有的装饰摆件和自己的行李分门别类地安置好，最后累得连手指都抬不起来。洗澡后，程杉头发没吹，药也没吃就钻进她重新布置好的"棺材"里睡了。

这是程杉回到Q市的第一夜。不知是不是因为白日里想起程见溪，那夜的梦，全都与程见溪有关。

程杉和程见溪算是非典型的青梅竹马。两人家离得不远，只隔一个上坡，是程杉憋一口气就能把自行车蹬上去的距离。

程杉从记事起就开始骑自行车了。最早是骑哥哥淘汰下来的玩具自行车，蓝白色塑料外壳、四个轱辘的那种，滚起来还不如她跑得快。可程杉还是凭一腔热血顽强地驰骋在大街小巷中，一边用腿蹬地助力，一边让车轱辘滚得虎虎生风。

第一次见程见溪是在哪一年哪一月，程杉早就忘了，就记得那是一场极其惨烈的"车祸"。

那天她放学早，带着她的蓝白坐骑四处驰骋，从坡顶放飞自我"刺溜"而下，陡然看见道路左侧一扇巨型大门被人从里面推开，走出来一个背书包的小孩子。

程杉来不及刹车，便吱哇乱叫着，连人带车一起撞上了程见溪——家的大门。

她当场鼻血飞溅，捂着鼻子从自行车的残骸里抬起头，看见面无表情的程见溪从古铜色的巨大铁门后慢慢绕出来，垂眸望着自己。

这位同学，你刚刚飞速躲开的时候可不是这么冷静的啊！

不管怎样，那天之后，程杉知道了自己家附近住着一个同龄人，并且他们还在同一所小学——她看见了程见溪衣领边上别着的校徽。

这个发现让她格外兴奋。程杉甚至来不及悼念自己刚刚失去的坐骑，便将更大的热情注在了这个新玩伴身上。虽然最初，程见溪并没有打算和程杉发展友谊关系，但没有人能扛得住程杉的热情。她把自行车残骸拾掇回去，花了三块二毛钱请巷角的修车师傅抢救了一下，抵押了两个侧面轱辘之后，便带着它重回沙场了。

程杉每天放学以后，都骑车去找程见溪玩。程见溪在实验班，通常要留堂做奥数题，所以放学比较晚。往往程杉已经在家吃完半只西瓜，推着自行车出门的时候，刚好能看见背着书包的程见溪和接他放学的保姆走在一起。

程见溪走得慢，但是很稳，没什么特别的表情，看上去像个童颜小老头。程杉一下窜过去，把车铃拨得"叮当"响。

"嗨，我带你兜风啊！"

"哎，要不去捡贝壳、堆沙子玩吧？我小时候堆沙子城堡拿过全小区第一名！"

"喂，不然你骑车带我也行，你会不会骑车啊？"

程见溪终于停下来，平视程杉道："我叫程见溪，不叫'嗨哎喂'。"

程杉吸吸鼻子，说："那我们一个姓啊，原来五百年前是一家。"

保姆阿姨是站在程杉这头的，也撺掇程见溪："跟小朋友去玩玩吧，书什么时候都能看的。"

有大人撑腰，程杉来劲了，忙说："对呀，远亲不如近邻啊！"

她不过是想用俗语表示亲近，谁料程见溪纠正道："我们也住得不近。"

程杉并不在意，张口就说："那就近亲不如远邻！"

她笑嘻嘻地随口胡扯，谁知这话像是触动了程见溪，他抿着唇沉默了好一会儿，才慢吞吞地把自己的书包摘下来交给了身旁的保姆阿姨。

那之后，他们的远邻情谊飞速攀升。

程见溪家应该很有钱，尽管十多年前Q市房价并不高，但住得起带小花园的独栋小楼的人并不多。可自打程杉多了解了程见溪一些后，就一直觉得他很可怜——反正比自己可怜多了。

程见溪的家人几乎不管他，也不和他一起住，更惨的是，他甚至连舅舅舅妈哥哥都没有。程见溪和两个保姆阿姨住在那栋看起来很阴森的小楼里。一个阿姨负责他的饮食起居，一个阿姨负责他的功课学习。那栋楼被程杉在心里叫了很多年鬼屋，导致后来有一天程见溪正式邀请她去自己家做客，程杉想也没想就拒绝了。

彼时，他们已经是学校里同进同出、形影不离的一对铁哥们儿了。

程见溪和程杉自小学起就念同一所学校，这缘分也不全靠天定，程杉为了和程见溪上同一所高中和大学，可以说是费尽了心思。好在结果总是好的，程杉从小就知道持之以恒的重要性，她全心全意为之努力的事情，很少有不成功的。

比如当她意识到自己喜欢上了程见溪，就开始坚持不懈地向他表示好感。

和程见溪正式交往，是在高三毕业那年的暑假。

程见溪从小学开始，每年暑假都不在Q市过，他会被远在国外的家人接去，两个月后临近开学才会被送回来。可毕业那年，程见溪一直没走。

拿到Q大的录取通知书那天，程见溪和程杉从学校出来，在街边闲逛。程见溪一直没说话，不过他总是这样，程杉早就习以为常。她东拉西扯地跟程见溪瞎聊，嘴上兴高采烈地描述着班主任看见自己的Q大录取书时的惊讶表情，眼睛却不由自主地瞟向程见溪的手。

程杉觉得自己对程见溪的手分外着迷：他会弹钢琴，手指比一般人都要细长一些，且骨节分明，指甲修剪得圆润整齐。程杉最喜欢看他微微曲起手指放在桌面上，那时候程见溪手指关节处凸起的骨骼与淡青色的血管搭配在一起，简直性感得要命。

她看了那么多年都没看腻，反而越来越喜欢，除了给他的手拍特写以外，真想以别的方式"占为己有"……程杉歪脑筋还没动完，去路就被身边的人拦住了。

程杉抬头看着比自己高出不少的程见溪，以为被发现了内心的小九九，有点心虚地问："干吗呀？"

程见溪说："你真的考上Q大了。"

程杉"啊"了一声，说："这你不是早就知道了吗？你该不会反射弧这么长吧？"

程见溪顿了顿，低声说："我以为你考不上。"

程杉揉揉鼻尖，突然有点小骄傲："所有人都以为我考不上，但是我觉得我肯定能行。因为我要跟你做校友啊。"

她有点奇怪程见溪今天的问话，忍不住多看了他几眼，结果发现程见溪白皙的脸颊微微发红，目光笔直，似乎有很重要的话要说。

果然，程见溪缓了缓，慢条斯理道："在高考前，我做了一个约定。"

程杉好奇道："和谁呀？"

"和我自己。"

"哦……"程杉点点头，配合地问，"是什么约定？"

"如果程杉考上Q大，就和她在一起。"

这个不算告白的告白让程杉兴奋了一个暑假。她一有空就乐，觉得自己在高三那年奋发图强真的是这么多年来做得最正确的事情：考上了全省最好的大学不说，竟然还附赠一个程见溪！

所以也就理所当然地忽略了一件事情：程见溪一开始说，他以为她考不上。

等到程杉慢慢回过味来，他们已经是学校里一对颇有名气的校园情侣了。那一阵子的热播韩剧，片中男主直到倒数第三集，才发现原来自己爱的不是身边青梅竹马的女朋友，而是才认识不到三个月的女主角！

程杉又惊又怕，觉得这种事情发生在自己身上的概率实在是大。万一哪天突然出现了真正的女主，她岂不是要面临十六集后就被分手的命运？这么一想，电视剧里的男主脸简直越看越像程见溪——他们都又白又斯文，还不爱说话！

程杉危机感顿生，马上想到程见溪当初和自己在一起的时候，说以为自己考不上Q大——也就是说，他一开始是没打算和自己在一起的！

程见溪也许并不爱我。这个念头一冒头，就迅速攫取了程杉的神志。而后的很长时间里，她都喜欢缠着程见溪问："你怎么证明你爱我呢？明明就是我在乎你比较多。"

程见溪从来没有正面回答过她，被问得没办法了就只能亲亲她。程杉很沮丧，知道自己没办法从程见溪嘴里问出什么所以然。

其实程见溪的保姆在他很小的时候，就偷偷跟自己说过，他有一点自闭倾向，语言表达能力不太好，跟正常人不太一样。程杉是认同的，她也觉得程见溪和正常人不一样，他明明比正常人都好看、聪明、优秀……

这么一想，程杉心里其实释然了一半，至少这么好的程见溪现在是她的呀。担心那些有的没的，岂不是太杞人忧天，长他人志气灭自己威风了？都是韩剧惹的祸，程杉把事情想明白了以后，愤然删光了所有缓存的剧集。

这个情绪波动在程杉心里快要沦为过去式的时候，程见溪却在一个午间，把她叫去图书馆后头的小树林边，向她伸出了右手，并以手背向上。等到程杉看清了他手腕外侧，突然笑得像只小狐狸，一下子扑进他怀里。

"程见溪，程见溪，程见溪！我怎么这么喜欢你呢？"

程见溪那比寻常姑娘都要白皙的手腕上，文着两个花体英文字母：C·C。

双程，是他们的姓。

他说不出爱她，但他做的桩桩件件，都戳进了她的心窝子。

……

梦境有详有略，细节之处甚至连对话内容、表情神韵都清晰异常，可简略之处的大段进程均是空白一片。诡异的是，程杉在梦中竟然会有明确的感知，愉悦、欣喜、着迷，种种情绪伴着午夜梦回席卷而来。

程杉在梦见自己扑进程见溪怀中时猝然睁眼。

明明不是噩梦，只是回忆的零星片段，她却感到一阵前所未有的心慌。程杉翻身坐起来，屈腿拥着被子，背靠在冰凉的墙壁上。身体的记忆仿佛慢慢苏醒，变得鲜明可感——那个拥抱就像发生在昨日而不是十年前。

她心里有什么抓不住的东西，在慢慢塌陷，最后留下空荡荡的一块缺口。

"程见溪？"

试探着，程杉在黑夜中轻声开口。她念完这个名字，心无端地跟着疼起来。

九月四日，周一，程杉正式入职M·O。

她是特邀的摄影策划，虽然名义上隶属于策划部，但实际工作起来，和产品部门打交道的机会反而更多。

入职第一天，策划部门老大苏威带着程杉熟悉工位和部门情况。策划部不到二十人，几乎都是二十多岁的年轻人。就连策划总监苏威也不过三十岁出头，一身运动休闲装，看上去年轻朝气。据他描述，M·O自叶臻就任之后，对员工出勤时的穿着打扮就不再做任何硬性要求了。不过针对靠创意吃饭的策划部门和设计部门之类，倒是提出了软性期望：创意、个性。

言下之意无非是，只要工作能做好，在不违法乱纪的前提下，想穿什么穿什么。所以程杉在美式工业风的工位间穿梭时，看见有人穿着极宽大的红色卫衣，卫衣正反面各有两个黑色行书大字"脱贫""致富"；也看见来到公司脱下外套换上卡通睡衣的同事；甚至还有洛丽塔打扮的小姑娘坐在打造成二次元画风的工位里。

程杉突然觉得，穿白色针织衫和卡其色阔腿裤的自己反而有点不正常。不过很快，这种违和感在她被苏威带去产品部和产品总监南荣邺见面时大大减轻。

产品部是个大部门，占据了整个二楼的东南角，整体的画风知性很多。程杉随着苏威进去，看见很多工位是空的，不由得问道："不是说产品部有一百多人吗？怎么……"

"有一部分出去踩线了。"苏威说道，一边冲她颇为俏皮地眨了个眼，"做旅游产品嘛，当然还是要公费出游，名曰考查线路啰。"

程杉从前没有在任何公司任过职，闻言会心一笑，说："这样啊，做你们公司的员工听起来很幸福。"

苏威好笑地看她一眼，说："是'咱们'公司。"

程杉赧然点头。其实在看到公司给她配发的哈苏、禄来的相机和镜头时，她已经有种"幸福来敲门"的预感。

两人说着话，走进了南荣邺的办公室。来之前，苏威在路上和程杉简单介绍过这位产品总监，话里话外都是敬服。南荣邺今年三十二岁，年纪不大，资历却极老。本科毕业前，他就参与了美国一家很有名气的游戏开发公司的重要项目。研究生毕业后，却拒绝了该公司含金量与诚意都十足的offer，去了一家业内知名的旅游公司从头学起。

人才到哪里都是人才，南荣邺很快在旅游界做得风生水起，成为业界首屈一指的旅游规划师。常在社交网站上分享和旅行有关的文章，累积拥有数百万粉丝。几年前倒是传出南荣邺要回国的消息，几家猎头公司都看中了他，谁也没想到他最后会被挖到了M·O。

"相比之下，我倒是更佩服叶总编。"苏威总结说，"能撬动你和邺哥，她才是大功臣。"

程杉若有所思地点点头：原来南荣邺也是叶慕请来的。

南荣邺和程杉想象中的成功人士不太一样，两人推门进去的时候，他正在仰头端详办公室内悬挂的一幅巨大的手绘版世界地图。旁边沙发上还坐着一个短发女人。程杉眼尖，看见他手里捏着一枚飞镖，这才注意到原来墙上的世界地图是一个偌大的飞镖盘。

苏威说："邺哥，叶总编也在啊。"

南荣邺和叶慕同时转过头来。南荣邺皮肤黝黑，精瘦干练，脸上没有一丝赘肉，比实际年龄看着年轻许多，加上他穿着破洞牛仔和长T恤，简直像个象牙塔里的小伙子。看见来人，展颜一笑，露出两排和肤色呈鲜明对比的白牙。

程杉顿时就觉得亲切。

他身边的叶慕穿着全套的香奈儿，从头到脚打理得一丝不苟，精致的妆容勾画出一个优雅而美丽的面庞。她看向程杉的目光里除了礼貌的笑意，还带着一些好奇的打量。

"叶慕，我们的救星来了！"南荣邺先向程杉伸手，"我是南荣邺，等你很久了。"

叶慕款款起身，穿着高跟鞋的她刚好能与净身高一米六九的程杉平视："程杉，见到你很高兴。"

程杉没读出高兴来，倒是敏锐地从她的眼神中读出一句话：原来你就是程杉，为什么会是你？你有什么特别的？

程杉常常能从人们的眼神中读出一些信息来，以过往的经验来说，十有八九都是正确的。她不知道这算是某种与生俱来的天赋，还是这么多年热衷观察人物表情的一种正反馈。但她从素未谋面的叶慕眼中获取的信息，让她警惕起来。

　　苏威将程杉带到，任务完成就先行离开了。南荣邺和叶慕邀请程杉落座，开门见山地将两人刚刚在讨论的问题丢出来大家一起讨论。

　　原来是在给下个月面市的杂志《无疆》定首刊主题。

　　南荣邺主张用旅游人勇敢探索、博览达观的情怀，或是旅游产品未来的变革来做主题，叶慕却提出了反对意见。

　　"策划部上周提交上来的几个选题一个也不能用。"叶慕说，"第一期杂志必须有噱头和爆点，走你们提的煽情模式，没人会买账。"

　　叶慕说话很强势，气场也足，几乎不容置疑。南荣邺只得耸肩，将手中的飞镖随手投掷在地图上，他小声说："至少我会为情怀买账。"

　　"但是抱歉，我们的受众可不是像您这样衣食无忧的管理者。"叶慕说，"我们希望对《无疆》感兴趣的，更多是二十五岁到四十岁之间，拥有相对稳定但不高的收入，既忙碌于庸常生活，也渴望一年一次长途旅行的那些人。譬如公司白领、学校老师等。"

　　程杉是赞同叶慕的观点。她虽然不是专业人士，但这些年在外头漂泊，倒也见过各式各样的旅行者，于是说道："或许这部分人群不那么关心出发的意义，他们更享受旅行途中所有需求都能被顾及的满足感和晒出照片时朋友们的羡慕。"

　　叶慕扬眉，望向程杉："你觉得我们第一期做什么主题会更有爆点？"

　　程杉说："我不太擅长这个。不过如果是迎合这样的心理，那么选择权威或者热点人物作为代言人，可能会更吸引眼球。"

　　"这个被否决了，开例会的时候，有一个小丫头提议说要请流量明星来，我们叶总编说太'low'了。"南荣邺似乎有点为别人抱不平，说，"叶慕，以后你在大例会上说话也注意一点，人家小姑娘都要哭了。"

"你自己听听，权威、热点人物和流量明星，能一样吗？"叶慕没好气道，"你说的是策划部那个打扮得像千层蛋糕的琪琪吧？追星都追到公司来了，她提的那个明星，要演技没演技，要作品没作品，成天在综艺节目里头混，请来干吗？"

叶慕训人的时候，气势是真的强。程杉看南荣邺一副见惯不怪的样子，似乎已经很了解叶慕的性格了。

"你自己也说，旅游界的权威人士太官方，娱乐圈的话题人物又大多不符合我们杂志的核心价值观。那找谁来代言？"南荣邺等叶慕发泄完以后，才开口道，"既要有话题性，又要和我们公司息息相关，总不至于让叶总出马吧。"

他本来只是随口一说，没想到叶慕却转头盯住了自己。她眼里有光，里面透着惊喜："是啊，我怎么没想到？"

程杉愣了一下，意识到南荣邺口中的"叶总"指的是M·O的CEO叶臻。

叶慕一拍沙发，说："论话题性，我哥打从回国以来，因为他那小模样，受到的关注还少吗？加上前段时间，他拒绝几家大佬杂志社的采访，也从没有出席过任何会议、高峰论坛，现在神秘感也有了。你不知道，客服那边反映，多少顾客打听我们叶总，问产品详情都不忘尬聊几句。我们要是现在推他出去，肯定能吸引眼球！现成的免费代言人，不用白不用。"

公司一把手为自己代言，这样的例子程杉在国外没少见，尤其是各大设计公司、摄影工作室，都是创始人最为知名，她并不觉得奇怪。

叶慕执行力极强，上午刚刚敲定方向，下午一个电话就打去策划部，让程杉带着相机去307。

307是公司内部对叶臻办公室的昵称。

程杉顺着楼梯走上三楼，连视野都变得开阔。中午听策划部的同事们说，M·O从叶氏集团独立出来，全体搬入这里也就是两年前的事。建筑设计师是业内出了名的鬼才，利用三角形轮廓的设计创造出一种不可思议的内部空间，透过窗户可以从各个角度看到整个海滨的风景。

三楼东侧的景观长廊拥有最好的观景视野。程杉忍不住停伫，隔着大片落地玻璃窗眺望远处的海景。

秋高气爽，天朗气清。程杉端起相机，很容易看见海上停泊的军事舰艇。像恪守信条的钢铁战士，刚硬而禁欲，巍峨而沉默。以及拥有十五个实验室的海洋综合调查船，如知识渊博的学者一般，安静泰然。

她不由自主地按下快门。

这片海域不是程杉见过最好的，却成为她最不能割舍的一处。所以最后又回到这里，也是一切开始的地方。

"你好，请问是程老师吗？"

一个男声将她的神思拉回，程杉这才意识到自己正在工作，不该开小差。她立刻收起相机，冲来人赧然一笑："我是程杉。"

"程老师你好，我是叶总的助理宋瑜。"男人穿着讲究，语气恭谦亲和，"请随我来。"

307分内外两间，外间布置成会客厅，程杉进去的时候看见南荣郴和叶慕对着一台笔记本商量杂志内页的文章排版。看见程杉进来，叶慕冲她一笑，说："别拘束，随便坐。"

下午的叶慕显然比早晨要和善许多，可能是因为《无疆》有了让她满意的进展。程杉从善如流，找了张单人沙发坐下。

宋瑜端来了热红茶给程杉。锡兰红茶，那香气程杉格外熟悉，是她在斯里兰卡的那小半年里，每天萦绕在鼻尖的气息。

"其实我接过这个职位的时间也不长，有时候可能太着急了，说的那些话你别太往心里去。"叶慕开口道，"小杉，我就叫你小杉吧。咱们这个杂志刚刚办起来，真是需要你多操点心……"

程杉最不会应付别人对自己的客气，一时间词穷，只得尴尬地笑笑。叶慕看出来她的拘谨，指了指里屋，颇为傲娇地冲她眨眼："不过不用担心，咱们后台硬。"

里间想来该是叶臻的办公室。一旁的南荣邺闻言笑起来，眉眼舒展，一口白牙很是晃眼："反正我们只管往前冲，一切有老板殿后。"

胃口被吊到现在，程杉真的对叶臻产生了极大的好奇心。早上见面后，她特地回去搜了叶臻，万能的互联网中，纵然能检索到一些叶臻的照片，却搜不到他的任何视频或是采访文件。

程杉说："那么这第一期的采访，谁来做？"

"我来。"叶慕说，"一会儿你跟我进去拍几组照片。"

程杉诧异道："只拍照片，不需要其他设备？也没有其他工作人员？"

叶慕点头，停了一瞬才意识到程杉的疑惑从何而来，她面上划过一丝古怪，说："你不知道为什么我哥从来不接受采访，甚至连公司年会都不参加？"

程杉觉得这个问题自己不知道很正常，便理所应当地摇了摇头。

"你应该知道的。"叶慕多看了程杉一眼，低声说："几年前，我哥遭遇了一场意外，脑部语言功能区损伤，从那以后就不能再开口说话了。"

程杉怔住，不能说话的……公司总裁？

"其实不影响什么，我们的交流都是通过社交软件或是邮件。所以采访我们中午就已经做好了，现在呢，只差几张帅爆人眼球的照片。"叶慕看见程杉眼底真实的疑惑，心里大为诧异。可碍于屋里还有别人，到底也没有多问。

很快，程杉和叶慕一同进了里屋，她一眼就看见坐在纯黑色办公桌后头的男人。叶臻本人比网上那些证件照和官方照片都更好看生动。他面部的线条硬朗，偏偏生了一双标标准准的桃花眼：眼头细且微微内勾，眼尾长而轻轻上挑。

程杉的目光有片刻凝滞，几乎是本能的生理反应，她的眉头抽动了一下。

叶臻听见有人进来的声音，抬眼看去——他看向程杉的目光安静平和，甚至嘴角有微扬的弧度，似乎心情不错。

叶慕率先开口："哥，我把小杉带来了，还需要我介绍吗？"

叶臻对着叶慕比了几个手势，动作从容，干净利落。

是手语。程杉读不懂手语，她只注意到叶臻右手腕上戴着一只腕表，TONDA系列木质镶嵌陀飞轮腕表，全部采用木制工艺——非常珍稀而古老的手工工艺。

表戴在右手手腕上，是左撇子？程杉心底划过一丝异样的情绪，望着叶臻有些出神，待后者投来询问的目光时才堪堪瞥开眼，为自己无礼的打量而惭愧。

"他说不用，可以直接开始拍摄了，还需要准备什么就告诉我们。"叶慕把叶臻的手语翻译给她听。

程杉收回有些散乱的思绪，让自己迅速进入工作状态：四下看了，办公室采光很好，与落地窗正对着的那面墙壁仿若天然的打光板。程杉拿出相机，很快就找到最适合拍摄的角度。

"叶总，可以往左一些吗？"

面对叶臻，程杉不自觉地放缓了语调。后者依言，向左偏了些。

透过相机镜头，程杉可以正大光明地进一步观察叶臻：虽说不是绝对标准的三庭五眼，五官却也足够立体上镜。

只是，哪里不对劲。这一点不对劲让程杉心里莫名觉得有些烦躁。深深吸气，程杉调整相机，也调整着自己。

叶臻并不催她，耐心等待。

程杉不得不承认，网络上那些说叶臻有气度有涵养的追捧之言并非空穴来风。她甚至觉得，拥有这样淡泊安逸气质的男人，不该是一个商人、企业家。想到这里，程杉终于意识到令她感觉违和的不对劲从哪里来。

叶臻坚毅的五官线条，和他的气质真的很不相符。

从事摄影多年，镜头前的人物形形色色，慢慢地，程杉识人也有一套自己摸索出的规律：一个人儿时的相貌或许全部拜父母所赐，而随着时间的推移，不同的经历对人的相貌也产生着潜移默化的作用。

"以貌取人"未必没有它的道理。可以说，三十岁以后的人，体态、样貌、神采等很多细微之处都彰显着他的性格与品质。并不绝对，但大多适用。程杉极少遇见叶臻这样，长着棱角分明的脸庞却气质温润的男人。

最后拍完片子，程杉收拾相机，环顾四周才发现叶慕不知道什么时候离开了。

她轻声说："叶总，我先回去了。照片处理好后，我会发邮件给叶主编。"

叶臻办公桌上有一面二十四寸左右的屏幕，屏幕朝外，与他自己的笔记本电脑相连。叶臻在键盘上敲打了几下，屏幕上显示出一行字来。

原来这是他平时与不懂手语的人进行交流的方式。

程杉看过去，上面写着：相机还用得惯吗？

程杉答："公司这么大手笔，都是顶尖配置，自然用得惯。"

叶臻点点头，继续打字：关于第一期杂志"迷踪"栏目的照片拍摄计划，叶慕跟你说过了？

"嗯，我们已经讨论好了。后天的机票，去毛里求斯。印度洋西南海域，可以用海底伊甸园做主题，也刚好契合创刊第一期的概念。"

伊甸园出自《创世纪》，叶臻明白她的意思，赞同地微笑：好的，注意安全。

叶臻虽然是整个M·O说一不二的那个人，程杉却没有半点"被居高临下"的不适。相反，他的平易近人让她觉得很自在。

这自在里有一种让程杉难以忽视的熟悉感。

她是不是曾经见过叶臻？程杉离开叶臻办公室，在心里琢磨。当她努力检索记忆，却没有任何结果。

程杉很快说服自己，遇上有熟悉感的人是一件再正常不过的事情。她透过镜头观察过天南海北数以万计的面孔，相似算不上什么稀罕事。

毛里求斯之行，南荣邺和程杉同往。程杉习惯单打独斗，拒绝了苏威给她配助理的好意。可南荣邺是因公与她同行——他要为M·O接下来一个季度的产品主题做策划方案。

程杉行李多且重，都是矜贵的设备，南荣邺无怨无悔地做了免费的行李员。程杉过意不去："南总监，我自己可以。"

南荣邺笑道："我姓南荣。你比我小，不嫌弃就跟苏威他们一样叫我声邺哥。"

这倒真是个少见的复姓，程杉微微尴尬，只好顺着他给的台阶下："邺哥。"

"毛里求斯我来过几次，如果你需要向导，欢迎来找我。"南荣邺看得出程杉的不自在，他也早从叶慕那里听说过这个天赋型摄影师并不擅长和人打交道。

"谢谢。"程杉礼貌道，"我也来过几次。"

南荣邺"啊"了一声，说："我都忘了，你曾经环游过全球。"

倒也不算，只是前年的摄影个展之后，她拿到了一笔丰厚的报酬。程杉没有买房买车的刚需，所以送自己一场富足的流浪。

南荣邺最擅长和人尬聊，接着问程杉："最喜欢哪个国家？"

"意大利。"程杉实话实说。

南荣邺扬起一边眉梢，似乎对她这个答案颇有兴趣："哦？因为是欧洲历史古国，文艺复兴的发源地？"

程杉的神情带着一丝连她自己都不曾察觉的温柔。

"不，只是因为熟悉。"

第一次踏足那片土地，就觉得熟悉。不管是西西里神殿之谷的赤色古希腊神殿遗迹、圣吉米尼亚诺中风格粗糙厚重的罗曼式石塔，还是锡耶纳田野广场每天的公开弥撒，她都觉得亲近。

但这亲近中，竟然深藏着难以名状的胆怯。

程杉有时候会自嘲，觉得自己过于敏感矫情，被外界夸几句就真拿自己当一个"脱离世俗"的艺术家了吗？

可情绪真实存在。

如果人真的有前世，最后程杉在心里下结论，也许自己就死在那片土地上。

"你在那里居住过？"南荣郦忍不住问。

程杉迟疑地摇头："只能算是旅行，最长也不过一个多月，游客式的走马观花罢了。"

"我倒有个朋友，曾经在意大利定居很多年。"南荣郦接上她的话头，说，"他住在南部的一个小镇上，那里人少，整个镇子的居民都很友爱。"

程杉也曾途经那样邻里关系融洽的小镇，她作为旁观者都觉得很温暖，连带着拍出来的照片也充满生气。

看见程杉表情柔和下来，南荣郦兴致勃勃道："甚至时间长了，邻居都会给他送花。"

程杉诧异道："这么受欢迎吗？"

"不是你理解的'送'，是嫌他不懂浪漫，让他送给女朋友。"南荣郦说，"那是个开花店的老奶奶，每天都拣最新鲜的花束，放在他们家阳台上。有时候还放一张小卡片。"

程杉脑补了相关场景，忍不住微笑，说："那现在呢？"

"现在啊……"南荣郦说，"你也认识的，他回国了。"

不等程杉发问，就解释道："我这个朋友，就是叶臻。一直到大学前，我们都是同学。我和他还有叶慕关系很好，算是从小一起打闹大的。"

程杉没想到南荣郏和叶家兄妹还有这一层关系，讶异之余也觉得合情合理：如果不是交情至深，叶慕怎么能轻易撬动在业内做得风生水起的南荣郏呢？程杉八卦心渐起，其实还想问叶臻女朋友的事，可话没到嘴边就被她吞了回去——关系这么生疏，打听别人家私事总归不好。

有这么一个愉快的插曲，南荣郏和程杉交流起来尴尬感减轻很多。他渐渐发现，尽管程杉不擅长主动找话题聊天，但她愿意倾听，给出的反馈也得当不逾矩，有时候甚至叫人眼前一亮。

这是个聪明人，南荣郏在心里说。他喜欢和聪明人打交道。点到即止，彼此都心领神会。

毛里求斯之行非常顺利。他们去的时节，正赶上毛里求斯连天的阳光普照。除却水下摄影的照片，金色的沙滩、湛蓝的海面、碧绿的蔗田都被程杉一一纳入镜头。

那几天程杉心情一直不错。南荣郏是一个优秀的同伴，既不对她分内的工作指手画脚，也会在程杉需要的时候给一点合理的建议，甚至在不可避免的场合共进晚餐时，都能让两人之间的气氛变得宜人舒适。

程杉从他的话里捕捉到一些信息。

比如叶家的家世。那曾是一个根系庞大的世家大族，有着严苛的祖训与众多规矩。可岁月变迁，世事难料，叶家自叶臻太爷爷叶乾那一辈就分了家，族里四个兄弟各自带着妻子儿女谋出路去了。

叶氏集团是叶乾一手创立的，经历几番波折、积淀，最终在叶臻的父亲叶晋手中发展壮大，正式成为上市集团公司。

成功之后，来寻亲套关系的叶家人也多起来，叶臻爷爷倒是念旧，平日里帮衬不说，置宅时给每个人都留了一间房。一来到底是血脉相连，看着自家人落魄，老人心里不是滋味；二来叶乾那一脉人丁不算兴旺，几代单传到了叶臻这一辈，家里着实冷清。

手握经济大权，叶臻与其父俨然成了整个叶家的主心骨。

最初程杉不知道为什么南荣邺会和自己聊到叶家，他看上去并不是那种八卦聒噪的人。后来才慢慢明白过来，南荣邺其实是喜欢谈论与叶慕相关的一切。路过酒店陈列工艺品的橱窗，看见里面渡渡鸟的仿真模型时，南荣邺会停下来对程杉说："叶慕很喜欢这只笨鸟。别人家的笨鸟会先飞，这只却不会飞。"

程杉说："模样是很憨傻可爱，可惜已经灭绝了。"

在人类登陆这个印度洋西南部海岛之后，短短两百年，渡渡鸟就已经全部灭绝了。

"叶慕相信在毛里求斯的丛林深处，还有渡渡鸟躲避人类，活在自己的世界里。"南荣邺说，"她管这叫，笨蛋的哲学。"

程杉觉得挺新鲜，望向南荣邺示意他说下去。后者对和叶慕相关的话题总有滔滔不绝的话说："笨蛋嘛，不会纠结自己的生存环境是否被别人占据，也不会思考要不要夺回属于自己的一切。他们被侵犯，就后退，躲起来又是一片欢喜天地。"

南荣邺这番话完全是模仿叶慕的语气。大抵是因为了解，所以学得活灵活现。

程杉被逗笑，随口附和说："听起来有一点懦弱，不过对很多人来说，能活下去就够了。只是，叶慕看起来和渡渡鸟的气质完全不同啊。"

"那是你不了解小时候的她。"南荣邺脱口说，"叶慕做出那副样子，都是怕别人发现她……"

话没说完急急收住，南荣邺突然四下看看，做了一个在嘴巴上拉拉链的动作，才说："不能说了。要是被叶慕知道我跟你这么说她，估计要被灭口。"

就算没有说完，程杉也能猜个十之八九。她想，叶慕父辈也是来投靠叶臻父亲的叶家人，可能觉得自己矮他们一头，所以事事要强，不希望别人在背后嚼舌根吧。

因为要赶进度，程杉在毛里求斯停留的时间不长，她比南荣邺提前三天回国。南荣邺把她送去机场，跟她说到了Q市以后有人会去接机。

旅游人最重视细节安排，程杉已经习惯了这位产品总监的周到，点头道谢："这期杂志做完，叫上叶主编，一起吃个饭吧。"

南荣邺当然不会拒绝："必须的，你来Q市我们还没好好接待你。要不是赶着做第一期《无疆》，我们早就该请你一起吃饭。"

他一口一个"我们"，大概是生怕程杉不晓得他和叶慕的关系。反正只要聊到叶慕，南荣邺整个人的气场都变了，程杉看破不说破，只笑笑就和南荣邺告别去了安检口。

毛里求斯没有直达Q市的航班，程杉选择在广州转机，加上前序航班延误，一来二去足足折腾了近十七小时才落地。

凌晨两点多，机场行人寥寥。程杉抱臂站在行李转盘边等候她的两个行李箱。夜间风凉，程杉没带厚外套，只穿了一件单薄的真丝衬衫，被穿堂而过的秋风撩起衣服下摆，激起腰间一片细密的鸡皮疙瘩。

她微微战栗，取到行李后立刻大步往外走。外头举牌接机的人不少，程杉挨着看有没有自己的名字，冷不防看见一个熟悉的面孔。

程杉怔愣："宋瑜？"

来接机的不是别人，正是叶臻的助理宋瑜。这么晚了，其他接机的人多显疲态，宋瑜仍然笔挺地站着，穿着板正得体的西装，看见程杉的时候，连微笑的弧度都那么恰到好处。

"程老师，这边。"

他走过来，绅士地微微欠身，接过程杉手中的行李箱后，递给程杉一只包装袋，带着她去停车场。程杉低头打开纸袋子，里面是一件宽松的白色女士夹克，是她的size，连吊牌都没有摘。

她吸吸鼻子，掏出衣服穿上，问宋瑜："这些都是邺……总安排的？"

程杉不好当着宋瑜的面叫"邺哥"，顿了下才说。

宋瑜点头，说："车里还有夜宵，如果觉得饿就先将就吃一点。要是不合胃口的话，我可以打电话预订其他的吃食，一会儿开车过去刚好吃得上。"

程杉咋舌，算是领教了南荣邺设计产品时秉承的那一句"细节至上"——他这个细心程度简直令人发指。

"不用麻烦，我随便吃点就行。"她说，"飞机延误了好几个小时，你是不是等了很久？"

宋瑜说："我在附近的咖啡厅回邮件，没有耽误任何事。"

这话比"等得再久都没关系"这些套词都来得实在，也更能安慰人，程杉稍稍松了口气。

两人坐电梯去了地下停车场。宋瑜开来一辆奔驰商务车，他让程杉先坐进去，把热气腾腾的粥食递给她之后才去放行李。

主食居然是她最喜欢的葡萄干粥，清甜香糯，绵软黏稠。又配了几个小菜，泡椒笋片爽脆可口，自家腌制的雪里蕻碎咸香入味。程杉吃了几口，忽然想起什么，翻开包装袋仔细看了几眼——果然是她从小就吃惯的那家店。

是巧合吗？

程杉迟疑地看向窗外的宋瑜，终究没忍住，问他："这家店离机场挺远的，是你特地去买的？"

宋瑜坐进驾驶座，一边系安全带一边回答程杉："叶总交代的就是这家店。"

程杉终于觉察出不对来，坐直身体问道："等等，你说的叶总……是叶臻？"

宋瑜没想到程杉会再问一遍，偏头看着她，认真道："是。"

也对，南荣邺不至于支使总裁助理来接自己。程杉得到了肯定的回答，慢慢靠回椅背，心里疑窦更深。她说："我特别喜欢这家的粥，很多年没吃到了，也不知道叶总是怎么知道的。"

宋瑜说："那挺巧，这家店叶总自己也很喜欢。"

所以就只是碰巧了？

程杉没再说话，低头默默喝粥，但心里泛起了名为疑惑的涟漪。

回国后，一堆工作等着程杉。她不需要坐班，在家熬了几个大夜，才抢在和叶慕约定好的时间之前把照片都处理完毕。打包压缩发给叶慕的同时抄送一份发给南荣郦，程杉连日来紧绷的神经才放松下来。

很久没有这么高强度地工作了，感到疲惫之余，程杉竟然有隐隐的满足感。她伸了个大大的懒腰，活动着脖颈，去浴室放热水泡澡。

手机连着蓝牙音响，放着舒缓解压的音乐，程杉把自己全部沉进水里。她生长在海边，不畏水，甚至觉得亲近。水是她最亲密的恋人，包容她、接纳她、宽慰她、安抚她。可是片刻后，程杉突然从水里钻出，她抬手拂开凌乱湿润的发丝，胸口微微起伏。

她刚刚想起了叶臻。

当她享受被温暖的水流包裹吞噬之时，没有预兆地，脑中浮现出了叶臻的脸。那张棱角分明，却拥有温和笑意与沉静眼神的脸。

一定是这几天处理照片，夜夜对着这张脸。程杉在心里想好了自洽的理由。

这时候，手机"叮咚"一声，收到了叶慕的反馈消息，她对程杉一百一千个满意。从前M·O也和很多摄影师合作过，抛开出片效果不谈，大多都不会把口头约定的期限当回事，能赶在deadline之前把成品初稿做出来就谢天谢地了。当然，百分之八十以上都是要返工的。

能像程杉这样一步到位的摄影师，叶慕觉得千金不换。她愈加肯定自己的眼光，大赞特赞地发邮件感谢了程杉一通以后还觉得不够，又杀去叶臻办公室炫耀自己请来的得力干将。

叶臻安静听完叶慕略显夸张的描述后，一副理所应当的模样，继续低头处理文件。

"哥，你就这反应？"叶慕觉得不够，双手压在叶臻的办公桌上，说，"人我是给你找来了，你别晾着人家啊。"

叶臻抬手打字：你让她十天内往返毛里求斯，还要给你所有成片，不是逼着她熬夜赶工吗？

叶慕自知理亏，气势上弱了一些："那也是特殊情况啊……《无疆》必须赶在'飞旅行'的首刊之前面市。"

叶臻：她要补觉，别打扰她。还有，人是你自己要请的。

叶慕一听这话就不爽了："哥，你这么说就不对了。当初要不是你点头，我一个小小的杂志主编能重金请到她？还有那些相机、镜头，不知道是谁巴巴买回来的。"

她见叶臻没反应，继续添油加醋道："唉，真是惨。你好歹也是个富N代，公司大总裁，这搁言情小说里就该霸道强硬主动出击啊，偏偏躲在后头，接机不去，让什么宋瑜跑腿。我跟你说，你这样的，再暗恋人家三年都白搭！"

叶臻：谁告诉你我暗恋程杉？

"南荣邺啊，他跟我没秘密的。"叶慕昂头道，"你这些年一直单着，而程杉所有的摄影作品你都收藏了，家里还有她的照片，这要不是暗恋是什么？"

这个叛徒。叶臻暗暗咬了咬牙，不理会叶慕了，一副公事公办的样子：叶主编什么时候能让我看到《无疆》的电子版定稿？

叶慕被他呛得一时失语，"哼"了一声，蹬着高跟鞋"嗒嗒"离开了。

程杉洗完澡，包着浴巾出来，站在洗漱台前吹干头发，她把自己丢进"棺材"里，好好补了个觉。睡前，她许愿做个好梦，老天似乎听见了她的心声，成全了程杉这个愿望。

她又梦见了程见溪。虽然梦里那个人根本看不清脸，可心里有个声音告诉她，那个人就是程见溪。

最初的梦境一片混沌，她看不清路，只能跟着程见溪瞎走。但她的兴致依然很高，蹦蹦跳跳地拽着身边人的胳膊，献宝似的说："程见溪，那间屋子里的人真的特别少！一共只有十张桌子，3004最干净，视野最好！隔着窗户就能看见樱花大道，而且靠着暖气包，冬暖夏凉。最赞的是与开水间和洗手间距离适中，桌子边还有插孔可以给电脑充电！"

说完这么一通，她又黏上去，像个搞传销的："怎么样，我带你去看看？这可是我观摩了半个多月，从上千个座位里面挑选的，最最适合我们的座位了。"

身旁的人脸程杉看不清楚，但她心里就是知道那人答应了自己。因为他是程见溪，会无条件地相信她。

很快场景转换，混沌渐渐消散，接下去的梦境于她而言并不算陌生。她和程见溪穿过种满了高大阔叶梧桐的树林，和一条洒满阳光的小径，走进一座图书馆。

程杉看见程见溪就坐在图书馆一角的书桌边看书。桌号是4003，书名是《天球运行论》。程见溪右手边有原木色的演算纸和一支黑色钢笔，偶尔他会提笔在纸上做一些简单的运算，细白的指尖有雀跃的阳光。

原来那时梦里的男人，就是程见溪。

程杉坐在他对面，伸一伸胳膊就能握住他的手。可她看不清他的五官样貌，程杉非常努力地探头去看，也无济于事。

过了很久。日薄西山，程杉隐隐有所感知，知道梦境行将结束，程见溪仍旧坐在那里。他有着极好的耐心，能安静地看一下午书，专注得仿佛世上只有他一人，而他对面的程杉在另一个世界。

程杉有些急躁，脖子伸得长长的，可他始终无动于衷。

"程见溪！"

她耐心耗尽，发狠地叫他。

他终于抬头。

程杉的身子微微动弹，醒了过来。

凌晨一点零七分。

月光轻软，虚笼在海面。程杉起身给自己倒了一杯水，从床头柜里摸出几粒药片，和着水服下去。她在窗边站了一会儿，理智慢慢回笼。程杉抬手抓了把头发，喃喃自语："怎么会？"

梦里的程见溪抬起头来，她却看见了叶臻的脸。

第二章 佛蒙特森林

十月初，第一期《无疆》杂志限量面市。

有M·O总裁坐镇封面，还有载誉归国的摄影师程杉加入，再加上饥饿营销，Q市的《无疆》很快卖到脱销。同名APP上线之后，下载量也非常可观。

各地的实体杂志增订订单纷至沓来，《无疆》算是在小范围内一炮打响了。好的开头是成功的一半，后续只要保持水准，加以不断创新，销量不成问题。

叶慕连着几天心情倍好，见到谁都笑眯眯的。策划部群情高涨，从《无疆》上市那天起就嚷着让苏威请客吃饭。

不就是一顿饭嘛，请！

在大伙的一致要求下，周五晚全策划部转场海底捞，程杉作为大功臣，自然受到大家的追捧。苏威带头敬她酒，程杉不太适应这样的环节，笑得有些不自然，倒也没直接驳了他的好意，喝下去好几杯啤酒。

好在她不是喝不了酒的人，除了脸颊生理性地发红，也没有其他不适。坐在程杉左边的陈薇最先察觉到她的异样，却误以为程杉只是不能喝酒，身体不舒服才会如此。她有意替程杉挡酒，还悄悄往程杉杯子里兑"东方树叶"。

陈薇年纪不大，才毕业一年，巧的是她也是从Q大旅游管理专业毕业的，算是程杉的直系师妹，所以一直"师姐师姐"地叫程杉。同事琪琪明嘲暗讽地说陈薇攀关系抱大腿，陈薇也没往心里去，乐呵呵地说"有大腿我当然要抱啦"。

"那有本事你去抱总裁大大的大腿啊。"琪琪皮笑肉不笑道，"人家绝对一脚给你掀翻。"

程杉懒得听这些你来我往的口舌之争，在心里盘算一会儿是打车回家，还是在路边扫一辆共享单车骑回去。

可那厢，话题扯到叶臻就没个完了。程杉很快听见她们缠着苏威问叶臻的八卦。

"到底是不是传说中的隐婚啊？我才不相信叶总回国这三年一直没有女朋友。"

"对呀，我听说还有一个金屋藏娇的版本。苏总监，哪个才是真的啊？"

苏威被叽叽喳喳的声音淹没了，他高举双手，求饶道："饶命，我可什么都不知道啊！别回头让老大以为这话都是从我这里传出去的。"

"哎呀，叶总脾气那么好，会理解我们的。传播八卦，人人有责嘛！"

"各位仙女，我可上有老下有狗，别搞我呀。"苏威求生欲很强，哀号道，"你们难道都不记得钱总监是怎么离职的吗？"

钱总监是苏威曾经的顶头上司，上一任策划部总监。提到她，大多数人都默默缄口了。可几个新人云里雾里，琪琪问身边的组长赵眉："钱总监怎么了？"

"想上位想疯了呗，以为和叶总一起出差就能爬上他的床。听说是什么也没穿，裹着浴巾假装客房服务去了叶总房间。"

"然后呢？"陈薇眼睛瞪得溜圆，追问道。

"当然没得逞。"赵眉说，"但叶总给她留面子她自己不要啊，回来以后就跟人八卦，明里暗里说什么自己和叶总各种暧昧。话传到那边去，第二天人事就让她收拾东西走人了。"

"啧啧啧，活该，这段位也太低了。"琪琪摇头。

陈薇撇嘴，终于有机会反驳回去："你段位高，你去把叶总追到手呀。"

琪琪"哼"了一声，说："我可是一个对自己有要求的人，在变得更好之前才不会轻易出手。"

巧言如流，半伪半真。程杉发现，国内外的许多饭局，都是披着不同皮囊，却有着相同内核。她意兴阑珊，也不管自己会不会在别人心中落下一个自恃清高的名声，只是面无表情地靠在座位上不发一言。

程杉本打算聚餐结束后就离开，可没想到，陈薇那个傻丫头，根本不是个会喝酒的主儿。乐颠颠地给她挡酒，没喝过半场就已经醉得瘫在椅子上傻笑了。苏威提议转战KTV的时候，陈薇站起来，连步子都不稳当。

程杉只好先送陈薇回去。

站在路边等车，陈薇在程杉耳边絮絮叨叨地念着："师姐，你别晃呀。"

程杉把她摇来摇去的大脑袋扶正，问："你住在哪里？"

"巴厘岛！阿雅娜！"

程杉："……"

陈薇最近在做巴厘岛全境的五星级酒店攻略，可能已经魔怔了。

程杉说："有同事知道你住哪里吗？"

陈薇头摇得跟拨浪鼓似的，把食指竖在唇边："嘘，别告诉他们。"

这就头疼了，程杉原地思忖，在把陈薇带回家和带去酒店这两个选项中挣扎了一会儿，选了后者。

这个当口，陈薇又换了话题念叨："师姐，叶美人真的是太好看了！"

叶慕确实长得很美，程杉附和地点点头，目光紧随路边车辆，可看了半晌也没见到一辆的士。偶尔看到一辆空车，还是接了网络约车的单子来等人的。

程杉刚回国内，很多APP还没来得及下载，她低头捣鼓手机，打算下一个网络约车软件。听见身边的陈薇继续说："你知不知道他们在背地里传什么？"

"……"

"你知不知道嘛？"见她没反应，陈薇不依不饶地问。

"不知道，传什么？"

"他们说总裁大大垫过鼻子……"陈薇怒气冲冲，"嫉妒！赤裸裸的嫉妒！"

敢情，她口中的叶美人指的是叶臻？程杉失笑。这个叶臻，影响力确实惊人。程杉在等待后台下载软件的间隙漫无边际地想，自打她回国到现在，虽然只在采访那天见过他一面，可总觉得这个人无处不在。

应验她想法似的，陈薇突然尖着嗓子大喊了一声："叶美人！"

这个点，周遭行人不少，程杉面无表情地忍受着他们的注目礼，一边低头假装不认识陈薇似的摆弄手机。

"师姐师姐，叶美人！"

程杉被陈薇拽了一下，一抬头竟然看见面前缓缓停下一辆黑色奥迪。车窗是半开的，她看清楚驾驶座上的人时，一瞬间不知道该说什么。

还真的是叶臻。这个时间，难道他才下班吗？

可她必须说点什么——总不能指望叶臻开口吧？

"晚、晚上好，叶总。"程杉清清嗓子，解释道，"这是陈薇。今天策划部聚餐，她喝多了，我正打算送她去附近酒店。"

叶臻略一点头，很快给了她一个手势，虽然没学过手语，可程杉立刻看懂了。

他说，上车。

"谢谢叶总！"

程杉从善如流，半拖半扶，把陈薇一起拉进车里。陈薇借着酒劲，打了鸡血一样激动。爪子抱着副驾驶座的椅背，偏头直勾勾地盯着叶臻："瞧瞧瞧瞧，这俊俏的鼻梁，怎么可能是垫的嘛！"

程杉正襟危坐，一只手把陈薇捞回来："你喝多了，别乱说话。"

陈薇的爪子转移到程杉身上去，嘟囔："有吗？我还能再喝十杯！"

程杉扶额。好姑娘，希望你明早酒醒以后把这一切都忘了。

她对叶臻的脾性毫不了解，只能思考着措辞，希望能替陈薇尽量挽回一些："她喝糊涂了，你别当一回事。"

叶臻不在意地笑一笑，等红灯的时候，手指在右前方的一块触控板上敲了几下。几乎同时，程杉面前的椅背发出一声轻响，自动弹出一块小液晶显示屏，缓缓亮了起来。

——没关系。

上面出现了一行字。

程杉松了口气。

叶臻从后视镜里看她，眼里添了几许柔和。他手指灵活，轻敲面板。

——住得还习惯吗？

"当然，我在Q市长大，早就适应了这里的气候。"程杉说。

车里有很淡的香氛，和市面上常见的男士香水味道不同，但是怡人恬淡。程杉的背慢慢挨上后座靠背，紧绷的身体慢慢放松下来。

——你也是Q大毕业的？

"对。"程杉说，"我念的是旅游管理专业。"

说及此，她不由得失笑。当初这个专业是调剂上的，她的分数刚刚够上提档线，专业当然没办法自己挑。兴趣不算大，所以也就没多上心，整个大学都把精力放在摄影社团和程见溪身上了。谁能想到，最后兜兜转转，自己的人生一直漂泊不说，竟然又进了一家旅游公司。不知道这算不算是命运的安排。

程杉话音刚落，被身边好容易安静了五秒钟的陈薇听了去，她一个激灵坐直身子，大喊一声："走遍千山万水，旅游妹子最美！"

喊完了，偏头展臂一个熊抱抱住了程杉："师姐，你怎么能这么好看呀？"

陈薇个头不高，体重却不轻，程杉被她卡得差点没透过气。挣扎了好一会儿，才哄得她朝另一个方向倒去。无奈，程杉抬头求救地看了一眼叶臻，后者也刚好从后视镜看她。四目相对，彼此都只能在一方镜面里，通过光的反射看见对方的眼睛。

有那么一瞬间，程杉觉得叶臻的眼神里饱含着万千情绪，以至目光厚重深刻，压得她不由自主地屏住了呼吸。心跳的频率，却在那一刹陡然加快。

好在，绿灯很快亮起，叶臻发动车子，专心于路况了。程杉深深呼吸，佯作无事地看向车外夜景。

叶臻把车开去附近的酒店，下车帮程杉架着陈薇进去。

程杉要了一个标间，拿了房卡后和叶臻一起往电梯间走。陈薇已经度过了"歇斯底里"阶段，开始浑浑噩噩起来，她腿脚发软，难以行走站立，基本整个人都在往叶臻身上瘫。后者跟架人体模型似的，胳膊伸得老长，手握拳，从陈薇腋下穿过，又绕到肩头将她拎起来，完全没给她贴在自己身上的机会。程杉看得好笑，在电梯里时不时偷眼看叶臻和陈薇"你靠我让"的博弈。

不得不说，陈薇死缠烂打的本事还是技高一筹，到了房间把她放下后，程杉看见叶臻外套的袖口皱了，裤腿也蹭上了半个鞋印。

"叶总，辛苦了。"程杉摸摸鼻尖，和叶臻走出房间，说，"她一个姑娘家我不太放心，就不送你下去了。"

叶臻额角出了薄薄一层汗，没急着走，从口袋里取出他的手机，调出备忘录打出一行字给程杉看。

——给我你的手机号码。

程杉"哦"了一声，把手机号报给他。目光无处安放，钝钝地望着叶臻修长的手指，盯了一会儿，竟然有些恍惚。她隐隐记得梦里程见溪弹钢琴的手，手指细长、骨节分明，指甲修剪得圆润整齐，泛着淡淡的红。微微曲起时，手指关节处凸起的骨骼与淡青色的血管搭配在一起，简直性感得要命。

而梦中的场景，和眼前的景象惊人地重合了。

蓦地，有什么闯进了她的心里，扰得她神思纷乱，程杉慌张地抬头看向叶臻："叶总。"

叶臻把手机翻转给她看。

——叶臻。

"叶臻……"程杉迟疑道，"我是不是在哪里见过你？"

叶臻的神情不起波澜，低头打字。

——没有，怎么这么问？

说不上是庆幸还是失落，程杉点点头，掩饰地笑笑："没什么，可能是因为你和我的一个朋友很像。"这个理由实在烂大街，可程杉找不出其他更合适的借口，她总不能告诉这个才刚刚见第二面的男人，我在梦里见过你吧？

程杉不习惯与人同住，尤其身旁咸鱼似的陈薇还是个会自动翻面的，翻着翻着能从床上滚下去。她一直没合眼，靠在床头玩手机，时不时还要把陈薇往床上搬运。

陈薇终于酒醒是在后半夜，迷迷糊糊张开眼睛，嚷着要喝水。

程杉没动，问她："醒了吗？"

陈薇说："这是哪里呀……我好渴哦。"

程杉说："醒了就起来，水在桌子上，自己去拿。"

陈薇慢吞吞地爬起来，迷瞪着眼望着程杉，嘀咕道："师姐，你怎么在这里？"

"你昨晚喝醉了。"程杉站起身，说，"酒精含量百分之三点五的啤酒，两瓶半，记住了，这是你的酒量。以后不管什么场合，不要超过这么多。"

陈薇眨眨眼，似乎想起什么来，突然哀号一声，双手捂住脸倒了下去："师姐……昨晚我是不是对叶总做了什么不得了的事情？完了完了完了！我礼拜一还怎么见人啊？！"

看来她记得。

程杉叹口气，说："没关系，叶总没往心里去。我也不会说出去的。"她困得要命，简单交代了几句，就跟陈薇道别，"你收拾一下，洗个澡就回家吧，我先走了。"

陈薇突然叫住了她："哎！师姐……"

"怎么？"

"这酒店好贵啊，虽然做过大把攻略，但我平时从来不会自费来这种五星酒店的……"陈薇有一点局促，小声道。

"账已经结过了。"程杉说，"不好意思啊，当时只想找一个近一点的酒店，叶总就直接开车过来了。"

陈薇理所应当地把她这番话翻译成叶臻把她送来酒店，还替她付了房费。脸上一阵阵发红，最后又"嗷"的一声倒进了被子里。程杉自然不知道她心里的小九九，只是困顿地打了个哈欠，心想，年轻人真是活力无限。

程杉坐电梯下去，路过酒店前台，值班的工作人员叫住她。

"请问是1608房间的程女士吗？"

程杉点点头，以为是要说退房的事，刚想解释屋里还有一个人，后者却道："您的朋友叶先生在停车场等您。"

程杉一愣，下意识按开手机看了眼时间——03:28，凌晨。

"你确定？"她觉得不可思议，重复了一遍。

"嗯，交接班的同事跟我说，叶先生走前留言交代，他会在停车场等候1608房间的程女士。"前台语气亲切，普通话标准，程杉却有点听不大懂，甚至觉得是自己大半宿没睡产生了幻觉。

等到前台把叶臻的留言条递过来，程杉看见白纸黑字的时候，才算明白过来。叶臻是真的在地下停车场等了她五个多小时。而且，如果她不是这时离开，叶臻很有可能会继续等下去。

他疯了吗？

程杉摸不清叶臻的意图，把手里捏着的纸条塞进包里，转身又乘电梯下到了负一楼。酒店停车场不算大，也刚过了旅游旺季，泊车数量较七八月份骤减。程杉出电梯后没走几步就看见了叶臻的车。

也不能算是她看见的，程杉快靠近的时候，叶臻就打了双闪。程杉没急着上车，抱臂在车边站好，甚至还环顾了一圈——确定没有其他人。

她问叶臻："你在这儿等着我，是想做什么？"

程杉的话里有显而易见的警惕，好像叶臻要对她图谋不轨一般。但不能怪她，任凭谁，遇上一个认识才几天的男人，被这么对待都会觉得对方心怀不轨。要不是叶臻长得一脸正直相，程杉可能根本不会下来。

叶臻低头发消息给她。

——送你回去。

程杉问："只是这样？"

叶臻微微敛唇，对她点了点头。

程杉说："加上接机那一次的安排，或许您还调查过我？叶总这么做，是想表示自己对我这个员工的重视，还是因为您本身就是个暖男，非常体恤下属？"

她说完这句话，见叶臻没有打字，以为自己没把话说明白，便继续道："我很感谢叶总不辞辛苦，但我已经不是年轻的小姑娘了，也不会做霸道总裁爱上我这种梦。"

言下之意，如果不打声招呼在楼下干等着就能让我对您投怀送抱，那么这种套路也太过时了。

叶臻安静地听着程杉说话，不仅没有露出半点恼怒的神色，听到最后，竟然隐约露出欣慰的笑意。她比他想象中要独立、机警得多。

叶臻的手指在屏幕上点按，最后有那么片刻的犹豫，但还是按下了发送——程杉早晚都会知道，如果这样会让她更有安全感，那就告诉她好了。

捏在手心的手机振了一下，程杉心里"咯噔"一声。她不知道叶臻会如何反应，但正常人听了自己这番话后，恐怕都不会觉得太好。程杉做好了他说自己自恋、不够格的准备，也做好了周一递交辞呈的打算，这才面无表情地点开会话界面。

——很抱歉没来得及告诉你，我是程见溪同父异母的亲哥哥。

程杉脑子很乱。她在叶臻"说"完这句话后，第一个涌上心头的情绪是愤怒，她问叶臻："因为我是程见溪的前女友，所以才被M·O特聘来的吗？"

好在叶臻告诉她不是。

——你是叶慕主张邀请的摄影师，而她根本不知道程见溪是谁。

"叶慕不是叶家人吗？"程杉说，"她怎么可能不知道？"

而且，南荣郼明明跟自己说，叶臻是叶乾这一脉单传的儿子。为什么又会跟程见溪扯上关系？

——这件事说来话长，如果你现在就想听，我建议换一个地方谈。

被叶臻这一提醒，程杉才意识到现在是凌晨三点多，自己和他还对峙在酒店的地下车库里。程杉伸手揉了揉太阳穴，说："明天吧。或者你把能告诉我的都发给我，反正……"

反正他说不了话，也没办法正面与她"交流"，但程杉没把话说完。

——当面说，有些东西要拿给你看。

"也行。"程杉想了想，跟他约了时间和地点。

——现在还介意坐我的车吗？

"当然不！"程杉一晒，为表诚意，上前一步拉开他的车门，坐进副驾驶位，系好安全带偏头说："你先前不把话说明白，会让人以为你是那种随便勾搭女下属的老板。"

——我这么正直的长相，按照摄影师的审美标准，应该不会构成心理威慑才对。

这话真像是从程杉心里冒出来的，她忍不住笑看了叶臻一眼，其实心里已经相信了他之前说的话。如果不是他和程见溪有血缘关系，自己也不会一见他就觉得熟悉。甚至在梦里，程见溪也顶着叶臻的脸。

可如果她见到叶臻都会有这样亲近的感觉，若真的见到程见溪，又会是怎样的光景呢？

可惜她永远都见不到了，程杉微微失神。不只是见不到，甚至那些回忆里的感觉，也都已经丢失大半，只有在午夜梦回时分，才能捕捉一二。

程杉突然情绪低迷，靠在椅背上不发一言。

没有回国以前，她很少去思考这个问题，也很少去试着回味程见溪，以及和程见溪的那些过往。因为觉得不过如此。

一段恋爱而已。爱情这么庸俗平凡的东西，能困围的，都是不够坚定的灵魂。所以她常常瞧不上从前那个为一个男人失魂落魄的程杉，觉得她疯癫又可悲。

但当她真正伸手触碰那段记忆，甚至全身心沉进去时，才发现她自以为是的坚定，不过是因为没有遇见。

程杉很快睡着了。路上车辆稀少，叶臻载着程杉在宽阔的道路上慢行。是沿海的公路，只稍稍向右偏头，就能看见浸在月光里的海岸线，绵延至没有尽头的远方。

同样的，也能看见程杉，从远方而来的她。

叶臻最初见到这个姑娘，她还没有现在这么会打扮。虽然五官秀气，但稚嫩未脱，睁着眼睛不说话的时候，有一种懵懂的乖巧。可一旦打破沉寂，又带着撞塌南墙也不回头的蛮劲和生机。

他都是见识过的。

"我走丢了的话，你要来找我回家。"

蓦地，程杉曾经说过的话闯进叶臻心里。叶臻眸色渐深，到底是没有忍住，偏头望向程杉的睡颜。他在心里说，小杉终于愿意回来了，这是最后的机会。所以无论如何，都要试一试。

程杉在闹铃声中醒来。

确切地说，只是一段悦耳的音乐。叶臻不能开口叫她，为了避免因为不熟悉而造成直接接触的尴尬，所以选择了这样的方式叫醒程杉。叫醒了她，也不急着催她下车，好像知道程杉的习惯似的，伸手拿了一瓶矿泉水，拧开盖子又关上，再递给程杉。

叶臻总让人觉得舒适，也许不全是因为他的长相。程杉接过矿泉水，思绪乱飞，他身上有着欧洲贵族的气度，可能和他在意大利久居有关。

程杉喝了小半瓶水才向叶臻道别，顶着混沌的脑袋上楼，一沾枕头就睡了。一觉睡到十二点过五分，好在她预先知道自己会睡很久，和叶臻约好的时间是下午三点半。洗澡化妆收拾妥了以后，她才不慌不忙地出门打车。

"去哪里？"

"佛蒙特森林。"

司机顿了顿，问："哪家店？"

"啊？"程杉讶异道，"不止一家店了？"

"是啊，好多年没去了吧？老有名了，都开三家分店了。"

程杉揉揉鼻尖，说："去花雨路那家。"

"哦，总店是吧，明白！"

没想到几年不见，顾展这么出息了。

佛蒙特森林是一家咖啡书屋，老板顾展是一个地道的文青，养一只猫，窝在店门口晒太阳，懒散得很。

最初的艰辛，很少有人知道。

刚毕业那会儿，咖啡书屋的概念还没有流行起来，顾展毅然选择开这家书屋，拿到今天来看，也算是很有远见了。当然，那时候的他，脸上并没有写着"远见"两个字。他开这家店，一半为了情怀，一半为了还在念书的女朋友能随时喝到他亲手煮的咖啡。

可惜开店的时机有点尴尬，那会儿电子书盛行，闲着没事喝咖啡的人也不多，佛蒙特森林——这个名字就透露着不接地气感的咖啡书屋门庭寥落。顾展欠了银行十几万的创业贷款，女朋友也跟高富帅学弟跑了。

最潦倒失意的时候，他向从前的校友们发起众筹。在大多数校友眼中，顾展发起的这个众筹，说难听一点就是变相乞讨。

没有什么人搭理他，除了程杉。她拿出自己获得摄影大赛一等奖的奖金和平时省下来的积蓄，差不多四万块，全借给了他。

顾展没有想到最关键的时候，向他伸出援手的不是平日里称兄道弟的狐朋狗友，而是一个交往不甚密切的学妹。要说两人的交情，最多不过是，程杉常和男朋友来他们书店温习功课。

他问她原因。

程杉乐乐呵呵，说："我和程见溪特别喜欢你们家小二楼的那个包间，答应我，不要让书屋倒闭了啊。"

真金白银，涉及利益的时候，谁都会谨小慎微。说不被程杉感动是假的，顾展重整旗鼓，重新整修书屋。加入清新复古的轻奢元素，兼售咖啡奶茶和甜点，打上"慢时光""昨日重现"的主题，将文艺进行到底。

程杉偶尔也帮帮他，拍拍照片上传网络做做宣传。她的摄影作品会说话，简单的事物经由她的镜头，像是会开出花来。人气一点一点累积，渐渐在白领圈和文艺小清新中走红了。终于被当地旅游杂志的编辑发现，做了个专题，从此正式入驻各类旅游网站，常有慕名而来的游客。

而后他又陆续开了三家分店，皆收入不菲。到如今，八年了，书店在Q市几乎尽人皆知。

下个月Q大校庆，他还收到邀请，将作为"知名创业校友"，被请去学校做讲座。

此一时彼一时。

可惜程杉毕业之后再也没有回来过，顾展甚至没来得及将她当初投资的钱连本带利还给她，就再也没能联系上程杉。后来顾展在新闻上看见程杉的消息，知道她去国外发展了，还拿了国际知名摄影奖项，顿感与有荣焉。

瞧瞧，我们店的宣传照可是国际知名摄影师的作品！

顾展已经做好充分准备，要靠那几张照片吹一辈子。谁知道在这么一个平凡的午后，会看见程杉推开佛蒙特森林的大门进来。

书店的工作人员很少看见自家老板对一个陌生女人这么殷勤，甚至还主动带着她，上了小二楼那间一直保留着不对外开放的包间。大家都在窃窃私语，猜测她的身份。

顾展带着程杉上楼，还给她点了一杯佛蒙特招牌特供奶茶："试试看，你以前最喜欢喝的这一款我改良了。"

程杉有意提前了一个小时到，就为了有时间和顾展叙叙旧。她笑眯眯地打量书店，说："顾展，这简直是一个奇迹。"

"当时你借我钱的时候，我也觉得是一个奇迹。"顾展文艺惯了，深情地对着空气念白，"但是，你要知道，这个世界从来不缺乏奇迹。"

看见老朋友，程杉打心眼里高兴，她说："早知道我应该早一点回来的。"

顾展说："你现在回来也不迟啊，知不知道当初你的那笔天使投资，现在获得了多大的收益？"

"放着吧，当我继续投资好了。我看好你。"程杉说，"等哪天我缺钱了，再来找你。"

程杉不缺钱，来这里也不是为了要回当初借给他的四万块。

"那你就是佛蒙特森林的第二大股东。"顾展明白她的意思，许诺道，"欢迎随时前来提款。"

说话间，刚点的奶茶端上来了，扎着花边围裙的服务员小妹多瞅了程珊好几眼，张口就夸："展哥，你女朋友啊？长得真好看！"

顾展摇摇头，很惋惜的样子，说："我没那个福分。"

程杉被他一本正经的样子逗笑起来："别闹。"

顾展也笑，等服务员走后，问她："程见溪呢？他现在在哪里高就，怎么不和你一起来？"

程杉的笑有一些僵硬，和上次被童菲夫妇问到时不同，她心里一室，泛起一丝说不清道不明的伤感。

顾展看出端倪，说："难不成分手了？不会吧，你俩身上就跟涂了502胶似的，扯都扯不开……"他一边说一边观察程杉的表情，心里不由得一动，追问，"难道你现在单身？"

"嗯。"

"这么说，我也有机会了？"顾展没皮没脸地笑。

程杉说："没有。"

"喊。"顾展大咧咧地往沙发背上一靠，说，"反正我也不喜欢你这一型的。我还是等童菲女神离婚吧。"

程杉瞪他，因为在喝奶茶，没顾得上吐槽。不过别说，顾展人虽然糙了点，奶茶做得是真好喝。程杉眯眼回味，说："好久没有喝到你们家的奶茶了，真怀念。"

"唉，程杉。"顾展默了半晌，还是忍不住凑近了问，"我还是不能理解，你怎么就跟程见溪分了呢？你们可是标标准准的恋爱楷模。那简直就是，山无棱，天地合，乃敢与君绝，是至死不渝的感情啊！你们都分了，那我真的不相信爱情了！"

恋爱楷模。程杉愕然，她还一直以为，自己和程见溪在别人眼中一直都是"傻蛋汪"和"高冷喵"的违和组合呢。她旁观的回忆中，那个程杉简直就像个小疯子。

不知厌倦，不知疲惫，在他身边又蹦又跳，又笑又闹。而程见溪永远保有自己良好的教养，克己复礼，比教科书里的私塾先生还要古板禁欲。

但是她仍然爱了他那么多年。

眼见程杉一副怅然若失的模样，顾展脱口问："该不会是他劈腿了吧？不，不可能不可能，我宁可相信是他死了。"

程杉没来由地一哽："嗯。"

"什么？他劈腿了？"

"不，五年以前，他生了重病，去世了。"程杉说完这句话，惊觉自己的语气哀恸沉重，连忙平息缓冲，尽量放轻松道，"你看，命运也想考验我们，看看这究竟是不是一段至死不渝的感情。"

程杉说完，顾展反而不开腔了。她望过去，发现他的眼圈发红，一副泫然欲泣的模样。

"小杉杉，你怎么这么命苦啊！"

顾展陡然发出一声长叹，扑上来一把抱住了程杉。他一面拍着程杉的后背，一面信誓旦旦道："别伤心别伤心，你想物色什么样的男人，哥都认识！甭管霸道总裁还是酸溜诗人，就算是现在流行的糙汉，哥都能给你找来！"

程杉承受着他的好意，暗想：这个顾展，跟童菲没准是失散多年的亲兄妹……

叶臻推开包间的门，看到的就是这么一幅场景。他浓眉一扬，眼中顿生不悦。

顾展正忘我地安慰着程杉，冷不丁被人提着后领拽了起来。他猛地回头，正想质问，却对上一张和程见溪相似度高达百分之八十的脸。

"见鬼了！"

顾展惊呼，身体更是本能后退，一秒钟缩去了对面沙发。

程杉习惯了顾展的一惊一乍，她抬眼看了看手机——叶臻比约定好的时间，提前了四十五分钟。程杉招呼叶臻坐下，后者从容坐在她身边，两个人面对着惊疑不定的顾展，同时笑起来。

"他、他……他是谁啊？"顾展说，"小杉杉，你刚刚该不会是在跟我开玩笑吧？这、这个人……"

这个人就是程见溪整了个容吧？！

"他是程见溪的哥哥，叶臻。"程杉说，"我怎么会拿这种事跟你开玩笑？"

"啊？可是，我觉得吧，那什么……小杉杉！"

顾展碍于叶臻，不好把心里的话说出来，只能把眼睛瞪得贼大，希望心灵的落地窗能够让程杉更清楚地看见自己心中所想。

小杉杉啊，就算程见溪死了，你也不该找这么一个替代品啊！这多伤人啊！我跟你讲哦，好男人千千万，别在程家一棵树上吊死啊！

程杉认真直接收了一会儿顾展的心灵信息，发现频道不对，然后说："我们有事情要谈，你先撤退吧。"

算了，来日方长，这种情感问题还是应该慢慢参透！顾展思量再三，满怀心事地离开了。带上房门之前，忍不住甩给叶臻一个充斥着同情的眼神。

"怎么来这么早？"

只剩下两人，程杉问叶臻。

叶臻回去换了身衣服，穿一条黑色休闲长裤，简单的白T恤，外头套了件墨绿色的长袖短夹克，衬得两条腿笔直修长。他这么穿，还背一只单肩包，整个人显得朝气蓬勃。好在眉眼沉静，气场压得住。

叶臻从包里拿出一只平板电脑和一个文件袋，文件袋是给程杉的，平板是用来交流的工具。程杉接过文件袋打开来，先抽出一张纸，看清楚了不由得一愣。她以为叶臻会给自己带来程见溪从前的一些物件，没料到他直接拿来了程见溪的出生证明。

父母姓名，身份证号，民族，婴儿姓名，婴儿申报户口地址，母亲居住地址，床位号等信息一一罗列。

叶臻"解释"给她看：程阿姨是Q市人，是我父亲的续弦。

程杉注意到，叶臻使用五笔输入法，键入速度极快。

叶臻：程阿姨怀孕后却和我父亲相处得很不融洽，她怀着见溪离开了父亲回到国内，打算一个人生下他。可惜程阿姨生产时大出血去世了。我父亲想带走见溪去国外抚养，却被程阿姨的母亲制止。

程杉看到这里，问他："所以程见溪就和他的姥姥一起在这里生活？"

叶臻：是的。直到见溪五岁那年，他的姥姥染病离世。

程杉说："你父亲为什么没有把程见溪接回去，反而派了两个保姆来照顾他？"

叶臻没有直接回答程杉，而是回到刚刚的话题：程阿姨怀孕后，我父亲曾想让她打掉这个孩子。

"为什么？你爸爸不喜欢程见溪吗？"程杉蹙眉，不由得为程见溪打抱不平，"他知不知道程见溪是多么优秀的孩子？"

叶臻：我们叶家，多位长辈患有罕见病，一直到我父亲那一辈，才在英国确诊为遗传性淀粉样变性病，这种病无法治愈。虽然发病率仅有十万分之一，但家族中已有五人死于此病。并且，我父亲就携带该致病基因。

程杉心中微微一沉，却没开口，只盯着叶臻飞快移动的指尖下的文字。

叶臻：他一直没有发病，所以瞒着我母亲。可我出生后，最初身体并不好，父亲只得向她坦白，那时候我母亲才知道被蒙在鼓里，她一怒之下与父亲离婚。而我很快接受了基因检测，万幸的是结果不错。

"可是程见溪携带该致病基因。不仅携带，还发病了。"

程杉记得程见溪就是死于罕见的家族遗传病，心口有一点发堵。

"我明白了，程阿姨当初怀孕时知道了这个消息，可她仍然想生下这个孩子，赌一个可能性。"

只可惜，她赌输了。

面对很多疾病灾难，人类其实连一点办法都没有，只能听天由命。

叶臻：程阿姨去世两年后，我父母复婚了。我母亲为人强势，不接受见溪回去，父亲向她妥协，安排了专人照料，只有每年的寒暑假才会派人把他接回去团聚以及去医院体检。

因为是书面语言，叶臻的表述客观而冷淡，程杉抬眼，却看见他眼中涌动的情绪里有难以抑制的悲痛。

叶臻：高二那年，他开始出现轻微的脏器功能衰竭的预兆。那时候起，他的生命就进入了倒计时。父亲没有告诉他真相，直到大四那个寒假，见溪突然发病，身体各个器官全面衰竭。

叶臻的指尖微微发颤，停了下来。

那一年叶臻不过是个大二的学生。医生和叶晋谈话的时候，他也在现场。程见溪是他十岁开始就每年盼着相见的弟弟，是他聪明优秀、善良懂事的手足亲人。他不想看着程见溪被欺骗，连自己的生命都无法掌控。

"我们不能瞒着他！"叶臻很快做了决定，"如果他只能再活五年，我希望他现在、立刻选择自己想要过的生活！我妈也别想阻止！"

"小臻，如果你告诉他，他才会痛苦！"

叶晋拦住他，苦口婆心地劝阻道："他不知道自己什么时候会真正发病，那种等待的煎熬才是真的痛苦！你知道吗，自从检查出携带这个病的基因那天开始，我没有一天不在担惊受怕，这种感觉，就像在身上绑了一枚定时炸弹！小臻，不要意气用事，那才会毁了见溪……我们就让他开开心心地走完生命最后一程，不好吗？"

叶臻眼圈发红，拳头紧紧捏着，哽咽道："爸，我们没有办法了吗？只能眼睁睁看着他……死？"

"等他毕业，我会询问他的意见，如果他愿意，想做什么，去任何国家生活都可以。"叶晋的声音沧桑喑哑，"他们母子，是我这辈子最对不起的人。我一定会尽我所能满足他的一切要求。"

可是他们谁也没有想到，程见溪要求的一切，仅仅是留在Q市。去一所极其普通的大学，和一个极其普通的女孩谈恋爱。

他们一面瞒着程见溪，一面不停地询问他，想不想去国外顶尖学校留学，想不想去环游世界……可程见溪对他们愈加疏离了，他越来越亲近的人，竟然是他身边的一个小丫头。

"你们真残忍。"

程杉看完叶臻的最后一句话，只觉得通体发凉，心一抽一抽地疼。半晌，才喃喃道。

叶臻深吸一口气，回答她：是，我承认。

"你们承认对程见溪残忍，那对程杉呢？"程杉低语，她没有说"我"，可能是觉得遥远回忆里那个也叫程杉的女孩，和现在的自己没有关系。

但她已经能够体会那种覆灭的悲凉。

"她甚至不知道自己陪伴程见溪的哪一天就已经是最后一天了。"程杉的嗓子发干，奶茶黏腻的香味卡在嗓子眼，让人吞咽困难。

"也没有机会好好道别。"

程杉的眼里布满血丝，却撑着没让眼泪落下来。

她恨恨地望着叶臻，一字一顿道："你们有没有想过，她答应程见溪的很多事情都还没做，她和程见溪打算一起去的地方都还没有去，她和程见溪的很多约定都还没有履行。她只知道，程见溪和往常一样飞去美国与家人团聚，然后就再也没有回来。"

"你们！"她的声音发颤，"你们做了五年的准备，来面对一个不在身边的亲人的死亡。而程杉，她只得到了一通电话。"

一通电话，形影不离数年的爱人就被宣判死亡。而她没有护照，连去美国的签证都没法办。

程杉声音低下去，藏在桌下的手指绞得发白，像是在自言自语，她低声喃喃。

"程见溪如果知道，怎么会允许你们这么欺负她？"

叶臻想过，也挣扎过。可那个时候，程杉于他而言，不过是程见溪口中的简单字符。程见溪为了她，放弃了很多大好的机会，他甚至还对程杉的存在感到不满。

所以那时，他不知道自己犯下了多大的错，以至后悔至今。

"你们知不知道程杉后来是怎么生活的？"

程杉的声音稳些，说这句话的时候，甚至带着一丝讥诮。她抬起左手手腕，内侧有一个极淡的细长疤痕，看上去像是刀伤。

"五年，她变成我，用了五年。"

我知道。小杉，我知道。叶臻垂在身侧的手收紧成拳，他极力克制自己拥抱她的冲动，只能像个木头人那样木讷而愚蠢地坐着，并且沉默。

五年，那个叶臻，变成现在坐在程杉面前的这个人，也用了五年。

"你先回去吧。"

过了很久，程杉终于开口。

"抱歉，我刚刚有些失态。毕竟……毕竟程见溪曾和我在一起过。但这件事，可能谁也怪不上，要怪就怪我们的命都不太好。"

她说出"命不太好"这几个字的时候，叶臻觉得难受极了，心被揪起又放下，却什么也不能做。

曾经他以为程杉是因为太软弱所以让他心疼，现在却觉得恰恰相反。

程杉牵起嘴角，勉强凑出个笑来："你如果调查过我，应该会知道，程见溪死后我精神状态很不好。是我舅舅舅妈给我请了心理医生，吃药、心理干预，慢慢调理之后才有了今天的我。"

叶臻松开拳头，在平板上轻点：对不起。

"我知道你对我做的那些都是因为愧疚，或者补偿。但是叶臻，你大可以当那个程杉和程见溪一起死了。我不需要这些借由程见溪而获得的优待。"

程杉情绪低落，沮丧地想要找一个地方大哭一场，但她仍然把自己要说的话一字不落地说了出来："如果你能做到，也许我们还可以继续合作。如果不能，我只好离开M·O。"

程见溪的死，固然是一件让人悲痛惋惜的事，但现在，程杉的人生还在继续。

她的心好像被生生撕扯成两半。一半剧烈颤抖，在为今天叶臻说的话而感到震惊、委屈、痛苦；一半努力而平静，在为未来的自己争取尊严、平等、自由。

叶臻似乎在观察程杉的表情，直到她说完所有的话，才轻轻点头：好，我答应你。

他知道程杉现在需要独处，于是将桌上的材料收拾起来，起身离开了。

叶臻前脚出去，顾展后脚就"噔噔"上楼，急吼吼地冲进包间。

"什么情况？什么情况？小杉杉！你怎么哭了？！"

他推门进去，看见程杉泪眼婆娑地伏在桌上，却并不显得柔弱，因为顾展看见程杉的手指紧紧抠着桌子边缘，牙关紧咬，"咯咯"切齿，面上表情堪称复杂狰狞。

顾展被这个样子的程杉骇住了，他用力抓了把头发，在她身边绕了几圈，最后蹲下去，小心翼翼道："程见溪的哥哥是不是欺负你了？你跟我说，我给你报仇去！"

程杉哑着嗓子低声叫他："顾展……"

"啊？"

顾展心里一抖，这声音，简直像是从地底爬上来的厉鬼。他担忧地看着程杉，几年不见，她到底经历了什么？

"药……包里，给我。"

她承受不住似的，额头抵在桌面上，一上一下地用力砸着，似乎在和什么做殊死斗争。

要？哦，药！她要吃药！

顾展怕她把自己砸傻了，伸手扯了一个靠枕垫在程杉的头和桌子之间，随后忙不迭去翻她身边的手提包。他很快找出一个便携式小药盒，打开来发现里面放了三四种不同的药。

"吃哪种？几粒啊？小杉杉，你可别吓我啊！"

"白色、三片，黄色、一片……"

"好好！"顾展急出一脑门子汗，想起什么似的，跳起来拉开门冲外头扬声大喊，"初夏！拿杯水！"

服务生初夏送来水后，顾展把药送到程杉嘴边，目不转睛，看着她艰难地咽下去。

接着就是漫长的等待。

十几分钟后，程杉的症状才慢慢缓和。她靠在沙发上，深深呼气吸气，终于止住了眼泪。

程杉取了纸巾擦脸，抬眼对顾展说："谢谢。"

"我快要被你吓出心脏病了。"顾展神情凝重，坐到程杉身边，问，"你这是什么毛病？"

"我很久没犯病了。"程杉笑笑，"别怕啊，又不是狂犬病，不会咬人。就算发病，也没有攻击性的……"

"没攻击性，你是自残啊！到底怎么回事？"顾展说，"这些药都是治什么的？"

程杉闭了闭眼，低声说："分离转换性障碍。"

"那是什么鬼东西？"

"癔症。"程杉望着他，一字一句道，"精神病的一种。"

学术名字他不晓得，癔症和精神病他可听说过太多了。顾展冷不丁地一颤，眉心皱起一个肉疙瘩："哪一类癔症？严重吗？"

"乔恩说我的情况很难分类……她是我的心理咨询师。"程杉稀松平常道，"现在已经不算严重了。"

这还不算严重？那要像《情深深雨蒙蒙》里的可云那样，满街跑着大吼大叫才算严重吗？！

顾展的话就在嘴边，但被他生吞了下去，最后换上关切的语气说："不算严重是什么意思？"

程杉说："顾展，如果有一棵树，被人为烧毁后，周身会披着黑黢黢的焦炭，像一具可怕的空壳子。但事实上它并没有死去，直到某一个契机出现，它重新复苏了，抽新芽、长新叶……那你说，到那个时候，焦炭壳子还会存在吗？"

"当然不会啦，从生物学的角度来说……嗯，算了，我生物学得也不好……"顾展的脑细胞有点不够用，"小杉杉，你这是想要采用类比的修辞手法，告诉我你现在的身体状况吗？你能不能说直白一点？"

程杉顿了顿，说："或者我这么说吧，顾展，你还记得你十岁以前发生的事情吗？"

顾展努力回忆，坦诚地摇头："记不太清了，不过有的事情有印象，好像八岁还是九岁的时候，我偷枣从树上掉下来了，摔得那叫一个惨。"

程杉说："那你还记得摔的细节和疼痛的感觉吗？"

"都那么久远的事情了，谁还记得疼啊！细节当然也忘了，就只有那个掉下来的画面，隐隐约约的。"顾展说，"又不是这几年的事情，那时候人小啊，感觉脑子都没发育好，记不住事！"

程杉说："你知道吗，我对程见溪的感觉，就像你对小时候偷枣的记忆那样模糊。"

"怎么可能？！"顾展似乎想起什么，一脸嫌弃道，"你跟程见溪好成那样，哪是说忘就忘……"

他话没说完，意识到什么了，突然紧张道："小杉杉，你该不会失忆了吧？！"

程杉无语地推了他一把："事情和人我记得！只是丢了细节和感受而已。"

丢了细节和……感受？顾展眉头持续紧锁，立刻身临其境地代入其中：要是他现在把当初佛蒙特森林一步一步走向成功的挣扎过程和最后的喜悦淡忘了，那人生该多无趣啊！不过，要是他也能忘记周楠甩了他的痛苦感觉，倒也不错……

程杉和顾展聊了几句以后，心情意外舒展很多，一边吸着奶茶一边看他表情纠结地脑补。

顾展演完脑中那一场大戏之后才回归现实，若有所思道："那今天怎么就突然发病了呢？是不是跟程见溪有关系啊？"

自然是和程见溪有关系。

"嗯。"程杉说，"你知道触景生情吗？"

"这我知道！"顾展现在戏精上身，非常理解程杉的感受，他说，"你的意思是不是，在你回Q市之前，对程见溪的感情还很淡漠。但是一回来，看见以前跟他走过的路就想起他说过的话，看见以前和他一起逛过的店就想起他刷过的卡，看见以前和他一起坐过的沙发就想起那年的象牙塔？"

程杉："……"

顾展觉得自己的推理既精准又到位，并且还排比、押韵，他很是激动，说："尤其是今天你到这里来，还见了那么像程见溪的人！这一刻，旧情复燃了！"

程杉扶额，原来旧情复燃还能这么用？

话糙理不糙，程杉没有反驳顾展的话，她只在心里说：或许再过一段时间，我会慢慢记起全部的程见溪。

只是她不知道，这究竟是一件好事，还是一件坏事。

叶臻离开佛蒙特森林，开车回家。到家后，他站在落地窗边，石像似的立了很久。最后，不知想到些什么，拿出手机编辑了一条信息，发送。

——我都跟小杉说了。

很快，那头回复的消息传来："她什么反应？"

——和你的预期一样，很理智，没有出现过激反应。

"叶总，我们仍然按照原计划走吗？"

——嗯。

叶臻放下手机，伸手揉了揉额角，才慢慢往浴室走去，一边随手解开右手的腕表放在洗手台边。腕表摘下，手腕原本被覆盖的部分一览无遗，那里有一个小小的文身。

看上去，像是花体字母"C·C"。

第三章
银杏小镇

周一，M·O内部食堂。

M·O的伙食出了名得好，餐标高，花样也多，软件园区里其他公司的员工都喜欢在午餐时间，混进M·O蹭他们的员工卡吃饭，甚至愿意多补饭钱。入了秋以后，食堂里每周一都会摆上来自阳澄湖的季节限定大闸蟹。

这一天的食堂，无一例外人头攒动，个个盘中一片橙红，看着既诱人又热闹。策划部的宋燕和琪琪都负责选题，两人一边聊着当季的新款香水，一边往食堂走。

"哎，是陈薇！"

宋燕眼尖，看见前边A窗口队尾的熟悉身影，连忙拉着琪琪往那里走。她们三个都是去年九月刚入职的，算是同期的新人。只不过陈薇主要做文案策划，和她们的工位离得较远，除了开会、吃饭，平时打交道的机会不算多。

琪琪一贯不喜欢陈薇，觉得她小家子气，做事情也没有什么头脑。所以即便被拽过去，也没什么好脸色。宋燕嗓门大，乐呵呵地跟陈薇打招呼："你今天气色真好！这个腮红，是不是NARS的那款Deep Throat？这颜色特别衬你啊！"

琪琪没搭腔，心里讪讪的：就这胖脸，打完腮红跟寿桃似的。

有人夸当然是件高兴事，陈薇笑眯眯道："对呀，我前天才收到的快递。"

"我在秦亮手机上看到你那天发的朋友圈了哦！五星级大酒店就是豪华呀……"宋燕突然换上一副贼兮兮的八卦笑容，凑上前说，"干吗把公司的人都屏蔽了呀，到底什么情况？"

什么朋友圈？琪琪一愣，不由得看过去。

陈薇有点脸红，扭捏道："哎呀，我都忘了我加秦亮了……也没有什么特别的啦，就是怕传出去什么，才会屏蔽大家的。"

"我明白我明白！"宋燕并不纠结她屏蔽谁，只是好奇道，"叶总真的带你去了五星酒店开房？"

她这一嗓子嚎出来，顿时，周围排队人群的目光像对着靶子的箭，"咻咻咻"直射而来。尤其是琪琪，满脸写着不可置信。

陈薇脸更红了，作势要捂住宋燕的嘴巴，忙小声解释："才不是你想的那样！只是那天我喝多了，刚好又碰到叶总，他一定是关心员工才会把我送去酒店的。我保证，他把我送过去之后付完钱就走了，我们什么都没有发生！"

"哇！听上去好浪漫啊，叶总居然这么暖！我怎么觉得他对你有点意思？这要是普通的老板，送回家就仁至义尽了，还送去五星酒店……也太贴心了吧！"

琪琪没想到那晚聚餐之后，烂醉的陈薇还能有这样的艳遇，脸色更不好看了，倒还是闲闲地插嘴道："那天不是程老师送你的吗？"

陈薇也不想隐瞒，但实在不喜欢琪琪这副见不得别人碰到一点好事的嘴脸，便脱口说："碰到叶总以后，学姐就走了啊。"

琪琪"哦"了一声，不冷不热道："还以为你真醉了，原来记得这么清楚啊。"

陈薇脸上红一阵白一阵，最后说："就是呢，我也不知道为什么，叶总跟我说的每一个字我都记得清清楚楚。"

"是吗是吗？"宋燕双眼放出羡慕的光，"我都来Ｍ·Ｏ一年多了，到现在也就远远见过叶总两面，从来没听他说过话啊！"

琪琪也没有听过。不仅仅是她，整个Ｍ·Ｏ大概只有叶总编、南荣总监和叶总的助理宋瑜才听过他开口吧。

话已经说到这个份儿上了，只能硬着头皮装下去，陈薇扬扬头，说："叶美人不只是长得帅啊，声音也低沉好听，你知道我一直是声控的，我都完全挑不出毛病。优秀的人，果然什么都优秀。"

说不嫉妒是不现实的，琪琪努力控制着面部表情，以免让陈薇更加得意。原本期待了一周的大闸蟹午餐，在陈薇和宋燕的切切嘈嘈里，变得食不知味。

午休短暂又漫长，琪琪和宋燕回二楼的路上还在听她艳羡地说着陈薇，不由得拉下脸来："你不都有男朋友了吗，就那么羡慕？"

宋燕看出来她不高兴，吐吐舌头不再说了。两人一路无言，穿过二楼走廊时，却听到一处会议室传来争执的声音。她俩对视了一眼，好奇的目光随后跟了过去。

原来是产品部在开小组例会。也就十来个人，不过叶慕和南荣邺都在。

Ｍ·Ｏ的大多数会议室都是全透明的，虽然隔音很好，但他们显然是在开简会，连门都没有关严。离得不算近，已经听见令她们头皮发麻的叶主编的声音。

"我再重申一遍，我们这一part的目标用户，不是那些花一两万块就妄想玩遍欧洲的穷游客！别给我找什么当地特色民宿了！"

琪琪又想起在选题策划会议上被叶慕支配的恐惧，缩了缩脖子拉着宋燕就走。

"我好像看到程老师了哎。"宋燕自言自语道，"她怎么也来开会了？"

程杉其人的神秘度和知名度在M·O仅次于叶臻，即便已经入职月余，但正式坐班的天数屈指可数。

这一次例会，也是叶慕请她来帮忙参谋的。她觉得，艺术家总有新颖的视角。可一开起会来，叶慕就跟炸药包似的，对产品部交上来的主题旅游产品选题产生了极大的不满。一旁的产品总监还没开腔，她已经连珠炮般驳回了好几份选题。

大伙都敢怒不敢言，会议室里气氛一时间跌至冰点。

南荣邺微微蹙眉，试图缓解气氛，说："我觉得阿放这个'浪迹天涯'的选题做得还是蛮有水准的，改成攻略版本，倒也不是不可以用来引流。"

阿放稍稍舒了一口气。可下一秒，就听叶慕开口道："好啊，把流量都分散，这个做一个小清新专题，那个做一个流浪专题，最后全去了穷游网站，谁还来买我们的主打产品？南荣邺，你到底是不是专业的？"

她的火气烧到了南荣邺身上，当着这么多的人，后者也是要面子的，一时间脸色变得难看起来。

他说："我们的网站不只是卖产品的！如果没有真正实用、多元的旅游攻略，根本不会有所谓的流量。"

"流量问题不需要你来操心，你们产品部只要负责把产品选题做好，明白？"

南荣邺一口气顶上来，但面前的人是叶慕，他欲言又止，化作一句："好，我不操心，谁爱管谁管。"

最后将手边的文件夹往桌上一掷，转身推门出去了。

叶慕对南荣邺负气离去没有什么反应，但语气已经冷了下去，她抱臂问剩下的人："还有什么好的提议吗？"

开会的其他人眼观鼻鼻观心，大气也不敢出一声，整间会议室落针可闻。

程杉亲历了一场例会，终于明白了南荣邺对叶慕的评价从何而来。她看见叶慕犀利的目光在会议室里巡视，最后落在自己身上，语气倒还温和："程杉，对新一季的产品主题，你有什么看法？"

程杉说："最早有一个小清新的选题推荐，主打情侣出行的，我觉得可以深挖。"

叶慕有点失望，说："年轻情侣的购买力太弱了。"

程杉明白自己说不过她，所以并不正面跟她对抗，只顺着她说："年轻情侣确实普遍消费能力不高，不过如果是筹备婚礼的情侣或者说准夫妻，旅游预算应该是相对充足的。"

"你的意思是……"叶慕若有所思道，"做蜜月主题？"

听见她自己把那个词说出来，程杉就不再发表意见了，说："听起来应该蛮有意思的，不知道路线规划上会有什么难度，我不是很熟悉产品设计。"

叶慕对自己被程杉启发出来的这个主题很感兴趣，忍不住笑起来："这个主题可以挖掘的点很多啊！"

暴躁是真暴躁，笑起来也是真的让人如沐春风。其他人都慢慢摸清了这位"女魔头"的脾性，见她心情好，连忙接二连三地提创意。

程杉看似无心插柳的一番话，化解了局面的胶着。后来这段话传到南荣邺耳中，他对程杉着实大为改观，发微信给她："本来以为你不擅长跟人沟通，没想到是深藏不露！"

程杉觉得好笑："这不算善于沟通，是那个境况下，只有我是个外人，不怕出错。"

别人或许也想到了这样的点子，但不敢顶着压力说出来。而她也不算外行，课程实践和毕业论文都是认认真真做出来的。

南荣邺明白程杉的意思，所以更相信她是个聪明人，短短几次接触下来就晓得跟叶慕说话需要"避其锋芒"。

既然是聊到了，程杉难免多问一句："你们后来怎么样了？"

南荣邺发了一个哭笑不得的表情，说："她不理我了。"

情理之中。程杉不知道发什么来安慰他，只好把他发给自己的表情又转回给了他。

很快，南荣邺发来消息："一起吃个晚饭吧，我也给叶大小姐请个罪。"

程杉手头的事情忙得差不多了，于是回他："可以。"

南荣邺随后发来时间地点，是一家川菜馆子，在当地评价甚好，如果不提前预约很难排上队。

程杉比约定时间提前十分钟到。

果然是生意兴隆，正值饭点，馆子门口长街排开一溜凳子，男女老少携家带口，穿得舒适又随意，领一张号码牌，就着店家派发的小食和茶水，坐在店门口跷起二郎腿，一边等位一边聊天。

程杉很久没见过这样的场景了，路过的时候忍不住驻足，有点后悔没带相机来。她觉得有趣，是不是川菜馆子都有这样让人甘愿慢下来，宽容等待时光的魅力？

南荣邺提前给程杉发了包间号，她找过去，却发现他不只约了自己和叶慕，还有叶臻。

前天在佛蒙特森林聊过以后，程杉回去把叶臻的话又细细想过一遍。其实站在叶臻的角度，他面对的也是一个既无奈又难以接受的悲剧。换句话说，如果是自己的亲人被查出有这样的疾病，她未必会做得更好。

对叶臻发泄的那些，有一半都不是她本意。

事实上，叶臻好心好意将从前的事告诉她，平日里也对她关照有加，她那番话未免太不近人情。所以再见到叶臻，程杉不由得就生出一些愧疚来。反观叶臻，倒没什么特别的神色，和她点头打了招呼后，就气定神闲地低头玩起了手机。

那厢，南荣邺正在努力争取叶慕的谅解。程杉听见叶慕怒气冲冲地说："是，你就顾着你的面子，所以放一句'谁爱管谁管'就把我撂那里了？如果不是小杉圆场，你觉得我要怎么下台？"

"都是我的错，我道歉，我赔礼，你让我做什么都行！"南荣邺嬉皮笑脸地告饶，可怜兮兮地四处拉救兵，"阿臻！小杉！你们也帮我说句好话啊。"

叶臻是没法帮他"说句好话"了，程杉揉揉鼻尖，说："要不，你们打一架？"

南荣邺立刻忧虑道："那不行啊，小慕舍不得打我的。"

"你说什么？脸伸过来说，我没听清。"叶慕撸起袖子，却被程杉这个岔得差点笑场。无奈，只得愤愤地瞪着南荣邺。

南荣邺这回是看出来了，要想和叶慕和平友好地相处下去，必须牢牢抱紧程杉的大腿。他赶紧张罗："点菜点菜，小慕，你不是最爱吃竹荪虾滑吗？来来来，点个一百份。"

叶慕忍无可忍，抬脚踹他："小杉还在这里呢，就不能有个正形？"

话虽如此，脸上还是带着笑的，转头问程杉："喜欢吃什么？有没有忌口的？"

程杉落座，在心里说：也就是对你，南荣邺对外还是很正气凛然的。

她说："我不挑，什么都能吃一点。"

话音刚落，身旁的叶臻抬了头，对叶慕比了几个手势。

叶慕意味深长地"哦"了一声，说："原来你对奶酪过敏啊。"一边说着，一边翻看菜单，"这倒不难办，中餐里很少有添加奶酪的。不选含奶酪的甜点就好了。"

程杉反倒诧异，看向自己身侧，说："你怎么知道？"不等叶臻回答，想起什么，道："程见溪告诉你的？"

叶臻点头：我们的关系一直很亲近，他告诉过我很多，关于你的事。

程杉没有想到，程见溪和他这个同父异母、一年也见不上几次的兄长关系这么亲密，怪不得他知道自己的喜好。

她不由得提起兴趣，问："全部？"

叶臻：自然不会是全部。

谁都有自己的秘密，程见溪当然不可能事无巨细全都告诉叶臻。

程杉的声音压得低，叶慕听不清她说的话，笑道："好呀，什么时候背着我们跟小杉关系这么好了，还说悄悄话？"

程见溪的事情解释起来太麻烦，程杉和叶臻都默契地选择了避而不谈。

"还不告诉我？"

叶慕就是挪揄两句，也没真的想听他们谈论的内容，她说："小杉啊，你千万不要觉得我哥是个闷葫芦。他也就这几年本分一些，我跟你说，他要是骚起来，连南荣邺都不是对手。"

程杉噎了一下，被叶慕的措辞惊住了。

南荣邺咀嚼一番，道："我怎么觉得你这句话不像在夸你哥，也不像在夸我？"

叶臻摇头，嘴角浮起一丝坏笑，简单比了个手势。叶慕和南荣邺都看懂了，前者气得叫了一声："不准翻旧账！"后者乐得前仰后合，说："深有体会，深有体会！"

程杉没想到叶臻也有这样"不稳重"的一面——这可比温和与疏离或者不苟言笑的他更真实可感。因为是从小玩到大的情谊，三个人相处起来完全没在公司时的束缚，语气、神情真诚，就连互损都透着温馨。饭桌上的气氛比那天团建好太多，程杉全程都十分轻松愉悦。

晚餐结束后，南荣邺送叶慕回去，叶臻开车送程杉。

两辆车一起开出停车场，叶慕从窗口探出头来，冲程杉道："小杉，下回再约。"

程杉点头，也向她招手："好。"

叶慕缩回去，对南荣郴说："南荣郴，我越来越喜欢程杉了。如果我哥追不到她，我肯定会很难过。"

南荣郴说："其实有件事我一直不太明白。"

"什么事？"

南荣郴说："按照阿臻的个性，如果真像你说的，很早就喜欢程杉，他是不可能忍到现在还不出手的。"

叶慕说："上了大学以后，我们都不在一处，见面的机会少得可怜。也就是最近几年，大家在一起工作，才抬头不见低头见的。也许，经历了那次意外之后，我哥慢慢变了呢？"

南荣郴轻笑，摇头道："他没变。阿臻从小就要强，什么事都要做得体面周到。失语对他来说是一个打击，但是你看没看到，他几乎在短短一个月的时间里便重新振作起来，去学手语和使用所有能帮助他最快与人交流的电子设备，甚至为了能有更快的打字速度，从零开始学习五笔打字。"

他下结论说："叶臻能这么隐忍，说明他和程杉之间，一定有什么我们不知道的事情。"

叶慕承认南荣郴说得有道理："我哥是叶家唯一的继承人，那么重的担子压着，没法不振作。"

思量片刻，又合理猜测道："可能，是想等M·O走上正轨，才打算考虑自己的感情？"

南荣郴但笑不语。

"哎，对，我记得我哥在意大利定居的那两年，是交过女朋友的。"叶慕想起什么，说，"我都没见过那姑娘。但我哥和你一直有联系，你给我说说，他那段感情是怎么掰了的？"

"我也没见过，我去意大利那次刚好跟他们错过，他俩一声不吭跑斯里兰卡度假去了。为什么掰啊，我也不清楚……只知道大约是从你哥出事之后，就再也没有听他提起过任何姑娘了。"

　　叶慕本来还有一搭没一搭地听着，这回突然警醒起来，坐直了身体，说："南荣郦，我哥真的是出车祸伤了脑袋吗？"

　　"喂，你问我？那可是你哥！我还是回国以后才知道阿臻出了这档子事的。"

　　"他三年多前在意大利出的事，一个多礼拜以后消息才传来，我们赶过去看他的时候他已经能下地走路了。"叶慕回忆道，"事发经过都是我哥写给我们看的，他说他开车不注意翻到了山下去，事故现场照片都有呢。当时没往这方面想，可现在我一琢磨，总觉得哪里不对劲。"

　　"太不对劲了。"南荣郦说，"先不说阿臻这么细心的人会不会犯这种低级错误，如果真的是车祸，他是绝对绝对不会愿意让你们看到现场照片的。"

　　"你说得对啊！"叶慕一拍大腿，说，"那你推理看看，我哥出的这场意外，会不会跟他的前女友有关啊？"

　　"好啦，大小姐。"南荣郦已经把车开到了叶慕家楼下，他转头对她一笑，说，"阿臻不说，自然有他的道理。我们只要知道，他对那个什么前女友已经没有半点兴趣了，现在的主角是程杉就够了。怎么帮他追到程杉，才是我们要考虑的问题。"

　　叶慕想想也是，叶臻如果有心想瞒下来一件事，他们是很难知道的。

　　"可我总觉得，程杉看我哥的眼神怪怪的。"叶慕有一点沮丧，说，"绝对不是女孩子对优秀适龄男青年的那种仰慕，反倒……"

　　"她在分析你哥。"南荣郦一语道破叶慕心中所想，"我甚至觉得，程杉和你哥从前就认识。"

　　"这不可能，她第一次见我哥我都在场的。"叶慕说，"她那反应根本不可能是装的。"

南荣邺微微耸肩，说："我只是猜测。她跟我们交流的时候，如果有这么远的距离……"他张开双臂向两边伸展，比画了一个长度，"那么，跟阿臻说话的时候，距离就被缩短到了这么远。"

南荣邺合拢手臂，将方才的距离缩短了一半。

叶慕怔愣地看着他分析得头头是道，"扑哧"一笑："你说的我都信了。不过最起码，她不反感我哥，感情嘛，是要慢慢培养的。不急不急。"

"对，要慢慢培养。"

南荣邺微微欠身，望着她的双眸，牵起一抹柔和的笑意："小慕，不生气了？"

叶慕一怔，被他看得身上一阵一阵发烫，她抬手推他，解开安全带就要下车："一顿饭就想哄我，你想得也太美了吧？"

南荣邺坐在车里，看着叶慕得意扬扬地说完，踩着高跟鞋志得意满地转身走进院子里，唇角的笑意渐深。在大门关上之前，他突然像个愣头小伙子似的，降下车窗朝她窈窕的背影吹了声口哨："大小姐，明天我能来接你上班吗？"

"不知道！"

叶慕藏不住笑，又不想被这浑小子看见，于是并不回头，只大声回答了他一句。

叶臻的车停在程杉家楼下，程杉没急着下车。

叶臻似乎能看透她的心事，他打开触控板，手指灵活敲击：有话想跟我说？

程杉"嗯"了一声，偏头看向叶臻线条硬朗的侧脸。她其实对程见溪的长相记得并不太清，记忆里的他模糊抽象，为数不多的照片里，他也只有不甚明确的五官轮廓，程杉捕捉不到最全面的细节。

所以最初，她只觉得叶臻熟悉，却没有联想到他和程见溪相似。

"你知道吗？现在的我对程见溪这个人的存在感到很淡漠。"程杉说，"在回国之前的那几年，我很少会刻意想起他，也没有想过一定要把从前的细节记起。"

"但这段时间，我接触到以前的朋友，包括……听你说的那些。"或许是因为叶臻是程见溪的哥哥，程杉对着他的时候觉得意外坦然和平静，她说，"我发觉，我是想要记起他的。不管怎么样，都应该记起来的。"

程见溪是程杉从前拼命去爱的人。那段记忆的感受，是组成寄居于体内的灵魂不可或缺的一部分，如果找不回来，无根的魂魄也许会浑浑噩噩地漂泊一生。

程杉给自己下了诊断。如果不想再在夜半惊醒，如果想过正常人的生活，如果想要拥抱新的人生和感情，那么她必须做好准备，接受自己全部的过往。

钝刀子割肉的感觉并不好受，叶臻的面部肌肉因她的话而微微一颤，但很快他就调整了自己的情绪，目光平和地看向程杉，鼓励她往后说。

"所以，我恳求你能够帮我。"程杉真诚而专注的目光望向叶臻，"这个世界上，我再也找不到一个人能像你这样，了解程见溪和我的过去。"

程杉说完，见叶臻迟迟没有反应，立刻补充道："当然，这不是无偿的。叶总，甚至我们可以签订合同，我在M·O工作的薪水……"

叶臻蹙眉，自她的话头往谈判方向转时，就飞快键入文字，赶在她把他不愿意听到的话说完之前阻止了她：小杉，永远不要跟我谈条件。我从来没有拿你当过我的员工。

程杉一愣，下意识问他："那你拿我当什么？"

她的表情里不掺杂任何情绪，只是单纯有疑问。可叶臻的心在那一刻，不受控制地剧烈颤抖起来，他的手指搁在控制台上缓了几秒钟，才回答她：家人。

程杉对着那两个字沉默了许久。她想，或许在叶臻眼中，自己也是世上唯一一个和程见溪有着密切联系的人，他怀念程见溪，所以爱屋及乌地将关心分给自己。

上次她过分敏感，将这种关心当作"不劳而获"的特权，但那天她从佛蒙特森林离开后，又和乔恩连线聊过，是乔恩开导了她。

"人际关系的魅力在于，摒弃利益关联之后，人与人之间仍然会留存某种无法割舍的相互吸引。或许和爱情无关，但这种吸引令人愉悦舒适，程杉，你一直抗拒与人亲近，认为利益互换才是彼此合作、联系的纽带，这是你目前最大的问题所在。"

她不得不承认乔恩说得有道理。从前的程杉，仅仅因为自己喜欢那家书屋，就不计回报地把钱借给艰难创业的顾展，可现在的她，断然做不出那样的事来。

叶臻继续道：你希望我怎么帮你？

程杉回过神，说："不知道为什么，我这里关于程见溪的东西少得可怜。如果可以，我想看看他的所有影像资料。还有其他的一些问题，可能也需要陆续请教你。"

叶臻：好。这周六我把东西拿给你。

"谢谢你，叶臻。"

叶臻目送程杉离去，眸光渐深，搭在方向盘上的手不由自主地捏紧了。

程杉回到家中，打开客厅大灯，刚脱下一只鞋，突然停住，鬼使神差地单脚跳到窗户边往外看——叶臻果然还没走。他看见程杉房内亮起灯后，才发动车子离开。

程杉在窗边发呆，似乎想了很多，可脑中一片纷乱，又理不出个头绪。这时候手机响了一声，她几乎立刻掏出来看。不过不是叶臻，当然不会是他。程杉在心里说，他现在还在路上。

发消息的是童菲，问程杉现在有没有空。程杉回拨电话给她，一边走回玄关把两只拖鞋都换完，才懒洋洋地躺到沙发上。

童菲选好了婚纱，打电话来是想约程杉拍片的。

"我下周可能要去马尔代夫出差，为新一期的杂志和相应主题产品拍摄专题图。"程杉翻着自己的日程表，说，"这周周末行吗？"

"不能周六吗？周末我们家时辰也要出差。"

周六她只跟叶臻有约，不过仅仅是拿个东西，也不耽误什么时间，程杉迅速做了决定："好，这周六。我们去哪里拍？"

"银杏小镇呀。"童菲憧憬满满，说，"婚纱照怎么能不去银杏小镇拍呢！"

"好。"程杉跟她约完时间，又聊了几句，才挂断电话。

程杉捧着手机，想了一会儿，给叶臻发微信：我答应了朋友这周六给她拍婚纱照，结束以后我去找你取东西可以吗？

叶臻：可以。结束后给我发消息，我去找你。

他回得很快，简洁明了。程杉有时候觉得叶臻的处事风格，是果断而明确的，相对应的，他这个人也该棱角分明，而不是她感受到的温文、体贴。

程杉没见过叶臻以那样的面目去面对其他人，所以她不知道叶臻是不是只对自己才会如此。如果是，难道仅仅因为她是程见溪的前女友吗？

百思不得其解的问题太多，程杉在困顿与思虑之中入睡了。

周六早晨，程杉与童菲夫妇相约Q市的婚纱照圣地——银杏小镇。

虽说名字叫"银杏小镇"，但这里并非植满银杏树。这是由七条小径穿插其中的一座临山靠海的小镇。七条路两旁各种植着不同种类的植物，除了最出名的银杏以外，还有碧桃、海棠、紫薇、五角枫、龙柏、雪松。一年四季，各有各的无双景致。

从前，这里是官僚资本家的别墅区。后来政府对银杏小镇进行全面修缮，小镇如今已经成为Q市重要的疗养区、旅游区之一。

童菲和程杉都曾是这里的常客。

Q大老校区距离银杏小镇不过一二十分钟的脚程。她们两个爱玩爱闹，对这里早就熟悉得跟自家后花园似的。

时值深秋，小镇环卫一夜未扫，地上积起一层厚厚的落叶，染着朝阳的颜色。

"躺好啊。时辰，动作能不能再自然一点？来，朝这个方向给一个眼神。"

程杉一拍起照来，气场全开。她给两人支着儿，让他们躺在满地落叶上，按照童菲的要求，拍摄大尺度的羞耻"动作片"。

童菲心领神会，扯过时辰的领带，另一只手拽开他的衬衣领子，涂着鲜红色指甲油的素白手指，很是情色地插进他的领口，还不忘喊："小杉，要俯拍镜头！"

真是妖孽啊，早知道应该带航拍器的。程杉支起打光板，调整角度，拍了几张都嫌不够。四下张望，一狠心踩上路边不知谁家红砖围墙外堆积的建筑用混凝土板。

那家院墙上为了防盗，插着许多玻璃碎片，程杉避了又避，用一只手抓住内侧，攀附在墙上。另一只手端着相机迅速找角度俯拍，一面给建议。

"菲菲，腿，上去！"

童菲嗔怪地看她一眼，身体却很诚实，立刻撩起蓬松的婚纱裙，露出纤细匀称的光裸长腿，蹭上身边衣冠楚楚的时辰……

时辰周身一紧，活脱脱一个被女妖精勾引的禁欲系美男子的模样，程杉哪里肯放过这些有意思的瞬间，以及时辰好不容易出现的自然生动的小表情，一边叫着"别动"，一边快速按下快门。

"小杉！"

拍得正欢，围墙里却突然传出一个声音，伴随着这个声音的，是院子大门被人从里面推开的"吱呀"声。程杉冷不丁被吓了一跳，手一松眼看就要从高处跌下去，几乎是本能地将相机整个扣进怀里，用胳膊肘承受地面带来的冲击。

一声闷响。

童菲和时辰吓坏了，立刻爬起来冲过去，却见程杉趴在地上检查着相机。

"小杉你有没有事？！"

童菲拎起裙摆，矮身想要搀扶程杉，可一个身影先她一步，把程杉整个提溜起来。程杉一偏头，正对上叶臻急怒的眼神。再一偏头，却看见叶慕，一脸抱歉愧疚地站在一边。

程杉反应了一会，喃喃："你们，住在这里啊？"

没有人回答她，叶臻不由分说地卷起她的衣袖查看。

程杉条件反射地往后缩："我没事。"

叶臻没听见似的，手上的劲半点没收，程杉根本抽不回手。

"呲……"

叶臻一有动作，程杉就忍不住呼痛，他立刻停下，偏头去看叶慕，比了几个手势。

"我、我去开车！"叶慕意会，连忙小跑进旁边的院落里。

程杉磕得不轻，左胳膊承力尤其大，动一动就剧痛难忍，大概是伤到了骨头。裤子也破了，露出的膝盖部分糊着血和土。童菲夫妇关切地站在一边，谁也没有插嘴。

这时候大家安静下来，程杉才想起来介绍："菲菲，这是叶臻。刚才那位，是《无疆》的主编叶慕。"又对着叶臻说，"他们是我的朋友，童菲和时辰。"

叶臻对他们点一点头，算作打招呼。童菲的目光一直黏在他身上，以至有些发怔，时辰心里一时愤愤，在她身后轻轻掐了掐她的腰，示意她不要太花痴。

童菲："呀！时辰你掐我干吗？"

时辰："……"

车子很快开了过来，跟童菲夫妇道别后，程杉随叶臻坐上了车后座，往最近的医院驶去。

童菲目送几人离开，时辰语气酸酸的："他很好看吗？"

童菲喃喃："比以前还要帅。"

时辰一愣："你认识他？"

"你不觉得，那个叶臻，很像一个人吗？"

时辰心情更低落："没觉得！"

童菲这才反应过来，狠狠撞了撞他："你瞎吃什么飞醋？程见溪啊，你不觉得叶臻跟他哪里很像吗？"

程见溪？

"虽然发型不同，鼻梁高一点，棱角凌厉了，眉眼……唉，直男，跟你没有什么好说的。"童菲摇头叹道，突然脑洞大开，"你说，他有没有可能是程见溪的投胎转世？"

时辰："你够了。"

童菲有点扫兴，"哼"了一声："那人家不就是瞎想一下嘛。"又说，"啊呀，真是应了那句话，天底下帅的人都长得一样，丑的呢，却各有各的丑法。"

时辰："……"

童菲喋喋不休："还有，女人的直觉告诉我，这个叶臻对咱们小杉，绝对不一般。"

眼神是说不了谎的，她一眼就看得出来。

"你说小杉会不会将错就错，把叶臻当成程见溪的替代品？不是有一句话这么说吗，离开你以后，我爱过的每一个人都像你……"

"菲菲，下次少看点韩剧。我们回家吧。"

"小杉啊，真是不好意思。我刚才看见你……挂在围墙外面，太惊讶了，没忍住叫了你一声，害你摔下去。"叶慕开着车，跟程杉道歉。

"不不，不是你的问题，是我不该随便挂人家围墙。"程杉脸一红，觉得这回自己是丢脸丢到人家家门口了。

"摄影师嘛，能理解。"叶慕笑道，"你不知我刚叫完你，被我哥狠狠一个眼刀瞪得……"

程杉没吭声，目光不自觉右移，叶臻的手还握着她的胳膊用以固定，防止她因为车子的颠簸而受痛。她顺着叶臻的胳膊往上看，好巧不巧，叶臻也正回望着她。

两个人谁也没做什么，没说什么，程杉突然觉得心虚，率先低下了头。叶臻右手腕上仍戴着手表，程杉瞄了几眼，觉得哪里不太对劲，不等她细琢磨，已经到了医院门口。

叶臻要伸手扶她，程杉低声说："我没那么严重。"

他并不强迫，站在一边护着她进去。叶慕去停车，叶臻已经提前在手机上为程杉挂了号，到诊室门口的时候刚好叫到程杉的号。

医生五十岁左右，一看这情形，道："先把裤子脱了。"

程杉穿的裤子紧，不好从裤脚往上卷。她一时有些窘迫，叶臻会意，冲她点了点头转身出去了。医生原本直接默认了叶臻和程杉的关系，这时候有点诧异，多看了叶臻一眼。

"这小伙子长得真俊。"

女医生是Q市本地人，家乡话说得流利，程杉笑笑，慢吞吞地脱下裤子给她检查。万幸没伤到骨头，医生让旁边的护士给程杉消毒上药。过氧化氢涂在伤口上，辣得人生疼，程杉皱着脸吸气，立刻热泪盈眶——生理性反应，难以抑制。

护士又给她涂紫药水，程杉看了一会，说："给我画个星星吧。"

"星星？"

程杉戳戳腿，小声说："摔得太丑了……反正要涂药水，就画个五角星吧。"

什么时候了还想着臭美，真是小姑娘心性。不过护士还是满足了她的小心思，给画了个星星。可能是住在海边，程杉横看竖看，都觉得那像个海星。

这边涂好药，程杉正犯愁怎么套上裤子，叶慕就在外头敲门了："小杉？"

"我在。"

叶慕拿着一个纸袋子进来："我哥刚让我去买的，换上吧。"

里面是一条阔腿裤，还有一双很厚的羊毛高筒袜。

离开的时候，叶臻帮程杉借了轮椅，将她推去了停车场。在车上，叶慕和程杉就"将她送去哪里"这个问题进行了激烈的拉锯战。

"小杉，你现在手脚这样，一个人怎么照顾自己？"

叶慕直接替她做决定："听我的，跟我们回镇上的老宅。你千万不要觉得拘束，老宅里现在就我、我哥，还有几个阿姨住在一起，爷爷还有其他长辈要到春天才会回来。"

程杉连连摆手，说："还是太麻烦了，我有朋友在Q市的……"

"你是说今早那两个？"叶慕说，"那不是更麻烦，人家新婚宴尔的，你去当电灯泡多不合适。再说了，家里有现成的阿姨，你觉得不够就再请一位护工。"

程杉回道："不是他们，我还有一个开咖啡书屋的朋友。"

她不过是话赶话说到了顾展，实际上根本没打算去寻求他的帮助。可程杉话音刚落，驳回她提议的人变成了叶臻。

——你觉得比起我来，顾展更能照顾好你？

程杉看着他递过来的手机屏幕，觉得有点眼晕，但也没有再说什么。因为事实明摆着，她要真去找顾展的话，大概这手脚都要废了。叶家兄妹把话说到这个份儿上，再推辞就真的是不知好歹的矫情了，程杉说："那，真的谢谢你们。"

叶慕："伤筋动骨一百天，你就放心住着好了。"

别说住一百天，叶慕恨不得马上敲锣打鼓把程杉直接迎娶回去给自己当嫂子："《无疆》第二期有我和南荣邺顶着，你别担心。"

程杉意识到什么不对劲，抬头问："你是说……"

"你这不是伤了吗，我刚打电话给我助理了，让她帮我和南荣邺预订了下周飞马尔代夫的机票。"叶慕说，"反正现在主题已经定下来了，蜜月主打产品是重点。照片的话我们尽量多拍，不过我们的技术都太业余，照片返回来你可能还得帮着挑拣修改。"

"没问题。"

程杉面不改色，心里把叶慕的意图摸了个七八分——她不知道程见溪的事，所以一定是误会自己和叶臻的关系了。

回去的时候是叶臻开车，先去程杉家中取了行李。叶臻和叶慕在得到程杉的首肯后，一同去了她家。叶慕负责帮程杉收拾东西装包，叶臻则负责提行李箱。

其实要带的东西不多，也就是日常换洗衣物和洗漱用品，程杉不想引起不必要的误会，思索片刻决定不去抽屉取药——反正最多也就借宿一周，不吃药应该问题不大。

外面传来叶慕的惊呼："天啊，小杉你平时就睡这里？"

程杉回身看过去，只见叶慕目瞪口呆地站在自己卧室门口，而她身边的叶臻正望向自己，面上没有明确的表情，程杉读不出他的情绪。

她"嗯"了一声，半是调侃半是自嘲道："可以看出，我没有幽闭恐惧症。"

叶慕小跑过来，神情严肃道："可以看出，你很缺乏安全感！"

程杉："或许吧。"

叶慕看得出来程杉不太愿意谈论这些，很有眼色没有多问。她让程杉坐在沙发上休息，自己亲自动手，三下五除二就帮她把该打包的全部整理好并放进了行李箱里。

一切就绪，打道回府。叶慕早上在医院时已经打电话回去，交代家里负责照料他们生活起居的文阿姨，收拾出一间客房给程杉住。文阿姨心细，听叶慕说了程杉的情况，又特地炖了玉米山药猪蹄汤，温在小厨房里等着他们回来。

虽说午饭还没吃，可程杉并不觉得饿，胳膊和膝盖都伤在最要命的关节处，每动一下都扯得难受，她心里烦乱得很，只想找个安静的地方好好休息一会儿。偏偏叶慕一路上说个没完，给她介绍老宅里的几个轮值的阿姨，还有她们各自的拿手菜。

程杉头昏脑涨之际，看见叶臻给叶慕用力比了几个手势，后者立刻噤声，抱歉地看过来。程杉向叶臻投以感激的目光，半靠在座椅背上闭目养神。一番折腾下来，等他们回到银杏小镇的老宅时，已经是下午了。

这次程杉没有拒绝叶臻的帮助。她伤口钝痛，涂了紫药水的膝关节正溢出黄色的脓水，疼得她轻微地打着摆子。叶臻伸手将她宽大的裤脚一点一点卷至膝盖以上，才把她抱进怀里，慢慢挪出车子，送去二楼的客房。

叶臻的身材虽然看着不算健硕，但胳膊的力量完全能将程杉稳稳当当地托起。程杉闻到他衣服上清淡的香气，混了一点医院消毒水的气味，意外地让人镇静。

她离叶臻这样近，以至能看清他干净且没有一丝赘肉的下巴、敛起的唇角、挺立的鼻峰、标致的桃花眼……程杉觉得自己真的是疼蒙了，脑子都开始不管事，她看着看着，突然鬼使神差地、倍儿真诚地夸奖他："叶臻，你长得真好看。"

话音一落，自己先愣了，顷刻回神，恨不得把舌头嚼了吞进去。

被莫名夸了的当事人叶臻上楼梯的动作微微一滞，垂眸望向程杉，唇角牵起一抹堪称温柔的笑来，眼中有显而易见的愉悦。他上下动了动嘴唇，而程杉竟然看懂了他的唇语！

他说：我知道。

程杉从前在各地拍照，不知道夸过多少人，从没像现在这么憨涩。她立刻催眠自己：互相夸奖，是人与人之间沟通的桥梁，是构建社会主义核心价值观不可或缺的坚韧基石。

二楼的客房朝南，窗外是大片的五角枫。秋风过境，枫叶内部的糖分慢慢转化成花青素，叶片由绿转红，那红醇厚浓烈，无数五角状叶片如一双双浸满鲜血的殷红小手，向四周爬去，窗外景致宛如幽冥之中永世不枯的血海般诡谲妖冶。

自然的鬼斧神工，非人类一朝一夕的想象能够形容摹画。

程杉被这场景震慑心魂，喃喃道："叶臻，把相机给我。"

叶臻没反应，轻手轻脚地将她放在松软干净的大床上，几步走到窗边，一抬手把遮光窗帘拉上了。程杉不解地看过去，觉得叶臻现在脸上写满了：好好休息，其他休想。

果然，叶臻的手机很快递了过来：相机没收了，养好伤再来拿。

"叶臻，你……"

程杉最终还是认怂。人在屋檐下，不得不低头。何况相机本来也是人家的。

叶臻：要不要喝一点汤？

程杉摇头："我没胃口。"

叶臻：先睡一会儿，肖医生四十分钟后过来给你换药。

程杉伤在左胳膊肘和膝关节，叶臻只给她搭了一条毛毯在肚子上，又将室内恒温恒湿空调打开。看着程杉闭眼休息，这才转身关上门离开。

在不熟悉的环境中，程杉一贯很难入睡，尤其是客房空间宽敞，她在床上小幅度翻身，折腾了好一会儿才精疲力竭地陷入梦境。

这一次，梦中的场景清晰异常。

是Q大南区的篮球场，用绿色的铁丝围住，里面人头攒动，时不时爆发出一阵阵叫好声。

铁丝网上绑着一条红底白字的横幅：管理学院第89届春季篮球赛。

程杉绕着篮球场边缘漫无目的地走着，直到看见人群里蹲着的程杉。或者说，那是大学一年级的程杉。她慢慢停下，眼睛眨也不眨地，看着那姑娘脖子上挂着学生会部门配发的相机，不断寻找角度，试图拍出最精彩的篮球赛照片。

程杉知道接下来会发生什么，但是什么也做不了，只能眼睁睁看着。

某个时刻，小程杉"哎哟"一声，从人群中被挤出来。在这个过程中，她被前面的学生绊了一脚，整个人向前倾倒。她手忙脚乱，一只手死死护住胸口的相机，将身体的全部重量都压在另一只手上。

就这样，姑娘以一个十分狼狈的姿势摔进了正在激烈比赛的球场内。而会计班篮球队的前锋林涛刚好迎面冲过来，躲闪不及，一脚踩断了她的手骨。

小程杉整个人都疼蒙了，坐在地上捧着手，竟然一时间什么话都说不出来。周围围满了人，谁也没料到只是被踩了一脚就会筋骨断裂。这时主持比赛的裁判虎着脸气势汹汹地跑过来赶人。

"说了多少遍让你们不要越过白线！活该！"

林涛也受到干扰，嫌恶地活动手脚重回赛场，看也没看她一眼："晦气。"

程杉觉得丢脸，她自己也没料到伤情有多严重，只知道疼，太疼了。于是小姑娘抱着手灰头土脸地爬起来，背着相机去图书馆找程见溪。

图书馆电梯坏了，程见溪又在四楼，她从没觉得楼梯这么难爬过。疼痛从手掌绵延开去，她浑身都被冷汗浸湿，微微地打着摆子。

但还有一层楼就能见到程见溪了。这么一想，又一鼓作气迈步向前。

终于，终于，在熟悉的地方看见端坐在书桌前的程见溪。他穿着质地考究的亚麻色针织衫，白皙的侧脸弧度温和。

程杉的腿一软，跌在地上。而程见溪看见她这副模样，几乎一瞬间就从座位上跳起来，朝她飞奔而去。速度之敏捷，比两人初见，他躲避程杉和她的坐骑时更甚。

那是有生以来，程杉见到的，程见溪最失态的一天。

"程见溪，手疼。"

程杉看见近在咫尺的程见溪，终于委委屈屈地小声哭起来。碍于在图书馆，头埋进他的胸口，眼泪与汗水齐飞。

篮球场到图书馆四楼，她就这么一个人挎着相机捧着断掌走了过来。程见溪的脸色很不好看，抱起她就往校医院跑。最后校医确诊，程杉被紧急转移到当地大医院做手术，足足休养了半个月才稍见好转。

后来程见溪没收了她的相机；后来程见溪再也没有喜欢过篮球这项运动；后来程见溪做了一件令程杉瞠目结舌的事情。

他把那天的前锋给打了，打完以后，还亲自把人家送去了校医院，然后自己去了教导处领处分。程杉和程见溪也因为这件事，一时间被送上话题榜，风头无两。

敲门声将程杉从梦中唤回。客房的灯被人打开，程杉下意识伸手去挡光，正看见手背那一道极淡的伤疤。她的心像被什么狠狠戳了一下，酸软疼痛，她只是盯着那道疤痕，眼泪就莫名地流了出来。

程杉知道，身体里的某个部分，开始苏醒了。

叶臻带着肖医生走进房内，他看见程杉半举着一只手，双眼通红，泪水顺着太阳穴流进两侧的发根深处。他不由得皱起眉头，从桌上抽了纸巾走过去，半蹲在她床边，帮她擦眼泪。

程杉一动不动，他以为她是痛得狠了，忍不住抬手用拇指指腹轻抚她左侧额角细碎的绒发——以往那些时候，这样做可以让她平静一些。

　　程杉的视野与真实的世界隔着一层水雾，她讷讷地偏头看着叶臻，突然哑着嗓子叫了一声："程见溪，是你吗？"

　　程见溪，是你吗？

　　叶臻确切地听见自己脑中"嗡"地响了一声，他的手指立时僵住了，似乎浑身的每一个零件都伴随着程杉这句呓语而变得迟缓起来。

　　程杉慢慢醒悟过来。她眨去眼里多余的泪水，看向叶臻的神色变得清明。她终于意识到，刚刚那些，只不过是她的一段回忆。

　　叶臻也回了神似的，立刻将手从她额上拿开。他站起身，向后退了几步，连神色都变得淡漠了。程杉迟疑地看过去，可叶臻连目光都避着她，与刚才判若两人。

　　肖医生上前几步，重新检查程杉的伤口，对叶臻说："发炎了，需要清创，最好是能涂一些抗菌药。程小姐有没有抗生素过敏或者其他药物过敏史？"

　　叶臻笃定地摇头。

　　"那好。"肖医生说，"你帮我一下。"

　　肖医生是叶家多年来的家庭医生，和叶臻熟识，所以说话也不拘着："阿臻，我要用生理盐水给她再洗一遍伤口，你去拿个盆子过来。"

　　"哎哎，我去我去！"门口刚准备进来看望程杉的叶慕听见肖医生的话，连忙举手道，"哥你陪着小杉就好！"

　　她不等叶臻反应，掉头去找盆子。

　　程杉："……"

　　叶臻知道程杉不是很能忍痛的人，从前她要是受了这样的伤，肯定要哭哭唧唧闹腾半天，黏在人跟前好说歹说、连哄带骗都要被抱一下，程杉有一整套言之凿凿又漏洞重重的理论，来说明"你抱抱我我就不疼了"这么一个道理。

但没办法，谁让他吃她这一套。如今她虽然看上去很淡定，可大气也不敢出一声，目不转睛地盯着肖医生动作的模样还是暴露了她内心的恐惧。

叶臻紧了紧拳头，终究还是走过去坐在她床边，虚虚搂住她的肩膀，却不再和她有任何眼神交流。叶臻无法想象，如果程杉在清醒的时候对着他再次喊出那个名字，他会做何反应。

程杉没有挣开，相反，她甚至在某一刻，是希望叶臻能陪在自己身边的。

因为他细心、妥帖，好看还优秀。

他和程见溪像极了。

思及此，程杉的心狠狠一磕——她被最后一个自内心深处蹿上来的念头吓了一跳。

叶慕很快拿着盆回来了，肖医生手轻，只有刮去脓水的时候程杉遭了些罪。

"因为是在这种关节部位，平时可能会碰到，所以我还是给你缠上绷带。"肖医生叮嘱道，"千万不要碰水。我每天过来给你换一次药，如果还有炎症，或者晚上有发热的现象，我们还是要吃药、打点滴的。阿臻告诉我，你的抵抗力一直很差，千万不要小看这种小伤。"

他怎么知道？我也就这几年抵抗力才变差的啊……程杉心里的疑惑一闪而过，只顾着问自己最关心的问题："肖医生，我这几天能用相机吗？"

叶臻人在程杉身后，他立刻给肖医生递了一个眼色。

"不能。"肖医生盈盈笑着，收拾好自己的医药箱，轻描淡写道，"除非你还想再刮几次脓水。"

程杉叹口气，别过头看叶臻："这下如你意了？"

叶臻把手机给她看：是为你好。

叶慕看这两人感情"急速升温"的架势，连忙拉着肖医生道："对了肖医生，我这几天总感觉肩膀这里有一点酸痛，你帮我看看吧……"

她一边说一边把肖医生拉出门去，还"随手"关上了房门。

屋里只剩下两个人，还是以半抱着的姿势坐在床上。程杉顿觉不妥，低声清了清嗓子。叶臻非常识趣，自然知道程杉的意思，他马上给她拿来一只靠枕垫在身后，自己则坐到了床边刚刚肖医生坐过的凳子上。

程杉说："小慕是不是误会了什么？总是一副要撮合我们的样子。"

叶臻：她很喜欢你，对我的事情一直也很上心。

程杉说："你之前的女朋友也是她撮合的吗？"

叶臻微顿：南荣跟你说的？

程杉"嗯"了一声，说："怎么，不方便说？"

叶臻低头输入文字，程杉看不清他的神情。她也不知道自己为什么会问叶臻这么私人的问题，可能是觉得自己和他已经不再陌生，也可能……自从第一次听说，她就对那个问题本身很感兴趣。

叶臻：不是小慕撮合的，是我自己骗到手的。

程杉好笑地重复："骗到手？"

叶臻：嗯，那时候能说话，花言巧语。

程杉想象不出叶臻"花言巧语"的样子，她说："可我觉得你不像那样的人。"

叶臻偏头看她：你觉得我像怎样的人？

程杉在看见他的问题之后，脑中突然浮现的画面，竟然是长久以来时常出现在她梦境中的那座山——安静沉默，又变幻莫测，蒙着一层看不分明的雾气，神秘却又给人熟悉的安全感。

程杉坦言："你像一座山。"

叶臻微微扬眉，眼里充满疑惑。

程杉却不打算说了，她笑起来："叶臻，我饿了。"

他不再追问下去：家里有汤和一些糕点，糕点可能不合你的口味，还想吃点什么？

程杉摇摇手机，说："我可以点外卖！"

叶臻听见程杉这么说，似乎也挺有兴趣：想点什么？

程杉把外卖软件打开，兴致勃勃地说："你用过这个吗？你想吃什么我请你。你们家的地址要先输进去……"

回国以后，她感觉到的最大变化就是移动支付和外卖的普及，出门只带手机的日子，真的太方便了！程杉的新奇和兴奋劲到现在都还没过去，只要在家里，就一定会点外卖。有几次甚至点了佛蒙特森林的饮品外卖，只可惜来送的人并不是顾展。

"当然不会是我！小杉杉你是不是当艺术家当傻啦？"那天当顾展知道程杉竟然在点外卖的时候，抱有这样"愚蠢的期待"，简直哭笑不得，"你要想让我送还不简单，直接打电话给我啊！"

叶臻把地址给她，又由着程杉的兴致陪她浏览了好几个高分店铺。

叶臻：海鲜和重油的荤腥对你的伤口恢复不好。其他的你看着点，我的饭量大概是两个你那么多。小慕刚刚在小厨房吃过了，不用替她选。

程杉"嗯"了一声，复又抬头问他："叶臻，除了喜好、过敏食物药物，程见溪怎么连我的饭量都告诉你？"

叶臻面不改色：我们一起吃过饭。

程杉点点头，看上去像是在专心点餐，可很快，叶臻听见她低声说："我刚才梦到以前在学校里的事了。过几天我好一点以后，想回学校看一看。"

叶臻：好，到时候我陪你去。

那天晚上，程杉睡得很早。叶慕在她房间跟她商量了一些拍摄细节，见她精神不济，就早早跟她道了晚安。

程杉在半夜出现了低热、头痛的症状，又陷入难以摆脱的梦寐——

她在迷宫般的森林中无止境地寻找着出路。梦境与现实两重世界中的她都焦躁难安。

直到某个时刻，额角冰凉的触感让她渐渐平静下来，虚妄的梦中也慢慢有了明确的通途。程杉在道路的入口徘徊，不知道要不要走下去，也不知道顺着那条路是不是能找到自己想要的答案。

犹疑之际，她在虚空里听见一个声音。那是一句中文念白，声音极富张力与感染力，是她从前看的一场话剧表演的台词。

"你这一生中的谜，必须要用其他的谜才能解开。就像有的梦，必须要穿过其他梦才能醒来。你必须一个一个走过，才能走出这场连环梦。"

她终于决定走下去。前路如何，她也未可知。

但她别无选择。

第四章 哥特迷雾

程杉起了个大早。

昨夜退烧后，她睡得极好，早上六点多就自然醒来，神清气爽。

程杉意外地发现，即便没有全封闭式的睡眠环境，她也不是完全无法入睡，不像在国外的时候，整宿整宿熬着也睡不着。

她坐起来，摸到床边柜上的遥控器，打开房内顶灯。灯光亮度是智能调控的，会根据室内光线的不同而缓慢调整。

程杉搁下遥控器，看见柜上还摆着一瓶矿泉水——盖子是被拧开过又合上的。她知道是谁放在这里的，叶臻似乎非常清楚她醒来一定要喝水的这个习惯。

程杉很轻松地打开盖子，一边喝水一边打量房内的陈设：整个宅院都是统一的新中式装修风格。室内设计摆脱了"大面积使用酱肉色红木家具"等古旧观念里的中式风格，以宋明时代的"内敛、简洁"为代表特征去追溯中国式优雅。比起德系设计的严谨、线条规整，家具都选择了更圆润的材质与形态。

程杉到底会受专业影响，在国外旅行时，一直很关注入住酒店的软硬件设施。久而久之，只要有条件，她都会优先选择各旅行地的AMAN系列酒店。不只是因为服务，更因为相似的审美偏好。她喜欢能带给自己"宁静、和谐、私密"感觉的一切事物。可能也是因为这样，她很快适应了这间宅子，也很快习惯了叶臻。

　　伤口没有更痛，变得干燥不黏腻——这是好转的趋势。程杉翻身下床，慢慢挪到窗边，把遮光窗帘拉开来。那红铺满视野，叶片上残留的清露，在熹微的晨光中泛着点点晶莹。

　　昨天她精力不足，怠慢了外头这一片秋日胜景，今天总算能饱饱眼福。程杉远眺了一会儿，视线下移，那是叶家的院子。枯山水庭设计，石组、白沙、苔藓的颜色相互调谐，触目生趣。

　　石板路绕白沙铺就，尽头分别是程杉所处的这栋三层小楼和一间单独的茶室。按照叶慕之前在车里给她介绍的情况，如果全员到齐，这间老宅里一共住着十三个叶家人，其实严格算来是四家人：除了叶臻和他的父母、爷爷，叶慕与她的父母这两家以外，还有叶臻表叔王岳罡一家，以及当年叶臻太爷爷叶乾的兄弟叶坤的后代叶辉一家。

　　王岳罡与叶辉两家人都在外置业，只有每年春节才会回到老宅给老爷子拜年。所以算起来，整个叶家与叶臻同龄的这一辈，只有叶慕与他关系最亲近。

　　程杉转念一想，更替程见溪感到悲叹——他从前住的地方离他家祖宅这样近，他们一起来银杏小镇散步的次数也多，却从来不知道原来这栋房子是他的家。

　　不管叶晋对他有多少愧疚和想补偿的心思，程见溪活着的时候，几乎没有被叶家承认过。他甚至连一次程见溪的家长会都没有参加过。

　　同样是叶晋的亲生儿子，程见溪和叶臻的人生迥然不同。程杉在心里说，如果程见溪没有死，他会不会嫉妒这个从一出生就被幸运光环笼罩着的哥哥呢？

大概不会吧，毕竟程见溪是那样一个宽容善良的男孩子。

正胡思乱想，视野右下方出现了一个动点，程杉看过去，原来是叶慕。她刚从茶室出来，抬头看见程杉站在窗边，连忙冲她挥手："小杉，下来吃早点！"

又想起来她腿脚不方便，连忙道："别动啊，我喊我哥去！"

居家的叶慕确实和公司里那个雷厉风行的叶主编很不像，程杉忍不住笑，转身慢慢弯腰，把昨天还没整理的行李箱打开。她现在没法洗澡，洗漱后，只能拧了热毛巾把身上裸露出来的皮肤都仔细擦了一遍。又换上干净的长袖家居服，才从房间出去。

二楼共六个房间，分列于楼梯口两侧。程杉所住的客房距离楼梯口还有段路。昨天上来之前，她听叶慕说整个三楼都是叶臻的，一般情况下，就连负责打扫的保洁阿姨也进不了叶臻的书房。

倒不全是因为家里人多偏袒这个儿子，而是坡顶的房屋结构决定了三楼空间相对较小，一共只有三个房间，充当了叶臻的卧室、书房、工作室。

程杉仰头往楼上看，余光瞥见有人上楼来了。

"叶臻。"程杉精神饱满，同他打招呼，"休息日你们也起这么早吗？"

叶臻穿得格外休闲，质地柔软的米色宽松长袖针织上衣，搭配同色系的棉质长裤。唯一违和的是他脚下那双皮粉色的棉拖鞋。

看上去像是手工DIY的成品，只五成新，鞋面上有歪歪扭扭的金线绣纹，看上去应该是一排字母。程杉自他走到楼梯口，就低头端详了许久。

"I blessed a day I found you."

等到叶臻站在他面前，程杉才把两只鞋上的那句英文完整念出来。

很出名的电影台词，来自电影《怦然心动》，意思是：感谢上天让我遇到你。这部电影中，让程杉记忆更深刻的是另一句话：有些人浅薄，有些人金玉其外败絮其中，有一天你会遇到一个彩虹般绚丽的人，当你遇到这个人后，会觉得其他人只是浮云而已。

她之所以印象深刻，是因为那是她独自在宿舍看完后，又拉着程见溪去佛蒙特森林重看了一遍的电影。

"程见溪，那个人就是你，我再也不可能像爱你这样爱别人了。"看到动情处，程杉双手捧着程见溪的脸，非常认真地向他表白。而程见溪脸颊微红，低头亲了亲她的手心。

"那你呢？你也是这样的吗？"程杉被他亲得手心发痒，拱进他怀里，抬头问他。

"I blessed a day I found you."程见溪低声，在她耳边说。

那些对话、场景，像一根根琴弦，被无意拨动之后，回忆的乐章悄然奏响。而此时此刻，叶臻穿着这样的一双鞋，站在程杉面前。

"这是，女朋友送的？"程杉极力维持着表面的平静，努力挤出一个笑来，说，"这么久都舍不得扔，应该是很怀念吧。"

叶臻没拿手机上来，无法回答程杉的问题。他弯腰想要察看程杉的伤口，却被她让开了。

"我好多了。"程杉低声说，"能自己走。"

她说完，真的绕过叶臻往楼梯口走去。叶臻看见她明明忍着痛，却走得尽可能稳当的样子，眉心轻轻皱起。他垂目看了一眼自己的拖鞋，眼底情绪翻涌。

程杉并非不在意。对这个认知，他不知道是该高兴还是不高兴。他刚刚上楼的时候就已经注意到了自己的鞋子，可他还是穿着它来见程杉了。叶臻不知道自己心底是不是存着试探她的心思。

程杉在下第一节台阶的时候，就意识到自己争这口气的代价太大了——她完全没法正常完成屈膝下楼这个动作。在停也不是走也不是的时刻，她简直沮丧得想要就地一躺。可几乎在同时，一双胳膊自她身后伸到前边来，叶臻已经无声无息地大步走过来，微微矮身，就要抱她。

程杉刚想挣扎，视线却定在一处不动了，身体随之放松了警惕，就这么被他打横抱了起来。

叶臻把鞋子脱了。程杉看见他的长裤裤脚下，只露出一双穿着白色短袜的脚。

"叶臻，你……"程杉脸颊发红，低声说，"我不是介意你前女友给你的鞋。"

叶臻抿着唇角，缓慢而稳当地下着楼梯。程杉觉得这个解释更是越描越黑，索性把什么都说了："鞋子上那句英文台词，是从前程见溪跟我说过的，我只是想起了他……"

程杉注意到叶臻听见自己这句话后微微绷起的下颌，他的神情看上去有一点意外，可同时又带着自嘲似的笑意——总之，他看上去比刚才低落很多。叶臻不是一个容易情绪外露的人，但程杉完完全全感受到了这种难以掩饰的失落。

一直到了餐厅，程杉吃早饭的时候，她都觉得坐在一旁安静看手机的叶臻非常低气压。

没有旁人，程杉有点不自在。

叶慕早上就约了朋友在茶室喝茶，餐厅里只有文阿姨在忙里忙外。文阿姨是叶慕口中那个最会做饭的阿姨，中西餐都能手到擒来，还喜欢琢磨开发新菜式。今天她准备的是常见的西餐早点：现烤面包、煎蛋、牛奶、培根卷。

程杉把注意力从叶臻身上转移到餐桌，她看见一碟梅子酱，只一勺的量，盛在小小的青色陶制调料碟里头。她取过果酱抹刀挖了一点涂在面包上，味道酸甜可口，意外地好吃。

程杉有点惊喜，转头对文阿姨道："我在国外从没有吃过这么好吃的梅子酱，应该不是在市场买的吧？"

文阿姨笑眯眯地说："我自己做的呢。不只是梅子果酱，还有黑糖梅子露、梅干、梅子酒、梅子醋。小慕喜欢这些，所以每年都备下很多。"

文阿姨健谈，程杉不过起了个头，她就把怎么制作这些梅子周边的步骤一点点说给她听："……用的是莫顿海盐。等上七天以后，梅子就会变皱，慢慢渗出梅子浆，这时候就该放上紫苏叶了……"

程杉一边吃东西，一边聚精会神地听着，没留意到嘴角沾了红色的果酱。叶臻抬眼看到了，本想提醒她，可看着程杉的侧脸，一时走了神。

程杉一直是个挺马虎的姑娘，所以他一度认定她没有办法照顾好自己。可这几年看下来，她其实是完全能够独自生活的。只是有些无伤大雅的细节，处理不好也无妨，反倒让她看上去格外可爱自然。

叶臻想到这里，不由得自嘲。也就是她，才让他这么百般找借口去证明她的可爱；也就是她，才让他一而再地修改自己划定好的路线。

程杉注意到叶臻笔直的目光，下意识抬手抹了抹嘴巴——果然是脸上有东西。她朝他笑笑，说："叶臻，文阿姨手艺这么好，你真有口福。"

她说这话的口气，就像寻常朋友来家里做客。叶臻淡淡地想，从前程杉不会用这样的语气和他说话。

人总是贪心不足。在重新见到程杉以前，叶臻以为自己能看着她就会觉得足够。但是不够，远远不够。他对她的欲望与日俱增，呈指数式爆炸增长。

程杉见叶臻还没有从低迷的情绪里缓过来，便不再与他多聊，连带着自己也有一点兴致索然。最后吃完了，叶臻过来抱她上楼，她才低声说："你把他的东西拿给我吧。"

叶臻知道"他"是谁。可这个时候，他一点也不想把程见溪的东西拿给她。

他无动于衷，抱着程杉往楼上走。程杉能感觉到叶臻的抗拒，她心里没底，不知道这个人究竟在不高兴什么，又说："叶臻，你答应我的。"

叶臻闷了半晌，等上到二楼，才低低地"嗯"了一声。

这一声，把程杉吓了一跳。她受惊的时候，眼睛会不自主地张大，眼睫毛细微地颤："你是能发声的？"

他能，甚至能混沌不清地低语。但因为说不清话，所以鲜少开口。

叶臻："嗯。"

他的声音极其低沉，只一个音节都能引起胸腔共鸣似的。

程杉很快想明白，脑部语言功能区损伤，会造成发音异常，构音不清。而他这种人，是绝对不会容忍自己在陌生人面前，表现出一点点狼狈无措的。所以他宁可不说话，也不会含混不清地开口。

叶臻没有把程杉送回房间，而是继续上楼。

程杉有一点紧张，说："我听小慕说，楼上都是你的房间？"

"嗯。"

"程见溪的东西都在你的房间里？"

"嗯。"

程杉觉得问得顺口，忍不住又问了几个选择疑问句，而叶臻都以"嗯"来作答。

程杉愣了愣，突然说："我们这样一问一答感觉有点蠢。"

叶臻："嗯。"

两人皆是一顿，同时笑起来。叶臻笑得克制一些，但终究不再像刚才那样绷着一张脸，唇角抿得跟受了委屈似的。

程杉自在多了，说："那……其他的音节，也能发吗？如果表示否定呢？"

她半是试探半是调侃，没指望叶臻配合她。谁料叶臻真的发出表示否定的声音来："嗯嗯……"

第一声上扬，第二声是去声。他这带转调的"嗯嗯"，甚至有一点像撒娇。

程杉看着他正儿八经哼唧的样子，想笑，又觉得自己现在笑好像有点不好，于是闭嘴憋着，憋得脸通红，终于破了功，发出畅快的笑声。

"嗨呀，叶臻你太可爱了！"

叶臻活这么大，自懂事以来，还没有被女孩子用"可爱"这个词形容过。

他一时站定，坚决地摇头向她表示否定，并且说："嗯嗯……"

程杉笑得眼泪都飙了出来，叶臻下意识把左肩往前送了送，后者极自然地把头伸过去，在他肩头的衣料上蹭了蹭眼睛。这一套动作的默契和流畅程度，让两个人都有些发怔。在这短暂的沉默里，程杉的心脏忽然"突突"地急速跳了几下，才慢慢敛住笑意，说："到了。"

三楼有三个房间，房间外是一个小客厅，只随意放了几张沙发和低矮的茶几，零散地搁着几本书。叶臻带她进了自己的书房。

书房和叶臻在M·O的办公室格局很像，有巨大的书架和办公桌，上面并排放着两台显示器。叶臻蹲下身，从书架最下层取出一只月饼礼盒那么大的木制收纳箱，交到程杉手里。

他取过桌面上的手写板：东西都在里面。

顿了顿，又告诉程杉：明天我要出差，如果你有需要，我的书房你可以随时进来，房门密码是5743。

收纳箱很轻，想也知道里面没多少东西。程杉捧着它的时候，心情很复杂——程见溪也曾经是一个活生生的人，可不过短短几年，留在世上的东西只剩这么多。

如果自己也忘了他，那就只有叶臻还在怀念他了。

程杉打开收纳箱，发现里面全部都是照片，几十张堆在一起，主角都是程见溪，全部都是程见溪的生活照。

程杉在一瞬间想起来这些是什么，她心神俱颤，伸手进去，抓起一摞来，直接翻到反面。

果然。每一张照片背面都是她的字迹。这些照片，是她送给程见溪的情书。

从初一开始，从程杉开始学摄影的那一天起，她的模特就是程见溪。她每一天都会给程见溪拍照，每周选出一张最满意的，在周日冲洗出来，然后写上自己当时想说的话和日期，等到第二天上学带给程见溪。

从初中到大学，近十年的时光，数百张照片，最后却只剩下这些。

程杉问叶臻："其他照片呢？我记得……应该会有近五百张。"

叶臻：我们只找到这些。

"你都看过吗？"

叶臻顿了片刻：没有，这是属于你们的。

是吗？程杉低下头，一张一张翻阅照片背后的文字。

"礼拜五你给我的糖果被琪琪抢走了。——2001.03.04"

"程见溪我下次再也不随便在小摊子上买吃的了，你能不能理理我？——2003.11.10"

"程见溪你这次又得了第一名哎，真厉害！——2004.01.05"

"下周我们能不能再去一趟千月广场？我还想崴一次脚，这样你就能再背我一次，嘿嘿。——2004.09.14"

"上个礼拜我说再崴一次脚是骗你的啊，程见溪，你别生我的气嘛。——2004.09.21"

"给世界上最好的程见溪，生日快乐！——2005.04.11"

……

照片从陈旧到崭新，她的字迹从稚嫩到娟秀，一字一句，将自己对程见溪的眷恋写尽。但看出来的是，她不擅长字句表达，程杉翻到正面去看镜头下的程见溪，才更能感受到小程杉对那个男孩子，倾注了全部心思。

阳光下程见溪的指尖跃动的光泽，雨幕中程见溪握着伞微微用力的手指，大雪天程见溪按在雪人脑袋上发红的手掌……很多时候，她不正面拍他的脸，而是找各个场景、刁钻角度去拍他的手。上了大学以后，程见溪的手腕上多了一个"双程"的文身，更是成了程杉镜头下的宠儿。

程杉心里微微一动，不由得苦笑：这大概是为什么自己梦中的程见溪，往往看不清面目，却总有一双清晰异常的手。

不知道过了多久，程杉看见照片被滴上一滴水珠，才惊觉自己已经泪流满面。房间里安静得吓人，她注意到，叶臻早已经离开了书房。

程杉深深吸气，慢慢平复心情，等自己缓过来了，才继续往下翻阅。翻着翻着，程杉却好似定格一般，目光直愣愣地盯在一张照片上久久没有挪开。

这是一张打印出来的数码照片，照片内容看上去似乎和其他没什么两样，但程杉一眼就觉出不对劲来——这不是她的拍摄风格。

照片的主体依然是程见溪的手腕，可是背光，像自黑暗中伸出来似的，程杉分辨不出背景是哪里，可能是某家酒吧或者电影院，灯光昏暗几近于无。唯一能在照片中分辨出来的，只有程见溪腕上的文身。

这样的哥特风格摄影她是不会用在程见溪身上的。程杉在心里说，如果是她，想拍出这个文身的话，绝对不会用这样的光线和角度。

疑窦渐生，程杉又把照片翻到背面，眉心不由得深深蹙起。背面的字迹，也不像她的。或许结构看着与自己的字仍有相似，但哪儿都透着一股难以摆脱的别扭劲。

"爱情像是一字一句读你，读你的温柔，也读你的暴虐。"

就连语气也和从前那些照片背后的不同。而且，她怎么会用"暴虐"两个字来形容程见溪？

最关键的是，这是所有照片中唯一没有日期的一张，但看照片的崭新程度，估计距离打印出来的时间没有超过五年。

程杉在心里说，这可能是在程见溪去世后，才被打印出来的照片。而且，未必是自己所拍，未必是自己的留言。

可是这张照片怎么会混进程见溪的遗物里，来到叶臻手中？

程杉的心"扑通"跳动着，只觉得脑中的头绪纷乱，怎么也理不清似的。她只犹豫了一会儿，就决定暂时不把这件事告诉叶臻。程杉把其他照片放回盒子里，只留下那一张，被她偷偷揣进了居家服的大口袋里。

程杉弯腰将盒子归置原位，一抬眼看见书架倒数第二排的那一列书，有的是中文书，有的是英文原版书。程杉仔细看过去，发现这些全都是和手语有关的书籍。不只是中国手语，还有美国手语、意大利手语等。

程杉不由得回忆起叶臻打手语的模样来：他的手很漂亮，动作也干脆利落，所以手语打出来令人赏心悦目。

如果她能看懂叶臻的手语，也许他们交流起来会更方便。

程杉胡思乱想之际，房间门被人打开，她回头去看，见叶臻端着一杯红茶走进来。程杉坐直身子，对他笑笑，说："我已经看完了。"

叶臻注意到程杉眼底的红印，他低低"嗯"了一声，将红茶递给她。

又是锡兰红茶，和上次在叶臻办公室里喝到的一样。程杉凑近深吸了口气，让馥郁的香气充满鼻腔，才慢慢喝了一小口热气腾腾的红茶。

"你很喜欢斯里兰卡的红茶？"程杉问他。

叶臻点点头，去找手写板打算回答她的话。

程杉若有所思地望着背朝自己的叶臻，又说："我以前很喜欢喝奶茶，可是近几年来，倒是更喜欢红茶的味道。人总是会变的吧，不管是性格，还是喜好。"

叶臻的背影微僵，等他回过头来望着程杉时，目光里带着些许疑惑。

程杉继续说："我看了那些照片和背后的记录，一方面觉得很受触动，想起了很多零碎的记忆，连带着当时的感受也能回忆起来一些；可另一方面，我又觉得从前的那个程杉并不是我，她的语气、行为，甚至一些喜好，都和现在的我不尽相同。叶臻，是我变了吧？"

程杉说这些话的时候，神情安然，分外理智。但那冷静剖析的语气背后，隐隐透着一丝低落。她最后问的那个问题，更像是自言自语，并没有要得到叶臻回答的意思。

果然，程杉又说："我有时候会觉得自己是一株嫁接的植物。"

她总有奇怪的比喻，叶臻认真听下去。

程杉说："你知道嫁接吧，亲缘关系相近的植物，有了创面后，形成层紧靠，会由于细胞增生慢慢长在一起，重新成为完整的个体。如果从前的程杉是砧木，我或许就是接穗的那一株。你知道，我们可能本就是不同的，却要永远这么生长在一起。"

叶臻不得不承认，程杉的这个比喻非常精准。

他顺着她的话道：那你应该知道，普通的水杉，通过嫁接，能够培育出主干直立性更强、树形更端庄稳重、观赏性更佳的金叶水杉。只要你认可现在的自己，就没有什么好担心的。

程杉脱口道："可是人变了，是一种背叛。"

叶臻回应道：小杉，不是每个人都有机会如此细致地审视自己的过去。所以，很多人其实只是还没有机会发现，自己本来就不是从一而终的。

程杉微愕："每个人都是吗？你呢？"

叶臻在心里淡淡道：我或许还要更糟些。

他思索片刻，给了程杉肯定的答复：我也会。

和叶臻的这番"对话"一直在程杉脑中萦绕盘旋。她发觉叶臻的话很多时候和乔恩一样，能让她觉得放松、安宁，午睡过后，程杉已经感觉好了很多。

她醒来后看见文阿姨坐在自己房门边做织物，隐约想起小时候在舅舅家生活的日子。舅妈和很多邻居阿姨都常常提着藤编的篮子坐在家门口，篮子里头堆着各色毛线，她们一边聊天闲话家常，一边控制着手里的钩针上下翻飞，一周不到的时间，带有小鸭子图案的崭新毛线拖鞋就能摆进家里的鞋柜。

看见程杉坐起身，文阿姨递来一个关怀的笑容："醒啦？不多睡一会儿？"

在叶家，她现在的睡眠质量已经超过了过去很多年。程杉舒展四肢，说："不了，我再躺下去，可能都不会走路了。"

不过是摔伤，骨头完好无损，没什么好娇气的。

可家里格外安静，她不由得问："叶慕和叶臻呢？"

"临时有事，两人下午就回公司了，恐怕要吃了晚饭才能回来。"文阿姨说，"这不，走之前交代，让我一定好好照顾你。"

原来家里只剩她一个了。程杉看着文阿姨忙活，不由得问："这是在织围巾吗？"

"羊毛披肩。"文阿姨说着话，手下的活半点没有慢下来，"自己织的，暖和着呢。Q市冬天风大，美晴最喜欢这个。"

她神情满足，照着半成品比画了一下，说："到时候给下头续上流苏，刮风天也好看的。"

程杉说："美晴是……"

"是阿臻的妈妈。"文阿姨说，"现在在国外陪着先生，往常都是到了小年才会回来。"

程杉点点头，慢慢下了床，拒绝了文阿姨上前来搀扶的好意："没事，我就是去个厕所，文姨您忙，我自己可以。"

程杉从洗手间出来，看见文阿姨不再织披肩了，倒像是有一肚子话想对她说。她坐在床边，拿了矿泉水来喝，等待文阿姨的后话。

果然，没过一会儿，文阿姨斟酌着字句开口了："小杉啊，我看你跟阿臻挺聊得来的。"

程杉微怔，不由得道："我和他聊得……也不算多。"

"不不……"文阿姨立刻道，"你不晓得的，我在叶家干了快三十个年头了，算是眼看着阿臻长大的。这孩子啊，小时候皮，活泼过头了。所以后来出了事，对他打击很大的，你认识他时间不长，可能不清楚，阿臻他这几年联系的朋友特别少。平时就忙工作，回来待的时间也少，基本都耗在书房和工作室了。"

程杉想到他书房里的那些书，没吭声。

"但我看你一来，他心思都活络很多。"文阿姨又说，"我从来没见他带女孩子回家来住过，这说明，说明……嗨，其实阿姨不该这么插手你们年轻人的感情生活，我也没这个资格。我就是觉得，阿臻跟你在一起，他啊，就特别开心。"

这下误会大了，可程杉无从解释，更不可能顺着她的话往下说。

见程杉若有所思的模样，文阿姨以为她听进去了，便继续道："阿臻虽然是叶家的独苗苗，但他一点不像外头那些个富家少爷，染上什么恶习。叶家家风正，对自家的子孙要求都严，所以你千万不要担心我们阿臻有什么品行不端的地方。"

文阿姨为叶臻算是操碎了心，从前他能说会道，样样优秀，她从来不用为了这种事情担心。可今时不同往日，她真怕这孩子受了打击之后，生出什么一辈子独身的念头来。

程杉本来想着，她要说，自己陪着听一听就好。可文阿姨提到"独苗苗"几个字，却让程杉心头泛起一丝酸楚，她听见自己开口道："叶家子孙确实都很优秀。"

尽管她强调的是"都"。可文阿姨理所应当地误解了，以为这是程杉的回应，自己盼望的事情终于有了眉目，于是亲切道："小杉家是哪里的？父母是做什么的？"

程杉面露尴尬的微笑，心说这下麻烦了，没有当面回绝的代价就是要被细细询问家庭状况。

好在肖医生按时来了。门铃响起的时候，程杉松了口气。

肖医生上楼来给程杉做检查，对她的伤口恢复情况感到满意："你恢复得比我想象中更快，看来阿臻把你照顾得很好。"

文阿姨下楼给肖医生倒茶去了，房间里只有她们两个，程杉看着肖医生熟练地给自己上药换纱布，不由得问她："叶臻一直都是你在照料吗？我是说……"程杉指指自己的嘴巴，"他还有恢复的可能吗？"

肖医生的语气平静柔和，她说："阿臻这几年在国内，一直是我在帮他复健调理。"

程杉说："复健？你的意思是他的身体还有其他损伤？"

肖医生没料到程杉对此毫不知情——但既然叶臻没有对她说得太详细，自己也不便多透露。于是只道："不碍事的，那些伤两年前就已经痊愈了。阿臻是最自律的病人，恢复得比一般人要快很多。"

程杉点头，体谅肖医生对病人隐私的保护。

"至于构音障碍这部分。"肖医生的语速慢下来，她说，"严格来说，阿臻的情况并不属于失语。"

程杉专注地望着她。

"正常人为使口语表达清晰，需要相应的神经肌肉活动。"肖医生解释给她听，"叶臻现在的情况属于纯言语障碍，也就是构音障碍，主要是口语表达所需的神经肌肉装置病变，从而出现发音异常、构音不清的症状，但患者并无听理解障碍，所以不属于失语。"

程杉说："你的意思是，叶臻是可以尝试发音训练的。"

"如果他愿意，自然是可以的。"肖医生低声说。

程杉敏锐地觉察出她这话的重点，重复道："如果他愿意？你的意思是，叶臻不配合？"

她刚刚才说叶臻是最自律的病人，现在又意指他不愿意进行恢复训练。

肖医生苦笑，说："我已经劝过他很多次，但这是阿臻自己的选择。尽管很遗憾，可我必须尊重他的决定。"

程杉有些急迫，她快速道："叶臻能熟练地用五笔打字，甚至自学几国的手语,他的身边总有各类与人交流的电子设备。我的意思是……他做了最大的努力,让自己看上去和正常人一样可以同别人相处。这样的人,怎么会甘愿放弃恢复说话的机会?"

肖医生淡声道:"这也是我不能理解的。如果换作别人,遇到这样的事,可能会感到焦虑崩溃。可是阿臻一直以来,对自己不能说清楚话这件事,并没有表现出特别在意,他接受得很坦然。甚至,默认自己完全处于失语的状态。"

他在主观意愿上选择了不再开口,就算是再好的医生,也没有办法为他治疗。

"太可惜了。"程杉低声说,"他的音色很好。"

如果能开口说话,那该是一把迷人的嗓子。

这句话让肖医生无比讶异,她看向程杉,脱口道:"他对你说过话?"

程杉摇头:"不算,他只发过'嗯'这一个音节。"

"程小姐。"肖医生听了她的话,眼中闪过一些别样的情绪,她坐直身子,正视程杉,"阿臻对治疗的抗拒,完完全全是心理因素。我和他的母亲沟通过这件事,她非常希望叶臻能走出来,可是我们一直以来没有找到很好的突破口。"

程杉不知道她为什么突然变得这么恳切,一时发蒙:"你的意思是……"

"他从不肯向我们任何人开口,所以我甚至无法获知他具体属于哪一类构音障碍,更别谈制定详细的治疗方案了。"肖医生意有所指,道,"但是你,你让他对你开口了。"

"这能说明什么?"

说明我苦苦寻找了很久的问题的症结,很可能就在你身上。肖医生在心里说。但她并没有直言,只是说:"说明你是阿臻的贵人。如果你能配合我,帮助他主动从对说话的抗拒里走出来,我想所有人都会感激你。"

可程杉并不需要他们的感激。

肖医生的目光之中盛满期待与请求，但仍然给程杉留选择的余地："放心，如果你不愿意，我不会把这件事告诉任何人来给你施加压力。"

如果她强制性地要求程杉配合，程杉反而能毫无心理负担地拒绝。可是肖医生这么说，程杉犹豫了。

她低语："我自己这样的状态，要怎么帮他？"

肖医生没有听清："程小姐，你说什么？如果你有什么顾虑，大可以提出来。"

叶臻对自己无条件的关怀照料，从来没有任何顾虑。程杉沉浸在自己的情绪里，她心中的天平在慢慢倾斜。

而且，他是程见溪的哥哥。

"好，我可以帮他。"程杉微微垂头，听见自己说，"作为交换，有一件事情，我希望你能答应我。"

肖医生心里微微一愣，很快明白过来，程杉和叶臻并不是她所以为的那种关系。

"只要我能办得到，你说。"

"我不希望叶臻的妈妈知道我的存在。"程杉低声说，"如果未来叶臻的状况有所好转，她不可避免地知道了，也请你不要告诉她我的名字。"

程杉仍然介怀，觉得叶臻的母亲在程见溪这件事上，表现得太过冷血自私。如果可以，程杉希望永远都不要和她打交道。

肖医生没有追问原因，她仅仅是思索了一会儿，便答应了程杉。

程杉在肖医生走后，去了一趟叶臻的书房，从他的书架上取走了两本介绍中国手语的书。严格说起来，手语算是一门全新的语言。程杉毫无基础，也没有任何"语境"，学起来自然吃力。

艰涩地读了两个多小时，也不过学了三四页纸，程杉只好又去搜了一些视频教程，跟着比画。

叶臻回来以后，上楼叫程杉吃晚饭，待他走到程杉的房门口，正看见她腰背笔挺地端坐在书桌前，跟着笔记本电脑上的手语教学视频主播，手忙脚乱地打着简单手语，口中还念念有词："今天、的、天气、很好。"

叶臻微微屏息，一动不动，在外头站了很久，他眼底有清亮的光泽，映着窗外黄昏里枫叶灼灼的红，他的目光专注地望着程杉，那里头情绪翻涌。

直到看见程杉练得手肘都有些发酸，下意识地活动手腕时，叶臻才收敛了情绪，抬手轻轻敲了敲门。

程杉被他吓了一跳，条件反射地合上电脑和书。她回头看见来人是叶臻，连表情都有一点僵硬："你、你怎么现在回来了……文阿姨不是说，你不回来吃晚饭了吗？"

叶臻的目光笔直灼热，程杉被他"抓了个正着"，反倒有点躲闪，低声说："那我们下去吧。"

他大步走进来，半蹲下身子想去抱她。

程杉没动，小声拒绝道："肖医生说我已经好很多了。我可以自己走。"

叶臻没有进一步动作，但仍然看着她。后者脸皮再厚，也招架不住他这样的眼神，急吼吼道："叶臻，你把头转过去。"

他被她这模样逗得无声笑起来，倒是依言偏头看向窗外。

狭小的空间里落针可闻，程杉的五感变得敏锐异常。她几乎能听见自己的呼吸声，能闻到叶臻身上若有若无的植物香气，能感受到窗外不经意闯进屋内的秋日晚风。

程杉的心跳加急，她捏了捏拳，极力平静下来，给自己找台阶下。

"我想过了，以后肯定免不了要打交道。总是看屏幕也不方便，正好现在有闲暇，所以就在你那里拿了两本书，打算学学手语。以后，你打手语我也看得懂……"

叶臻的教养不允许他在别人跟自己说话的时候，看向其他地方，所以最后还是把头转了回来，他眼里亮晶晶的，程杉从里头看见了毫不遮掩的喜悦。

叶臻向她伸出右手拇指，弯曲两下。

他说，谢谢。

这是最简单的基本手势，程杉立刻看懂了，她的心脏微微紧缩，突然有种酸软的心悸。说不清是喜悦还是羞怯，陌生的情绪铺天盖地而来，竟然只是因为他的一句谢谢。

程杉舌尖微微发干："不用谢……"

吃晚饭的时候，程杉才知道叶臻是提前回来的，今天是产品部这一季度团建的日子，叶慕代他坐镇去了。

程杉说："我们部门也会团建吗？"

她和叶臻在一起的时候，习惯了问选择疑问句，这样最便捷高效，两人也能最快地进行沟通。

叶臻点头。

程杉又说："也是这个月？"

摇头。

"下个月？"

点头。

叶家的饭桌一向格外安静，既没有交谈声，也没有杯盘碗碟碰撞声和咀嚼声。程杉在的时候终于多了点生气，文阿姨几次笑盈盈地看着她，眼里全是满意。

"我们部门团建，你也会去吗？"

点头。

看着这对年轻人亲密的模样，文阿姨借口去炖甜品，起身离开饭桌去了厨房忙活。

程杉还想说话，手机"叮咚"响了一声，她低头去看，自然地告诉叶臻："是顾展。他约我下周五回学校，参加Q大一百一十年校庆的校友会。"

叶臻等着她的下文。

程杉说："我也该回一趟学校了。"

她也该回到自己和程见溪最好的那段时光里，将全部的回忆捡起了。

叶臻把手机拿给她看：我陪你一起去。

程杉说："你下周一到周五不是要出差吗？"

叶臻：我尽量赶回来。

程杉没有拒绝，只说："到时候，能把我的相机还给我了吧？"

叶臻：相机就在我的书房，你的伤好以后，随时可以去拿。

程杉忍不住说："你一走我不就能去拿了吗？反正你也管不到我。"

叶臻微微扬眉：那你试试。

程杉没好气地笑："这算是威胁？"

叶臻似笑非笑：这是充满关怀的鼓励。

程杉轻哼，最好是这样。

程杉没想到，一直到周四晚上，叶臻也没有回来。她睡前收到叶臻的消息，说是由于雾霾，航空管制，他所搭乘的直飞Q市的航班最早也要明天下午才能起飞。

程杉对着信息发了一会儿呆，只能回他：没关系，我明天直接去学校就好。

叶臻：伤怎么样了？

程杉：已经结痂了，行走自如。

文阿姨把她照料得很好，这几天程杉在屋里宅着，把叶臻那两本书一点一点啃掉了。其实相比于学习如何打手语，读懂手语要容易一

117

些，程杉现在已经能看懂较慢的日常对话手势。但还远远没达到能看懂新闻频道左下角的手语翻译的程度。

入睡之前，程杉想，等叶臻回来以后，就可以检验自己的突击成果了。

而那边，叶臻却给宋瑜也发了信息：请给我最快回Q市的转机或者铁路交通方案。

宋瑜很快将三套出行方案整理反馈给叶臻：最快的话，乘高铁再转机，明天中午就可以抵达Q市。

叶臻：好，就买这套票。

心里揣着事，程杉在那个夜晚入了久违的梦境。

她梦见她的那座山。上一次还迷雾笼罩，如今已是绿意萌发，漫山遍野的青芽初生，间或点缀着粉色、紫色的不知名野花。天高云舒，风卷着细碎的尘埃和花香一同漫山狂奔。

程杉赤脚在草场上漫步，心情恣意飞扬。很快，她看见前方出现了一头漂亮的梅花鹿。程杉觉得眼熟，也觉得亲切，于是她靠过去，想和它打个招呼。

可梅花鹿受了惊，四肢弹动，跑得飞快。

程杉在心里喊它，别跑呀，我不会伤害你的，我只想摸摸你！

她这么喊着，不由得加快步子，竟然不远不近地一直跟着梅花鹿，跑进了一个一人高的山洞里。

洞中无光，可程杉一点也不惧怕，只觉得有趣。她循着声音，加紧朝前跑去。

不知道跑了多久，前方陡然现出极盛的光芒来，程杉不由得抬手遮挡。这时，她的脚下一空，整个人向前栽去——原来，她已经踏出了那山洞。

而山洞的出口，竟然连着陡峭的悬崖！

程杉只觉得自己在向下坠落，不断地坠落，像是永无止境，要一直掉到地球的另一端去。

可终有止境。

程杉望见一大片不知名的海域，大朵波浪卷着波浪向一个方向翻涌奔腾，不知疲惫地赶路。

如果掉进海里，我会被带去哪里？这个念头一冒出，程杉便"扑通"一声落进了海里。

她在梦里，完完全全忘了自己从小在海边长大，忘了自己最会游泳，甚至还考过专业的潜水资格证书，学过驾驶帆船，能在海上冲浪。程杉四肢发软，只能眼睁睁看着自己以更慢的速度下落。身边有柔软漂摇的水草，却没有任何鱼类。

就在程杉认定自己会一直这么在海底沉湎时，她终于在视野范围内捕捉到不属于海底的生物。那是一个长着鹿角的少年，他身姿矫健，在海里宛如游龙，以令人眼花的速度来到她的身边。

程杉看见他圆润精致的脚踝、匀称光洁的小腿，白得发光，她忍不住伸手握住。

你是谁？程杉在心里问，我一定见过你。

少年能听见她的心声似的，转头看着她的眼睛，回答她的问题。

我吗？我是你遗忘的爱人。

程见溪？是你吗？

少年没有回应，只带着她不断上浮。

程见溪，是不是你？

程杉着急了，她一遍一遍地询问。

可是始终没有回答。在某个时刻，少年突然变换身姿，展臂将她抱在怀里，双腿用力向后一蹬，带着程杉腾出海面！紧接着，他用力将程杉朝那悬崖峭壁上的洞口抛去！

程杉觉得自己变得极其轻盈，她穿过薄薄的云层，竟然就这么被他扔回了来时路。而少年重新跌进海里，她听见他砸向水面的声音，看见飞溅而起的水花。

程杉伏在洞口朝下张望，叫他的名字，盼着他能回来。

程见溪！程见溪！

她喊了很久很久，连嗓子都哑了，也没有人回应她。

一切重归于寂。

好像拯救过她，拥抱过她，带她在海中遨游驰骋过的那个少年，从来都没有出现过。

程杉突然心慌如麻，她的声音在山洞里不断激荡。

程见溪！你回来吧！

她以为自己这一生都要嘶喊着这样一句话直到死去，可突然，一个熟悉又陌生的声音在她耳边低声嘲讽道："蠢货，你认错人了。"

程杉坐在Q大的礼堂第一排。面前的长桌上摆着矿泉水、黑色签字笔、印着Q大校名的稿纸以及写有自己姓名的双面台卡，粉底黑字，让她有种置身于某事业单位表彰大会现场的错觉。

身边坐着的都是Q大各届知名校友，皆着正装，一派精英模样。穿着宽松针织上衣和阔腿长裤来赴会的程杉，终于感觉到自己是被M·O的自由氛围给惯坏了。

听主持人介绍，这些校友中不乏企业家、政要、作家、互联网优秀创业者等，相比之下，自己和顾展几乎不具备任何可以充当知名校友的条件。

顶着一个"国际知名摄影师"的虚无名号，主持人把她的长相夸得天花乱坠，程杉全程面无表情，几次忍住了反问她能不能说出自己获奖作品名称的冲动。

被人夸赞样貌而非作品，这对一个摄影师而言，大概算是一种耻辱。

她挨着顾展而坐，拿了签字笔在稿纸上涂鸦，然后传小纸条给他：怎么给我们安排了这么个座位？你不是说就来打个酱油、走个过场的吗？

顾展有点激动，他可有十年没做过传小纸条这么幼稚有趣的游戏了！于是立刻拿笔回复程杉，字迹倒是十年如一日的形如鸡爪、状如鬼爬：本来是走个过场，但是坐在你那个座位的知名网络红人主播临时有事来不了了，座位空了多不好，体现不出我们Q大人才济济，拍出来不好看啊。

程杉：所以就让我顶上了？

顾展：对啊，你们都是搞艺术的嘛。你听到主持人的演讲稿没有，那都是表扬原来那个主播的词，现在便宜你了。

程杉：……你什么时候上台？

顾展：你是说邀请我的那个讲座？

程杉：对啊。

顾展：下周啊，今天哪有我讲话的份。

程杉忍不住偏头瞪他，低声咬牙道："那我们现在为什么还要坐在这里？你知不知道我昨晚只睡了两个小时！"

顾展正襟危坐，像从前在课堂上讲悄悄话那样，轻启嘴唇，小声说："你昨晚做贼去了？"

没做贼，做梦了。

可程杉没精力跟他慢慢解释，蔫蔫儿地靠在椅背上，用笔划拉出自己的绝望：还有多久能结束？

顾展：快了，校长已经致辞结束了，还有两个半小时吧。

程杉如遭雷劈，神情委顿。

顾展又坐直了些，半挡在她身前，把小纸条推给程杉：要不你睡一会儿？

程杉秒懂。这事她当学生那会儿常干，在课堂上佯作低头用功，其实已经闭眼睡大觉。只要睡相保持住，加上有个助攻同桌帮着撑一把，就可以"高枕无忧"了。

程杉慢慢将身体前倾，一只手捏着笔，一只手半抵住额角，用小臂和没有受伤的那只手肘受力，支撑住自己上半身的重量，随后微微低头，合上了双眼。

她陷入浅眠，意识飘忽的那一刻，又记起从前的一些事来。

那是夏天。

快要期末考的时候，尤其闷热。学校蚊子多，程杉又是那种特别招蚊子的体质，喷了花露水都没有用，只要在教室待上一小时，身上就左一个红疙瘩右一个大包，更别提隐藏在树丛深处的图书馆。

可她又臭美，怎么都要穿裙子。课余时，程见溪只好带她去外边复习。佛蒙特森林的那个包间便成了最佳去处：安静、有空调、有奶茶。只是偶尔程杉还是会中招，于是就去蹭程见溪。

"蚊子为什么只叮我不叮你……程见溪我好痒啊，我好痒好痒啊。"

她最会撒娇，明明自己还自得其乐地玩着手机，嘴上却一刻不停地哼哼唧唧，程见溪没办法，只好放下书。

"哪里痒？"

"背心那里，一定有一个特别大的包。我够不着啊，你帮我挠挠。"

他的手隔着她的衣服轻轻抓挠，程杉不安分地扭："不够啊，程见溪，你伸进去，伸进去呀。"

程见溪指尖微凉，即便是在盛夏也是如此，从衣衫下摆顺着伸进去，还没有够着那个大包，程杉就缩缩脖子，眯眼小声道："呀，好舒服。"

她素来这么直来直去，在表达自己想法这件事上，表现得非常耿直诚实。

程见溪面色微不可闻地一红，指尖触及那个滚烫的凸起——真的是好大一个蚊子包。她皮肤薄，特别显伤，他不敢用力，只能轻缓地摩挲。对程杉而言，这可真是种甜蜜的折磨，没一会儿就熬不住了，软声求他。

"用点力气啊程见溪，要用指甲狠狠碾上去，刻一个'十'字……不，刻一个'米'字才好。"

"指甲里有细菌。"程见溪拒绝。

"不会啦，你一天洗八遍手干净得不得了！"

他不依她，抽手而去，又做题去了。只是指尖还留着她的体温，让他有点握不住笔。

程杉一个人被晾在那儿，气鼓鼓地把自己的手掰成别扭的姿势，硬是把那个包顺利拿下，还有胳膊上的，也连掐几个"米"字，炫耀似的给他看。

程见溪一言不发，搁下笔出去了，过一会儿进来，手上多了一瓶风油精。他给程杉抹上去，那些蚊子包本就被她抠得极其敏感，再经风油精这么一激，程杉被辣得嗷嗷叫，眼泪都快出来，却大呼："哇，好爽！"

可最后满身都是那个刺鼻的气味，程杉嫌弃极了，躲得远远的："你别靠近我啊，我身上好难闻。"

"我觉得挺好闻的。"

程杉狐疑，左右嗅嗅："是吗？跟我平时喷的花露水比呢？"

程见溪扬扬手里的小绿瓶子，面不改色地诓她："这个。"

啊，真是个怪人啊。

可是程见溪一直以来的审美情趣都和正常人不太一样啊，也许嗅觉也是如此呢？

程杉深思熟虑，最后一咬牙："那好吧。"

之后的整个夏天，程杉拿风油精混了水装进喷瓶里，代替花露水往身上喷洒，再也没有蚊子骚扰过她。并且方圆十米之内，人畜绝迹，除了程见溪。

也因为这样，佛蒙特森林遭了殃，二楼没有一个客人愿意上来。本就门庭寥落的小店更是门可罗雀，店长顾展愁坏了，上去找程杉理论。

一来二去，发现竟是自己的学妹，就慢慢认识了。程杉提出帮他拍照片做宣传，他最重情义，大手一挥："反正没什么人，这二楼就当你们包场了。"

所以算下来，程杉和顾展，算是因为一瓶风油精而种下了友谊的小种子。

程杉是被摇醒的。

到了现场互动环节，主持人在观众席上随机抽选举手的同学，向校友大佬们提问。顾展没想到，第一个站起来的男生，是管理学院研二的学生陆一鸣，他点名要问程杉问题。

得，真是盲人纫上了针——赶巧了。顾展心里一紧，立刻伸手摇身旁程杉的胳膊，后者迷迷瞪瞪张开眼，呢喃道："学长，以后你这家店的宣传就包在我身上啦。"

"你在说什么？"顾展拼命向她使眼色。

程杉这才一个激灵彻底清醒过来。

那厢，主持人很有眼色地借口话筒声音过小，请那位同学又重复了一遍他所提的问题。

男生清了清嗓子，用了更大分贝，更详细地阐述了自己的问题："程杉学姐，我叫陆一鸣。我父亲就是一名摄影师，我也从小爱好摄影。四年前，我父亲带我去过您在意大利办的个人摄影展。那个时候您还没有拿到奥赛奖项，甚至并不出名，我发现那时您的摄影风格和现在不尽相同。"

他吞了口口水，接着说："我父亲说，摄影作品风格如人生态度，请问是什么改变了您，才让您的作品有了质的飞跃呢？"

顾展注意到程杉的神情变得不对劲，但是她似乎很快就调整过来了，她接过主持人递来的话筒，对提问的学生说了很长一段话，内容都和专业知识有关，足够骗过顾展和其他很多外行。顾展甚至在心里啧啧惊叹，觉得小杉杉果然已经不再是当初那个莽莽撞撞的黄毛丫头了。

可是他发现回答完问题坐下后的程杉，脸色越来越难看。甚至校友会一结束，她就立刻起身大步离开，连旁边向她献殷勤递名片的某上市公司大中华区总裁都恍若未见。

顾展一边点头哈腰地赔笑，代替程杉接过名片，一边小碎步跟上程杉的步伐。

程杉走得急，顾展在学生们好奇的注视下，追得上气不接下气，终于在礼堂外的樱花大道和学院路交叉口赶上了她。

他这才发现，程杉是追出来找那个提问的男同学的。

顾展站得远，程杉又背对自己，他根本不知道两人在说些什么。只知道面向自己的那个小男生，神情越来越激动，两个人几乎要吵起来了。

小杉杉没道理和一个学生一般见识啊……有什么恩怨非要追上去当面解决？

去不去帮她呢？两个人欺负一个学生，说出去不太体面吧。小杉杉也是，边上这么多人呢。这要是在一个鸟不拉屎的地方，摆平他还不是分分钟的事？

正在顾展考虑要不要冲上去帮程杉一起吵架的时候，那两个人却都平静了下来，顾展甚至看见少年安慰地拍了拍程杉的肩膀，然后背着书包离开了。

顾展满脸问号，快步上前，问道："你跟那小伙子什么怨什么仇啊？"

程杉双目无神，情绪跌落谷底，听见顾展的话，没有回应。

"小杉杉！"顾展有点慌，说，"你是不是又要发病了，你的药带了吗？"

程杉摇头："没带。"

"那我们回去拿。"顾展说，"下午那个校友联欢不去也罢。"

程杉笑笑："我没事，你不是一直想借这个机会，见见Q市出版集团的市场总监吗？"

"可你都这样了……你是不是又想起了什么？"顾展紧张地说，"关于程见溪的？"

"不是。"程杉抬手抵住额头，分外沮丧道，"他说四年前去意大利看过我的个人摄影展。但是顾展，我从不记得我在意大利办过摄影展。我以为是他骗我。"

顾展疑惑道："这种事情怎么会拿来当面骗人呢，一下不就被拆穿了吗？"

"所以我追问他，他说家里还有当时办展览的照片，他可以回去找给我。我想他说的应该是真的。"程杉低语，"在他的描述里，我当时的摄影作品，以哥特风格为主。"

程杉在听到那个男生的这句话后，就知道他没有说假。并且，她几乎在同一时间，想到了叶臻书房那张被她悄悄抠下来的照片。

她抬手捂住脸，说："五年前程见溪去世，三年前我的病情开始好转。顾展，我从没有对任何人说过，中间那两年发生了什么。因为连我自己都不知道，那两年我去过哪里，做什么事，见过什么人。乔恩告诉我，那段时间里，我一直处于混沌状态，所以意识混乱，不记得也很正常。"

"顾展，从前的事情我都没忘。"程杉语气急促，她飞快地说，"就算丢失了部分感受，但我记得那些事情确凿地发生过。可是那两年的时光，对我来说完全是空白的。我连程见溪的死都记得！还有什么能让我逃避成这样？"

程杉发泄似的说了一通，猛地又想起什么来，她突然深吸一口气，惊恐地张大眼睛望着顾展，像是在白日里，被噩梦魇住了。

顾展看见她垂在身侧的手剧烈地颤抖起来，那几乎是一种生理反应，他伸手去握住，也只能稍稍缓解她的激颤。

毕竟是在人来人往的校园主干道上，他半搂着程杉，把她往附近学生较少、通往学校游泳馆的林荫路上引。

顾展跟不上程杉思维跳跃的节奏，只能出言安抚："先静一静，你看这样，不如我们去喝点东西，然后吃个饭。你知道的，人一饿吧，就容易胡思乱想，你看什么卖火柴的小女孩，那就是饿极了，脑子里全是各种幻觉……"

他的话没说完，程杉却不走了。顾展看见程杉红透了的双眼，正笔直地盯着前方的一处虚空。接着，他听见她极艰难地从嗓子眼里，一字一顿地抠出一句话来。

"如果是这样，为什么在程见溪死后，我还能给他拍照？"

程见溪，真的死了吗？

第五章

灵犀之所

李佳对程杉、程见溪这两个孩子的印象很深。

她是程见溪的班主任，从大一新生的名单和资料来到她手上那天开始，她就留意到了程见溪。没有哪个老师会不喜欢优秀的学生，何况这个孩子实在……实在很难得。

程见溪的话并不多，却耀眼得让李佳只舍得用"难得"这个词去形容他。

他总是衣着干净、得体，腰板笔直，眉眼纯净，不浮躁，无凶狠。如果一定要找他的缺点，可能就是他太过封闭。有这样优秀的自身条件，他本该意气飞扬，如出鞘的剑，尽显锋芒。

可是没有。不仅没有，程见溪还总是回避人群，独来独往。

所以他在班里的男生缘并不算好。

李佳见过一次程见溪的家人。是程溪大一那年，一位自称是他父亲的男人来到学校，在校长亲自引荐下见到了李佳。男人谈吐得体，他请求她能尽量满足程见溪提出的所有要求，只要不违背法纪纲常，他希望李佳可以在有限的范围内"纵容"这个可怜的孩子。

李佳已经当了十多年的大学班主任，几乎什么样的学生都见过，她渐渐从程见溪父亲的话里听出端倪——原来这个孩子身体不好，甚至很小的时候，心理上也有一定的自闭倾向。

她对程见溪心生怜悯，明白了他为什么很难与人亲近。

李佳在心里已经打算给程见溪最大限度的宽容与"特权"，可他似乎不需要这样的关照——这么一个自律的人，完全有能力将自己的学习、生活、兴趣甚至恋爱都安排妥当。

是的，恋爱。

程见溪一入校就有了女朋友，不知让多少对他心生好感的优秀姑娘望而兴叹。李佳看待程见溪总有种自家少年郎的骄傲，所以对程杉是存了些私人偏见的。

并不是多惊艳的长相，活泼开朗而已——也不是多特别的姑娘嘛。

她有时候和程杉的班主任在停车场碰到，聊起来都觉得可惜。程见溪是多好的孩子，相比之下程杉简直是个疯丫头。可也没办法，青梅竹马的感情，大概是习惯了吧。

李佳遗憾的同时，更多是无奈——年轻人的感情，自己断然是无权过问的。

可很快，让她吃惊的消息传来，一向循规蹈矩的程见溪居然为了程杉，动手把篮球队的前锋打进了医院。

红颜祸水。事发后，李佳脑中的第一反应就是这个词。

谁都要维护自己的学生，如果程见溪真的因为这件事受了处分，往后拿奖学金、保研都要受影响。她觉得自己作为老师，到底还是要把该说的话说一说。

李佳自掏腰包，去医院看望林涛，而后又去看了一眼程杉。

病房门是开着的，李佳看见程见溪在病房里给程杉剥石榴：边柜上放着一只干净的白瓷大碗，里头盛着颗粒饱满、没有一点瓣膜的晶莹石榴籽。

程杉手上打着石膏，哼哼唧唧地求他："好程见溪，你把相机给我吧，不然下周我就没有照片给你了，我这个礼拜有好多表扬你的话要写。"

程见溪淡声说："你电脑里不是还有那么多库存吗？随便挑一张打印出来。"

"你怎么知道？！"程杉惊道，"好啊程见溪，看不出来，你竟然也会偷看我电脑了，啧啧啧，坦白从宽，谁教你的？"

程见溪把勺子放进石榴碗里，递给程杉："你忘了？高考之后，你把所有照片都给我看过。"顿了顿，说，"算了，反正你的记性也不好。"

"我记性好着呢！"程杉抱着大碗，挖着石榴吃得欢快，"我跟你讲，我就算哪天像韩剧那样出车祸失忆了，都铁定记得你。"

"程见溪你别拿这种眼神看我嘛……我就是打个比方，又不会真的出车祸。你想啊，我要是连你都忘了，我这十多年不就白活了？"程杉讨好道，"哎呀，这个石榴是哪家店的，也太甜了吧！"

李佳走进去，终于看到病床上眉开眼笑的女孩子的全貌。后者微怔，居然先程见溪一步乖巧喊道："李老师好！"

李佳有点诧异，程杉从来没有修过自己的课，怎么会认识自己？可伸手不打笑脸人，李佳虽说心里对她颇有微词，却也笑了笑，说："你们的事情我听说了，我这次来主要是看望林涛，也打算找程见溪了解了解情况。"

程杉转脸看着程见溪，说："去吧，好好表现，争取宽大处理！"

她竟然一点都不觉得内疚？

李佳的唇角微微抽搐，终究还是忍住了自己的不满。

在医院走廊尽头，李佳极其克制地表达了对这件事的看法。她说如果你不向领导解释，这次处分下来，全部归咎你的话，今年的奖学金肯定是申请不到了。

李佳甚至暗示程见溪，他父亲的关系其实动一动也无妨，毕竟这涉及个人档案，不可小视。

可程见溪似乎对此无动于衷，李佳都替他着急，忍不住提到她听来的一些说法：如果那天不是程杉大意冲进赛场中央，林涛也不会踩伤她。所以归根结底，这件事其实是因程杉而起。

程见溪原本只是安静地听她说话，可听到这里，抬头道："如果是小杉的问题，那也是她没有认清自己的价值，对学校的公共财产看得太重，才会用身体维护那个毫不值得的相机。"

李佳没想到程见溪会反驳自己，一时有些说不出话来。

程见溪说："李老师，这是两个独立事件。小杉被林涛踩伤羞辱，是事件一；我动手打人，是事件二。而我接受处分，是因为第二个事件中我的做法不符合校规校纪，造成了恶劣影响。我因此受罚，合情合理，没有任何辩驳的借口，也不需要去找什么关系。

"但是我打人的时候，小杉不在场，她甚至不知情。所以这和小杉完全没有关系——她作为唯一的受害者，不该也没有任何道理接受其他指责。尤其是，来自看客的指责。"

李佳被他一番话堵得有些火大："你会这么说，还不是因为她是你女朋友。"

"对，别人我没有必要了解得这么详细。"程见溪说，"小杉如果真的做错了，我会帮她修正。但是如果没有错，谁也不能强加给她莫须有的罪名。"

李佳心神微颤，她这才意识到，这个平时看起来温和有礼的少年，其实坚定得不得了。他是程杉的避风港湾，虽然总是风平浪静，一派安宁，却能抗击风雨。

李佳是一名老师，同时也只是一个有八卦心、有私人想法的女人。

作为教师，她不能再对程见溪有更多的提醒，何况他也并不需要。所以一切公事公办，学校取消了他评优和申请国家奖学金的资格。

作为一个女人，她觉得程杉这个小姑娘配不上程见溪。

很多人都这么想，也这么传言。但当事人并不介意，一个欢天喜地抱着相机东窜西跑，一个恬淡安静地陪着。

时间长了，尤其是从程杉的摄影作品开始拿国家级奖项，屡次登刊之后，众人的评价才开始有所转变——原来，程杉也是很优秀的女孩子。

李佳这才慢慢意识到一个她本应早就看透的问题：两个人的爱情，没有什么配与不配，只有爱或不爱。

换句话说，配不配，爱不爱，也和旁人没有半点干系。可偏偏每次，爱恨交织、情绪转变得最激烈的，都是旁观者。他们唏嘘叹息，也摇旗呐喊；他们捶胸顿足，又义愤填膺。

从来都是这样，不是吗？

李佳为自己从前的成见而感到羞愧，相应的，就连看见程杉，都多了几分莫名的关切。她想，等到这一对毕业的那天，她一定要送上最真心的祝福。

可是她没等到那一天。

从前她不看好他们，想过很多种年轻情侣分手的可能性。却唯独没想到，会突然传来程见溪的死讯。得到消息的那一天，李佳很久没有缓过神来，她坐在办公室里，手指尖发凉。

原来程家父亲口中的身体不太好，竟然是这样！

那么好的一个孩子，他才二十二岁啊。

李佳一直留意着程杉的消息，她听同事和学生说，程杉疯了似的去公安局请求办理护照和签证。可是别说办理周期了，就是她现在的精神状态，美签也绝对办不下来。

她听得心如刀绞。

李佳想起记忆里程杉的好来：贴在程见溪身边的她，笑意盈盈，一团和气的模样；校运动会赛场上的她，健步如飞，竭力声援自己班里的运动员；接受学校表彰的她，自信从容，不卑不亢地和领导合影。

这个时候细细想来，李佳只觉得老天太过残酷。程杉不过是个二十二岁的小姑娘，人生的画卷在眼前刚刚铺展开来，就被泼上一摊重墨。

又过了几天，李佳听到班里学生议论纷纷，说程杉每天都在程见溪宿舍楼下徘徊，要等他回来。她几个舍友劝了几次，完全没有用，也就随她去了。

甚至有人挺不屑："男朋友死了，对她来说，就像天塌了。如果是我，才不会像她那样。"

李佳不知道说这种话的人是何居心，也无心计较。但她惦记那孩子，于是下了班赶去看望程杉。

等到了地方，她几乎不敢相信自己的眼睛。

男生宿舍楼下有长椅，经风吹日晒而未修缮，已经破旧不堪。程杉就垂着头，默不作声地坐在已经生锈腐朽的长椅上。路过的人，总会评头论足一番。但她恍若未闻，连姿势都没变过。

李佳走过去，觉得程杉比自己上一次见到的时候，瘦了一大圈。宽大的衣服挂在她身上，动一动就会自行脱落似的。也完全没有神采，李佳叫程杉的名字，她像是生锈的机器，隔了很久才慢慢有了回应。

"李老师。"她低声叫李佳，"你也来等他？"

李佳鼻头一酸，险些落下泪来。

她知道，程杉大二那年，从小照料她的舅舅舅妈就举家搬去了国外，就算赶回来也还需要时间。所以出了事直到现在，她都没有任何人可以依靠。

"小杉啊，听老师的，先回去吧。回去等，他要是回来，肯定会去找你的。"李佳忍着泪意，低声劝她。

程杉缓慢却坚定地摇头，说："太远了，他回来可能会很慢。如果头七我都等不到他，他就找不到我了。"

他死在那么远的地方，头七也许来不及赶回来看望最挂念的人。但是没关系，她可以等他慢慢赶路。李佳没想到程杉说的"等"是这个意思，她伸手捂住嘴，不让呜咽声溢出来。

　　程杉看上去像是接受了程见溪已死的事实，所有人都理解并同情她的伤心欲绝，可谁都没有想到她会彻底崩溃。

　　事情发生在程见溪去世后的第十天。他没有回来看她，但是他的家人回来了，并且带走了程见溪的所有遗物。

　　李佳没有再见到程杉。她只是听人说，程杉急疯了，她日日等在程见溪家门外，恳求他的家人能让她看一眼程见溪，哪怕只是骨灰或者墓碑。

　　可是任凭程杉如何苦苦哀求，也没有人给她回应。

　　最后，她被人发现昏倒在路边，送进了医院。

　　在那之后，有关程杉和程见溪的故事便戛然而止。再听见程杉这个名字，她已经是声名赫赫的摄影师。

　　时间轻易地带走李佳彼时心口的疼痛。

　　苦难和伤痛，旁观者无非唏嘘，只有当事人才会铭记。

　　多年之后的这一天，李佳从学校的游泳馆出来，她拎着换下来的泳衣与沐浴用品，头发还湿漉漉地披在肩头。一抬眼，居然远远看见了程杉。

　　风静止在树梢。李佳慢慢屏住呼吸，生怕自己眼花了——可她万分肯定那就是程杉，前两天她就听人说起，这次校友会，摄影师程杉也会回来。

　　只是没想到这么有缘，会让她遇见程杉。

　　李佳上前几步，叫她的名字："程杉！还记得我吗？"

　　这孩子长开了，更有气质了。但她望向自己的目光空洞而呆滞，李佳心里有种不好的预感。

"小杉？"

顾展选修过李佳的课，立刻道："李老师，这个……小杉她现在有点不舒服。改天，我跟她再来看您啊。"

李佳已经不记得顾展了，她没听进去他的话，只顾皱眉关切地问程杉："哪里不舒服？要不要去校医院看看？"

程杉的视线终于慢慢聚焦在李佳的脸上。

可等她看清楚李佳，记起她是谁，记起和她有关的其他事情以后，程杉的呼吸慢慢变得急促，脸颊也以肉眼可见的速度变得通红，最后她彻底喘不过气来了，更说不出半个字。她难以忍受地抓着身边顾展的手，张大口如濒死的鱼般呼吸。

"小杉！"

程杉双脚发软，神色狰狞地挨着顾展的身体滑坐在地，眼泪不受控制地夺眶而出，她右手握成拳头，一下一下砸着自己的胸口。

"医生！快去找医生！"

顾展急了，可他被程杉死死攥着脱不开身，便大声冲李佳喊道。

"好好……我马上去找人！"

李佳六神无主，从没见过这么骇人的场景，她手忙脚乱地从包里拿出自己的手机，一边拨着电话，一边跑回游泳馆找人帮忙。

程杉痛苦到了极致，只觉得五脏六腑都揪在一处，互相撕扯。顾展不让她打自己，于是用力把她按在地上。她就只能扭动着、踢蹬着腿，发出无助的悲鸣声。

偶尔有几个从游泳馆里出来的女生，看见这样的场景都尖叫着"疯子"，远远地跑开了。

"你才疯子！"顾展气得直爆粗口。

程杉的手机顺着口袋滑落在地，顾展眼尖，看见"叶臻来电"的字样——她在开会的时候调成了静音模式，所以一直没有注意到。

顾展看见救兵，努力腾出手来，滑开手机。

"程小姐吗？我是宋瑜。"

那边传来一个陌生男人的声音。可顾展已经顾不上分辩是谁了，他喊道："程杉出事了！我需要帮助！"

程杉一直没有回复叶臻的消息。所以宋瑜从机场接到叶臻之后，连续给程杉打了五通电话。叶臻的脸色越来越不好看，他只能一边继续拨电话，一边全速赶往Q大。

就在他们快要到Q大西门的时候，电话通了。

获知确切地点，叶臻赶在李佳之前来到了程杉面前。

程杉被控制在地上，浑身脏兮兮的。她面色惨白，泪水糊了满脸，额发早已被汗水濡湿，浑身无一处不被冷汗浸透。

叶臻心口急怒，几步跑上前将顾展推开。

"你疯了？！冲我发什么火！"顾展心里也是一肚子郁闷，不由得怒道。

可他看见叶臻极其熟练地脱下西装外套，将程杉裹进怀里，并用外套袖子仔细避开她的手肘，绕过小臂，将她的双手固定时，一时间语塞。

宋瑜在一旁解释："程小姐身上有伤，你这么压着，会造成二次伤害。"

顾展当时也是情急，现在自然看得懂谁的方法更好，于是不吭声了。

程杉还在挣动、低吼，叶臻半蹲在地上，一只手揽她在怀里，一只手的拇指伸出来，顺着她的太阳穴至额头轻轻摩挲。这方法非常奏效，程杉痛苦的叫声慢慢减弱，连挣扎的幅度都在变小。顾展在一旁看得疑窦大起：叶臻为什么对小杉这么了解？

这时候，李佳带着人从游泳馆里面急匆匆地跑出来。她猛然撞见抱着程杉的叶臻，惊得呆立在原地，脱口叫了一声："程见溪？"

程杉好转了一些，叶臻这才抱着她站起来。他只淡淡地看了李佳一眼，并没有精力应付她，便抱着程杉快步往车停的方向去了。

"现在就交给我们吧。"宋瑜为叶臻简单处理尾声，他对顾展说，"程小姐的情况我会向您反馈，麻烦您了。"

说完这些，宋瑜跑向车边，载着叶臻和程杉以最快的速度离开了。

车上，程杉的状况逐渐缓解。她不再抽搐了，脸上的表情也平和很多。

叶臻让程杉的下巴靠在自己肩头，一条胳膊搂着她，另一只手伸下去卷起她的裤脚查看——纱布上沁出血迹，快养好的痂已经裂开了。

这时，怀里的姑娘缓缓睁开了眼，她慢慢偏过头，努力望着叶臻的侧脸。她眼里泛起奇异的光泽，突然委屈得不得了，小脸一个劲地往他胸口蹭。

"程见溪，你怎么才来看我？"

叶臻周身一震，随后抬手捧着她的脸，将她的脑袋摆正了，对着自己的正面，似乎想让她好好看清自己的脸。

程杉不懂他为什么要推开自己，懵懂又仔细地回望叶臻，脸上一点一点现出喜悦的笑容，近乎痴迷地叫他："程见溪？"

"不、是。"

这个时候，叶臻却肃然地盯紧了她，一字一字从牙缝里挤出这两个字来。

"程见溪！"

"不、是！"

程杉被这个"程见溪"吼得一颤，哭腔渐起："程见溪，你这样我害怕……"

叶臻并没有因为程杉的撒娇而纵容她，他坚持让她看清楚自己，简短而有力地道："我、是、谁？"

"程……"

"不、是。"叶臻开口极困难，并且他咬字发音不甚清晰，只能一个音节一个音节往外蹦。这个时候，他完全没有了平日里的从容体面，一边牢牢束缚住程杉，一边同她说，"他、死、了！"

宋瑜开车开得心惊胆战，这几年来，他从没有听过叶臻开口，更没有见过他这样暴躁凶狠的模样。

程见溪，死了？

程杉被他丝毫不留余地的话激得头痛欲裂，她恐惧得发抖。所有被程杉丢在角落里，尽量避免直面的回忆，也在叶臻的逼迫之下，潮水般涌进程杉的脑海中。一瞬间，就将她的五感封锁，她除了承受，无处可逃。

程见溪死了，他们的过去，她送他的所有照片，程见溪的骨灰、遗物，全都被他的家人带走了。程杉不知道他的家人在哪里，也不知道他们的联系方式。她只有一个地方可以去，只有去那个地方，她才有可能等到他的家人，她才有可能得到程见溪的消息。

于是程杉去了舅舅家附近的那栋房子门口。门铃按了，门也拍了，却没有一个人给她开门。

程杉只能等待。除此之外，别无他法。

那天下了那么大的雨，她站在雨里直哆嗦，不肯离去。后来舅舅舅妈从国外回来了，把她从程见溪家门口拖去医院，她发烧到三十九度八。神志不清不楚的时候，也在嘟囔着哭求。

"阿姨，我只想要回他的照片，那是我给他拍的照片。"

"能不能告诉我，程见溪被葬在哪里？"

"阿姨，求求你，我求求你了，让我见见他吧。程见溪喜欢的书，我要烧给他的啊……"

"我不会吵他的，也不会再娇气了，求你告诉我，他到底被埋在哪里？我答应他，每个礼拜都给他一张照片的，程见溪最讨厌别人食言了。"

……

她住了一个多礼拜的医院，体虚气弱的时候能把嗓子哭劈了，整个人虚脱得要靠营养液支撑。可最后一天，程杉不知道哪里来的力气，趁别人不注意，从医院里逃出去了。

没有回学校，也没有再去程家门口等待，人间蒸发了似的。

程家舅舅舅妈担心极了，第二天去报了警。

两天后，警察接到报案，在Q市一家墓园中找到了昏厥在程见溪墓碑前的程杉。

Q市十三家公墓，数以十万计的墓碑，程杉就这么一个一个地去找，一块一块墓碑去看。

最后，她找到了他。

她一直都是这样的姑娘，不是吗？毅力惊人，执行力超强。只要她想做的事情，很少有做不成的。这样的姑娘，执拗的、狂热的、不顾一切的、陷在爱里的姑娘，却失去了爱人。

少年情侣，她付出、倾注了所有。

有人称赞至死方休的爱侣，可只有经历过的人才明白，至死方休是个多残忍的词。

程杉再醒来以后，精神就不再正常了。她被限制出门，于是终日在家中徘徊，神色委顿，像被霜打了的茄子似的，一直念叨着一句话。

"我要去找程见溪，他没死。"

那是清醒的时候。只要陷入沉睡，就伴随着梦呓、战栗，每夜冷汗都会湿透衣衫。

身体检查做了一轮，除了营养不良，没有其他问题——这是纯粹的心理疾病，医生建议程杉的家人快一点联系专业的心理医生。

这个孩子，可能是废了。

程家舅舅舅妈在悲痛之余，联系了当地的精神病医院。

宋瑜把车停在一家名为"灵犀"的私人心理咨询室外。这家心理咨询室的老板名叫林翰，曾是业内颇有名气的心理学专家，也是Q大心理学系的名誉教授。他是国内第一个致力于研究如何将催眠治疗应用于医学领域的职业心理医生，并以第一作者的身份在国际著名医学期刊上发表过数篇相关论文。

从教从业几十年，林医生带出来很多优秀的徒弟，其中不乏国内外知名职业心理医生。

退休后，林医生与他的几个徒弟合伙开了这家心理咨询室。

叶臻把程杉抱进去，熟门熟路，直奔七号诊疗室。

这个过程中，程杉没有半点反抗，她呈昏睡状态，完全沉浸在自己的世界里。

程杉感觉自己的意识和躯体在被慢慢剥离开来，有一种身首异处的奇异错觉。

她看着自己在痛苦里挣扎、嘶吼，像在演一场舞台剧那样夸张。

她觉得很不解，于是小声劝诫："程杉，你不能把自己困在监牢里。程见溪知道的话，他该多心疼。"

可惜那个自己歇斯底里，对她的话置若罔闻、无动于衷。

程杉没办法了，只好抱膝坐在虚浮的上空，静静凝望那个看起来既滑稽又可怜的小家伙。

林医生没有正在接诊的病人，助理告诉他叶臻到了以后，很快来到诊疗室内。给程杉做完基础检查后，林医生让手下的护士给她的外伤换药。

他穿一身黑色唐装，站在叶臻身边，细细读了叶臻在手写板上描述的程杉的症状之后，神色冷静，似乎一点也不意外。他说："目前这些情况都还算乐观，你不要太着急了，这是她必经的。"

叶臻：她把我当成了程见溪。

"在她情绪不稳定的时候，认错人并不奇怪。"林医生定定地望着叶臻，他说，"你总不会希望，她说你不是吧。"

这句话戳中了叶臻的心事，他不自主地敛起唇角，倒是不再纠结这一点了，只写道：她什么时候会醒？要用药吗？

林医生说："让她好好睡一觉。醒来以后我跟她聊聊，这一关能过去，你不要太担心了。药的话……她原来的药继续吃就行。"

叶臻：她可能已经停药一周了。

林医生皱眉："胡闹！"

医生年岁大了，难免多说几句，从程杉的病情讲到药物的作用，言下之意是这药绝对不能现在停。叶臻乖乖挨训，完全没脾气，老老实实跟着他重新去给程杉取药。

林医生跟叶臻不是第一次打交道，他看着叶臻一个大男人，为这小丫头忙前忙后，不由得说："只顾着她，你自己怎么样了？"

叶臻：我没事。

林医生循循善诱，说："如果和程杉有关，而你又不肯对我完全坦白，那她这病，我也只能提一点建议，仅此而已。"

见叶臻没反应，林医生把话说得更直白："你早知道程杉回来以后会出现这样的情况吧……甚至你自己也在背后起了推动作用。"

叶臻没有反驳他的话。

林医生心里有数了，他说："是乔恩的主意。"

叶臻知道最终瞒不过他，于是默认。

林医生不由得叹了口气，说："那丫头几年没回来看我，就是赌一口气，为了证明她在美国学的那套东西比我教给她的更科学适用。小叶，程杉是乔恩的病人，你们具体用了什么治疗方案我不清楚，也不会插手。但我希望你在这件事上始终记着，不要为了达到保护的目的，反而做一些伤害的举动。"

叶臻：我不会。

林医生还想说什么，那边护士小跑过来，低声说："七号诊室的病人醒了。"

他看了叶臻一眼，欲言又止，只拍拍他的肩膀，去诊室见程杉了。

程杉这个病例，林翰六年前就已经接触过。那时候他还没有退休，作为博导，他趁着暑期，带着三个学生加班加点地忙着教育生涯中的最后一个课题——关于催眠如何帮助实施麻醉。

项目正在关键时期，有一天Q市精神病院精神科张主任去了他家拜访他。张主任曾是林翰的得意门生，毕业后这么多年，两人一直保持着密切的联系。寒暄之后，他提到工作上的事情，聊起他们科室收治了一个新的病人，就是Q大的应届毕业生，名叫程杉。

林翰听完他的描述，认为这是非常典型的癔症性遗忘。这个病例太普通，导致他并没有放在心上。对病患的遭遇聊表遗憾后，他也完全没有兴趣去院里看看。

从美国休假回来看望林翰，在一旁听两人谈话的女儿林乔恩却对这个病人产生了兴趣。她问："张叔，我能去看看那个叫程杉的病人吗？"

后来，林翰再听闻程杉这个名字，已经是一年后了。那个时候，乔恩每天花超过十八个小时在工作上，她沉浸在自己的研究里，甚至因为太忙，她和丈夫办理了协议离婚。

林翰几次规劝，却都以争吵收场。甚至两人在病例分析和选择治疗手段上的分歧越来越大，父女两人渐行渐远。

他们心平气和聊到的最后一个病例，就是程杉。乔恩主张对她进行催眠，帮助她将不愿承受的痛苦经历放在潜意识的一个角落里，来助她遗忘。

可是林翰不同意。

"如果每一位心理医生，遇到失恋的女孩来找自己进行催眠，都这么没有原则地答应，那这个世界就乱套了。"林翰说，"人生必需的经历，不管是美好还是痛苦，都不能回避。"

"这不是简单的失恋。你根本没有了解过我的这个病人，怎么能妄下断言？"乔恩语气急促，"我承认你有大量的临床经验，但是每一个个体都是不同的。"

他们争论许久，不欢而散。

"这是我的病人，怎么治我说了算。"最后，乔恩留下这么一句话，挂断了电话。

看来最后，乔恩还是给她进行了催眠治疗。

程杉从小没有生活在父母身边，原生家庭环境的缺失，是她成为易病个体的根源。所以当重大生活事件发生，对这样的一类人而言，非常容易引起精神障碍。可这样的人，也很容易进入潜意识状态，换言之，他们能够被成功催眠的概率要大得多。

但催眠一定是个隐患。

所有心理医生面对的，都是活生生的个体，是人类，而非计算机。帮助人们遗忘痛苦经历的催眠手段不同于"删除"指令，催眠成功不代表可以永远高枕无忧。

事实上，很多病患在接受催眠治疗后，都会在不算长的时间内，将所遗忘的那部分记忆找回来。其中很大一部分人，依然会重新陷入痛苦之中。

所以林翰一直主张疏导，而非隔离。他相信这些道理乔恩都是明白的，她最终选择了催眠手段，一定也经过了深思熟虑。林翰在心里说，也许程杉确实是个特例。

又或许，遗忘其实不是乔恩的最终目的。

林翰走进诊室。

程杉沉默地坐在病床上，尽管眼底有哀伤的情绪，但是整个人平和冷静，没有表现出任何的暴力倾向。看见林翰走进去，还知道跟他打招呼："你是心理医生吗？"

"我姓林。"

"林医生。"程杉对他笑笑，歉意道，"给您添麻烦了，不过我已经没事了。"

林翰找了张椅子坐下，很放松的姿态，他让自己看起来有些意外，很感兴趣地问程杉："你知道这是哪里？"

"这样的地方，我以前常去。"程杉说，"是叶臻带我过来的吗？"

"你是说那个忙上忙下的小伙子？"林翰笑道，"没听见他开口。他叫叶臻？"

"是他。他不喜欢说话。"程杉说，"我能去见他吗？"

"不想先跟我聊聊？"

程杉歉意地笑笑，说："我有自己的医生，她对我的情况比较了解。"

"你看起来很理智。"林翰没有再提问题，转而说，"和我见过的很多病人都不太一样。"

程杉说："其实……是我的问题。我停了一个礼拜的药，也没带在身上。所以想起来以前的事情，情绪有点控制不住。但以后不会了，我很快就会好起来的。"

林翰敏锐地察觉到她话里的信息："以前的事你都记起来了？"

"是……"程杉低声说，"这一次，应该全都记起来了。好的不好的，所有的感觉都在。但是人不就是这样吗？没有谁能一直顺利、快乐，过去我承受不了的，现在未必不能。我和她不一样。"

程杉口中的"她"，指的是从前的自己。

林翰在一瞬间明白过来乔恩和叶臻的意图。

如他所想，遗忘不是结果，她最终的目的是让程杉记起。

如果以从前程杉的心理状态，绝对无法承载那些痛苦的记忆。所以，先对她进行催眠治疗，再重塑人格，最后一点一点让她找回从前的回忆。

"也许这就是乔恩所希望的。"程杉突然低语，"她劝我回来，一定知道我会慢慢想起从前的事。"

真是个聪明的姑娘。

林翰和蔼地望向她，说："那你觉得，是记得比较好，还是忘了好？"

程杉咬了咬下唇，说："记得吧。那是我的东西，如果一直记不起来，总觉得心里空落落的。"

比起从前，她现在至少觉得踏实很多。

"可你现在感觉不太好。"林翰放柔语气，希望她能说出内心全部的想法，"因为那些记忆让你难过了？"

"嗯。"程杉不否认，她说，"尽管我不太能理解她为什么会痛苦到崩溃。但是……"

她又用力咬了咬唇，但没能阻止眼泪落下。程杉立刻抬手抹去，并深吸了一口气："但我现在多了一个烦恼。"

林翰知道她现在正对自己敞开心扉，于是静静地看着她，眼里充满了鼓励。

程杉双手环臂，小声道："我好想他。"

当记忆回溯，对程见溪的情感再也无法被忽略。

那是少年程杉唯一爱过的人。是全世界对她最好的程见溪。

"我好想他。"

另一个房间里，叶臻站在记录七号诊室内情况的录像机旁，看着她难过的模样，听着她委屈的声音传出来，唇角抿得极紧。

他走出房间，站在走廊上，低头给乔恩发了消息。

——小杉在Q大校友会后情绪剧烈波动，我带她去见了林医生。她清醒以后，和程见溪有关的感受已经全部记起。

消息发送之后，很快有了回应。

"比预想的要快。她现在情绪稳定？没有出现记忆偏差或者其他紊乱的情况？"

——对。

"这是个好消息，我想我们快要成功了。只要接下来的半年不出问题，就可以开始停药，如果一切顺利，才算成功。"

——嗯。

"叶总，接下来就看你的了。"

叶臻没再回复乔恩，因为他看见林医生从七号诊室走出来了。

林医生对叶臻说："你告诉她了？一切如乔恩所愿，她是不是很高兴？"他说完，叹了口气，自言自语道，"那丫头还要跟我赌气到什么时候？"

叶臻不便插手林家的家事，他问林翰：我可以进去了吗？

"去吧。"林医生微微佝偻着踱步离开，背影显得寂寥落寞。

叶臻大步走进诊室。看到程杉微微垂头坐在床上，脸上留着泪痕，情绪稍显低落。他屈膝，半蹲在床边平视着她。程杉的目光落在叶臻脸上，有片刻的凝滞，但很快，她将视线偏到一旁："叶臻，谢谢你。你又帮了我。"

叶臻的右手握在左手腕上——他在冲她比手语。程杉不由得又看过去，他的动作很慢，她看得很清楚。

叶臻在对她说：我带你回去。

程杉点头，说："好。"

叶臻扶她下床，走到一半，程杉的动作却慢下来。

程杉神情有些疑惑，她总觉得哪里有点不对劲："叶臻。"

"嗯？"

"我是不是忘了什么？"程杉回头看了一眼诊室，里面空空荡荡，她没有遗留下任何东西。

她努力回忆，但始终抓不住脑中方才一闪而过的古怪念头。

或许是错觉吧，程杉按捺下心口的那阵不安，对着叶臻摇摇头："我想多了。"

程杉的心境发生了天翻地覆的变化，面对叶臻，也没了他离开前生出的那一点亲近。

回到叶家老宅，程杉收到叶慕从国外发来的邮件。

"小杉，我明天回国，今天北京时间晚上九点我们开个视频会议。压缩包里是我初步筛选出来的照片，你看看哪些能用，筛选之后把主封先挑出来修，其他的我让美工尽快修出来给我。文案那边我安排了加班，后天初稿就能给我。现在情况紧急，印刷厂那边负责人联系了我，我们跟别家的排期撞上了。我打算提前一个礼拜出定稿。"

程杉打开手机，果然看到她还给自己发了一条一模一样的微信。

程杉回她："新产品的上线呢？"

叶慕一定是守在手机边上，她秒回："南荣邺已经熬了两个通宵了。明天产品部和运营部一起加班。"

程杉："明白，我在明早之前把照片处理好给你。"

叶慕："啊！小杉，你太棒了！"

程杉："美工要出产品图片和杂志配图，这个时间他们赶不及。我做完以后，你抄送一份文案定稿给我，杂志配图我来。"

叶慕发了一个感激涕零的表情过来："我真想隔着太平洋拥抱你！"

程杉笑笑。工作让她觉得充实，可以抵消她身在叶家，每天不得不见到叶臻而又不知道如何与他相处的淡淡别扭。

好在叶臻似乎感觉到了她的不适应，很知趣地没有主动找她。接下去的一周，他都很早就去了公司，接近凌晨才回来。

叶慕更拼。回国以后，连家都没回，直接去了M·O。每个人都紧张地忙碌起来，众志成城，终于在月底之前，提前把杂志定稿做出来。产品部如期将所有配合新一季蜜月主题的产品一一上线。

叶臻抽出一周时间，给大伙轮休两天，并让苏威通知策划部，下个月杂志上市后，全体策划部门员工一起去龙湾岛团建。

消息一出来，策划部门群聊里简直炸开了锅。

飞飞是小猪：天呐！龙湾岛！两天一夜！我耳朵没花吧？

噜啦啦：对对对，你眼睛没聋。

飞飞是小猪：我想唱一首《感恩的心》送给大老板！

燕子不穿花衣：感觉叶美人对我们部门格外好啊，不知道是沾了谁的光？

琪宝宝爱吃肉：因为我们最近都很累吧，连续上了十二天的班呢。

采薇菇凉：上回产品部团建，只有叶主编去了。这次叶美人会一起吗？

苏威：好了姑娘们，低调低调，我想说的是……这一次，叶总、南荣总监、叶主编都会参与团建！届时，我们会有一些分组的小游戏，奖励丰厚哦，大家可以期待一下下。

苏威发完这句话，群聊界面迅速以十秒为单位被刷屏了。

叶臻以往连年会都不参加，这一次却要参加策划部门的小小团建。所有人都兴奋地猜测着原因。宋燕一脸看破不说破的笑容，戳了戳自己身边坐着的琪琪，小声说："我觉得这次大老板是冲着小薇去的。"

琪琪找不到更合适的理由，但不愿意承认宋燕的说法，只不尴不尬地笑笑："可能吧。"

"哎呀，真是羡慕死她了。"宋燕叹道，"俗话说傻人有傻福，真是不假呢。"

群聊里只有苏威的名字是真实姓名，其他人程杉都不认识。不过看他们热火朝天地海聊，似乎都觉得这次的团建，是一次值得期待的短途旅行。

昼夜颠倒的忙碌告一段落，叶慕在家里睡了整整两天，才找回正常状态。她贴着面膜晃到程杉房间找她聊天，发现她正在收拾行李，不由得大惊，一把扯掉面膜，说："你这是要走？！"

程杉点头："我的伤都好了，当然是时候回了。"

叶慕着急得在她房里来回转悠，可最后也没想到挽留她的借口。末了，沮丧地往她床边一坐，道："怎么就赶上这段时间忙起来呢？哎呀，真是，有时候我都觉得老天在跟我哥作对。"

程杉听她抱怨起老天来，不由得好笑道："这跟老天、你哥有什么关系？"

叶慕觉得她在自己家也住了一段日子，有些话是时候告诉她了，便说："你难道真看不出来我哥对你有意思啊？"

程杉的动作一滞，脸上的表情倒还保持着刚才的浅笑，她说："不是你想的那样。"

"怎么会不是我想的那样？他可是我哥啊。"叶慕说，"我偷偷跟你说，你不能告诉他哦……"

"什么？"

"我哥的工作室，就是书房隔壁那一间，里面存了好多你的作品。有些是拍卖会上买来的，有些是打印装裱的。"

怎么会？程杉微愕。

"我们都是成年人了，不要像小孩子一样猜来猜去的。你给我个准话。"叶慕见她发怔，以为有戏，便进一步道，"你对我哥，到底有没有感觉？"

程杉拂开颊边的碎发，低下头去，语气却坚决："我和他不可能的。"

叶慕的心一坠，脱口说："为什么啊？我哥哪里不够好？是不是因为他不能说话？"

程杉无法向她解释程见溪的事，她安静地看向叶慕："如果只有这个理由能让你不再劝我，那你可以这么想。"

她竟然会把话说得这么绝。

可叶慕并没有因为程杉说不可能，就表现出一点对她不满意的意思，她反而贴上去，问："那……你喜欢什么样的男人？"

程杉说不好，她认真想了一会儿，说："我现在还没把自己活明白，很难说清会喜欢什么人。"

那就是还有戏！

叶慕眼睛一亮，说："要是以后，你发现其实挺喜欢我哥的，那不就皆大欢喜了？"

程杉没说话，心里却因为叶慕的话起了涟漪。不是叶臻不好，相反，他太好了。程杉在心里说，可如果是他，她总有种背叛了程见溪的感觉。

这念头在脑中徘徊，让她无端觉得烦躁。索性全数抛开不想了。

收拾妥当，程杉去跟叶臻道别。她走上三楼，看见叶臻的书房门没有关严，想敲门，有想起叶臻没办法应答，于是轻轻推开了门。

屋里很安静，叶臻伏在书桌上睡着了。员工连续十二天出勤，他又何尝不是一直处于高强度的工作之中。

程杉不由自主地放轻了脚步和呼吸声，从屋里的沙发上拿了毛毯走过去，给他盖在身上。

叶臻睡得极浅，程杉仅仅是触碰到他，后者便立刻醒了。他双目通红，猛地抬头看向程杉时，还有些发蒙，是倦极了的模样。但很快他看清来人，最本能的反应是先给了她一个安抚的笑，随后抬手揉了揉太阳穴。

程杉有点心软，说："我要回去了，来跟你打声招呼。"

叶臻难得有些怔忪，目光直直望着程杉，像听数学题听蒙了的小孩子，一时反应不过来似的。

"这些天打扰了。"程杉又说，"谢谢。"

叶臻终于明白程杉的来意，站起身打手势道：不要跟我说谢谢。

"我应该跟你道谢。"程杉定定地望着他，"虽然你是程见溪的哥哥，但是你没有照顾我的义务。你这么做了，我承你的情，所以会加倍努力工作的。"

叶臻是何等聪明的人，程杉一字一句把这样的话说给他听，言下之意他怎么会听不懂。

所以当她记起程见溪以后，就要完完全全跟他划清界限吗？

叶臻抬手要反驳程杉的话，后者却先他一步开口："叶臻，我东西不多，就自己回去了。你别送我了。"

她说完这些话，并不去看他的表情，转头走了。

叶臻站在原地，眼中的神采一点一点黯淡下去。

"程杉是个太专情、长情的人。"

叶臻想起当初乔恩跟他说的话。

"所以程见溪的死才会让她崩溃成这样。叶总，你要做好准备，即便她找回记忆，不再空虚、混沌地过日子，也未必能接受你……就算是这样，你还要帮她记起从前的事吗？你能承受她记起程见溪以后，产生的所有反馈吗？"

——比起看着她浑浑噩噩地生活，我更希望她能重新找回自己。

那时候，他以为能看着程杉活得像个有血有肉的人，自己就会满足。可现在，他眼看着自己对程杉的欲望日复一日地增长、叫嚣。

同样的，接受她对故人的思念和毫无保留的爱，并没有想象中那么好受。

他觉得自己已经克制够了。

第六章　云来拼图

　　龙湾岛位于Q市东南部的黄海之中，距市区约三十五海里。岛上常住人口两千余人，有七个自然村和一个旅游度假区。

　　岛上植被繁多，全岛的绿地覆盖率超过百分之四十。海岛原住村民本以捕鱼和水产养殖为生，旅游业兴起的那几年，岛中心被投资商开发建造了第一家酒店——龙湾度假酒店。部分村民看到商机，在酒店周边开起了各类美食店铺、工艺品小店、特色客栈。久而久之，便形成了如今的旅游度假区。

　　21世纪以来，龙湾岛慢慢为人们所熟知，成为Q市人最喜爱的周边游目的地之一。2013年前后，随着数家高端酒店相继入驻，龙湾岛逐渐成为华北地区颇有名气的休闲度假胜地。

　　M·O这次组织的策划部团建，时长两天一夜，预订的是岛上临海的私人别墅酒店。

　　酒店不大，胜在临山傍海。开放式设计使得酒店摒弃了传统意义上的围墙、护栏，选择了灌木和其他本土植被作为酒店外围的隔离带。

阡陌纵横的鹅卵石与贝壳小路连接了仅有的六套客房——彼此独立的六栋别墅。此外，餐厅、健身房、酒吧等酒店必备设施设备一应俱全，彼此之间的通达度极高。

三栋可住四到六人的海景别墅、两栋可住二到四人的园景别墅和一栋可住二到四人的海景泳池别墅，共能接待近三十位客人入住。

负责本次团建各项大小事务的是苏威和他的助理韩飞，他们早在出发前，就把策划部包括他俩在内共计二十人的住宿名单安排好了。

本着尊重爱护女性的原则，苏威、韩飞和其他六位策划部男员工，让女孩子们先挑走了两栋海景别墅。另外的两栋园景别墅和一栋海景别墅，他们以史上最公平公正的竞技比赛——石头剪刀布决出胜负，进行了友好划分。

最后剩下的那栋全酒店视野最好的海景泳池别墅，谁都没动过心思——那必然是留给叶总、叶主编和南荣总监他们的。

可是程老师……苏威对着名单表最后那个名字犯了难。

除了程杉以外的十二个女孩子刚好两两一间房，均衡分配在了两栋海景别墅里，她也插不进去。而且她肯定不能和男同事同住，那就只能安排她和叶主编一间房。

苏威有点忐忑，为此特地去请示叶慕，试探她的意思。

"你想什么呢？小杉当然和我住。"叶慕直截了当地回答他，又忍不住提点道，"苏威你平时蛮聪明的，怎么在这种事上没个眼色？"

苏威脑子转了个弯，心下大惊：难道叶主编喜欢程老师？

他认真地"哦"了一声，又说："我把陈薇和她们组长赵眉安排在了二号别墅，就在你们隔壁。"

叶慕愣了愣，没理解他这话什么意思，也没琢磨出什么不对劲来，只是"嗯"了一声："其他的你安排就好。"

苏威离开叶慕办公室的时候，心情复杂。他觉得自己终于领会，为什么南荣总监对叶主编穷追不舍这么多年，也始终没能将其感动。

其实不能怪他想歪，苏威的脑子，最近已经被策划部传得绘声绘色的小道消息填满了。部里所有人都知道，叶总对那个看上去傻乎乎的陈薇有意思，所以才会破天荒地参加这次策划部的部门团建。

苏威握拳，深吸一口气，在心里说，这次一定要在叶总面前好好表现。

去龙湾岛的那天是周四。按照苏威在群里发的通知，所有人都要在早上八点半抵达平雅码头，一起乘船上岛。

陈薇做什么事都喜欢提前，她到的时候，才八点过五分。

天气晴好，晨起的太阳精力十足，连深秋的风也被驯得温柔。

码头边密密匝匝的近海渔船连成排，整齐地停靠在岸边。船身被漆成很深的宝蓝色，上了岁数，漆痕斑驳，露出暗黄的木质里层。

木质结构的船只带着特有的古朴气息，静静停泊，桅杆上高高悬挂着五星红旗。或许时日已久，旗帜的颜色是更深沉的红，在海风中招展飘扬时，少了几分轻狂，多了些沉淀的意味。

陈薇很快看见了一个熟悉的身影，她高兴地小跑过去，喊道："学姐，好早呀！"

程杉正端着相机拍渔船和早起的渔夫，冷不丁被陈薇扑进视野里，本能地后退了两步。

她对陈薇笑笑，说："今天穿得真好看，拍照吗？"

"拍！"

陈薇从昨晚就在卧室里试衣服，今天穿的这套奶白色秋裙是她最满意的，配合裙子，她还给自己扎了个丸子头，看上去俏皮可爱。

得到了程杉的夸奖，陈薇喜不自胜，连连点头："学姐要把我的腿拍长一点哦！"

陈薇精力旺盛，摆出各种难度系数极高的姿势来，还美其名曰，旅游专业的学生要没点凹造型的看家本事，还怎么在朋友圈引领风骚？

程杉半蹲着给她拍照，闻言笑道："说得有道理，看来我不是个合格的旅游管理班学生。"

陆陆续续有其他人过来，三三两两站在一起聊天，都在远远围观程杉给陈薇拍照。

赵眉和宋燕站在一起。宋燕小声道："程老师专门给她拍照？这可能是总裁夫人才有的待遇吧……"

赵眉对最近流传的八卦还是有点不相信，这会儿没接她的话，余光倒是看见叶臻朝陈薇她们所在的方向径直走了过去。

"真的哎，叶总来了！直奔过去啊……"宋燕极力压抑着激动的声音，在赵眉耳边感叹，"太帅了吧！比杂志上的好看啊，哇，那个围巾搭得简直太有水准了。小薇薇好幸福哦。"

海风渐起，吹得陈薇裸露在外的小腿直打哆嗦。

"好冷好冷！"她哈着气跑去程杉身边又蹦又跳，"早知道我就不穿裙子了。"

程杉忍不住笑，连按快门，将她生动逗趣的模样收进相机里。

"哇！学姐你偷拍我，不行不行，要删掉的！"

陈薇最近偶像包袱比较重，立刻叫嚷道，一面作势要去抢她的相机。程杉向右撤了一步，陈薇一下扑了个空，却和程杉身后的来人撞了个满怀。

陈薇鼻子生疼，只觉得那人胸膛宽阔坚硬，又隐隐带着股好闻的淡香，这香气……似乎在哪里闻过。陈薇想到了，登时一个激灵直起身子，眼睛瞪得溜圆。

"叶美人……啊，叶总！"

这算是什么缘分？她一时大脑宕机，脸颊迅速飞红，连话都不会说了。满心满脑只剩下一句话：今天的叶总，也太好看了吧！

程杉回头，只看见叶臻一个人，她眼神一顿，问："小慕没和你一起？"

叶臻点头，目光落在程杉光裸的脖颈上。他看得微微蹙眉：什么天了还露脖子，是不是忘了这里是妖风作祟的Q市？一会儿又该嗓子疼。

有其他员工在，程杉知道他不愿意打手语，便没再说什么话。她自然地看向旁边满面发红的陈薇，伸出手在她眼前晃了晃："陈薇，是不是被风吹傻了？"

话音刚落，叶臻那边已经解下了自己的黑色围巾递到了程杉面前。

程杉有些意外，完全误会了叶臻的意图，不过很快配合地接过围巾，给陈薇系上了："你的脸都冻红了。"

叶臻眼睁睁看着自己给程杉的围巾被她借花献了佛，却什么都说不了，万分郁闷地扭过了头去。而这头的三个人，谁也不知道，自打叶臻出现，视线就没挪开过一秒钟的围观群众已经眉飞色舞、群情沸腾了。

"实锤了，实锤了！"

宋燕紧紧捂住嘴巴，才把激动的尖叫声压回去，仿佛刚刚她看到的不是叶臻借程杉的手给陈薇带围巾，而是叶臻直接单膝下跪给陈薇戴结婚戒指。赵眉终于相信了叶臻和陈薇之间的传闻，不由得感慨：叶总哪儿都好，就是眼光……实在不敢恭维。

叶慕和南荣邺是最后到的，刚好卡着点赶来。苏威清点了人数后，带着大家上船。

船舱分上下两层，能载两百多人。八点四十准点发船，预计行驶一个小时才能抵达龙湾岛。

这是工作日，不算旅游旺季，前往龙湾岛的游客寥寥，他们二十多人几乎包下了整艘船。

上了船，年龄差距立刻显现了出来。"90"后的年轻人谁也不肯坐在船舱里，都挤在船头看海，有的叽叽喳喳，有的对着大海干号。

倒是"上了年纪"的那些，拢着外套，乖乖进了舱内找座位坐定了。

"虽说我是Q市人，但很小就去国外念书了，还真没去过龙湾岛。"叶慕拉着程杉去了上层船舱，选了视野最佳的靠窗座位坐下，她挺兴奋，说，"难得这次能和我哥一起。"

南荣邺在叶慕对面落座，很有同感，道："上回我们几个一起出去，可能还是我和阿臻高三毕业那会儿。"

他的话勾起了叶慕的回忆："我记得当时是我们仨还有那个谁，对对，还有刘家的那个千金大小姐，刘佳琳！我们一起骑行去的西藏，走川藏线，玩了一个多月。"

说起这个人，叶慕抬胳膊碰了碰身边的程杉，意味深长道："你是不知道，那个刘佳琳黏我哥黏得……啧啧啧。"

哪壶不开提哪壶，坐在程杉对面的叶臻，抬头幽幽地睇了叶慕一眼。

程杉没说话，只是饶有兴味地看着叶慕，听她继续兴致勃勃地讲下去："刘佳琳是他们家独生女，惯得没边。本来我们都不想带她去的，是刘家老爷子跑去找我爷爷，硬塞给我们，还让我们好好照顾她。"

南荣邺说："我们的行程因为她，足足比原计划慢了一倍。最后直接改成包车了，好多地方都没去成。"

"没办法呀，那是个娇小姐。她连辫子都不会扎，还让我帮她，呵呵，我像是那种能伺候她的人吗？我小时候脾气比现在差多了，直接跟她说'滚蛋'。"叶慕说，"所以她披头散发跑去找我哥，让我哥给她绑马尾辫。"

程杉笑笑，看向叶臻："没看出来你还会扎辫子。"

"哈哈哈，你想多了好吧。"叶慕一边摇头一边笑道，"我哥哪会那种东西，他那时候脾气可比我暴，带着刘佳琳去客栈院子里，拿了把剪刀跟她说，'二选一，要么我给你把头发剪了，要么现在还没进藏买机票回家'。"

程杉觉得不可思议，她实在想象不到叶臻能说出这样的话来，忍不住说："所以叶臻就把她的头发剪了？"

"也就是吓吓她，想让她选择回家。"南荣邺帮叶臻说，"谁知道她一根筋，说剪就剪。没办法，就把她带去附近的理发店了。"

"剪就剪……"程杉被逗笑了，说，"那姑娘也挺可爱的。"

"现在想想，倒也没什么毛病，就是一根筋用错了对象。"叶慕说，"我哥最会照顾人，怎么可能会喜欢这种娇滴滴的小丫头？"

她意有所指，笑眯眯道："我哥最喜欢那种独立、懂事、优秀，最好还是摄影师的女生，对吧？"

叶臻没有表态，看起来并不同意叶慕的话。程杉的笑慢慢僵在脸上，有点尴尬地想要岔开话题。

这时，楼下传来一阵惊呼。

叶慕一愣，别过头朝楼下扬声问："怎么回事？"

很快，宋燕跑上楼来，神情焦急地对上层船舱里的四人说："小薇晕船了，在吐呢！"

"我带了药。"程杉先起身，叶臻也随她下了船舱。

陈薇没坐过船，事先不知道自己会晕船，这时候正表情狰狞地伏在船边，对着海吐得天翻地覆。赵眉半蹲在她身侧，顺着她的背脊一下一下抚着，苏威和其他几个同事都围在她身边，你一言我一语道："晕车灵谁带了？"

"这是晕船，晕车灵有用吗？我听老人说，在手腕内侧贴姜片蛮管用的？"

"这时候上哪里弄姜片呀。"

"让一让，我有晕船药。"程杉走下来，低声说。

她从随身携带的背包里取药出来，回头说："矿泉……"

话没说完，叶臻已把备好的水递了过去。程杉愣了下，冲他笑笑，接过去对赵眉说："扶一下她。"

陈薇的丸子头扎得松，早被海风吹散了，碎发贴面，拂都拂不开。泛黄的呕吐物黏在发丝和脖间围巾上，散发出浓浓的酸臭。有酸水冲进气管里，她难受得鼻涕眼泪直流，整张脸糊成一团，几乎无从下手。

赵眉眉头微皱，有一点迟疑。程杉看出来她的犹豫，还没等她伸手去扶陈薇，身后已经伸出一条胳膊来，稳稳地将陈薇的手臂握住。赵眉看见接手的人，眼中闪烁着异样的光芒，连忙很有眼色地让到了一边。

叶臻跨步来到陈薇身边，先抬手把她脖子上碍事的围巾解了下来，放到身边。接着指了指程杉绑头发的头绳，后者立刻看懂了，马上把头绳取下来给他。

海风猎猎，程杉一把蓬松柔软的青丝登时脱了束缚，被风揉散在空中。叶臻顿了片刻，很快接过她的头绳，非常熟练地将陈薇的头发重新束起。

程杉一时看得有些呆怔，叶慕刚刚才说他不会给姑娘扎头发，这分分钟上演的转变实在是……她没想到用什么词来形容心底突然出现的感受，因为看见叶臻给她打了个手势：纸巾。

"有纸巾吗？湿巾最好。"程杉马上专心眼前的事，回头找同事拿来了湿巾。

她没把湿巾给叶臻，而是蹲在陈薇身边，帮她擦去了脸上残留的污渍。

陈薇慢慢缓过神来，虚弱地对叶臻说："叶总……我好难受。"

"来，吃药，吃了药就好了。"程杉一手拿药，一手端水，看着陈薇咽进去，才站起身。

"早就说叶总喜欢陈薇，你们还不信。连房都开过了，怎么可能不喜欢？叶总才不是那种玩完就算的人。"

"好吧，我现在信了……"

"别打扰他们了吧，我们先撤？"

程杉听见身后几个策划部的姑娘小声嘀咕，她心里微顿，看着叶臻把陈薇扶起来，还不忘拿了她戴过的那条围巾在手上。一时间竟然有些恍惚。

叶慕看见程杉自己先上来了，看上去还有点魂不守舍，不由得道："我哥呢？"

程杉扯起一个笑来："在下面照顾陈薇。"

"太阳打西边出来了？"叶慕奇怪地站起身，刚一回头，就看见叶臻拎着一条脏兮兮的围巾上来了，"哥，你不是吧，这还不扔了？"

叶臻坐到座位上，把围巾重新折叠，将有污渍的一面卷到里面去了。随后从自己带来的双肩包里拿出一只收纳袋，将围巾装了进去。

"哎，哥，我发现你自从当了总裁，越来越有创业公司老板的样子了。"叶慕没往别处想，啧啧叹道，"怪不得我爸老训我，让我好好学你。说我没长大似的。"

叶臻轻笑，打手语道：这一点我不否认。

"喊。"

刚才的小插曲叶慕和南荣邺都没太放在心上，几人又聊起从前的事来。程杉一言不发，虽然看上去一直在认真听叶慕说话，可眼神飘忽，有些心不在焉。

船在九点四十五分抵达龙湾码头，酒店礼宾部的负责人早已驱车来到码头等候。程杉下船的时候，看见陈薇被赵眉和宋燕一左一右扶着，正回头往叶臻的方向张望。

叶慕说："小杉，你跟这个陈……陈薇是吧，关系还不错？我记得你们都是Q大旅游管理专业毕业的，算起来她还是你的学妹。"

她显然曲解了陈薇的视线焦点，程杉无从反驳，"嗯"了一声，背着包跨到岸上，完全不顾叶臻在身旁伸出来准备扶她的手。

程杉步子大，很快走到前面去了。

叶慕拽拽叶臻的衣袖，小声说："你惹她生气了？怎么突然对你这么冷淡？"

叶臻：她误会了。

"误会什么？"叶慕莫名其妙，隔了好半天才"啊"了一声，"我天！不是吧……我说那天为什么苏威突然跟我提起陈薇的住宿安排呢，小杉误会你和陈薇？这太离谱了吧。"

但叶慕看叶臻的表情，一点也不着急似的，反倒透着些意外的欣喜。她很快明白过来，笑容浮上脸颊，比叶臻还激动。

南荣邺摸不着头脑，看着这对兄妹同步开心，也想跟着乐和乐和："你们高兴什么，我怎么没听懂？"

"傻呀你。"叶慕低声说，"小杉她根本就是在意我哥的，要不然她怎么会嫉妒陈薇？"

"Envy?"

南荣邺觉得自己的中文词库，已经不足以帮助自己理解面前这个状况——嫉妒，这简直是无稽之谈，陈薇哪一点值得小杉嫉妒？

叶慕朝他翻了个白眼，意识到自己措辞不严谨，纠正道。

"Jealousy!"

啊，这就懂了，原来是吃醋了。

大伙按照事先分配的住房名单，分组搭上酒店派来的摆渡车。摆渡车就是景区里常见的那种旅游观光车，配备一位岛上地接导游，导游背靠着车上扶栏站定，手握话筒面朝大家打招呼。

都是旅游业同行，苏威也不跟她兜圈子，说："美女，有没有导游词以外的干货？"

他一起头，响应者纷纷。

"对呀，导游姐姐，有没有一般游客去不到的好地方？"

"常见的景点就不用介绍了，说说当地的特色玩法吧。"

那导游三十岁左右，姓袁，穿着印有酒店LOGO字样的长袖工作服，面上笑盈盈的，也不因这七嘴八舌而怯场。

"各位少安毋躁，少安毋躁啊。别看我们龙湾岛不大，但是山海相依，不管是丛林探险还是深海迷踪，那都是应有尽有。大家且听我慢慢说来。"

她说话一套一套的，咬字清晰，语言亲切。大家都挺买账，于是安静下来听她说。

"俗话讲呢，这饭要一口一口吃，话要一句一句说。各位不如先了解了解我们龙湾岛的当家特色，把这前菜品一品，再好好享受后头的盛宴。"

"这导游挺有意思的。"

南荣邺他们三人刚才慢了一步，坐在最后一排，他歪头低声在叶慕耳边说："什么时候我们合作公司的境外地接能有这种专业程度，就不用愁服务质量得不到提高了。"

"你说的那是基础冲量产品。要知道，钱给到位，一切好说。"叶慕也低声回他，"客人不能指望花着穷游的钱，获得私人订制的服务吧。"

"我们一直努力在谈的，不就是尽可能接近那个折中的点吗？"南荣邺说，"最大程度压低单价，提高服务质量，是我们和客人都希望看到的。"

叶臻坐在叶慕另一侧，伸出手臂在两人之间比了几个手势：出来度假就不要聊工作了。拍拍照、谈谈恋爱，做什么不好？

他知道两人这么说下去，一会儿又要开始争执，干脆把矛盾的苗头先掐死在摇篮里。

叶慕把叶臻的话翻译给南荣邺，随后道："真是新鲜了，难得听到我哥说不聊工作的。"

她方才和南荣邺聊到兴头，想说的话还没说完，憋着一股劲全冲叶臻去了。

"就是，还拍照、谈恋爱。"南荣邺和叶慕站在统一战线，一致对外道，"你哥现在眼里没咱们这个公司了，只有那台相机的主人。"

他意有所指，对象自然是坐在他们前面，隔了好几排，正端着相机沿途取景拍照的程杉。

叶臻扶额：我好心好意，却成了众矢之的？

叶慕心里太清楚了，这几年来，哥哥难得有心情这么好的时候，她也跟着高兴："谁让你是老板？高处不胜寒呗。"

后面几个人聊得开心，程杉在前面冷不丁打了个喷嚏。叶慕和南荣娜一听这声音，顿时笑疯了，又顾着不能让她听见他们在背后念她，都默契地捂着嘴低头笑。

苏威和韩飞负责办理入住，摆渡车将其他人挨个送回各自的别墅。

"团建活动安排在下午，大家放完行李以后自己去餐厅吃午餐，想吃什么随便点，叶总报销。"临走前，苏威对所有人道。

"叶总万岁！"

摆渡车最后到达海景泳池别墅外，除了导游和司机，车上只剩下四个人。

叶慕率先跳下车，对程杉说："下午去海钓吧，或者做个SPA？"

程杉摇头，说话时带了点鼻音："你们去吧。我有点困，打算补个觉。"

"没睡好吗？"叶慕疑惑道，"这两天没有任务啊。"

程杉说："失眠，老毛病了。"

她说的是实话，并非不想跟叶慕他们出去的托词。那天从叶家回去以后，程杉又开始做一些奇怪的梦，醒来后再也不能入眠，睁着眼睛熬到天亮才能昏昏沉沉地睡上两个小时。

顾展说她这是富人病："你要像我这样，整天为生计奔波发愁，保你闭眼就能睡着。"

那天校庆后，顾展和Q市出版集团市场总监搭上了线，最近一直忙着谈合作的相关事宜。

程杉嗤他："顾老板，你怎么好意思。"

其实顾展有很多问题想问程杉，比如她那天为什么会追着那个陆一鸣吵架，比如那天她突然冒出一句："如果是这样，为什么在程见溪死后，我还能给他拍照？"这种鬼故事里才会出现的话，是什么意思。

但是他什么也没问。一是他觉得那天程杉情绪不太正常，胡言乱语的可能性比较大；二是他怕万一自己没组织好语言，触动程杉心里什么过不去的结，让她再次发病，那自己的罪过就大了。

一想起那天她发病的样子，顾展就觉得程杉正常的时候格外可爱。而且她都没再提，自己没必要多这个嘴。

"总要一起吃个午饭吧。"叶慕说，"刚刚导游不是说，酒店的鲅鱼饺子是一大特色吗？去尝尝看有没有文阿姨做得好吃。"

盛情难却，程杉再推诿就太矫情了。她点点头："好。"

别墅有三层，除了四间宽敞的客房以外设施齐备，影音室、健身房、厨房应有尽有，客厅落地窗边摆着一架钢琴。顶层的露台是这间别墅最吸睛的地方，三百六十度无死角的观景平台，烟波浩渺的黄海和整个龙湾岛的景致尽收眼底。露台上有精致的凉棚和四人桌椅，还搭了个小型秋千，旁边全透明的阳光房里培育着各种多肉和兰花。

几人上下参观一圈，很职业病地站在旅游人的角度，客观点评了一番别墅的性价比和市场竞争力，随后各自去房间放了行李。

酒店有三间餐厅，他们散步去了距离最近的中餐厅。已经有不少人在里面吃饭，他们走进去，打招呼声一片。

岛上海鲜多，各桌上皆是堆得满满的海鲜拼盘，皮皮虾、海虹、蛤蜊、蛏子这些常见海货都是论盆上的。程杉看见陈薇也在，点了一盅鲍汁海参，正小口小口地抿着。

四个人找了空位，都没有想吃海鲜的意思，随便点了几个炒菜，配三大盘鲅鱼水饺。叶家兄妹都不是穷奢极欲之人，从第一次一起吃饭时程杉就看得出来，他们不太在乎别人怎么看，点菜就按喜好来，并且量力而行。

叶慕和程杉饭量小，两人分食一盘水饺。导游没骗人，酒店的水饺面皮劲道，馅料调得鲜美，程杉几乎没吃菜，也没沾蘸料，已经吃得尽兴。

"好吃吧。"叶慕看她吃得欢，自己也胃口大开，"不够再点一盘。"

"好吃！"程杉吸吸鼻子，抽了两张纸巾按在鼻尖，说，"可是我已经饱了。"

她话音刚落，目光微滞，看向对面的叶臻身后。

叶臻未及回头，就听见陈薇的声音："叶总。"

他偏头看了陈薇一眼，没有搭腔。陈薇脸颊滚烫，紧张得手指都揪在一起，刚刚还是宋燕和赵眉一起劝她，她才鼓足勇气来找叶臻的。

程杉开口道："什么事？"

陈薇对着程杉，立刻放松不少，她看看叶臻，又看看程杉，一咬牙道："下午的团建活动，叶总参加吗？"

叶慕笑眯眯地说："怎么不问问我和南荣总监参不参加？"

陈薇哪里是叶慕的对手，脸"唰"一下更红了，她求助地看着叶臻，声音跟蚊子哼似的："听说是定向越野的项目，还有射箭比赛，抽签分了红蓝两队，我们红队实力太弱了……他们说，要是叶总能带队，肯定会赢的。"

南荣邺和叶慕默默对视一眼，叶慕道："听起来蛮有意思的，哥，答应吧。"

叶臻还没来得及拒绝，南荣邺又开口道："你去红队的话，他们多一个人，这太不公平了。这样，我下午也没什么事，我就去蓝队带队好了。咱俩也好多年没正面较量过了。"

叶慕看上去像是被激起了兴趣，她振奋道："那我也要加入蓝队。我哥这人，从小就玩十字弩、练射击，你一个人玩不过他的。"

南荣邺说："可是这样，我们队也多一个人了。"

叶慕"啊"了一声，有点苦恼道："这怎么办？"

"算上我吧。"程杉鬼使神差地开了口。

"小杉，你下午不睡觉啦？"

"吃饱了，消消食。"

程杉刚说出口就有点后悔自己沉不住气，立刻眼观鼻鼻观心，尽量让自己看上去自然一点。

叶慕和南荣邺神采飞扬地对视一眼：这一出配合满分！两人就差跳起来击掌欢呼了。

叶臻将两人一系列小动作收入眼底，半是好笑半是欣喜，忍不住扬起唇角来。

叶慕说："陈薇，那你跟苏总监说一声，把我们编入队列。"

陈薇从没看见过叶臻的笑——原来，叶美人笑起来这么好看，简直教人心动。

他是不是因为和自己一队而开心呢？

陈薇几乎痴了，只顾着垂眼瞟叶臻，压根没听见叶慕的声音。直到她又重复了一遍，才如梦初醒，忙不迭地点头，红着脸小跑回去了。

"这丫头，脑袋缺根筋似的。"叶慕摇头叹道，"还是年轻啊，哥，你就招年轻小姑娘喜欢。"

程杉只觉得陈薇那贪恋痴缠的目光分外刺眼，心头微堵，瞥开眼不看了。

午饭以后，几人回房间换了舒适的衣裤出门，到苏威指定的地点集合。

叶慕一身深蓝色丝绒运动装，和同样穿了蓝色系运动服的南荣邺站在一起格外登对。程杉没带运动装备，上衣还是早上那件米色薄开司米长袖，只换了一条弹性更大的深色直筒长裤。

叶臻换上一套黑色运动套装，只有金色拉链和袖口烫金纹饰做点缀。他的身材无可指摘，配上这一身，整个人看上去更是精神利落，且神情从容，体态优雅——必定是长期坚持锻炼的结果。

陈薇和琪琪都被分到了红队，宋燕和赵眉则在蓝队，几人到了以后都站在各自领队身后。

一共二十四人，包括苏威和韩飞，红蓝两队各十二人，都是七女五男的搭配。没有队服，为了增强辨识度，苏威给两队队员分别发了红蓝绸带，要求系在手腕上。叶臻拿了腕带，很自然地转身交给程杉，并把左手伸出来给她。

程杉顿了顿，低头帮他系带子。系好后，叶臻拿过她的绸带，示意她伸手。

两人全程都没开口，身边明明还站着那么多人，程杉却觉得空气稀薄，有些呼吸不畅。

叶臻依然很绅士，并没有触碰到她。可这样的姿势，程杉不得不直视叶臻修长灵活的手指——他手活很细致，三两下打出来的蝴蝶结别致精巧，一点也不拧巴。

程杉看得心里一磕，没话找话道："学过打蝴蝶结吗？这么熟练。"

谁料叶臻指尖一顿，抬眼微微笑看着她，小幅度比了一句手语：学过，比你系得好看吧。

"……"程杉忍不住说，"所以扎马尾也是学的吗？"

她话一出口，马上意识到自己的失态，分外懊恼地默默用指甲狠狠抠了下手心。

程杉，你今天是怎么了？

叶臻眼底笑意更盛，道：学过。

不知道是为哪个姑娘学的。

程杉说："哦。"

叶臻继续道：但我跟陈薇没有任何瓜葛，希望你不要误会。

腾地一下，一股热气蹿上程杉的脑门，她的脸微微发红，却极力稳住面上的神情，极其官方地笑看叶臻："不好意思，学业不精，这句看不懂。"

叶臻：……

程杉和叶臻略显亲昵的互动，被陈薇目不转睛地看在眼里，她心情有些低落。偏巧这时，身边的琪琪不咸不淡地开口道："程老师和叶总看上去真配啊。"

陈薇沉默片刻，才说："叶总为什么从来不说话？"

琪琪观察了一会儿，也道："是啊，从来没有听叶总说过话，该不会……他不能说话吧？而且你看，叶总跟程老师交谈的时候，用的是手语啊。"

陈薇连忙说："就算叶总不能说话，也没关系。"

琪琪嗤笑，说："什么没关系？你现在想这些是不是太早了。"

八卦传到现在，她是唯一一个坚持认定叶总不可能和陈薇发生半点关系的人。小职员和大总裁的爱情，那是在多不靠谱的都市小说里才会出现的情节。琪琪在心里说，成天做白日梦。

陈薇不想搭理琪琪，她远观程杉和叶臻，心道：原来叶总每次不是不理自己，而是不能说话。不过没关系的，陈薇很快振作起来，她也可以学手语！

苏威分发完绸带，吆喝道："拍个合照吧！要露出手上的绸带哦！回去要发给宣传部门的同事推公众号的。"

"好！"

大伙自觉以叶臻为中心，围拢到一起。程杉和叶臻挨得近，有人挤过来，她脚下有些不稳，好在叶臻及时伸手扶住了她。

他做这些自然而绅士，程杉轻声道："谢谢。"

拍完照，苏威给大家介绍比赛规则。

"比赛分成两大项，定向越野和射箭比赛，积分制。得分最高的一队除了有丰厚奖品以外，还有权利让另一队接受惩罚。"苏威说，"另外，个人积分最高的前三名，额外享受公司提供的不等额旅游基金。"

听上去很有吸引力，大家眼中都涌现出跃跃欲试的光芒。

"首先是定向越野这个项目。"苏威继续介绍道，"每个队两两一组，拆分成六小组。每个小组都要按照指定的线索，去岛上的自然村里寻找一块拼图，然后立刻前往位于御龙山山腰的夜鹰俱乐部集合。能够在最短时间内获得拼图并到达终点的二人组，第一组每人各记三十分，第二名二十分，第三名十分。最先集齐六块拼图的队伍，获得六十分团队分，另一个队伍只得五十分。"

顿了顿，苏威扬了扬手中的大信封，道："因为我也参与，公平起见，那些拼图和线索我提前请了袁导帮忙制作。所以，我自己也不知道线索是什么样子。"

琪琪说："可以借助交通工具吗？比如问村民借车去山上之类……"

苏威看了她一眼，说："问得很好！这也是我要强调的。现在请每一位参赛队员都将手机和现金上交，由酒店方保管。整个比赛过程中，只能依仗我们的双脚，去村里走访、去爬山，各位都是旅游业如今或未来的佼佼者，难道这么一点路都走不了吗？"

"当然能！多少名山大川都走过来了，就这小山包有什么难爬的。"韩飞激情四溢，大声地鼓舞士气道。

遵守游戏规则，大家纷纷上交手机和钱财物品，苏威一边分发含有线索的信封，一边继续道："现在大家可以自由组队了，至于射箭比赛，我们到了夜鹰俱乐部以后再介绍。"

叶臻和程杉站在一起，苏威走过去，看了一眼叶臻身后的陈薇，迟疑道："叶总，你和……"

陈薇的心顿时"扑通扑通"剧烈跳起来，恨不得马上冲上前去。

"我们一组。"程杉说。

"学姐……"陈薇脱口喊她。

程杉偏头，淡淡地望向陈薇："怎么了？"

陈薇有点委屈，眼巴巴地看着程杉，希望她能看懂自己没说出口的话。

程杉从苏威手里接过信封，说："加油，不舒服的话，晕船药我那里还有。"

叶臻差一点笑出声来。但他很快克制住了自己，和程杉一起打开信封取出里面的两张A4纸。

陈薇失望极了，她身边的琪琪倒蛮开心似的，幸灾乐祸道："小薇薇，那我们俩一组？"

还能怎么办，只剩下琪琪没组队了。陈薇一言不发，悻悻地走到她身边。

"好！那么我宣布，M·O策划部2017年第二次团建大赛……"苏威给每一对组合发完线索后，扬声道，"现在开始！"

一声令下，几乎所有人都一溜小跑窜了出去。

程杉怎么也没想到跑在最前面的会是叶臻，她本以为他这样的人，是该慢慢悠悠步行，不在乎输赢的。

原来平时那副淡静的样子，都是伪装。

他把腿长优势在这时候发挥得淋漓尽致，几步一迈就超过了不少人。南荣邺和他不分前后，红蓝两队队长架势一摆出来，队员们都跟打了鸡血似的朝前狂奔！

每组拿到的路线图和提示都不同，几个岔路口过去，大家都被分流，朝不同方向去了。

程杉没叶臻那么好的体力，跟着叶臻转过两个路口就吃不消了。

"叶臻，慢一点。"

他停下来，脸不红气不喘的，面朝她比手势道：身体这么弱啊。

程杉不服气，争辩说："我几天没睡好了。"

叶臻：那怎么不在酒店补觉？

程杉被他愉悦的目光直视，心里分外不爽，说："看不懂。"

不想面对的问题，就看不懂？

叶臻走到她身边，比画道：把他们都甩掉了，我们现在可以慢慢走。

程杉舒了口气，这回能看懂了。

她说："我没太看清地图，拼图到底在哪里？"

叶臻轻松道：我也没看。

程杉瞠目结舌："哎，你……你跑着好玩是吧？"

他点头：作为队长，气势要先拿出来。反正南荣也没看地图。

叶臻猜得不假。几乎同时，和他们只相邻三条干道的南荣邺带着气喘吁吁的叶慕也停了下来。

"你跑疯啊！晓得要去哪儿吗，你就跑。"

"不知道啊。你以为你哥知道？我跟你说，这种游戏，要的就是个气势，怎么都不能输在起跑线上。"南荣邺长呼几口气，这才展开地图，"别担心，阿臻他们这会儿肯定也在研究地图。"

"神经病，我心脏都要跳出来了！"叶慕没好气地推了他一把，凑上去看，一时头大，"这都什么跟什么？"

所有人拿到的两张线索纸的其中一张，都印有不同的手绘地图。正反面都有图案，正面相对官方，看上去像是从某网站下载的龙湾岛平面地图：地图上用极简的线条，清晰地勾勒出龙湾岛七个自然村的大致方位和村落结构，但没有村子的内部路线。

反面则是具体到某一个村落的地图，拼图所在的位置以五角星标注其中，可是这路线图画风诡异，看上去横不平竖不直，曲线也歪歪扭扭。

叶慕眼尖，看到反面地图的落款：龙湾小学三年级学生作品。

她扶额："这真的不是在玩我们吗？"

那厢，程杉也发现了这落款，不由得道："袁导还挺有创意，知道普通地图难不倒大家……不过，你看得懂小学生的手笔吗？"

叶臻：边走边研究，还有另一张线索。

程杉点点头，看了一眼反面的村落轮廓，先锁定了他们要去的村子——云来村。

其实七个村子分布的位置与他们的出发地距离相近，但是一通没头绪的疯跑下来，有些人可能要回到出发地反方向行进了。

可程杉发现，以她和叶臻现在所处的位置来看，他们只需要再往东南方向直走，到了一个十字路口后右转，再直走到头就能到达。也就是说，刚刚他们奔跑的路线，其实根本就是冲着云来村去的。

她不由得道："叶臻，你不是漫无目的地跑吧？"

叶臻眉宇间隐有自信：大致方向当然要先看一眼，我怎么会带你走回头路？

程杉完全相信他说的话，叶臻有把控全局的气场，足够聪明、细致。思及此，她脑中突然闪过一个念头：如果程见溪能活着，一定也会成长为这样一个可靠的男人吧。虽然程见溪对输赢胜负看得极淡，可他做事稳妥，总让人觉得踏实……和叶臻一样。

这个想法让她的心漏跳了一拍。

两人锁定了初步目标，便沿着水泥马路往东南方向大步走去。

越远离岛中央的旅游度假区，商业氛围越淡。程杉渐渐看不到路边的旅游纪念品小店和装饰得花里胡哨的特色民宿客栈了，取而代之的是条条充满野趣的道路。

多数干道由水泥铺就，少数铺着青石板、贝壳，可无一例外的是，路边随处可见各类植株，在海风里悠然自得地舒展着枝叶，有一些程杉能叫上名字，但更多的她只觉得生动可爱，不知花名。

偶尔有岛上居民从旁走过，推着板车往旅游区赶，板车上头排着几只大桶，里面盛满了各类海货。也有三三两两背着书包的小孩子，说着和Q市市区不尽相同的方言，嬉嬉闹闹、你追我赶地往学校跑。从程杉和叶臻身边路过的时候，会好奇地歪头打量他们。

程杉的脚步越来越轻快，她对叶臻说："我喜欢这个游戏。"

叶臻看着走过的孩子，若有所思，跟程杉比画了几个手势。

这一次程杉是真的没有看明白，可手机又被没收了。她说："要不你找根木枝，在地上写给我看？"

这时候，道路尽头迎面又走来两个男孩子，七八岁的模样。叶臻大步朝两人走去，将手中的地图给他们看，指了指反面那个村子里的五角星。

程杉明白过来他的意图。能读懂这"抽象派"地图的，也只有同龄的孩子了。

她走过去，配合叶臻问他们。

"云来村的这个地方是个贝壳楼。"其中一个男孩子的目光在叶臻和程杉脸上来回转，说，"别的就看不出来了。"

程杉和叶臻对视一眼，很满意地收起地图准备离开。

两个男生嘻嘻笑着从两人身边走过去，其中一个嗓门颇大的回头看了叶臻一眼，对另一个道："嗓筋头（喉咙）没声哎，这哑巴是来挖宝的吗？哈哈哈。"

程杉额上青筋一跳，想到一句俗话：七岁八岁狗都嫌。

这个年纪的很多孩子，单纯无知，也邪恶透顶，正是道德观念极其薄弱的时候，不管从大人口中或是电视上学到什么话，都喜欢立刻用在身边能与之沾边的人和事上。

并且，从来不觉得自己说出来的话会冒犯到别人，甚至意识到了，还颇引以为豪——觉得自己能把成年人呛得哑口无言，简直是一件值得炫耀的了不起的大事。

"你声音这么大，人家一会儿来捶你。"

"我怕啰？不就是个小白脸。"

叶臻意识到不对劲，想去拉程杉的时候，后者已经快步冲那两个小孩子跑过去了。

她气势汹汹，一把扯过大嗓门的书包，拎到跟前来："再说一遍。"

"你干吗？！你敢打我，我告诉我妈去！"男孩一昂头，一边挣扎一边大喊道，"打人了打人了！"

另一个胆小些，在边上看着，既不上前也没落跑。

173

程杉的劲和他差不多大，甚至还隐隐落了下风，可她语气严厉，气场倒是占了上风。

"学校没教过你'礼貌'两个字怎么写吗？！"

男孩子是个倔头，完全听不进去她的话，甚至看准机会，朝前猛地一撞，一头顶在程杉的腹部，口中还尖叫道："我不怕你！坏人！"

那男孩子人虽不大，但格外敦实，小牛一样顶撞过来，程杉只觉得小腹一阵剧痛，不由自主地向后摔去。身后赶来的叶臻眼疾手快，一把将她接住了，面色铁青地看向那两个孩子。

"快……快走！"胆小的那个见状不好，拉了大嗓门就跑。

"喊！真没用！"大嗓门得意扬扬，跑了几步还回头冲他们做鬼脸。

程杉没受过这样的气，急得冲叶臻道："去拦住他！"

她一动气，小腹更痛，叶臻没动，抬手按住她，紧抿着唇角。

程杉半是生气自己没用，居然在一个小孩子手里吃了亏；半是生气叶臻的好脾气实在用得不是地方，都欺负到自己头上来了，怎么能忍得住？

"你就任他们这样说你？"她推开叶臻的手，忍着疼站起来，"我白替你操这份心。"

叶臻：那样的小孩，听不进去道理。

"听不进去就不管了吗？"程杉气愤道，"他就可以肆无忌惮想说什么就说什么？他……叶臻！你笑什么？"

程杉看见叶臻比画了几下自己看不明白的复杂手势之后就停住了，随后他望着自己，居然慢慢笑了起来。

"你……"

程杉话还没说出口，叶臻已经上前一步将她轻轻带进怀里。

"谢、谢。"

叶臻一字一顿，努力将音节发得完整，低声在程杉耳边道。

程杉腹部钝痛，可痛里竟然隐约升腾起莫名的情绪，致使她的心在一瞬间软了下来。程杉甚至还未来得及分辨其中滋味，眼泪先一步涌了出来。

她在叶臻的怀里安静下来，这才慢慢回过味，终于意识到刚才自己有多失态。

如果叶臻真去追了那孩子，又能怎么样呢？把他按在地上打一顿，还是压着他的头向自己与叶臻赔礼道歉？就算那样做了，自己就高兴了吗？

程杉一时情急追了上去，确实没有想过后果。因为她只是听到那样刺耳的话后，心疼。尽管叶臻已经是一个成年人，尽管她心里很清楚，叶臻根本不可能因为一两个毛孩子的话而受到半点伤害。

但她还是脑子一热，只想要为他出头。

在程杉暗自反省的时候，叶臻眼中却情绪翻涌。他当然不是第一次碰到这样的情况。在他不能说话，不能正常与人交流的日子里，受到别人异样的目光或议论的言语，远比程杉想象的更多。

但只有这一次，有人为他出头。而且，那个人是程杉。

小杉，你无法想象，我有多感谢你能来到我身边。

程杉完全平静下来。她慢慢离开叶臻的怀抱，并不看他，只低声说："我刚刚太冲动了。"

叶臻垂眸望向她，眼里一片温柔。

程杉小声道："我看不得他这么说你……你就当我是个易怒的、脑筋不正常的病人好了。反正，我也确实不太正常。"

程杉不知道自己这番话说完以后，叶臻多想亲她。他忍了又忍，才低低地"嗯"了一声。

"但是叶臻，我其实很想听你说话。"

程杉想了一会儿，认真道："我听肖医生说，如果你接受恢复训练，有很大的可能性是能够重新开口说话的。但你拒绝了。"

她低声问："你为什么宁可花费大量精力去学手语，都不愿意开口？"

叶臻顿了片刻，才缓缓道：我曾经做错了一件事，不能说话，算是对我的……

最后那个手势程杉没看懂，她问道："是什么？"

叶臻让她看着自己，缓声道："惩、罚。"

程杉没想到会是这样的答案，她其实很想追问下去。

叶臻，你做错了什么事？和你的前女友有关吗？是你伤害了她，才会这么执拗地认定不能开口是给你的惩罚？

话都到了嘴边，她终究没有问出口。程杉害怕自己再问下去，叶臻再答下去，她就再也抽不开身了。

可叶臻眸光渐深，抬手道：你希望我接受治疗？

"当然。"程杉脱口而出，又觉得不妥，于是补充道，"这只是我的看法。你如果执意认为，不再开口是一种惩罚或者自我赎罪……解铃还须系铃人，我可能帮不上什么忙。"

她看不懂叶臻此刻的眼神，只觉得里面饱含着很多她难以触及的情感，程杉心神轻颤，慢慢有了一个确切的认知。

叶臻心里有一个他无法忘怀的姑娘，是那个在拖鞋上绣着"I blessed a day I found you"的姑娘吧。

"谁都有忘不了的过去。"程杉低声说，"我能理解你。"

叶臻没有给她回应。

这个话题显然过于沉重，程杉冲他笑笑："继续比赛吧，我们耽误很久了。你是队长，总不能拖后腿。"

有了云来村贝壳楼这个确切的目的地，两人的进度更快。不过二十多分钟的脚程，程杉与叶臻站在了贝壳楼外。

这栋贝壳楼，是十年前由岛上的贝壳爱好者私人出资修建而成，仅外墙装饰和地面铺设，就使用了超过一百万枚贝壳，贝壳品类逾五百种：海螺壳、鲍壳为瓦，美国红扇贝砌窗，各色各样的彩贝大面积地镶嵌在房屋梁柱之上。在阳光的照耀下折射出彩虹的光泽来。

程杉被眼前艳丽纷呈的建筑吸引，她看得眼花缭乱，只遗憾没有带上相机来。

程杉问了一圈人，谁都不告诉她拼图"藏匿"的地点。她手里捏着除地图以外的另一张线索纸，只好老老实实地和叶臻一起，琢磨上面写的那首线索诗是什么意思。

"月出东山上，徘徊斗牛间。沉璧静影下，跃金浮光中。"

"这么大的一栋楼，拼图就藏在这首诗里？"程杉嘀咕，"我对古文没有什么造诣，叶臻，你能看出来什么？这首诗指的是地点，还是一句暗号？"

叶臻让程杉找人借了支笔，和她在贝壳楼外的长椅上坐定。

他将那张纸摊开在膝头，用水笔圈起前两句诗，又打了一个箭头，自然地画了两个尖角。

程杉看着他画出的箭头，心里"咯噔"一跳。

程见溪和他一样，在课本上做标记的时候，喜欢将重点的字词圈起，画上一个箭头指向右侧。这本身没什么特别的，可他画箭头的时候，有一个小癖好，就是一定会画两个尖角叠在一起。

她从没见过其他人有这样的习惯。

程杉脸色微微发白，目光不由得望向身侧的叶臻。海风拂面，叶臻额角的碎发簌簌颤动，从程杉这个角度望去，他和程见溪竟有六七分相似。

程杉心内一揪，腾然而起的念头让她浑身发冷。她立刻闭了闭眼，在心里说，程见溪和叶臻是亲兄弟，他们有一些相似的习惯很正常。

对，很正常。

程杉定了定神，重新看向那张纸，惊觉叶臻已经整理出很多线索来。

前两句诗出自《赤壁赋》，意为：明月从东山后升起，盘桓在斗宿与牛宿之间。叶臻在"东山"这两个字上做了重点标注，旁边写道：龙湾岛上只有一座山，这里指的应该是位于贝壳楼东边的那座御龙山。

程杉顿悟："要想从贝壳楼看见东边的御龙山，就只能站在靠东一侧的窗边。一楼东侧无窗，只可能是二楼或是三楼。"

叶臻又指了指"斗牛"二字，写道：斗宿牛宿，列于北方玄武七宿的前两宿。

程杉顺着他说："这意思该不会是……指自北朝南数的第一扇窗和第二扇窗之间？"

叶臻冲她点头，写道：应该是这个意思。袁导不至于让我们根据星宿方位去计算确切的对应角度。

程杉放心了，说："这么一来，范围直接缩小到了二楼或三楼的两扇窗户之间。就算后两句诗解不出来，问题也不大。"

可叶臻没打算就此停手，他继续推敲后两句诗。这两句出自范仲淹的《岳阳楼记》，将月影比作沉入水中的玉璧，将月光照耀下水波的光泽比作金子闪耀。

程杉顺势推理道："这该不会是说，站在窗边能看得见海上明月……可是，这和前两句有什么不同呢？"

叶臻也在思索，他的目光锁定在"沉璧静影"和"跃金浮光"之后的两个介词上。

如果说"月初东山上，徘徊斗牛间"是由《赤壁赋》的原句删减而来，那么后面这两句最大的不同之处在于，"下"和"间"这两个介词是后来加上去的。

他不认为这只是为了对仗。

叶臻很快写道：我们先上楼去看看。

两人兴致都被调动起来，小跑着上了二楼。程杉很快发现不对劲了。

"叶臻。东边的窗户根本看不见海。"

程杉站在二楼东侧自北数的第一扇窗户和第二扇窗户之间——那是一堵墙，上头嵌满了好看的虎斑贝，可她左右探看也没发现哪里能藏得下拼图。

这就算了，关键是，她发现东边那七扇窗，都只看得到山景，没有海景。

叶臻也发现了这一点，他站在楼西侧的几扇窗边分别朝外远眺——似乎确实只有站在这里，才能看得到所谓的海上明月。

"是之前的推理出了错吗？"程杉细细回想了一遍，道，"又或者我们想多了，可能没有那么复杂，这只是个藏尾诗？嗯……上下中间？"

程杉脑袋不笨，可惜从小不擅长这类文字游戏。

有一年她和程见溪去元宵节庙会玩，街上有很多猜灯谜的游戏，因为奖品诱人，所以程杉兴致倍高。可她在最初级的灯谜面前就败下阵来，只能央求程见溪帮自己。

程见溪课外阅读量可能是程杉的几百倍，雅至古今中外的各类典故，俗到天南海北的大小段子，他都有涉猎，甚至连脑筋急转弯类的谜题都没能难倒他。

程杉手中的奖品越堆越多，跟着程见溪一路过五关斩六将，杀进最难的那道灯谜。

挺进决赛的就两个人，除了程见溪以外，还有一个学古典文学的姑娘。那是整场庙会的最高潮，围观者少说也有几百。

很多电视台都来拍摄，主持人眉飞色舞道，这可是几年庙会难得一见的龙凤斗。

好多观众起哄，大喊在一起在一起！

程杉在下面咬着嘴巴，悄悄地嫉妒那个才情卓然的女孩子来，她也好想这么站在程见溪身边啊。

程见溪似乎知道她的心思，偏过头朝下看，目光只落在她身上，神情温和淡然。

程杉心里一动，刚才那一点不悦立刻灰飞烟灭，她端起相机"咔嚓咔嚓"一通按，大喊道："程见溪，加油！"

那天，当程见溪从容说出最后的答案时，他的眉眼仿佛被整条街的灯火照亮，所有人都在鼓掌，程杉的手都拍红了。

看到了吗？那可是程见溪啊。

是最好最好的程见溪！

决赛结束后，同场竞争的姑娘拿着手机找程见溪留微信号，后者却只是摇头："我不用微信。"

姑娘不依不饶："手机号呢？"

程见溪还是那个温和的模样，却说："我以为话说到这个份儿上，你能明白我的意思。"

他抱着最后的奖品———一只等人高的布偶，走到一直紧张兮兮盯着两人的程杉身边，抬手轻轻捏了捏她的脸颊肉："走吧，小醋罐子。"

程杉愤愤："那也是好看的小醋罐子。"

程杉回过神来，发现对面的叶臻正望着自己。她失神一笑，自认为不着痕迹地带过满溢的情绪，说："你有什么发现？"

叶臻道：如果我猜得不错，答案应该在楼上。

他这成竹在胸的样子，和程见溪实在太像，程杉心念微动，忍不住跟上去道："从前，有没有人说过，你和程见溪很像？"

她话问出口，明显感觉到叶臻的身形一顿。

他回过头来，表情看上去冷淡疏离。叶臻将拇、食指指尖相捏，中指、无名指、小指自然弯曲，随后左右横向快速移动，极果断道：没有。

他似乎并不希望自己和程见溪扯上关系。

程杉不说话了，沉默地跟着叶臻上楼。

三楼和二楼构造大致相似：屋子里铺着整块的地毯，正中空旷，四周摆放着十张木质桌椅，供参观的游客小坐休憩。

程杉在二楼同样的位置站定，发现自己面对的那堵墙，除了镶嵌的贝类从虎斑贝变成了珍珠贝以外，没有其他差别。程杉注意到，最中间的几块珍珠贝被打磨得非常光滑，当然也有可能是这么多年来，数以万计的游客伸手摸出来的效果。

从窗户看出去，依然望不见海。

就在她理不出头绪的时候，一转头看见叶臻若有所思地凝视着那些珍珠贝，又回头看向西边的窗子。随后他大步走到旁边的桌前，取出纸笔，低头飞快地写着什么。

他猜出来了？

程杉伸头去看，叶臻写道：找屋主借一支手电筒。

程杉见他眼中光泽渐盛，不免信心大增："好，你等我。"

她跑下楼，很快拿了手电筒上来，却发现叶臻已经把三楼的窗帘全都拉上了。

楼上一片漆黑，程杉不知道他葫芦里卖的什么药，只觉得有趣，说："我小时候看《名侦探柯南》，有一部剧场版叫作《世纪末的魔术师》，里面就有用到手电筒，简直神乎其技。"

叶臻轻笑，从她手上接过手电筒打开。

程杉看见他并没有站在东侧，而是立足于西侧对称的窗边，将手电筒的光束打向那堵嵌满了珍珠贝的墙面。部分珍珠贝的表面被打磨得极光滑，在光束的直射下发生镜面反射，最终打在西南角的地板上。令程杉惊讶的是，那些特别打磨过的珍珠贝，其镶嵌的角度是经过设计的。因为当叶臻改变照射贝壳时，反射光线竟然都趋于集中，全都打向西南一角。

程杉这时总算明白过来。

前两句诗给的是这堵镶嵌珍珠贝的墙面位置，后两句诗才是拼图确切地点的提示：每当月亮自海上升起，月光落进贝壳楼里，会发生光反射现象。

而大多数反射光线最终的归宿，就是所谓的"沉壁静影下，跃金浮光中"。

叶臻这时候才拉开窗帘，程杉逆光望过去，他整个人被镀上一层淡金色的光晕。眉目沉在阴影里，几乎和她梦里的人影完全交织在了一起。

叶臻大步走向西南角，蹲下身子掀起地毯，很快从里头抽出一张手掌大小的拼图来。

他回过头来，扬扬手里的拼图，眉眼舒展，冲程杉笑了。

程杉心尖一磕，被眼前这一幕慑住心神，久久没能移开目光。

拿到拼图，程杉和叶臻离开云来村，赶往御龙山。

"你觉得其他人拿到的提示也这么难吗？"在路上，程杉问叶臻。

后者摇头：我们四个临时加入，拿到的信封应该是袁导今天才准备的。

程杉也觉得是："对，我们的线索都是复印在A4纸上的，其他人的都是胶版纸。"

叶臻：一共只有七个村子，我们有十二队人，肯定会有重合。

他说得不假，在程杉和叶臻离开云来村后没有多久，就在路上遇到了同队的琪琪。琪琪和陈薇拿到的线索指示的目的地也在云来村。

程杉见她只有一个人，不由得道："陈薇呢？"

琪琪说："她中午混着吃了海鲜和水果，闹肚子呢。我先去村里打听打听，她一会儿来找我。"

程杉下意识偏头看了叶臻一眼，后者什么表情也没有。

琪琪说："叶总、程老师，你们已经找到拼图了？"

程杉点头，觉得自己是沾了叶臻的光，忍不住说："对，叶臻找到的。"

琪琪与有荣焉，道："好厉害啊，我还没到云来村呢。这个地图根本看不懂啊。"

程杉道："那要不然……"

她话没说完，叶臻拉了她的手就往离开云来村的方向走，程杉心里一顿，替叶臻道："你们加油，我们先走了。"

琪琪完全没注意到程杉的欲言又止，她只看见叶臻和程杉交叠在一起的手，眼前一亮，打了鸡血似的高兴应道："好嘞！"

程杉被叶臻拉着走出好一截，才从他的掌心里把手抽回来，心跳有些不稳，问道："怎么了？"

叶臻：你想留下来帮她们？

程杉倒没多迫切地想要帮她们，只是话赶话说到而已。

"反正我们是一个队的，真的帮了也没什么关系……"程杉说了一半反应过来，"哦，我忘了，还有个人积分。我们还是赶紧去御龙山吧。"

叶臻：你不喜欢陈薇，为什么几次三番帮她？

程杉没想到他关心的不是积分问题，没过脑子就说："我没有不喜欢她，我只是不喜欢她黏着你……"

说出去的话，泼出去的水。程杉眼睁睁看着自己一股脑泼出一盆水，在虚空里画出一条抛物线，最后"哗啦啦"砸在地上。以至话说完了，自己都不敢相信地怔愣了很久。

待她宕机许久，终于回过神来，叶臻眼里已经盛满了笑意。

他愉悦地比手势道：我也不喜欢，所以拉着你走了。

这暧昧的话是自己说的，并且是心里话，没道理自己先驳回去。程杉脸颊发烫、手足无措地站在原地，只觉得脑中一团毛线裹在一起，一个小人站在毛线团边上费力地扯来扯去，却发现越扯越乱。

程杉从没有过这么窘迫的时刻，偏偏窘迫里，又莫名透着期待。

可是，她在期待什么？

叶臻似乎很高兴看到她现在的状态，他慢慢靠近程杉，目光却一直停留在她脸上，没有挪开过半秒。程杉没动，也没说话，在某一刻，她甚至觉得海风滞留在耳边，所有的事物都慢了下来，直至停滞。

时针停摆，空间坍塌，缩小到只能容得下眼前这一个人。

然后，叶臻的指尖搭上她的。和刚刚很不同，这一次程杉有足够漫长的时间和敏锐的触觉去感知他。他的指腹温度较自己稍高，顺着她的手指向掌心移动，最后整个手掌握上来，将她的手指完全包裹在自己干燥温暖的掌心里。

十指连心，程杉觉得心尖被一股暖意裹挟，并一点点蔓延开去了。

她暗暗咬了咬唇角，希望能唤回理智。

可是没奏效，程杉完完全全忽略了心底那个叫嚣的声音，遵从了身体最直观的反馈——她舒展手指，握住了叶臻的手。

叶臻眼里更添一份惊喜，紧紧攥住了她。程杉抿着笑意，以更大的力道回握他。

两个人小孩子一样，谁都不说话，你捏我两下，我捏你三下，你来我往，好像是一种全新的交流方式。

他们乐此不疲，且对这种傻到冒气的行为浑然不觉。

时间过得很快，程杉觉得没走几步，就已经到了御龙山山脚下。

好像有什么变得不同了，可能是路边的大波斯菊沐浴在阳光下更显得生机盎然，可能是海风奔波半日终于也变得轻软温暾，也可能……是来源于左手不属于自己的温度。

程杉的脸红扑扑的，但表情尤其克制，除了与叶臻相握的手，其他部分似乎都在竭力维持平静。可是没有用，程杉很快觉得脸颊酸软——原来她一直都是笑着的。

他也一样。

程杉从没见过这样神采飞扬的叶臻，林间阳光落在他身上，就像在贝壳楼里，他耀眼得让人忍不住凝望。

程杉没空去想自己是怎么了，有限的思绪只想停留在此刻的快乐之上。

是了，原来他牵着自己的手，自己是快乐的。

夜鹰俱乐部位于御龙山半山腰的一片绿地上，海拔不过五百多米，上山的路却并不好走。

坡陡且坑洼不平，许多山路连石阶都没有铺设，沿途的保护绳索和指示牌倒是齐备。

两人不疾不徐，前半程走得很稳当。

叶臻在路上一点点"告诉"程杉，夜鹰总部在南京，是做企业素拓起的家，借助互联网造势，近几年来已经成为国内知名度提升最快的户外旅游品牌。

他还说，夜鹰下一步想做出境的户外地接品牌，明年的计划是在泰国的普吉岛、曼谷、清迈、华欣等地打造夜鹰的海外分公司。

他们有意和M·O合作。

夜鹰的李总，早先联系过宋瑜，和叶臻约了见面的时间，下个月就会来Q市。

程杉有些手势看不懂，叶臻就在她手心里写字。这个法子比手机慢得多，也更熬人，程杉几次盯着叶臻的手指，忘了分辨字迹。

叶臻好笑地看她：你故意的？

程杉讪笑，一本正经地解释："我在国外待久了，对中文不太熟悉。"

最好是这样。叶臻将她的手指慢慢合拢，合进自己的手里，垂头低笑。

从程杉的角度看过去，树影和碎发将叶臻的脸挡了大半，轮廓并不分明。

她有些迟疑，心里闪过梦中熟悉又零碎的画面：那里也有一座山，也有一个牵着她的手的男人，也看不分明面目……

程杉心神轻漾，说："叶臻，从第一次见你，我就觉得，好像在哪里见过你。"

叶臻心头略一"咯噔"。

"你一定不相信，竟然是在梦里。"程杉低声如实说道，"我们好像真的一起爬过山。"

叶臻没有回应。

"人是不是总会有这样的'既视感'，好像在从前或是梦里做过同样的事，遇见过一样的人，说过一样的话。"

叶臻点头：或许是吧。

程杉没有叶臻那么好的耐力和体力，在还剩四百多级台阶的地方停了下来，喘着气，把手里最后一点矿泉水喝完，丢进了路边的垃圾桶里。

叶臻把自己的水递过去，后者轻轻摆了摆手："现在不用，我只是有点累。"

叶臻：那休息一会儿再走。

程杉点点头，和叶臻并肩坐在石阶上。山林之间氧气富集，有秋虫低鸣，树影摇曳，程杉很快恢复了体力。

程杉说："叶臻，你能叫出我的名字吗？"

叶臻眸光微动，却没有开口。

她偏头直视着叶臻："程、杉，这两个字念不出来吗？"

叶臻依然没有开口，只是比手势道：给我一点时间。

"哦……"

程杉有一点失望，下巴搁在膝头，目光乱飘，落在叶臻裤脚处露出的一点脚踝上。

念大学的时候，程见溪的成绩实在是太好，屡破纪录，很快在下一届、下下届的学弟学妹中成了传说，加上那副格外招人的好皮囊……程杉的危机感简直与日俱增。

尤其是升入高年级后，程见溪去图书馆时，总会有不懂事的学妹找过去，还抱着习题册跑去问一些听上去就很普通的问题。所以程见溪去图书馆的频率越来越低，在程杉发现了佛蒙特森林后，两人基本上就不去图书馆了。

程杉想起大三那年的夏天，期末考前，有一天自己去佛蒙特森林找程见溪突击复习的时候，正赶上那里的中央空调坏了。

顾展在楼下打电话联系师傅来修。

那会儿他刚和女朋友分手不久，脾气特别不好，扯着铜锣嗓子大声与对方交涉。

程杉当没看见，熟门熟路地绕去前台，背着相机、拿了顾展的笔记本电脑上楼去，看见程见溪正一派安然地写着实验报告。

"程见溪！"她看见他，心情格外好，"你渴不渴？我包里还有半瓶冰柚子茶。"

"不渴。"

他自然是不会喝的，程杉不指望从他那里得到什么创造性的回答。

于是自己把饮料拿出来，插了根吸管进去，支开顾展的笔记本，一边嘬着柚子茶，一边帮他把店里的宣传图修好。

程杉忙活了半个多小时，顾展约的师傅也没到。

"天这么热，要不我们去游泳吧。"程杉合上电脑盖，胳膊垫在桌上，眼睛亮晶晶的。

"不去，你今天的任务还没完成。"程见溪点了点桌上那堆复习资料。

程杉哼哼唧唧："也不差这一天，你看，空调坏了啊。"

"后天就考试了，你说差不差这一天？"程见溪不为所动。

看来没指望了。

程杉眨巴眨巴眼，换别的话题搭讪。

"程见溪，好像除了去游泳，从没见你穿过短裤啊。夏天都捂着长裤，真的不热吗？"

程杉小声嘀咕，眨巴眨巴眼，回忆起程见溪的腿，笑眯眯地凑过去问。

对她喜欢的人和物，程杉的视线和心思从来都很难离得开。比如小时候一起去海边捡贝壳，她第一次看见程见溪的腿，就挪不开眼。

"你在看什么？"那时候程见溪这么问她。

那会儿他们认识才多久啊，可程杉吞了吞口水，她说："我能摸摸你吗？"

其实当程杉提出要去游泳，程见溪就一眼看穿了她的小心思。跟程杉在一起的时间久了，看见她炽烈而专注的目光，程见溪有时候会觉得自己是她的猎物。

被锁定以后，就没有机会逃脱。

不过，这算什么比喻。

他失笑，一抬眼，对面那姑娘却没了踪影。下一秒，脚踝一凉，裤脚被人卷了起来。

纵然是程见溪这么淡定的人也有些无措，他的语气里尽是无奈："小杉……"

她已经灵活地抱着相机钻到桌子底下去了："你不要动啊，我拍两张照片。"

算了，随她去吧。程见溪清楚地看见，包间墙壁上挂画的反光玻璃上，映出自己的脸——嘴角明明有笑意。

可是……她的手不安分极了，顺着他的脚踝一溜摸了上去。

程杉坐在地上，相机摆在一边。狭小的空间里热气蒸腾，她觉得口干舌燥，但是程见溪的皮肤温度宜人，她像是受了蛊惑，伸手去摸索，一寸一寸往上爬。

每爬一点点，手下的皮肤就受了惊般变得滚烫，她深受其诱，不断攻城略地。很快就碰到了最大阻碍，裤子只能卷起这么一点，再不能往上了。

"小杉，出来。"

程见溪的声音带着罕见的沙哑，他的手伸过来，一点一点放下裤脚，下一秒就要来拉她。

老天大概是帮着她的，因为这时候，突然停电了。想来是修空调的人到了，拉了电闸。

他们在二楼最里面的包间，没有窗户，采光全靠灯照。

突如其来的黑暗是一种奇妙的暗示。程见溪苦恼极了，身体的反应令他感到失控，需要调动全部的意志力来压制。

可她莽莽撞撞，打破了他的全部自制力。

她的脸颊通红，眼里有潋滟的光。

懵懂的欲望，年轻的身体，还有……那个夏日疯狂的午后。

程杉坐在御龙山的石阶上，只觉得周身一点一点冷了下去，爬山出的那一点薄汗在风里凉透了。她的脸色很不好看，像是活生生被魇住。

程杉不知道自己为什么又会突然想起从前。似乎每当她起念，对叶臻动心思，程见溪和那些过往就会窜进脑中。

仿佛回忆有多动人，如今她的行为就有多可耻。

你变心了吗，程杉？

可是程见溪已经死了啊。

程见溪死了，所以你就爱上了他哥哥？你们才认识多久，程杉你怎么这么不要脸呢？

我、我没有……

你没有，你骗鬼呢。

叶臻一偏头，看见程杉神情不对劲。她脸色煞白，目光直勾勾地盯着自己脚边。他碰了碰程杉的手，后者如梦初醒，触电似的瞬间抽回了

190

手，湿漉漉的圆眼睛望过来，像一只受惊的小鹿。

叶臻蹙眉：不舒服？

程杉飞快地站起身，低声道："我休息好了，快点上去吧。"

说完，不等着读叶臻的手语，转身几步上了台阶。

不出意料，程杉和叶臻是第一队到达夜鹰俱乐部的。袁导在门口等待，看见率先登山上来的人是他们，既惊讶又兴奋："叶总果然名不虚传！"

"你们和南荣总监那一队的线索纸是后来加上的，难度最大！我本来还说要不要给你们一点额外的提示。你知道吗，那两句诗不是现编了套上去的，是贝壳楼的老板……"

程杉和叶臻都没说话，两人之间隔着一米多的距离，脸色都不算太好。

袁导说了几句，立刻意识到这尴尬的境况，于是收声，堆上笑脸，把两人迎进去："先去休息室，喝点水休息一会儿吧。"

程杉"嗯"了一声，先进了屋里。休息室里有桌椅沙发，矮茶几上摆了可自取的点心和茶水饮品。程杉坐在沙发上，倒了杯水喝，倦意很快翻上来，她神情不振地侧身靠着。

叶臻没有跟进来，他不知道出去做什么了，隔了一会儿才朝她走去。他进来的时候手里提着一只大红塑料开水瓶，走到程杉身边，拔去软木塞子，给她的杯子里兑开水。

程杉默不作声地看了一会儿，说："叶臻，我看见你总会想起程见溪。如果做了什么出格的事，请你见谅。"

叶臻的手紧了紧，才慢慢把水瓶稳当地放在一边。

程杉又说："我这一辈子，可能不会再爱上别人了。"

叶臻：这是你的真心话？

程杉迎着叶臻略显落寞的眼神，想说很多，可又不知道从何说起。

叶臻：我们在一起，不好吗？

程杉心尖一颤，别过脸去："你也不想被当成你弟弟的替代品吧。"

叶臻的右手紧紧攥起，他一步迈到程杉面前蹲下去，似乎想让她看清楚自己：我不相信你分不出来。他是他，我是我。

程杉："我忘不了程见溪。"

叶臻：我不在意。

"可是我在意！"程杉被他步步紧逼，终于咬牙道，"我不会背叛程见溪。"

不，你不是这么想的。有一个声音在程杉心里一角念叨，可她已经顾不上了。

"叶总，也请你正视自己。"她听见自己说，"你对突然出现在你面前的陌生人，你弟弟从前的女朋友，倒是表现得尤其热情。"

这句话刺中了叶臻，程杉明确地看到了他眼底的痛意。隔了好一会儿，叶臻终于站起身，道：原来你是这么想我的。

程杉张了张口，最终什么也没有说。

外头突然一阵嘈杂，有人推门而入："哥！听说你们早就到了？"

叶慕和南荣邺兴冲冲地跑进来，谁都没有觉出异样。

叶慕跑得面色红润，道："看来你们配合很默契啊！让我看看你们的谜面，袁导说你们的最难。"

叶臻回头看了一眼叶慕，后者立刻定住了，甚至下意识往南荣邺所在的方向撤了半步。

"哥……你怎么了？"

叶臻比了两个手势，径直从两人身边经过，头也不回地走了。南荣邺拍拍叶慕的肩，给了她一个眼神，自己跟着叶臻出去了。

叶慕看见叶臻的神色，知道自己拦不住他，目光便转移到屋里唯一一个当事人身上。她几步小跑过去："你们吵架了？"

程杉脸色难看，低声说："叶慕，你别再撮合我和叶臻了，我们不可能的。"

叶慕手足无措，明明比赛之前还好好的啊，怎么会这样？

等到大部队接二连三上山后，所有人都来到夜鹰俱乐部中心的小广场上集合。

团建活动还剩下最后一项——射箭比赛。

叶臻和南荣邺两个队长站在红蓝两队之前，苏威正宣读着上一轮的比赛结果和介绍这一轮的比赛规则。

叶慕担忧地看向程杉，小声说："我哥脾气上来了，确实很偏。你有什么气不过的，告诉我，我帮你出头。"

"是我自己的问题。"

程杉不肯说她和叶臻之间发生了什么，叶慕干着急也完全没用。大部分人的目光都集中在两个队长身上，陈薇的两道目光却牢牢盯在程杉的背影之上。

"陈薇，原来叶总和程老师是一对啊！"方才在山下，琪琪兴高采烈地对她说，"我刚刚看到他们牵手了，他们真的太般配了！"

陈薇咬着下唇，怎么也想不起来叶臻和程杉有什么亲密举动——她更倾向于认为是琪琪出于嫉妒编排的瞎话。

对，就是嫉妒。

夜鹰俱乐部的射箭场地很专业，传统弓、反曲弓、复合弓、美洲猎弓等一应俱全。苏威请教练来做示范，正式比赛前，每个人都有三次尝试机会。考虑到每个人的程度不同，统一选择了磅数较低的反曲弓，距离设置为十八米。

箭筒里一共六支箭，箭靶由中心向四周分黄、红、蓝、黑、白区域。他们不过是娱乐，没有选择专业赛事的计分标准，所以重新规定收黄记为五分，出红、蓝、黑、白分别记为四、三、二、一分。

这样的规则令南荣邺感到高兴，冲叶臻扬眉道："稳定收黄就行了，叶臻，你别想凭一己之力拉开差距。"

叶臻没说话，望着远处的箭靶陷入沉思。

大多数人都和陈薇一样是第一次射箭，围在教练身边七嘴八舌地问东问西。叶慕小时候跟着叶臻玩过弓箭，所以没有去凑热闹，令她意外的是，程杉熟练地从架子上取下一柄传统弓。

叶慕见她轻车熟路，不由得道："你也玩这个？"

程杉迟疑地摇头："我不记得我学过。"

"那你别用传统弓……"叶慕刚想提醒她，却见程杉自然地走到箭筒前取箭，随后自然地站立在起射线外。

她从容地引弓搭箭，是正中位的身姿，持弓臂的肩、肘、手三点一线，拉弦臂塌肩抬肘。

扣弦、预拉、开弓、瞄准、脱弦。

标准利落的姿势和一套行云流水的动作让叶慕眼前一亮。

"九环，漂亮！"

随着人群中一声惊呼，程杉的箭稳稳落进了黄色区域。

"程老师好厉害！"琪琪不吝赞美道，"我们队胜利在望啊！"

尽管自己也是红队的一员，可陈薇高兴不起来，反倒怅然地看着程杉的方向——自己怎么会跟程老师差距那么大呢？

"小杉，没有长时间的训练，怎么可能会有这种技术？"叶慕惊叹道，"我觉得你比我都强。"

可程杉陷入了真实的困惑里，她愣愣地看着自己持弓的手，无论如何也回想不起来，什么时候去过箭馆学过射箭。她不相信这是与生俱来的天赋。同样的，这不会是巧合——当她拿起弓箭，那种熟悉感作不了假。

"是你教的？"

远处站在叶臻身边的南荣邺脱口道。

"她搭箭扣弦的时候，那些停顿的点和不自觉的小习惯，要不是从你那里学来的，就活见鬼了。"

叶臻没有反应，目光落在程杉迷茫的脸上。

"可是这操作，绝对不是一次两次能练出来的。"南荣邺心里满是疑问，"你们、你们以前就……"

叶臻朝他做了一个噤声的动作。

这是默认了。南荣邺不能置信地看着叶臻，说："什么时候的事？我怎么不知道？"

叶臻不再搭理他了。

试练很快结束，正式比赛开始。

叶臻上场的时候引起一片尖叫声，半是真心，半是捧场。

叶慕站在程杉身边说："我哥最喜欢射箭，有国际箭联认证的世界排名。小时候差一点被选去射箭队，不过叶叔叔不许。"

程杉说："为什么不许？"

"觉得苦呗。"叶慕说，"说除非练到顶尖，不然没出路。"

可以理解，程杉点点头。

叶臻执弓，立在场中。他眼底沉静，目光笔直，周身锋芒尽显。

"但我哥很要强的，教过他的教练，都说他绝对具备一个优秀运动员的综合素养和竞技精神。所以就算叶叔叔不许，他也执意学了射箭。"

叶慕回忆道："那时候我还在上小学呢，记得特别清楚。我哥瞒着家里，去参加国际箭联举办的室内射箭世界杯个人赛，拉斯维加斯站，最后一场没比成，被抓回来一顿好打。"

那边，叶臻重心微微下沉，抬三指扣弦，是标准的地中海式拉弓。南荣邺扬眉，意识到叶臻在刻意规避自己和程杉如出一辙的小动作。

怎么，他怕被程杉发现？南荣邺眼中不由得露出一抹玩味的笑来。

"但是再打都没用。"叶慕说，"我哥那个偏头，从头到尾就说一句话，说他能做到顶尖。"

程杉没说话，但是听进去了。脑中不自主浮现出小时候的叶臻，一边挨打一边咬牙说自己能做到最好的样子。

"他能做到。"程杉看见场上的叶臻,轻而易举地命中正中十环,不由得喃喃。

"叶叔叔关了他很多天禁闭,最后一天进去跟他长谈了很久。"叶慕说,"不知道说了什么,后来我哥再没有提过进射箭队的事,但从来没有落下过业余训练。等到他高中毕业,特地托人找了他们那届最后选拔进射箭队的队员比试。"

"最后赢了人家,才算真的把这件事放下了。"叶慕说着,笑起来,"幼稚吧,他从来就是这么争强好胜的性子。"

程杉望着叶臻,低声说:"他不像我想象得那么……一路顺遂。"

甚至连选择自己人生的机会,也在很小的时候就被剥夺了。

"但其实……叶叔叔哪里是真的怕他没出路啊。"

周围声音太大,叶慕没听见程杉的话,自顾自道:"我长大以后才明白过来,我哥是叶家唯一的继承人,喜欢什么,拿来当爱好都无所谓,但他不可能有其他出路的。"

叶臻在众人的欢呼声、喝彩声中已经连续中了五支十环。虽然他和程杉刚才射中的都是黄色区域,但是两人的水准天差地别。

叶臻渐入佳境,抽出箭筒里最后一支箭,腰背挺直,两肩微塌,全神贯注。

箭矢离弦而出,直奔箭靶中央。全场掌声雷动。

这个时候,叶慕转过头来看程杉:"我哥从前就很喜欢你,我看见他几乎收藏着你的全部作品。小杉,我不知道你为什么拒绝他,明明你眼里是有他的。我对我哥是有私心,我希望他能做他喜欢的事,也希望他真心喜欢的人能留在他身边。

"从你的角度来说,你既然单身,并且对他也有好感,为什么不愿意试一下呢?你不试一下,怎么知道你们不合适呢?"

说到这里,叶慕停顿了一下,拉着程杉,目光真诚地道:"你应该听听你心里真正的声音。"

那天红队获得了胜利，蓝队队长南荣邺被罚背着叶慕，在指压板上做二十个蛙跳，可是程杉完全没有融入其他人的喜悦或是不甘之中。

嬉闹过后，大部队一起下山，返回酒店。

程杉脑中反反复复都是叶慕最后的那些话。

她没有想过用一生去纪念程见溪。即便她对程见溪的想念和眷恋，随着回忆的丰满而变得真实可感，但也已经过去了这么久。

何况，她早就不是从前那个程杉了。

于她而言，开始一段新的感情，并不是那么不能接受的事情。今天换了别人，她也许不会这么纠结犹豫。甚至在想起程见溪之前，她更倾向于麻痹自己，接受叶臻。

可偏偏叶臻是程见溪的哥哥。

这世上总有这么多的"偏偏"。到底是老天无意间开下的一个又一个玩笑，还是精心准备的一个又一个试炼。程杉不得而知。

叶慕让她听自己心里的声音。程杉苦笑——我这颗心，可是缝缝补补了五年才勉强能用来正常活着的。用它来爱人，程杉不知道自己还做不做得到。

晚上所有人都去了海边BBQ。

酒店的工作人员抬来了射灯、音箱、幕布，在海边沙滩上搭建了一个简易的户外KTV。

海边、灯光、音乐、烧烤、啤酒，一场彻夜的狂欢拉开序幕。

叶臻白天把围巾送去了酒店干洗，这会儿已经烘干送到了他房内。出来的时候他拿在了手上，让叶慕转交给程杉。

"你怎么不自己给她？"

叶臻没说话。

"哥，你不会被拒绝一次就蔫了吧？你可不是这样的人。"叶慕说，"小杉那边我会帮你渗透的。"

叶臻：我心里有数。

"你最好是有数，别到时候后悔。"

叶慕拿着围巾去找程杉。后者坐在喧闹的人群里，面前的铁盘子里堆满了各类烤串，但空扦子只有三四根。她伶仃一人，垂头翻着相机里的照片，有人来敬酒，她就抬起头来陪着喝一杯，脸上只挂着置身事外的浅笑，看上去很没有存在感。

叶慕走过去，随手拖了个小板凳坐在她身边。

海上来风，两人的衣衫都因内外大气压差而鼓起来，程杉缩了缩脖子，拢住自己的上衣，脸上有轻薄的酡红。

"穿这么少，又顶着风吹，怪不得我要我把这个给你。"叶慕把围巾套在程杉脖子上，说，"意思意思就行了，他们闹他们的，你不喜欢这里可以回去休息。"

程杉"嗯"了一声，眼神已经不知道飘到哪里去了。

叶慕看见她身边东倒西歪的七八个空玻璃瓶，说："喝了不少？"

程杉捕捉到"喝"这个字，以为她也来敬酒，抬手把桌上那杯也灌进嘴里。

叶慕知道她这是喝得半醉了——这么好的机会，当然要留给叶臻。她忙道："你乖乖的啊，我找我哥去。"

程杉重重地点头，双腿并拢，手放在膝盖上——看上去乖巧极了。

叶慕小跑去找叶臻，可将这一切尽收眼底的陈薇立刻向程杉走了过去。

程杉脑袋昏沉，隐约知道自己喝得过了量，可她没有阻止自己——甚至潜意识里希望能放纵一次。

她迷离着眼，看着陈薇跑过来。

"学姐……"陈薇站在她身边，心绪不稳，目光紧锁在她脖间的黑色围巾上——那是早上叶臻给她的围巾。

陈薇低声说："可以占用你一点时间吗？"

程杉反应了几秒，点头应了，吐字还蛮清晰："可以。"

陈薇不想在这么多人身边和她谈论有关叶总的事，于是道："能不能借一步说话？"

"好。"程杉仍旧点头，说，"借去哪里？"

她醉酒的状态很是淡定，看起来不像已经喝得迷糊了，陈薇反倒觉得，这时候的程杉一定有问必答。

"去那边吧，这儿太吵了。"陈薇信手一指，指向人少的海滩礁石边。

程杉说好，站起身来还不忘拎自己的相机。她走得很稳，只是速度比平时更慢，看上去并没有什么异样，只像在海边漫步散心。

等到两人慢慢走出灯光覆盖的区域，祝酒声、歌声、笑声都变得遥迢，周遭只剩下海浪一股一股撞击礁石的翻腾之声。

夜的黑将天与海的边界模糊，月光被海水揉碎，铺洒在低空里，有一种残缺的温柔。

程杉立刻忘记了身边的陈薇，自顾自端起相机，寻找起最合适的拍摄角度。

"学姐，其实我找你来，是有一件事想问问你的意见。"

陈薇斟酌着措辞，却得不到回应。她望过去，程杉已经大步走到海边嶙峋的礁石边，旁若无人地对焦、调试、按快门。

"学姐！"陈薇跑过去，按住程杉的手，她神情急迫，说，"你就这么看不起我吗？"

程杉愣愣地看着陈薇：她在说什么？

陈薇鼓起勇气，对她说："你觉得我和叶总，会有结果吗？"

程杉反应了许久，终于用残存的意志解析了陈薇的问题，她实话实说道："他不会喜欢你的，他喜欢的人是我呀。"

陈薇得到了意料之中的回答，她忍不住追问："学姐，可你真的喜欢叶总吗？为什么偏偏在叶总对我……"

为什么偏偏在叶总对我关怀备至的时候，你突然从中作梗？你到底是真的喜欢他，还是仅仅享受着胜过我、从我手里抢走他的喜悦？

后面的话陈薇没有机会问出口了。

她仰头看见风卷起程杉的长发，程杉染了醉意的眼神和泛着红晕的脸庞在月光的映衬下，显出一种动人心魄的美。她看见程杉脸上慢慢绽开一个明媚的笑来，像是呓语，像是告白，像是某种虔诚的宣告。

程杉说："喜欢的。他那么好，怎么会不喜欢呢？"

陈薇瞬间收声，眼里划过一抹深深的绝望，她在这一刻明确地看到了两人之间的差距。

程杉是载誉归来的国际知名摄影师，去过的国家和城市可能比她知道的都多，美貌与才情兼备，甚至和叶总一样都擅长射箭。

自己呢，微不足道的毕业生，拿着几千块钱的工资，工作以外的生活被熬夜刷微博、追剧、追星填满，她几乎一无所长。

"你都有那么多了……"陈薇听见自己语气哽咽，可怜极了，她希望程杉能因此心软，"为什么什么都不愿意让给我？"

她眼巴巴地看着程杉脖子上的围巾，低声道："那本该是我的。"

程杉迟疑地低头，伸手捏起围巾，扬了扬道："你说这个？"

陈薇也被酒精驱使，眼眶发红，声音从喉咙深处冒出来，她说："那是叶总给我的。"

程杉摇头，完全不过脑子脱口说："怎么会呢？这是我织给他的。"

"骗人！"陈薇被她这话惊到，大声说。

"我没骗人。"程杉被冤枉了，小朋友一样委屈，于是立刻把围巾翻过来，递给陈薇看，"这里是我绣上去的，'C·C'，双程，是我们呀。"

她手指的地方，确实有暗色的线绣上去的字母，因为颜色与织线相近，不熟悉的人根本不会发现。

陈薇的泪水夺眶而出，垂死挣扎一般吼道："叶总不姓程，这两个字母根本不是你说的意思！"

是哦，叶臻不姓程啊。这个问题程杉确实回答不上来，她好像被问住了，怔在原地，百思不得其解。

"你不要编谎话了！"陈薇哭道，"学姐，我承认你比我美，比我好，可是你能不能不要什么都跟我抢？"

我没有呀，我说的都是真的。程杉有口难辩，看着陈薇上前一步来摘自己的围巾，下意识往后退去。

"还给我！"醉了的陈薇力大无穷，纠缠人的功夫连叶臻都难以招架，更遑论程杉。

这一推一搡间，程杉的相机被陈薇失手抢到了礁石上，撞得四分五裂，跌落在湿漉漉的浅滩之上。

"相机！"程杉疾呼，什么都顾不上了，飞奔过去。

陈薇脑中一片空白。她知道程杉的相机有多贵，甚至在一刹那，原本还纷乱不清的脑中，清晰地出现了当初琪琪在看见程杉的相机时夸张的羡慕脸。

她的心狠狠下坠。

如果程杉让自己赔的话，就完蛋了，她不吃不喝工作五年都赔不起的。

陈薇彻底陷入绝望的深渊，抬手捂住脸悲泣。

"是你，是你逼我的！"

那边，带着叶臻去找程杉的叶慕却没看见人，四下里看了一圈也没程杉的身影。叶慕有些发急，却完全没想过程杉可能会有危险，只以为她先回酒店了。

"你干吗跟南荣他们走那么远？大好机会就这么没了！"叶慕小声埋怨道。

"叶总，叶主编，你们在找程老师吗？"看见两人站在原本程杉坐的座位边，一手拿着酒瓶，一手握着四串烤五花肉的琪琪扬声问道。

叶慕："你看见她了吗？"

"刚刚小薇去找她了。"琪琪环顾一圈，"怪了，她们怎么都不在……今天小薇喝得有点多，看起来心情不太好。"

叶臻眉峰皱起，他记得那个喝多了就会发酒疯的陈薇。

"哥，那边……是不是有光？"这个时候，叶慕突然拽了拽叶臻的胳膊，指向远远的海滩边。

相对身处亮处的他们而言，海滩一片漆黑，连礁石轮廓都看不清。所以在某个角落里，隐隐泛起的细微亮光，格外醒目。

那是程杉的相机屏幕。

程杉没能捡起她的相机，就被一股大力推倒在地。她摔进浅浅的海水里，衣衫下摆和裤子尽湿。

程杉被刺骨的寒凉激得一哆嗦，神志反倒清醒不少，她挣扎着要爬起来。

"你想干什么？！"

可下一秒，她被几步冲上来的陈薇一把揪住了脖间的围巾！

陈薇死死握牢她的围巾，在自己的手腕上缠了几道，围巾被拉到弹性极限，相当于一条韧劲十足的粗绳子，紧紧束缚住程杉的喉咙。陈薇不知哪里来的气力，就这么拖拽着程杉，往更深的海里大步走去。

程杉几乎喘不上气来，脸部毛细血管迅速充血，眼球外凸。出于求生的本能，她抬手死命地抠着那条索命的围巾，拼尽全力发出求救的呼声。

可是没用，汹涌的海浪声将她微弱的呼喊无情淹没，海水一点一点没过她的小腹、胸口、口鼻。

"呜……"

生长在海边，程杉到了水里，反倒轻松一些。借助浮力，她双腿用力一蹬，整个人翻腾而起！并在水中准确地摸索到了陈薇的小腿，用力一扯，将她整个人都掀翻了！

陈薇是实打实的旱鸭子。那个时候，愤懑、嫉妒和恐惧将她脑中所有的理智摧毁，这些情绪催生出无边无际的恶意，将她整个人吞噬。陈薇压根没有考虑过自己会不会游泳，所以遭此变故，她立刻慌乱地松开了手。

程杉很快摆脱陈薇的牵制，在水里以最快的速度将围巾解开了。程杉一边踩水，一边张大了口呼吸，让新鲜的空气涌进鼻腔、肺部。她重获新生。

可这个时候，身旁完全没有任何游泳技巧的陈薇一边挥舞着手脚扑腾，一边大喊起救命来。

"学姐！学姐！救——命——"

没等程杉做出反应，她在水底胡乱挥动的手已经碰到了程杉的脚。

程杉是她唯一的生机，陈薇毫不犹豫地伸手，拼命抱紧了程杉的腿脚，出于本能，她整个人缠上去，像八爪鱼一样攀着程杉，牢牢将自己吸附在她身上。

"放……"

程杉还没喊完"放手"两个字，已经被她拖进了冰冷黑暗的海里。

救生员在施救的时候，通常会让溺水者背对自己，用手臂由后向前夹住她的肩背。所有会水的人都知道，一旦被溺水者在水中毫无技巧地抱紧或锁住腿脚，就再难摆脱！

程杉没有当过救生员，也从来没有训练过在水中被人抓抱后要如何应对。她无望地用力划水，可随着胸腔感知到的水压越来越大，灌入口鼻中的腥咸海水越来越多，她意识到自己正在一点点下沉。

在某个瞬间，程杉的神思陡然清明。

她很想哭。

这一天太漫长，她已经忍了很多次。因为她找不到合适的理由哭，她也不知道自己怎么会有想要痛哭的情绪。可是在这一刻，程杉把所有事情都想明白了。

叶臻给陈薇递围巾、绑头发，她心口闷得想哭；听到叶臻被几个黄口小孩言语欺负，她心疼难受得想哭；叶臻逻辑清晰一步步解开暗号，独立于场中央引弓搭箭，她心动得想要落泪；她避无可避地记起程见溪，陷入矛盾，对他说了一番伤人违心的话后，又后悔得想哭。

心动，嫉妒，雀跃，矛盾，狂喜，痛苦。

她不断被涌上心头的各种情绪反复熬煎。可在这一刻，程杉才敢正视自己。

叶臻、叶臻、叶臻……原来都是因为你。

程杉仿佛入了梦，在那个似曾相识的梦里，她也落入海中。

程杉痴妄地仰起头。梦里的她自悬崖跌落深海，最后是游龙一般的少年救了她。少年将她抛回安全之地，自己却重新落回海里。

这一次，程见溪会来救她吗？

不不……不是程见溪。程杉潜意识里想起梦中那个令人憎恶的声音，对她说，她认错了人。

她感到绝望，终于想起来似的：是啊，怎么会是程见溪呢？程见溪已经死了，他永远不可能会来搭救她。

程杉的双臂慢慢疲软下去，她觉得全身力气都因为这样的认知而在一瞬间抽离而去。

就在她打算放弃的时候，程杉突然感知到某种异动——有人破水而入，朝自己而来！

她的心神剧烈颤动，电光石火之间，似乎抓住了什么一晃而过的画面，叶臻的脸在她脑海中变得清晰生动。

程杉在海里用力攥了攥拳，重新振作。她努力地调动四肢，划水向上。

虽然无法开口，一个声音却在心底里呐喊：叶臻！是你吗？

与她的希冀相应和，一条有力的胳膊自程杉身后绕到前面来，程杉立刻抬手抓住他的手臂，很快摸到叶臻的手表。程杉心中大定，立刻放松自己，完完全全地配合、相信来人。

叶臻以长腿和一条胳膊凫水，以最快的速度带着两个人向岸边游去。

所幸两人溺水的位置离岸并不远，加上岸边叶慕叫来的酒店救生员的帮助，叶臻很快把半昏迷的程杉和紧紧抱着程杉大腿的陈薇救上了岸。

岸边围满了人，除了几个出主意的，其他大气都不敢出一声。

叶臻浑身湿透，整个人绷得极紧，面部肌肉不自主地微微抽搐着，像是极怒。他毫不留情面，将陈薇狠狠从程杉身上掀开去。

如果不是这个人，凭着程杉的水性，就算是夜间在海里，也不至于溺水。

陈薇早已昏迷，滚到一边被救生员扶住了身子。

叶臻动作比救生员更快，他将程杉平放在沙滩上，迅速将她口鼻中的细沙、泡沫清除。随后一条腿跪在地上，另一条腿弯曲，将程杉的腹部抵在自己屈膝的腿上，一只手固定住程杉的头部，另一只手掌用力压着程杉的背部。

"小杉！"

叶慕不敢上前，她发着抖喊程杉的名字。南荣郴明白她的感受，在她身边搂住了她的肩。

自打看见叶臻冲向海边的表情，叶慕就陷入了震惊与惊恐之中。

她从没有见过叶臻脸上出现那种狰狞绝望的神情。

叶慕不知道从什么时候起，叶臻对程杉的感情已经到了这样的地步。她不敢想象如果程杉出了事，叶臻会怎样。

好在程杉很快有了反应，她"哇"一声将腹中的海水吐了出来。呕吐物和海水混在一起，顺着叶臻的小臂流下，可他浑不在意似的，目光紧紧锁在程杉身上，手掌一刻不停地向下按压，帮她尽可能地排尽肺部、呼吸道和腹中残留的水。

程杉的意识慢慢回笼，嘴唇和脸颊都冻得发紫，生理性的痛楚和恶心令她涕泗横流，倒如了她哭一场的愿。

只是哭得太狼狈，太丑。

程杉想把脸藏起来，她低声叫他的名字："叶臻……"

"嗯。"叶臻将她翻过身来，抱进怀里，开口回答她，"是、我。"

站在一旁的M·O众人面面相觑，今天和叶总相处到现在，他们早已私下通过气了——叶总不能说话，谁都不要在这上头有什么冒犯。

可谁能想到，叶总竟然开了口？

程杉的头抵在叶臻怀里，还惦念着梦里那个让她害怕的声音，说"蠢货，你认错人了"。

她疲惫地合上眼，在昏睡前喃喃道："这一次，我没认错人。"

"嗯。"

叶臻回应她的声音微微发颤，他从救生员那里拿来棉大衣把程杉裹起，随后站起身。

叶慕立刻上前："刚刚已经通知岛上的医生赶过来了，先送去房间里清洗一下吧。"

叶臻点点头，抱着程杉大步往回走。

这个时候，那边的陈薇也在救生员的急救之中苏醒过来。

众人围上去，帮忙的帮忙，询问的询问。

"小薇，到底发生了什么呀？"

"你怎么会跟程老师一起掉进海里去？"

陈薇没有说话，她双眼充血，朦胧的视线落在抱着程杉离开的叶臻的背影上。

她心如死灰，知道一切都完了。

摆渡车把几人送到别墅外。叶慕先跳下车，一溜小跑上了楼，冲进程杉房间的浴室里，堵上浴缸漏水口开始放热水。

叶臻上来的时候，浴缸里已经存了一半的热水，他抱着程杉坐在浴缸边，伸手进去试温度，立刻给叶慕比手语：温度太高了。

深秋夜间的海水，温度低于五摄氏度，程杉已经表现出脉搏、呼吸变慢的体征，现在必须要做的，是用与她正常体温一致的温水帮助她全身升温。

叶慕会意，立刻拧开冷水龙头，直到用手腕内侧试温达标后才向叶臻道："可以了，我还有什么能做的？"

叶臻让她把程杉的外衣都除去，只留下内衣裤。叶慕点头照做，又将程杉黏在胸前的潮湿长发都拂去背后。

这时，叶臻的动作突然停住，目光渐深，里头很快泛出汹涌的怒意。

叶慕同时惊呼："天啊！哥，这……"

浴室光照之下，程杉白皙的脖子上赫然现出一道极粗的勒痕。她是极易显伤的肤质，更何况是脖间本就细嫩的皮肤，此时已经大面积充血发紫，靠近下巴的地方有几处破皮，有些是磨破的，还有的是被她自己的指甲抠破的。

同样的，程杉的四肢和背部都有不同程度的擦伤——不难看出，她方才经历过一番怎样的挣扎。这种伤势，绝不是在海里折腾出来的。

"这是围巾勒出来的。是陈薇吗？该不会是为了你吧？"叶慕难以置信，"她、她难道是想……"

叶慕没敢说完后半句话，"杀人"两个字听上去太过骇人，叶慕无法承受，陈薇也无法承担。

叶慕无论如何没办法把这一切，和陈薇那个脑袋缺根筋、看上去大咧咧的小姑娘联系在一起。

浴室里的气氛低到冰点，叶臻寒着脸，伸手从毛巾架上取过一条白毛巾，松松搭在程杉胸口，这才抱起她，将她一点一点放进浴缸里。

叶臻让叶慕给她揉动各个关节活血，比了两遍：你手轻一点。

"我知道了。"叶慕嘀咕，"要不你来？"

话是这么说，她手下动作轻了许多，见叶臻一直皱着眉站在自己身后，不由得道："一会儿医生就到了，跟着还有陈薇那边的事要调查。你不能总在这儿看着，先去把衣服换了吧，这么冷的天别感冒了。"

叶慕说得有道理，叶臻点点头，转身离开了程杉房间。

他走后没多久，程杉嘤咛一声，重新恢复了意识。初醒时还有些警惕，可看见身边的人是叶慕后，就慢慢放松了下来。

叶慕向她解释将她泡进浴缸的原因，又安抚道："医生马上就到，我哥下去换衣服，一会儿就过来，别怕。"

程杉点点头，可声音嘶哑："我刚刚……是不是喝多了？"

"你少说点话。"叶慕指指她的脖子，"你有伤，又在冷水里泡了这么久，恐怕嗓子要好好养一阵子。"

程杉费力地抬手去碰，忍不住痛呼出声，有点莫名道："怎么会伤到这种地方？"

比她更诧异的是叶慕。

"你不记得发生什么了？这个勒痕，是那条围巾吗？"

"什么围巾？我，没有戴围巾啊……"程杉脑袋昏涨，"我记得我跟陈薇吵起来了，然后相机摔在石头上，我就去捡……"

叶慕等着她的后文，可是程杉眉头皱得紧紧的，愣是没说出个所以然来。

"所以，捡相机到落海之间的这一段，你完全不记得了？有关那条差点勒死你的围巾，你也不记得了？"

程杉点头。

叶慕明白过来，恐怕程杉那会儿也醉着，完全喝断片了。她叹口气道："这就麻烦了，我本来怀疑是陈薇想要对你不轨。可如果没有你的证词，我们很难起诉她。"

去海里打捞围巾肯定不现实，对程杉的伤势鉴定报告就算出来，也构成不了陈薇杀人未遂的决定性证据。再加上两个人那时都喝了酒，也都落了水……这一切都对陈薇非常有利。

"算了，养好身体要紧，你先别想那么多。"叶慕道，"今天可把我哥吓着了。我们到处找你们都找不到，还好我看见礁石边上你相机屏幕的光。我哥大概把百米冲刺的速度都拿出来了，不管我在后面怎么喊他，疯了一样往海里扑。"

程杉没说话，但面部表情显然已经动容。体温回升，人慢慢清醒，程杉慢吞吞地把内衣裤换下来，叶慕拿了干浴巾来给程杉擦拭，又帮着她吹干了头发。

"先裹上浴袍吧，去被子里暖一暖。"叶慕碰到程杉的手臂，还是觉得凉，于是道，"我帮你把空调温度打高一点。"

程杉被水泡得手指脚趾都发皱了，脑子发蒙，腿脚轻飘飘的，她顺着叶慕的意思，走去卧室，爬进被子里。

医生是跟着叶臻一起进来的。

岛上医疗条件不算好，但面对溺水的病人还是很有经验，医生给程杉做了基础检查，夸奖了一番叶臻做的急救措施，并表示程杉现在只需要好好休养，点滴可以暂且不打。

"行，那如果有什么问题我们再联系您。"叶慕说道。

程杉躺在床上，自叶臻进来后，目光就没有离开过他。叶臻穿得单薄，整个人透着股冷冽的气息，头发还是半干——他没顾得上吹头发，只回去囫囵冲了个澡，换完衣服用毛巾揉了几下头发就出来了。

陈薇那边情况比较严重，医生留下外用药以后，又赶去另一栋别墅了。

叶慕知情知趣，看见程杉的眼神就知道这回大概有戏，忙借口送医生出门，顺利溜走了。

屋里只剩下两个人。

程杉突然有一点紧张，以至不知道如何开口。

叶臻站在她床边，眼中情绪涌动。

程杉觉得他一定有很多话想说，她等了一会儿，可最终叶臻什么都没有表示，只是弯腰伸手探了探她的额头——没有发热。

叶臻向她比手势问：喝水吗？

程杉轻轻摇头。

叶臻：你好好休息，我就在门外。

他这么礼貌克制，程杉心里很不是滋味。她的手从被子边沿探出去一点，拉了拉叶臻的衣角。后者一愣，回望向程杉。

她忍着嗓子疼，软声开口："叶臻，我想你留下来。"

叶臻几乎不敢相信自己的耳朵，他求证似的看向程杉。

"我嗓子疼，你别让我说第二遍。"程杉低语，"下午我没说真话，刚刚鬼门关前走了一遭，才意识到……"

她没好意思看着叶臻告白，垂眸道："才意识到，我并不想错过你。"

程杉费力说完这几句话，久久没有得到叶臻的回应，她不确定地看过去，心却在一瞬间变得酸软。

她看见叶臻通红的双眼，里头有她能读懂的狂喜、情动，也有她体会不了的纠结。程杉还想探究下去，叶臻已经半跪在床沿上，低头吻住了她的嘴唇。

她从他的吻里，感知到了一个完全不同的叶臻。

程杉开始相信叶慕的话，叶臻骨子里带着攻城略地的霸道和掌控全局的自信。他的"失语"和维持体面的克制，令他看上去低调而冷漠。

可实际上，他像炭火那样灼人。

程杉节节败退，完全无法从容应对他的索吻和冲动。

叶臻有一个小习惯，一边亲吻她，一边会抬手轻揉她的额角，这令程杉难以招架——他似乎特别清楚她的舒适区。时间一长，她舌尖发麻、头晕目眩，程杉甚至在缺氧里产生了一种错觉：叶臻对她格外熟悉，他跳过了与她磨合的过程，直接拿捏住了她的全部。

他们的这个吻，不似初涉情爱，反倒像久别重逢。而他的情绪禁锢得太久，终于得以释放。程杉的脑子晕晕乎乎，有一闪而过的字句。

"爱情像是一字一句读你，读你的温柔，也读你的暴虐。"

似乎在哪里听过这句话，但她想不起来了。

直到程杉满面泛红，轻哼着拿手推他，叶臻才恋恋不舍地离开，目光依旧黏在程杉被他吸吮得亮晶晶的嘴唇上。

那个吻像是打开了某道闸口，叶臻眸光炽热，缓慢却清晰地唤她的名字。

"小、杉。"

"小"这个字他发音并不标准，但程杉深受触动，她感到一种浓烈的情感，如同火山下翻滚的岩浆。原本只在地底涌动燃烧，经过的人仅仅看得见隐约的光，体会得到些许温暖。

可这一刻，勃然喷发。

程杉到底是觉得害羞，目光无处安放，落在叶臻的手腕上。

"你怎么还戴着表？"她好奇道，"防水措施做得真好。"

叶臻眼里含笑：别打岔。

他看起来还没亲够，程杉先一步捂住嘴巴，闷声道："今天不许亲了。"

叶臻低头调表，很快转到十二点以后。

他伸手来给她看，人也凑得近了，意思是：到明天了。

"你怎么这么赖皮？"程杉眼角眉梢都染上笑意，口里小声告饶，"叶臻，我身上疼得很。"

叶臻不再闹她，拿了医生留下的外用软膏，挤在指腹上，小心细致地在程杉下巴至脖颈处涂抹。他手势很轻，神情专注，程杉不觉得难受，便找话说："我喝多了，所以不太记得刚刚发生的事。尤其是叶慕说的那条围巾，我完全没了印象。"

叶臻手指轻顿，对她道：没关系，这件事我会处理。

程杉又说："是什么围巾？你给陈薇的那条吗？"

叶臻没好气，顾着一只手沾了药膏不好做手语，伸手拿来手机在备忘录上打字：谁给她了？是你自己接过去帮她系上的。还有，你不是嗓子疼吗？别说话了。

竟然是这样的乌龙。

程杉有点不好意思，乖乖闭上了嘴巴。隔了一阵子，忍不住又道："叶臻。"

他半是警告半是好笑地看着她：嗯？

"你好像又不一样了。"程杉小声道，"早知道你这么凶，我就不答应跟你好了。"

跟你好……所以现在，她是答应了要跟自己好？

这样的措辞在叶臻听来，竟然有种奇异的甜蜜。他弯着嘴角，低头用嘴唇碰碰程杉的伤处，细细吹气。

他说："不、行。"

程杉皮肉酥麻，微微战栗，声音发软："叶臻……"

叶臻愉悦地笑着，规规矩矩地继续给她上药。程杉背后有伤口，他示意她坐起来，后者却一下涨红了脸，连连道："没事……我自己来。"

叶臻作势把药给她：你来一个我看看。

哎呀，这个男人！

程杉吃瘪，实打实地懊悔起自己刚才那番表白了——这人不说话都能把自己噎得哑口无言，能开口了那还得了？

她只好实话实说："我、我没穿衣服。"

这下叶臻也怔愣了，他轻咳一声，站起身道：我去叫叶慕过来。

"没关系。"程杉窘归窘，可私心里不想叶慕这会儿进来，她说，"那点小伤没事的。你别叫她了。"

她只是累，想睡一会儿。可叶臻在这里，她又舍不得睡着。

权衡再三，程杉说："你能抱着我吗？"

与其扭扭捏捏，倒不如干脆向他坦诚。

程杉理直气壮，见叶臻没反应过来，补充道："我想休息一会儿。我不想你走。我要你抱着我。"

三个祈使句。

叶臻明白过来程杉的意思——有那么一瞬间，他觉得像做梦一样，这一生可能再没有这么突如其来的快乐了。

他很快走过去，侧身躺在程杉身边，顾着她身上的伤，只隔着被子将程杉圈进怀里。程杉长长舒了一口气，满意地合上了眼睛。这一次，她极快地陷入了沉睡。

可叶臻始终清醒。他怀抱着程杉，像抱着失而复得的珍宝。

叶臻不知道自己等这一天等了多久。当程杉在海边醒来，看见是他，准确念出他名字的那一刻，叶臻知道自己终于等到了。

当她呓语着，说"这一次，我没认错人"的时候，叶臻其实已经悄悄红了眼眶。

叶臻从来不是一个冷情的人。相反的，他从小就感情充沛，很容易和别人共情、交流。

一步步走到今天，他已经压抑得够久。

所以，只要好好保守那个唯一的秘密，一切都会好起来的。

第八章 缅碑人

M·O解除劳动合同的通知书下来的时候，陈薇刚出院。

那时候距离龙湾岛团建已经过去了三天。

陈薇没有接到起诉，甚至除了住院费以外，也没有收到其他赔偿通知。但是自她醒来那一刻，她就已经不再是M·O的一分子了。陈薇既庆幸又羞耻。

出院那天，琪琪来接陈薇，并把她在办公室的私人物品捎了过去。陈薇怎么也没想过，一直对自己关怀有加的组长赵眉没来，最喜欢和自己一起逛街唠嗑的宋燕也没来。

来看自己的人居然是她。

"你是来看我笑话的吗？"

"我还没那么闲。"琪琪说，"我来这里，是希望你能和同事们说明你离职的原因。"

陈薇落海后，患上了严重的呼吸道感染，在医院发了两天烧。她声音喑哑，说："离职原因？呵呵，我和钱总监一样，只是因为喜欢叶总就被辞退了。"

"你真的觉得你被辞退，是因为你对叶总有好感？"琪琪反问她，"全公司上下，喜欢叶总的同事多了，怎么就你出事了呢？"

陈薇拎着琪琪给自己拿来的编织袋，闷头往医院外走："我遇人不淑，不该结交程杉。"

"这是最轻的惩罚，陈薇。"琪琪跟上去，说，"你自己心里清楚那天你做了什么。"

陈薇猛地停住，回身瞪大了眼看着琪琪。

"我看见你去找程老师了。"琪琪紧盯着她，低声说，"那时候程老师脖子上的围巾，后来怎么不见了呢？她们救人的时候，我看到了程老师脖子上的红痕，还有……你指甲里嵌着的黑色毛线。我去扶你的时候，帮你扯下来了。"

陈薇一下子握紧拳头，心虚似的将手指包进手心里。她眼里交替出现惊恐和懊恼的神情，嘴唇哆嗦，说："你想说什么？！"

"我不想威胁你，也不想惹这些麻烦事。大家都是从小地方努力考上大学的，出来打工挺不容易的。"琪琪说，"程老师没有追究这件事，说明她大度。但你心里很清楚，那天叶总再稍晚一点点过去，会出现什么后果！"

陈薇后怕起来，双手克制不住地颤抖着："我……我只想让她把我的东西还给我。"

"程老师对你不差吧？"琪琪说，"就因为你是她学妹，做什么都肯带一带你，你这个人怎么能这么不知好歹？！你的东西？陈薇你扪心自问，有哪样是你的东西？！"

陈薇终于忍不住了，"哇"一声哭了出来。

她双腿一软瘫倒在地，声如鬼哭，号啕起来。

"对！是我一厢情愿，不是叶总带我去的酒店，是学姐……那些传闻也都是我说出去的，但是我真的很喜欢他啊，爱一个人有错吗？！"

"我不想伤害学姐的，我只是太害怕了，我、我真的赔不起那个相机……"

琪琪不想听她颠三倒四的忏悔，只道："现在公司上下因为你从前撒过的谎，都对程老师有异议，如果你有心悔过，就亲口向同事们澄清那些传言都不是真的。"

陈薇泪眼蒙眬地看着琪琪，抽抽噎噎道："只要我澄清了，就会被原谅了吗？"

琪琪用一种看疯子的目光看向她。

"陈薇，你不是小孩子了！会不会获得原谅，不取决于你有没有说那声'对不起'。而取决于被你伤害的人、蒙骗的人，要不要原谅你！"

陈薇被她吼蒙了，呆呆地坐在地上很久，才慢慢安静下来。她打开手机，在策划部门群内发了一条语音消息，当着琪琪的面，将自己因为虚荣而编造的与叶总之间的传言一一澄清。

做完这些，陈薇仰头看着琪琪，小声道："我能去看看学姐吗？"

"别了。"她叹了口气，说，"你走吧，希望你以后好自为之。"

琪琪给陈薇招了的士，看着她坐上车离开，这才拿出手机给叶慕打了一通电话。

她的声音不复刚才那样冷静，甚至有些发抖："叶主编……你让我跟小薇说的话，我都转达了。"

"黑色毛线的事，说了？"

"说了。"

"澄清的语音呢？"

"她也发了。"

"做得好。"叶慕语气轻松，说，"这件事……"

"我不会告诉任何人的！"

"聪明的姑娘。"

正在叶臻办公室里的叶慕挂了电话，长舒一口，对身边的叶臻比了个OK的手势。

"哥，还是你想得周到。这样一来，真相就有了，陈薇以为我们握有她杀人未遂的证据，往后绝不敢再生出什么歹念。而且，小杉也不会因为那些本就莫须有的传言遭人非议。"

叶臻点点头，抬手看了一眼表，对叶慕道：我今天约了肖医生，晚一点回去。

"爱情的力量，太伟大了。"

叶慕欣慰地看着自家哥哥终于打算重新开口说话，不由得感叹。

叶臻嘴角微微上扬：下一期的主题什么时候交定稿？

"主题定过啦，冬季恋歌。主推的目的地是巴厘岛，我早就想做这里的专题了，公众关注度高，合作方也靠谱。最近几年在巴厘岛办婚礼、度蜜月的名人明星那么多，那里的五星酒店也不胜枚举，有的做呢。"

叶慕话锋一转，笑眯眯道："不过，关键在于……你们家小杉什么时候出发去巴厘岛采景拍照。"顿了顿，偷眼瞄向叶臻，"现在她还在家养伤，有人肯定舍不得。"

叶臻：上一期期刊才上市，不急。

"哦，又不急啦？"叶慕说，"小杉可不像你。她昨天就在跟我沟通去巴厘岛的事情了，她说在家憋得慌。"

叶臻蹙眉：你答应了？

"哪能？我怕你削我啊。"叶慕说，"我让她再休息几天，起码等脖子上的红印消下去，下周一再去。"

叶臻：也好，她不是能待得住的人。

"哥，有件事……虽然我觉得你不太可能跟我说实话，但我还是想问一下。"叶慕凑过去，讨好地笑，"你放心，这事你跟我说了，我一定不会告诉小杉。"

“你说。”叶臻低声道。

他一直以来不是不能开口，只是有些字句念得不清楚，更多是心理障碍，现在主动接受发音恢复训练，叶臻也不像从前那么依赖手语和电子设备了。

“小杉是不是跟你前女友长得很像啊？”叶慕问他，“就是你在意大利交往的那个……前女友。”

从龙湾岛回来，叶慕想了很久，觉得只有这个理由说得通。要不然，叶臻怎么会对程杉在乎成那样？

“我问南荣邺，他什么都不晓得。”叶慕嘀咕道，“也没准是知道但不告诉我。”

“别猜了。”叶臻单手在键盘上敲字，叶慕抬头看屏幕：有关意大利的事，在小杉跟前能少提就少提。以后出产品或者做选题，也不做意大利。

他态度决绝，摆明了不会告诉自己。叶慕只好死心，临走了，又回头道：“有件事忘了说。”

“嗯？”

“刘佳琳明天回国，和老爷子说过了，要来咱家住。”叶慕眼里有看好戏的笑意，说完这句话以后吐了吐舌头，溜之大吉。

叶臻忙完工作上的事，从肖医生的诊室出来时，已经是晚上十点多了。

肖医生对他的训练进程之快感到惊讶，不过这也完全应验了自己原先的判断：叶臻只要克服了心理因素，一定可以重新说话。

她发邮件给海外的谈美晴，告诉她叶臻的恢复情况。谈美晴收到邮件后很快给肖医生打来电话，出乎肖医生意料的是，谈美晴第一句话问的不是叶臻的病情，而是程杉。

“肖医生，我儿子不会无缘无故接受治疗的。你老实告诉我，他身边是不是有个叫程杉的丫头？”

知子莫若母。肖医生暗暗心惊，却顾及自己和程杉的约定，只道："这个我不清楚，阿臻每次都是自己一个人来的。"

"好的，我知道了，我会自己调查的。"谈美晴说话的语速一向极慢，姿态却端得极高，即便没有见到真人，肖医生也不由自主地回忆起她看人的目光，是那种睥睨着的、傲慢的神情。

挂了电话，肖医生低叹一声。叶家虽说算不上豪门，但这个豪门做派的婆婆实在是叫人望而生畏。

程杉那个姑娘，看上去不像是谈美晴的对手。

接近十一点钟，程杉已经洗漱完毕，准备睡觉的当口接到叶臻的电话。她有点诧异，因为这是叶臻第一次给她打电话，而不是发文字消息。

但很快，程杉就想明白了——看来是叶臻的训练有了成效。她坐在床上按下通话键，语气愉悦："到家了？"

"吃夜'烧'吗？"

叶臻放慢语速，但依然不太容易发得清楚"X"打头的字。

这不妨碍程杉听懂，她说："这么晚了吃夜宵，不像是你的作风啊。"

"是借口。"叶臻说，"只是想见你。"

这句话他倒是说得蛮流畅。

程杉心念微动，说："不是说最近几天公司事多，还要去肖医生那里训练吗？"

她抬眼看了看时间："不然我们出去走走，你在哪里？"

叶臻："你家门口。"

程杉抑制不住地笑，飞快跳下床，小跑去开门。

叶臻没料到她这么快就跑过来了，他含笑看她一眼，后者意识到自己过于激动，脚还光着。程杉立刻踮着脚跳上沙发，两只手搭在沙发背上，小狗一样欣喜地看着叶臻进门。

"没你的拖鞋，不用换鞋了。"

叶臻手里提着一个巨大的购物袋，程杉本以为是所谓的"夜宵"，没料到叶臻从里面变魔术一样，掏出一双崭新的男士拖鞋。

"你这是有备而来啊。"

叶臻把购物袋放在客厅茶几上，程杉好奇地翻看，里面全都是刚买的男士生活用品：牙具、毛巾、内衣裤……

她有点蒙，仰头问叶臻："你……你要搬过来住啊？"

"不可以吗？"

叶臻脱掉大衣外套，挂在衣帽架上，坐去她身边。他自然地将程杉圈在怀里，下巴搁在她的肩上，将脸埋进她的头发里。

程杉不是没跟他同住在一个屋檐下过，只是……

"也不是不可以，只是我这里只有一张床。"程杉展臂抱着他，说，"不过幸好，是张双人床。"

叶臻低笑，偏头亲她。

他们不再是青涩的少年人了，对爱情和欲望，都能够坦诚地面对。

程杉晚上点的香薰蜡烛，是木质向的鼠尾草和雪松香气，一室的温柔气息漾开去，连带着，程杉觉得叶臻的吻也变得柔软。

最初，她还攀得住叶臻，可很快就被吻得五迷三道，直往下滑。

叶臻的手从程杉的睡衣下摆探进去，沿着她细腻的腰线一路向上，指腹触到她后背上结痂的擦伤，略略停顿，低喘着气问她："还疼不疼？"

程杉摇头，说："不疼了。"

叶臻这才将她慢慢推倒在沙发上亲吻，双肘撑在她头的两侧。

程杉的长发散在沙发垫上，在灯光下泛着健康的光泽，脸上的皮肤干净细白，眼里有粲然的光亮。她深深地望着叶臻，以目光抚摸他，自眉眼至鼻唇。

程杉发自内心地赞叹："叶臻，你真好看。"

骨相好，比例也好。

叶臻只觉得双眼微热。程杉注意到他的变化，抬手轻轻按在他的眼睛上："叶臻，你是不是累了？你眼里有红血丝。"

叶臻"嗯"了一声，俯身下去，蹭着她的脸颊，低语道："小杉，我很想你。"

尽管他吐字不甚清晰，可在程杉听来，有一种异样的性感，她的心软得不可思议。

"也只有两天而已，你怎么……"她笑起来，"小孩子一样。"

两天，只有你这么想。

叶臻在她耳边笑："大概，度日如年。"

程杉自然听不懂他话里的深意，只当是普通的情话，半是好笑半是害臊，推了他一下："去洗澡吧。"

家里没有安全套，叶臻去洗澡的时候，程杉在他拿来的购物袋里翻来翻去也没看见。程杉有点忐忑，躺在床上深呼吸，觉得有必要跟叶臻说明白。

她是个成年人，与男朋友做爱无可厚非。但如果不戴套，她实在是难以接受。

可这话，说出来是不是太破坏气氛了？

破坏气氛也应该说明白。

程杉捧着脸在被子里打滚。

叶臻吹干头发出来的时候，就看见程杉纠结地捏着被角，一脸欲言又止地看着自己。

他穿着才买的睡衣，偏偏手表还戴在手上。

程杉觉得叶臻是她见过最爱手表的人，心思全被吸引走了："叶臻，你洗澡睡觉都戴着表？"

叶臻笑笑，抬手关了灯。程杉一时警醒，听见他在暗处走动的声音、摘表放在床头矮柜上的声音、一条腿跪在床上的声音……

"叶臻。"程杉觉得自己快哭了，"有件事我必须跟你说清楚。"

"嗯，说。"叶臻掀开被子，躺在她身边，好整以暇地侧望着程杉。

可程杉的表述实在太抽象，也只有叶臻这么了解她，才勉强听懂。

他忍不住笑出声来。

"你笑什么？"程杉以为他不当回事，狠狠推他，说，"我很严肃的。"

是很严肃，就差把全世界婚前意外怀孕的女性占比数据摆出来了。

叶臻捉住她的手："我知道。"

他声音里还是藏着笑，程杉嘀咕："你根本不知道。"

叶臻说："我以为，你会怕。会觉得，太快。"

程杉慢慢哑摸出叶臻的意思：原来，他根本没打算……

倒是她自作多情了。程杉的脸"唰"一下红了个透，好在屋里漆黑一片，叶臻看不见。

叶臻继续道："你愿意，我很高兴。"

顿了顿，贴着程杉的耳边，又极暧昧地低声说了一句话。

"叶臻！"

程杉又急又臊，说："你不许说话了。"

让他开口说话，简直是对自己的一种残忍。

好啊，反正叶臻从来都是实干主义者。

他捧着程杉的脸，几近虔诚地亲吻，手指灵活，在她身上游走。一把火轰然烧起，程杉心跳如擂鼓，知道叶臻是要说到做到了。

餍足之后，女人泛起慵懒与柔情。

叶臻起身去了浴室，再回来时，带来了程杉的毛巾。毛巾在热水里浸过，又拧干了。

温热的触感，程杉舒服地眯起了眼，任他给自己擦拭。

"叶臻。"她说，"你真的很会照顾人。"

叶臻的动作顿了顿，说："学过。"

222

程杉半梦半醒，顺着他轻声说："那我应该，感谢那个姑娘吗？"

她说的那个姑娘，指的自然是意大利的那位。话虽这么说，程杉却没有半点恼意，甚至她觉得，叶臻也有过刻骨铭心的感情这件事，会让她心里的压力更小，也不会产生无谓的负疚感。

叶臻没有回答，程杉没再追问。

那晚，她抱着叶臻紧窄的腰身，入睡前思绪已经不甚清明了。

叶臻在她意识混沌的时候，突然问她："我是谁？"

程杉闭着眼，神思游离，话不过脑，闷声闷气道："程见溪，你不要闹我。"

而后，毫无知觉地睡着了。

叶臻在黑暗中苦笑。

他们之间从来如此，不是没有甜蜜，只是那甜蜜，往往掺着玻璃碴。吞进去也觉得甜，但很快就划烂肚肠，只剩下疼痛。

可叶臻抱着程杉的手臂，收得更紧。

能走到今天，其实……也不是不能忍受。

第二天，叶臻在程杉醒来之前就已经收拾妥当准备去上班了。

戴手表的时候，叶臻难免瞥见自己手腕上的图案，偏头看了一眼酣睡之中的程杉。他们的进展这么快，亲密到这个程度，有些事情必须要着手去准备了。

叶臻低头给宋瑜发消息，让他尽快预约一家文身馆。

宋瑜很快回复道：叶总，想选什么类型的文身师？

叶臻：不，我打算洗文身。

宋瑜：好的。

"这么早……你要去公司了？"

这个时候，身后传来一点动静，程杉睡眼惺忪地把手伸出来，叶臻自然而然地把手送过去给她，用拇指在程杉手心里摩挲了几下。

程杉突然觉得心里划过一丝异样——总觉得这样的情景从前发生过。她伸出手的动作其实毫无逻辑支配，完全出自某种习惯，而当叶臻给了她反馈之后，程杉才惊觉自己伸手，就是为了让他在掌心划拉那么几下。

这诡异的默契令她的心莫名下坠，胸口传来一阵难以言状的空洞感。程杉脑中闪过陌生的画面，一个很小的声音在她心里说，他下一步应该会先亲自己的额头，再到左边脸颊，最后是嘴唇。

然后说，再睡一会儿。

当她眼睁睁看着叶臻如她所想那般，做完这一整套动作，连说的话也一模一样时，程杉的心再也不能平静。

她猛地翻身坐起，紧紧盯着他："叶臻！"

后者因她这个反应一怔，旋即投来疑惑的目光。

程杉的心"扑通扑通"乱跳，却不知道怎么开口，最后只道："没事……路上小心。"

叶臻迟疑片刻，终究没有追问，只是摸摸她的头发，转身走了。

程杉一早上都浑浑噩噩。

那种感觉很奇怪，明明所有的事情都是第一次发生，她却好像曾切身地经历过。当她努力回想，到底是真的经历过，还是梦到过，却惊觉脑中一片空白。

就好像，她一直以为自己坐在平地上，某一天无意间低头看，却发现身体下方是完全透明的玻璃，而玻璃之下，是万丈深渊。

一种真实的恐惧和眩晕随之攀升至头顶，程杉只要细细琢磨，就会觉得透不过气来。

她不能再留在家里胡思乱想了，程杉想起乔恩的话。

"当你觉得自己陷入死胡同的时候，千万不要强迫自己把事情完全想明白，也一定不要自己一个人消化。打给我，或者带着你的相机出去走走，和别人聊聊天，都OK。"

程杉给童菲发消息，问她有没有空出去走走。

在工作日，程杉没抱太大希望，果然童菲回过来一条语音，那头声音嘈杂："今天不行哎，我在出外景，要不改天吧？"

程杉忙说好，只得又问顾展。顾展看见微信，很快给她回了电话。

"你别说，我这个日理万机的大忙人，今天还真有空。"

顾展正坐在佛蒙特森林总店吧台后面，一边喝咖啡一边浏览今日要闻，语气轻快："去喝下午茶？你挑地方，我请客。"

程杉不太会挑，随口道："你选吧，我以前喝下午茶都在佛蒙特森林，哪会选这种地方？"

说得也是。

顾展沉吟道："那我就给你推荐一个……超高格调的网红下午茶餐厅！我跟你说，就这地方，但凡是来Q市旅游的小姐姐，保准要去拍张照片的。什么时候佛蒙特森林能做成这种全国爆款，火遍朋友圈，我就不用来店里了，天天躺在床上数钱玩。"

程杉被他逗笑了，说："行，就去那里。"

"我马上去接你。"

到底是要出门，程杉化了个淡妆。

她穿了一条修身的米白色羊绒长裙，外头套一件长款的墨绿色风衣，没扣起来，只用腰带在身后松松一系，再换上浅咖啡色麂皮高跟鞋，整个人看上去高挑精神。

顾展给她发消息：我到楼下了。

时间刚刚好，程杉瞄了眼天气预报，晚些时候可能有暴雨，温度会骤减。她从衣柜里摸出一条与鞋子同色系的薄围巾，拿了把雨伞放进包里，这才出门。

顾展看见程杉，眼前一亮，绅士地夸赞道："你今天很漂亮。"

"谢谢。"

程杉坐进副驾驶位，顾展漫不经心道："你谈恋爱了？"

这个人，孙猴子变的吧。

"嗯。"程杉面不改色，"你怎么看出来的？"

"开什么玩笑，我是谁？"

顾展得意扬扬，发动车子开出小区。

"我这么跟你说吧，但凡一男一女走进我们佛蒙特森林的大门，我瞄一眼就知道他们什么关系，还有男的是不是要求婚，女的是不是劈腿了，俩人是不是马上就会分手……都能看个七七八八。"

"这么厉害？"程杉看向他，说，"那你看我和叶臻，是什么关系？"

顾展眉毛一挑，说："这可说不好。"

"怎么说不好了？"

"你俩都不是正常人。"顾展说，"但可以肯定的是，那小子对你一准有意思……小杉杉，你该不会就是跟他谈恋爱了吧？"

程杉"嗯"了一声："不可以吗？"

"当然不是，只要你俩心里没疙瘩就好。"顾展说，"这年头，能找到志同道合一起走一程的人，简直太难了。"

他用调侃的语调说出最后这句话，程杉听上去莫名有种悲伤。

但他很快恢复了原先的语气，说："你对叶臻是什么感情？应该不是把他当作……"

"不是。"程杉摇头，"我分得很清楚。"

"那就好。"顾展松了口气，降下车窗让风透进来，"我最怕你是那种，什么替身不替身的，完事以后两个人都痛苦得要死，要是那样的话，这恋爱不谈也罢。"

他看得倒是通透，程杉说："我明白你的意思。"

"那叶臻呢？你可是他弟弟的前女友，普通男人看到你这么好看优秀，不管不顾就去追这太常见了。但他这种条件的，顾虑肯定也多，他对你什么个意思？"

程杉说："他对我……很好，我们很默契。"

顾展生怕她不明白自己的意思，又说："小杉杉啊，你展哥以过来人的身份跟你掏心窝子说句话，热恋期的人头脑都不正常的。现在你看到的问题，可能对你来说都不是问题，但等热恋期一过，再小的毛病都要放大不止十倍。"

程杉被他噼里啪啦一顿教导，说："我们的问题可能是……太默契了吧。"

顾展没能领会她的深意，只是被这么一噎，恨不得拿手抽自己："我天，我这是上赶着吃狗粮来了吗？"

程杉笑道："不是，你理解错了。"

她把自己的困惑说给他听："叶臻对我太熟悉了，明明我们相处的时间并不久，但是他好像了解我全部的想法、喜好，甚至……一些小习惯。"

"会不会是程见溪告诉他的？"

程杉摇头："不可能。很多细节，连程见溪都不知道。"

顾展沉默许久，几次欲言又止，但又努力忍住似的。

程杉说："行了，看把你憋的。你说吧，我晓得你是为我好，不会有其他想法的。"

"这个事情吧，我是站在我们男人的角度考虑，所以……你听了可能不太舒服。"

"你说。"程杉调整了一个舒适的姿势，洗耳恭听。

顾展委婉道："你想啊，两个人碰到一起去，总要有一段磨合期的，怎么可能跟完全咬合的齿轮似的？无非三种可能。"

"哪三种？"

程杉连一种可能都想不到，没料到顾展居然这么有见解，立刻问道。

"第一，你俩出厂设置就是一对，女娲娘娘捏出来的。"

"第二，你俩早就磨合过了，但不可能。"顾展说，"除非程见溪的魂魄上了叶臻的身。"

这两种说法听上去都太无厘头，可程杉心里突然划过一抹抓不住的念头。她皱了皱眉，说："第三种可能呢？"

"第三，他是个万能齿轮，什么样的都能套上。"

顾展把这个可能性放在最后说，个人倾向已经很明确了。

"叶臻这样的，一上手就跟老司机似的，明显是阅女无数呀。"

程杉听了他这句话，果然觉得很刺耳："顾展，你别这么说他。"

"我都说了你可能会不太爱听。"顾展叹口气道，"但是男人呢，都是经过调教之后才会疼人的，没有哪个一上来就是情圣。特别是他们这种成功人士，时间都是用来学习怎么变得更优秀，不可能去专门培训怎么撩妹吧？"

他这话让程杉想到叶臻的那句"学过"。

程杉的情绪有一点低落，说："我只知道，叶臻有一个前女友。为了她，可能学会了很多讨好女孩子的手段。"

顾展的神情变得严肃起来，他说："小杉杉啊，我觉得你得好好考虑考虑这段感情了。他不见得是最合适的。"

"怎么说？"

"你有没有想过这种可能……"顾展低声说，"你自己，也许就和叶臻的那个前女友很像。"

程杉的脸色一下子变得很难看。

顾展说完这个猜测后，自己也咂摸了一下，说："这叫什么事？他像你前男友，你像他前女友，倒也算命中注定的有缘无分了。等等，小杉……"

程杉其实已经不想听顾展再分析下去了，她担心顾展的话最后成了真。

可她依然努力扯了个笑出来："怎么？"

"叶臻的前女友，该不会也去世了吧？"顾展说，"要真是这样，就太狗血了。"

程杉明确地感觉到，心里某个地方突兀地多了个口子，漏了凉风进去，寒意自五脏蔓延开来，直至四肢百骸。

她听见有一个声音在脑中盘旋。叶臻是出了意外才会"失语"的，可她从来没有问过，那是什么意外，以及出了那场意外的，是不是只有他一个人。

程杉额角的青筋一跳一跳的，再维持不了方才的平静。

顾展一看这情况，立刻哄道："哎呀，我嘴欠！你别都往坏处想，我说这些的意思是，让你俩有机会好好沟通沟通。别到了感情特别扎实的时候，再出现这种问题。"

程杉偏头看向窗外，说："我会问清楚的。"

"好啦，开心一点。我们快到了。"

顾展已经开到Q市中心商圈，他所说的那家网红茶餐厅，就位于中心商场的七楼。顾展把车停去地下停车场，程杉看见一辆熟悉的车，不由得多看了一眼车牌——确实是叶慕的。

叶慕？她今天不上班吗？

没想到两人坐电梯上去，刚走进餐厅，程杉就看见窗边坐着的叶慕。

"嘿！小杉？"叶慕显然也很吃惊，目光飞快地在她身边的顾展脸上掠过，随后看向程杉，"你朋友？"

程杉点点头，心里存了事，所以笑容不算太自然。她看到叶慕对面坐着一个姑娘，穿着一身的高级定制，从头发丝到脚底都精致得挑不出一点毛病。

叶慕跟程杉打招呼的当口，那姑娘跟没听见似的，自顾自小口吃着面前的甜点。等到叶慕跟她说"佳琳，这是小杉"，这才从旁抽了一张纸巾，细细擦了擦嘴巴，转过身来。

"哟，真能装。"顾展在程杉身后，小声嗤道。

"我刚刚跟你提到的，这是我哥的女朋友。"叶慕继续给两边做介绍，"小杉，这是我之前说过的刘佳琳，今天刚从意大利回来。"

程杉听见"意大利"三个字，不免多看了刘佳琳一眼：标准的美人脸，五官精巧，妆容合宜，连神态都带着不沾一尘的轻慢。

"摄影师是吧？"刘佳琳的目光在程杉脸上游移，最后说，"我见过你吗？"

程杉说："没有。"

"叶臻哥哥还真是口味单一，我记得他上一个女朋友也是摄影师。"刘佳琳脸上没什么特别的表情，陈述事实一样说道，"看起来蛮眼熟，好像你们长得差不多。"

说完，还捂嘴一笑，对叶慕道："我说叶臻哥哥怎么这么多年都没对我生出男女感情呢，原来是喜欢这种团子脸。"

那丫头是来找事的吧！会不会说话？怎么活这么大还没被人打死啊？

顾展登时就火了，一把拉着程杉的胳膊，说："我们去那边坐。"

程杉没动，盯着刘佳琳的脸，说："你见过叶臻前女友？"

叶慕一看这架势，心道不好，马上站起来打圆场："对了小杉，我……"

"也不算见过吧，叶臻哥哥给她办了个人摄影展，我见过他们的合照。"刘佳琳轻笑道，"那个姐姐看上去好像比你瘦一点。"

"佳琳。"叶慕脸色微变，制止道，"别说了。"

"怎么了吗？我说的是事实呀。虽然我跟叶臻哥哥不在一座城市，可是我一直都很关心他的。"刘佳琳轻声慢语，娇滴滴地叹了口气，"不过有点可惜，那个姐姐后来出了点意外。我听说是没救回来。"

这件事连叶慕都不知道，她皱眉问道："你说的意外，和我哥遇到的那场……"

"一起发生的呀。"刘佳琳很吃惊地说，"小慕姐你都不知道？看来是叶臻哥哥对你们隐瞒得太好了。"

完了。

顾展脸一黑，真的是哪壶不开提哪壶，全赶上了。

程杉的下颌绷得极紧，显然是在极力压抑着情绪，她偏头看了一眼顾展："我现在相信，你是真的厉害。你应该去当编剧。"说完这句话，她头也不回地离开了。

"小杉！"

顾展咬牙，伸手狠狠指了指刘佳琳，顾不上放狠话，追着程杉大步走了出去。

"她怎么了？阴阳怪气的。"刘佳琳轻哼一声，继续转回身子挖着甜点，道，"小慕姐，这个人不适合叶臻哥哥。都多大的人了，连前女友都接受不了？"

叶慕的脸色已经不能用难看来形容了，她阴恻恻地看着刘佳琳："我们很多年没见了吧。"

刘佳琳点点头，说："大学毕业以后，就各奔东西了。这些年我好想你们呀！"

"这么久没见，我以为你能比从前成熟一点。"

刘佳琳一愣，说："你这是什么意思？"

叶慕冷哼一声，叫服务员来结账。

"你不吃了吗？"刘佳琳奇怪道，"这家味道还可以呀。"

"少拿无知当天真。"叶慕终于忍不住翻了个白眼，说，"你是不是觉得自己这个样子很可爱？"

刘佳琳委屈起来，可怜巴巴地说："叶慕姐，你比以前更凶了。"

她们从来不是一个世界的人，叶慕懒得跟她废话，拿了包转头往外走。

顾展只差一步，没赶上程杉坐的电梯。他焦急地按着旁边的电梯按钮，心说可不能出什么事啊。

叶慕小跑着跟出来，看见顾展："小杉呢？"

"下去了！那女的什么鬼啊？"顾展气不打一处来，说，"还有那个叶臻，到底是不是真的想追小杉？找替身什么的也太low了吧！"

叶慕也着急，但她并不清楚事情的真相，只能拿出手机道："不是你想的那样。我先给我哥打个电话，找人要紧。"

"赶紧打，万一小杉在身边没人的时候发了病，还不知道要出什么状况！"

叶慕一怔，反问："发病？小杉生了什么病？"

"你怎么什么都不知道？"

顾展没好气，不愿跟她多费口舌："你们叶家人也忒不靠谱了吧。程见溪死了，叶臻又整出这种幺蛾子，我看小杉就是上辈子欠你们的。"

程见溪又是谁？叶慕这下彻底蒙了。

这个时候，叶臻接通了电话。

程杉不知道自己是以什么样的心情离开的。

愤怒、失望、难过？

更多的是可笑，可笑又可悲。

风比程杉出门时更大了，看这天色，也许很快就会下雨。街道边来往行人神色匆匆，程杉惶然地站在马路牙子上，不知道要去哪里。

回家吗？也许叶臻很快会去那里。

他可能会解释，但程杉现在什么都听不进去。她心里不断安慰自己：我和叶臻的感情还不深，及时止损，对我来说是一件好事。

道理谁都懂，可程杉看见路边商店橱窗玻璃上，映出自己的脸：她脸上的表情已经垮塌了，连装都装不出来半点淡定。

你怎么了？程杉。

她沮丧地将脸埋进手心里。

以前你不是这样的。你能背着相机一个人穿过非洲大草原，拍野生犀牛迁徙；能潜水到十米深的海域，克服耳膜的压力和无边的幽寂。

是因为找回了从前的程杉，所以你变得软弱了吗？

有的士停在程杉面前，缓缓降下车窗："姑娘！去哪儿？"

程杉惶然地反应了一会儿，才拉开车门坐进去，她低声念了一个地名。

司机师傅一愣，多看了她几眼，说："这个天去陵园，要多加钱的。"

"去吧，师傅。"程杉低声说，"三倍的钱够不够？"

"够了！"

天色渐深，狂风卷地。

陵园保安没想到不年不节，天气这么不好，还有人来吊唁，不由得多看了来人几眼。

这一打量，发现程杉扶风弱柳的，保安不由得喊道："姑娘，一会儿要下雨，暴雨！"

程杉回头对他笑笑："谢谢，我带伞了。"

她神色惨淡，不过保安已经看得太多——来扫墓的人，没几个神色轻快的。

程杉知道程见溪的墓碑立在哪里，她径直朝他走过去。

墓园的管理很好，有人定期打扫。尽管程杉已经做足了心理建设，可走到近前，看见程见溪的遗照时，鼻子还是忍不住一酸。

"程见溪，我来看你了。"

程杉席地而坐，腿微微蜷起，头靠在那块属于程见溪的花岗石板上。她的薄围巾被风吹起，在半空飞扬。

程杉轻轻闭上眼，小声说："你会怪我吗？"

"肯定会怪我吧，你现在都不肯到我的梦里来了。"

程杉低语："你怪我喜欢上别人了。"

她似乎是觉得羞愧，把头埋进臂弯间，声音有些哽咽。

"那你现在高兴吗？看见我现在这个样子，你高兴吗？"

没有人回答她，只有墓园周围的树林被狂风摧动，唱着一支哀歌。

"你心肠那么软，肯定不舍得生我很久的气。如果你不怪我了，就来看看我吧。"

程杉说着，声音变得颤抖，语不成调。

"程见溪，你来看看我吧，然后告诉我，我应该怎么生活？"

"我记起你以后，就再也回不去了。"

眼泪顺着她的脸颊滴落在地上，她哀戚地向程见溪坦白自己的心。

"我再也不可能像你认识的程杉那样，没心没肺、不顾一切。也不可能再像前两年的程杉那样，满世界流浪也不觉得畏惧。"

"可我不喜欢现在的程杉！她不勇敢，不坚定，不开心，甚至……不完整。"

程杉的手放在胸口，低声啜泣。

"我不想生病，不想背叛，不想软弱，不想恐惧。"

声音复又转低。

"可我想要爱人，想要平静，也想要幸福。"

"程见溪，我是不是太贪心了，所以到最后什么也得不到？"

程杉终于放声哭出来。

天边隐有惊雷，滚滚而来。

"我是不是做错了什么，所以你们来了以后，又都走了。爸爸妈妈是这样，你也是这样。没有人要我，没有人觉得程杉这个人努力活着是一件了不起的事情。"

"程见溪，你回来吧！"

程杉泣不成声。雨珠自天际砸下，噼啪作响，打在她的身上。

她浑然未觉，双眼微微发直，喃喃道："你回来吧，这世上只有你觉得程杉很珍贵，只有你觉得程杉是独一无二的，只有你。"

叶臻接到叶慕的电话，推掉了临时会议和晚上宋瑜预约的文身馆，直接开车去了程杉家。他敲了一会儿门，无人应答，程杉的手机也关了机。

叶臻去小区保安室调取一个小时内的监控录像——程杉没有回到小区。他让宋瑜给童菲打了一通电话，确定了程杉没去找她。

那么，偌大的Q市，她只可能去一个地方。

叶臻赶到墓园的时候，大雨倾盆而下。天地仿佛借由雨帘连成一片，叶臻从车里下来，没走两步，就被淋了个透湿。

他直奔墓园的保安室。

"姑娘？啊，有的！一个小时以前，我看到有个小姑娘来了，不过雨太大了，我没留意她走没走。"保安在叶臻断断续续的语言表述中，终于捋清他的来意，说，"这种天，人肯定早走了！"

叶臻一听到有人来，拔腿便往程见溪的墓碑处跑。

"哎，小伙子！"保安看着他头也不回地冲进雨里，摇头道，"真是怪人。"

叶臻疯了似的跑过去，可程见溪墓碑之前空空如也，没有任何人。

叶臻立在墓前，深深凝望着那张和自己有着七分相似的脸。雨水冲刷之下，照片里少年的笑容干净清澈，一尘不染。

而他潮湿泥泞，狼狈不堪。

这个时候，程杉已经从出租车里下来了。她撑着伞路过小区门口保安室的时候，保安叫住了她："是程小姐吗？"

程杉停住："我是。"

"刚才有一位姓叶的先生，自称是您的男朋友，来我们这里调取了一段监控，跟您核实一下。"保安道，"他没找到你，看上去挺急的，在外头站了一会儿才走。"

这年头，大家都挺爱加戏的。

程杉淡声道："知道了。"

暴雨未歇，程杉走进楼栋，将伞收好。雨水顺着伞尖滴落在地面上，一路延伸至301门口。程杉打开密码锁，蓦地看见玄关并排的两双拖鞋，早已红肿的双眼微微一热。

她抬手按了按眼睛，不想再被叶臻支配情绪。

程杉蹲下身把叶臻穿过的拖鞋拎起来，丢进客厅的垃圾桶里。又走进卫生间，将他带来的东西全都扔了个干净。

随后打开电脑，拟了一份辞呈，发给了人力资源部的刘悦。做完这一切，程杉身心俱疲，在浴缸里泡了个热水澡之后，什么都不愿再想，就水服下两片安眠药后，将自己丢进了被子里。

也许睡醒之后就会好起来，她会找回从前的自己，回到从前尽管漂泊寂寞，却平静自由的生活。

艳阳炽烈。

程杉头戴宽檐草帽，脚踩一双软底小羊皮鞋，提着裙摆穿过蓊郁的树林，又翻过一个山头。

她看见不远处的棕红色小木屋，安静地伫立在横陈的树影里。

屋外是花圃，各色的大波斯菊闹闹腾腾地开在一起，大尾巴松鼠在花丛里穿梭。她穿着白色的小洋裙，小跑进屋子里："程见溪，我来啦，你在哪里？"

屋里整齐干净，经典的托斯卡纳风格装饰极抓人眼球：奶白的白垩石、鲜绿的葡萄园、棕红的土壤、浓绿的森林、鲜红的番茄……各种颜色调和在一起，以崭新的面目融入铁艺桌椅、赤陶花器以及兽头水口等装饰物之中。

程杉摘下帽子，穿过客厅往里走。

卧室里没有开灯，程杉陷入一片黑暗中，她佯作发脾气道："你再不出来，我要生气了。我生气以后，两个小时都不会跟你说话了。"

黑暗里有人轻笑，似乎很苦恼，说："那怎么办呢？"

程杉不走了，仗着漆黑一片，偷笑起来，却还是赌气的口吻："你看着办吧。"

他好像有夜视眼，准确无误地伸手拉过程杉的胳膊，将她带进自己怀里，两个人双双倒在卧室那张柔软巨大的双人床上。

程杉的脸贴着他宽阔的胸膛，心"怦怦"跳得极快。

他问程杉："想我吗？"

程杉似乎陷入思索，慢悠悠道："也没有很想……"

但下一秒，他一个翻身，她被按在那人身下，纷乱的吻落下。他吻过她的额头、脸颊、耳垂，最后来到她的唇上。

程杉轻轻嘤咛，手无措地把在他精瘦的腰背处。

"没有很想？"他含住程杉的两片唇，纠缠了许久，才意犹未尽地松开，"再给你一个重新组织语言的机会。"

程杉身心皆软下去，刚想开口，却又被他封住唇舌："呜……"

"算了，不想给你这个机会。"

他的手抚着程杉的脖颈，又慢慢贴着床垫插进去，不疾不徐地解开程杉后背的一粒粒纽扣。等到她细腻平滑的后背完全从裙子里剥出来，才握住她的肩头将她整个人翻过去。

紧接着，他的吻来到程杉极敏感的肩背交界处，拂开她卷曲蓬松的长发，他狡黠的低笑撩得她阵阵轻颤。

"反正，我也知道答案。"

倏尔大雨倾盆。

夏日闷热，又下了这样大的雨，程杉没有半点出门的心思，她坐起身披上睡衣。凉被里有人伸出一条胳膊来，松松搂住她的腰。

"陪我多睡一会儿。"

程杉低头亲他的嘴角，小声说："我昨天来的时候，看到书架上面有Christer Strömholm的书，我想去看看。"

他有点不情愿，低低地"哼"了一声，倒没再圈着她。

程杉下了床，想起拖鞋还在外头，好在地板一尘不染，便赤脚踩下去。打开卧室门前，到底还是回头看他：被子几乎都搭在他的上半身，以至他的小腿都露在外头。

程杉每一次看见程见溪的腿，都会赞叹得挪不开眼，并在心里发誓，这是她见过的最最最好看的腿。

在程杉的审美里，她更偏爱亚洲人的腿：蜜色、少体毛。

而程见溪坚持三种运动：慢跑、游泳、射击。这使他保持着良好的耐力、匀称的身体线条和优秀的专注力。长期锻炼之下，他的小腿极其修长光滑，没有隆起突兀的肌肉和密集的黑色汗毛，线条呈畅快的流线型，是淡淡的蜜色。

除此之外，程杉爱惨了他脚踝上那两块突出的骨头，只觉得性感诱人，恨不得用各种角度拍上千八百张照片。

"你在看什么？"

"你怎么知道我在看你？"程杉忍不住吞了吞口水，恋恋不舍地收回自己的目光。

"我还不知道你……"他虽闭着眼，唇角却微微上扬，语气愉悦，"想摸就摸，又不是别人的。"

程杉"嗷"的一声，冲上去摸了个爽，在他有些克制不住的威胁声中心满意足地收回手："我去找书啦！"

书架高大，是工匠亲自伐木手作，为保留原始感，连抛光都做得很少。程杉踮着脚去够那本书，却怎么也够不着。

她有些急，扬声说："你怎么把书放得这么高？"

程见溪戏谑的声音自屋里传来："小矮人，我帮你拿。"

"我能拿到。"程杉赌气地踩上书架第一层，一只手扒着上层隔板，将整个人都吊在了书架上，奋力去够那本《Poste Restante》。

可书架并没有她想象中那么牢固，在她施力的同时摇晃起来。

"小杉！"

238

身后一声疾呼，程杉心里一紧，眼看着足有两个她那么高的木头书架摇摇欲坠，还没等她意识到如何应对，自己已经被人拦腰抱起！

然而已经晚了。

程杉听到"轰"的一声，自己瞬间被一股大力掼倒在地！她眼前一黑，身侧"哗啦哗啦"掉下来数不清的书册。

程杉有点发晕，但没感到任何疼痛，因为笨重的木头架子和书全都砸在了护着她的程见溪背上。

"程见溪！"

程杉被压得死死的，动弹不得。身上的人却没有半点动静，她急得直哭。

"你怎么样了啊？"

程见溪没回答她，他直接被砸晕了过去。等到几分钟后，他挣扎着醒来，身下的小姑娘已经快要哭得喘不上气来。

他下意识低头亲她："我没事。"

怎么会没事？等到两人费劲巴拉地从书架下头爬出来，程杉才看到他血肉模糊的后背。书架边沿横生许多木刺，有的划开了他光裸的脊背，有的深深扎了进去，露出一小截，在皮肉外突兀地支棱着。

他痛得脸色苍白，却一直忍着没有吭声。程杉拿药箱来给他清洗伤口、挑木刺，连手都在抖。

"要去医院的，这么深的口子，必须缝针才行。"程杉做完初步处理，急匆匆地跳下床，说，"我去开车，马上去医院。"

可他拉住她的手，突然说："小杉，缝针会留疤。"

程杉急了："你一个男人，留疤怕什么？！"

"可我怕下一次，你认不出我了。"

什么认不出你，我怎么会认不出你？程杉莫名其妙，可她回头看去，只觉得光芒极盛，程见溪的面目在眼前变得不甚分明了。

程杉抹开眼泪，极力去看他的脸，却在下一秒如遭雷击。

她像是被钉在原地，一动不动地死死凝视他的眉眼，她听见自己的声音念出一个名字来。

"叶……臻？"

第
九
章

原罪物语

程杉在心慌气短之中仓促醒来。

她飞快地跳下床，跌跌撞撞跑去桌边，猛地拉开抽屉，颤着手把药倒在手心里，生咽了下去。程杉呼吸不畅，伸手捂着胸口，试图压抑狂乱的心跳，慢慢地顺着桌腿滑坐在地上。她的头渐渐低垂下去，整个人蜷起，远远看着不过瘦削嶙峋的一捧。

一觉醒来，一切都没有改变，她反倒更不平静。

程杉缓了很久，从冰箱里拿出矿泉水，盘腿坐在地毯上，将电脑放在膝头打开。她调出文档，将这次的梦境如实记录。

这么久了，她一点点总结出规律。

文档中，她记录的梦境分为三大类：第一类是从前的回忆碎片，比如图书馆的相处、年少时期的往事，她如今想来，其实都是记得的。

第二类是没有任何逻辑可言的幻境，比如森林里的猩红色撒旦，比如海里长着鹿角宛若游龙般的少年，就像真正的梦境，醒来后会丢失大部分片段，只记得一些琐碎的画面。

第三类是……今天这种。

梦里发生的事情有条理有逻辑，甚至连细节都那么清晰可感，可程杉明确地知道那不是她的记忆——她从没有和程见溪去过什么小木屋，更别提什么同居、缠绵。

不，那个人……甚至不是程见溪。

程杉记起梦中最后一刻叶臻的脸，记起梦里真实的喜悦、情动和心疼，她心里某个不知名的角落狠狠一痛，突如其来的心悸让她难以控制地按住胸口弯下腰去。

程杉喃喃自语。

"为什么是你？"

程杉胡思乱想许久，翻开通讯录，给乔恩打越洋电话。

她单刀直入："乔恩，我梦见程见溪了。"

乔恩已经听程杉说过她找回记忆的事，她说："这一次，能完全看清楚脸了吗？"

程杉因为一些隐秘的情绪，并没有向她坦诚自己梦见的人是谁。

"但又不太像程见溪。"

"哦？"乔恩似乎对她的话很感兴趣，追问道，"怎么不像了？"

程杉低声说："他很好，梦里我也一直以为他就是程见溪。可是现在想起来，他的语气、他的行为，和程见溪完全不同。"

乔恩没说话，似乎在等程杉继续说下去。

程杉说："我们在一间小木屋里，是托斯卡纳风格的装饰。乔恩，又是意大利。意大利……我总觉得那个地方对我来说意义非凡。可你知道的，我只是去那里旅游过。"

"你先别急着下定论。小杉，意式风格装修随处可见。在中国也有这样的木屋公寓，这不能代表什么。"乔恩说，"重点在于，这个梦的预兆。"

"预兆？"

"我坚持的观点是，梦境是人潜意识的一种反馈。"乔恩说，"或许是你已经做好准备，要接受一段新的感情了。"

"但梦里那个人……"程杉脱口道，"在我认识他之前就存在。"

"他？"乔恩笑道，"看来真有一段新感情了。"

程杉没吭声。

"小杉，这几年我是陪你一路走过来的。"乔恩语重心长道，"我很高兴你还能有这样为一个人纠结、夜不能寐的时刻，而不是置身事外地去看待身边的人。"

她说："也许你要试着别跟过去的自己较劲——没有人是该抱着回忆过日子的。"

程杉低声说："我这样的人，随时可能因为一些奇怪的诱因发病，会做莫名的梦，会在夜半醒来迟迟不能入睡。"

我这样的人，怎么爱人？

乔恩鼓励她道："会越来越好的。小杉，你已经能够面对全部的自己，只要你坚持服药，病情不会再反复的。"

程杉并不认可她的话。她在心里说，如果我已经面对了全部的自己，怎么还会觉得心里有一整块空洞无从填补？为什么总会觉得，有太多自己抓不住的情绪和一闪而过的画面？

可她没有将这些顾虑告诉乔恩。

挂了电话后，程杉神思纷乱，于是登上自己的工作邮箱处理邮件。工作是消磨时间的利器，将邮件都处理完，已经到了清晨。

程杉活动了几下脖子，随手切换到自己的私人邮箱——她没有什么联系人，所以只是偶尔登录邮箱，能做的基本上就是清理清理垃圾广告邮件。

当她登上邮箱，却看见一封私人邮件，发送时间是两周以前，发件人署名：陆一鸣。

陆一鸣是谁?

程杉疑惑地点开邮件,看见一个压缩包。

附言道:程杉学姐您好!我为之前没有体察您的精神状态而感到抱歉。我将答应发给您的照片都找了出来,如果对您有帮助,那就再好不过了。另外,我真的很喜欢您的作品!祝您身体健康,工作顺利!

程杉脑中有些发胀,额角青筋一跳一跳的。她隐约想起有这么个人来,好像是在Q大校庆那天向她提问的男孩子。可是……后来自己为什么会追出去找他,甚至还给他留了私人邮箱地址?

程杉那天思绪混乱,以至现在完全记不起来了。

她点开压缩包,下载、解压,文件夹被命名为"2013-意大利摄影展"。

程杉的神情专注起来,隐隐有什么预感,她的手指有些颤抖,却毫不迟疑地点开了。

文件夹里一共五十多张照片,绝大多数都是摄影展展出的作品照片。

程杉一张张浏览过去,面色越来越苍白。

几乎都是哥特风格的作品,拍摄主体多为裸露的躯体、残障者、妓女、被化装成的畸形儿……以血腥、背德的方式呈现而出,以期无限接近矛盾、痛苦与死亡。

如果不是看到签名和最后几张照片,程杉几乎不敢相信这是自己的作品。

在最后几张照片里,程杉看见了自己。陆一鸣远远地拍摄了她的侧影,她穿着样式繁复的欧式长裙,正神色泰然地同人交谈。

程杉挑出那几张照片,细细看过去,目光最后停留在其中某一张照片上时,她的心突然剧烈跳动起来!

一张有自己远景的照片里,程杉看见揽着自己的一条手臂,而手臂的主人被自己挡了大半。

程杉的手指在触控板上迅速划动，将照片放大，再放大。

直到某一刻，她的瞳孔骤然紧缩——叶臻！

而他露在外的手腕外侧，分明文着两个程杉再熟悉不过的字母。

"C·C"，双程。

身体内的血液几乎在一瞬间涌向大脑，程杉不可置信地紧盯着屏幕，牙关微颤，脑中一团乱麻。随之而来的纷乱记忆瞬间将她吞没，程杉几乎是连滚带爬地，扑向那天从叶家拿回来的行李箱，从里面掏出一只收纳袋——她想起来，自己那时候带回来一张照片，就夹在衣服里。

可那之后又发生了很多事，她竟然选择性地将它遗忘了。

"爱情像是一字一句读你，读你的温柔，也读你的暴虐。"

程杉捏着那张哥特风格的照片，仔细比对照片背后那句话的字迹，和陆一鸣给自己发送的照片里自己手写的笔迹。

笔迹完全一致！

程杉只觉得周身起了一层细密的鸡皮疙瘩。她捂住嘴，才能保证牙齿不由自主打战的声音不至于听上去那么可怕。

照片是她拍的，字是她写的，摄影展也是她办的。而这一切，她全都不记得了！

在2013年，在那个她以为自己完全处于病重状态、混沌状态的时间里，她却好端端的，在意大利，像另一个人一样活着。而且，她还和叶臻像情人那样站在一起。

为什么？为什么叶臻手腕上会有那个文身？为什么那个时候她会和叶臻在一起？

叶臻……你究竟是谁？为什么要假装第一次见到我，为什么重新出现在我的生活里？

怪不得，他那么了解她，了解她和程见溪的过去，简直——就像程见溪那样了解。

怪不得，刘佳琳说叶臻的"前女友"和自己长相相似。

什么相似？或许那个人根本就是她！

程杉眼前发花，她分不清是自己熬通宵产生的视觉幻影，还是眼泪模糊了视线。她有太多问题要问，却不知道该问谁。

乔恩在骗她，叶臻也在骗她，甚至打从一开始，舅舅舅妈也骗了她。

所有人精心编织着同一个谎言。

他们说，程杉呀，程见溪死了，于是你崩溃了，生病了。那两年你病得尤其严重，思维混乱，每天靠药物支撑，所以清醒之后，就什么都记不起来了。

她从来没有怀疑过。因为每一个人都积极扮演着自己的角色，在这场欺骗她的好戏里演得不亦乐乎。甚至那些她常年服用的药物，究竟是在医治她，还是在麻痹她？

再盛大的戏剧终将落幕，再逼真的梦境，也终将被现实撕碎。

程杉觉得现在被撕碎的，不是梦境，而是她自己。

"程见溪、叶臻……"

过了很久很久，程杉终于扶着桌角站起身来，她低声喃喃，哭笑不能。

"如果真的是我想的那样，那么这五年又算什么？"

程杉把乔恩留给自己的药一股脑丢进垃圾桶里。

"你最好，能给我一个合理的解释。"

十点多的时候，程杉听见了敲门声。她深深吸气，抬手拍了拍脸颊，打起精神走去玄关。从猫眼向外看，叶慕正忧心忡忡地站在门外。

她或许是来当说客的。正好，程杉也有话要跟叶臻当面谈谈。

程杉拉开门，定定地看着叶慕，说："你来了。"

她的语气很冷，看向叶慕的目光带着审视。

可是这时候的叶慕完全没有心情分析程杉的表情，她急坏了，一看见门打开，就上前一步，急切道："小杉，你快去看看我哥吧！"

"他怎么了？"

"昨天他去找你，不知道淋了多久的雨，回来以后就发烧了！"叶慕说，"今早文姨才发现，烧到四十度，几乎没有意识了，送去医院说是急性肺炎，再晚一点可能就……"

她眼圈一红，声音放软了，说："小杉，我知道刘佳琳说的话很难听，但是你什么解释都不听，如果误会了哥哥，岂不是太伤人了吗？我确实不太清楚哥哥从前的事，但我相信他对你是真心实意的，不管怎么样，我恳求你能给他一个向你解释的机会。"

程杉咬着下唇，听完叶慕全部的话，才慢慢开口："是，我是误会了他。"

叶慕心中一喜，旋即看见程杉冷漠的神情，又立刻意识到事情不像她想得那么简单："既然是误会……"

"叶慕，我不是像你哥的前女友。"

程杉望向她，唇边浮起一丝不知是哀凉还是嘲讽的笑意。

她一字一顿道："我就是他的前女友。"

叶慕微微张着嘴，半晌没有说出一个字来。

这怎么可能？

"高中毕业以后，你们都多久没见了。"程杉话锋一转，紧盯着叶慕，似乎想要从她眼里看出一些端倪。

"你怎么能确定，那个人真的是你哥哥？"

叶慕脑子一蒙，完全不知道程杉这话从何说起。

"他……他不是我哥，还能是谁？"

"他们瞒得真好。"程杉轻哼一声，说，"就连叶家自己人，都不知道程见溪是谁。"

这是叶慕第二次听到程见溪这个名字，她心里开始发慌，双唇微颤："你、你是不是知道什么？"

程杉没有回答她，说："你不是希望我去看望叶臻吗？好啊，我现在就去看他。"

叶慕心里一个"咯噔"，隐有不好的预感。她不知道自己是不是来错了，程杉看上去像变了一个人：她眼圈发红，攒着一口气似的，像受了重伤的小兽，被逼得退无可退，只能不断积蓄力量，等着给伤害她的人致命一击，哪怕拼个鱼死网破，也不打算回头。

叶臻住在医院十六楼的特护病房。

程杉去的时候，文阿姨刚好从里头出来。她手里拎着保温饭盒，看见程杉和叶慕，立刻迎上去："小杉你来了。"

程杉不自然地笑笑。

文阿姨没想那么多，担忧地看向叶慕，说："阿臻还没醒，粥也吃不了，这都放凉了。我回去重新煮一份，你先在这里照看着。"

叶慕应承了文阿姨，等她走后，迟疑地看看程杉，说："我哥还没醒过来，要不今天还是算了。"她现在反而有点担心程杉出现在叶臻面前。

程杉没应叶慕的话，轻轻拧开门把手，走进了病房内。

叶臻安静地躺在病床上，前额覆着湿帕子，左手背上打着点滴。因为缺水，他的嘴唇翻起不少死皮，脸色惨淡发白。他睡得并不安稳，眉心不自主地拧起，紧紧合起的眼皮下，眼球不安地左右移动。

不过一天的时间，叶臻竟憔悴了这么许多。

程杉心头一痛，听见自己发干发哑的声音问："怎么会病成这个样子？"

"哥哥昨天很晚才回家，全身都湿透了。"叶慕说，"其实上次在龙湾岛，他下海之后吹了风，那时候应该就有一点受凉，回来以后连着忙了好几天，所以……"

明知道叶慕是在帮着叶臻说话，程杉想起龙湾岛的种种，还是禁不住捏了捏拳头，才没让自己心软。可一个没法忽视的声音在心底小声说："程杉，等他病好了再问也不迟。"

她堪堪别开头去，叹了口气，走去叶臻身边，伸手试了试他额上的毛巾。又掀起来，拿去病房附带的卫生间，重新浸湿，拧了个半干，重新搭在叶臻的额前。

叶慕看得出来程杉神态的变化，甚至她觉得，这一次程杉看叶臻的眼神比从前更动情。

那不是单纯的仰慕或者依恋，爱恨交织出来的复杂情绪，令程杉整个人处于激烈的矛盾与挣扎之中。恰恰是这样的挣扎，让她对叶臻的爱一览无遗地从眼里流露而出。

她自己恍然不觉，可叶慕旁观得惊心动魄。这让叶慕清醒地认识到一个事实：自己已经没有办法，再自以为是地插手这两个人的感情了。

"小杉，我今天还要去机场接人。"叶慕不知何故，眼眶微微发热，她低下头去，"我哥就麻烦你了。"她匆匆说完这番话，拿着手包转身离开了病房。

叶慕在走廊里拿出手机来，给南荣郏打了通电话。

南荣郏："小慕？"

叶慕声音不稳，说："你能帮我查一个人吗？"

"哟，新鲜了。"南荣郏不由得翻旧账道，"时隔十年，难道是又迷上了哪个十八线小明星，要查人家的底？"

叶慕没心情跟他开玩笑。

"别废话！那个人叫程见溪，我要知道他和我哥、我们家是什么关系。"

叶慕压低声音，表情严肃。

"如果你查到了却瞒着我，南荣邺，我们也就到此为止了。"

叶臻的那瓶点滴快要结束的时候，程杉叫来了护士给他拔针。连续挂了五六瓶点滴，叶臻的手背微微肿胀，程杉用医用棉给他按着针眼，只觉得手下的皮肤一片冰凉。

程杉半蹲在床边，握着叶臻的手，小心地对着他的手呵气。她再抬起头来，正对上叶臻睁开的双眼。

程杉心头一紧，不自觉地松开了手，可叶臻比她更快，反手攥住了她的几根手指。

"小杉……"叶臻勉力开口，叫她的名字。

程杉千头万绪，不知道有多少话要说，可看见叶臻这个样子，一个字也说不出口了。她只能冷着脸，任他拉着，不回应，也不离开。

叶臻会错了意，以为她是来听自己解释的，强撑着要坐起来，口齿不清却极力表述道："不是、你想的那样，刘佳琳的话，不是真的……"

"她说的不对吗？"程杉忍不住偏头望着他，"叶臻，到底是谁在骗我？"

"你误会了，小杉，你不是、任何人、的、替代。"

"我是我自己的替代。"

程杉平静地说出这么一句话来，她注意到叶臻的脸色，在听到她说完以后瞬间变得苍白。

"你，听谁说的？"他一激动，上身扬起，湿毛巾滚落到地上去了，他唇角起死皮的地方被扯开来，沁出几点血珠。程杉瞥开眼去，想要弯腰捡毛巾，就在这个当口，叶臻放在床头柜上的手机亮了起来。

一条语音消息提示。

程杉的余光刚好瞥见，却在一刹那如遭雷击，她整个人石化了似的愣在原地。

叶臻随即望过去，在看清提示内容之时，面色灰败。

手机屏幕弹框上写着——"乔恩发来一条语音消息"。

果然，他们都是串通好了的。

程杉感觉心口有什么在分崩离析，她眼圈发红，再顾不上其他，回头紧盯着叶臻的眼睛，慢慢站起身。

她居高临下，听见自己漠然地开了口。

"叶臻，我给你一个机会，你自己告诉我整件事情的原委。"

叶臻嘴唇翕动，可他连半个字也没有说。

程杉深深吸气，说："好，既然你不愿意说，那么我来问你。"

"我们第一次见面，根本不是在 M·O。"

叶臻目色黯淡，低低地回答她："嗯。"

"你对我的习惯了如指掌，根本不是什么程见溪告诉你的。"

"嗯。"

"你和乔恩合起伙来骗了我，我回来，找回记忆，也是你们安排好了的。"

"嗯。"

程杉有些站不稳，眼中迅速续起泪水，她继续连珠炮似的快速说道："那两年，我其实人在意大利，和你在一起。"

叶臻眼中极痛，嗓音微哽："嗯。"

程杉亲耳听见他承认了一切，再也受不住似的抬手捂住嘴巴，她大声道："让我吃药，是为了让我忘记那两年的一切？"

叶臻低声道："吃药，是为了稳定你的情绪。"

"你们对我做了什么？"程杉音量拔高，止不住地颤抖，"为什么在意大利的一切，我什么也记不起来？！"

她问完这句话，病房里陷入死一般的寂静。程杉双目赤红，死死望着叶臻，腿肚子筛糠样地抖。良久，她才听见叶臻的声音。因为嘶哑，也因为吐字不清，所以显得格外不真实，她却真切地听懂了。

叶臻说："催眠。"

程杉的脑子"嗡"的一声，一片空白，很长时间都不知道自己在想些什么。

"催眠……催眠？哈哈哈，催眠……"

而后，她像是第一次听见这个新奇词语似的，不断重复着，眼泪顺着她的脸颊落在地上，程杉凝望着叶臻的脸，又哭又笑。

"我不是在听故事吧？叶臻，为什么要这么对我？"

叶臻没有回答她。

"是我发现了你们家的秘密，还是挡了你的道？"程杉寸步不让，大声道，"所以你就伙同乔恩，让我这个本就头脑不清醒的人，干脆一忘了之？你怎么不干脆杀了我？！"

叶臻猛地抬头，低喝道："小杉，不是这样！"

"叶臻！"程杉的声音盖过了他，显然不打算理睬他的反驳。

她沉浸在自己的推测之中，失望、悲伤、愤怒裹挟着她，让她变成一柄利刃，顽固而锋利。

程杉的目光中满是嘲弄，她一字一顿道："我到底应该叫你叶臻，还是程见溪？"

"我不是程见溪！"

这一次，叶臻反驳得极快，他双目圆睁，似乎不能接受自己和程见溪的名字放在一起。

"你撒谎！"程杉大声道，眼泪夺眶而出，"如果你不是程见溪，怎么可能对我这么了解？如果你不是程见溪，四年前我怎么可能会和你在一起？如果你不是程见溪……"

她几步冲上前去，从被子里拖出叶臻的右手，飞快地将他腕上的手表取下！

叶臻的手腕外侧，果真文着两个花体英文字母：C·C。

双程，他们的姓。

亲眼看见的那一瞬，程杉的心也凉透了。她几近癫狂，瘫坐在地上，仰面笑得人心里发麻。

"如果你不是程见溪，怎么会日夜戴着手表，只为了隐藏自己的文身？"

"小杉！"叶臻用力挥开手，掀开被子跳下床去，他掰着她的肩膀，让她看清自己，"我，我不是，我不是他！"

"程见溪……"

程杉狠命地推开他。先是号啕地哭，头发散得满脸都是，而后，她抬手紧紧揪住头发，尖叫道："你怎么能、怎么能这样对我？"

"程杉！"

陡然间，叶臻发出一声怒吼，抬手朝她挥了一巴掌。他在病中，手并不重，可程杉还是被他这一下给打蒙了。

她难以置信地慢慢抬起头，眼里错综复杂地交替出现委屈、痛苦、惊惧的神情。

"程见溪？"

叶臻情绪激动，发出一阵剧烈的咳嗽声，可他依旧膝行向前，用力捧住了程杉的脸颊，逼迫她盯着自己的眼睛。他两眼充血，困兽一般咆哮。

"别叫我程见溪，他死了！我、是、叶、臻！"

程杉固执地看着他，眼泪和发丝糊了满脸，虽然下颌被他控制住不能发声，可她根本不相信叶臻的话。

叶臻双唇发抖，口中尝到血腥味，所有理智在这一刻全部消失殆尽。这一天比他想象中来得更早，打乱了他所有的计划，打得他措手不及。

两个人固执地望着对方，谁都不肯妥协。

叶臻恍惚间觉得自己又回到了数年以前，在意大利，程杉也是如此。

不，那时候的她更加歇斯底里。她甚至拿了刀来，想跟他同归于尽。他记得程杉最后尖锐而支离破碎的叫声，记得她说："叶臻，你算什么？！你有什么资格取代他？"

从头到尾，都是他一个人的错。这个姑娘，一直都是最无辜的那个。叶臻本以为自己能慢慢弥补，可他太贪心了，竟然还妄想着程杉。

所以事到临头，所有的后果，还得他一个人担着。

叶臻看向程杉，目光里残存着最后一丝贪恋。他深深吸气，闭了闭眼，再睁开的时候，神情已经变得麻木冷静。

最后，叶臻先松开了程杉，颓然地坐在地板上，背靠着冰冷的墙壁，低声说道——

"我可以，告诉你真相。"

程见溪确实已经去世了。

他离世前，希望我能好好照顾你。所以回到Q市，料理完他的后事，我就去了医院接你。

在Q市的精神病院，我遇见了同样去探望你的乔恩。

你那个时候精神状态很不好，不愿意相信程见溪已死的事实，因为我们有几分相似，所以你把我当成了他。

乔恩是个履历漂亮且极有想法的心理医生，我聘请她作为你的主治医生，将你们带去了意大利。你在乔恩的治疗下，病情一天比一天好转，可依然没办法接受程见溪的死，始终将我当作他。如果进行强制性唤醒，你就会发病。

相处的那段时间，我爱上了你。所以将错就错，没有澄清自己的身份，甚至怕你看出端倪，我文上了和他一模一样的文身。

我们在一起快一年半的时候，我母亲介入我们之间，强行将事实真相告诉了你。

你无法接受程见溪已死，并且将我错认成他这么久的事实，再次病发崩溃，比第一次更加严重。

叶臻平铺直叙，断断续续地咳嗽着，说得极其艰难缓慢，却仍旧坚持将整件事讲给程杉听。

程杉对这些一无所知，可叶臻说的话，字字诛心。

她猜对了一半，却完全没有想到，和叶臻交往的那段日子，对自己来说，竟然都是和程见溪在一起的。怪不得梦里自己一直叫着程见溪的少年，最后却露出叶臻的脸。

原来如此，竟然如此！

程杉完全能够想象得到，当时得知一切的自己是多么崩溃。她如今仅仅是听他极其简略地叙述，就已经心如死灰。

程杉目光发直地望着地面。

"将错就错……好一个将错就错。"她低声道，"你这么做，对得起程见溪吗？"

叶臻的后脑挨上冰冷的瓷砖，说："对不起。"

程杉用力吞了口口水，恨恨道："你怕我恨你，所以让乔恩给我催眠，把那两年的事都忘了？现在我好起来，你又像没事人一样，重新再来骗我一次？"

"我不想骗你。"

叶臻轻声开口，他的额头滚烫，虚脱地倚靠着墙，才能保证自己不倒下去。

"想不想和做没做，是两码事。"程杉寒着脸，说，"如果我没有发现不对劲，你是不是打算一直这么瞒下去？"

叶臻没有说话。

程杉当他默认了。她缓缓地抬了头，看向叶臻，突然问道："叶臻，你爱我吗？"

叶臻喉头微动，明知道程杉接下去要说什么，仍旧低声道："爱。"

从今天以后，能当着她的面说爱她的机会，再没有了。他不想放弃。

"你的爱让我觉得恶心。"程杉冷声说，"我在你眼里，不过是一具傀儡，是你得不到所以起了好胜心非要占据的物品。叶臻，你真卑鄙。"

叶臻没有动弹，尽管程杉说的每一个字都像利箭，准确地射向他的心口，可他已经打定主意做一个活靶子。

这是他应得的。

"程见溪怎么会有你这样的哥哥，怎么偏偏得病的人是他？"程杉极其厌恶地扶着床栏杆站起身，她轻蔑地看了一眼靠在窗边阴影里的叶臻，"你连他的一根手指都比不上。"程杉丢下这些话，步伐踉跄，头也不回地走了。

病房门"砰"的一声关上，屋里静得好像没有活物。叶臻维持着原来的姿势坐了很久，不知道想了些什么，在空无一人的病房里，他低声喃喃。

"身为程见溪的哥哥，是我的原罪吗？"

他头痛欲裂，终于体力不支，歪倒在了地板上。

程杉疾步走出医院，一秒钟也不想多做停留。她走得太急，呼吸短促，呛了冷风，禁不住半弯了腰，在医院门口的花坛边急剧咳嗽。

程杉抬手去捂嘴，指尖却触到一片湿润。

"你有什么可哭的。"

她低声呵斥自己，一边大力抹开脸上的泪水。

"程杉，他不值得。"

原本她看见那个文身，以为叶臻就是程见溪，还推测他是有什么难言之隐才整了容，化名陪在她身边。虽然这个想法荒诞狗血且不切实际，可也比现在她听来的真相好太多。

她做过无数可怖的梦，却没有哪一个，能及得上现实给她带来的这个噩耗。

二十八年的人生，尽成了过耳秋风，程杉枯形灰心，低头看着自己，突然发出一阵喑哑难听的低笑。

"什么爱人、亲人、信任的挚友……都是狗屁。"她摇摇晃晃地站起来，自言自语道，"程杉啊，你看看你，你把人生过成了什么样子？"

程杉没走几步，视线里出现一个动点，一个熟悉的身影从路边停靠的的士里出来，一溜小跑朝医院而来。

是南荣邺。

叶臻再次昏倒后，很快被医护人员发现送去了抢救室，护士给叶慕打电话，后者却在机场等着接人，于是心急如焚地打了南荣邺。南荣邺在公司，距离医院不过五分钟车程，他顾不得去停车场开车，下楼打车直奔医院。

谁承想，他下车后很快看见了程杉，南荣邺喘着气，跑向程杉："你来看阿臻？"

程杉没理他，径直朝外走。

南荣邺看她这个状态，暗道不好，虽然不知道发生了什么，心却一横，上前拉住程杉的胳膊："你不能走。"

"放手。"

南荣邺拎着她往医院走："阿臻现在在抢救！你怎么忍心就这么走了？"

程杉费力挣扎，可她和南荣邺的力气完全不在一个量级，她只能喊道："你再不放手，我就叫保安了。"

"你今天就是叫警察来，我也不可能放你走。"

南荣邺平时嬉皮笑脸，到了关键时候，倔脾气上来说一不二。他擒着程杉，将她连拖带拽地拉回了医院。

抢救室门上的红灯亮起，外头的走廊只有程杉和南荣邺怒目对立着。

"南荣邺，你这样有意思吗？"

"如果阿臻出了什么事，你会后悔的。"南荣邺松开了她，痛心疾首道，"我不知道你们之间有什么误会还没解决，但既然两个人相爱，为什么不能心平气和地好好沟通？"

程杉索性不挣了，她红着眼，对南荣邺说："你根本什么都不知道。"

她实在是太过憋闷，无从发泄，现在有人送上门来，程杉管不了那么许多，便把这段时间发生的一切，连同叶臻和自己说的那些，一五一十全数告诉了南荣邺。

南荣邺越听脸色越难看，听见程杉说叶臻找人给自己催眠的时候，脱口道："不可能，阿臻不是这样的人！"

"这是他亲口承认的。"程杉冷声道。

事实上，她对着南荣邺说完这一切后，已经不像方才那般急怒。甚至在她重新梳理整件事情的过程中，也意识到有些不对劲。

叶臻语言表述不清，所以尽可能简略地同她讲了个大概，所有的细节都没有提及。并且，他几乎把所有的过错全都揽到了自己身上。

这让程杉理所当然地认定，自始至终，经营整个骗局的人就是叶臻。

"如果他真像你说的那样无耻，又何必在你误会他是程见溪以后，一次又一次地澄清？"

南荣邺紧盯着程杉，他知道现在只有自己这个局外人最清醒，所以他绝对不能凭借主观臆断，来帮程杉分析整件事——这会让她和叶臻越走越远。

但就目前程杉和自己说的那些，与叶臻表现出来的反常，是完全对应得上的。那个所谓的意大利"前女友"，就是程杉无疑。

可南荣郏依然相信叶臻。

叶臻确实野心勃勃，但他一样骄傲。他是那种想要得到什么，一定会通过自己的努力去追求、拼搏的人。他绝对不会耍手段，或者强迫别人来满足自身的欲望。通过冒充程见溪来获得程杉的心，这样的事情对叶臻而言，绝对是一种耻辱。

"我不是想偏袒谁。但阿臻的为人你是看在眼里的，这样卑劣的事情他究竟会不会做，或者……是不是事出有因呢？"南荣郏有很多话想说，但他必须尽可能让自己显得平静客观，"他有太多方法可以瞒天过海，可是他吃力不讨好地帮你重新记起程见溪——如果他只是想得到你，又何必这样大费周章？"

程杉也想不明白。她脑中一团混乱，里头有一整个战场。两军对垒，一方支持着叶臻，一方恨死了叶臻，他们厮杀吼叫，拼杀在一处。

最后两败俱伤，尸横遍野。

喧嚣过后，程杉精疲力竭，她没精打采地坐在走廊边的长椅上，垂头将脸埋进自己的手心里："我只想做个正常人。正常生活，正常工作，正常爱人……怎么会那么难？"

南荣郏站在程杉身边，垂目看她，眼中充满了怜悯。

两人沉默无言，在抢救室外等了快一个小时，走廊另一头传来疾步奔跑的声音。

"哥！"叶慕焦急的声音率先传来，直奔南荣郏，"我哥怎么样了？本来不是好好的吗，怎么突然进了抢救室？"

南荣郏扶住她的肩，安抚道："现在还不清楚情况，肯定会没事的。"

"小杉，是不是……你跟他说了什么？"叶慕的目光落在一旁低气压的程杉身上。

程杉一直低着头，这时候不得不强打精神来应付叶慕，可她还没抬起头来，只觉得右臂一痛，被一股大力猛地从座位上扯了起来。

"我就知道是你！"

一个程杉深觉耳熟却完全没有任何印象的尖锐声音，自耳边炸开。她茫然地抬眼看去，还没看清来人长相，就生生挨了一记迎面而来的耳光。

女人指甲尖利，力道也刁钻，程杉只觉得脑子"嗡"了一下，整个人被扇得往一边歪去。

"堂婶！"

叶慕被这突如其来的变故惊呆了。她怎么也没想到，自己刚从机场接回来、和程杉素未谋面的堂婶谈美晴，竟然对程杉有这样大的敌意。

南荣邺身为在场的唯一男士，立刻上前一步，将程杉和谈美晴分开来："伯母，这里是医院，有什么话不能好好说？"

谈美晴从看见程杉的那一瞬间就开始变得不再淡定，她的手都在哆嗦，指着程杉尖声道："让她滚！马上！这个疯子，会拖垮我儿子的！"

程杉捂着火辣辣的半张脸立在南荣邺身后，她听明白了，原来这个一见面就给自己一巴掌的女人，是叶臻的妈妈谈美晴。

是那个，让程见溪有家不能回，有父亲不能认的罪魁祸首。

"真是有其母必有其子。"

程杉冷冷地开口，从南荣邺的庇护里走开，她目光瞬也不瞬地直视着谈美晴。

看打扮和模样，真是个雍容美貌的女人，可惜骨子里还藏着个泼妇。

"你说什么？"谈美晴嫩生生的手被震得通红，她怒目望向程杉，"你这个阴魂不散的精神病。"

"堂姊，你们……从前见过？"叶慕迟疑道。

南荣邺拉了拉她，示意她不要在这时候瞎搅和。他自然猜得出是怎么回事——叶臻虽然说得简单，说当初程杉获知真相是因为谈美晴的介入。可南荣邺用脚趾头想想也能知道，谈美晴这么霸道的一个人，怎么可能接受程杉这样一个罹患精神疾病的准儿媳妇。

而她当初又用了多么极端的手段来对付程杉，才导致程杉再度崩溃，南荣邺无法得知。

"你有什么资格这么说我？"

出乎南荣邺预料的是，程杉对疾言厉色的谈美晴毫不畏惧。她甚至面带讥诮，向前走了一步。

"第一，是你儿子上赶着追的我，也是我看不上的他。

"第二，论手段卑鄙，谁能比得过你们母子？你逼走了在叶家正大光明出生的程见溪，他恬不知耻地欺骗自己亲弟弟的女朋友。就这样的品性、行为，你有什么资格站在这里指责我？"

她说这些的时候，背挺得笔直，没有半分软弱，一副气势凌人的样子。南荣邺心底发凉，明白程杉将这一番话说出口，是在绝自己的后路。

或许刚刚自己那些话已经让她对从前的事心存疑惑，或许她本来和叶臻还有继续相处的余地。但经过谈美晴这么一闹，她和叶臻是真的彻底没有可能了。

谈美晴气得发抖，她没想到程杉和从前完全不同了。距离她上一次见到程杉，已经过去了两年多，那时候这个小姑娘看向自己的目光都是怯生生的，自己没说几句话就要哭，哪里敢这样顶撞自己？

可偏偏程杉说的都是事实，她无从反驳，只能抬手还击。

程杉不像刚才那样毫无准备，她伸手直接抓住了谈美晴的右手腕。程杉是受过射箭训练的人，手上的力道一点不小，谈美晴动弹不得，疾呼道："你放手！你这个疯子！"

"我可不像你这样野蛮。"程杉冷哼一声，将她松开，"谈美晴，我告诉你，我不欠你们家任何人的，也不打算跟你这样的人沾亲带故。你少在我面前指手画脚。"

"你、你……"谈美晴一口气堵上来，什么话都说不出，她用手按住心口，大口呼着气。

程杉面无表情，尽管她的心尖发颤，因为全部的意志力都用来维持面上的平静了。可不论是为了自己还是为了程见溪，她绝对不能被这个女人羞辱。

程杉心念俱灰，她知道今天之后，自己和叶臻都走到了再也无可转圜的境地。

什么都结束了。

结束了也好，也许她还能重新来过。

虽然这具身躯已经伤痕累累，魂魄残破不堪，但程杉仍然心存一丝乐观的侥幸。

程杉偏头看了一旁的叶慕和南荣郴一眼，余光落在他们身后始终亮着红灯的手术室大门上。

她已经想好了告别词。

可在她预备开口的一刹，谈美晴幽幽的声音在走廊中响起。

"我就不该救你。"

谈美晴实在气到了极致，没有人敢这么挑战她的骄傲和威严。她忘了自己和叶臻的约定，也忘了所有的底线。

她咬牙切齿道：

"你这个魔鬼！四年前你就该死在意大利，你就该被那帮鬼佬轮奸而死！"

一时间，天地都安静了。

医院廊顶的白炽灯光，好似吞噬了周遭一切画面和声音，程杉觉得整个世界只剩下一片刺目的白，晃得她头晕目眩。程杉双目圆睁，意识却自行封闭，她努力抵抗着身体内部久违的溃散感。

她在白日里陷入一片虚空，里面充斥着她不熟悉的景致和声音。但很快，久违的梦中画面浮现在脑中。

程杉想起在哥本哈根，她梦见自己赤身裸体，走在迷雾森林里。

她看见了撒旦的塑像。撒旦全身披就猩红刺目的劣质颜料，生殖器官丑陋而嚣张地立着。

她脚边荆棘丛生，张扬腾起，交错织就一张浓黑的荆棘网，将她缚在其中。荆条裹上她的脖颈，以锐利的刺楔进她的血管里，想要放干她的血。

而后，她成了魔。

程杉脑中有什么砰然炸裂，梦里的声音穿越到了现实之中，在她耳边回荡，挥之不去。

"魔是人死以后，不记得自己已经死了的灵魂。"

那个声音刺耳、难听，他说：

"程杉，你已经死了。"

叶慕和南荣邺担心地围上去，可无论他们怎么喊她的名字，程杉也无动于衷。他们面面相觑，谁也不知道要怎么办才好。

只有谈美晴看出来程杉又发病了，她对叶慕和南荣邺说："你们不要管这个疯子！"

"给肖医生打电话吧？"叶慕没理谈美晴，她说，"我记得肖医生对心理疾病挺有研究的，就算治不了，也能推荐个靠谱的心理诊所。"

南荣邺点头，刚想掏手机，只见程杉身子一软，毫无预兆地倒了下去。

"小杉！"

他们忙不迭地抢上去扶住程杉。

这个时候，手术室的门被打开来。

护士推着昏睡着的叶臻，从程杉的身边快步走了过去。

程杉紧闭双眼，依旧沉浸在自己的世界里。

她发白的唇微微张合，对虚空里那个声音说："可我想活着。"

那个声音傲慢而嚣张。

"除非，你不做程杉了。"

"不做程杉……那我要做谁？"

他没再回答她。

【未完待续】

图书在版编目（CIP）数据

又一程 : 全 2 册 / 粥小九著 . — 南京 : 江苏凤凰
文艺出版社，2020.4（2022.4 重印）
ISBN 978-7-5594-4641-1

Ⅰ . ①又… Ⅱ . ①粥… Ⅲ . ①长篇小说 – 中国 – 当代
Ⅳ . ① I247.5

中国版本图书馆 CIP 数据核字 (2020) 第 036205 号

又一程（全2册）

粥小九 著

选题策划	北京记忆坊文化
特约策划	朱　雀
特约编辑	朱　雀
营销编辑	杨　迎
责任编辑	白　涵　刘洲原
封面绘图	恰克飞鸟
封面设计	80 零·小贾
版式设计	天　缈
出版发行	江苏凤凰文艺出版社
	南京市中央路 165 号，邮编：210009
	http://www.jswenyi.com
印　刷	三河市国新印装有限公司
开　本	880 毫米 × 1230 毫米 1/32
印　张	18
字　数	543 千字
版　次	2020 年 4 月第 1 版　2022 年 4 月第 2 次印刷
书　号	ISBN 978-7-5594-4641-1
定　价	59.80 元（全二册）

江苏凤凰文艺版图书凡印刷、装订错误可随时向承印厂调换

MEMORY
HOUSE

MEMORY HOUSE

记忆坊文化

粥小九 著

又一程

Another
Journey
to
Love

（全二册）

下

江苏凤凰文艺出版社
JIANGSU PHOENIX LITERATURE AND
ARTI PUBLISHING, LTD

目录

contents

叶臻陷入昏迷，意识像游云，飘浮且无定所。

他好像回到了小时候。

叶臻出生后没多久，父母就离婚了。叶晋工作繁忙，他跟着文阿姨在老宅生活。

老宅很大很宽敞，可是只有他一个小朋友。文阿姨不让他出门，院子里的围墙又太高，他短胳膊短腿，爬也爬不上去。

还好后来他上了幼儿园。叶臻结交了几个发誓要出生入死一起打怪兽的小伙伴，他是他们的队长，肩负着拯救地球的重担。他使命感爆棚，每天盼着去幼儿园，早上五点多就把衣服和小皮鞋整整齐齐地穿好，小跑下楼叫文阿姨做早餐。

可惜好景不长，他们小分队整整计划了五个课间操的时间，就在向斯里马达部落发起总攻前，叶臻被突然回国的父亲带去了美国的医院。

叶臻很奇怪，明明自己没有生病，为什么要被那些丑陋的仪器一遍又一遍地检查，还要在胳膊上扎针管抽血。抽血的时候很痛，叶臻心里委屈，有点想哭，可抬头看着满脸严肃的父亲和金发碧眼的陌生人，最后还是忍住了。

好在那天父亲给他买了最新款的变形金刚模型，叶臻很快忘了在医院的不愉快。

一周后的下午，父亲兴冲冲地回来，一把推开他的房门，将他抱起来，亲了又亲，满面狂喜。

他说："感谢上帝。"

叶臻虽然不解，可他从来没有见叶晋这么高兴过，于是配合地开心了好一阵子。

可从那之后，整个世界都变了个模样。

家里很快来了几个家庭教师，叶晋甚至把文阿姨从老宅接了过来。还没玩够的模型都被没收了，动画片也看不了了，只有完成每天的任务以后才有四十分钟的游戏时间。

生活被种类繁多的学习课程填满。

不过日子不算难熬，他在美国很快认识了新的伙伴：同班的同学南荣邺，还有被爷爷带来的堂妹叶慕。

所有的课程里，他最喜欢射箭。这和他在Q市与队友们自制的弹弓有异曲同工之妙。叶臻幻想有一天，自己能成为超级英雄，背着他的弓打遍天下无敌手。

南荣邺却笑他："不可能的！你想成为天下第一，第一步是走遍天下。"

"走遍天下就走遍天下，我长大了就去。"

"那我们一起吧。我不想当天下第一，我当天下第二。"

南荣邺射箭没叶臻厉害，于是退而求其次。

"好啊，一言为定。"

"一言为定！"

叶臻在美国住下，有一天还见到了来看他的谈美晴。他叫她漂亮阿姨，后者给他买了个冰激凌，说："你应该叫我妈咪。"

叶臻看了看冰激凌，又看了看谈美晴，说："那我不吃了。"

他没有妈妈，从上幼儿园的第一天起，他就知道。只有当他带领整个分队，攻占全宇宙的所有星系，成为最强的那个人的时候，他才能把妈妈救回来。

在那之前，谁都不能冒充他妈妈。

谈美晴不太高兴，对身边的叶晋发火："这就是你教出来的好儿子？"

他们很快吵起来，谈美晴走之前狠狠丢下一句："去找你那个狐狸精吧！"

小叶臻的词库里还没收录狐狸精这个词，但看他们的神情，这恐怕不是什么好东西。

叶晋叹口气，看了叶臻一眼，后者懵懂地回望向他。

"爸爸，她是谁？"

叶晋摸了摸叶臻的头，没有回答他。但很快，叶臻看见父亲追了出去，一直到第二天，两个人才拎了大包小包的东西回来。

"阿臻不能没有妈妈。"

叶臻在书房听见叶晋对爷爷这么说。

可当他真的慢慢长大，慢慢懂事以后，开始明白，那个女人真的是他的妈妈。这个世界也不需要他去拯救。

没有任何人需要他去拯救。

叶臻八岁那年，程见溪第一次出现在他的生命里。叶晋把程见溪也带去了医院，叶臻眼看着他经历了和自己以前一样的全套检查。

他看见程见溪茫然的盛满泪水的眼睛，于是走过去握住了他的手。

"没事的，只是检查一下身体，很快就好了。"

程见溪长得真好看，像个雪白优雅的小天使。不像自己，又瘦又小，身体还不好。

叶臻一看见程见溪就很喜欢。

他以为程见溪会像自己一样，就此在美国住下。因而在医院里，已经盘算好要分给他哪些玩具，要跟他一起射箭，还要把他介绍给南荣邺。

可是没有，叶晋这次没有感谢上帝。

一周之后，他心事重重地回到家里，去看望午睡的叶臻和程见溪。

叶臻其实没有睡着。他精力旺盛，每天都睡不着午觉。通常情况下，他会跟自己的手指玩，有时候兴致来了，还会带上脚趾。

所以他听见了叶晋的啜泣声，听见他说"我对不起你"。

他没敢作声，因为被发现没有睡午觉，是会挨批评的。

叶臻本打算把这件事告诉程见溪，但是很快妈妈回了家，她看见程见溪之后，在家里大发雷霆。叶臻和程见溪蹲在地板上，一人抱着一个汽车人模型，就着楼下"丁零当啷"的响声，在楼上玩汽车人大战的游戏。

胜负未分，叶晋上来把程见溪带走了。

程见溪不仅没有留下来陪他，叶臻甚至极少能看见程见溪。只有每年国内的夏天，叶晋带着自己去其他地方度假，在没有谈美晴的时候，他才会把程见溪接上一起。

虽然见得少，但叶臻和程见溪的感情甚好，他们天生互相亲近，共同语言很多。

程见溪很"崇拜"叶臻，他会看叶臻推荐的书，听他推荐的歌，也学他的一些小习惯。连叶晋都笑着说，程见溪像是叶臻的小跟屁虫。

其实叶臻心知肚明，程见溪并不是真的要跟随自己的脚步。程见溪只是希望叶晋看见，他能赢过自己。两人性格迥异，但他们心里都很清楚，他们兄弟俩是一类人。

尽管程见溪内敛低调，可他和张扬肆意的叶臻有着同样的野心。

想要做到最好的野心。

叶臻不认为这有什么不好，相反的，他更欣赏这样的程见溪，也更愿意和他往来。棋逢对手、路遇知己，实在是太难得的缘分。

等到年岁渐长，叶臻慢慢猜到了程见溪的身份，和他为什么不能与叶家人生活在一起的原因。

他在父亲那里验证了自己的猜测。

叶晋不希望他和别人说起程见溪的事，尤其不想让谈美晴知道他们兄弟俩会私下见面。所以叶臻没有把程见溪的存在告诉任何人，连南荣邺和叶慕都不知道，在这个世界上，他还有一个同父异母的弟弟。

上了高中以后，叶臻从父亲那里得知了程见溪的身体情况。他挣扎了很久，才顺从了叶晋的意思，隐瞒了程见溪一切。

从那以后，叶臻对着程见溪，除了欣赏，更多了一份愧疚和关怀。

叶臻第一次从程见溪那里听到程杉的名字，是在程见溪高二那一年的暑假。

其时，叶臻刚结束本科的第三个教学年，在去英国巴斯大学念管理学硕士之前，有几个月的短暂假期。

毕业旅行以后，他马不停蹄地赶去和程见溪见面。

他们一家人去了肯尼亚。在马赛马拉国家公园自驾，看象群戏水，看数以万计的野生犀牛、角马大迁徙，一天的游玩下来，所有人都很累，却同样兴奋。

程见溪和叶臻吃晚餐的时候说："如果程杉看到这些，一定很高兴。"

如果不是叶晋主动询问，他很少谈论自己在Q市的生活，所以叶臻倍感好奇，问他："程杉是谁？"

"一个同学。"程见溪面不改色，但是叶臻注意到他的音调微微抬高——这表示他现在情绪很激动。说完这句话以后，程见溪似乎觉得不够，很快又补充道："她是个摄影师。"

叶臻惯会察言观色，立刻意会——这可不是普通同学那么简单。他套程见溪的话："现在会玩一点单反的，都号称摄影师。"

程见溪似乎很介意他的评价，但一时不知道如何反驳，便拿出手机，给他看相册里的照片。

叶臻看见他的相册里有一个专门的分类，名字还挺朋克风：不命名的相册。

叶臻问："这些是什么？"

程见溪抿了抿唇角——这虽然是跟叶臻学来的小动作，但程见溪只有害羞的时候才会不由自主地这么做。叶臻在非洲女郎搭讪他的时候见过这个表情。

程见溪说:"这些是她的作品。"

叶臻心里意味深长地"哦"了一声,却一本正经地接过他的手机,很"客观"地表扬道:"构图挺有想法。你看这张,跟那个德国摄影师的获奖作品有点异曲同工之妙啊。"

程见溪没说话,叶臻偷瞄他,看见他嘴角扬起骄傲的弧度。他说:"程杉从小就喜欢拍照。"

叶臻肃然道:"怪不得!要不然也不能这么优秀。"

实则心里乐开了花,继续往后翻,他的手指划到某一张图片的时候,突然"咦"了一声。还没等他发表看法,程见溪已经紧张地把手机夺了过去。

那张照片没什么出格的,既不是那姑娘的照片,也不是什么隐私图。图中是一张白纸——看起来像是冲洗出来的照片背面,上面写着一行清秀的小字。

——祝我们程见溪,生日快乐!

但他这么心虚,叶臻忍着笑,明知故问:"上面写了什么?"

"没什么。"程见溪低头关上手机,脸上浮起可疑的淡红。

等到程见溪考上大学,叶臻从他口中听见程杉的次数越来越多。叶臻终于知道,两人正式交往了。

那是邻家女孩一样的姑娘,乐观、活泼。做事情会有点马虎,笑起来很灿烂,每天都有用不完的精力。从程见溪的描述中,叶臻在脑中勾画出这样的一个形象来。

他可以理解程见溪对程杉的喜爱,毕竟程见溪是这样低调沉默的人,对放肆、张扬的生命没有任何抵抗力。

不过,叶臻慢慢发现,程见溪比他想象中更喜欢那个女孩子,为了她甘愿放弃出国留学的机会,放弃去经历更多精彩。也或许是因为程见溪不知道自己时日无多,所以才甘愿这样浪费时间在一个小姑娘身上。叶臻为程见溪感到惋惜,开始介意程杉的存在。但他什么也做不了。

直到程见溪大四的那个寒假，他出事了。

谁都没有想到这一切来得那么突然。

那一年正是叶臻在意大利创业的关键时期，他在三年前就和大学时同项目组的几个朋友着手筹备那个公司，叶晋原本不同意，叶臻和他争取了很久才等到他松口。不过叶晋明里暗里都在敲打他，说如果这个公司经营不下去，他必须回国接手叶氏集团。

程见溪入院抢救的消息，就在那个时候传来。叶臻推掉了一个重要的商业合作谈判，飞往美国见程见溪最后一面。

他是程见溪临终前见到的最后一个人。

那时候，程见溪处于弥留之际，脏器大面积衰竭，身体各项功能依次瘫痪，他的身上各处都插着管子，整个人处于极度痛苦之中。据医生描述，程见溪从一个表征完全正常的人，到出现早期的肾功能衰竭，再发展到现在这个状态，只经历了短短数周时间。

在程见溪的要求之下，叶臻让护士撤走了他的呼吸机。

叶臻陪着他，眼睛通红，明知道程见溪挨不过一个小时了，却还骗他说一切都还有希望。

"哥。"程见溪喊他，眼神已经有些涣散，他说，"我不能给小杉写遗言了。"

叶臻鼻子一酸，说："你有什么话，我帮你转达。"

程见溪微不可闻地摇头："不了，你说给她听，她会哭的。她才二十二岁，哥，我不能这么对她。"

程见溪说到程杉，目光慢慢变得清亮，叶臻知道这是回光返照，他强忍着哀恸，听他说最后的话。

"你们为什么不早一点告诉我？"程见溪说，"早一点说，我也不会、不会这么对她。"

叶臻难受得说不出话来。

"她太依赖我。也许很难走出来……"程见溪闭了闭眼，痛得眉心紧蹙，"哥，我能不能，求你一件事？"

"你说，我一定答应你。"

"别让小杉哭坏了身体，也别由着她做什么傻事……如果可以，找一个能包容她、疼她的人，好好照顾她。"

程见溪的声音越来越低，带着不甘，也带着无奈。

"我同意她爱上别人。"

那是程见溪这短暂的一生，说出的最后一句话，是为了成全他的爱人。

叶臻终于忍不住抬手抵住眼睛。

程见溪说那些话的时候，叶臻满口答应，只希望他能不留牵绊地离开。

他一向重诺。所以带着程见溪的骨灰回国安葬，拿回程见溪的遗物以后，叶臻第一时间去打听了程杉的下落。

他设想过程杉会悲痛欲绝，设想过自己将要面对一个号啕大哭的姑娘。独独没有想到程杉会因为程见溪的死而崩溃发疯，还被家人送去了精神病院。

在前往医院之前，叶臻花了一点时间去了解程杉的家庭背景。才知道原来这是一个从小就没有父母在身边的姑娘，甚至连抚养她长大的舅舅舅妈，现在都已经移居国外。

这一点倒是和程见溪很像。两个人青梅竹马，一路走来确实有惺惺相惜的情分。

可惜了。

叶臻找去医院，他站在病房外，一边观察着病房内的程杉，一边听完了程杉的主治医生介绍她的病情。

"什么治疗方案能最快让她恢复到正常状态？"

叶臻带着程见溪的遗愿而来，他必须不惜代价把程杉治好。

"这个……"医生有些为难，"叶先生应该知道，每个个体的差异性巨大，心理治疗也不是一朝一夕的事……"

叶臻不想听他跟自己打太极，说一些模棱两可的话，他对这位心理医生的专业度存疑，于是道："如果我把她接走，换一个环境治疗，会好一些吗？"

"当然会。"

回答他这个问题的，是在家听了程杉这个案例后，因为感兴趣而数次来到医院看望程杉的乔恩。

那是他们第一次见面，乔恩将自己漂亮的履历给叶臻看了，并且很快给叶臻提供了一整套完善的治疗方案。

于是，她成了程杉的私人主治医生。

而程杉，也在叶臻征得程家舅舅舅妈的同意以后，被叶臻接出医院，在那个六月离开Q市，飞去叶臻当时的工作地意大利，住进了叶臻给她安排的疗养地——位于意大利南部托斯卡纳大区的一个小镇。

叶臻承了程见溪的遗愿，给程杉在小镇中选了一栋房子，并且雇人医治、照料程杉，所有吃穿用度都提供最好的。而他的工作地点位于小镇一百多公里外的佛罗伦萨，最初每两周能来看望程杉一次。

叶臻将这一切打点妥当，以为自己已经尽心尽力。

却不曾想，一切才刚刚开始。

几个月后，叶臻接到乔恩的电话时，刚结束不眠不休四十五个小时的工作，和合伙人告别后，步行从公司大楼里走出来。

"你有十五天没来了。"乔恩在电话那头说，"程杉从昨天开始就不太对劲。"

叶臻扯松领带，走进路边一家咖啡店，要了一杯黑咖啡。随后才对着那边"嗯"了一声，说："我尽快过去。"

乔恩听得出他语气里极度的疲惫和隐隐的暴躁，可她仍旧道："叶先生，我跟您说过，程杉的病情很特殊，如果您不配合的话……"

"她始终把我当成程见溪。"叶臻说，"你确定我定期去见她，能对她有帮助吗？乔恩，三个月前你总结了很多经典案例，然后告诉我，程杉非常适合进行催眠，你可以帮她尽可能地忘记程见溪，能在半年内让她成为一个正常人。"

他语速很快，说："是这套治疗方案说服了我。可是三个月过去了，你没有让我看到任何进展。如果你做不到，我会考虑给她换一个医生。"

"叶先生。"乔恩极力让自己的声音听起来平静，可她咬牙唤叶臻的时候还是暴露了她的愠怒，"我记得一开始我就告诉过您，程杉是太典型的恐惧型依恋人格。"

心理学中，将成人的依恋类型分为回避和焦虑两个维度，并由这两个维度的变化，将依恋类型分为安全型、痴迷型、疏离型、恐惧型四类。

其中，恐惧型依恋人格的焦虑感、回避感都非常高。

黑咖啡端上来，叶臻端起来喝了一口，浓郁的苦涩顿时充满了整个口腔，他被迫集中注意力在程杉这个更加棘手的"项目"。

他深深呼吸，声音低了一度："你说。"

"催眠治疗确实会有立竿见影的效果。"乔恩说，"但是它不适合现在的程杉。在全面评估过她的心理状态之后，我的个人意见是，除非万不得已，否则我们不该使用这样毁灭式的治疗方案。"

叶臻："你的意思是，强制让她忘记程见溪，对她来说会是一个毁灭式的打击？"

乔恩斟酌字句："你可以这么理解。削弱程见溪的存在感或许会减轻她的焦虑，但作为平衡，她的回避感会大大增强，有很大概率会变得极度冷漠、孤僻。我想，这不是我们愿意看到的结果。"

"那就这么骗她？"叶臻皱眉，"我不可能永远扮演程见溪。"

"不会很久。"乔恩立刻说，"你和程见溪的个性与行为轨迹完全不同，程杉在经历过最初的自欺之后，会发现这些差异，她会产生自我矛盾，并且慢慢进入一个冷静期。"

"然后再告诉她，程见溪已经去世了吗？"

"可能会出现两个后果。"乔恩说，"其一，最理想的结果是，程杉在意识到你们的大不相同之后，她自己能够慢慢走出来，记起程见溪已经不在，接受现实；其二，程杉会和这个'程见溪'分手。"

叶臻听见后一种情况的时候，眉头不自觉地扬起。他说："你是说，她会因为不喜欢我这个'程见溪'，而跟我分手？"

乔恩："是的，有这种可能。如果她执意不肯相信程见溪已死，但又无法接受性格迥异的你，那么程杉的意识或许会更倾向于经历一场失恋。"

杯子里的咖啡已经凉透，叶臻思索了很久才答复乔恩。

"好，我会配合。"

叶臻离开咖啡馆，驱车三小时前往小镇。

九月，漫山的向日葵成熟饱满，蜿蜒的白色公路爬坡上坎，攘开金黄的原野。

位于山坡之上的古镇是托斯卡纳平原上的一颗明珠，石头与葡萄酒是这颗明珠的灵魂。

程杉和乔恩住在长坡的尽头，车辆无法直达。叶臻把车停在小镇地下停车库里，步行而出，拾级而上。

午间的艳阳让空气变得干燥温热，石料组建而成的高大建筑却遮阴避阳，山林来风徐徐，糅杂着附近酒庄的葡萄香气和农庄的玫瑰芬芳，似能一点点抚平人心上的芥蒂。

叶臻路过家庭旅馆、工艺品商店、画室、咖啡馆、餐厅以及住宅，被两只追逐打闹的布偶猫绊住脚步。他半蹲下来，刚伸出手，其中一只海豹色的猫咪便凑了过来，以脸颊蹭了蹭叶臻的食指，又打了个慵懒的哈欠。

"Le Foche."他动动手指，轻轻搔了搔猫咪下巴，唤她的名字，"你还记得我。"

"她可聪明着呢。"

说话的人是一旁花店的老板兼花艺师，六十三岁的安吉洛夫人。保养得当的金色头发让她看上去比实际年龄年轻许多，她穿着碎花布裙，用意大利语和叶臻打招呼。

"Hazel，你又来看Picea？"

"Picea"意为云杉，是中国特有的树种，也是安吉洛夫人最喜欢的植物之一，这个名字则是会一点中文皮毛的安吉洛夫人给程杉起的昵称。与之相匹配，她也给叶臻起名为"Hazel"（榛木），尽管叶臻同她解释过榛与臻的区别。

程杉在这里住下以后，安吉洛夫人认定她是叶臻的女朋友。可从没见叶臻给程杉送花，便嗔怪他不懂得浪漫，屡次暗示他在此方面还需不懈努力。

"今天有季节限定的花篮。"

安吉洛夫人从店里转出来，手里提着一只精巧的花篮。

"水仙百合、楼兰玫瑰、洋桔梗、重瓣孔雀草、夜莺、香石竹、千代兰和大叶尤加利！亲和、优雅、自然，最适合你的Picea公主！"

安吉洛夫人对花有执念。她年轻的时候和丈夫生活在翁布里亚的斯佩罗小镇，那是一座名副其实的鲜花小镇。如今寡居于此，鲜花依旧是她回甘一生的甜蜜。

叶臻不忍拂了她的好意，付了钱提走花篮。他走上长坡，经过一座颇有年份的吊桥，一路向北。过了吊桥后，大型建筑物的荫蔽不再。目之所及处，只剩一座座石头砌成的独栋民居，且彼此之间并不紧密相连，零星散落在山丘之上，家家户户仅由那游走在草场间的鹅卵石小径相连接。

叶臻脚踏着颗颗浑圆的鹅卵石，途径七棵橄榄树后停下。干乳酪、肉酱的浓香和罗勒、松子、柠檬的清香窜入鼻中。这是每天按时来做饭的半山腰家庭旅馆大厨薄伽丘的杰作。

这栋房子是叶臻挑选的。刚来意大利那阵子，外出旅行时，他就来这里小住过。后来起意带程杉过来，他第一个想到的就是这儿——所幸，当他联系屋主时，得知前一位房客刚搬走不久。

花园左侧摆放着厚重的铁制桌椅，干净的黄白格子桌布上放着两副餐具。乔恩托着雪白的意面盘子推开大门从里头出来，看见叶臻显然愣了一下，随后扬声用蹩脚的意大利语对厨房正忙碌的薄伽丘道："叶先生回来了，请再准备一副餐具！"

这才冲他打招呼："叶总来得挺快。"

叶臻走进去，随手将花篮搁在花园长势甚好的玫瑰丛中，说："程杉呢？"

乔恩把盛着肉酱面的盘子放在桌子中间，说："昨天晚上闹肚子，难受了半宿。给你打电话你不是说在开会吗？凌晨四点多才睡下，一会儿我去叫她起来吃饭。"

叶臻当然听得出乔恩语气里的埋怨，他说："程杉怎么总是不舒服？"

有时候呕吐，有时候肚子疼，几个月来，光是他过来的这几次，都碰上好几回。在叶臻的印象里，程杉总是那么瘦瘦的一小团，煞白着脸，没精打采的。

乔恩说："她本来就是病人，情绪紊乱，神经性呕吐临床上很常见。再说，小杉也是在你来的时候，才会常发这类症状。"

叶臻："照你这么说，我是不应该来。"

叶先生如果真的不想治，我明天就回美国。这话在乔恩喉咙里滚了又滚，终于被她吞下去，她微微吸气，说："叶先生究竟把小杉当作什么人？"

叶臻没料到乔恩会突然这么问，他蹙眉道："我记得我跟你说过，她是我弟弟的女朋友。"

"那就是说，在叶先生眼里，小杉不过是个陌生人。"

叶臻下意识想要开口，说确实如此。但他很快意识到乔恩说这些话的目的。

叶臻："你觉得我对程杉不好？"

"如果叶先生指的'好'，是提供良好的治疗环境、物质条件，那么你对小杉确实够好了。"乔恩直视叶臻的眼睛，说，"可是你到现在依然那么冷漠地叫她程杉。她在你这里不能算是一个人，不过是程见溪托付给你的一项任务罢了。"

叶臻没有说话。

乔恩心跳如擂鼓，但她依然说了下去："你答应了要全力配合我，那么我要求你像病人家属，甚至像程见溪那样关心小杉，你做得到吗？"

绝大多数的心理治疗，仅靠心理医生一个人是无法完成的，只有辅以病人家属建立在信任基础上的配合才能事半功倍。

乔恩的诘问，让叶臻想起程见溪最后那张隐忍而哀伤的面庞，正如他无法拒绝程见溪最后的请求那样，他也无法反驳乔恩。

与此同时，乔恩也在观察着叶臻的情绪变化。很快，她觉得自己有了一些收获。

乔恩委婉地试探道："叶先生，是不是忙于事业，所以没有谈过恋爱？"

叶臻的眉梢轻轻一颤，乔恩心里有了底。

叶臻脸色很沉，说："这和我怎么对待程……小杉，有关？"

乔恩这下彻底把注意力转移到了叶臻身上，可她还没开口，叶臻率先打断了她："别分析我。"

乔恩不死心："做一些基础了解呢？"

叶臻："我先上去看看小杉，叫她下来吃午饭。"

他显然不打算透露任何信息给乔恩，大步走进了屋内，留下后者若有所思地坐在花园中。

没一会儿，薄伽丘端着柠檬焗饭走过来，问乔恩："叶先生怎么看起来心情不太好？"

乔恩轻哼一声，用他听不懂的中文嘀咕道："也才二十六岁……处男嘛，情有可原。"

这栋房子虽是复式结构，却不算大，顺着木质楼梯上到二楼，只有一间卧室。这间卧室的采光很好，天窗打开的话，白天阳光能直射在床铺之上，夜晚睁开眼睛能看见星河。

叶臻缓步上楼，本想敲门，又念起乔恩的话，最终捏了捏拳，改成轻轻拉开房门，却发现室内一片漆黑，所有外界光线都被不透光的窗帘挡了个完全。

房间里有清淡的玫瑰露香气，叶臻静下来，很快听见细微的呼吸声。可程杉的呼吸频率较快，并不平稳，想来是没有睡好。

叶臻在门边站了一会儿，对着一团黑，不知道自己想了些什么。

不过他很快适应了黑暗的环境，慢慢走到床边去，抬手拧开了床头的南瓜灯，一汪橙黄流淌开去。

同时，女孩子的睡颜映入眼底。

程杉仰面睡着，被子一直拉到鼻子下方，只露出半张脸来。她的眉心稍稍拧起，梦里也像在跟谁赌气似的，头发乱糟糟地铺在枕头上，发根有些许濡湿。

叶臻敛着唇角，低头看了许久，一张脸浸在阴影里，分辨不出神色。

"小杉。"

突兀地，房间里响起叶臻低沉发哑的声音。甚至连他自己也被这因久未开口而变调的声音惊到，叶臻下意识抬手搁在唇边，遮掩地用气声咳了一下。

好在程杉并没有被他失败的叫醒声惊扰。

叶臻笔直地站在床边，垂头望着程杉。隔了一会儿，才伸出手去，打算把她鼻下阻碍呼吸的被子向下掖一掖。

意外的是，被子不像他想得那么容易控制，叶臻很快遇到了"抵抗"，这使他不得不加了力气。这一次，方才的阻塞感却荡然无存，轻薄的被子被他"呼啦"一下子拽到了程杉的胸脯以下。

叶臻心口一紧，这才注意到，原来程杉睡着的时候，两只手是攥着被子边，窝在脸颊两侧的。外力扯一次，她便自然地松开了手。

初秋时分，程杉睡觉只穿了薄薄的睡裙，贴身衣物将她纤细的身段勾勒得清清楚楚：两条凸起的锁骨、两团挺翘的……

叶臻猛地挥手，将被子丢了回去，他深深吸气，决意掉头出门。

一来二去，程杉终于有了动静。

她被兜头盖过来的被子埋住了整张脸，一边有些发蒙地伸手揉眼睛，一边慢慢坐起身。

"乔恩吗？"

叶臻听见背后的动静，没有转身，他说："把衣服穿上，下去吃午饭。"

"程见溪！"程杉看见来人，立刻振作起来，"你什么时候来的？会开完了吗？"

叶臻忍住纠正她的冲动，说："才到，开完了。"

程杉说："我昨晚肚子疼，不过现在睡了一觉，已经好了。"

叶臻没有动："嗯，那很好。"

程杉坐在床上，望着"程见溪"的背影，有一点委屈。想说昨晚其实她可疼了，但是因为他要开会，所以她很乖，不吵也不闹。

程杉小声说："可是我觉得，你应该过来抱抱我。"

叶臻明确地感知到额角青筋微微弹跳，他说："你不是已经好了吗？"

也对，现在我已经好了。程杉暗自吐吐舌头，想了一会儿还是自己翻身下了床，穿了外套走到叶臻身边，笑眯眯地拉过他的手："那我们下去吃午饭吧。"

她兴致挺高，叶臻面上却没有半点笑意。哄小孩子不是他的专长，何况眼前的人根本不是小孩子。

程杉仰头看他，说："你两周没有见到我，就没有想问我的吗？"

当然没有，他这两周忙得半死。

程杉没有得到回应，想了想，又说："你最近是不是工作很累？新人嘛，刚毕业都是这样的，很快会好了。不过咱们也不能任人欺负，如果真的觉得委屈，千万不要自己硬扛啊。大不了换份工作，你这么厉害，肯定很多人都想要你。"

叶臻："……"

在程杉的设定里，她和"程见溪"已经双双毕业，来到这里找到了工作，和乔恩成了室友，开始了新的生活。尽管她并没有去参加Q大的毕业典礼，就连毕业证书还是叶臻托了人从国内寄来的；尽管叶臻根本不在研究所工作，也并不是个职场新人；尽管乔恩根本不只是她的室友。但是所有能够动摇程杉自成逻辑体系的漏洞，都被她强行无视了。其中，叶臻本身就是最大的漏洞。

这也是为什么乔恩主张从叶臻入手，希望程杉能够慢慢认清现实和理想的差距。

他们尝试过直接告诉程杉叶臻不是程见溪，但是她百般抗拒，当她无法自圆其说的时候，便自我封闭，回避感直线提升。等到重新醒来，对叶臻就是程见溪的认知像被强化似的，变得更加顽固。

所以乔恩才说，他们不可以奢望一蹴而就，只能等待程杉自己慢慢摸索出脑中虚妄世界的出口，解救自己。

程杉继续说："本来以为你昨天能回来，所以特地请薄伽丘给你做了青酱，不过最后便宜了我和乔恩。今天中午肯定是没有了，晚上再请他做吧。"

花园里，乔恩看见程杉拉着叶臻朝这边走来，且喋喋不休。叶臻的脸却好像铁板一样梆硬。她微微蹙眉，给叶臻使眼色。

叶臻喉头上下动了几下，说："吃饭吧。"

乔恩："……"

程杉没觉得有什么不对劲，她拉着叶臻落座，说："你上回送我的相机很好用！不过我现在真的不需要这么贵的镜头。如果这次递送IPOTY参赛的作品能有好消息，我请你去威尼斯玩好不好？"

说完，程杉小心地看了叶臻几眼，又补充道："当然，前提是你能抽出时间来。"

乔恩在桌子底下踢了踢叶臻的鞋子。

叶臻："好。"

程杉这才舒展眉眼，开心地笑起来，拿了叉子卷起一大口肉酱面送进口中。

从Q市到这里，其实三个月以来，程杉的情况已经有所好转，叶臻是看在眼里的。她刚从精神病院被接出来的时候，生活尚且不能自理，思绪混沌，只有在看到他的时候才能勉强说出一些有逻辑的字句。

可现在程杉在乔恩的悉心照料下，已经能够独立完成很多日常琐事，甚至坚持了自己的摄影爱好。

叶臻看过乔恩发来的一些程杉的摄影作品，尽管他是个外行，看不出构图如何精妙、光线如何刁钻或是立意如何独特，但即便只是看个热闹，她的作品所呈现出的质感，也远比普通照片高级。

除了执意将他认错，她看上去像是个完全健康的正常人。

吃完饭后，叶臻负责洗碗，程杉擦桌子，乔恩把剩下的碗碟拿进厨房给叶臻。

乔恩："你回来了，小杉食欲都比往常好。她其实不太爱吃意大利菜，知道你喜欢，才会算着日子让薄伽丘准备这些。"

叶臻听了她的话，动作有片刻停滞，却没开口，继续低头刷碗去了。

乔恩半靠在流理台边沿，侧头看叶臻。

她不得不承认，叶臻是个极具诱惑力的男人。

乔恩评估过工作状态下的叶臻，他智慧、自信、专注；也接触过生活中的叶臻，他勇敢、坦荡、自律。不管是对自身的管理还是对人生的规划，叶臻远胜常人的强大掌控力展露无遗。这是他最大的闪光点，也是最致命的弱点——如果他过于相信自己能掌控一切。

生活可不那么好说话。

哦不，乔恩想到什么，眉梢微微上扬，她还漏了一点。

从今天的交谈来看，情爱里叶臻谨慎生涩，像个初学者。

但这似乎不是个减分项。

叶臻将碗碟分类归置沥水，一抬眼撞上乔恩考究的目光。他直视过去，丝毫不遮掩地任她打量，后者反倒自知失礼，站直了身子。

可乔恩并不打算就此结束，她说："为什么没有答应过追求你的女人——可别告诉我没有追求者，我不会相信的。"

叶臻从流理台内侧纸巾盒里抽出一张纸巾，很快将手指擦拭干净，又团成一个球捏在手中。

"我说了，不要分析我。"

乔恩面庞柔和，嘴角噙笑，目光跟随着他的手指微动。

"放轻松，这不是工作时间，只能算是我的私人问题。"

叶臻轻轻眯眼，瞄准厨房角落的垃圾桶，抖腕拨指，一条白色的斜抛线在空中画过，纸团正中桶内。

"比起我，史密斯先生可能更需要你的关注和研究。"

一句话，他就将对话的主导权从她手里拿了回去，乔恩因叶臻说话时唇边浮现的微笑而神情微滞，她说："你调查过我？"

叶臻："你知道的，在你们这一行，年轻和经验不足常常画上等号。而作为程杉的私人医生，我当然要知道你配不配得上我开出的高价酬劳。"

乔恩心尖轻颤，她喜欢并且享受被人拿捏住的滋味——通常"控制者"这样的角色都是由她扮演。她说："那么结果呢？"

"结果？"叶臻的目光移向窗外，"你不都知道了吗？"

他并不在乎乔恩的私生活如何，只要她有足够的能耐，那么合作愉快。

乔恩以指尖搔了搔手掌心——她本想摸摸鼻子，但是忍住了。她说："史密斯和我已经分居一年多了。"

那个男人怯懦守旧，他们根本不合适。乔恩当初想要的，不过是一个名正言顺留在美国的机会。而如今，她什么都有了，连绿卡也从"有条件永久居留绿卡"更换成了"永久性绿卡"。

可当她提出离婚，史密斯暴跳如雷，扬言要向移民局申诉，说她是为了绿卡才跟他结婚的。

"好啊，咱们移民法庭见。"乔恩听了他的话后反倒笑起来，"对我来说，最多不过是被遣返回国安安心心过日子。而你，你认为能摆脱我对你有偿结婚的指控吗？"

乔恩知道他不敢。因为那几年若不是她夜以继日地工作挣钱，他可能早就穷困潦倒，变成街边的流浪汉了。他的账户资金变动就是最好的证据。史密斯不傻，不会赌上进监狱的风险来和她置气。

本来嘛，他们各取所需，谁也不比谁高尚。

叶臻神情毫无波澜，透过厨房玻璃窗，他看见花园里的程杉蹲在自己买的花篮旁边，似乎对那组花很感兴趣。

乔恩的角度看不见叶臻的脸，她自顾自地说下去："我在上个月已经正式向我们所在地法院提出离婚诉讼，快的话，我可能在下个月就要向你请一周的事假了。"

她说完这些，抬眸望向叶臻。而这一次，他终于有了反应。

叶臻快步朝外走去，转身的时候，乔恩看见他的目光从自己头顶掠过，没有停留片刻。

"叶……"她话没说完，余光瞥见花园里程杉半伏趴在地上，痛苦地蜷着身子。

叶臻来到程杉身边，伸手握住她的胳膊："小杉，怎么了？"

程杉一只手按在腹部，脸上血色褪了个干净。

叶臻低声询问她："是生理期吗？"

程杉痛得说不出来话，只摇摇头。

"肚子又疼了？"乔恩小跑而来，见此情景忙道，"送她回楼上休息吧。"

叶臻半跪在地，俯身把程杉抱起来。却没有往屋里走的意思，反倒大步朝外头走去。

乔恩跟上来："叶臻，你要带她去哪儿？"

叶臻："医院。"

乔恩蹙眉："你不相信我？"

叶臻脚步没停，说："她几乎只会在我来的日子出现这些症状。你解释为神经性呕吐、腹痛，我不觉得有什么不妥。但有没有可能不是，或者不只是心理疾病？"

乔恩心里微微"咯噔"，似乎立刻反应了过来。

她喃喃："这个症状……也有可能是，过敏。"

除去皮肤红肿、荨麻疹、急发哮喘等较为明显的症状，也会有一部分人对某类致敏原产生轻微的过敏反应，而常常被自己忽视。

程杉的腹痛来得快，往往只需要卧床休息就能够自愈，而且常发时段都和叶臻密切关系，所以乔恩根本没有往过敏方面想过。

"如你所说，她平时不吃意大利菜，只有知道我要来的时候才会让薄伽丘做青酱、意面。"叶臻迅速道，"我现在怀疑，她的致敏原就出在这里。"

乔恩说："你本应该昨天回来，昨天晚餐就是意大利菜。可你没有来，是我和小杉两个人吃的，所以昨晚她就疼过一回了……你的怀疑很有道理，是我的疏忽。"

叶臻没有怪她："我带小杉先下去。你把她的相关证件和病历都带上，停车场会合。"

"好。"

这个时候，交通不便就让人很伤脑筋。叶臻抱着程杉走过数百级的台阶下坡道，初时还很稳当，但他近来缺眠少觉，好不容易下了坡，体力濒临透支。加上程杉一受痛就容易出冷汗，叶臻臂弯处单薄的衬衣早被浸透，他有些急，朝着停车场的步伐反倒更快了。

程杉在轻微的颠簸里慢慢缓过神来，她挣了挣："我自己能走。"

"别动！"

叶臻勒令道。他手臂发麻，程杉这么一挣扎，他险些将人扔出去。程杉被他凶得一颤，眼见叶臻脸色沉得能滴出墨汁来，只得闭嘴不吭一声。

叶臻和乔恩几乎同时到达停车场，他坐进驾驶座，乔恩陪同程杉坐在后座上。叶臻系安全带的时候，从后视镜里看见了程杉沉默而隐忍的样子。

他深深呼吸，移开视线，发动车子离开了小镇。

最近的大医院在佛罗伦萨，叶臻送程杉去了St.Elizabeth Florence检测致敏原。

结果不出他的意料，程杉对乳酪有轻微过敏反应。而乳酪正是青酱、肉酱面等多数意餐的重要配料。

国外的医生大都不主张轻易输液，程杉在观察室待了一会儿，症状缓和之后，护士进来通知他们可以离开了。

这么一折腾，再开车回到镇上已经很晚。叶臻只能留宿在一楼的客房里，第二天再回去。

把程杉送回二楼休息，看着她睡下，叶臻才一身疲惫地去冲淋浴。

这是他第一次在这里留宿，乔恩在镇上给叶臻买了男式睡衣，回去的时候她听见客房浴室里隐约传来水声。

乔恩的卧室在客房旁边，她回屋换了真丝睡裙，散下头发来，又对着镜子抓了几下。自觉镜中的女人无限妖媚，笑容曼丽动人。

等到水声初歇，乔恩佯作无意，伸手推门进了叶臻的房间，一边自然道："叶臻，我给你买了……"

她的声音骤停，因为看见了透明玻璃门内，浴室氤氲水汽里叶臻全裸的背影。叶臻的外公是英国人，母亲是中英混血，算起来他也有四分之一的英国血统——这令他的肤色比普通亚洲人更浅。

叶臻正在擦头发，突然听见后头的响动没有半点惊慌。

"出去。"

"抱歉，我不知道你在洗澡。"乔恩将衣服放在门边的木凳上，这才退出去。却没有走远，就在他房门外抱臂而立。

乔恩在等他出来。可她等了又等，里头毫无动静。甚至半个钟头之后，屋内的灯熄灭了——他睡下了。

乔恩的脸色黑了一度，目色复杂地盯着他的房门，许久之后，唇角才浮上一抹玩味的笑意。

她轻声自语："不解风情。"

夜深人静，叶臻被敲门声扰醒。

叶臻抬手揉了揉额角，带着股起床气翻身坐起。他不知道自己是不是给乔恩的好脸色太多了，她白天不敲门就闯进他房间里，他没有跟她计较，不代表他能容忍她再做什么出格的举动。

"现在几点了？"叶臻怒气冲冲地一把拉开门，下一秒却愣住。

门口穿毛绒拖鞋，抱着枕头的程杉正怯生生地望着叶臻。他的眼底充斥着红血丝，眼神极度厌恶——他看上去暴躁极了。

"两点多了。"程杉有点害怕，但还是堆着笑回答他，又小声说，"程见溪，我来陪你睡觉啊。"

叶臻："……"

她说得这么直接，他还真一时想不到要说什么来拒绝。

没等叶臻反应过来，程杉已经进了房间，把自己卷进他的被子里，只露出一双圆溜溜的大眼睛。

程杉看着叶臻的神情缓和许多，最起码不再生气了，便拍了拍身边的空位："外边冷，快过来。"

叶臻："……"

程杉："我们好久没有一起睡了。上一次还是去年那次社团建设，你还记得吗？那回我们一起去爬山……"

这毕竟是属于程见溪和程杉的隐私，还是那么私密的限制级回忆，叶臻立刻打断她："好了我记得。"

程杉笑得弯起眉眼："你害羞啦？"

叶臻关上门，坐在房间里的沙发上，说："感觉好点了？"

程杉顺利被他转移了话题："嗯，主要是这一次你抱我啦，所以很快就不疼了。"

叶臻被程杉灼灼的目光笔直地望着，不由得垂下眼帘，点点头，说："以后不要吃含乳酪的东西。"

程杉："好呀。"

她拿他当程见溪，所以在他面前，女孩子的娇态憨态展露无遗。程杉见他一直坐在沙发上，便掀开被子光脚小跑过去，一步跨坐在他腿上。

虽是单人沙发，承了两个标准体脂率的成年人却并不显得拥挤。

程杉展臂抱着他，沐浴过后的长发拂在叶臻鼻尖，是马鞭草的清新香气。她胸前不可忽视的绵软极富弹性，压在他结实的胸膛上，随着她的动作一点点蹭着他。叶臻身子僵硬，目光无处安放，笔直地向前看着，视线里却是她交叠的一双白嫩脚丫，拇趾向内勾起。

叶臻微微屏息："小杉，下去。"

程杉不理他，程见溪拿她从来没办法，她别过头去亲吻他的耳根，细声细语地轻语："才不要。"

叶臻头皮微炸，猛地站起身子，将身上无尾熊似的程杉往床上一掀，拿被子紧紧裹住了。他整个动作行云流水，不给程杉半点反抗的时间。等她反应过来，扭了扭身子，却发现叶臻压着被角，她根本动不了。

叶臻恐吓她："老实点。"

"程见溪。"程杉委屈巴巴地望着叶臻："为什么？你不喜欢吗？"

叶臻的拳头紧了又紧，迎着程杉的直视，把那句"我不是程见溪"咽了回去。他思索片刻，才低声说："我今天太累了。"

程杉眨眨眼，似乎明白过来什么，很懂事地"哦"了一声："这样啊，那我知道了。"

你知道什么你就知道。叶臻脸臭臭的，感觉自己急需吐出一口老血来缓解内心的郁结。

程杉说："那你躺上来我就不闹你了。"

叶臻深深呼吸，躺在蚕蛹程杉身边，仰面望着天花板。

程杉趁机拱开被子，给身边的叶臻搭上。被子下面，她握住叶臻的手，得逞地笑着偏头看他："程见溪，我真喜欢你啊。"

她在他面前说话从来坦诚直白，叶臻忍不住问她："能有多喜欢？"

程杉伸出手在空中画出一个大大的圆："有这么这么喜欢。"

问了等于没问。叶臻闭上眼，无奈地想，程见溪为什么会喜欢这样的女孩子？

小时候叶晋和谈美晴都对他管得严，叶臻的课余时间大都用在学习各项技能上，射箭场和不同的学校承包了他的童年。等到他念大学，就开始忙碌，忙绩点，忙社团活动，忙各项大小赛事，也忙着和叶晋对抗，与志同道合的伙伴们合作创业。

叶臻回想起从小到大身边出现过的异性，能给他留下深刻印象的，除了谈美晴和叶慕，可能就是刘佳琳和韩双了。

一个是娇滴滴的低能大小姐，一个是能文能武的真"汉子"。

其他主动献殷勤的，大抵如乔恩这样，只是看眼睛，或是聊上两句，叶臻就知道她们隐藏在笑容下的贪图。而不主动的，叶臻没有时间和精力去结交。

但无妨，叶臻一直坚信世上有太多比恋爱更值得尝试的事物。

"程见溪，你睡着了吗？"

他胡乱地想着心事，耳边突然传来程杉的声音。

叶臻没吭声，他巴不得程杉觉得自己睡着了。

程杉没有得到回应，放下心来，将头凑过去，蜻蜓点水样在他脸颊边亲了一下，然后小声道："是不留退路的那种喜欢。"

寂寂深夜，她说给程见溪的情话落进他心里。

而叶臻比谁都清楚，程杉没有说假话。但凡她能给自己留一点后路，今时今日也不会走到这一步。这个姑娘，是捧着心来到他身边的。

叶臻听见自己轻不可闻的一声叹息。

可惜了，那颗心注定要被辜负。

十月，叶臻在公司收到了乔恩请假的邮件。

她向叶臻申请了一个月的假期回美国办理离婚手续，处理相关事宜。考虑到在此期间，程杉需要有人看顾。乔恩给叶臻推荐了自己的师弟巴南，他人在意大利，如今正处于间隔年。

叶臻打开附件，浏览巴南的简历。

"哟，这帅哥是谁？"合伙人鲁卡斯刚好从叶臻身边经过，余光扫到巴南帅气的证件照，他停下来，夸张地吹了声口哨，"有全身照吗，身材怎么样？"

叶臻切换电脑页面，扣了扣桌子，示意他尊重别人隐私。

鲁卡斯高高地扬眉，摇头叹着气走开："在这方面，你真不可爱。"

叶臻没说话，重新回到刚才的页面。他面无表情，审视着巴南的脸，许久才敲击键盘给乔恩回邮。

谁料鲁卡斯又杀了个回马枪，神采奕奕道："叶，下周末安东尼的生日party，你没有理由再缺席了。"

叶臻没好气道："知道了。"

说完，手指移动，点击发送。

——收到，你安心处理私事，程杉这边我来安排。

乔恩离开的那天，叶臻去镇上接程杉。

程杉在花园侍弄花草，叶臻和乔恩去了屋里说话。

"这两瓶是每天早晚两次，都是一次一粒，是不能停的药。这一瓶是在她精神过度亢奋时服用的，有镇定作用，用量是两片。不过小杉这两个月来都没有出现过激反应，只要不刺激她，这个用不到……"

乔恩早已经把注意事项写在了邮件里，这时候是将程杉平时要吃的药转交给叶臻。她一一交代完，又补充道："遇上突发情况就call我，我二十四小时开机。"

叶臻点头，目光若有若无地落在窗外的程杉身上。

乔恩顺着他的目光望过去，放软了声音问："最近不忙吗？"

叶臻"嗯"了一声："手头的项目刚结束。"

乔恩点点头，又说："你确定一个人能搞得定吗？或者我可以把巴南的联系方式给你，万一真的需要人手……"

叶臻："不用。"

乔恩看出他对巴南的抵触，她说："其实他的专业水准很高，是我们教授的得意门生。"

"小杉未必很快适应新的医生。"叶臻显然不太想讨论巴南这个人，他极快地带过了这个话题，转而说，"花园里的那些花篮，是你们买的？"

"不是你送来的吗？"乔恩诧异地望着叶臻，"安吉洛夫人每天清晨都会提来新鲜的花篮，说是你送给小杉的，里面还有手写的卡片呢。"

乔恩原本还以为叶臻开了窍，晓得假装程见溪来哄程杉开心，可看他这个样子显然是不知情。

她不由得道："难道是安吉洛夫人自作主张？"

只能是这个原因了。叶臻开车将乔恩送去车站，回来的时候路过花店，要把花篮钱补给安吉洛夫人。

安吉洛夫人不收他的钱，说："Picea常来陪我聊天，还给我和'海豹''海狮'拍照——老天，她拍得可真好看！那些花都是我乐意送给她的，只不过借你的名义，我想Picea会觉得更加浪漫！"

叶臻想了想，从钱包里又抽出两张欧元给她："那往后还请您每天给她送花篮，这回我就不占便宜了。"

安吉洛夫人想了想，觉得男人总占便宜确实说不过去，便接了钱，又笑盈盈地问："手写的卡片呢？"

给钱不过是不想欠人情，也不是真的想送花，叶臻笑笑："您看着写吧。"

花店的事情了结，叶臻正打算往回走。

"Hazel！"

安吉洛夫人又叫住他，她掀开搭在膝盖上的毛毯，从摇椅里站起来，神秘地笑着，从门边的一只花瓶里抽出两支造型奇特的植物。

叶臻认不出品种，单看那植物的形状，有一点像狗尾巴草，不过是红色的。

"看看我最近得到了什么？"安吉洛夫人语气甚是愉悦，说，"这是榛子花！来自中国，据说在你们国家，还能够入药。"

叶臻知道自己再也无法纠正她对"榛"和"臻"这两个字的误解，只好顺着她道："看起来不像是花。"

"榛的花语是'和解'。受到榛花祝福出生的人，往往勇敢果断，沉稳冷静，拥有领导力和仲裁力……"安吉洛夫人虽然笑意盈然，却意有所指，她接着说道，"不过有时过分冷静会让人难以坠入情网，所以必须懂得适时做出舍弃。Hazel，年轻的小伙子应该更加浪漫、疯狂！姑娘们才会对你爱得不能自拔！"

叶臻："……"

安吉洛夫人坐回自己的摇椅中去。此时，两只布偶猫你追我赶地从里屋跑了出来，雪白的猫咪"海狮"轻轻一跃，跳到了一边的木桌上，"海豹"则围着桌子转了两圈，仰着头冲海狮"嗷呜嗷呜"叫唤几声，也蹿了上去。

安吉洛夫人触景生情，回忆道："海豹刚认识海狮的时候，根本不理她，被追得急了还要伸爪子呢。但是你看他们现在多好啊。"

叶臻可不觉得好。现在的海狮简直恃宠而骄，天天把海豹欺负得没个正形。

安吉洛夫人把话题又扯回叶臻身上："听Picea说你们最近要出去度假？"

在程杉心里，当然不会认为自己是换了一个地方继续养病，她理所当然地认定程见溪是这阶段工作忙完了，要带她去度假。

叶臻默认了。

"Picea是个善良纯洁的好姑娘，她会喜欢锡耶纳的。"安吉洛夫人语气悠然，充满了怀念，"这个时节，农场里的果子都成熟了，在扇形广场上吃冰激凌晒太阳也还不晚。Hazel，你可一定要把握机会！"

在中国，安吉洛夫人一定会是个好媒婆。离开的时候，叶臻这么想。

从花店出来，叶臻往回走。走上长坡，他在吊桥这一头看见了桥上的程杉。

时近黄昏，夕照彤红，自西向东将原野染出渐变的效果。风和远处的羊群一同在草场上狂奔，蟋蟀高高蹦起，乘风滑翔，钻入田边草垛里不见了。

程杉立在吊桥中央，面前架着相机，正对着一片稀疏草原。她乌黑的长发翻飞，贴身的米色针织长裙漾出柔和的波纹。

"程见溪！"

程杉很快发现了他，她侧身拢住乱飞的头发，右手食指将左腕上的黑色线圈勾过去，三两下绑好马尾。这才扬起带笑的一张脸，任落日余晖亲吻她的左颊。

"今天的落日真好看！"

程杉跑去叶臻身边，像得了心爱玩具的小孩子，藏不住眼里的兴奋。

她总这么开心。到底是因为生了病，强迫自己忘记所有的不愉快，还是天性使然？程见溪见到的程杉，总是如此吗？

程杉拽他去看照片，叶臻蹙眉："手这么凉，你不冷吗？"

程杉松开他，自顾自地抱起相机，不以为意道："我内心火热！"

叶臻没心情看她的照片，提起程杉的三脚架往桥的另一头走："回去。"

"哎，程见溪！"

程杉在后头叫他，可叶臻无动于衷。她跺跺脚，只得小跑着跟上去。

叶臻给薄伽丘放了假，自己动手做了一顿晚餐。

程杉觉得新奇极了，站在厨房里盯着叶臻料理食材：葱、姜切末，胡萝卜切丝，用蛋清和淀粉给猪里脊上浆。随后把中式调味料一字排开，娴熟地起油锅。

她说："我怎么不知道你会这些？"

叶臻面不改色："你不知道的多了。"

一个人在外生活这么多年，会做的花样可以不多，但总得有几道拿手菜。

大料一加，香味一起，程杉欢呼起来。

"锅包肉！我爱锅包肉！"

叶臻一贯动作利索，做菜也不拖泥带水。等到把熬好的酸甜汁淋上去炒匀，一碟金灿灿的锅包肉就热气腾腾地出了锅。

叶臻一手握着不锈钢大勺，一手端着热铁锅放在水龙头下冲水，偏头指挥程杉："盛饭，摆桌。"

"好嘞！"

程杉嗅着香气，从厨房柜子里取出干净的碎花桌布，铺在花园的餐桌上。又跑去客厅拿今天刚送来的插花花瓶，摆在餐桌中央。

等她用热水烫了碗筷，转去厨房找电饭锅盛饭的时候，又闻到了新的香味。

程杉："西红柿炒鸡蛋！我爱西红柿炒鸡蛋！"

叶臻："……"

一荤一素，两碗白米饭。

两人迅速光盘，程杉吃得几乎头都没抬过，最后满足地叹了口气，对叶臻说："这才是家乡的味道！"

叶臻心里受用，站起来收拾碗碟，说："这是我第一次给别人做菜。"

他的重音落在"别人"两个字上，因为叶慕和其他家里人算不得外人。程杉倒没觉得这话有异，不过吃了他做的菜，总要做点什么来回报一下。

"我来洗碗吧！"

程杉走过去接他手里的餐具，后者却把着没松手。

叶臻蹙眉，目光若有若无地落在程杉的手指上："我们家从来不让女人洗碗。"

无关情感，不过是从小听来看来，习惯了的。

"少来，你在家洗过碗吗？"程杉嗤他，"你们家保姆阿姨不是女人啊？"

叶臻："那是她的工作，我们支付给她薪水。"

如果文阿姨休假，家里只有他和叶慕的话，叶慕的手指是绝对不会沾水的。

他这么说好像也有道理，程杉收回手去，吸吸鼻子说："那下回你做菜的时候，我给你打下手吧，不然我好像很没参与感。你要知道，过日子的话，家庭劳动不能全给一个人做，那样你太吃亏了。"

叶臻往里走，淡淡道："还好。"没走两步，顿了顿又说，"回屋去加件衣服。"

程杉应了声，把桌布和花瓶收拾进去，上楼洗澡了。

程杉洗完澡，换上了深秋的薄绒家居服，长衣长裤都是粉红色，背后还连着个兔耳朵帽子，她哼着歌站在镜前抹脸。

这时外头响起敲门声，程杉快步走出浴室，看见站在敞开的卧室门口的叶臻，嘀咕道："就我们两个，你敲什么门呀，门又没关。"

二楼有浴缸，程杉才泡完热水澡，皮肤现出淡淡的湘妃色，一张小脸水蜜桃似的。海藻般湿润弯曲的头发散在颊边，发梢尚有未擦干的水珠落在地毯上。

叶臻没进门，只把手里的温水和药片放在门边的梳妆台上。

"先去吹头发，然后把药吃了。"

程杉不乐意地皱皱脸："我不喜欢吃药，我又没生病。"

哄程杉吃药是乔恩给叶臻的注意事项里被重点标出的一条。程杉从不觉得自己生了病，如果强制地逼迫她吃药，会激起她的抵触情绪，所以乔恩给叶臻列了十多条可以选择的方法。

其核心不外乎"坑蒙拐骗"四个字。

比如告诉她是补充维生素的，或是保健药品云云，甚至还有"拌在食物里"这样的硬核办法。叶臻看到的时候已经觉得哭笑不得，这是歧视程杉的智商还是拿她当猫养？

他不擅长说谎，倒不是演技不够，只是觉得没那个必要。可现在是非常时期，叶臻清清嗓子，说："这是保健品，嗯……益气补血的。"

"我气色不好吗？再补我都要流鼻血啦。"

叶臻诚恳地说瞎话："我觉得不够好。"

程杉迟疑了一会儿，勉强答应了："那好吧，我一会儿出来就吃。"

叶臻松了口气，道了声"晚安"就要下楼。

"哎！你去哪里？"程杉急了，张口喊道。

叶臻："洗澡睡觉。"

程杉："你用楼上的浴缸吧，我给你放热水。"

叶臻立刻回拒："哦，不用，我喜欢淋浴。"

程杉抓抓头："那你晚上睡哪里？"

叶臻心下警铃大作："楼下客房。"

程杉眨眨眼："可我不喜欢睡客房，那张床有点硬。"

叶臻："……"

程杉："我还是喜欢楼上的床，又软又大。"

叶臻终于忍不住了："谁说我要跟你一起睡了？"

程杉委委屈屈地看着他的眼睛："那我不吃药了。"

叶臻的语气沉下来："程杉你这是威胁我？"

程杉蹭过去一把抱住他，软声道："可我夜里会觉得冷。"她使劲吸吸鼻子，说，"今晚再受凉就真的感冒了。程见溪，我感冒了会传染的，那就不能亲你了。"

这么个祖宗，打不得骂不得，只能哄着。该不会因为他从前对刘佳琳态度恶劣，所以老天故意报复他的吧？

叶臻垂在身侧的手捏了捏拳头，又无力地松开了。

"我一会儿过来找你……"

程杉得逞了，笑眯眯地扭着秧歌进浴室吹头发去。程见溪总拿她没办法的，恃宠而骄这件事，她向来做得顺手。

没一会儿，程杉吹干头发出来，坐在梳妆台前喝水，却随手将叶臻拿来的药片扫进了抽屉里的储物罐中。她从前生了病都拖着不想吃药，何况是保健药品。

等到叶臻收拾妥当上楼，看见程杉正摊成一张饼，平躺在床上仰面看星河。

她听见脚步声，拍了拍身边的床褥："邀请你一起赏星星。"

程杉没穿袜子，脚丫露在外面，她长着漂亮的百合形指甲，修剪得整齐，表面干净光滑，呈淡粉红色。

叶臻在床尾站了一会儿，单腿跪上床，伸手捞过身侧的被子搭在程杉脚上，然后才躺下去。

程杉偏头看了叶臻一眼，发现他的居家服里面竟然还穿了T恤。她哭笑不得，伸出食指点在叶臻胸口，说："程见溪，你这么防着我啊？我又不会吃了你。"

叶臻平静道："我怕冷。"

"我懂我懂，你太累了嘛。"程杉翻了个身，支起双肘，下巴垫在叶臻大臂上，说，"不过你不觉得，要论身体素质的话，你才应该多吃益气补血的保健品吗？你这么体虚下去，工作起来也吃力。"

呵呵，体虚。

叶臻快憋出躁郁症了，他闭了闭眼，在心里催眠自己是好脾气的程见溪，担心自己一时气糊涂了，做出什么出格的事情来。

好在程杉很快又躺回去，她望着夜空，说："程见溪，你教我认认星座吧。"

叶臻："我不会。"

"骗人。"程杉说，"你最喜欢看天文类杂志了，百科知识竞赛、猜灯谜你都能拿奖。这对你来说还不是小意思啊？"

这些对程见溪来说确实是小意思。

他这个弟弟从小记忆力惊人，同样一首唐诗，程见溪念一遍就能囫囵背下来。可他必须厘清诗文的逻辑关系，才能开始背诵。

叶臻想起他们去肯尼亚那次，程见溪如同行走的百科全书一般，给他讲解东非大迁徙。

"野斑马、角马、瞪羚，他们依次排列，组成军队一样的兽群，从坦桑尼亚的塞伦盖蒂保护区来到这里，全程跋涉三千多公里。"

程见溪说起自己擅长的东西，有条不紊，侃侃而谈。

"斑马一向走在最前面，他们吃草茎顶部。而中间数量最多的角马，啃食植物底部。"

叶臻下意识接道："那羚羊岂不是没的吃了？"

"因为兽群数量惊人，角马更是多达百万。所以等到角马离开后，草地上会长出新生的嫩草，那是瞪羚的美食。"程见溪难得笑起来，他说，"哥，你跟小杉的思路很像。我跟她介绍的时候，她说'那些羚羊一定气得干瞪眼了吧，怪不得要叫瞪羚，这是受了多大委屈'。你知道的，她总有些奇怪的理论，还能自己圆回来。"

那时候，叶臻对这个姑娘，并不是没有好感的。

但仅限于，她可能是他未来的弟媳，是程家的一分子。

叶臻想起程见溪，心情有些沉重，他叹口气，说："你相信人死了以后，会变成星星吗？"

程杉顺着他的话思考下去，说："中学不是学过质能守恒吗？人死之后肯定不是完全消失了的。他们会变成另一种形态，成为这个世界的一部分——正如他们本来就是这个世界的一部分。按这样的说法，也许星星确实是由很多人变成的。"

叶臻心头微动，忍不住说："你觉得如果我死了，会变成什么？"

"你呀。"程杉将头埋进他的胸口，声音闷闷的，"可能会变成我的眼泪。"

程杉说："我小时候看过一本漫画书，上面说，善良的人死了以后，会选择变成眼泪，停留在那些在乎他的人的身体里。朋友们想起他的时候，就会流出眼泪，像是他的一种陪伴。可如果……没有人再想起他了，没有人会为他哭了，他也就永远地消失了。"

叶臻心里难受极了，他没有开口。

"所以我想起我妈妈的时候，就会躲起来哭一会儿。"程杉说，"别人以为我是伤心，但其实我只是不想她消失，我希望她能来陪陪我。"

程杉嘀嘀咕咕说了很久，最后困到抱着叶臻睡着了。叶臻把她从身上扶开，看见程杉眼睑下有轻微的湿润。叶臻给程杉盖好被子，在床边站了一会儿，不知道想了些什么，最后关了灯，轻手轻脚地下楼了。

第二天是周末，一早叶臻就带程杉离开小镇，载她去了佛罗伦萨。

在那之前，程杉从没去过叶臻在佛罗伦萨的家，因为叶臻骗她说，他租住的公寓常常提供给同事开会，她住在那里不方便。

当初叶臻和乔恩都担心过程杉会要求去佛罗伦萨和他同居，但意外的是，程杉非常平和地接受了这样的设定，并安心在叶臻给她安排的小镇住下了。

叶臻租住的公寓就在公司隔壁那栋楼，不过五十几平方米，黑白为主色的极简现代风。各个房间都收拾得很干净。

程杉溜达了一圈，问叶臻："这个月你同事还会来吗？"

"不会。还有十天，手头的项目就完全告一段落，最近不忙。"

程杉说："那我们是不是能去旅行？"

叶臻迎着她期待的目光沉吟片刻，说："理论上是这样。我可以安排短时间的休假。"

"太好了！"程杉欢呼，又立刻想起什么，笑容慢慢冷却了一半。

叶臻帮程杉提了行李箱进房间，出来时看见她有点沮丧的样子，不由得问："怎么了？"

程杉说："还是不要去旅行了，在家里挺好的，而且我还没来过佛罗伦萨，有很多可以逛的。"

叶臻一眼看出来她口不对心。程杉明明一直期待能和程见溪去旅行，也很希望能带着相机拍出更多不一样的景致。

叶臻想了一会儿，说："之前我路过镇上的花店，安吉洛夫人推荐了锡耶纳。这个地方距离佛罗伦萨很近，我们可以开车去，而且……"

他观察着程杉的表情，继续说："那里物价不高，我认识的朋友经营民宿，跟我们公司也有合作。他很早就喊我去玩，说是可以免费提供住处。"

程杉眉头渐渐舒展，听到"免费"两个字的时候终于开心起来："这么好啊，那也不是不能去的……"

叶臻知道程杉参加的摄影大赛还没有反馈，果然她是因为没有钱请他去威尼斯而烦恼。

他面上顺着她，严肃地分析："对。说起来，在那里的衣食住行，比在佛罗伦萨还要经济实惠。"

程杉脸上顿时愁容尽扫，满心的欢喜都要溢出来了："锡耶纳！我爱锡耶纳！"

叶臻差点没笑出来。他敛着唇，对她说："你睡卧室，我把书房收拾出来。"

程杉其实不太明白为什么"程见溪"总是和自己分得这样清楚，难道男女朋友睡一张床是一件很难以接受的事情，还是说程见溪骨子里其实特别保守？

念头在程杉脑中转了几圈，她有了结论：可能是他还不习惯。

程见溪小的时候有过轻微的自闭倾向，这么突兀地多了一个她要跟他一起生活，肯定需要很长的适应时间。这也是她刚来意大利的时候，为什么答应程见溪"两地分居"的重要原因。

于是程杉半句没有反驳，非常乖巧地说："好，那我先去收拾行李了。"

她在心里说，反正到了晚上，也可以抱着枕头去闹他。

叶臻在书房收到鲁卡斯的短信，让他晚上不要迟到。叶臻这才想起来，今晚还有一场party。

他回道：我会准点到。

鲁卡斯：听说韩双也会来，今晚有好戏看了。

韩双是他们的同行，是一个主营东南亚当地接待的旅游公司的创始人。同时，她也是叶臻他们另一个中国合伙人陈立钦的发小。

江湖传言，韩双对陈立钦一直有着"友情以上，恋人未满"的单方面好感，可惜后者对这样的大胸"爷们儿"避之唯恐不及。

本来这只是个单相思的悲情故事，谁知陈立钦去年为了促成手头的东南亚合作项目，不惜"卖身求荣"，假意邀约韩双去菲律宾旅行，实际是利用她在东南亚的人脉关系为自己铺路。这件事露馅以后，韩双从菲律宾追杀陈立钦至新西兰，又横跨印度洋经马达加斯加一路北上回到了意大利。最终在叶臻和鲁卡斯的拼死斡旋之下，两人签订了为期终生的丧权辱人不平等条约——陈立钦将无任何怨言地为韩双做三件事，包括但不限于替她挡子弹、揍小三、当伴娘。

除了这条主线，关于两个人爱恨情仇的副本，能聊上七七四十九天，叶臻和鲁卡斯看到现在已经心态平和乐得吃瓜了。

隔了两分钟，鲁卡斯又发来一条消息：你一个人来？

叶臻：我倒是能变出来第二个人？

鲁卡斯发过来一个可怜的表情。

那边，鲁卡斯放下手机，对站在窗边的陈立钦道："你确定看清楚了？"

陈立钦面对的窗户下方，正是叶臻公寓所在的那栋楼正门。他笃定道："当然！我看错的话就把眼睛抠给你。"

鲁卡斯嫌弃地"咦"了一声："我要你的眼睛有什么用？还没有我的明亮美丽。"

陈立钦："……"

鲁卡斯："怪不得叶在周末常常缺席我们的party，原来是偷偷交了女朋友。"

陈立钦伸手摸摸光溜溜的下巴，疑惑道："他有什么可隐瞒的呢？"

鲁卡斯眨了眨明亮美丽的大眼睛，说："该不会，那个根本不是女朋友，而是应召女郎？"

两个人以眼神交流了一番，双双默认了这个推测。

陈立钦气愤道："叶臻这个道貌岸然的家伙！之前拒绝我们的'夜店狂欢'拒绝得那么干脆。"

鲁卡斯安抚地拍拍他的肩膀，说："韩双是不是要带她的超模闺密来party？与其介绍给叶臻，不如考虑考虑我呢？"

陈立钦："没戏。韩双的闺密卡米尔痴迷中华文化十八年，十岁那年就发誓要生中法混血宝宝。据说当她看见叶臻照片的时候，已经一见钟情了。"

鲁卡斯捧心，很是伤怀："有时候我真不能理解那些漂亮女孩，她们都在想些什么？"

陈立钦附和道："你说她们一个个的，怎么就那么不晓得矜持？还喜欢打打杀杀，以欺负我们这种良民为乐！"

鲁卡斯："你这话要是被韩双听到，明天就要拳击俱乐部见了。"

韩双的淫威对陈立钦的震慑是绵长而深刻的，他立刻道："你可别乱说啊，我又没有说是她。"

为了避免程杉追问以引起不必要的误会，叶臻没有告诉她今晚他是要去参加生日party。只说公司有点事，需要晚些回来，让她自己在家里煮一点水饺吃。

他开车去买礼物，随后前往集合地点——鲁卡斯的朋友安东尼家。到那里时，鲁卡斯和陈立钦已经在里面了。女主人提前把屋子装点了一番，茶几和餐桌上排满了五颜六色的汽水、果汁和酒，还有各类油炸食品与甜点，蛋糕和比萨的香味从厨房里飘了出来。

家里四个角落各一台音响，三百六十度无死角地放着披头士的歌曲，鲁卡斯和他的朋友一人捏着一杯葡萄酒在客厅中央斗舞。陈立钦歪在沙发上，叼着一根薯条捧着NS玩马里奥赛车。

叶臻走进去，把带给安东尼的生日礼物放在桌边，随手解开衬衣的第二颗扣子，从桌上顺了一瓶格拉帕白兰地给自己倒了半杯。

和朋友们在一起总是放松的，叶臻随着节奏轻轻摇晃，和鲁卡斯、安东尼依次碰杯，算是打过招呼。随后才坐去沙发，把陈立钦往边上挤了挤："韩双呢？"

陈立钦目不转睛地注视着屏幕，朝里头努努嘴："客厅属于男人，女人占领厨房。"

"难得你们今天没打起来。"

陈立钦说："你还不知道吧，今天除了安东尼他媳妇和韩双，还来了个姑娘。"说完这句话，还有意压低声音，对叶臻道，"冲你来的。"

"什么意思？"

陈立钦用一种"你这个人非得让我夸你帅吗"的嫌弃表情看了叶臻一眼，说："字面意思，自己领会。"

叶臻："我可没有历史遗留问题。"

陈立钦想起应召女郎那事，不由得道："哟哟，这可说不准。"

叶臻："陈立钦我发现你今天说话很找打，是不是缺练？"

陈立钦头铁，正面道："我会怕你？来啊！"

陈立钦说完，立刻从NS上拆下来两个手柄，和叶臻玩起了双人马里奥赛车。

一局结束，叶臻惜败。

"再来。"叶臻说，"我很久不玩了。"

"少找借口。"陈立钦很少赢过叶臻，嘚瑟道，"兄弟，你要找找自身原因，根据人品守恒定律，你现在这么菜，是不是因为情场得意啊？"

叶臻不动声色，重新开局。

陈立钦见他没有解释的意思，不由得追问："你看你，还跟我们玩深沉，谁不知道谁啊。说说呗，那姑娘是什么人？"

叶臻理解错了，以为他问的是厨房里那个"冲他来的"姑娘。他专注于眼前的赛局，随口道："我怎么可能知道？"

说得也对，应召女郎嘛，拿钱"办事"，春风一度便一拍两散了，谁还关心是什么人。陈立钦叹口气，感慨道："你可真让我刮目相看。"

"叶！好久不见！"

两人战况激烈之时，厨房门口传来极其洪亮的一声惊呼。

叶臻耳膜微颤，身旁的陈立钦倒是早就习惯了韩双的大嗓门。陈立钦无心恋战，很快放下手柄，倍加殷切道："蛋糕烤好啦？"

韩双直接忽略陈立钦的存在，从厨房里又拉出一个人来。

她兴奋地冲叶臻大声道："知道我带谁来了吗？叶，来见见卡米尔，你未来的女朋友！"

叶臻还来不及思考为什么这一次见面，陈立钦和韩双两人对对方的态度完全反转了，只觉眼前一晃，顿时一片阴影笼罩了过来。

叶臻原本是坐在沙发上的，此时必须要努力地仰起头，才能看得见来人的面庞。于是，他自觉地站了起来——凭借一米八四的男性身高才能勉强平视她。

卡米尔是典型的法国女人。她妆容清浅却得体，用气味恬淡的香氛，穿着搭配时尚又简约，像大多数崇尚"less is more"的法国人。

卡米尔落落大方，仪态优雅，她朝叶臻走过去。

"你好，叶臻。"

令叶臻诧异的是，卡米尔用非常流利的中文和他打招呼。

"你好。"

他也对卡米尔微笑，后者目光温柔，走到近前了，微微向前伸头。是贴面礼，叶臻从容与她的左右脸颊分别相碰。

"我是卡米尔，你难以想象我有多高兴能见到你。"

卡米尔浓绿色的眼眸里流露出不加掩饰的欣赏，她说："为了今天，我准备了十八年。"

叶臻在程杉几个月"痴缠"的高强度训练下，早已练就了面对赤裸裸的告白面不改色的本领。

但他并不否认，卡米尔给他留下了不错的初印象。

她很美，身材高挑纤细，着衣品位与他趋同，简单几句话流露出的自信和优雅也让叶臻感到舒适。

陈立钦和鲁卡斯对叶臻了解得透彻，知道他完全不排斥卡米尔——这等于卡米尔已经成功了一半。两人对视一眼，彼此都在对方眼中读出了两个字：有戏。

陈立钦立刻站起身，给正牌女主让位，一边屁颠颠地朝韩双去了："厨房有什么需要帮忙的吗？"

韩双勉为其难地接手了这个电灯泡，又对安东尼和鲁卡斯说：

"洗碗机出了一点问题，你们来看一下。"

叶臻心知肚明，自己是被安排了一场"相亲"。但他对此类场合早已驾轻就熟，在客厅和卡米尔闲聊起来。

叶臻从来不是一个低情商的男人，他健谈且外向，并且当他对一个人产生兴趣时，很容易找到合适的话题，将彼此的关系拉近。

卡米尔带着对叶臻先入为主的好感，几番聊下来，更是觉得与他分外投缘，恨不得将叶臻"就地正法"。

"我觉得这回稳了。"韩双在小厨房偷看客厅俩人的互动，对陈立钦说，"卡米尔有多受欢迎你知道吗？她的性感和浪漫，没有男人招架得住。"

"我同意你的看法。"

鲁卡斯的声音幽幽传来。

韩双欣喜道："你也觉得叶臻招架不住？"

鲁卡斯满面悲愤："我也觉得她既性感又浪漫！"

韩双摸摸他委屈的小脸："乖啊，以后姐姐也给你物色一个。"

陈立钦一样认同客厅那两人看上去登对得不行，啧啧叹道："我怎么看出夫妻相来了呢？他们该不会今晚就能成事吧？"

安东尼伸过头来说："楼上的房间倒是可以收拾出来给他们。"

几个人不怀好意地互相看了几眼，成年人间的小阴谋就这么默契地成型了。

晚饭时间，安东尼的妻子把烤好的蛋糕端出来，大伙围坐一圈，给安东尼戴上生日帽。鲁卡斯提议，每个人手持一瓶香槟，唱完生日歌后一起开酒。

"好啊好啊！"

韩双兴高采烈地跑去桌边，选了一瓶巴黎之花。其他人纷纷响应，叶臻和卡米尔不疑有他，一人抱着一瓶酒围拢过来。

生日歌结束，房间内接连响起"砰砰砰"的软木塞弹出声。一时间，室内酒香弥漫，暖色灯光将他们的笑脸映衬得柔和温暖。

酒开了这么多瓶，接下去的时间自然是围绕着喝酒进行的。

敬三十岁的安东尼、敬项目圆满完成、敬久别重逢、敬月夜、敬披头士、敬马里奥……

韩双和陈立钦将中国的劝酒文化强行移植到意大利，带领身体内流淌着四分之三中华血液的叶臻和痴迷中华文明十八载的卡米尔，一同徜徉在"干了这杯酒，我们是朋友"的激情氛围中。

卡米尔不胜酒力，最先败下阵来。

她的脸庞红润，眼神迷离，凭着最原始的本能，在几人中选择了好感度最强的叶臻作为倚靠，整个人放松地瘫软在他的身上。

鲁卡斯和陈立钦轮着又陪叶臻喝了几杯，看他面上浮出几分酡红，才派出安东尼。

安东尼会意，说："叶臻，你把卡米尔先送去楼上客房休息吧。"

叶臻点点头，扶着卡米尔上楼。两人刚一进门，卡米尔在叶臻摸到房间顶灯开关之前，先双手勾住了他的脖子。

卡米尔："叶，我能亲吻你吗？"

她这么问了，但并不打算听叶臻的回答，下一秒欺身吻了上去。

叶臻下意识偏头，她的吻落在他的脸颊上。

叶臻仍旧试图将她带去床边："你喝醉了，先休息一会儿。"

"我醉了，是因为你。"卡米尔深情地望着叶臻，"你是我见过最迷人的中国男人。"

叶臻没有说话。卡米尔是他会欣赏的那类姑娘，楼下的那帮损友也愿意看到他们凑成一对，他如今单身，没有任何理由拒绝这样一个合适的适龄女孩子。

一切都很好，气氛、对象、情绪，通通都恰到好处。

他却犹豫起来。

叶臻望着卡米尔，后者报以热切的回望。

叶臻低声说："你知道会发生什么。"

他要确保卡米尔没有被酒精冲昏头脑，他不打算乘人之危。

"是的叶臻，我很清楚。"卡米尔在他耳边轻笑，"我可是卡米尔，在波尔多区长大的卡米尔，没有葡萄酒能灌醉我。"

叶臻听到她这么说，便伸出手将身后的房门合上了。

卡米尔觉得很幸福，她慢慢闭上眼睛，以为等待自己的会是叶臻的拥吻。可是，她很快听见刺耳的手机铃声。

卡米尔的心在大声抗议：叶臻，请关掉它，请立刻关掉它！这是属于我们的时间。

可让她感到失望的是，叶臻不仅没有挂掉电话，反倒向后退了半步，接起电话来。卡米尔立刻听见电话那头传来年轻女孩子的声音，她的心凉了一半。

黑暗里，叶臻看不见卡米尔浓绿的大眼睛里盛着泪水，他只听见程杉小心翼翼的声音。

"程见溪，我打扰到你开会了吗？"她说，"你什么时候能回来呀？刚刚有……"

叶臻深呼吸，终于意识到自己对她的耐性即将告罄，他心里异常烦躁，打断程杉道："打扰到了。"

那边的程杉突然不说话了，很快，有点磕巴地说："对不起，那、那我先挂了。"

电话迅速被切断。

屋子里一片沉默。两个都是聪明人，不需要再多说什么，他们也都知道，所有的一切都被这通电话搅黄了。卡米尔没有再表现出任何主动，她说："韩双没有告诉我你有女朋友。"

叶臻无从解释，只低声说："不，她不是。"

卡米尔很难过地说："可我不会跟无法处理好私人关系的男人交往，就算是叶臻你也不行。"

叶臻说："我明白。请给我一些时间，我会向你做一个说明。"

卡米尔被叶臻低沉的声音说得心头发软，她决定给他一个机会。

"好。我会在佛罗伦萨停留一周的时间，如果你想好了，就来找我。"

叶臻下楼的时候浑身写满了暴躁。

鲁卡斯远远看了他一眼，退到陈立钦身后小声道："坏消息。"

陈立钦"啧啧"两声，说："看来搞砸了啊，这显然是欲求不满嘛。"

最惊奇的要数韩双，她是知道卡米尔的酒量的："这不科学啊。"

叶臻大步走下去，跟安东尼打招呼："我有点事先走一步。"又对鲁卡斯道，"明天帮我把车开回公司。"

鲁卡斯给他比了个OK的手势，追问道："你什么情况？"

叶臻没有回答他，拿上外套离开了。

叶臻走后没多久，卡米尔从楼上下来。她表情沮丧，看起来无精打采的。

韩双关切地迎了过去："怎么回事？"

卡米尔的目光在叶臻最亲近的两个朋友——陈立钦、鲁卡斯的脸上转了几圈，问道："那个中国女孩子是谁？"

鲁卡斯一脸蒙："什么中国女孩子？"

陈立钦却立刻反应过来，用手肘戳了戳鲁卡斯，用卡米尔听不懂的意大利语说："那个应召女郎！"

鲁卡斯一脸惊讶："她竟然是中国人？"

韩双一脸惊讶："叶臻居然找妓女？"

陈立钦一脸惊讶："韩双你怎么能听懂意大利语的？"

卡米尔一脸惊喜："那个女孩子真的不是他的情人？"

鲁卡斯、韩双、陈立钦三脸惊讶，同时转向卡米尔："你的重点是不是搞错了？"

"身体不过是外物罢了。"卡米尔不解地反问，"他已经二十六岁了！可是心灵依然纯粹，这不是一件很难得的事情吗？"

陈立钦情不自禁地鼓掌："角度清奇，令人钦佩。"

连自诩卡米尔闺密的韩双都忍不住道："你不担心他和你在一起之后，也……"

卡米尔看了韩双一眼，自信道："有了我，他不可能会想和其他女人做爱。"

鲁卡斯、韩双、陈立钦、安东尼夫妇："……"

既然卡米尔不介意，陈立钦放心地把自己是怎么看见叶臻带人回公寓的经过，一五一十说了出来。

　　"如果只是身体交易，那还简单。"韩双分析道，"怕就怕是个'绿茶'。"

　　卡米尔一头雾水地问："什么是'绿茶'？"

　　"就是在男人面前装得单纯无害，实际上手段一套一套的。"陈立钦抢答道，他对网络流行名词如数家珍，"照现在这个情况看，那个女的可能性很大。"

　　"我也觉得。"韩双说，"否则怎么会打那通电话来？肯定是卖惨装可怜，想把叶臻拴在身边。她们这种人，看到叶臻这样条件的主顾，挖空心思往他身上贴。这要是叶臻一朝不慎动了心，或者是她中奖怀孕，事情就会朝着狗血的方向一去不复返。"

　　卡米尔听得一愣一愣的，她说："叶臻说会给我一个说法。"

　　"这事靠他一个人恐怕不行。"陈立钦道，"自古以来，英雄最怕美人泪。假如'绿茶'一哭，他心一软，你们这段良缘就要错过了呀！"

　　这句"自古以来"很触动卡米尔的心，她觉得中国古代流传下来的至理名言，实在是太具有现实意义了。这种时候，还是应该听内行人的。

　　于是卡米尔说："我应该怎么做？"

　　"你不用出马，太掉价了。"韩双道，"这种吃力不讨好的事……"

　　她半带威胁地看向身边，陈立钦马上道："我来我来！"

　　叶臻打车回到公寓所在街区。

　　叶臻现在心浮气躁，脑子里放鞭炮似的"砰砰"炸着。今晚他明知道那几个人有意灌醉他，可因为相信自己不会被酒精支配意识，所以并没有收着喝。

　　现在想来，一个人还是不能太过自信。

下车后，叶臻没急着上楼，站在街边吹冷风。

"先生！"有穿着警服的男人朝他小跑而来，神情严肃，问他，"你住在这附近吗？"

叶臻："是的，有什么事吗？"

警察例行公事，向他询问："最近这一两天，你有没有注意到这一带有一个流浪汉？身高约一米九，白人。"

叶臻揉揉额角，说："没有，昨天我不在本地。"

"我们接到报案，一个身材高大的流浪汉在这一带对数名年轻女性进行过骚扰，并且附近居民反映，他曾多次伪装管道修理工人，试图进入私人住宅。"警察向他简单介绍，"我负责这个街区的调查，如果有什么发现，请及时和我联系。"

叶臻点头，眼看着警察离开，思绪混沌间，突然抓住些许一闪而过的念头。这让他在一瞬间惊醒，陡然坠入冰窟似的通体发寒。

叶臻转身猛地推开公寓大门，飞快地冲了进去。

"程杉！"

叶臻没有耐心等待还在七楼停留的电梯，顺着安全通道内的楼梯一路狂奔到十五楼。他"咣咣"敲门，喊程杉的名字。

屋里没有回应，叶臻心脏狂跳，只觉得大脑一片空白，一瞬间，程见溪临终前的嘱托在他耳边循环回荡着。叶臻捏紧拳头，强迫自己冷静下来，他从口袋里拿出房门钥匙，深吸一口气打开门。

屋里一片漆黑，双层窗帘被合拢得没有一点缝隙，家里静得可怕。

叶臻隐约闻到饺子醋的味道。他打开客厅顶灯，看见餐桌上有一盘几乎没动过的水饺，旁边陪着筷子和一小碟醋。

叶臻径直朝里走去，他打开主卧的门，里头一样伸手不见五指。叶臻摸到墙壁，按下灯的开关，借光看见床上空无一物。他心下发冷，但很快意识到床上的被子和枕头也不翼而飞了。

叶臻定了定神，终于在环顾一圈后，在床底发现了被子的一角。他跪下去，伏低身子，竟然看见程杉裹着被子窝在床下，整个脑袋鸵鸟似的埋了起来。

"程杉。"叶臻伸手拉动她的被子，"是我。"

后者毫无反应，俨然已经睡着了。

直到叶臻把程杉连人带被子从床底下拖出来，程杉才慢慢醒来。她的颊边还留着泪痕，整个人都是迷糊的。

"程见溪，你回来啦。你们的会开完了吗？"

叶臻蹲在她身边，绷着脸问："发生了什么？"

程杉坐在地板上努力回想，才缓声道："十点多的时候，有人敲门。我从猫眼里看到一个又高又壮的男人，他不会说英语，我听不懂他的话，所以没有给他开门。可他一直敲门，我有一点害怕，就进屋睡觉了。"

说到这里，回头看了看床，讶异道："奇怪，我怎么滚到地上来了。"

说着，不好意思地笑了。

"我好蠢啊。"

乔恩说过，程杉现在的心理状态，在应激时，出于自我保护，会选择性遗忘很多片段，只保留下较为平和的、无攻击性的那些。家里现在这个样子，她那时候哪里是"有一点害怕"？

叶臻听着她的描述，意识到程杉打给自己的那个电话，也被她选择性遗忘了。

程杉发现"程见溪"心情非常不好，他双眼发红，浑身酒气，似乎在刻意忍着什么。

"你喝酒了？"程杉小声说，"你喝酒会头疼的，要不先去喝点热茶吧。"

她说着，先站起身子，并试图将叶臻也拉起来。可是他一动不动，情绪低迷。

"对不起。"隔了好一会儿，他才低声对她道。

程杉困惑地半跪在他身边，思索片刻终于有了结论：他一定是喝多了。

别人喝多了，骂人、打架、言行不端的海了去了，程见溪倒好，喝醉以后居然跑回家来跟自己道歉。

这么一想，程杉伸手捧住叶臻的脸，语气中满满都是笑意："对不起什么？我们程见溪怎么这么可爱？"

她说着，不由自主地靠上去，亲了亲他的嘴角。程杉鼻尖酒香萦绕，她没忍住，头微微左偏，伸出舌尖在他唇上轻轻舔了舔。

叶臻如梦初醒，过电一般抬手推开了程杉。

"嗯！"

程杉没想过会被推开，后脑猛地砸上床边，痛得两眼金星直冒。

叶臻慌了神，连忙抢上去扶住程杉："对不起……"

他沮丧而受挫地发现，自己除了说"对不起"，什么也做不了。

他今晚糟糕透了。

程杉的手压在后脑勺，吃痛地说："程见溪，你喝醉了怎么力气这么大啊？"

叶臻拿开程杉的手，轻轻拨开她的头发——没有明显的外伤。他说："疼得厉害吗？觉不觉得晕？晕的话我们去医院检查看看，有没有轻微脑震荡。"

"不不不，我头铁。"程杉一听医院头都大，忙道，"你忘了初中那会儿，体育课练习扔实心球的时候，筱筱的球正中我头顶把我直接拍地上了？完事我还不是活蹦乱跳的。"

叶臻："……"

程杉趁机往他身上黏："你抱抱我，我就好了。"

叶臻没再推开她，任由程杉猫似的拱在自己胸前，只垂着眼沉默地给她揉着头。甜酒的后劲一点点翻上来，眼前的一切都蒙上一层淡黄的薄膜，梦幻一般。

叶臻知道这是自己的错觉，也知道这个时候应该抽身离去。但他并没有做出任何符合理智指导的举动。

"程见溪，我的腿有点麻了，去床上吧。"程杉被他搓揉得很舒服，猫咪一样半眯着眼嘀咕，"你抱我去。"

叶臻隔着被子把程杉抱起来，一条腿跪在床边，将她放在床上盖好被子。做完这一切，他想要起身去浴室冲凉，却被两条从被子里伸出的胳膊禁锢住了。

程杉一手揪住他一边衣领，向下一拉，与此同时扬起下巴，加深了刚才那个浅尝辄止的亲吻。

她伸出舌头，带着蛮横，闯入、引导、缠绕。

火一直燎到头顶，叶臻承着她横冲直撞的吻，最后那点极力维持的理智也溃不成军。

在某一刻，程杉终于感受到他的"回馈"。她微不可闻地松了口气——孺子可教，程见溪总归不是块木头。程杉一直都很清楚程见溪的被动，如果不是趁着酒兴，如果不是她主动，两人不知道什么时候才能有质的进展。

可是很快，程杉察觉到不对劲。

程杉不清楚是不是酒精让他面目全非，平日里程见溪克制自律的禁欲模样不复存在。现在的他凶狠、蛮不讲理，他毫无技巧可言的亲吻弄疼了她，这让她不得不完完全全地交出主导权，以防两相抗争伤及彼此。

他进一步，程杉便后退一步，以最大的包容来承接他给的一切。

程杉很快头晕目眩，她觉得程见溪的节奏太快了，她简直退无可退。当他扯开自己的睡衣衣领，程杉痛得眼泪都要出来了。

她不得不向他告饶。

"程见溪……你轻一点。"

程杉的这声低语，冷水似的朝叶臻脑门兜头扑来。

程见溪，程见溪！

他猝然醒悟，可眼前的姑娘已经衣衫半褪，自己一条胳膊撑在床上，另一只手掌的掌心触感绵软滚烫。

叶臻几乎在一瞬间直起身子。

程杉从他眼中读出浓浓的懊丧、自责，紧接着，他夺门而出。

叶臻直奔浴室，将冷水调到最大，整个脑袋直接伸到花洒下去。

他真是被鬼迷了心窍！叶臻恨不得重重给自己几拳。事实上，他也这么做了，只不过拳头砸在了冰冷的墙壁上。

他正心烦气躁，程杉担心的声音从门外传来："程见溪，你没事吧？"

叶臻："别管我！"

程杉被他吼得一怔，一时不知道要说些什么。

叶臻用力搓了一把脸，竭力克制地低声道："我没事，只是有点头晕。你先睡吧，我冲完淋浴就回书房了。"

程杉在门边站了一会儿，欲言又止，最后沉默地转身走了。

叶臻站在冷水下，浑身的燥热与烦闷一点点被驱散。

他扯过浴巾擦干身体，换了干净的睡衣从浴室出去，看见程杉的房门紧闭。

叶臻知道她现在不好受，换成任何一个女孩子，和男朋友亲热到那个程度后被人晾在一边，都会觉得挫败难过。

他就是个浑蛋。

叶臻转身走到厨房，把凉透了的水饺倒进垃圾桶里，洗干净碗筷后轻手轻脚地回了书房。

彻夜无眠。

辗转到清晨，四点多的时候，叶臻听见厨房有杯盘碰撞声。

他起身打开门，隔着半透明的玻璃推门，看见程杉的背影。她在煮牛奶，此时正从奶锅里把热牛奶倒进玻璃杯里。

倒了满满一大杯牛奶，多得几乎要从杯子里溢出来。程杉弯腰把最上头那一层吸溜掉，这才双手捧起杯子，站在流理台前，闭着眼睛"咕嘟咕嘟"一饮而尽。

她看起来才刚睡醒，头发蓬蓬的，认真地牛饮着，有种天然的憨态。

叶臻想起昨晚她可能连晚饭都没有吃，这会儿估计是饿了。

屋子蒸腾着奶香，叶臻忍不住叫她："小杉。"

程杉快速地转过了身，眼睛睁得圆圆的，似乎有点被吓到，叶臻看见她唇上一圈没来得及擦掉的白色奶糊，下意识地舔了舔上唇。

"程见溪……我是不是吵醒你了？"程杉朝他走过去，担忧地说，"你眼里好多红血丝。"

叶臻声音喑哑："我睡不着。"

"酒喝多了难受吧？"程杉去拉他的手，说，"你今天要上班吗？"

叶臻"嗯"了一声，嘀咕道："不想去。"

程见溪很少有这么情绪化的时候，程杉伸手摸了摸他的额头，说："你有一点发热。"

她的指腹微凉，触感细腻，叶臻闭了闭眼。

"那应该怎么办？"

程杉皱着眉头思考对策，从叶臻的角度看过去，她像个严肃的白胡子小老头。

"可能是书房的被子不够厚，你着凉了。"程杉说，"你先去卧室睡一会儿，我给你煮姜丝可乐，发发汗就能好了。"

叶臻转身往里走，又被叫住，程杉招呼他过来："先喝点热水。"

程杉去储物袋里摸出个生姜，一边削皮一边监督叶臻，后者乖乖喝光，目光沉沉地望着她。

"傻了吧唧的。"程杉好笑，冲他摆摆手，"睡觉去，被子盖好。"

叶臻不服气道："先照照镜子再说谁傻。"

厨房没有镜子，程杉仰头盯着叶臻的瞳孔，从里面看见拼接成自己脸颊的色块。她"啊"了一声，连忙伸手盖住嘴巴，跑到水池边接水冲洗。

"你怎么不告诉我？"

"我还以为你要留着当下午茶。"

"……"

程杉看着叶臻走回卧室，扬扬手里的大姜："我看你是个病人，不跟你一般见识！"

　　叶臻一头栽在程杉的床上，枕头上有她的发香。这明明是他的枕头，可是程杉只睡了半个晚上，气味就已经完全不同。

　　她的存在感太过强烈。

　　叶臻拉过被子，里头还暖烘烘的，出于好奇，他学着程杉把头埋进被子里去。不过几分钟就闷得受不了。他又一把扯下来，盯着天花板思考程杉是不是用头皮呼吸的变异物种。

　　可他一想到程杉，掌心就不自觉发热，昨天的冷水澡根本冲不走那件荒唐事。叶臻无力地握了握拳，又松开，长长地叹了口气。

　　喝了程杉煮的姜丝可乐，叶臻又睡了一阵，再醒来的时候精神头好了许多。

　　他起身换衣服，程杉问他有什么安排，叶臻说："还是要去趟公司，等项目彻底结束以后，才有休假的机会。"

　　嘴上说着不想去，可身体再怎么不舒服，到底还是不愿放弃工作。

　　程杉："我今天想去附近转转。"

　　叶臻："早点回来，不要去太偏僻的地方。昨天来敲门的那个人，可能是警方正在寻找的嫌疑人。"

　　程杉奇道："什么敲门的人？"

　　叶臻转向她，不确定道："你不记得了？"

　　程杉满面生疑，反问："我应该记得什么？"

　　她这情况不太对……叶臻心下一紧，暗道不好，从昨晚开始程杉就没有吃药。

　　叶臻打圆场道："是我记混了。昨天我回来的时候，碰到这个街区的警察，他告诉我近几天有一个高大的白人流浪汉，常常骚扰附近居民。让我们注意防范。"

　　他语气轻松，一面往里走，一面把程杉的药拿出来给她："今日份的保健药。"

"我会吃的。"程杉指了指墙上的挂钟，"你要迟到了。"

叶臻想看着她吃药，手机突然响了起来。

是鲁卡斯打来的，他语气急促，说："叶，你快来公司！我这边的订单出了一点问题。"

叶臻蹙眉："订单上周五不是已经核查过了吗？"

鲁卡斯显然不打算在电话里详细说明："你先过来再说。"

叶臻挂了电话，加快动作去玄关穿鞋："小杉，有什么事就给我打电话。药记得吃。"

"知道啦，你快去吧。"

那边，鲁卡斯挂断电话后，站在窗边看着叶臻家公寓大门，没几分钟，叶臻就从里面走了出来。他很快给陈立钦打了通电话："他出公寓大门了。"

"收到！"

陈立钦和韩双对视一眼，后者给他一个"上"的动作指令，两人便从公寓旁的巷子里拐出来，进了公寓大楼。

"要不是卡米尔痴心一片，我是真不想撮合他们。"韩双老大不乐意，两人等电梯的时候，她说，"我一直觉得叶臻是个很靠谱的小伙子。真不明白他怎么会召妓。"

陈立钦打了个哈欠，说："你都说了半宿了，姐姐。叶臻他没偷没抢，想解决一下生理需求也是很正常的嘛。"

韩双狠狠瞪了陈立钦一眼："听你这意思，是心向往之？"

陈立钦立定，狗腿地笑道："我哪敢？我还怕得病呢。"

"喊，男人。"

这时候，电梯门开了，从里头走出个膀大腰圆的男人来。陈立钦仰头行注目礼，用中文说："嚯，快有两米了吧？"

韩双皱皱眉，说："这是多少天没洗澡，臭死了。电梯里都被熏得乌烟瘴气。"

她话刚说完，那男人的脚步顿了顿。

陈立钦赶紧把电梯门关上了，后怕道："他要是听得懂中文怎么办？人家一拳能捶死我们俩！"

"还不是你先说的！"韩双也心有余悸，不过她很快说服了自己，"没关系，反正我们不住这儿，他找不到咱们。"

陈立钦这才想起此番杀来叶臻公寓的目的，不免惴惴："咱们也别做得太绝了，毕竟这不是捉奸……"

韩双"哼"了一声。

"有她没卡米尔，有卡米尔没她。"

第三章 偏偏命中

程杉像前天那样处理掉药片，去浴室化妆。

她是化妆新手，乔恩却拥有能和美妆博主媲美的化妆技巧。这几个月来，在乔恩的手把手指导下，程杉已经小有长进。

程杉对着镜子，一只手扒拉眼皮，另一只手握着眼线笔，一点点填充内眼线。乔恩说过，她的眼睛很大，不需要浓重的眼妆，只画内眼线提神就能很漂亮。

刚画完右眼，门铃响了。

程杉小跑去玄关，扬声问："谁呀？"

韩双："你好，我是叶的朋友。"

"Ye"是谁？程见溪的昵称吗？

外头是个女声，说的又是中文，程杉防备心顿减，隔着门礼貌道："不好意思，程见溪刚刚出门去公司了，要不你给他打电话吧？"

韩双偏头看了陈立钦一眼，小声道："城建系是什么？"

陈立钦用气声回答："可能是外号。人在江湖飘，哪能用真名。"

没想到叶臻还有这一手呢。

"我不找他，我找你。"韩双气定神闲道，"大家都是朋友，咱们用不着隔着门说话吧。"

程杉想起来，程见溪的房子常常提供给他的同事们工作，他们应该对这里很熟悉。反倒是自己，对他们来说是个陌生人。

程杉打开门，先看见一个身材高挑纤细的女人，穿着一件长及膝的黑色皮衣，她眼神凌厉，正自上而下地打量自己。而她身旁站着的男人，个头虽然不低，存在感却没那么强，此时正用审视的目光望着自己。

她被看得有些不自在，想起自己只画了半边眼线，更是发窘，率先道："你们好，我是程见溪的女朋友，程杉。"

"这年头真是什么人都敢自称'女朋友'。"

韩双冷哼一声，从程杉身边大步走过，直奔屋内。她没进里屋，只在客厅转了一圈，隔着玻璃推拉门，看见阳台上晾着的女式胸衣和内裤后，脸立刻垮了下去。

陈立钦也瞧见了，轻轻咳嗽了声，扭过头去，说："看这架势是要长住啊。"

程杉被这两人的诡异行径和说话方式弄蒙了，她说："是不是程见溪没有跟你们提过我？我昨天才到的，可能会在这里住一个月。当然，我们……"

她想说我们会出去旅行一阵子，不算在内的话，我只会在这里住上半个月。

可是韩双没有给程杉说完的机会，她直截了当道："你醒醒吧，人家已经有女朋友了。"

程杉不确定地看着韩双，口中仍旧道："这中间是不是有什么误会？我就是他的女朋友，我们在一起很久了。"

一个连叶臻真名都不知道的应召女郎，居然有底气说这种话？

"笑话。"陈立钦先反驳道，"我和叶认识快七年了，怎么从来不知道你这号人？'程杉'这个名字我从来都没听过。"

韩双更是气不打一处来，她脸上带着讥讽的笑。

"在一起很久了？像你们这种人，能上第二次床的都是熟客吧。"

程杉被侮辱得很莫名，她低声说："我不知道发生了什么，会让你们有这种误解，但是现在请你们出去，这里不欢迎你们。如果还有疑问，请直接去找程见溪，他会向你们解释一切。"

"你有什么立场赶我们走？这里是你家吗？"韩双环抱双臂，好笑地看着程杉，"你以为我是来向你提问题的？不不不，我是来请你滚出去的。"

程杉张了张口，不晓得还能说什么，她不明白为什么一大早自己会被找上门的陌生男女轮番奚落。

程杉有点委屈，她吸吸鼻子，低头预备往里走："我要给程见溪打电话。"

陈立钦一伸手拦住了她。

"少装可怜了！"韩双厌恶道，"你该不会以为叶没让你天亮就滚蛋，是打算让你做他女朋友吧，小姐？实话告诉你，卡米尔才是他的正牌女友，识相的话趁早收拾东西走人。"

陈立钦没想到这个看上去清清秀秀的小姑娘，居然这么不知廉耻，他觉得没什么好客气的了，接过韩双的话又补充道："他早跟我们说了，和你不过是玩玩而已。卡米尔可是个超模，你用脚趾头想想也该知道他会选谁。"

程杉没听过卡米尔这个名字。

但程见溪这几个月来确实没有从前那么爱她了，她虽然没有说破，心里其实是能感受到的。程杉原本以为是因为新工作太忙，新环境太陌生，程见溪需要时间去适应。可似乎事实并不是这样的。

程杉眼里慢慢积蓄起泪水，她突然在心里问自己，为什么程见溪要安排自己住得那么远，仅仅是因为他工作需要开会，和她同居不方便吗？

这个问题为什么她从来没有想过呢？

而且，程见溪似乎越来越不愿意碰自己了，亲吻拥抱少得可怜，昨晚她那么主动，他却避之不及。

他真的喜欢上其他姑娘了吗？就像她从前看的韩剧，男主最后终于发现自己原来爱的不是身边青梅竹马的女朋友，而是才认识不到三个月的女主。

她和程见溪，已经走到倒数第三集了吗？

程杉的头疼起来，她很想说服自己不是这样，在脑海里拼命搜寻证据的时候，却恍惚地想起一件事。

她好像很久都没有看到程见溪手腕上的文身了。

这个突然袭上心头的念头，让程杉的呼吸骤然急促，她的手攥着胸前的衣襟，慢慢蹲下身子，双目无神茫然四顾。

"文身呢？文身去哪儿了呢？"

陈立钦没料到程杉这个反应，一时慌了神："哎，你干吗？"

韩双软硬不吃，冷冷地瞥她一眼，说："你要是自觉点退出，大家面子上还能好看点。如果把叶臻叫回来，再赶你出去，到时候我可不会这么好言好语了。"

程杉压根听不见她说话，陡然哀鸣一声，抱着头哭喊道："到底去哪里了？！"

陈立钦被女人病态的尖锐哀号声吓得一哆嗦，话都说不利落了："这、这人是不是疯了？"

韩双也叫她这一嗓子喊得有些心里发飘："叶臻这是招惹了些什么人啊？！"

陈立钦迟疑道："现在怎么办？"

在他们的计划中，只要三言两语，那应召女郎就会被韩双说得颜面扫地，灰溜溜地离开这里。谁能想到韩双还没说什么，人就被逼疯了。

韩双也觉得问题棘手，要是真让陈立钦把人拖出去，实在太不好看。万一惊动了警察可就糟了，叶臻毕竟还是要面子的。

但这么气势汹汹地来了，不做点什么总觉得不解气。

韩双知道程杉正在化妆，她大步走到卫生间，一抬手将梳洗台边一堆瓶瓶罐罐全都扫落下去。墨黑的眼线液溅在地砖上，腮红、眼影盘摔得稀碎，七零八落的化妆品滚得到处都是。

随后又走去阳台，扯下她的内衣裤丢进了垃圾桶。

陈立钦看得目瞪口呆。

做完这一切，韩双拍拍手，扬扬下巴："走。"

这不过是个小小的教训。等她清醒过来，看到这些就该明白，谁才是不受欢迎的那个。

离开公寓，陈立钦直接去了公司。韩双一并跟去，打算在叶臻那里再添一把火。

他们到的时候，叶臻和鲁卡斯在会议室里重过订单。

"问题就出在这里。不对啊，上周我核查过你的表格。当时这一栏的数据值不是3.05%，是3.55%。"叶臻蹙眉，紧盯着电脑屏幕道。

坐在一旁的鲁卡斯眼睛睁得大大的，不可思议道："叶，这是我负责的表格，你怎么会那么清楚？"

叶臻帮他调整回原始数据，淡淡道："我核过一遍。"

鲁卡斯吞了口口水，说："我知道你对数字敏感，但是叶，这里头有一千多组数据。"

漏洞不大，数据调整回去以后，总计栏就对得上了。

叶臻敲敲桌面，问他："为什么改动数据？"

鲁卡斯支支吾吾道："我不知道啊……"

叶臻："要不我把我电脑拿过来，里面有你上周发来的终稿，和这张表一对照就知道。"

鲁卡斯知道瞒不过叶臻，眼珠骨碌碌地转，小眼神直瞟，当他看见会议室透明玻璃门外出现的身影时，"噌"一下站起身。

"叶，钦钦和双双来了！"

叶臻不知道鲁卡斯在玩什么把戏，他保存文档，合上鲁卡斯的电脑。一抬眼，看见韩双笔直朝自己走过来，一副兴师问罪的架势。

叶臻以询问的目光看着她。鲁卡斯和陈立钦两个知情人为免被波及，非常识相地往旁边靠了靠。

"说说吧，你是怎么打算的。"韩双开门见山，对叶臻道，"如果你不能干干净净地处理这件事，我是不会让卡米尔再见你的。"

叶臻不喜欢被人以威胁的口气相对，鲁卡斯和陈立钦猥琐地窝在旁边的样子，也让他心里隐有不好的预感，他说："哪件事？"

韩双说："别装了，我刚从你家过来。"

叶臻脸色微沉："你见过小杉了？"

他一瞬间明白过来，转向鲁卡斯，用的是陈述句："早上那通电话，就为了这个。"

鲁卡斯躲在陈立钦身后："我是被迫的。"

"小杉？"韩双显然很介意叶臻对那个应召女郎的昵称，她说，"叶臻，我以为你至少是个坦坦荡荡的正人君子。你这个样子，我怎么可能放心把卡米尔留在你身边？"

"她不是我的女朋友，事情不是你想的那样。"

"我当然知道你不会找个婊子做女朋友。"韩双不满意叶臻的回应，她说，"可你有了卡米尔，能不能让她有多远滚多……"

韩双在说话的时候，陈立钦观察到叶臻的表情不太对劲——他后槽牙咬得紧紧的，看上去非常愤怒。叶臻一直是他们公认的脾气最差，比起"笑面虎"鲁卡斯、"小尿包"陈立钦，叶臻简直像个炸药包。不点起来什么事没有，可谁要是不慎点燃，只能后果自负。

"韩双！"果然，叶臻没忍到韩双说完，就打断了她的话。

陈立钦暗道不好，连忙上前几步，把韩双往后拽了拽，赔笑道："叶臻，她就是说话直了点。但程杉她一个应召女郎……"

叶臻一拳头砸在陈立钦脸上，跟着扯过他的衣襟："把你这句话收回去。"

"叶臻你疯了？"韩双怎么也想不到，叶臻会为了那个女人打陈立钦，她瞪大了眼，尖叫道，"你为一个妓女打自家兄弟？"

叶臻的脸色黑得像墨，眼刀削过去，压抑着怒火道："闭嘴。"

"叶臻！"陈立钦吼他，"你太过分了！"

"我过分？你们随便往一个女孩子身上泼这种脏水，你说我过分？"叶臻咬牙切齿，狠狠将他搡开。陈立钦一个趔趄，被他身后的韩双扶住了。

韩双脸色同样铁青，说："你休想我再替你向卡米尔说什么好话。"

鲁卡斯身为旁观者，大约理出了一点头绪："叶，那个女孩子到底是什么人？该不会她不是……"

"应召女郎"四个字，他顶着叶臻发狠的目光没敢说出口。

"她当然不是！你们在想什么？"叶臻双手摊开，掌心向下按，他说，"我死去的弟弟，是她的男朋友。"

这句话一出来，在场所有人都陷入了沉默。陈立钦和韩双面面相觑，发现彼此的脸色都变得很不好看。

鲁卡斯率先打破沉默："叶，你有一个弟弟我们怎么都不知道？"

叶臻长长出了口气，抬手揉了揉额角："说来话长。"

"你弟弟该不会就是她口中的'城建系'吧……"韩双后知后觉，喃喃道。

"嗯。"叶臻说，"她不肯接受我弟弟已死的事实，患了癔症，把我当作程见溪。"

他说到这里，突然意识到什么，猛然看向韩双："你们去找她，说了什么？"

韩双下意识地往后退了半步，求助地拉了拉陈立钦的衣袖。陈立钦面如菜色，眼神不敢和叶臻相对，他说："都是我们的错，我们这就去跟她道歉！"

韩双赶紧点头："这件事是我们太鲁莽了，我一定会向她诚恳道歉的！"

结合他们对程杉的误会和韩双那火爆的性子，叶臻也知道程杉肯定受欺负了。

他把她带来自己身边以后，总让她很委屈。

叶臻脑子一团乱麻，他顾不上回办公室拿外套，直接朝外跑去。韩双和陈立钦屁也不敢放一个，立刻尾随叶臻离开了。

公司到家不过五分钟脚程，叶臻步子大，不到三分钟跑了回去。

叶臻打开门，屋里一片狼藉却空无一人，他喊着程杉的名字，里里外外找了三圈，包括床底下、窗帘后头、杂物间。

程杉不在家，相机、手机都没带在身上。

叶臻彻底发飙，他直奔韩双而去，陈立钦眼疾手快，把韩双拉到自己身后。

"叶臻，有话好好说！"

"她人呢？你究竟跟小杉说什么了？！"隔着陈立钦，叶臻厉声道。

韩双嗫嚅："我就说，卡米尔才是你的正牌女友，你跟她不过是玩玩而已……"

"小杉是什么反应？"

陈立钦说："她一直都挺冷静的，但听到卡米尔的名字以后，突然叫了一声，然后蹲下去喊着文身什么的。她看起来不太正常。"

这是发病了。

叶臻额角青筋一跳一跳的："她已经很久没有发病了。"

陈立钦赶紧补救道："我们分头去找吧，从刚才到现在也不过二十分钟，她……应该走不远。"

现在只能这样了。叶臻大步走进房内，把乔恩留下的应急药拿上，几个人下楼找人。

好在程杉行为举止怪异，叶臻一连问了几个路人，都说见过那个亚洲姑娘，他们说她见到人就要看他们的手腕，嘴里嘀嘀咕咕地说着听不懂的话。

叶臻知道程杉在找什么，他见过程见溪手腕上那个"爱的文身"。

程杉有一次发病，就是因为没有看见自己手腕上的那个文身，也是那一次，叶臻顺势告诉了她自己不是程见溪。而后程杉便表现出了极度的痛苦和回避，保持着同一个姿势窝在角落，整整四十八小时，不吃不喝不动，没有开口说一句话。

那一次恢复之后，她再也没有提过文身这事。叶臻以为已经翻篇了，没想到这个文身一直都是她心里的重要坡坎，极难跨越。

顺着路人的指引，叶臻终于在一条街区以外的比萨店门口找到程杉。

可能是她闯进比萨店找顾客们看文身的行为，大大影响了店铺的正常运营，叶臻赶到的时候，正看见店员把程杉小鸡崽儿一样地拎到门外，并威胁她再进去就报警。

叶臻三步并两步跑了过去，把程杉揽到自己身旁，用意大利语向店员致歉。

"小杉，没事吧？"

摆平了店员，叶臻转向程杉，上下检查了一番，除了出门没换鞋子，此时光脚穿着拖鞋以外，万幸没有受什么伤。

可自打叶臻进入程杉的视线以后，后者像是被施了定身咒，只顾死死地盯着他，却没有半点反应。

叶臻："走，我们回家。"

程杉没动，似乎想起什么伤心的事情，又不愿意哭出来，倔强又沉默地钉在原地。

"小杉？"

叶臻心道不好。历史仿佛正在重演，她和上回一样，突然封闭自己，沉浸在臆想的世界里，拒绝与人沟通。

可两个人戳在大街上算什么事，叶臻微微弯腰将她抱起来，先回了公寓。

程杉一路都没有挣扎，大睁着眼睛呆呆地望着前方，仿佛叶臻抱着的只是一具灵魂出窍的躯体。到家之后，叶臻把程杉安置在沙发上，给韩双和陈立钦打了电话，让他们先回去，等到程杉恢复正常了再来谢罪。

随后，他又给乔恩去电，大致描述了整件事情的经过。

乔恩把叶臻劈头盖脸地说了一通，后者没有辩驳一句，只在最后低声问："我现在应该怎么做？"

"先喂她吃药吧。"乔恩说，"这种情况没办法的，除非你把程见溪的文身给她找来，否则她什么都听不进去。只能熬到她累了，再等她睡醒以后的反馈。"

叶臻听着电话，目光却落在沙发上乖乖坐着的程杉身上——比起现在这个样子，他倒宁可看见程杉嘻嘻哈哈地闹他。

他说："知道了，有什么进展我再联系你。"

乔恩建议道："要不我还是让巴南来帮你？"

"不用。"

叶臻挂了电话，先去厨房烧热水，随后走到程杉身边，半蹲下身子，试探地在她眼前晃了晃手："小杉，认得我是谁吗？"

没有回应。

"你今天，是不是很难过？"

程杉的目光没有焦距，更别提回答他的话。

叶臻想了想，又说："今天你不管听到他们对你说了什么，都不是真的。程见溪这一生，爱且只爱过你一个人。"

程杉依旧无动于衷。

叶臻轻轻叹了口气："对不起。"

程杉的脚趾微微向内勾了勾。叶臻以为她有了回应，可后者表情依旧毫无波澜。

他伸手碰了碰她的脚，触感冰凉。叶臻张开手掌，将她的两只脚握在手心里焐着。程杉没有丝毫反抗，似乎意识已经完全放弃了对这具身体的控制权。

屋子里很静，但和他这些年习惯的独居的安静很不同。

这种安静不会让他迫切地想要开始工作、打开音响或是找一点其他的事情做，这种安静不会让人觉得孤独。

叶臻想，可能是气味、温度都不一样了。

厨房里的热水开了，水壶的自动开关"吧嗒"一声关掉，壶口喷出的高温水蒸气很快遇冷液化，在玻璃门上形成一层水雾。

可是叶臻根本没有注意到。

"你放心吧。"

不知过了多久，叶臻开口道。他的声音很低，不知道是在说给谁听。

"我不会再让任何人欺负你，包括我自己。"

叶臻去洗手间收拾，然后打了水给程杉洗脸。

他从没照顾过谁，做这些细致的活几乎无从下手，洗脸的时候程杉的头发几乎糊了满脸。叶臻一手握着她的头发，另一只手却没办法完成其他动作。

没辙，他只好小跑进房间，打开电脑，在谷歌搜索栏里键入"扎马尾视频"。

足足观摩了两遍，叶臻才绕去程杉卧室，找来一根头绳，打算学着视频里的样子给她把头发绑起来。

他很快碰了壁。叶臻发现这么简简单单的几个动作，自己做起来简直像个智障。这不是数学题，不是射箭比赛，不是商业项目，这太难了。

叶臻耐着性子认真实践了三次，成功把程杉的一头乱发变成一头藏着头绳的乱发。唯一的好处是，乱归乱，脸上的碎发都被弄到后头去了，主要矛盾算是暂时解决。

很快，新的问题又来到眼前。

程杉化妆了。脸上倒还好，叶臻拿了洗面奶来，洗完还算干净。可是他对着程杉单边眼睛的那一条黑色眼线犯了难。

毛巾擦了好几遍，程杉眼周一圈的细嫩皮肤都蹭红了，眼睫毛掉了几根，那眼线还是坚挺依旧。叶臻只好放下毛巾，再次上网去查卸妆攻略，对照视频找来棉签、化妆棉和卸妆水，一点点帮她卸了妆。

经历"扎马尾""卸妆"之后，程杉的脸看上去更惨了。她不哭不闹，叶臻不知道自己有没有弄疼她，可看她现在的模样，真不像是被好好对待过的。叶臻端详了她一会儿，突然对自己的个人能力产生了深深的怀疑。

原来这个世界上，还有那么多看上去无脑简单，他却做不好的小事。

他有点沮丧："我不是故意的。"

程杉面无表情地看着地板。

叶臻歉疚心起，想起程杉曾说过的一系列"歪理"，突然伸手抱了抱她。

时间差不多了，叶臻把放温了的水端来给程杉喝药。

程杉根本无法自主吞咽，喂进去的水顺着嘴角直接流了下去，濡湿了胸前的衣服。

叶臻皱着脸想了一会儿，自己先含了一口水，半跪在她面前，却在凑上前进行下一步动作的时候停住了。

他慢慢把水吞下去，为自己的这个想法而感到不齿。

叶臻重新拿了药，轻轻抠开程杉的嘴巴，把药片塞进去，又将她的身子微微倾斜靠在自己胸口，抬起她的下巴，拿了温水往里面一点一点地灌。

药片是进去了，最后一口水却呛到了她，程杉痛苦地咳嗽起来，眼中蓄起生理性的泪水。

叶臻紧紧抿着唇，生平第一次无比清晰地认识到自己的笨拙。

他说："我很糟吧。"

程杉慢慢止住咳声，眼眶的泪水多得满溢出来。

叶臻抬手拭过她的脸颊。

"如果是程见溪，一定能照顾好你。"说完这句话，又被自己蠢到了，叶臻摇摇头，苦笑，"如果他还在，你怎么会落到这样的境地。"

叶臻想起程见溪，鼻尖发酸，他坐到程杉身边，说："我们看电影吧。"

他自说自话地拉开茶几下的抽屉，从里面翻出个碟片收纳包来。

"都是我收藏的。"

叶臻一张一张翻过去，给程杉介绍它们的来历。

"《千与千寻》，我最喜欢的动画作品！从《风之谷》开始，宫崎骏和久石让的搭档一直在不断刷新让人惊喜的纪录。十年前，我和小慕还有南荣一起去日本看的首映。这张碟片是她为了庆祝这部电影获奥斯卡奖，买来送给我的。

"看这个，绝版的《希区柯克剧场》！超酷！是五年前，我在洛杉矶的一家酒吧玩飞镖赢来的。鲁卡斯为了得到它的使用权，每个月都来这里打扫两次卫生。

"这是《罗马假日》！是我在梵蒂冈的圣彼得广场旁边，跟一个流浪艺人买的。就在梵蒂冈唯一的那家邮局门口。我买了两张，去邮局给见溪写了明信片，并把其中一张邮递给了他。"

……

叶臻不断往前翻找："还有几张是这两年的电影，我最近太忙了，还没看过。"很快，他从里面抽出一张崭新的碟片，自言自语道，"或许你会喜欢这个，这是去年见溪带来的。"

程杉在叶臻抽出那张光碟的时候，身子微微动了动，目光仍旧放空。但她这个反应已经很难得，叶臻觉得自己做对了选择。

他打开客厅的DVD放映机和音响，将碟片放进去，又去冰箱拿了两听可乐，拉上窗帘。

屏幕上很快出现片名*FLIPPED*。

电影的中文译名叫作——《怦然心动》。

简单且温馨的故事，跟爱情有关，跟原生家庭的教育有关，跟成长有关。

对女孩无休无止的追逐，少年从慌乱地逃避到懂得珍惜，再到追悔莫及后的主动靠近。

"无须多问，从叶子的形状和枝干的纹路来看，那是一棵无花果树。"

当两人一同在院中种下无花果树，稚嫩的手掌交叠，故事终于走向一个开放而温暖的结局。

九十分钟里，程杉和叶臻谁都没有开口。

直到片尾曲奏响，叶臻听见自己说："他很幸运。"顿了顿，又叹了口气，"也很不幸。"

叶臻在这一刻终于开始相信一件事：这世上有些爱情或许就像宿命一般难以抗拒。正如程见溪无法拒绝程杉的出现，也无法不爱上这个姑娘。

可惜电影的结局却是生活的开场。

这一次，程杉的自我封闭没有持续太久，傍晚时分，她慢慢合上了眼睛。

叶臻把她扶上床以后，离开了公寓。

他约了卡米尔。

叶臻等在咖啡馆靠窗的座位，女人款款而来，吸引了沿途所有人的目光。

"叶臻。"卡米尔从来都对自己充满信心，她坐在叶臻对面，笑容优雅，"我都听韩双说了，她很抱歉。"

叶臻坐直身子，诚恳道："我也很抱歉。"

卡米尔和他交换眼神，立刻意识到叶臻带来的并不是好消息，她的笑容慢慢僵在脸上："我不明白。"

叶臻："问题在我，我不是一个好的选择。"

卡米尔："你好不好，你自己说了不算。"

叶臻没有说话。

卡米尔凝视叶臻，突然说："除非你爱上了别人。是那个女孩子？你弟弟的女朋友？"

叶臻："我不会的。"

"叶臻，爱人又不是一件可耻的事情。"卡米尔说，"但你要知道，一男一女独处得久了，什么事情都会变味。"

叶臻微微蹙眉。

"更何况，在禁果反应之下，你的判断未必正确。"卡米尔见叶臻没有开口，继续道，"你知道禁果反应吗？也叫罗密欧与朱丽叶效应，叶臻，外在的干扰力量越强，双方的感情反而会越好——正是因为受到束缚，逆反的情绪才会落地生根。但那根本不是爱情。"

她站起身，声音里带着惋惜："你要知道，我们会是最合适的，那个女人会拖累你。"

叶臻一直没有开口，此时才淡声道："我们合不合适，你自己说了不算。"

卡米尔表情微僵，拿了手包转身走了。

叶臻在咖啡馆一直枯坐到他们结束营业。

结账之后，他在午夜的长街上慢跑。

慢跑是他从很小就开始坚持的运动之一。念书那会儿，如果有想不明白的数学题，或者很难解决的问题，叶臻就喜欢绕着他们家附近的公园绿道慢跑。

十圈不行就二十圈，五千米不行就一万米。叶臻相信人在体力接近透支的时刻，肉体的稳定与意识的清醒都难以为继时，总能得到某种启示。

偶尔来自外界，但大多数都源于内心。

可这一次叶臻足足跑了十多公里，该想的问题一个也没有想明白，最后整个人被汗浸得透湿，像刚刚从水里捞上来似的。

肌肉酸痛，他的步子也有些发飘，本想穿过街巷走回公寓，目光却被巷尾一家仍旧亮着灯的店铺吸引了。

暗夜里，灯牌幽红的底光里，做成流血特效的黑色英文格外鬼魅。

叶臻呼吸声渐粗，有些支撑不住地弯下身子，双手支棱在膝盖上，头却一直抬着，凝视那灯牌上的字。

这是一家文身店。

叶臻在门口站了许久，终于还是走了进去。

叶臻回到公寓，程杉还没有醒来。

他去浴室淋浴。站在莲蓬头下，叶臻闭着眼睛仰头迎接水流，他发根尽湿，水珠顺着他的躯干滚落。他的腕间微微刺痛，水雾朦胧中，依稀可辨的是两个花体英文"C"。

那时，回Q市整理程见溪的遗物时，叶臻发现了很多照片，都是程杉给他拍摄的。叶臻在粗略翻看的时候，为留作纪念，用手机拍下来过一部分，其中就有程见溪手腕文身的特写。

叶臻没有想到今时今日竟然会派上这样的用场。

文身师仿得很像，不管是大小、颜色、形状还是细节的处理。他抬起手臂，久久地看着右手腕外侧的文身，蓦然觉得它像一个胎记。

程见溪"重生"的胎记。

叶臻在水幕中长长地出了一口气，将手掌盖在脸上。

"叶臻，你真是疯了。"

早晨六点，叶臻轻轻推开程杉的房门去查看她的情况。

他没想到的是，程杉已经醒了。她正仰面躺在床中央，睁着眼睛凝视天花板，似乎和昨天的状态别无二致。

"小杉。"

叶臻按照乔恩的指示，先叫了她一声，想试试她是否对外界的刺激有所反馈。

程杉听见了他的声音——表现在肢体动作上的反应是偏了偏头看向叶臻。她的视线终于有了焦点，不再空虚无物。

叶臻松了口气，说："醒了怎么不过来找我？"

程杉没有开口，眼里满是防备和胆怯，她的目光在叶臻身上游走，像一台正在识别身份的机器，每一寸都要摄入眼底。

叶臻没有动弹，任她打量。

室内没有开灯，只有微弱的晨光从窗帘顶部的滑轨处漏进来。

可是足够了。

程杉的视线自上而下，终于来到叶臻右手腕间。叶臻注意到她的眼神带着试探的困惑和小心翼翼，但她很快看到了自己想要的，那一瞬间之后，程杉的表情以肉眼可见的速度一点点变得柔和。

她确认了他的身份，重新将目光投注在叶臻脸上的时候，眼中蒙上了一层水汽，里头充满了眷恋与温柔。

程杉似乎想开口说话，但是眼泪先一步流了出来。她翻身跪坐起来，不顾仪态地疾速膝行到床边的叶臻身前，用力抱住了他的身体。

她用尽了全力，叶臻感受到了程杉的颤抖，和背部肌肉被她双手死死内扣的刺痛。他忽然产生一种错觉，仿佛自己的心脏也被她紧紧攥在手里。

"程见溪！"

程杉哽咽着喊他的名字。

叶臻慢慢抬起手臂，掌心挨上她的后脑，轻缓地摩挲。他听见自己开口说："我在。"

程杉的呜咽声自此变得更加急促，她的脸闷在他的睡衣中，含混不清地向他哭诉。

"我做了很长很长的噩梦……程见溪，你不知道有多可怕，我竟然、竟然梦到你死了，我到处找都找不到你。"她极力仰起脸来，努力地盯着叶臻的眼睛，她的手顺着他的背脊爬上去，又绕到前头，勾住他的脖子朝自己压来。

叶臻顺着程杉的力道俯下身，与她接吻。她哭得上气不接下气，却仍然吻得急而深，尖利的虎牙磨着他的舌头，叶臻尝到淡淡的血腥气和她的泪水。

他含住程杉两片湿润的唇瓣，安抚她的不安和后怕，一条胳膊揽着她，另一只手掌由她的后脑来到颊边，四指半托着她的脸，拇指在她的太阳穴及发根处缓慢揉动。

程杉的情绪被他温暖的手指和耐心的回吻拿捏住，她终于轻轻闭上了眼睛，狂跳的心脏也在他的抚慰之下趋于和缓。

叶臻察觉到她的平静，才慢慢直起身子。他唇舌发麻，鼻尖充盈着她的气味，叶臻微微抿唇，垂眼凝望程杉。后者沉默了很久，要不是两只手依旧紧攥着他的衣角，攥得指关节"咯咯"作响，叶臻几乎以为程杉重新陷入了沉睡。

在某个时刻，程杉先开了口。她细声呢喃，像是唯恐惊扰了这一切。

"程见溪，真的是你吗？"

叶臻不自觉地吞咽了一下，他浑身紧绷，机械地张了张口，仿佛一万年不曾说话而难以掌握正确发音似的，犹豫了很久也没出声。

程杉一动不动，仍闭着眼，近乎虔诚地等待他的回答。

"是。"

良久，叶臻的声音在卧室内清晰地响起。

尘埃落定。

程杉的手微微发颤，终是松开来，她如释重负，身子微微前倾，额头抵着叶臻的胸口。好像刚刚结束一场战役，消耗过度，浑身疲乏。

尽管如此，程杉却带着胜利者的微笑。

"太好了。"

每个人的一生或许都由无数个选择组成，叶臻坚信能够真正左右人生的选择题，从来都不会只有对与错两项选择——没有人会傻到明知是错，却依旧放弃正确的那个。

挣扎犹豫，不过是发现摆在眼前的所有选项都是错的。

人们总是无法在事前，就清醒地站在命运的拐点，观望未来的道路。事实上，那些道路也从来不是摆在眼前供人张望斟酌的，而是人们率先做出了选择以后，再一脚一脚走出来的。

那是他们的开始。

叶臻不知道什么时候会迎来结局，但这条路，他非走不可。

打破平静的是程杉"咕噜"叫嚣的肚子。

算下来她足足有一天半没有正经进食了，胃里全部的存货只有昨天凌晨的那杯牛奶。

她揉揉肚皮，说："我是不是睡了很久，都要饿穿了。"

叶臻不打算再继续追问她还记得哪些部分，又忘记了哪些，只摸摸她的头，说："换衣服洗漱，我们去吃早餐。"

"好！"程杉重新笑起来，颊边犹然挂着泪痕。

她积极地跳下床往浴室走，到了门口，想起什么来似的，揉揉鼻尖回头对叶臻道："是那个噩梦太恐怖了，要是你梦到也会被吓哭的。你不许觉得我矫情啊。"

叶臻笑笑："不会。"

程杉这才走进去，她在浴室洗脸，很快发现不对劲。她扬声问："程见溪，你看到我的化妆包了吗？"

果然都不记得了。

叶臻："可能是我昨天喝多了，把它当成了垃圾。"

程杉"啊"了一声，从里屋转出来，有点不可思议地说："阳台上原本晾着的内衣裤也不见了，你把它们……"

叶臻装傻："我没注意，是不是风大，把它们刮走了？"

程杉匪夷所思，忖了片刻，看着叶臻慢吞吞道："我听说，有些人喝醉以后，会暴露出自己内心最最隐秘的渴望。"

叶臻："……"

程杉拎了拎自己的羊绒裙裙摆，在他面前转了半圈，试探地问："你觉得女装好看吗？"

叶臻抬手掐了掐她的后脖子，哭笑不得："你整天都在想什么？"

他掌心温热，贴上她的皮肤之后愣了愣："怎么这么凉？"

程杉不以为意："我从小就这样，你又不是不知道。你不也是……"她的话没说完，像是想到什么，有些奇怪地捏了捏叶臻的手，"我发现你来了意大利以后，手总是热乎乎的。"顿了顿，自言自语地小声纠正，"不只是手，哪里都热乎乎的。"

因为喜欢运动，叶臻打小就是火炉子体质，全年无休地"发光发热"，他也没办法。

他说："这不好吗？"

"当然好。"程杉就着他的掌心蹭了蹭，说，"比以前好呀。"

叶臻敛了敛神色，拿开了手："你别这么说。"

"你这人，夸你两句还不乐意……"化不了妆只好素着脸出门，程杉去玄关换鞋，口中嘀咕。

叶臻带程杉去了当地一家中餐厅。一大清早，餐厅人已经很多。

"我常来这里吃。"叶臻对程杉说，"老板和老板娘都是中国人，老板最拿手的是川菜和鲁菜，老板娘是上海人，她做的腌笃鲜简直绝了。"

程杉"啊"了一声："什么是腌笃鲜？"

她几乎没吃过上海菜，在她的印象里，程见溪应该和她一样。可为什么他这么熟悉？

叶臻说："嗯……就是一种汤。"

老板默存跟叶臻很熟，老远看见，就从透明玻璃板上的收钱窗口里伸头出来，跟他打招呼："叶！里面坐里面坐，我这儿丢不开，你到后厨找小妹去哈！"

程杉小声说："你们不才认识三个多月，怎么跟多年的老朋友似的？"

叶臻"咳"了声："做生意的人，都自来熟。"

程杉说："这样啊，还有他为什么叫你叶？"

叶臻："这应该是方言的一种。"

"哦。"程杉毫无戒心地点点头，笑眯眯地跟老板打招呼，"你好！"

老板看见程杉，眼里立刻闪动起名为八卦的飞扬神采，他正欲开口，却有人拿着单据来付钱了，只好作罢，又缩回头去。

"他真的好忙啊。"程杉环视一圈，"外国面孔更多呢。"

"位置选得好。佛罗伦萨作为一座旅游城市，白天城区内，来往于世界各地的游人如织，来尝个鲜的大有人在。"叶臻说，"而且……"

他话没说完，及时收了回去。

而且这家店的店址还是他帮默存选的。三年前，他们在做北京、上海、成都等地到佛罗伦萨的出境旅游项目，境外地接的集合点就在这家店附近。

当时默存和他老婆还是在小巷深处摆推车摊点的小生意人，听了叶臻的建议之后，贷款在这里买了店面。

他对叶臻的信任换来了今天的回报。

"而且什么？"程杉诧异道。

叶臻把她领去后厨："而且他们的手艺是真的很棒。"

建议默存来这里开店，当然不只是因为在他那里吃过几顿饭、聊过几次天的交情，而是看中他的厨艺和踏实。另外，这家餐厅对他们的项目有百利而无一害。

他们没找到小妹，被熊猫安排坐员工餐桌。

"要吃啥就跟我说，老板娘在蒸包子，过会儿就来。"

熊猫是个四川女孩，小妹招来的学徒。才十九岁，烫了一个爆炸头，发尾削得极薄。脸抹得煞白，黑色眼线描了有一厘米粗。

脸酷得像熊，身材却娇小得像猫。

"姐姐，你想吃啥？"

比起叶臻，熊猫对程杉更感兴趣，她眼里有光，盯着程杉说："要不我给你推荐吧。"

这个熊猫，每天都睡不醒似的，除了学做菜，看到什么都提不起精神，叶臻还是第一次看到她主动跟人搭讪。

程杉从善如流："什么都好，不过我刚刚闻到包子香，有什么包子推荐吗？"

叶臻追加一句："尽量快一点。"

"那我给你端包子去，我蒸的肉包子，还有甜口的鱼香肉丝包，吃过的都说好。"

熊猫说："喝的呢，要豆浆还是牛奶？本来有豆腐脑的，但今天早上接待了个旅游团，全包圆了。"

程杉："豆浆吧。"

熊猫兴冲冲地进厨房了，叶臻对程杉说："她平时从不拿正眼看人，应该是很喜欢你。"

他站起身，说："我去拿餐具，一会儿过来。"

程杉点点头："帮我拿个醋碟。"

叶臻去取餐具，"顺便"拐了一趟收银台，跟默存聊了两句说明情况。

叶臻："我们只认识三个月，以后小杉在的时候不要说漏嘴了。另外，跟嫂子也说一下。"

默存虽然不知道叶臻葫芦里卖的什么药，但立刻会意地朝他比了一个OK的手势。

叶臻这才绕回去，结果看见程杉已经吃上了。

熊猫不仅给她拿了全套餐具，醋碟、辣油、萝卜干小菜都一应俱全。她半蹲在程杉边上，看着程杉咬下一口包子，问："好吃不？"

程杉连连点头："哎，我从来没有吃过甜包子，好吃！"

熊猫直勾勾看着程杉的脸，露出一个笑来，邀功道："我做的。"

叶臻："……"

叶臻走过去，光速解决了早餐，他说："时间不早了，我还要去趟公司。这周结束后，才有时间陪你。"

程杉说："你忙你的，我自己没问题。"

"姐姐你才来啊？"熊猫插话道，"我这几天都没事啊。"

叶臻："你不上班？"

熊猫想也不想地说："我请假。"

叶臻："……"他看向程杉，后者显然对她蛮有好感，程杉说："那我跟熊猫在城区里转转。"

叶臻说："你认识回家的路吗？"

程杉嘬着豆浆："当然认识。"

叶臻说："不要玩得太晚，上次我跟你说过，附近有……"

他话没说完，熊猫的声音传来："姐姐，他怎么这么啰唆啊。"

叶臻在心里默念不跟小姑娘一般见识，就听程杉"咯咯"笑起来："程见溪，我怎么也想不到，啰唆这个词有朝一日会被套在你身上。"

叶臻站起身："那我先走了，下班以后我去接你。"

他走以后，熊猫看着叶臻背影说："姐姐，你被他这么管着不烦啊？"

程杉："我巴不得他多管管我呢。"

熊猫不可思议地看着她。

程杉笑道："你不知道，他没有出国之前有多闷。意大利真是个神奇的国家，你说呢？"

"我可不这么想。"

程杉眼看熊猫的神情变得黯然，刚想开口问，厨房方向响起女人的声音："熊猫七撒地方了呀？拧呢？（上海话：熊猫去哪里了，人呢？）"

熊猫应了声，对程杉说："姐姐等我，我马上就来找你。"

熊猫雄赳赳气昂昂地带着程杉出门闲逛，但一条街走下来，程杉就明白过来，她虽然在佛罗伦萨住了一年多，可熟悉的全部场所仅限于饭店、旅店、酒吧。

因为当程杉问起佛罗伦萨四十所博物馆、美术馆哪些最值得游览的时候，熊猫的脸上浮现出极度的鄙视。她说："这些地方都是傻游客和没文化的人才会去的。"

程杉失笑："这样吗？"

熊猫点头："这种人我见得多了。"

看来她对博物馆没有兴趣，程杉问："有什么推荐的酒吧呢？"

熊猫眼底一亮，兴致勃勃道："这你算是问对人了。"

她带着程杉走街串巷，终于停在一个隧道入口似的店面前，神秘道："我的宝藏酒吧，很少带人来的。"

酒吧门面极小，木质的招牌上手写着意大利文，程杉自学的意大利语只能帮她看懂"花"这一个词。

是一家静吧，营业时间是中午十二点到午夜十二点。

程杉在国内跟好友童菲去过很多家酒吧，不管闹腾还是安静，主场都是深夜，难得见到凌晨不开张的酒吧。

她自己其实荤素不忌，酒吧、博物馆、教堂，在她看来一样能找乐子。

她们推门进去。

迎接她们的是一股令人神迷的香气。

程杉立刻安静下来。她问熊猫："这家酒吧叫什么？"

熊猫很满意她的反应，她说："花·欲。"

"遇见的遇？"

"欲望的欲。"

熊猫带着程杉进去，说："跟紧我，不要走丢了。"

程杉："什么意思？"

熊猫说："你一会儿就知道了。"

她说的不错，程杉很快发现内部灯光昏暗，但这并不算稀奇，稀奇的是，酒吧的入口并不是刚才的大门。那扇隧道口造型的门，是酒吧外部迷宫的入口。

"这家酒吧的老板是一个痴迷密室逃脱的调香师，辞去了Aquaflor的工作以后来这里开的店。"

"弄这么个迷宫，不怕客人找不到入口吗？"

"又不是靠酒吧赚钱。你知道吗，论坛上有个帖子专门骂他的，说是绕了半个小时结果绕出去了。你猜猜我回复了什么？"

程杉摇头，想起来她看不见，便说："回了什么？"

熊猫："蠢货不配见到Chris，哈哈！"

"Chris，是他的名字吗？"

"嗯！这是他的爱好，调香才是他的本职。设置这个迷宫，不过是为了进来的人有更多的时间，在黑暗里感受他调的香。"

熊猫总结："这里没有酒气，只有你和香。"

熊猫似乎对这里很熟，程杉放心地跟着她左绕右拐。在这个过程中，她对酒吧老板的好奇心渐起。

但很快，意外出现了。程杉跟着熊猫，走进了一条死路。

程杉用短暂的沉默表达了疑问。

熊猫的声音既兴奋又恼火："可恶啊，他换图纸了。"

程杉听明白了："你是说这迷宫还会经常变更？"

"倒也不经常，一个季度一次。"熊猫说，"因为每个季度都有不同的主打香型。如果都是老客，直接顺着记忆中的路线进去，体验感就大大降低了。"

程杉："这人还挺有想法的。"

熊猫："走吧，只能退回去重新找路线了。"

程杉问熊猫："有什么解迷宫的好办法吗？"

熊猫："随缘啊，就瞎走呗。"

"……"程杉，"每次都适用吗？"

熊猫"嘿嘿"笑道："谁知道呢，最早还是我朋友带我来的，是她告诉了我路线。那之后我一共来过两次，都没更改过路线。"

程杉意识到什么："所以你没有自己走过？"

熊猫非常乐观："咱们有两个人呢，肯定能进得去。"

走迷宫这事，跟人多人少没有太大关系吧？

程杉轻咳一声，率先认尿，说："我从小就不是很擅长这类解密游戏。"

熊猫大咧咧道："谁还不是呢，哈哈！"

那，那……

两人原路返回，熊猫提议走跟原来完全相反的路线，程杉觉得好像哪里不对，但也无法提出更有建设性的建议，只好跟着熊猫走。

甬道里宁静芬芳，四壁都是轻质的建筑材料，上头绘着色泽艳丽的花朵图案，走在其中仿佛置身花海。但又不同于真正的田园，亮度极低的灯光，使得此地更像是一座秘密花园。

这条迷宫之路很适合聊天。

熊猫似也有此感，率先开启了聊天："你怎么会来佛罗伦萨？"

程杉说："因为程见溪啊，他在这里找到了工作，我也蛮想要换个环境生活。"

熊猫："程见溪？今天那个男人啊。"

程杉："嗯。"

熊猫评价道："他不像是搞对象的人。"

程杉迟疑地"啊"了一声："什么意思？"

熊猫说："他看起来家庭条件不错，但不是养尊处优的那一挂。"

程杉说："他挺独立的。"

熊猫说："何止是独立，你没看见他那双眼睛吗？写着四个字。"

程杉："清心寡欲？静水深流？宁静致远？"

"屁！"熊猫道，"是开疆拓土。"

程杉笑起来："怎么会？程见溪从来都温温暾暾的。"

"不可能。他眉毛上扬，这种男人有野心啊，估计对自己挺狠的。你想啊，对自己都狠，对身边的人还不高标准严要求啊，当他女朋友肯定怪累的。"

"你还会看面相呢？"

"略有涉猎。"

程杉觉得熊猫说得完全不准，不过就像玩测试题一样，虽然作不得数，听听也是有趣，便说："那我呢？"

熊猫慢条斯理道："你有福相啊。"

程杉讶异道："是吗？"

"你看你印堂开阔，说明你财运不错，这一生都会顺风顺水的。关键是会遇到贵人，不管多艰难的处境，总能逢凶化吉。"

程杉："怎么都是好话？"

熊猫说："要看你怎么理解了。单就这'逢凶化吉'四个字，就够很多人吃一壶的。你想啊，要想化吉，得先逢凶。凶到什么程度，你受不受得了，这就不得而知了。"

说完这些，她叹了口气，总结道："理是这么个理，但是你要知道老天总给人出乎意料的难题，我现在算是勘破人生了。"

她说得头头是道，要是没有最后这"画龙点睛"的一句，程杉差点就信了。

不出半分钟，熊猫带着程杉又绕进了死胡同。能勘破人生，却勘破不了这小小迷宫，老天真是爱捉弄人。

这次程杉没再沉默，她说："要不我们还是按照第一次的路线走，在第一个分岔路口换一个方向拐弯，然后做上标记……试几次应该可以找到。"

熊猫说："我可是学过数学的，你这么走，如果有五个分岔口，那就要走二的五次方那么多次。"

程杉说："我们应该没有那么背吧？而且到了最后几个分岔口的话，路程其实很短。"

熊猫靠在墙壁上，说："我今天穿的是新鞋子，磨脚，我走不动了。"

程杉还在想办法，熊猫又说："我有个朋友跟你一样高。"

她的思维有点跳跃，但程杉还是跟上了，下意识接道："我？那他……"

直接说他不太高好像不好，程杉把后半句话吞了回去。

熊猫又说："她头发比你还长点。"

程杉说："哦……玩艺术的啊？"

"Bingo！"熊猫说，"她是个摄影师。"

程杉笑起来："巧了，我也是。"

"我知道你是。"熊猫的目光落在程杉脸上，"我第一眼看见你就知道你是。"

程杉好奇道："怎么看出来的？也是通过面相？"

熊猫神秘地笑："直觉。"

好吧，还是想想怎么进去吧。

程杉想不出更好的办法，但是她想到了更好的人。她给程见溪发了一条短信，问他现在有没有空。

短信发出后她立刻收到了回电，程杉接起电话："程见溪，我耽误你五分钟时间啊。"

"你说，我现在不忙。"

程杉简单叙述了现在的困境和自己的打算："我的方法可行吗？"

"可行，但不见得有这个必要。"叶臻问她，"酒吧在二楼，整个一楼都布置成了迷宫，出口是一部电梯？"

程杉："对。"

叶臻又说："占地面积大约是多少？"

程杉回忆了一下自己和熊猫走过的弯路，说："正常酒吧的大小，三四百平方米吧。"

叶臻："你们刚刚尝试的两次都是以走进死胡同告终？有没有转回原地的情况？"

程杉笃定道："没有，都是死胡同。"

叶臻说："走死路比兜圈子好很多。十之八九是单迷宫。"

程杉说："什么什么？"

叶臻的语气强势起来："你听我说。你们从入口进去，左手扶着左边墙壁走，或者右手扶着右边墙壁，这随便你。不管有没有走到死胡同，都按照我说的做。如果真的是单迷宫，几百平方米很快就能找到出口。"

程杉给了熊猫一个眼神，示意她跟着自己。后者有点不爽这个

"程见溪"的指点，却只能跟上去。

按照叶臻的方法，她们几分钟以后就摸着墙壁找到了电梯。

程杉笑眯眯地跟叶臻说："我们找到了，先挂了啊。"

叶臻应了一声："地址发给我。你酒量怎么样？"

程杉："故意的吧，你还不知道我酒量？"

那头没说话。

"好啦，我不会喝太多的。"程杉挂了电话，把地址发过去，才跟熊猫走进电梯。

熊猫脸色臭臭的，说："你男朋友还蛮聪明的。"

程杉说："他是真的聪明，小时候参加华罗庚数学金杯赛，拿了全省一等奖呢。而且他记性很好，又爱看书，感觉他什么都知道。"

熊猫被程杉这个无脑吹的样子逗笑了，她叹口气，说："你知道老天都是公平的。"

程杉："嗯？"

熊猫："聪明的人大多长得丑，好看的人大多有点蠢，聪明又好看的——"

程杉问："怎么样？"

熊猫答："短命啰。"

程杉："……"

电梯到了二楼，程杉没动，也没说话。

熊猫瞥见她的脸色，心里一紧，连忙道："小杉姐姐，你不会当真了吧？是我不懂事，我这人满嘴喷粪的。"

程杉唇色微微发白，似乎刚刚缓过神来似的，看向熊猫，勉强地笑了笑："我刚刚心里突然很难受，好像一下子空掉一块。"

熊猫认真地看着程杉，轻声说："你真的很爱他。"她有点感慨，"要是我那个朋友能有你对程见溪一半这么对我就好了，可惜我像你对程见溪那样对她，她却像个木头。"

熊猫突如其来的惆怅和绕口令说得程杉发怔。

"别想那么多了！"熊猫猛然振奋，"走，我请你喝酒去。"

酒吧二楼倒还布置得中规中矩，空气中的香氛混着酒香，果然和楼下完全不同。

才四点多，正是酒吧最没有人气的时候，店内只有她们两个顾客和调酒台后的一个酒保。酒架上酒水品种不算多，程杉看过去，发现都是比较常见的牌子和种类。

"看见那个帘子了吗？"熊猫拉着程杉，指了指调酒台右侧的走廊尽头，"Chris的调香室就在那后面。我上回去参观了，那香精墙可比这外面的酒水陈列架壮观多了。"

熊猫说完，兴冲冲地跟酒保打听Chris，后者抱歉地说老板今天和朋友约会去了，不会来店里。

"好可惜。"程杉听到熊猫的转述后，说，"你能再帮我问问看，这里允许摄影吗？"

熊猫用意大利语询问酒保，得到回应后对程杉说："我告诉他你是个著名摄影师，他说他们老板以及这家店都很愿意接受拍摄！"

这个褒赞程杉受之有愧，但她面不改色，对熊猫说："未来，未来的著名摄影师。"

熊猫被她这句话逗乐。

两人点了威士忌和产自奥古斯塔庄园的葡萄酒，这里的酒不便宜，程杉以自己年长为由结了账。两人找了个沙发坐下，酒保效率奇高，很快就给两人拿了酒器来。

熊猫肃然地喝了一口加冰威士忌："我不能白喝你的酒。"

程杉："你都请假陪我了，怎么说都应该是我买单。"

熊猫："可请假是我自愿的，我喜欢跟你在一起。"

程杉没听出什么不妥来，笑道："请你喝酒也是我自愿的啊。"

熊猫的黑眼珠骨碌碌地转着，看到驻唱台突然眼中一亮："我给你唱歌吧！"

她说一出是一出，立刻站起来，跑去跟酒保借话筒去了。

"小杉姐姐，想听什么歌？"

"唱你拿手的吧。"

"那就来首我菲姐的《因为爱情》吧！"

别说，熊猫手里拿着话筒，在手机上选了伴奏，往台上那么一站，真有点歌手的架势。

前奏响起。酒吧里点中文歌的不多，酒保饶有兴味地看向熊猫。

熊猫随着音乐轻轻摇晃。

"给你一张过去的CD，听听那时我们的爱情！哦哦！"

程杉："……"

酒保："……"

这驻唱歌手，是酒吧不敢请的那种。

熊猫沉浸在自己的歌声里，兴致昂扬、如泣如诉，一曲不够表达内心的情感，又即兴来了一首哥哥的《当爱已成往事》。

第二首终了，酒保有点坐不住，去请她换一首人类能够接受的歌曲。

熊猫情绪饱满，突然被打断，愤怒地说："你等着吧，总有一天我会让你后悔的！"

酒保听不懂她突然切换的中文，愣在原地。

程杉知道这话不是对着酒保说的，她走过去，对熊猫说："要不你去润润嗓子再来？"

熊猫用鼻孔对着酒保"哼"了一声，把话筒放在程杉手里："这两首是我的宝藏曲目，让你见笑了。"

程杉看见熊猫眼里隐约的光泽，好像看见了从前的自己。

冲动，任性，放肆。

她忍不住摸摸熊猫的头。说不清为什么，总觉得现在的自己和从前不太一样了。

可人总是要改变，谁都无法抗拒成长。

程杉握着话筒，坐在高脚凳上，翻找着手机里的歌。

这一整天，鲁卡斯、陈立钦两人对叶臻的态度好得不得了，会开完后，陈立钦终于过来"负荆请罪"。

"什么时候约见一下你那位弟媳啊？"陈立钦说，"我跟韩双做东，要不去米其林三星？"

叶臻虎着脸，没理他。

陈立钦耷拉着脸："哥，我真的知道错了！"

叶臻被他磨了半个多小时，底下几个来送资料的员工都忍不住投来好奇的目光。

叶臻处理完手头的正事，陈立钦见他要出门，立刻尾随而去。

叶臻在门口站定，没好气地看着陈立钦："我去洗手间，也跟？"

陈立钦赔笑道："倒也不是不行，要是有特殊需求，我也可以考虑满足一下你。"

叶臻甩起腿来给了他一脚。

陈立钦没躲，中脚后娇柔地靠着墙哀号。

叶臻终于忍不住破功，说："三什么星，吃完以后能在我这儿号俩月。"

陈立钦以虎口贴面："我是那样的人吗？这次绝不！"

"过两天去我那儿吃火锅吧。"叶臻说，"不过去之前，有几件事跟你们交代一下。到时候说漏嘴的话……"

他的手横在脖间，做了个灭口的动作。

"一切服从组织安排！"陈立钦大喜，眉宇间哀容一扫而空。

程杉的短信就是在这时候进来的。

挂断电话后，叶臻见陈立钦还黏在他办公室，不由得道："你今天很闲？"

陈立钦："不不不，我今天加个班，保证不拖到明天。"

那就是还有话要说。

叶臻指了指左腕的表："两分钟。"

陈立钦瞥见他的右手："哟，文身不错啊。"

叶臻："一分五十秒。"

陈立钦回归正题："韩双托我问问，你怎么把卡米尔给拒绝了？"

叶臻："不合适。"

陈立钦："怎么会？我们都觉得你们很搭啊！"

叶臻："你们觉得？那你们去跟她谈恋爱。"

陈立钦："好吧好吧。第二件事，韩双不是对你弟媳那件事过意不去嘛，她想让那个女孩早点走出来。俗话说得好，摆脱一段恋情阴影的最好办法，就是开启新的恋情，她倒是认识不少适龄的青年俊秀……"

叶臻："不需要，韩双打算开婚介所了？"

陈立钦："她就是好心。"

叶臻："她好心办坏事也不是一次两次了吧？"

陈立钦恍然："这倒是，回头我说说她去。"

"时间到了。"叶臻出门，临了转头又叮嘱陈立钦，"管好你们的好奇心。"

陈立钦给自己的嘴巴做了个拉拉链的动作。

叶臻从公司出来，开车前往酒吧。

他其实听说过这家酒吧的老板，从前Aquaflor首屈一指的调香师。鲁卡斯的前任女友每年都会专程去找他为自己调香，鲁卡斯那里还有他的私人联系方式。

从程杉的语气听来，她对这家酒吧应该很感兴趣。叶臻在路上给鲁卡斯发了信息，让他把Chris的联系方式给自己传一份。

叶臻找到停车场停好车，也收到了鲁卡斯的回复。他保存下来，进了酒吧。

来的不只是他，五点过后，酒吧开始陆陆续续进人。叶臻身后跟着两个游客样的女孩子，看起来已经碰壁数次。

叶臻往里走，听见两人小声用英语交流。

"有个帅哥。"

"酒吧的员工吗？"

"他看上去知道怎么走，我们跟着他吧。"

"好主意。"

叶臻作为移动的人形指示标，成功将两人带去了电梯口。

电梯里，其中一个金发姑娘率先对叶臻报以微笑，问他："你会说英文吗？"

叶臻："会一些。"

另一个栗色头发的女孩子说："你是酒吧的工作人员？"

叶臻："第一次来。"

金发姑娘："可你走这迷宫就像回自己家。"

叶臻实话实说："这很简单。"

两个女孩子藏不住笑地交换眼神，其中一个说："你今晚有伴吗？"

这个时候，电梯到达二楼，音乐声传来。

"爱是因为你，美丽被还原。我知道有一千种可能，是与你相恋。睁开眼，闭上眼，难得难弃的缘。天赐的，地护的，永不变。望眼欲穿，终于走到我面前……"

是一首中文歌，叶臻没有听过，也几乎没有在意大利的酒吧里，遇到过演唱中文歌的驻唱。

那曲调听上去像是一首老歌，女歌手擅长中低音，声音珠圆玉润。

他抬眼看向驻唱台，一时怔愣。

程杉把头发散下来了，她斜倚着高脚凳，一只脚踏在地面，另一条腿弯起，脚搁在凳子下方的横栏上。她很放松，咬字清晰温柔，微微闭着眼，灯光流连于她的脸颊，勾勒出程杉线条流畅美好的侧颜。

叶臻从来都知道她生得好看，天然、纯净、不矫揉造作，所以她自在坦荡的样子最美。

"帅哥，你还没有回答我的问题。"

叶臻低声说："有，我有女朋友。"

他朝里走去。

熊猫的目光黏在程杉身上移不开，直到一曲结束才发现叶臻已经来了。她丝毫不掩饰自己的嫉妒，颇有敌意地看着他："便宜你了。"

酒吧自己的驻唱歌手已经来上班了，程杉把话筒换回去，朝座位走去，一打眼就看见叶臻。

她惊喜地小跑过去："程见溪！你听见我唱歌了吗？"

叶臻说："那是什么歌？"

程杉嗤他："我给你唱过那么多遍，怎么还是记不住？"

熊猫添油加醋："他不是记性好吗？这都记不住，说明他不把你放在心上。"

叶臻："……"

程杉对程见溪一向宽容，她浑不在意，端起杯子喝酒解渴，说："咱们小时候流行过的，《春光灿烂猪八戒》还记得吧？这剧的片尾曲。"

叶臻陷入沉默，他的童年几乎没有电视剧这种存在。

但是熊猫对这个话题非常感兴趣，她说："这剧最后可把我哭惨了，就是小龙女死的那一场戏！最后她是不是变成一滴眼泪，留在了猪八戒身边来着？"

程杉找到了知己，两眼放光，说："对！后来猪八戒一直带着那滴眼泪，眼泪最后成了花，他也等成了化石。"

熊猫："我知道我知道！续集好像是叫《福星高照猪八戒》，但我记不太清楚了，铁扫还是锦毛鼠的，就是小龙女转世吧？"

叶臻一个头两个大——她们都在谈论些什么？

程杉说："可我不喜欢续集。小龙女死了就是死了，转世的话，也不再是从前的她了。如果猪八戒只是因为那是小龙女的转世而爱上另一个人的话，我宁可相信他是变心了。"

叶臻抿着唇没说话。

熊猫说："变心也不会怎么样，人都会变的，你能保证你永远和十八岁的时候一样吗？你看续集里的猪八戒，也不再是从前的他了啊。两个人都和从前不一样了，'小龙女转世'这个梗只不过成了他们相爱的缘分而已。"

程杉一时语塞，好像被熊猫的逻辑击败了。

她想了许久，嗫嚅道："可爱情最重要的，不是忠贞吗？"

"屁！"熊猫酒气上头，谁都反驳，"婚姻才需要忠贞，爱情最重要的，明明是互相吸引。"

这一回，叶臻难得觉得，熊猫的话还蛮顺耳的。

他开了车来，于是让服务生上了一杯冰柠檬水。

这时候他听见熊猫发散开去打比方："假如有一天，程见溪跟你分手了。你就单身一辈子？"

程杉急了，说："我们不会分手的！而且设定不一样，小龙女是死了。"

熊猫："那就假设程见溪死了。"

叶臻的心一颤。这个熊猫，是魔鬼吗？

程杉脱口道："不是他，我谁都不会喜欢的！"

"姐姐你幼不幼稚啊，我真不想跟你这种迷信初恋的人聊爱情。"熊猫点评道，"你别看你比我大几岁，就感情而言，你小学都还没毕业。"

程杉一直对熊猫那番话耿耿于怀。

回去的时候，她在车上问叶臻："你觉得我幼稚吗？"

叶臻："你这话问得就挺幼稚的。"

程杉："……"

叶臻说："刚刚那个问题，如果是我们的角色互换，你会怎么想？"

程杉半晌没说话。

车都快驶进小区了，叶臻忍不住偏头看她。程杉晚上喝了大半瓶酒，颊边绯红，眼底隐有红痕，咬着唇角目光发直。

叶臻找到停车位停车，伸手捏了她的脸颊肉："怎么了？"

程杉憋了很久，才挤出一句话来："我们都别死，不行吗？"

叶臻眼眶微热，说："小杉，生老病死是人间常态，人不能活在幻想里。"

"可我光是想想，就很嫉妒那个在我死后陪在你身边的女人。"

程杉低声道，"但我很爱你，所以我允许你爱她。"

叶臻怔住。

他本无意去触碰程杉和程见溪的感情，但他们相爱的光芒，总是那么不可忽视。

他们回到家里，程杉借着酒气歪倒在沙发上。

她宣布："程见溪，我喝醉了。"

程见溪是知道她的酒量的，所以他一定知道她是在装醉。往常这个时候，程见溪总要听她一番胡搅蛮缠，然后戳穿她。

可是叶臻并不知道。他半蹲在沙发边，伸出手，手指贴在她发烫的脸颊上。

"难受吗？"

难得有程见溪的互动，千载难逢的机会谁放过谁就是傻子。程杉闭着眼睛，含混不清地哼唧了几声。

"要不要喝一点水？"

"不要。"

"能自己走路吗？"

"不能。"

叶臻奇怪地自言自语："刚刚怎么就能自己走回来了？"

程杉憋着笑，嘀咕着给他提示："让我吹吹冷风，会清醒一点。"

吹冷风回头又要受凉。

叶臻说："不行，你还是迷糊着吧。"

程杉："……"

这个，剧情好像跟想象中不太一样？

既然这样……程杉吸吸鼻子，说："我要去洗澡。"

叶臻："不行，你这个状态，回头淹死在浴缸里。"

程杉说："那你帮我洗。"

叶臻："不行……你这个小流氓。"

"你才小流氓，你全小区都小流氓！"程杉一咧嘴要哭，坚持道，"今天不洗澡我就会臭死。我要是臭死，明天隔壁家的狗就闻到味道来门口叫了。然后就会有人报警，把你抓进监狱，说你非法阻止他人洗澡。"

叶臻："非法拘禁我听过，非法阻止他人洗澡是哪一出？"

程杉认真道："新出台的附加条例，你多久不看新闻了？"

叶臻终于看出端倪来。他说："那就只好让警察把我拘留了，不过我倒是认识一个律师，特别擅长这类案件。这个案子他要是打赢了，在他们圈子里肯定是个针对附加条例的经典案例。"

程杉语塞，想不出后招来。一时大怒，一下子扑在叶臻身上。

"程见溪我跟你拼了！"

叶臻被她扑倒在地毯上，凝视着她的那双眼睛明亮又温柔，里头闪烁着程杉看不懂的光彩。

程杉愣愣地看了他好一会儿，然后说："你怎么这么好看啊。"

叶臻从小到大被夸过无数次，头一回被人以这样的姿势骑着，直白而热烈地夸出这么一句。

"你脸红了。"程杉又说，"你怎么会脸红？"

她深受诱惑，俯身亲吻他脸上隐约的红晕，然后在他耳边小声说："有一点烫。"

叶臻明确地感受到身体的变化和太阳穴"突突"跳动，除了感谢定制的长裤没弹性，叶臻在这个当口，实在难做他想。

他艰难地开口："小杉。"

程杉说："我想亲你。"

难道你刚刚没有亲吗？！

她是行动派，刚说完，唇瓣压下来，舌尖不厌其烦地一点点舔舐他的唇齿。试探之后，逐步加深。程杉觉察得到他被自己慢慢撩起，从最初的生涩不适应到最后的热切回应。而她始终照顾着他的感受。这不是一件容易的事。

程杉一直亲到累得直不起腰。她松了支撑自己的力气，趴在叶臻身上，餍足而疲倦地说："太累了，下次换你在上面。"

叶臻："……"

程杉的手指在他身上四处掐捏，说："你出国以后，身体好像结实了不少。"

叶臻捉住她的手，气息不定："乖一点。"

程杉枕在他的胸口，听见他胸膛里超高速的心跳，"扑通扑通"差点震死她。她窃笑：身体素质变好了，心理素质却变差了啊。

程杉闹够了，也休息够了，很快从叶臻身上翻下来："我去洗澡啦。"

她半点不留恋，说洗澡就洗澡，直接冲屋里去了。

叶臻仰面躺在客厅，神情复杂，脑子里循环滚动起四字成语来。

卸磨杀驴！兔死狗烹！鸟尽弓藏！得鱼忘筌！

他抬起胳膊挡住眼睛，低叹一声。

"叶臻，你完了。"

接下来的几天，叶臻和程杉都忙碌起来。

叶臻是忙于项目尾声的处理，程杉是忙于抱着她的相机，独自在外穿街走巷拍摄照片。从"花·欲"离开后，她突然有了灵感，想要拍摄以"城市嗅觉"为主题的作品。

叶臻本来担心她一个人搞不定，可事实上，程杉一个人反倒高效自在。

叶臻想起乔恩从前说过的话，他渐渐发现程杉的利他主义占据主导——当她身边有其他同伴的时候，程杉永远优先考虑其他人的想法和感受。在感情里也是这样，程杉总是牢牢记着程见溪的一切，体谅包容他的一切。

在程杉的优先级排序中，她自己一直放在最后。

她真正的自由，似乎只属于孤独。

叶臻见过自由状态下的程杉，她无拘束的模样远比顺从的时候快乐。所以叶臻并不阻止她自己出去"采风"，只是在下班后，他会接上程杉吃个晚饭。

那些天，晚饭时间是他们仅有的独处时光。

因为有了叶臻的支持，程杉更加有动力，每天起得比他还要早，兴高采烈地出门，回去以后就钻进房间，坐在电脑前做后期处理。

有几次他敲她的房门，发现她累得趴在电脑桌上睡着了。

叶臻保存文件，抱她进被窝，从床头抽屉里拆出一只热敷眼罩给她戴上，才关了灯轻手轻脚地走出去。

如此这般持续了数日，程杉才第一次向他透露，她出了一张自己满意的成片。

说这句话的时候，是在一个周五的晚上。她从房间里雀跃着跑出来，眼里闪动着璀璨的亮光。

"这一张，我打算叫它'烟火'。"程杉说，"我选了三家餐厅后厨蹲点，五千多张照片里面挑选出十多张做后期调整，终于做出来一张看得过去的！"

叶臻微怔："其他的呢？"

"作废了。"

程杉理所应当道："比起顶尖的摄影师，我火候还差得远呢。不能奢求一发入魂，但是累积到一定地步，千里挑一还是能做得到的。"

她说："这次没有任何干扰，我状态不错，能出一张我已经觉得很不容易了。你知道吗？参加IPOTY的那组照片，从大四开始，前前后后可花了我大半年时间呢。"

原来成为一个摄影师，远远没有他想象得那么简单。

拍摄前的规划，拍摄时机地点，取景构图，前期后期技术，美感的把控以及个人风格的体现……如此种种因素混在一处，哪怕只有其中一点改变，最终呈现的效果也远远不同。

叶臻想去参观，却被程杉拒绝了。

她希望给他看到最好的，只说："等到这个系列的成片都出来，再给你看。"

叶臻没有强求，对她说："我这里有'花·欲'酒吧老板的联系方式，如果你需要的话，下次我帮你约他出来聊聊。"

"真的？！"程杉惊喜道，"程见溪，你可真是我的贤内助！"

叶臻：“……”

程杉说完这一通，才注意到叶臻穿着家居服，站在客厅玩飞镖，不由得道："你不忙啊？"

叶臻手里捏着飞镖，举到眼前，凝神望着飞镖盘，轻抖手腕，飞镖"嗖"地飞出去，直插红心。

末了，漫不经心地提醒她："昨天晚饭的时候，我说了什么还记得吗？"

程杉迟疑地"啊"了一声。

昨天是哪一天来着？哦，昨天她在忙着做最后的五十进十的筛选，然后选定的那几张是……

等等，昨天她什么时候吃晚饭了？

叶臻没好气道："提醒你一个词，休假。"

程杉说："你要休假啦？什么时候？！"

叶臻把手里最后那根飞镖掷出去，尖端压着方才的那根。

他走到飞镖盘边，把三只飞镖都摘下来，重新回到原点立定，说："今天开始。"

咦？他今天没去公司？

程杉这才注意到叶臻情绪的克制。她碎步蹭过去，说："你不高兴啊？"

叶臻下颌线微绷，说："我很高兴。"

程杉："高兴什么？"

叶臻被她这个莫名其妙的问题问得一怔，面不改色道："我高兴我飞镖扔得好。"

程杉："……"

叶臻又扔了两枚飞镖，全部都正中红心。

程杉看得纳闷：这么简单吗？

她在看《小李飞刀》的年纪，也退而求其次地痴迷过飞镖，还记得是从全场两元店买回来的塑料泡沫镖盘，配着三个羽尾镖。练了一段时间，虽说镖中红心的概率只有三分之一，但总体成绩不差。

她从叶臻手里拿出剩下的一枚，眯着眼瞄准。

这个镖盘和飞镖，都和她小时候买的差了太多。非要说哪里的差距最大，那大概是内中心圆的面积是她记忆里的四分之一。而且人距离镖盘更远了，程杉目测站处的投掷距离都快三米了。

但是这东西换汤不换药，程杉对自己的小脑很自信。她试探地来回晃了晃手腕，觉得角度差不多了，用力一掷！

飞镖盘一米之外，桌边的玻璃杯应声而碎。程杉傻眼，仰头无辜地看看叶臻，后者沉默地回望着她。

程杉想了想，讨好道："原来这么难啊，你扔得好，是挺值得高兴的。"

叶臻说："我练了很久。"

粗粗算下来，可能有十五年了。

程杉没有见程见溪玩过飞镖，理所应当地以为他口中的很久是三四个月，便说："才小半年，真是天赋异禀啊。"

她走过去清理玻璃杯碎片，叶臻拦住她，自己拿了小扫把蹲下身清理。

程杉百无聊赖，研究起墙上挂着的镖盘来。这一看才发现镖盘根本不是塑料泡沫的，而是木质，看上去很专业考究的样子。

她忍不住问："你怎么会开始练飞镖啊？"

叶臻的动作顿了一下，无奈地发现程杉已经完全忘记刚刚两个人在讨论什么了。

休假，休假啊！

他低声说："因为《小李飞刀》。"

程杉一愣，又开怀大笑："我也是！哎，你不觉得焦恩俊很帅吗？"

叶臻起身，把玻璃碎片都倒掉，转头看见程杉只穿着地板袜站在镖盘前，皱了皱眉，大步走过去把她抱起来丢在沙发上："碎片崩得到处都是，别瞎晃了。"

随后把客厅的大灯都打开，逐个角落排查碎片，才回答程杉的问题："我看的是古龙的原著。"

程杉兴趣盎然，觉得难得和他聊到一处去："都差不多。你练飞镖，是不是也是因为发现刀子根本不听使唤？"

叶臻从地毯和地板的接口处，抠出一片飞溅的碎片。

他淡淡地说："你怎么知道我不会用飞刀？"

射箭，射击，飞刀，飞镖，甚至是弹弓……这类对专注度、耐力和精度有要求的运动和娱乐方式，他都愿意花心思和时间研究。

程杉嘴巴惊得合不拢："骗人的吧，我从来都没听你说过！"

程见溪不会喜欢这种东西，叶臻怕吓着她，敛了神色，说："嗯，我逗你的。"

程杉"哦"了一声，有一点淡淡的失望，但她很快说："现在这样已经很棒了！"

叶臻脸上没有被表扬的喜悦。

程杉看着里里外外检查碎片的叶臻，总觉得今晚家里气氛不太对劲，她认真思索，终于在某一刻福至心灵，突然问："是不是我最近忙着拍照，冷落你了？"

叶臻立刻反驳："当然不是，你在想什么。"

程杉："可你一直都很清楚，我有灵感的时候，都是这个状态啊。"

叶臻："嗯，我知道。"

他说话的时候，连眼睛都不看她。

程杉跪坐在沙发上，问他："那……你一会儿要做什么呢？"

叶臻："洗漱睡觉。"

程杉真是不喜欢他现在的语气。她往沙发靠背上一歪，发出"哐"的一声痛呼。

叶臻背影一僵，立时转过身来："怎么了？"

程杉皱巴着脸，指指自己的左脚。

"扎到脚了？"他跑过来，单腿跪在沙发边，一只手握着她的脚踝，另一只手小心脱下她的袜子，蹙眉查看，"哪里疼？"

程杉胡乱点了点脚心："这里。"

叶臻没看见伤口，奇怪地举着她的左脚对着光源看。

程杉憋到内伤，仍然一本正经道："你来晚了。它已经钻进了我的体内，现在正顺着我的奇经八脉游走，什么时候走到心脏，我就一命呜呼啦。"

叶臻："……"

他仍旧捏着程杉的脚，不悦道："你骗我？"

程杉眉开眼笑地说："那你别不理我嘛，你今晚说话时脸都臭臭的。"

叶臻："你还笑？"

程杉："我超级严肃，不想笑的，但我怕痒啊，哈哈哈……"

叶臻扬眉，手下略有动作，程杉就受不了地扭作一团，两脚乱蹬："我错了我错了，我再也不骗人了！"

原来治她的命门在这里。叶臻不怀好意地欺身而上，专攻她的弱点。

程杉尖叫，缩成一团说："程见溪，你多大的人了还呵我痒痒，你可太幼稚了你！"

叶臻冷哼："这叫以其人之道还治其人之身。"

"放过我吧，我真的受不了这个。"程杉浑身震颤，求生欲使她卖乖讨好，"我们好好商量商量，休假要怎么安排？"

叶臻这才停了手。

程杉笑得脸颊涨红，双眼泛着泪花，整个人都要蜷缩进毛绒睡衣里面去了。

他忍了又忍，没有探身亲她。

叶臻说："我请了朋友们明天来吃火锅。"

程杉微顿，说："你的朋友？"

叶臻不知道她还记不记得韩双那件事，说："也是我的……同事。还有一个女孩，是同事的朋友。"

他隐去了一些会露出明显破绽的信息，只这么介绍道。

程杉："那明天要早一点去超市采购食材了。"

叶臻："嗯。明天过后，我们就启程。"

程杉："启程去哪儿？"

叶臻阴恻恻看了她一眼。

程杉连忙缩起脚，狗腿地笑道："下次吃晚饭我一定不开小差。"

叶臻站起身，半是嫌弃半是无奈："锡耶纳。"

第二天要早起，程杉早早就去洗澡。

叶臻在书房手写购物清单，以免明天漏买东西。

"程见溪！"

写到火腿的时候，他听见程杉的喊声。

"来了。"叶臻下意识应声，末了又被自己的条件反射给唬住了。

他皱了皱眉，有那么一刹那，整个人都不太舒服，沮丧和挫败感如同一个黑影，将他瞬间笼罩。

叶臻深深呼吸，试图摆脱这种缠绕心头的不适，他走去浴室门口，问程杉："怎么了？"

"'姨妈'……"程杉在里头低声说，"你帮我拿一下那个，在衣柜中间抽屉的第二格里面，我需要夜用的。"

叶臻听懂了，他说："好。"

他很快把东西拿来，打开浴室的门，从门缝里递进去。

叶臻隐约想起去西藏那会儿，刘佳琳恰逢生理期，每天要卧床十四个小时，多走两步路就抱着肚子哭丧着脸。说是不能累着，不能沾冷水，不能吃油腻、生冷、辛辣等食物，据她所说，还不能看见羊，因为她会想吐。

那时候南荣郴就这个问题和叶臻进行过探讨。

"女人生理期是不是都特难伺候？"

叶臻正被刘佳琳烦得头疼，说："鬼才要伺候。"

南荣郴说："你妹妹生理期的时候是什么样的？据说每个人都不一样。"

叶臻说："我怎么知道？"

南荣郴说："你是不是兄弟？就不能帮我打听打听啊？"

叶臻说："行吧，来，割袍断义了。"

里头一直没有声音，叶臻揉揉头发，在外面瞎转悠，上网搜索了一些奇奇怪怪的问题之后，打开冰箱看了一圈，又去厨房烧了壶热水，才回到浴室门口。

他说："小杉？"

程杉："咋？"

叶臻："我烧了热水，但是家里没有红糖。我一会儿下去买。"

程杉："我不爱喝红糖，味道怪怪的。"

她已经洗好澡了，吹干头发出来时看见叶臻一直盯着自己，不由得扭了扭："是不是觉得洗完澡的我比平时好看？"

叶臻："去床上躺着。"

程杉要往厨房走："不是烧了热水吗？"

叶臻："我给你倒。"

程杉"哦"了一声，自觉爬上了床。

叶臻给她端来水，盯着自己的脚尖，干巴巴道："要不换一天请他们吃饭吧。"

程杉抱着杯子，问他："出什么事了吗？"

叶臻："你不用卧床休息？"

程杉奇怪道："我为什么要休息？"

叶臻："你不是生理期吗？"

程杉说："程见溪，你不知道我'姨妈'跟我相处融洽啊？我健壮如牛，生理期毫无感觉。高中那会儿，校运会一千五百米，我带着姨妈跑了全校第一你该不会忘记了吧？"

叶臻脸一黑。

程杉打量着他，饶有趣味地说："你要是特别想关心我，那么来吧！"

她说着，捧着肚子往后一仰："啊，我还有三秒钟就疼死了，快来个爱的亲亲抢救一下。"

"……"叶臻，"晚安，我关灯了。明早六点半起来。"

程杉感慨："会哭的孩子有奶吃！老天赐我强壮的身体，却夺走了程见溪对我的疼爱，人生可真是辛苦啊！"

　　"演技拙劣。"叶臻没关灯，站在门边点评。

　　程杉不服，迅速裹起自己的双脚和胳肢窝以后，叫嚣："也不知道谁，三番五次被我拙劣的演技骗得团团转。"

　　叶臻神情危险地走过去。

　　程杉将金钟罩铁布衫技能点满，毫不畏惧地看回去。

　　他俯身，程杉浑身绷紧。

　　叶臻的吻落在她的额角，极轻。

　　"睡吧，做个好梦。"

　　他们不止一次深吻，可程杉被他此刻蜻蜓点水的亲吻惹得心口发颤，头晕目眩。

第五章 嗟我无度

次日早晨，程杉准时醒来。

第一次见程见溪的朋友，她想把自己打扮得好看一点。

上次化妆品"不翼而飞"后，程见溪不知从哪里又给她买回来一套。从打底到高光阴影，林林总总，有鼻子有眼的，啥都不缺。

程杉钻进洗手间，半小时后焕然一新地走出来，问叶臻："我今天好看吗？"

叶臻从小受到的教育让他并不吝惜于夸赞别人，他实话实说："你平时就很好看。"迎着程杉期待的目光，补充道，"今天更好看。"

程杉心情愉悦地去试衣服。

来佛罗伦萨她只带了一个二十四寸的行李箱，能装的衣服本就不多，更何况是秋冬款的厚度。叶臻在门边，看着程杉在衣柜里屈指可数的衣服中挑挑拣拣，选出一件橄榄绿的羊绒连衣裙和烟灰色大衣，不由得说："超市附近有一家商场，一会儿陪我逛逛。"

程杉"啊"了一声，说："你要买什么？"

叶臻："换季了，衣柜有点空。"

程见溪从前的衣服一直都由保姆负责准备和搭配，程杉知道他有数不清的套装。

知道和看到是两码事，她默默地拉开衣柜另外两扇门，端详了一会儿他搭配得体、排列整齐的几十套正装、休闲装，说："哪里空了？"

叶臻："我说的是你。"

程杉："你给我买的衣服够多了，全都在镇上的屋子里，其实不用浪费。"

叶臻低声道："不一样。"

程杉没听清："嗯？你说什么？"

那些生活用品全部是他让助理当任务一样采买的，当然不一样。

叶臻笑笑，说："想看你试衣服。"

"行……行吧。"

程杉老脸一红，越发觉得最近程见溪撩人技术见长。

这男人，越活越妖了。

考虑到最后要拎着食材回家，两人先去逛街。

佛罗伦萨的街头，最不缺各色美人帅哥。随处可见的街拍达人们穿着当季新款风衣，挎着名牌包包，站在品牌店面门口凹造型。

程杉职业病犯了，目光一直在美人帅哥们的脸上逡巡，虽然没带相机出来，但她整个人犹如一台行走的摄影机，恨不得给他们来无数张全方位的特写。

意大利本土品牌Gucci的专门店外，程杉一眼看中了个正在摆拍的混血帅哥，整个人都不自主地往那儿黏，忍不住赞叹："天生的模特脸！幸福的摄影师！"

前几天还说我好看，这白菜价的好看，不要也罢！叶臻敛着唇角，没说话。

程杉的目光转移，又被前方走来的街拍淑女吸引，她的眼睛亮起来，痛心疾首道："悔不该丢下相机哟！"

她一边说着，一边不由自主地迎着那人小步过去，想要近距离观赏美人。

叶臻一抬眼，愣住了。恰好与他对视的美人也顿了一下。

那人正是卡米尔。

卡米尔礼貌又疏离地笑笑："叶？这么巧。"

叶臻："你没回去？"

卡米尔微微耸肩："临时接了个活。看来我和佛罗伦萨、和你有缘分。"

程杉喜出望外："你会说中文，你认识程见溪？"

卡米尔的目光这才转移到程杉身上，她毫不掩饰自己打量程杉的目光，随后对叶臻道："是她？"

程杉眼里只有卡米尔的美貌和身材，她伸手过去，大方道："你好，我是摄影师程杉。"

卡米尔踩着恨天高，居高临下望着程杉，没有跟她握手："程小姐，我在工作。"

程杉连忙抱歉地笑笑，退后几步："不好意思，你忙。"

"平板身材，亚洲女孩的通病。"卡米尔从叶臻身边走过，言语轻慢道，"还有，这是什么不靠谱的摄影师？如果这就是你撇开我以外的选择，可真是让人失望。"

叶臻面不改色，淡声说："那你可能要一直这么失望下去了。"

程杉不聋，也不傻，听到这番话之后，顷刻明白过来这个姑娘原来是个潜在的情敌。

还是个傲慢又漂亮的情敌。

程杉下意识挺胸抬头，可她不得不认同，顶级的模特花费大量时间修身，对自己严苛得几乎变态，她们锻炼出来的体态绝对不是普通人能够企及的。

客观地说，她确实比不上人家的身材。

但她不想承认自己是个不靠谱的摄影师。可惜她没有大公司背景，也没有拿得出手的国际级别获奖作品，她不过是个初出茅庐的小菜鸟摄影师，的的确确没有什么说服力。

人间还有什么事情，比被情敌全方位碾压更让人沮丧的呢？

程杉一时说不出话来。

叶臻看见卡米尔的摄影师站在旁边调试设备，那是个意大利人，压根听不懂他们的交谈。叶臻走过去低声问了他几句话，才离开去找程杉。

小姑娘脸上的落寞看得人心疼又好笑。

叶臻握住她的手，想安慰几句。

可程杉先开了口："别说话啊。"她不看叶臻，说，"我知道你要说什么，但我不想因为你的安慰就变懒惰。程见溪，你帮不了我。时间还长，我会好好努力的。"

她小声道："我现在只是有一点嫉妒。"

叶臻心头发软。

他竟然开始期待，期待这个女孩子勇往直前，靠着自己的努力，获得所有属于自己的一切。到那一天，她一定不会是傲慢的。

她会被岁月洗练得更温润，也更坚定。

他低声喃喃："我也有一点嫉妒。"

程杉"咦"了一声，抬头问他："你有什么可嫉妒的？"

叶臻垂头，微微欠身吻她。

"我嫉妒我自己，拥有这么好的你。"

两人从商场拎着大包小包回到车上，直接开去中超买菜。

国外的超级市场，诸如黄喉、鸭肠等很多中式火锅食材都不供应，只能在有限的食材里进行挑选。程杉意大利语水平有限，叶臻就一个一个教她认。

有他这个人工语言环境在，程杉感觉自己的意大利语水平突飞猛进，俨然像请了个私人外教。

"来做客的朋友里，鲁卡斯是唯一一个意大利人，如果你有口语方面的问题，他能给你最好的指导。"叶臻说着，从冷冻柜里取出一打处理好的牛肉薄片放进购物车，又笑道，"他很友善，胃口也大，一个人就能吃掉两斤牛肉。"

叶臻这一周已经给鲁卡斯和陈立钦上了"培训课",什么该说,什么不该说,他们已经了解清楚,不会再出岔子了。

程杉笑眯眯地应了,又从蔬菜区提了两根山药走过来,放进车内,说:"这个切片烫了吃,味道特别好。"

不过一会儿,购物车就超载了。

叶臻还在往里面放食物,只不过都变成了零食:牛肉干、曲奇、巧克力……

程杉说:"他们都很爱吃零食吗?"

叶臻说:"给你的。"

程杉忙不迭道:"我虽然爱吃这些,但是会发胖啊。要克制,克制。"

叶臻说:"不会胖的,我带你运动。"

程杉突然宕机,迟疑地"啊"了一声。脸颊飞速蹿上红晕。

什么运动?!

怎么运动?!

叶臻没看见程杉脸上生动的表情变化,他完全没有往那方面想。

可他听到程杉在后头嘀嘀咕咕说:"可我现在身怀姨妈,不能……"

他只隐约听到"姨妈"两个字,想起昨天帮程杉拿卫生巾的时候发现所剩不多,于是转头提醒程杉说:"该买那个了。"

程杉的脸以肉眼可见的速度变得通红,手足无措地站在原地,声音如蚊吟:"这种东西,我又不懂……什么牌子比较好啦、尺寸啦这些,我怎么会知道?!"

叶臻莫名其妙:"牌子就选你习惯用的,尺寸你应该比我清楚……"

程杉大窘,脸上就要滴下血来:"程见溪!你、你、你在说什么?什么我习惯用的,我、我、我没用过!在佛蒙特森林那次,那次也没有用啊……"

叶臻愣住,自己也禁不住脸颊发红,他声音放低,说:"我说的是你用的卫生巾……你说的是什么？"

程杉顿时死在当场。

被自己蠢死的。

但是叶臻探寻的目光正在鞭尸，程杉决定立刻、马上诈尸。于是叶臻看见她像个长腿的小番茄，拔腿跑了。

"我先去个洗手间，一会儿去收银台等你。就这么决定了。"

叶臻在原地想了很久，又觉得自己想得不对，他摇头低叹，只能承认自己不了解女人的脑回路。

程杉一路都没跟叶臻说话，每次目光相遇，她就落荒而逃。

到了家里，程杉先钻进了卧室，把买回来的衣服裤子全都分门别类整理好，该下水洗的放进洗衣袋之后，也没缓过来。

她坐在床边发愣。

可能是因为从很小的时候就相处在一起了，程见溪的惯性思维里，其实一直都拿她当小孩子，觉得她做什么都莽撞，什么都新鲜好玩想尝试，又不懂得把握分寸。所以关于做爱，尽管她完全不介意，甚至很想找机会试试，程见溪也一直没有答应。

有父母辈的情感悲剧在前，他总怕她受到伤害。所以程杉最最放肆的时候，也不过是在佛蒙特森林的那次。那之后程见溪非常认真地告诉她，以后不可以乱来。

"什么乱来嘛。"程杉老大不乐意，"你不喜欢吗？说得好像我是个要吃唐僧肉的女妖精。"

程见溪只能哄她："小杉，等你成熟一些，等你把一切都考虑清楚了，如果你仍然愿意，我会很高兴。"

程杉想起这些，往后一躺，喃喃道："程见溪，我什么时候才算是成熟了呢？"

"小杉。"

叶臻轻叩房门，叫她的名字。

程杉一个鹞子翻身坐起来："干吗？"

她这如临大敌的声音令叶臻发笑，后者说："我能进来吗？"

逃无可逃，也不能真的钻到地底下去。程杉臊眉耷眼地说："你进来呗。"

叶臻推门进屋，毫不意外地看见程杉强作镇定的神情。他把手中的东西放进程杉的柜子抽屉里："我给你买了，和你用的牌子一样。"

程杉："程见溪。"

叶臻："嗯？"

程杉肃穆道："你觉得我现在成熟吗？"

叶臻："为什么突然这么问？"

程杉："你别管为什么。"

叶臻耿直地摇头。

程杉往后一摊，心灰意冷："行吧，我就知道。你这个人，存天理，灭人欲！"

灭人欲的叶臻说："起来，帮我备一下要烫的菜，他们还有四十分钟就到了。"

程杉振奋精神："好的，劳动使人成熟！"

叶臻不知道程杉为什么突然跟成熟这个词杠上了，但她这么积极要求劳动，显然不是坏事。

两人窝在厨房把菜品拿出来，该洗的洗，该切的切。

程杉掏出山药洗净表面泥土，啧啧道："程见溪你快看！"

叶臻正在他旁边清洗生菜，闻言偏头瞄了一眼："看什么？"

程杉指着山药外表皮上密密的黑色鸡皮样突起和短小毛须，说："像不像好多好多放大的毛孔？"

"……"叶臻说，"一会儿这山药你一个人吃。"

程杉嘻嘻笑道："我把皮扒了就好，做人不能只看外表，要品味内在。"

叶臻现在是明白了，为什么程见溪总说程杉歪理一套一套，还让人无法反驳。洗完山药，程杉拿了削皮刀蹲在垃圾桶前给山药去皮。

"我真怀念第四食堂的山药炒羊肉。"程杉说，"咱们过年回Q市吧。"

叶臻说："你舅舅家不是搬了吗？回去也没有人在。而且，过年的时候，学校食堂也不开放。"

程杉"哦"了一声："说得也对，我都没家了。"

她语气平平，其实没有生出什么感伤来，倒是叶臻听在耳中很不是滋味。

"想去哪里跨年，我到时候带你去。"

"去斯里兰卡吧！"程杉想了想，说，"两年前不就说好了，毕业以后去斯里兰卡旅行的吗？"

是她和程见溪的约定，叶臻的动作顿了顿，才说："好。"

山药的老皮一褪，露出雪白的嫩肉来，程杉忍不住伸手摸了摸。

哦！滑不溜秋！

她陶醉道："山药脱了衣服，摸起来真是丝丝顺滑！"

叶臻没好气道："程诗人，过来洗菜。"

程杉颠过去，垂头洗山药，头发顺着耳际落下几缕。她自然地说道："程见溪，帮我扎下头发，头绳在我手腕上。"

叶臻应了一声，擦干净双手，从她腕上取下头绳。

一回生二回熟，他比上回进步许多，绑了个初具雏形的小马尾。

叶臻颇为满意，却听程杉道："你这个技术下滑太多了吧，我头一晃皮筋就要掉啦。"

叶臻："……"

程杉取了刀来切山药片，叶臻又试了一次，这回手重，拽得程杉"哎哟"直叫："我、我自己来！

叶臻说："我再试几次就好。"

程杉把山药片装盘："再试几次？那我头皮要给你薅秃了！"

叶臻不说话了。

隔了一会儿，程杉跟他搭话，后者唇角紧抿，偶尔发出"嗯"一个字节。

"小心眼，不就说你退步了嘛。还不开心了。"程杉调侃道，"你这个心态要端正。"

叶臻低头做事，没回应。又过了两分钟，他听见程杉哼唧："程见溪，我手好痒啊。"

又是苦肉计，叶臻坐视不理。

程杉打开水龙头，对着双手一顿猛冲，又拼命搓揉，也完全不能缓解。

她慌道："真的，我没有骗你。"

叶臻："你有没有听过狼来了的故事？"

程杉委屈，被他的冷血无情气得嚷道："可是现在狼真的来了，我被吃掉啦！你后悔也晚了！"

她气呼呼地掉头进房间。

叶臻在厨房站了一会儿，想起什么，去拿了手机，上网搜索"山药处理不当的后果"。

文章中写道：山药去皮后的黏液，其中的蛋白和薯蓣皂苷会刺激皮肤引起过敏，引发红肿刺痛等症状。他们这两个欠缺生活常识的厨房菜鸟，谁也不知道。

叶臻去卧室看望被狼吃掉的小可怜。

程杉背对着门，正在赌气地搓手。听见叶臻进门的声音，她头也不回道："你别管，让我痒死算了！"

叶臻走到她身边，说："给我看看。"

程杉："不给。"

叶臻："帮你止痒也不给？"

程杉没骨气地抬头："啊？你知道是什么原因啊？"

叶臻拖过她发烫红肿的手："山药黏液里面含有大量的植物碱，是让你皮肤发痒的元凶。以后处理山药要戴手套，或者用醋水先煮几分钟。"

程杉吸吸鼻子："我第一次弄，不知道还有这种说法。"

叶臻带她去厨房，先用温水清洗了一遍双手，又拿了白醋来。

程杉看着叶臻给自己的手一点点抹上醋，说："这是酸碱中和？"

叶臻"嗯"了一声。

抹完手，程杉嗅了几下，嫌弃道："好酸啊。"

她感受片刻，皱眉："还是痒。"

叶臻："只能缓解，渗透进皮肤里的那部分，可能需要等很久才能有作用。"

"很久是多久……"程杉嘀咕，"有没有其他办法？我好难受。"

叶臻垂目看她，低声说："有。"

"什么？"程杉仰脸等待他的办法。

叶臻自然而然地，就着她仰面的角度低头亲上去。

程杉身子一顿，很快软下来，抬起胳膊圈住他的脖子："能一直到醋起作用吗？"

当然。

陈立钦和韩双进门的时候，打眼看到的就是这一幕。

厨房烧过热水，玻璃门上雾气弥漫，一男一女的身影模糊不清，呈现出一种朦胧的美感。

男人只穿着修身的深色线衫和笔挺的长裤，整个人看上去颀长挺拔。他一手揽着面前女孩纤细的腰肢，另一只手半托着她的后脑。

他们在接吻，而且，是很投入的那种。

陈立钦和韩双大眼瞪小眼，从彼此眼中读出了"惊悚"两个字。

陈立钦用气声问韩双："什么情况？"

韩双吞了口口水："叶臻不是说程杉把他当男朋友了吗？不过陈立钦，听你说是一回事，看见这画面我还是有点接受不了。"

陈立钦："谁能接受的了？那那那……他该不会假戏真做了吧？！你觉得他动情了吗？"

韩双："我又没谈过恋爱，我哪知道。"

两人在门口戳了一会儿，里面还没有偃旗息鼓的意思。

陈立钦大力地"咳"了一声。

程杉被突如其来的咳嗽声惹得一震，上下牙一磕，就听见叶臻吃痛的闷哼。

她火速离开，紧张道："我咬着你了？"

叶臻捂住嘴巴："没事……"

程杉偏头看向玄关，站着一男一女两个陌生人，喃喃道："你朋友来了……但是，他们怎么进来的？"

叶臻舌尖流血，说话有一点受影响："陈立钦有我家的钥匙。"

程杉睁大眼睛："那你就敢这么堂而皇之地在厨房亲我？"

叶臻："你让我亲的。"

程杉："我哪有？"

叶臻："你眼里写着。"

程杉："……"

不要脸，太不要脸了。社会真是个大染缸，程见溪怎么会变得这么不要脸。

程杉小跑出去，脸颊发红，说："你们好，我是程杉。"

叶臻早就打过招呼，陈立钦和韩双对程杉完全不记得他们这件事并不感到疑惑。他们勉强地笑笑："你好。"

叶臻简单给他们介绍了彼此，陈立钦和韩双都有点不敢直视，目光四下飘着。

程杉误会了他们的勉强，以为他们是为刚刚看到的画面而害羞。未免尴尬，自己又钻进厨房切菜去了。

叶臻擂了陈立钦一拳："怎么不敲门？"

陈立钦叫冤："是谁在给我钥匙的时候说，都是兄弟，二十四小时欢迎我来你家？"

叶臻："不知道现在情况特殊啊？你这个没眼力见的。"

陈立钦心寒："你你你……色欲熏心！"

叶臻："你别乱说话啊。"

陈立钦："兄弟，你这真的是演戏吗？"

叶臻舌头又沁出血来，他轻轻吸了口凉气，没说话。

韩双看出些端倪，说："你别把自己演进去了。回头她病好了，你怎么解释？"

叶臻微微蹙眉："到时候再想办法。"

"这不像你啊，叶臻。"韩双坐在沙发上，随手拆了一包薯片，说，"从来都目光长远的叶总，怎么会说出走一步算一步这种话？"

怎么会说出这种话。他如果能知道就好了。

鲁卡斯是最后到的。他带来了一束向日葵，进门便给了程杉一个拥抱。程杉被人高马大的鲁卡斯箍在怀里，有点透不过气。

鲁卡斯："癞子洞房的笑公猪，楚辞减免，情夺直角。"

程杉："啊？"

陈立钦翻译："来自东方的小公主，初次见面，请多指教。"

程杉："……"

叶臻把程杉从他怀里挖出来，用意大利语说："你想干吗？"

鲁卡斯神秘一笑，并不搭理叶臻，而是将向日葵献给程杉，转换成英文道："我是鲁卡斯，很愿意做你的骑士。"

程杉收下向日葵，用中文偏头问叶臻："他一直这么热情？"

叶臻从鼻子里出了声气。

韩双知道这么鬼扯的中文只能是陈立钦教鲁卡斯的，她用询问的目光看着陈立钦。

后者小声耳语道："鲁卡斯又不知道她和叶臻的关系，他只是听了这姑娘的故事，感动得不行。昨天来找我，说想跟叶臻亲上加亲，让我教他个炫酷的开场白。现在这效果，只能怪他自己语言天赋太差。"

韩双翻了个白眼："他有病你也跟着起哄？程杉跟叶臻半点关系都没，亲上加亲是这么用的？"

陈立钦说："还不是他单身太久了，被前女友的薄情伤得太深。程杉这么重情重义，鲁卡斯会喜欢也很正常。"

韩双无语道："重情重义的姑娘千千万，非要可着这一个？"

陈立钦耸肩："我劝过了啊，鲁卡斯说是命运把程杉送来的。"

韩双叹了口气："亲娘，还命运送来……上回就不该陪他看《雷雨》！"

那边程杉找来花瓶插起向日葵，招呼道："菜都备好了，可以起锅啦。"

鲁卡斯积极地坐在桌边，一副星星眼的样子问程杉："中国火锅是不是都很注重调料？"

程杉的英文水平应付六级绰绰有余，但对着外国友人，还是要好好思索措辞。

她一边起锅放火锅底料，一边有点磕巴道："不同的地区，人们往往会使用不同的调味品。北方人倾向使用芝麻酱，西部的人们更偏爱……"

程杉犯了难，油碟、干碟这两个词她不会说。

叶臻被程杉书面语式的回答逗乐了。但并没有直接替她回答，只提点了几个关键词。

"西部的人们更偏爱油碟和干碟，而大多数南方人只需要一些酱油。"

鲁卡斯又问："咱们都有些什么呢？"

程杉说："有一些调料中超买不到，不过芝麻酱和普通的酱油都有。"

鲁卡斯说："这样啊，有没有人说过你的声音很好听？"

程杉被他急转弯式的问话击倒了："啊？"

叶臻："当然有。"

程杉一愣："谁？"

叶臻面不改色地给大家开啤酒："我。"

程杉腹诽：你才没说过。

陈立钦和韩双一人拿了一瓶啤酒，心里明镜似的坐在旁边看热闹。

鲁卡斯："听说你是个出色的摄影师。"

程杉看了眼叶臻，心下偷乐——还知道美化我的形象啊，孺子可教。

她谦虚道："其实还没有那么出色……"

鲁卡斯说："我一个朋友任职的工作室在招摄影师，项目制，时间相对自由，也有独立创作的机会，关键是工作室老板是一位国际顶尖的摄影师。不知道你有没有兴趣？当然，需要你提交自己的作品作为敲门砖，他们的要求非常严格。"

程杉眼睛一亮，忙不迭点头："我有兴趣，我特别有兴趣！不知道是哪位老师？"

鲁卡斯说了一个名字。

"他可是全球十大顶尖风光摄影师之一！2007年的哈苏大师赛，他的自然系列实在是……无与伦比、出神入化！我非常喜欢他的风格！"要不是中间隔着桌子，叶臻感觉程杉下一秒能扑过去，她兴奋道，"我明天，哦不，我今晚就把作品集和简历整理出来给你。"

鲁卡斯笑道："不着急，他们工作室这个月的项目重心在荷兰，下个月中旬才能回来。到时候我通知你。"

程杉说："我一定好好准备！"

叶臻总觉得哪里不对劲，印象里，鲁卡斯从来不认识什么搞摄影的朋友……他拎着酒瓶和鲁卡斯的碰了碰："你哪个朋友啊？"

鲁卡斯仰脖喝了半瓶多，硬凹出一个忧郁的神情，说："乔伊。"

叶臻、陈立钦、韩双："什么？！"

乔伊是鲁卡斯前任的现任，就是他挖了鲁卡斯的墙角。

韩双说："你疯啦？怎么还跟他联系上了？"

鲁卡斯说："是他来找我的，问我们做旅游网站的，是不是有很多靠谱的独立风光摄影师资源在手。我心想我们的公司规模，还没到自己培养摄影师那一步呢，现在都是跟工作室合作。"他顿了顿，把剩下的酒一饮而尽，"但是！我哪能告诉他？我最不喜欢他那副看不起我们公司的表情，所以我说我们合作的东方摄影师很贵，他不一定请得起。"

"干得漂亮！"陈立钦一拍桌子，陪了半瓶酒。

叶臻冷哼："不一定？你应该直接说请不起。"

鲁卡斯："所以我马上想到了杉！一定要狠狠打他的脸。"

陈立钦："绝对不能输给那种人！夺妻之恨，恨之入骨，骨肉未寒，寒蝉凄切啊！"

三个男人对视一眼，程杉几乎在热气腾腾的火锅上方看到了熊熊燃烧的火焰。

坐在程杉身边的韩双也有同感，小声用中文对她道："男人们的好胜心被点燃，真是偏激得可怕。"

程杉顿时压力如山大。

一顿火锅吃得斗志昂扬，男人们中文英文意大利语混在一起交谈，一边喝酒一边讨论公司下个阶段的规划。

程杉前半程还在努力倾听，后来听得脑壳疼，索性埋头喝酒吃肉。

韩双始终在偷眼观察程杉，她实在想象不到，这么一个有血有肉，看上去和常人无异的姑娘，竟然患有癔症。她凑在程杉身边说："杉，程见溪是个什么样的人？"

"他啊。"程杉的笑容不自主变得温软，"像一口古井。"

韩双疑惑地"啊"了一声。

"他的身边人迹罕至，你看着他，甚至仅仅是接触他的时候，会觉得他平静冰冷得好像没有生气。"程杉说，"但在静默里，有永不止歇的深流。"

韩双不由得道："那还是他吗？"

程杉突然被韩双问住。她抬眼看了看叶臻，后者正在听陈立钦讲述下一季度的产品策划方向，他的眼里淬了火似的亮，整个人蒸腾着蓬勃的朝气。

程杉的眼神出现片刻慌张和混乱，但很快的，她找到了心安的证据——他手腕上的文身。

程杉喃喃："不是他，那又会是谁呢？"

韩双将她的变化看在眼里。她跟程杉轻轻碰杯，说："我没有谈过恋爱，杉，你说，爱一个人，究竟是因为什么呢？"

程杉喝下一杯酒，目光发直地想了许久，才低声说："因为只有他啊。"

"只有他？"

"我的人生，从有了明确记忆的那天开始，好像就有了程见溪。"程杉回忆道，"他就在那里，他总是在那里，我想不靠近都不行。别人都没有光，只有他有。我的镜头再转三百五十九度，最后也只会找到他。"

韩双看得出来，程杉有一点醉了，醉酒的女人，眼神里有难解的韵味和魅力。她偏过头去，才发现自己视线里也有一个人，那是侃侃而谈的陈立钦。

这个二五不着的男人，真的是说不上来哪里好，但她这会儿看着他，好像有一点能理解程杉所谓的光是什么了。可能，自己也快醉了。

"那你有没有想过，如果那个时候，出现的人不是程见溪。"韩双说完，像是在问自己，"你也会爱上他吗？"

程杉停顿了很久，实话说道："我没有想过。"

她说完之后，自己小声笑起来："这个没有办法假设，生活只有一次，不会回头，他就是程见溪。"

韩双笑起来，举杯说："说得好，那就敬生活，敬他从不回头。"

命运有时候把剧本写好，让那个人出现，不需要原因，不需要道理，你没有任何抗拒的余地，只能接受，只能轰轰烈烈地爱一场。

而爱情的惊喜在于，你发现自己是如此乐于接受这一切看似荒诞的安排。

火锅添过三次水，最后无人问津，慢慢烧干了。

陈立钦横倒在沙发上，嘀咕着嚷嚷："我们要做最好的线上自由行网站！自由行万岁！"

鲁卡斯的脸在陈立钦手边，他侧躺在沙发边的地毯上，将自己的身体塞进了茶几和沙发的空隙中，呈现一个长条状。

他仰头陶醉地亲吻陈立钦的手，用含混不清的意大利语低声吟唱着家乡的歌。

叶臻关掉电磁炉，把已经结底的锅端去洗碗池，用清水泡上。又将众人使用的餐具拿去池中，泵入浓缩洗洁精放水浸泡。

客厅到处都是垃圾，叶臻没有精力给他们一一分类了。他揉揉太阳穴，走去阳台打开窗户，对着夜晚冷风清冽的夜空，呼出口酒气来。

其实创业之初，他们几个都没有想那么多。鲁卡斯是计算机系的天才，陈立钦从小一门心思，想做一家很不一样的旅游公司，而他，擅长管理和商业谈判。

叶臻打头阵，陈立钦出谋划策，鲁卡斯负责落地实现需求。几年下来，他们从三人的小作坊到现在初具规模的近百人的公司，经过三轮融资，网站在鲁卡斯和他的技术团队的打磨之下，前后历经了五次重大改版更新。

一切都在每个人的努力下变得越来越好。他因为程见溪放弃的那个项目会议，鲁卡斯和陈立钦费尽了嘴皮子，吃了不知道多少次闭门羹，才换来对方对再次约见的首肯。

而他们两个，在全然不知他因何故离去的情况下，谁都没有对他太过苛责。

刚才喝酒的时候，鲁卡斯才向他袒露心声。

"我当然很生气。但是叶，你在那个时候离开，一定是出大事了。"

陈立钦补充说："更何况，最后的结果是好的。你回来以后这几个月为了那个项目，常常通宵工作，这些我们都看在眼里。"

叶臻说："不管是什么理由，恶果是我造成的。我去解决，理所应当。"

鲁卡斯责备道："叶，你太不擅长解释，其实你把前因后果都告诉我们，我们都能理解你。"

陈立钦："我们搭档了那么多年，如果连这一点信任都没有，那我们的网站怎么做到世界一流？"

世界一流。

夜风拂过叶臻年轻的面庞，他闭了闭眼，双手撑在开放式阳台的栏杆上。从前他拼尽全力，只是想向叶晋证明一件事：叶臻这个人，从来不需要他父亲的光环。

他自己就是光环本身。

可现在一切变得不同。叶臻慢慢发现，自己其实需要很多，也越来越贪得无厌。事业的成功，家人的支持，朋友的信赖，爱人的亲吻……

当他品得人情味，他无法不变得柔软。这柔软不是软弱，叶臻感到内心的充盈，比从前更甚。

如果时光有灵，在变故发生以前，叶臻希望可以尽可能地保留此刻、此地、此身的一切。

只可惜，太好的时光，往往留不住。

叶臻回到室内，拉上阳台门。

这个房子一直是他们的编外会议室，留宿是常事，叶臻家里的被褥一应俱全。他给沙发上的陈立钦调整好睡姿，又从里屋把打地铺的被褥拿出来。

这时候，程杉的卧室门开了。

程杉从刚才就带着韩双去房间里面说悄悄话，叶臻还以为两个人都醉倒在屋里了，结果程杉一个人走了出来。

程杉环顾一圈，虽然有些醉意，但还能囫囵说出完整的话："战况挺惨烈，程见溪你酒量见涨不少啊。"

叶臻也持同样态度："你也不赖。"

程杉嘻嘻笑道："我可是在Q市长大的，啤酒喝不倒我。"

"你介意和韩双睡一晚吗？"叶臻指指地上唱累后睡着了的鲁卡斯，说，"我把这家伙弄书房去，我再打个地铺。"

程杉说："本来是没关系的。但是她刚刚吐在了床上……我把床单抽出来丢进卫生间了。她睡得沉，我弄不动她，没法换新的床单。"她小声道，"屋里味道不太好闻，我能不能也睡地铺啊？"

叶臻："你去我书房睡。"

程杉："那你跟我一起。"

叶臻："嗯。"

叶臻给陈立钦盖了条厚毯子，展开折叠式单人床垫垫在地毯上，

120

放上枕头，把鲁卡斯拖上床垫，蒙上被子。

程杉已经洗了澡，换上睡衣进了书房。

叶臻书房内也不过是一张单人床，灰色系的床上用品，却有个巨大的黄色美式太阳抱枕。程杉钻进被窝里，鼻尖充盈着陌生的气息。以丁酸酯与信息素为主导，男人干燥的、带有侵略性的霸道气息令程杉心旌摇曳。她拽过太阳抱枕，把脸贴了上去。

叶臻从浴室出来，吹干头发进屋的时候，看见程杉闭着眼睛趴睡在抱枕上。

叶臻："小杉。"

程杉半梦半醒，不太愿意开口，只往里面拱了拱，给他腾出一点空间来。

叶臻："这床太小了。"

程杉懒洋洋道："不小，你躺上来试试。"

叶臻神色复杂地站了一会儿，终于掀开被子侧身躺了进去。他刚一躺下，怀里立刻多了暖乎乎的一团，程杉整个人都嵌在他的怀中，头枕在他的臂膀上，后背紧贴着他的胸膛，脚尖压着他的脚尖。

这么一来，这张床还富余出不少。

程杉："像不像俄罗斯套娃？一点都不浪费空间。"

叶臻："……"

他一条胳膊被她枕着，右胳膊无处安放，最后只能别扭地放在身侧。可还没过一秒钟，程杉捞过他的右手，拉到眼前去，凝视着他的文身。她的食指指尖顺着他的肌理纹路划动，说："我今天跟韩双聊了很久。"

叶臻心头一紧，声音不自主放低，说："你们，聊了些什么？"

"很多很多。"程杉说，"我很少从别人口中听到关于你的事情，这种感觉很新鲜，也很奇怪。"

叶臻耐心地听下去。

"我以为我很了解你。"程杉把他的手掌握成拳，两只手包住，"可是又好像不太了解。可能你从来都不会告诉我，你打算做什么，你心里在想什么，而我又不够聪明，总是会猜错吧。"

叶臻说："以后你要是想知道，我都会告诉你。"

程杉说："我真是个不称职的女朋友。你来意大利好几个月了，可我竟然今天才知道你们在做什么，才知道你们的理想和忙碌。"

叶臻没有说话。

程杉继续道："还好，我还有很长的时间，可以慢慢了解你。"

她闭了闭眼，掀开衣服下摆，把叶臻的拳头搁在自己的腹部："人肉取暖器。"

叶臻想起她还在生理期，慢慢张开手掌，贴在她微凉的皮肤上。

程杉说："程见溪，你觉得他们会聘用我吗？"她的语气惆怅，"我有点担心。"

叶臻说："你的作品整理出来以后，抄送一份给我。回头如果碰到合适的机会，我帮你直接投递简历过去。"

程杉："嗯。"

叶臻："别太有压力。每个工作室都有自己偏好的风格，即便不用你也并不能说明什么。"

程杉："可听鲁卡斯的语气，要是我被拒绝了，那个乔伊可能会让他很没有面子。"

叶臻："做好自己能做的，其他事情都不用管。"

程杉仍然心有顾虑，却没再多说什么："知道了。"

叶臻："睡觉吧，明天收拾完家里，我们就出发去锡耶纳。"

程杉摸到墙边的开关，把灯关了。

万籁俱寂，程杉轻声开口："程见溪。"

"嗯。"

"如果你碰到的人不是我，如果从小陪着你的那个人，不是程杉，你还会跟她在一起吗？"

叶臻蹙眉："这问题毫无意义。"

程杉一顿，在黑暗里弯起唇角。程见溪能和她如此默契，这真让人开心。

但她仍旧想听下去："为什么？"

叶臻："不要总把自己和其他不相干的人扯在一次，程杉，你应该相信一件事。"

这理由和程杉想的非常不同，她不由得道："什么？"

叶臻："他们无法和你相提并论。如果那个人不是你，根本不会发生这一切。"

程杉的笑容放大，她说："你知道吗？从前我时常害怕自己配不上优秀的你。可是现在，你总让我盲目自信。"

你总让我产生一种感觉，你是最好的，我也是最好的。我们在一起就是天经地义，而不是谁迁就谁。

叶臻顿了一下，说："这不好吗？"

程杉张了张口，没有说话。她听见心里一个极小的声音说：只是这么好，总让人担心那是空中楼阁。

夜色渐浓，叶臻没有等到程杉的回答，便以为她睡了。

今天酒过三巡，鲁卡斯在醉倒之前对他说："他们没有告诉我，但是我感觉得到，你和杉的关系，很不一样。"

叶臻没有否认。

鲁卡斯说："问问你自己，你想通过征服她，来证明自己赢过程见溪吗？"

叶臻："我没有那么卑鄙。"

鲁卡斯："叶，所以我才让你问问自己，你不想赢吗？"

在被比较的时候，没有任何一个男人会不想赢。

叶臻在静谧中扪心自问，而发现自己根本心虚得不愿深想。

何况，他是叶臻，他从来不愿意认输。

第六章 半坡山庄

　　第二天，打扫完家里，送走朋友们，程杉和叶臻便收拾行李驾车出发。

　　其实锡耶纳距离佛罗伦萨很近，交通非常便捷，通往锡耶纳的火车一小时就有一班。程杉上网查过攻略，开车南下，全程不过一个多小时的时间。

　　算起来，这还是程杉和"程见溪"第一次远途旅行。

　　叶臻穿得休闲，黑色直筒长裤让他的两条腿直接成为全身的亮点。程杉目不转睛地盯了好一会儿，丝毫不遮掩地说："程见溪，你这两条腿真是绝了。"

　　叶臻面不改色地坐上车："比起昨天那个令摄影师幸福的天生的模特呢？"

　　程杉打开车门爬上副驾驶座，一边系安全带一边下意识道："那肯定还是人家……"

　　话没说完，余光先瞄到叶臻不爽的神情，顿时改口："他们就是花架子，大多中看不中用。"

　　叶臻的腿部肌肉程杉是见识过的，绝对不是健身房里短时间特训

124

出来的形状，时间的雕琢才最难得。

叶臻不痛不痒地"哦"了一声，说："怎么个中用法？"

他每次这么单纯无害地刨根问底时，总让程杉觉得自己脑中黄色废料太多，她轻轻咳嗽了声，说："爬山！你爬山肯定贼溜。"

叶臻牵牵唇角，发动车子，说："锡耶纳是一座山城，那附近有几座小山，景色还不错，有兴趣吗？"

"当然！"

叶臻开车很稳，车速却并不压着。出了城区驶入公路之后，两边的车辆越来越少，程杉明显感觉到他轰油门的激情。

托斯卡纳被称为华丽之都，不仅仅因其灿烂夺目的文化遗产，它的乡野风光同样为其盛誉添入浓墨重彩的一笔。

南部丘陵连绵起伏，浓绿与藤黄在深秋狂欢，交织成油画感的视觉盛宴。车载音响里是滚石乐队的歌，程杉降下车窗，跟着哼唱，任发丝在风中狂舞。

叶臻很快驶离主干道，乡间小路蜿蜒，他驾驶着车子游刃有余地穿行其中，离心力的作用下，程杉的身子歪歪斜斜，可她兴奋极了，对叶臻说："我想下车，在草地上打滚。"

叶臻说："我给你挑一片好的草场。"

程杉大笑。程见溪从不觉得她是胡言乱语，她随口说的那些心愿，他会为她实现。

几分钟后，程杉远远看见一座农庄，位于坡度平缓的山丘之上。

"半坡农庄，我们的第一站。"叶臻说，"这里的主人是我在工作时认识的朋友，他叫修，是个花卉园艺师。一直以来，他都在为周边城市的花店提供鲜花，和我们合作以后，开始做衍生的度假服务。"

程杉远眺而去，只见莺茶环绕着杏仁色石块与砖砌成的低矮平房和几座独栋小楼，其间的连廊同样由砖石打造，顶部挤挤挨挨铺满了各色紫罗兰、玫瑰。

篱笆与橄榄树围在农庄四周，其外便是空旷的山林、草地和花圃，目之所及处再无其他建筑。

叶臻说："那间平房是修最早搭建的屋子，几年以前只有他一个人，守着他的花圃和半坡小屋。后来陆续建造了客房、餐厅、酒窖、品酒区、娱乐区等。最多只能容纳十八位游客，需要提前预约。"

程杉在叶臻他们公司的官网上搜索，果然看见了半坡农庄的宣传照片和搭配文案。她轻叹："这些照片连实物的十分之一美感都没有表现出来。"

叶臻偏头看了一眼她的手机，笑道："这些照片都是和网站合作的商户自己上传的，大多数既不专业也不诱人。"

程杉说："我给顾展拍的佛蒙特森林的照片，反映都还不错，要不我也给半坡农庄拍一套？"

叶臻笑笑："一两张友情照就得了，别太慷慨。"

程杉纳罕。

叶臻："他们请不起你这样的摄影师。"

程杉没听过程见溪使用这样犀利的字眼，她说："别这样说，我现在名不见经传，有人能够欣赏我的作品已经是一件很好的事情。"

"一个人的价值和她的作品是否有名气没有半点关系。"叶臻说，"小杉，有价值你就该有底气，不管现在还是将来，不管有没有人为你的作品支付高昂的价格。只要它们值得那么多，就绝不要让自己做这种无意义的让步或是施舍。"

"可我拍照，初心不是让他们流入市场作为交易的一部分。我最有成就感的时刻，是我的作品能影响别人，也许是愉悦，也许是感动，也许是安慰，都足以让我骄傲自豪。"程杉认真地望着叶臻，她说，"或许一部分艺术品作为商品流入市场，会因为品牌、名声等外在因素而产生价格的波动，同样一件作品，在不同的时代，也可能会有一文不值和价值连城的差距，但那不代表我要受它们的影响而放弃我最荣光的时刻。"

叶臻安静地听她低诉，最后才说："所以，比起赚钱，你更希望有人能欣赏它们，发自内心地喜欢它们。"

程杉笑起来："赚钱当然是好的。能够卖出好价格，能够因此获利会让我更有动力，也更高兴。但我按月给杂志社供稿已经能够让我维持温饱，满足一点自己的精神需求，没有那么说不过去吧？"她扬扬手机，说，"就像你们的网站。为了生存你们必须盈利，可能够站稳脚跟以后，哪怕做一些价格上的让步，是不是也会希望拥有更多的用户，能够让全国，甚至全世界更多的人使用它呢？"

那是自然。从叶臻的角度来看，这里的价格让步不过是一种商业策略，用户数量的增长会带来更多的盈利点。

可叶臻此时并不打算和程杉抬杠半点商业知识，他看见程杉眼里轻轻跃动的光泽，她此时的虔诚模样，比她说起自己和程见溪的过往更生动，更耀眼。

叶臻心上有呼啸的飓风刮过，将所有杂念卷走，只留下平坦无边的旷野。

他知道这一切无可挽回地发生了。

在农庄大门边的机器中输入预约号，叶臻将车开入，停进农庄的车库。

叶臻："农庄是自助式的，除了必备的服务生以外，没有安排引导员和生活管家。"

程杉对这些门清，她顺着叶臻的话接了几句："在欧洲，这类度假农场真是火，可惜在国内很少。国人接受度高又相类似的旅游方式，可能要属农家乐了吧。"

叶臻这才想起来，程杉本科念的是旅游管理专业，这么算，两人还是同行。他忍不住笑，接上她的话道："农家乐不好吗？"

程杉说："挺好啊，原生态无污染。只不过鱼龙混杂，许多地区的农家对卫生管控很不到位。我们大二那年，不是有一门课要出去调研吗？暑假你不在，我跟我们那一组的八个同学，每人负责二十家，去考察了Q市大大小小一百多个农家乐，调查问卷都发下去几千张。"

叶臻拖着行李箱和程杉从车库步行而出，他听得仔细，问道：

"结果呢？"

程杉不知道程见溪为什么突然对自己的课程产生了兴趣，她说："有太多需要改进的地方了。基础设施不完善，没有统一的管控，餐具质量、厨房卫生安全等都不尽如人意。甚至有一些农家乐，还会非法兜售野生的国家保护动物，却没有人监管。"顿了顿，程杉又说，"有意思的是，在我们的采访调查中，有很大一部分人表示，他们本是不想去农家乐的，觉得那里很土，也很脏乱，去是因为别无选择。"

叶臻从没了解过国内城市周边旅游的相关信息，他说："那他们为什么要去？"

程杉："受到周末的休假时长限制。那些不愿意继续待在城市里的人，选择在双休日到城市周边寻求放松休闲。但事实上，大多数城市周边都极缺乏正规的休闲度假场所，不能满足一家人团聚、安静休憩、享受特色美食、开展与城市内不同的娱乐活动的需求。思来想去，他们中的一部分，只好降低标准，选择农家乐。"她说着，将手抬起到眉前，"接受采访的游客反馈了这样一种矛盾，他们的审美情趣有这么高……"

说着，程杉又将手压下去："现实中，在经济许可范围内，他们能够接触到的周边游产品质量却这么低。"

程杉说完客观现实，又向叶臻表述主观判断："其实我觉得，城市里的人是想要回归乡村的，但大多数人想要回归的并不是真实的乡村，而是一种理想化了的，只有健康食物、原生态景观、纯粹乡趣的美化了的乡村。"

程杉一挥右手："就像眼前这座农庄。它是人为打造出来的度假区，根本不是真正的农作庄园，这里繁花似锦，没有翻飞的尘土，缺少劳作的疲惫，收起了真实人类对生活偶尔的怠慢——但这样一座恰到好处的庄园，让人心旷神怡。"

叶臻说："你呢，你喜欢哪一种？"

程杉狡黠一笑："我喜欢和你一起啊。"

叶臻无奈地笑看着她。

程杉这才老实回答："我尊重真实，但我更喜欢所有为了美好做出的努力。"

叶臻带着程杉去办理入住。接待他们的前台侍者给程杉和叶臻各端去一杯果汁，随后回到电脑前录入信息，将大门钥匙和个人房间门卡一齐给他们。

"给您二位预留的房间在A栋，三层。"

叶臻问到修，侍者说："他在酒窖，两位从日本来的客人正在选酒。他回来以后，我会告诉他您已经入住。"

叶臻点头："我们午餐时间下来，请他帮我和我的女伴挑一瓶酒。"

"好的，先生。"

程杉拿着钥匙，是那种复古的欧式黄铜钥匙，做旧风格，尾部的铜圈上系着细麻绳和牛皮挂件。程杉翻来覆去地看，只有挂件上写着斜体"A3"，并没有房间号。看来是占据了整层的套房，怪不得叶臻说这座农庄最多只能接待十八人。

A栋一共只有三层，石板砌的楼梯在房子外部，上到三楼，是一扇嵌着铜锁头的古旧木门。

程杉开门进去，明亮整洁的会客厅映入眼帘，是经典的意式田园风格装饰，客厅南边是宽敞的休息区和开放式阳台，若要再往里走，进入更私密的空间，就需要用房卡开门了。

在他们的车子进入农庄时，房间内的空调已经被打开，此时室内温度宜人，程杉帮叶臻把行李箱推进屋内，她换了拖鞋，脱去外套挂在衣帽架上，一溜烟小跑，站在满植大马士革月季的阳台上向外远眺。

"小杉。"

身后有声音叫她，程杉一回头，正对上叶臻的镜头。

程杉一时怔忪，反应过来以后，才笑容满面地舒展身躯摆了个造型。她说："你可从来没有给我拍过照片。"

叶臻倒是一愣，下意识说："怎么会？"

程杉说："你现在知道我委屈了吧，我给你拍了那么多照片，可是连一张回馈都没有。"

她的语气明明是故意做出的小嗔怪，叶臻却很不是滋味。

他说："那我们多拍几张。"

"现在想补偿？晚啦。"程杉"扑哧"笑出声，并不介意的样子。她蹦蹦跳跳来到叶臻身边，翻看他刚刚拍下来的几张照片。

程杉："呃……"

叶臻："嗯？"

程杉："都怪阳台不好，逆光。而且你太高，所以你这么拍吧……我就没有腿了。"

她帮他把理由都想好了，叶臻揉揉鼻尖，实话实说："我技术不行。"

程杉拍拍叶臻的肩膀，接手相机："你的才华已经不需要再加个'会摄影'来证明了，要是你们这样的新手，一拿到相机就能拍出大师级别的效果，我还有什么颜面活在世上？"

她说着，示意叶臻站上阳台，立在和她方才相同的位置。随后左右移动，找好角度半蹲身子，调焦对光圈，很快按下快门。

"你看。"程杉扬扬相机，走过去给叶臻看原片，"是不是好一些？"

她说得太委婉了，何止好一些。

叶臻轻咳，说："怎么会差那么多？"

程杉低头调试相机，说："如果你爱我也像我爱你这样深，那你就能把我拍得好看一些。"

叶臻的脸庞微红，一时被她噎得无话可说。

程杉半晌没得到回应，一抬头被叶臻的模样逗乐了，她啧啧道："脸皮怎么变得这么薄？逗你的，我这叫量变产生质变，你要是花十多年拍上万张照片，也能拍好。"

胡乱拍了一阵，他们才去收拾行李箱。几件易皱的外套先挂出来，程杉把自备的洗漱用品和换洗内衣也拿出来，刷了门卡进里屋，打算先放去浴室。

"啊……"

叶臻在客厅听见程杉的声音，走进去问："怎么了？"

话音刚落，就看见程杉有些无措地站在浴室偌大的按摩浴缸前。他这才发现，里屋只有一间卧房和一间浴室，分居于一条走廊的两侧。

这不是关键，关键是卧室和浴室之间，由两块全透明玻璃作为隔断。彼此之间，可谓坦诚相见，毫无保留。

叶臻有点头疼。他想起自己跟修订房的时候，后者听说还有一个女孩，在电话那头笑得不怀好意，说会给他们预留最好的房间。

原来修所谓的最好，指的是这个。

但这时候，他只能保持平静，说："我去找前台来装一道门帘。"

程杉脱口道："哎，不用……"

叶臻："啊？"

程杉眼神乱飞，说："也挺麻烦的，洗澡的时候，另一个人在客厅不就好了。"

叶臻："嗯，说得也对。"

程杉经历过最初的害羞之后，心思跟着乱飞起来，说："或者你不介意做我的裸模的话……"

叶臻："我介意。"

程杉狗皮膏药似的黏过来："不露脸的那种呢？"

这个女人，怎么能在含羞带怯和如狼似虎之间切换得如此不露痕迹？

叶臻撕开她，冷静道："不行。"

程杉叹了口气，嘀咕道："我拍过那么多裸模，偏偏最想拍的，从来都不肯……"

叶臻眉头一吊："你说什么？"

程杉："我说你从来都不愿意配合我！"

叶臻："你拍过多少裸模？"

程杉心头一颤，打哈哈道："没什么啦，就是艺术系请来的模特，我跟着去拍过一些啊，哈哈哈。"

人体艺术也是艺术创作的一部分，叶臻在心里默念，但终归有些不爽，说："给我看看。"

程杉心头一凛，跳脚道："程见溪，你要是想看小黄图就去搜片子，我能接受！但是这些照片不是用来让人窥视猎奇的！"

叶臻："你想什么？我要看男模。"

程杉的表情突然变得微妙起来。

"……"叶臻，"算了，当我没说。"

程杉挠挠头，从行李箱里翻出笔记本电脑，调出照片来，说："好久之前的事了，我打算转风光摄影之后，就没再花太多心思在人像摄影上。"

"喏，就这七八个男人。"程杉说，"我那会儿还是拍女孩子比较多。可能因为我是女摄影师吧，有一些做志愿男模的，会有顾虑。"

叶臻忍了又忍，还是伸头过去看。不得不说，照片被处理得很好，和他想象中的"人体艺术照"很不相同。虽然不可避免的，有些照片中，男性生殖器官仍然裸露而出，可经过后期的调色修图，并不会让人有半分不堪入目之感。

叶臻面无表情地浏览过去，最后合上电脑盖，点评："身材一般。"

程杉"嗯"了一声，说："毕竟我们学校是综合性大学，艺术系也没有正规的艺术院校那么专业，请来的模特很多都是为了赚小时费的。"她说着说着，语速慢下来，探究地问，"你想看身材好的啊？"

叶臻："我对男人没兴趣。"

言罢，他转身而去，像只骄傲的大公鸡。程杉看得发呆：这男人是闹哪出？

简单收拾好房间，时间也差不多了，程杉和叶臻下楼去隔壁栋的餐厅吃午餐。

西式餐厅，面积不大，一共不过九张餐桌。他们去的时候，看见窗边已经有两位客人在用餐，亚洲面孔，女人妆容精致，穿着优雅，言笑晏晏地对着面前的男人。

男人体格健硕，脸颊稍显丰腴，鼻翼两侧的两道横肉尤其突兀，挤得眼睛只余豆大。他似乎心情不好，女人连着说了好几句话后，才不情不愿地回应两句。

程杉和叶臻都听得出来是日语，但谁也没有点亮过日语技能，便径直从两人桌边走过去了。

可那日本男人的目光倒是追随着程杉走了好长一截。

程杉走在前面，没有注意到，叶臻在她身后，拦住男人充满考量和品评的目光，回敬了一个警告的眼神。男人丝毫不怵，还一扫方才阴郁似的，大咧咧地"嘿嘿嚯嚯"笑了几声。他完全不压着声音，对自己的女伴说了几句叶臻听不懂的话，后者一阵娇笑，应和了一通。

叶臻面寒如霜，落座的时候冻着了程杉。后者说："谁惹你了？"

叶臻给程杉一个安抚的笑："没事。"

两人坐下后没一会儿，一个穿着全套正式西装的络腮胡绅士，推着个小推车款款而来。

"欢迎你们，我尊贵的客人。"他的意大利语发音醇厚动听，浓绿色的眼眸中满是笑意。

"你就是修吧。"程杉看见推车上有醒酒器和冰块，小木桶里斜放着一瓶已经开了塞的葡萄酒，她猜出了来人的身份，用生涩的意大利语问候，"见到您真高兴。"

"我也一样高兴，女士。"修转向叶臻，说，"叶，满意我给你们选的房间吗？"

叶臻："受宠若惊。"

修："如果你喜欢其他风格，下次来我可以专门为你们改造房间。"

叶臻："不不，这样就够了。"

修叹口气，熟练地取出醒酒器来给两人倒酒："你应该多给我一点机会展示友好。"

叶臻不跟他纠缠羞耻话题，介绍道："小杉——我的女朋友，她是个摄影师，这次来，她想为半坡农庄拍摄照片用作网站宣传。"

他们用意大利语交流，当聊天词汇超出日常用语范畴时，程杉听起来就有些吃力了。她没听明白全部内容，只知道修突然眼睛一亮，惊喜地看着自己。

修："太棒了！你的小天使女友可真漂亮！"

叶臻："觉不觉得你的赞美来得晚了一些？"

修双手交叠："所有的赞美都不算晚。"顿了顿，面上浮现一言难尽的表情，"不过叶，我建议你多留心那位脾气不太好的客人，他刚才使用极难辨别的英文，询问我农庄是否提供情色服务。"

修指的是刚才的日本人。叶臻蹙眉："他身旁的女伴……"

修："上帝可鉴，那或许仅仅是女伴而已。"

程杉没听懂，不过看见他们的神情冷下来，倒是低声问了句："出什么事了？"

叶臻拍拍她的手背，安抚道："没事。"

叶臻和修很快结束了这个不愉快的话题，将注意力转移到餐桌上。

修给他们准备了经典的四道式意餐，叶臻事先备注了无奶酪餐食，所以修请厨师对菜品做了简单调整，上了鹅肝酱配土司作为前菜。与两人又聊了几句，他把时间留给叶臻和程杉，自己去忙了。

主食是孟买咖喱海鲂鱼片、煎牛排与紫芥菜。程杉小声对叶臻说："卖相是真好，但手艺比不上薄伽丘。"

叶臻笑道："你是地道的中国胃，改良版的料理更适合你，吃不惯正统西餐很正常。"

程杉点头："我确实更喜欢咱们自己煮的火锅。"

叶臻："这边提供自助式餐饮，我们可以自取食材烹饪。或者，带上帐篷去河边露营烧烤。"

程杉听到自取食材烹饪，眼睛一亮："好！"

最后一道甜点是提拉米苏。马斯卡彭芝士与咖啡酒香混合，在口腔的包裹下变得滑腻香甜。程杉这回吃得很欢，对叶臻说："我从来没吃过这么好吃的提拉米苏。"

叶臻把自己的那一份推给程杉："锡耶纳是提拉米苏的故乡。"

程杉说："我知道！你还记得那时候我给你做过提拉米苏吗？"

叶臻微顿："不记得了。"

程杉有点失望，叹口气道："初中那阵子不是流行少女杂志嘛，我记得我看过里面的短篇文章，说提拉米苏在意大利语中的意思是'带我走'，所以我就去叮当猫家找了小邵姐姐学做提拉米苏啊。"

她现在说起少女时代做过的傻事，有点不好意思，但更多是追忆的兴奋。

程杉："我学了好久啊，可是最后你没有吃。"

叶臻下意识道："为什么？"

他真的不记得了啊？程杉看了叶臻几眼，说："你说你不爱吃甜食，所以给你同桌了。"说到这里，她突然勘破秘密似的，感慨道，"现在回想起来，你那会儿可能真的挺讨厌我的。"

女人的话题到这儿，便自然而然过渡到了下面的问题："程见溪，那你是从什么时候开始喜欢我的啊？"

叶臻头皮微微发麻，平放在桌面上的手指不由自主地向内蜷起。他声音发干，不由得端起杯子多喝了两口酒："怎么突然这么问？"

程杉笑眯眯道："你说说啊，我想听。"

叶臻："我忘了。"

程杉压根不信："你骗人，你记性最好了。从来都是这样，我不管有什么东西没有带，你都会记得提醒我。"

虽然程见溪不善言辞，但程杉所有的问题他都会耐心回答，所有的纪念日他也都牢牢记着，会给她提前准备礼物。所以程杉始终坚信，程见溪只是看起来寡淡，实际上最关心的就是她。

叶臻的表情僵硬："没什么好说的。"

程杉打量他的神色，发觉他确实是一副漠不关心的样子，她心头微凉，低声问："你怎么能这么说？"

她看起来失望极了，叶臻微微垂目，不想看程杉此刻的神情。他语气生硬："都是过去的事了，总是回忆过去，没有意义。"

"回忆是我们的，怎么会没有意义？"程杉激动道，"程见溪，你从前不是这样的。"

叶臻腾地站起身，语气急促："可我现在就是这样！"

程杉没料到他会有这么大的反应，一时间被他的模样吓着了，她嘴巴微张，脸涨得发红，憋了很久才喃喃道："你变了。"

叶臻无法反驳这句话。他想起乔恩曾经说过，程杉在发现他和程见溪的不同之后，如果她执意不肯相信程见溪已死，或许会更倾向经历一场失恋。

叶臻的脸色变得很难看，声音像是从喉咙里直接滚出来："那你要跟我分手吗？"

程杉有片刻的恍惚，等回过神来，声音不由得发颤："你说什么？"

原本不过是一个温情的插曲，程杉不知道为什么会演变成这样。她无论如何也没有想过，自己有生之年会从程见溪口中听见"分手"两个字。

尽管他说的是一个疑问句，可是"分手"这个最刺耳的词率先扎进了她心里。这两个字从男人口中说出来，其杀伤程度是会随着时间呈几何级数递增的。

程杉期待他能有所解释，或者说，有所挽回。可是叶臻张了张口，什么也没有说。

他觉得自己又把事情搞砸了——和程杉有关的事情，他总是做得毫无章法。

"我们需要冷静冷静。"最后，叶臻低语道，"这样下去，只会变得更糟。"

他说完这句话，转身离开了座位，没有看到程杉落寞下去的目光。叶臻心烦意乱，大步走出餐厅，又想到什么，折回去找了服务生。

"别让那个日本男人靠近那个坐在窗边的姑娘。"

服务生看着男人气势汹汹的架势，谨慎地点了点头。

叶臻这才离开。

时近黄昏，叶臻从外头跑回农庄的时候，浑身都已经湿透。他远远看见修坐在前厅，本不想去打扰，谁知道后者根本是在等他。一见到叶臻，修立刻冲他扬扬手臂，大声道："叶，来这里！"

叶臻小跑过去。

叶臻："什么事？"

修看着叶臻水里捞出来的模样，说："你去游泳了？"

叶臻："没，去跑了几圈。"

修咀嚼了一下他的话，有点不确定地问："绕哪里？跑了几圈？"

叶臻找前台侍者要了杯水，说："旁边那座山，山脚有一圈绿道。四五圈吧，不确定。"

修："那得有三四十公里……怪不得一下午不见人，原来是去跑马拉松了。"

叶臻喝完一杯水："你找我？"

修这才想起自己有正事要找他，神色严肃起来："把女孩子一个人丢在餐厅哭泣，你可真不像个绅士。"

叶臻的动作一顿，重复修的话："她在餐厅哭？"

修说："嗯，前后大概三个小时。直到马克搞不定了，找我过去。"

叶臻的眉头紧紧皱起，嘴角绷成一条直线。

修继续道："早就听闻东方有一句古话，叫'女人是水做的'，我今天终于相信了！照她那么个哭法，居然没有脱水休克，真是个奇迹。"

叶臻："她现在在哪里？"

修："我劝她回房间了。叶，发生什么了？"

叶臻低声说："一言难尽。我以为她很生气，想跟我分手，我没想到她会这么难过。"

修："叶！你在想什么？女人越伤心，就越生气。她们真的想分手，只会对你不理不睬！"

叶臻诧异地看着修。

"让上帝保佑这个可怜的男孩吧。"修叹了口气，说，"他初涉情爱，表现得糟糕透顶。愿他能够早一点领悟到，这世上最神秘莫测的，就是女人心。"

叶臻："……"

修同情地拍拍他的肩膀，又作诗道："爱情就是这样折磨人。它让女人流泪，让男人流血又流汗。"

叶臻虚心问修："如果我让她伤心了，应该怎么挽回？"

修恨铁不成钢地说："你该把跑马拉松的精力留在床上，现在你累成这个样子，一切都晚了。"

叶臻："……"

修凝神静气，神秘道："朋友，我只能传授你其他方法了。"

十几分钟后，叶臻抱着一大捧玫瑰花步行回到房间。他没有钥匙和房卡，只能站在门外敲门。

"小杉。"

屋里没有回应，但叶臻已经做好了吃闭门羹的准备。

修告诉他，男人想哄女人，就不能要脸。

他坚持不懈地敲门。

过了一会儿，楼下有了动静。二楼的门被打开，叶臻看见一个脸熟的女人从下头向上张望。她看见叶臻，似乎很欣喜，冲房内极快地说了一句日语。

是白天在餐厅碰到的那对男女。他们居然住在楼下。女人对叶臻露出灿烂笑容，并且招了招手，用蹩脚的英语打了声招呼才缩回屋内。

叶臻面不改色，持之以恒地敲门。又过了几分钟，他终于听到里面传来脚步声。

叶臻："小杉！"

里头沉默了片刻，叶臻听见程杉沙哑的声音："你想分手，还回来干吗？"

叶臻从来没说过想分手，也根本不想分手。但修一再向他强调，现在不是讲道理的时候。

他立刻说："我下午一直在反省，我们谈谈。"

叶臻很快听见程杉在里面吸鼻子的声音。

程杉："我不想谈。"

叶臻打了个喷嚏。

里面迟疑了一会儿，低声问道："你怎么了？"

叶臻带着鼻音："外面太冷了，我有一点感冒。"

门被打开了，程杉眼睛肿得像被蜜蜂蜇了，只眯缝着一条。虽然她表情冷漠，可是叶臻被她的模样逗乐了，还好玫瑰花挡住了叶臻的嘴巴。

程杉："你不要以为一束花就能哄好我。"

叶臻立刻把花丢进房内的地上。

程杉皱眉，弯腰去捡："暴殄天物。我的意思是一束花不够，你这个人是不是死脑筋？"

叶臻着实忍不住，大笑起来。他觉得修的那些办法都用不上了，这姑娘可爱得让人没有任何理由去套路她。

"你还笑？你有什么可笑的？！"程杉发急，红肿的眼皮都透着光，她冲叶臻道，"你知不知道……"

话说一半又咽了回去，她揉揉眼睛，不看叶臻了。

叶臻止住笑，两步走到她身边去。

"对不起，小杉，对不起。"他声音诚恳，低头对她说，"给我一点时间，你想听的那些话，我慢慢说给你听。"

其实程杉看到叶臻湿漉漉的模样，已经心软了，只是碍于面子，将脸半藏在花束后面。

程杉声音软糯："你怎么湿透了？"

叶臻："我去环山慢跑了，那样会让我冷静。"

程杉"嗯"了一声，说："那你冷静了，倒是说说看，什么时候喜欢我的啊？"

"……"叶臻唇舌发干，一下子语塞了，他突然有点后悔没听修的。

修告诉他一进门什么话都不能说，直接抱住程杉亲上去，比说一万句话都有用。可是他错过了进门的那一瞬间，现在的气氛不太适合，何况他一身臭汗，连他自己都有点嫌弃。

程杉在叶臻犹疑的时候叹了口气，面上已经没有半点赌气的神情了："好了，不难为你了。"

叶臻一愣，这个剧情的走向似乎和他想的又不大一样。

程杉的目光下垂，落在叶臻的手腕上："你从不向我解释，但你总是做得很好。是我太贪婪，总是想要更多。"

程杉转身往里走："你先去洗澡吧，不然真的要感冒了。"

"是从那张照片开始。"叶臻在她身后开口。

程杉的身影一顿。

叶臻神情阴晴难辨，他低声说："照片的背后写着——祝我们程见溪，生日快乐。"

他不知道自己猜测的对不对，但他记得程见溪视若珍宝的那张照片，便如此说了。

"骗人……"程杉的声音发颤，叶臻难以分辨里头究竟是喜悦多一点，还是感动多一点。但他一点也不想分辨。

程杉："那是初一的时候我给你的生日卡片。那会儿你明明就很讨厌我……你现在这么说，其实是为了哄我吧？"

叶臻轻轻摇头，手不由自主地按上胸口，难受地揉了一把，口中道："是真的。"

洗过澡后，两人去餐厅吃简餐作为晚饭。傍晚的餐厅颇为热闹，还有很多其他客人。他们没有看见那对日本"情侣"，也没多问，吃完后回了房间。

临走的时候，修站在程杉看不见的死角，冲叶臻比了个加油的手势。

叶臻："……"

那天两人都早早上了床，因为都很疲倦。程杉哭得头昏脑涨，叶臻跑得腿脚酸软。

秋夜万籁俱寂，室内空气里荡漾着玫瑰香露的味道。程杉闭着眼睛，眼皮上下都贴着眼膜，用于冰镇消肿。叶臻平躺了一会儿，忍不住偏了偏头，用余光看她的侧脸。

Q市水土养人，程杉和程见溪的脸都白净透亮。叶臻神游，在心里说，小杉身上的皮肤也光滑细腻。这么一想，指尖仿佛有了触感。

叶臻，你在想什么？！

叶臻忽然醒神，脸庞发红，身侧的拳头捏紧了，整个人处于一种被自己当场抓包的羞愧状态，就差默念一百遍清心寡欲咒。

程杉感觉到身边人的微小动作，说："程见溪，你还没睡吗？"

叶臻一怔，下意识闭上眼，半梦半醒似的，低声说："快睡着了。"

程杉的手从被子里游过去，搭上叶臻的小臂："我能枕着你吗？"

叶臻："嗯。"

叶臻展开左臂，垫在程杉脑后，程杉整个人挨过来，侧身抱住了叶臻的腰。

叶臻身子微绷，强迫自己灵魂出窍，默背"2的n次阶乘表"才慢慢让身体某个急欲抬头的部位冷静下来。好不容易平息，窗外却隐约传来一阵女人的呻吟声。依稀可以辨别的是，那声音从二楼飘上来，断断续续夹杂着一些常听到的日文。

或者说直白一点，那是楼下日本女人的叫床声。

作为一个有正常生理需求和欲望的年轻男人，叶臻不是没有看过片；作为一个拥有多年外宿经验的旅行者，叶臻也不是没有经历过"隔壁房间传来激烈撞击声"这种尴尬事。

可今晚大不相同。

叶臻脑子一蒙，知道自己今夜可能是睡不好了。他感觉得到程杉也听见了，因为她的身体同时僵硬了片刻。

可是两人谁都没有说话。

本以为很快能熬过去，谁知道那声音并没有偃息的意思，反倒越来越响亮，音调变化诡谲，又如唱戏一般，婉转且极富穿透力。

程杉终于打破了沉默，她轻轻咳了声，说："这么厉害，是不是练过？"

叶臻有点不服，脱口道："这才多久，算什么厉害。"

程杉迟疑地"啊"了一声："我说的是那个女生……你在说什么？"

叶臻："……"

卧室里的气氛突然变得微妙起来。他面无表情，说："我说的也是，再等一会儿她嗓子就哑了。"

程杉"哦"了一声，又说："这里隔音效果怎么这么不好？"

叶臻直接怀疑楼下没关窗户，他的嗓子发干，低声说："需要耳塞吗？我给前台打电话。"

程杉说："算了，你不是说她一会儿嗓子就哑了吗？耳塞送过来要挺久的吧……"

叶臻："嗯，你说得对。"

两人又再度陷入沉默。

可没想到，楼下战况加剧，声音又变了调。

叶臻翻身坐起来。他说："我去冲个澡。"

程杉睡了个好觉，第二天活力满满地起床洗漱。

半坡农庄有小型射箭馆，叶臻对那里兴趣很高，吃完早餐后程杉便和他一起步行过去。

两人到场后才发现，已经有人先到了，这两人他们还很"熟悉"——又是那对日本情侣。

程杉用气声对叶臻说："怎么又是他们？"

"不用管他们。"叶臻带着程杉去选弓，"我教你射箭。"

程杉还是新手，又是女生，叶臻只给她选了二十磅的反曲弓，指导她戴上护指护臂。

这边还在熟悉如何拉弓，箭场另一边响起了女孩的欢呼声："思高一迪斯内（日语：好厉害哦）！"

经过昨晚，程杉已经很熟悉这声音了。程杉循声望去，果然是那日本姑娘，她正站在男人身边鼓着掌大声叫好。

程杉远远看去，数支碳箭都插在箭靶中心附近。她"嚯"了一声，说："看起来蛮厉害的。"

"三十磅的复合弓，十米出来这样的成绩，有什么厉害的。"叶臻心有郁结，但他很清楚程见溪的射箭水平，所以没有多说什么。

"复合弓？和我的不一样吗？"

"嗯。"叶臻说，"严格来说，新手可能更适合使用复合弓。因为采用了滑轮加速系统，可以适当减少开弓力量。不过，我更希望你从反曲弓开始练习，你会觉得有趣。等你上手以后，可以多尝试，选择你最喜欢的弓种。"

叶臻说到这些，眼中都有了光彩："这家箭馆娱乐性比较强，不算专业，弓的品质也不算好，胶羽箭你现在先用着，以后我给你换好的。在佛罗伦萨有一家专业的射箭俱乐部，我在那里存了几把好弓，下次我们一起去。"

程杉觉得他对弓箭有一种莫名的喜爱，说起来的时候，整个人都神采奕奕，这情绪感染了程杉，她点头道："好！"

程杉很快站在崭新的箭靶前十米处，叶臻先示范拉弓搭箭的姿势，再让程杉试着做一遍。

"等会儿，你再拉一次。"

程杉看得眼睛发直，连忙道。

叶臻疑惑地又摆了一遍姿势，说："哪里没有看懂吗？这动作不是很难。"

程杉发自肺腑道："程见溪，你拉弓的样子可真好看。"

叶臻在射箭场上从来自信满满，他冲程杉一笑，说："我知道。"

程杉大笑，随后有样学样，照着叶臻的动作侧立，两脚开立稍展，间距同肩宽。

叶臻："脚掌紧贴地面。"

他微微弯腰，拍了拍她的膝盖："膝盖绷直，髋部稍微提一点。"

程杉见他教得这么认真，便严肃起来。叶臻看她身子有些紧张，意识到自己有点较真了，便笑道："屁股不用夹那么紧。"

程杉稍稍放松一些。随后搭箭，程杉握弓扣弦，凝神静气转头向靶。

举弓、开弓，叶臻这一次没有多念叨什么技巧，说得太多她反而会混乱，他打算先让程杉自己试验，再给建议。

叶臻只在她拉开弓后问："觉得吃力吗？"

程杉："还好，挺容易拉开的。"

叶臻鼓励道："你臂力不错。"

程杉笑起来："那是，相机和镜头可不轻，想稳稳地端着没点臂力怎么行。"

还有相通的地方呢。

程杉屏息，箭矢随着她的撒放飞射而出，在空中画过一道美丽的抛物线，扎进箭靶最外圈的白环内。

程杉："……"

这倒是意料之中的成绩，叶臻思索着措辞，刚要开口，场地那一头便传来男人的笑声和脚步声。

他说的是典型的日式英文。程杉大学时有一门专业课叫作旅游日语，专业课的老师姓慎，多年来专注研究中日旅游文化差异。课堂上为了活跃气氛，给他们科普过不少日腔英文，譬如"room service（客房服务）"，他们念来往往是"鲁姆萨维斯"。

男人走过来："女士你好。"

程杉会说简单的日语，受到专业限制，会的那些集中在旅游用语，比如自我介绍、问路指路、订房退房等。

程杉礼貌地笑笑，用日语回答他："早上好，我叫程杉，来自中国。这是我的朋友，程见溪。"

程杉很想说"这是我的男朋友"，无奈她的日语词汇量极度匮乏，词库里只收录了"朋友"这个词。

男人眼睛一亮，也换成日语："你好！我是来自日本东京的中村岩本，这位是秋山雪奈。"

名为雪奈的女孩笑盈盈地站在他侧方身后，冲程杉微微鞠躬。

这个中村，说起日语来听上去顺耳多了。

程杉不由得多问了一句："来这里旅行几天呢？"

他们的聊天内容切换成日语后，叶臻完全听不懂了，他微微蹙眉，审视那个立在程杉身边的男人——小杉还不知道这个人的龌龊心思。

男人沉吟片刻，目光灼灼地望着程杉："旅行的天数取决于旅途中是不是能遇上命定的缘分。"

这句话程杉竖着耳朵，也没听到一个和数字有关的词语，虽然男人语速不快，但完全超出了程杉的知识储备范畴。为了不那么尴尬，程杉只好笑了笑："这样啊，祝您旅途愉快。"

语言不通什么的，真是国际间友好交流的重大阻碍。

本以为客套一番就能结束对话，谁知中村毫无回去的意思，他甚至开口道："我在箭术上颇有心得，可以给你比你朋友更好的指导。"

叶臻虽不知道他在说什么，却已经被中村溢于言表的占有欲惹得捏了捏拳头。程杉则迟疑地"啊"了一声，用英文问："抱歉，我的日语不太好。您刚才说什么？"

中村一怔，继而哈哈笑起来，又用英文翻译了一遍。他这句话说出来，大家都听得懂，叶臻难以自持地从鼻子里发出一个极其不屑的"哼"声。

中村的目光这会儿才落在叶臻脸上："我刚才看到你的教学姿势，怎么说呢……"他停顿了片刻，似乎在寻找更委婉的词汇，最后说，"不够美观。像程小姐这么美丽的女孩，适合更舒服、更漂亮的姿势。"

叶臻被他这话噎得差一点气笑起来。

程杉是彻底的门外汉，不由得问他："什么意思？"

中村神秘一笑，脸上的横肉高高耸起，他走向弓架，取出一把低磅数传统弓，那弓型比较复古，更贴近程杉在看国内古装剧时，里面演员使用的弓。

他示范着在箭靶前立定，从箭壶内抽出一支羽箭，大拇指扣弦，摆出一个近乎《射雕英雄传》中郭靖射大雕时的拉弓姿势。

羽箭飞出，九环收黄。

"好厉害！"雪奈的捧场声总是来得那么及时。

中村收势，谦虚道："很久不练了，其实还可以更好。"

他转向程杉："你觉得怎么样？"

"很好啊。"程杉不由得转头，用中文对叶臻道，"他这个姿势确实好看啊，你会吗？"

叶臻冷漠评价道："极其不标准的蒙古式。"

程杉戳戳他，对叶臻的态度表示不满，小声说："承认人家优秀有那么难嘛……"

叶臻："我给你推荐的侧立式站法，对内脏器官的正常机能活动几乎没有损害，是对初学者和女性来说，最合适的站法。我教你的地中海式也是对反曲弓而言，最稳的姿势。另外，国际标准室内专业箭道规格是十八米、三十米，在这种规格十米的休闲箭道，他这样的水准跟优秀没有一点关系。"

程杉被叶臻反驳得说不出话。

中村不知道他们在讨论什么，但从他们的表情来看，自己的卓越表现，大约是让那个中国男人受到了刺激。他笑容满面，说："射箭其实很简单，我当初只用了半个小时就摸索出了窍门。来，我教你。"

雪奈热情道："中村先生真的很棒哦。"

程杉刚想婉拒，不料叶臻先开口了："不介意比一场吧？"

中村微微扬眉，说："当然不介意。不过，既然是比试，要有彩头才行呢。"

叶臻："你定。"

中村声音扬起："那就以程杉小姐的教练资格为奖赏，赐予胜利者！"

程杉讶异地指了指自己："我？"

她意识到什么不对劲，立刻看向一边的雪奈，出乎她意料的是，雪奈看上去没有半点介怀，反倒非常欣喜地用一副星星眼望着中村。

叶臻："如果你输了呢？"

中村哈哈笑道："你对我的实力一无所知。"

两个男人都很不服对方，目光里充满挑衅，程杉没想到程见溪也能这么幼稚，在觉得傻气之余，竟然隐隐感觉到了兴奋。

她"嗷"了一声，激动地对叶臻说："加油加油！"

叶臻嘴角微微抽动，对着中村补充说："你要是输了，离她远一点。"

叶臻这句话算是点出了中村对程杉的觊觎，后者脸上浮现冷笑："雪奈，告诉这位程先生，你是从哪里来的。"

雪奈保持着她标准的微笑，摆出一个可爱的造型，说："我是中村先生的胜利品。"

程杉一怔，终于明白过来，这对"情侣"的关系似乎不像她想的那样。她小心地拽拽程见溪的衣摆，用中文说："她这话是什么意思啊？胜利品……听上去怪瘆人的。"

叶臻去取弓，对程杉说："不用管是什么意思，今天过后，你就再也不用见到他们了。"

他胜券在握的样子真叫人喜欢，程杉莫名高兴起来，站到一边去了。

他们请了箭馆内唯一的一个工作人员来做裁判，两人约定，可以使用自己最擅长的弓，也并不约束姿势。每组六支箭，时限为二百四十米秒，在那之前有十秒的预备时间。

中村先上，他选了自己更熟悉的复合弓，走到起射线做发射准备。在那十秒内，他胸有成竹地转头，向程杉比了个飞吻的姿势。

程杉："……"

雪奈在她身边站着，小声而又充满喜悦地对程杉说："中村先生对你很好呢！"

程杉："你不介意？"

雪奈脸上没有假装的痕迹，很是真诚道："雪奈当然不会介意。"

程杉一时无话可说。

很快，中村开始射箭了。他状态不错，前两支箭都稳定收黄，第三支箭压在红蓝环之间的细线上，按照规则，记高分七分。

程杉陡然感到了压力，她偷偷去瞄"程见溪"，在心里默默祈祷。

她知道程见溪从小到大，都是头脑复杂四肢简单的那类人，他虽然有坚持的运动，但只是为了健康。比如虽然程见溪一直坚持慢跑和游泳，耐力不错，但是校田径运动会男子三千米和高校游泳比赛，他就拿不到名次。在竞技方面，他可能还是更适合参加知识类竞赛。

不过他看上去很轻松。

程杉在心里安慰自己，程见溪现在飞镖扔得那么好，也许他在射箭方面也很有天赋呢。

"中村先生人真的很好。"雪奈在程杉身边低声感慨，"是他让雪奈有了新的生命。"

程杉摸摸鼻尖，不太适应这种日漫式发言，她忍不住道："可是他拿你当玩物，你觉得这算是新的生命吗？"

雪奈天真的目光里充满了不解："中村先生赢得了雪奈，追随他，是雪奈自愿的。而且雪奈觉得，超越情人以外的关系，才比较牢固呢。"

每个人都活在能让自己舒适、自恰的逻辑里，当事人甘之如饴，身为一个陌生人、旁观者，程杉不了解雪奈的人生，不知道她和中村的故事，不清楚其中有多少不为人知的无奈和隐情，实在没有任何理由强行灌输自己的道德理念。

她只笑笑："希望你能快乐。"

雪奈回以灿烂的微笑。

那边，中村已经射完了六支箭，裁判员去核计总分，一共是五十三分。

轮到叶臻上场。

雪奈真诚赞美："程先生很帅呢，像偶像明星哦。"

程杉意识到这个姑娘是真的没有什么心眼，她说："我们是青梅竹马。"

雪奈夸张地"哇"了一声，满眼毫不掩饰的羡慕："那真的是非常难得的缘分呢。"

程见溪被夸，程杉比谁都高兴，她点头："是啊，很难得。"

叶臻选的是反曲弓，使用的是馆内最高的三十磅弓片。他往起射线上一站，程杉看见裁判的目光微微发亮。

他起势娴熟优雅，程杉看不出专业度，只看得出他的动作行云流水。箭矢飞出，居然不偏不倚，直奔靶心。

"哇?！"程杉忍不住惊呼。

这把稳了。

反观中村，显然是没想到叶臻深藏不露，他脸色不太好看，周边气压极低。

雪奈颇为惊讶："程先生是专业的吗？"

程杉又看着叶臻接连射出三箭，无一例外标中中心，偶有偏差也是十环。她目不转睛地看着，心"怦怦"地跳，顾不上汉翻英，喃喃道："这是开了挂啊。"

结果毫无悬念。

专业选手在业余场地随随便便就能拿满贯，这个成绩对叶臻而言没有半点值得骄傲的地方。可程杉欣喜万状，小炮弹一样从场边冲向他，快到的时候加速冲刺，朝叶臻一个跃扑。

叶臻反应快，伸出双臂稳稳地接住了她，任程杉树袋熊一样挂在自己身上。

程杉："我们赢啦！我怎么那么高兴？！你听见我的心跳得'扑通扑通'了吗？！"

她的情绪感染力极强，叶臻忍不住笑，借着力道在原地转了一圈才把她放下。

叶臻看向中村，扬了扬眉："愿赌服输？"

中村神色阴郁，睃着叶臻好一会儿才说："那是当然。"

他说完这句话，便头也不回地朝外走了，雪奈小跑着跟上他，还回头来冲叶臻和程杉无声地鞠了个躬，用唇语说了日文的"再见"。

程杉倚着叶臻，轻声说："还真是人人都有自己的活法。"

叶臻顺手揉了揉她的头发，说："还要继续吗？"

"当然！"程杉说，"我有了程教练，马上要取代丘比特成为新一代箭神了。"

"丘比特最好是箭神……"

叶臻似笑非笑，说："取代了他，按照你的准头，怕是要乱点鸳鸯谱了。"

程杉不服气道："少瞧不起人了，我的运动天赋可不比你差，你能做到的，我也能。"

叶臻："尽管来啊。如果你能赢得了我，条件随你开。"

程杉气呼呼道："这么赖皮啊？你满分啊，我怎么可能比你的分还高？"

叶臻："平分就算你赢。"

程杉刚想抱怨这也太难了，可心念一转，突然改口："那我要有足够的时间练习。"

叶臻："想练多久练多久，十年八年我都奉陪。"

"条件随我开。"她重复道，"不管我提什么要求都行？不许反悔。"

"君子一言，驷马难追。"

叶臻说完，看见程杉嘴角浮起玩味的笑，突然有种被她下了套的感觉。

"你要提什么条件啊？"

"等我赢了再告诉你。"程杉神神道道地跑去取弓，"快点快点，我们开始练习吧！"

小丫头心思就那么点，能有什么自己做不到的？叶臻为自己方才一瞬间的紧张感到可笑。

再说，就算是娱乐赛，六支箭全部十环哪有那么容易。

可那天，程杉让叶臻实实在在地领略到了她的可怕之处。

倒不是程杉真有什么超乎常人的运动天赋，而是……她太能扛了。叶臻没见过一个姑娘像程杉这样有耐性和韧性。

叶臻训练多年，因为酷爱，所以耐得住寂寞，十小时是他的极限。可正常的初学者，即便选择最低磅数的弓片，顶多不间断练习两小时就会感到无比吃力。

程杉上午已经训练了两小时，出去吃了个简餐后，她又兴致勃勃地奔回射箭馆，继续练习。叶臻抬起胳膊看看时间——程杉已经累计举弓近五小时了。

其实她的悟性不错，运气好的时候也中过十环，概率大约是百分之五。可她非常不满意，一遍一遍地更换纸箭靶。

叶臻上前几步，阻止她："今天就到这里，你不能再练了。"

程杉说："可我现在最好的成绩才四十八环。"

叶臻说："已经很好了，什么事都不可能一蹴而就，要循序渐进。"

程杉不太想走，央求道："射箭挺有意思的，我现在还不太累，再玩一会儿。"

叶臻有点想笑，在现实生活中，除了射箭队的那帮朋友，他还真没碰到真心喜欢这项运动的人。包括叶晋，都觉得他花费大量时间泡在射箭俱乐部里，简直是玩物丧志。

叶臻："你真的觉得射箭有意思？不会太无聊了吗？"

程杉反问："那你觉得拍照有意思吗？会不会太无聊？"

叶臻被她的话说得一怔，回过神来，眸光却更深了，他站在程杉侧后方，低声说："小杉。"

程杉从箭壶里熟练取箭："嗯？"

叶臻的嗓子眼有一点发痒，好像冥冥中有一股力量阻止他说出后面的话，但他还是开口了。

"你有没有觉得……我们很合适。假如当初……"

"哇！十环！你看到了吗？！"程杉突然兴奋的欢呼声将叶臻的话完全覆盖，她的眼睛亮晶晶的，对叶臻说，"假以时日，我一定能赢你。"

叶臻没能说完后面的话，他突然警醒，唇角的笑容带上一点酸涩。

"好了，明天再练吧——如果你还能起得来。"叶臻伸手把程杉的弓没收，递给一旁的工作人员。

程杉被叶臻揽着，不太情愿地说："我身体好着呢，高中开始就称霸女子一千五百米赛场的程大杉怕过谁？"

叶臻没好气道："晚上谁跟我哼哼腰酸，谁是小狗。"

程杉觉得顶多是胳膊酸，但她习惯了长时间端举相机，不以为意道："怎么会腰酸，又不是……"

叶臻："又不是什么？"

程杉脸上飞起红晕："你这个小色鬼。"

叶臻："……"

说大话是要付出代价的。晚饭过后，叶臻带程杉去露天水吧喝饮料，准备回去的时候，程杉以一种极其古怪的姿势站起身来。

叶臻心知肚明，问她："怎么了？"

程杉嘴硬："没事，走吧。"

刚一迈腿，又难耐地"嗯"了一声。

射箭的姿势要点在于腰直腿立，半点不能松懈，这么长时间站下来，肌肉始终处于紧张状态。她还是新手，平时运动量也不大，肯定要吃苦头的。

叶臻慢条斯理道："说两句好话，我就考虑背你回去。"

程杉"哼"一声："你休想。"

她抬腿往回迈步，一时间龇牙咧嘴，叶臻在她身边欠欠地说："从这里步行回去，抄近路也要十分钟。"

程杉定格三秒，伸出手拉住叶臻的衣摆，摆出求救的表情："程见溪你最好了，你背我吧。"

叶臻不为所动："别叫我的名字，换个词。"

程杉绞尽脑汁，想起中国餐馆的老板叫程见溪的方言版昵称，便道："叶，小叶叶？"

叶臻心头一磕，望向程杉："谁教你这么喊我的？"

"我听默存这么叫的呀。"程杉无辜道，"昵称也不行吗？多亲切。那换一个，小见见？小溪溪？"

叶臻微微松了口气，沉默地背对着程杉蹲下去："上来。"

他的后背宽阔结实，程杉的下巴轻轻贴在叶臻的耳侧，说："我很喜欢这个农庄，我们能在这里多留几天吗？"

叶臻："当然可以。"

程杉心满意足地合眼，身体的酸软和不用自己行走的舒适相互碰撞，撞出一种格外矛盾的快感来。

程杉喃喃："有时候我觉得这一切像梦一样，挺不真实的。"

叶臻又往前走了一阵，才问："怎么这么说？"

她没有回答，已经伏在他的背上睡着了。

夜色渐深，远处丘陵连绵，天幕繁星点点。

叶臻走得慢而稳。在某个时刻，他低声自语："我也这么觉得。"

程杉和叶臻在半坡农庄又住了三天，令他们惊奇的是，中村和雪奈一直没有离开。

中村信守承诺，连着几天都没有出现在程杉和叶臻面前，可每到夜间，他们总能听到楼下传来"生命大和谐"的低吟高唱。叶臻弄来两副耳塞缓解了睡眠压力。

程杉对射箭的兴趣日益增长，每天都要在射箭馆泡上四五个小时。最初还腰酸腿疼，叶臻给她揉过几次后，倒也习惯了这样的练习强度。

空余时间，程杉背着相机在农场周边采风，为半坡农庄拍宣传照。她拍照时的专注度远胜射箭。叶臻并不打扰她，自己找自己的乐子。有一回程杉拍完照，回了神居然看见叶臻一个人枕着自己的手臂，躺在高高扎起的草垛子上晒太阳。

这几日天气晴好，午后暖阳金灿灿的，给叶臻的轮廓镀上一层秋光。

他穿着宽松的牛仔裤，巨大的连帽卫衣，脚上穿一双足够让无数球迷惊呼的限量版联名运动鞋——他把自己打扮得像个朝气蓬勃的少年郎。

程杉从没见过这样的程见溪，可现在，她居然有一种已经熟悉了的感觉。她举起相机想给他拍照，可是很快又放下。程杉把相机轻放在草地上，朝叶臻飞跑而去。

"程见溪！"程杉手脚并用，三两下爬上草垛，和叶臻挤在一起。她傻兮兮地笑了，窝在他怀里，说，"我想给你拍照片，可我连一秒都等不了，只想立刻抱着你。"

叶臻揽过她，亲吻她的额角。

这么窝着太舒服了，程杉懒懒地闭上眼，哼唧："如果我睡着了，你要抱我回去啊。"

"好。"

他的吻向下，浅浅地印在她的眼皮上。

第七章 锡耶纳誓约

叶臻最近的情绪一直不高，自那天在射箭馆，他按捺不住想要问程杉那个问题开始，他就时常陷入一种令自己极度低落的自我厌弃中。这种排斥感随时间推移变得越来越强烈，在独处时尤甚。

他躺在高高的草垛上，遥望葵花黄的天际，想起诗人北岛的一首诗：

卑鄙是卑鄙者的通行证，高尚是高尚者的墓志铭。看吧，在那镀金的天空中，飘满了死者弯曲的倒影。

叶臻不能确定程见溪会不会因此责怪自己，但他换位思考，发现如果自己曾有程杉这样的姑娘陪在身边，无论如何也不会接受另一个男人做出这种无耻的事情来。

他被这种情绪压得喘不过气来。

长距离慢跑已经成了这几日的常态，修笑言他简直是一副要力拼下届青年马拉松大赛冠军的架势。可是这回，即便屡次耗尽体力，叶臻也无法从中得到什么绝妙的启示。

他不知道，事情很快变得无法由人控制。

那是他们在半坡农庄住宿的第五天下午，叶臻照例抽出两个小时

155

去慢跑，程杉午睡后独自前往射箭馆练习。当叶臻回到卧室洗完澡，换上一身干净的衣服去找程杉，却从服务生口中得知，她一个多小时前已经离开了射箭馆。

"这不可能。"叶臻说，"她不在房间里。更何况，她答应过要等我来以后再回去。"

服务生支吾着说不出理由来，思索了好一会儿，终于说："大约一个小时以前，中村先生和雪奈小姐来过。他们和程小姐有过短暂交谈。我离得远，不过看上去，他们聊得很愉快。"

叶臻心里一"咯噔"，环视四周，场馆里不过三两个住客，他语气加重："那他们人呢？"

服务生说："程小姐是和他们一起离开的。"

叶臻："你的工作台临着窗户，不知道他们往哪里走了？"

服务生有一点印象，他抬手指了指外头，极力回忆道："往那里……好像是朝露营的河边走了。"

叶臻的脸色在一瞬间变得极其难看，他立刻给程杉打电话，可是始终无人接听。他转身跑出去，一边给修打电话让他带人过来一起找，一边冲河边直奔而去。

露营地不在农庄内部，从这里顺着小路走过去，会经过两个岔路口，第一个岔路口左转通往锡耶纳城区，叶臻右转，没多久碰到第二个岔路口。他很熟悉这里，这条岔路直走会抵达他每天慢跑的绿道，右转的话会进入一片矮树林，树林里有溪流小河，那附近的一片空地是半坡农庄划出来的露营地。

焦虑随着时间的推移不断堆叠，叶臻脑中毫无思绪，他不明白为什么程杉会跟中村一起离开。她应该很清楚，中村对她不怀好意！

男人看男人从来都清楚明白，叶臻第一次见到中村，就知道他脑子里那些龌龊心思。叶臻的拳头捏得死紧，在林间穿梭时带起的风，刮得身边的树丛枝丫"哗啦啦"响。

十多分钟后，他赶去露营地。这里是半坡农庄的旅行亮点，修在网站上给的特惠活动是连住三晚，可以享受一晚免费的露营烧烤。所以当叶臻去到那里，看见挤挤挨挨着的四五个帐篷，闻到了四溢的烤肉香。

叶臻在帐篷间寻找程杉的身影，却一无所获，他甚至也没有看到中村和雪奈。可他很快锁定了中村的帐篷，因为那个帐篷旁边插了一个自制的鲤鱼旗。帐篷周围空无一人。

叶臻向最近的游客询问中村的下落，后者回忆片刻，告诉他："可能去河的下游了，我看见他背着钓具。"

叶臻："他身边有几个女孩子？"

"不太清楚。抱歉。"

"谢谢。"

叶臻片刻不歇，沿着河边土路大步往下游跑去。不多时，视野中出现了一个女孩子的身影。

是雪奈！叶臻几步跑过去，却发现只有她和一堆钓具在那儿，并没有中村和小杉的身影。

叶臻面如土色，一把攥过雪奈的胳膊，厉声道："他们人呢？！"

雪奈被他捏得手腕生疼，情急之下蹦出一连串日文，才想起叶臻听不懂，于是平息情绪道："您要是找中村先生的话，麻烦等一等。"

叶臻怒不可遏："他人在哪儿？"

雪奈语气支吾，目光下意识地往树林深处瞟，她低声道："中村先生现在不太方便，有什么事……"

她话音未落，叶臻便甩开她的手，疾速朝树林里跑去。

"程先生！"雪奈急了，小跑着跟了上去，"程先生您不能过去！"

"小杉！"叶臻扑进林间，大声喊程杉的名字。始终没能得到回应。

叶臻极目四望，终于看到一处灌木丛中，隐约出现不同于植被的衣料颜色来。定睛看去，是男人的背影。

他正在做提裤子的动作。

叶臻脑中"嗡"一声，一瞬间什么也听不到了，他双眼发红，通体恶寒，拳头捏得发响，不管不顾地狂奔而去，低吼道："畜生！"

中村的裤子还没提好，被身后砸来的拳头掼倒在地，一脸扑进了自己热腾腾的尿里。

"程先生，别进去！中村先生他在……"远远地，雪奈急促的声音传来，"他在小解。"

……

中村极其狼狈地蹲在河边掬水洗脸，听叶臻把来龙去脉简单地说了一遍。

雪奈大气不敢出一声，捧着毛巾等中村洗好，她偷眼去瞄叶臻，后者虽有歉意，但更多的是对那个中国姑娘的担忧。

中村气得语调都变了，反倒让他的发音听上去更像美式英语："我已经输给了你，失去了拥有程杉小姐的资格！你如今的行为不仅是在伤害我的自尊心，更是践踏我英俊的容颜！"

叶臻自知理亏，任他责备："我很抱歉。射箭馆的服务生说，你和小杉一起离开的。"

中村梗着脖子说："我们也就一起出了那个门，同行了五分钟而已！我可一直牢记着有一位胜利者说过，要我离程小姐远一点呢！"

叶臻追问道："那她人呢？"

中村接过雪奈递来的毛巾，狠狠擦了把脸，又把毛巾凑近鼻端闻了闻，确认尿味已经洗净。

可总归意难平，他将毛巾往地上一丢，板着脸往回走，像是在说"我懒得理你"。

雪奈在后头收拾尾声，对叶臻说："杉去找你了。"

叶臻蹙眉，迟疑道："怎么会？她知道我跑完步要回射箭馆找她的。"

雪奈想到什么，低头轻笑道："可能是等不及了吧。"

叶臻："什么意思？"

"雪奈！"中村人虽然在往回走，耳朵却还留在这头似的，大声用日文道，"别告诉他！"

"是！"雪奈扬声应道，一面欠身鞠躬，"雪奈不能再说了，程先生再见。"

说完，背上钓具箱扛着钓竿，小碎步向前跟上了中村的步伐。

一场乌龙，叶臻却真实地惊出满身冷汗。他顺着小路返回第二个岔路口，往山脚绿道快步走去。秋风渐凉，林道里风势陡急，从领口直灌进去，纵是他身强体健，皮肤表面也不由得出了一层细密的鸡皮疙瘩。

他一路想了很多，比数日来慢跑时所想的加在一起还要明确。就像脚下这路，确定了岔道的选择之后，就只剩一条。他只需要一直往下走，一直一直往下走……

"程见溪！"叶臻忽然听见前面传来一声轻呼。

他眼眶微热，站住不动了。他陡然生出一种拨云见日、豁然开朗的感觉。

程杉小跑着朝他而来，面上带笑，口中却有些嗔怪："等了你好久啊。"

叶臻本想开口问她为什么要跑到这里来，可随着姑娘越跑越近，他看见程杉手里扬着的纸箭靶，一瞬间什么都明白了。

程杉带着满满的喜悦和得意，双手捧来那张留着六个箭孔的纸箭靶，声音都激动得发颤。

"我今天手感太好啦，运气也好。你看到没有？看到没有？六十环，我赢了！"

叶臻凝视着程杉兴奋的面庞，久久没有说话。

程杉生怕他不信，说："我有证人的。今天下午刚好中村和雪奈都在，他们可以帮我做证，这些都是我的真实成绩！"

她的水平太不稳定，发挥全靠人品，这个满分犹如神迹，程见溪可千万不能让她当他的面再比一次啊。

叶臻"嗯"了一声，意识到自己的嗓音暗哑，吞了口口水用力眨了眨眼，隐去几乎满溢的情绪，才说："我相信你，小杉，你现在可以向我提条件了。"

只要你想要的，我什么都给你。

程杉的心"扑通"跳得极快，她没想到这一天来得这么快，但一直都在情理之中，毕竟她和程见溪从前也都约定好了。刚刚坐在绿道边等待的时候，程杉已经预演过好几遍，所以此刻说来，除了声音被风鼓动得发颤以外，没有其他问题。

"程见溪。"她满眼赤诚，双手捧着那张红红黄黄的纸，像是某种祭品，"你娶我吧，或者我嫁给你，好吗？"

风在这一刹那，像是忽然停了。

叶臻如同浇筑在原地的石头人，五官僵硬，身体紧绷，目光笔直地望着眼前的姑娘。他无论如何，也想不到程杉会提出这样的要求。

让他难以接受……又难以抗拒的要求。

程杉的脸颊红扑扑的，似乎觉得羞赧，但她非常努力地克服了，因为她知道程见溪是被动的，很多事情都要她先开口。但好在，他们早就已经约定好，大学毕业后就选择合适的机会结婚。

现在，就是最合适的机会。

程杉的目光热烈而又坦荡，她身后没有半点退路。

她鼓起勇气，又说了一遍——

"我们结婚吧。"

叶臻带着程杉回农庄退房。

修对他们的突然离去感到万分疑惑，结合下午的那场虚惊，还以为两人之间发生了什么争执。谁晓得两人前脚离开，叶臻后脚就给修发了一条短信，请他托人在锡耶纳城区内的教堂预订一场搭配晚宴的婚礼仪式，可以一切从简，时间是今天晚上八点。

婚礼？！

修颤抖着手指发送消息："我能问一下是谁要结婚吗？"

叶臻："我。"

修心情复杂，谁能想到，几天前还没萌芽的爱情小种子，躺在泥土里不知道什么时候才能见天日，一转眼就开花结果了呢？

真是浪漫而又神秘的东方人。

教堂婚礼在锡耶纳非常常见，许多教堂都会按时段租赁出去，以供合作方承接一些婚礼业务，甚至还有专门推出的婚礼套餐。一般来说，教堂婚礼的预订需要提前至少一天进行，但他们只有两个人，并且听叶臻的意思，不需要安排最耗时间的妆发和摄影。

那么必需的神父、花童、厨师在四个小时内是完全可以到位的。

修应承下来，马上给自己从事这方面工作的老朋友打电话。那边需要修提供新郎新娘的名字，修转述给叶臻，又在短消息里补充："体谅一下神父吧，中文名字人家念得费劲，你们有英文名吗？"

叶臻收到短信时，他所开的车已经驶入锡耶纳城区，根据导航，慢慢停了一家手工婚纱店门口。叶臻很快给了修答复，随后，转头朝程杉微笑："我们到了。"

程杉坐在副驾驶位上，还有些回不过神来。

时间回到一个小时以前。当她满怀期待地说出那番话以后，叶臻似乎是被她吓到了。程杉等了他一分钟，才听到他问自己："你是在向我求婚吗？"

这个男人，还真是不解风情，话都说明白成了这样，咀嚼不出半点浪漫吗？竟然还在傻乎乎地看着自己。这个时候，难道不应该有一整套的亲亲抱抱举高高吗？

程杉有一点扫兴，说："不然我是在向你逼婚吗？"她说完这句话转身要走，被他又拽回去，但并没有程杉期待中的亲吻和拥抱。

叶臻牢牢握着她的双肩，说："什么时候？"

程杉被他灼热的目光烫了一下，她感觉得到肩头男人的大手微微发紧，一时间竟然有些胆怯，她小声说："你来定。"

叶臻说："今天，你愿意吗？"

"啊？"程杉一下子丧失主动权，迟疑道，"可是在意大利结婚好像需要委托书、大使馆出具的证明之类……"

叶臻："那些不重要！"

程杉被叶臻的目光烧着，心里暖了，甚至要燃起来。她也不管了，低声却坚定道："我当然愿意。"

161

证件不重要，以后可以再补。但是此时此刻，所有的情绪和气氛，再也补不回来。

说完这句话，程杉感觉到叶臻的手轻轻发抖。随后，他一把拉住她的手："跟我走。"

他们在很短的时间内回到房间，收拾行李、退房，驱车前往临近的锡耶纳城区婚纱店。

一切发生得太快，以至程杉被店员引至店内的时候还有些云里雾里。

叶臻为程杉翻译店员的话："店内所有的婚纱都是单款单件的手工缝制成品，尺寸有任何问题都可以更改调整。"

程杉看着叶臻，半晌没开口。

叶臻提醒她："去挑你喜欢的。新娘子现在不应该看我，往后你有的是时间慢慢看。"

程杉心口乱撞，低低地"嗯"了一声，依着几个店员的介绍去选婚纱。她选得很快，转过几排陈列衣橱后，一眼看上了中意的。

程杉不再往后看了，指着其中一条说："就是它了。"

她的眼光一向独到，这一点叶臻毫不怀疑，等到程杉从试衣间婷婷而出，叶臻甚至有些发傻。

婚纱的尺寸与程杉惊人地契合。

这家婚纱店主打欧式复古风格，设计却并不繁复。程杉选择的这一件更是舍弃了过于浮夸的拖尾，换作薄纱，显得简约又灵巧。收腰的设计将程杉的身材优势发挥得淋漓尽致，程杉的胸部也足以满满当当地将上身衣料撑起来。

手工制作往往重视细节，领口袖口的镶边和刺绣精致又低调，程杉白皙饱满的胸脯在一字领领口处的花纹间若隐若现。

程杉从镜子里看他："我好看吗？"

店员经历多了这样的场合，有些性情外向点的准新郎，看见自己的新娘穿上婚纱都能哭出来，她们早就自觉退出了换衣间。

叶臻喉头发紧，多少赞美到了嘴边都变得无所适从，最后蹦出两个字来。

"好看。"

程杉笑起来。爱人的夸赞也许从来不需要华丽的辞藻，不论语言多么贫瘠，只要是他说出来的，都足够让人欢欣鼓舞。

程杉穿着那件婚纱出门，陪叶臻去买西装。

没有时间量身定制，男人的礼服很难试到完全合身的，好在叶臻是衣架子，即便是稍有不合适的成品西装，也穿得有模有样。

程杉："其实我们完全可以穿平时的衣服……反正，你披一条麻袋我都嫁的。"

"那怎么行？"叶臻理直气壮，"今天是什么日子？小杉，今天是你向我求婚的日子！"

程杉又笑，她今天笑了太久了，脸颊肌肉都有一点发酸。看见叶臻选完衣服后，她去柜台刷了自己的信用卡。

"你送我婚纱，我送你礼服，很公平。"

他们在街头吸引了无数路人的目光，意大利人热情浪漫，往来间笑颜祝福声不断，几乎每一个与他们照面的人都要道一句"新婚快乐"。

置装过后，叶臻带程杉去选婚戒。

程杉看见标价，说："程见溪，你有那么多钱吗？"

叶臻："老婆本当然还是有的。"

人人都说结婚是一件很烦琐熬人的事情，程杉却觉得不是。

从求婚到准备婚纱婚鞋礼服对戒，到驱车前往婚礼仪式场地，他们一共只用了五个小时。其间程杉还在他的车上照着网络上的美妆攻略，化了个简单的新娘妆。

一切都很顺利，程杉连眼线都破天荒地没有拉出去。

这顺利，让程杉误以为，就连老天也是希望他们永结同心、白首到老的。

2011年11月10日晚八点整，他们在意大利锡耶纳旧城区的圣多米尼克教堂内执手。

哥特式教堂内部空间极大，没有一根柱子，神父的祝福致辞在空旷的室内回荡。

程杉太容易感动，眼里翻涌着泪花，叶臻看得好笑，低声用中文说："你听得懂吗？"

程杉摇头，伸手抹了一下脸："我就是听不懂才哭，好像回到了高考前做英语听力练习的时候。"

叶臻捏了捏她的手："我翻译给你听。"

程杉小幅度地拍了他一下："才不用你翻译，你一翻译，都没有连蒙带猜的刺激感觉了。你们这种学霸，就爱瞎显摆。"

叶臻："……"

程杉又听了很久，都有点站不住了，她小声说："什么时候才能到那个环节啊？"

叶臻心里揣着明白，忍住笑问她："什么环节？"

程杉给他使眼色，嘀咕道："就是什么你愿意我愿意的那个。"

叶臻笑开了："快了。"

"Hazel……"

终于在某个时刻，程杉敏锐地捕捉到神父以这样一个熟悉的名字为开头，进行了一个疑问语气的长句。

她的眼睛一亮。

来了！

叶臻在神父叙述的过程中，目光渐渐安静下来，程杉被叶臻这么笔直地注视着，竟然会有一种手足无措的感觉。她心跳加快，呼吸变得急促，觉得从头皮到脚跟的每一寸皮肤，都被一种奇异的气场惹得发烫。

终于，叶臻的声音传来。他凝视着程杉，用中文说："我愿意。"

紧接着，神父唤"Picea"。程杉没料到，他会用安吉洛夫人给他们起的昵称作为两人婚礼誓词的前缀，但细细一想，觉得应该是程见溪体谅神父所为。她的心绪渐渐安宁，凝神静听，脑补着曾看过的无数电影电视剧中的婚礼片段。

神父会说什么呢？

他会说，程杉女士，你是否愿意嫁程见溪为妻，按照《圣经》的教训与他同住。在神面前和他结为一体，爱他、安慰他、尊重他、保护他，像你爱自己一样。不论他生病或是健康、富有或贫穷，始终忠于他，直到离开世界？

所以，她一定会回答他——

"我愿意。"

从相爱的那一天起，我就知道我们一定会有这样的一刻。程杉凝视着爱人的眼睛，在心里说：程见溪，不管你是否相信，我给你的爱，只有灵魂的死亡才能够终结。

程杉当然不会知道叶臻的私心。

程杉爱着程见溪，他们之间谁也插不进去。可叶臻总是奢望着，Hazel和Picea能如神父在祝词中所言，因为爱，所以获得新生。

在这么奢望的时候，他忘记了一件事。即便是Picea，她爱的人，或许也不是他。

可叶臻永远记得2011年，记得那一夜。即便那场婚礼起源于他无耻的欺骗，即便那场婚礼根本不具有任何法律效力。

但叶臻依然从那一天开始，把程杉当成他的妻子。

当时间跨过六年之久，岁月掩盖无数是非，淡化了温情也抹去了伤痛，最后仍旧留下无法被带走的记忆。关于程杉的那些，也都让人心疼，让人心动。

2017年，Q市。

叶臻躺在特护病床上，意识慢慢回笼，他睁开眼睛，听见身边传来惊喜的声音。

"哥，你终于醒了！"

眼球转动，看向另一侧，谈美晴端坐在病房内的沙发上，膝头搭着手织的毛线毯子，身边的矮几上搁着一杯咖啡和一本时尚杂志。

不知道的，还以为她依然身在海外的度假别墅里。

叶臻微微蹙眉，隐约有不好的预感。他张了张口，发现自己又说不出话了，喉咙痛得快要没有知觉，大概是炎症引起的。

叶臻看向叶慕，轻轻比画了几个手势。

"今天？"叶慕连忙回答他，"你睡了一整天，今天已经十号了。"

十一月十号，他们结婚六周年纪念日。可是除了结婚当天，他们几乎没有好好过过任何一个纪念日。

叶臻闭了闭眼，问叶慕程杉的下落。叶慕张口结舌，目光直往谈美晴身上瞟，支支吾吾道："哥，你先把身体养……"

"你不告诉他，他不可能好好养病。"谈美晴打断叶慕的话，看向叶臻，"我这个儿子，我到底还是了解的。"

叶臻从看见谈美晴的那一刻起，就知道事情可能会变得由不得人控制，这时候看到叶慕吞吞吐吐的样子，又听她这么说，他察觉到一丝恐慌。

叶慕见叶臻一下子坐直身子，脸上表情忽然变化，厉色望向自己，如果不是他说不了话，质问声恐怕已经破空而来了。

叶慕有一点害怕，微微弯腰，伸手按住他撑在病榻上的双手，安抚叶臻道："哥，小杉她没事，你不要太急了。"

叶臻喉头滚动，口中挤出几个喑哑不清的发音。叶慕没听懂，可叶臻手上还打着点滴，现在都有点回血了，她连忙把他的身子往回按，将那天发生的事一五一十地说了。

叶臻的脸色越来越苍白，听到叶慕说谈美晴打了程杉一巴掌的时候，目光发直，落在谈美晴脸上。她一片坦荡，脸上写着"打就打了，你也不能拿我怎么样"。

叶慕没打算帮谈美晴遮掩，在这个家里，她一直都知道自己跟谁最亲，也知道最后能做得了主的人，绝对不会是这个养尊处优霸道惯了的婶婶。

说到最后，叶臻面上显出一种绝望的灰败，他颓然地倒下去，靠在背枕上。愤怒到了极致，最后却是无能为力。他这几年的努力，竟然功亏一篑。

他问叶慕，小杉是不是一睡不醒？像四年前那样，心理全线崩溃。

叶慕却说："不不，哥，没有你想得那么严重。"

叶臻微讶，紧盯着叶慕，示意她说下去。

"她突然发病，我们都很害怕，于是询问了肖医生，她为我们推荐了林翰老师。"叶慕说，"听宋瑜说，小杉曾经去过'灵犀'，所以我们就送她去了。南荣郴在那里陪着，我先回来看你。几个小时前，南荣给我发来消息，说小杉今天早晨已经清醒了，她看上去没有什么异样，只是执意要离开。林医生放行了，南荣没法多说什么。"

叶臻：她有没有说过自己要去哪里？

叶慕摇头："没有，她什么都没有说，她是被顾展接走的。不过……今天上班后，刘悦说，她的工作邮箱里收到一封小杉前两天就已经发送过去的辞呈。"

小杉要走了。

她才回忆起程见溪没多久，她才分清楚他们是完全不同的两个人，甚至，她才试着去爱叶臻。

这份给"叶臻"的爱有多难得，没有人能懂。

可是她已经要走了。

临走之前，自己和谈美晴一人给了她一巴掌，还把她最不愿接受、最不堪的往事摊在她的面前。

叶臻心里疼得几乎麻木。他从前那么宝贝的姑娘，他在神父面前立过誓言，要保护疼爱的姑娘，现在却被他一手摧毁成这样。

"叶臻。"这个时候，一直端坐在沙发上的女人开了口。她语气平静，知情知趣地敛去了刻薄之气。

"谁的人生都不是一帆风顺，跨过这个坎，慢慢会好起来的。我想你应该尊重程杉的选择，她不愿意被蒙蔽，也不愿意生活在从前的阴影里，你放她，也放过自己，这两全其美的事你怎么就不懂呢？"

叶臻没有回应。

在叶臻昏睡的这一天里，叶慕从南荣邺那里了解推测出事情的全貌来，心惊的同时更多是觉得悲哀。她为程杉悲哀，少年爱侣一朝离散，引致数年颠沛离索。这姑娘何其无辜，可到头来，却承受了最多的伤痛。

她也为自己这个哥哥悲哀，明明握着一手好牌：家大业大，身体康健，事业顺遂。可偏偏固执骄傲。爱不得，离别苦，倒是让他尝了个遍。

他们这两个……不知变通的小疯子啊。

这一次，叶慕觉得谈美晴说的话不那么刺耳了，她帮着谈美晴，说："哥，我知道这很难受。但如果你爱她，是不是更应该为她考虑呢？也许小杉会遇到真正适合她的人。"

叶臻面无表情。

四年以前，他就是这么想的。他以为不让程杉记起分毫痛苦的回忆，以为自己完完全全从她的生命里退出，一切都会往更好的方向转变。

可是没有。

叶臻看到乔恩拍来的小杉的照片，读到乔恩给他的病情记录。他知道程杉很少笑了，知道她看上去坚强独立，心却在孤独里挣扎，他知道程杉的作品里的苍茫感从何而来。

有人评价程杉获奖的摄影作品：是寂寞生出了镜头下扭曲而又绝望的世界。

他知道，程杉在这寂寥里，一天比一天虚弱下去。所以他才和乔恩商量，希望程杉可以回到Q市，在他们的引导下，慢慢记起从前的爱人。

心里有爱的人，才不会被这个世界给予的孤独打倒。

程杉从"灵犀"离开的时候，南荣邺想送她一程。

"你要去哪里？回家，还是……"

程杉看上去不太好，她双手抱住两臂，脸侧有未愈的伤痕，眼皮耷拉着，睫毛不由自主地轻轻颤动。有了之前在医院的经验，南荣邺不敢多问了，他换了话题，说："你是不是冷啊？"

程杉受惊似的抬眼看他，没有回答，倒像是还沉浸在自己的世界里，喃喃问他："今天几号？"

"十号，十一月十号。"

南荣邺不知道这个日子让她想起了什么，他看见程杉眼里迅速积蓄起满眶的泪水，多到实在难以为继，大颗大颗地落下来。她似乎是想说话，可是嘴张了又张，最后只说："哦。"

这个时候，顾展开车来了。是程杉给他打的电话。

顾展跳下车来，三步并作两步跑到程杉面前，一看她那尿样，火了："小杉，谁打你了？老子跟他没完！"

程杉这才后知后觉地抬手，摸上脸颊，还疼着。

见程杉没反应，顾展知道她估计脑子又不好使了，他气鼓鼓地看向南荣邺："你谁啊你？"

南荣邺说："我是叶臻的朋友，程杉现在就拜托你了。"

叶臻？他身边的人估计都不是什么好东西。

顾展警惕地觑着他，半揽着程杉往车里带："祖宗啊，这几天发生什么了，怎么弄成这样？有没有打回去？亏不能干吃啊！"

程杉坐在副驾驶位上，轻声说："顾展。"

顾展偏头看她，说："你说。"

程杉："我想喝酒。"

顾展一听急了："你现在这状态喝酒不是瞎闹嘛，有什么伤心事哭一场就好，别想着……"

话音未落，看见程杉那副可怜的模样，又心软了。

"行行行，喝酒喝酒，我陪你。"

顾展把车开去佛蒙特森林，放了所有工作人员的假，闭店一天。他给童菲打电话，两句话一说，童菲就放下手头的事打车赶了过来。

"怎么回事怎么回事？"童菲冲进佛蒙特森林的时候，程杉蜷在沙发上，已经两瓶啤酒下去了。她借着光看见程杉的脸，表现出和顾展一样的愤慨，"谁欺负你了？！"

顾展摆了摆手："行了行了，她不肯说。"又用气声对童菲道，"失——恋——了。"

失恋？失的哪门子恋？

童菲思索片刻，恍然，用嘴型问顾展："叶臻？"

顾展点头。

"打女人的男人不能要！"童菲气急败坏，脱口而出。

顾展拉住她："行了行了，小点声，应该不是他做的。"

"我们好好一个姑娘，要事业有事业，要模样有模样，活蹦乱跳地出门，怎么谈个恋爱就被糟蹋成这样了？不怪他怪谁？！"童菲看着来气，不等人招呼，自己起开一瓶酒靠过去。

程杉顺势靠上童菲，低低地说："菲菲。"

哎哟，这语气里的委屈劲，真叫人难受。童菲闷闷地灌了口酒，安慰道："这女人啊，要是三十岁以前情路不顺，说明三十岁以后会碰到绝世罕见的真命天子，真的。"

顾展眼睛一亮，挨过去问："是吗，那男人呢？"

"你滚蛋。"童菲分给他一个白眼。看不出来我在安慰人吗？安慰人的话能信吗？

程杉比顾展聪明多了，她"哧哧"地笑起来，说："菲菲你十年前也这么安慰过笑梅学姐，当时说的是二十岁啊。"

童菲"啊"了一声："我怎么不记得？"

"因为我记性好啊。"程杉的语气缓慢，"我记起来……很多事情呢。"

她眼里有盈盈光泽，说不下去，只想用酒把情绪都压下去。

程杉希望自己能醉倒，这样应该就不会做梦。或者，就会借着明天的头痛忘记自己的梦。

如程杉所说，她记起了很多事，从昨天在医院昏倒开始。

能肯定的是，她回忆起的不是全部。但是一桩又一桩，大大小小的生活琐碎，正如倒置漏斗中的细沙一般，正慢慢地堆砌填补。

程杉最先想起的，是在Q市精神病院中的日夜。耳边甚至飘飘荡荡地响起，隔壁病房里丧女的王老师夜半撕心裂肺的哀号，想起看护人员不甚友好的眼神和伸手捏开她的嘴巴、强逼她吃药的动作。

哪怕已经过去那么久，记忆的猛然涌现让她心怀恐惧。

好在，很快地，她想起第一次看见叶臻。哦不，那时候，她是把他当作程见溪。

可现在回想起来，程杉仿佛是个旁观者，她心知肚明，知道那个人是叶臻。他目光沉痛，带着怜悯看她，问："你叫我什么？"

"程见溪，我不喜欢这个地方，你带我走吧。"程杉看见自己哭叫着冲上去，央求他，"程见溪，你带我走吧。"

画面里还有另一个女人，现在程杉认出来了，那是乔恩。

叶臻问乔恩："这是怎么回事？"

乔恩的目光充满了审视，嘴上说："很显然，她把你当作程见溪了。"

可程杉此时觉得，乔恩还藏着很多没说出来的话。这感觉令她很不舒服，也令她……惶恐。

而后种种，她被接出医院，办理各类证件，乘飞机前往意大利，和乔恩一起住进佛罗伦萨附近的小镇里，最初每两周才能见到叶臻一次。

林林总总，都在她脑中一点点铺展开来。

那次昏迷结束，程杉睁眼的时候，看见林翰医生温和的笑脸，心慢慢平静下来。他们坐在温暖的室内，窗帘是柔和的黄色，沙发面是绒布质地，面前原木茶几上的红茶散发着袅袅热气，旁边还有空白的纸张、铅笔和橡皮。

林医生任程杉打量四周，等她将注意力放在自己身上后，才缓声开口："想聊聊吗？"

程杉歪着头问他："你和乔恩是什么关系？"

林医生的坐姿很放松，保持着坦诚开放的状态："她是我的女儿。"

程杉又问他："我的事情你知道多少？"

林医生微笑，说："你是乔恩的病人，她需要保护每一位病人的隐私。这是她高中毕业后，决定学习心理学专业之初，我就让她牢记的铁则。即便是和我交流，她也会隐去重要信息。"

程杉蹙眉："可是，她什么都会告诉叶臻。"

林医生耐心地向她解释："作为病患家属，他有权知道部分病情。"

程杉敏锐地捕捉到他的用词："部分？"

林医生笑道："当然。每一个心理医生，都无法对任何一个人和盘托出她和病人的所有交流内容。即便有录像录音，但很多重要的交流是来源眼神、面部表情和肢体动作。"

不知道为什么，程杉的心微微悬起。

她说："心理医生，只要跟我聊天，就会知道我所有的想法？"

林医生："心理医生不是神仙，他们往往会对病人给出的所有信息进行收集，再根据已有的经验，整合一个最大可能性的推测。"

程杉："也就是说，他们说的也未必是真的。"

林医生："当然。世界上最好的心理医生，也不敢保证自己永远是正确的。"

莫名地，程杉又轻轻舒了口气。

程杉又问："聊聊催眠吧，我看到走廊上的宣传栏，说您是国内第一个将催眠治疗用在医学领域的职业心理医生。"

林医生："想聊哪方面？"

程杉说："乔恩对我进行过一次催眠，让我忘记在意大利那两年的记忆。"

林医生没有说话。

程杉："催眠真的无所不能？像电影里那样？听上去挺玄幻的。"

林医生又笑，程杉发现自己一点也不讨厌他这么笑，来自长辈的关怀，她从小就极其缺乏，所以面对任何长者亲切的笑容，她都会觉得亲近。

林医生说：“这么打个比方，如果我们把人的大脑比作一间屋子……”他指了指两人所处的这间屋子，又说，“地板、墙壁、天花板相当于你自出生开始，就慢慢累积的根深蒂固的常识。窗帘、沙发、茶几等，相当于你通过不断学习和与外界交流，一点点形成的意识形态、价值观念。而最后添加的，比如这个茶杯、这张纸、这支铅笔、这块橡皮，相当于后天的不同际遇留下的印记。”

程杉点点头表示理解，又说：“催眠能做到多少？摧毁记忆？更改记忆？”

林医生摇摇头：“没有那么容易。”

他拿起桌上的橡皮，将它塞进身下的沙发底部，说：“最常做的，其实是将部分记忆放在你不容易发现的角落里——在潜意识的一角。你不刻意去回忆，会以为自己遗忘了。正如你现在不刻意去找这块橡皮，会以为你丢失了它。”

懂了，所以当她回到Q市，开始有意识、有线索地回忆程见溪，就慢慢想了起来。

程杉说：“如果藏得够好，是不是我再怎么找，也不容易找回来？”

林医生颔首：“理论上是这样。不过也是因人而异，我们现在所处的屋子小而简单，但事实上，许多人的大脑极其复杂……对心理状态本就不稳定的人而言，催眠的实施难度相对要小很多。”

“屋子越大，家具越多，就越好藏东西的意思呗。”程杉明白，“我懂你的意思，也许我这脑子是个三层大别墅，后天的那段记忆，被神不知鬼不觉地藏住也容易得多。”

林医生失笑，说：“可以这么理解。”

程杉又说：“最后一个问题。”

林医生目光沉沉地望着她，鼓励道：“说说看。”

程杉没急着说，而是从茶几上拿起铅笔，掀开自己坐着的沙发垫，露出单薄的沙发内层来。

她比画着铅笔，做出一个往沙发里扎的姿势：“藏东西嘛，如果

173

是一味地追求不被发现，最好的法子当然是做一点破坏，沙发里面不错……"

她的目光落在墙壁上："在墙上挖个洞，好像也不错。"

林医生的目光更深："你想问什么？"

程杉没有损坏沙发，又重新坐回去，似有些难过，低声道："最后我想问的是，催眠真的只是简简单单藏东西吗？如果记忆牵连的太多，想要遮盖，是不是逼不得已会做一些，难以补救的损毁？"

林医生的喉咙有些发干。他想起从前和乔恩的对话来。那个孩子太固执，缺少经验，对病患的体恤也不足，认为只要能达到病患家属想要的结果就是成功，所以她根本听不进去他的劝告。

他轻声道："是有这样的情况。"

程杉的情绪有一点波动，忍不住问："会对性情也造成影响？"

林医生："确实有过这样的病例……"

程杉一下子站起身，眼底情绪翻涌，她语气讥讽："拜你们所赐，我现在连自己应该是谁都不知道。"

她早就不是程杉了。那个程杉，天真善良、无拘无束的程杉，已经在乔恩的一手操控下，死无葬身之地。

佛蒙特森林里，程杉在朋友身边，不像在国外那么自律，因为害怕失去意识后发生不可控的意外。

她彻彻底底放纵了自己，大醉一场。到最后连眼皮都睁不动了，趴在沙发背上哼歌。童菲凑过去听，没听出来是什么旋律。又过了一阵子，程杉嚷嚷着想吐，童菲赶紧带她去洗手间。

守着她吐完，回到房间里，发现顾展早已经睡地上了。

童菲迷瞪着眼，掏出手机给时辰打电话，大着舌头喊："给你十分钟！快来收尸！"

时辰很快开车赶到，先把童菲抱去副驾驶位，系好安全带，又把程杉和顾展两个人扶进车后座。

他擦了把汗，对着一车的酒气熏天叹气："挨个来吧。"

先把住得最近的顾展送回去，再送程杉。

车子抵达程杉所住的小区时，已经是深夜，小区门卫狐疑地看了又看，登记了车牌才放他进去。时辰开车驶进小区，来到程杉家楼下的停车坪，打算把程杉扶抱出来的时候，却意外在那里看见了叶臻的车。

时辰隐约知道，程杉和叶臻大概率是有点亲密关系，所以看见叶臻从车里下来，径直走向自己，做出动作表示要接过程杉的时候，他没有阻拦。甚至还有点庆幸，毕竟除了童菲，他还真没有送过哪个醉酒的单身女人回家。

于是他礼貌道："那麻烦叶总了。"

后者没有搭话，他看上去脸色不太对，不过时辰把这一切归因于路灯灯光不太友善。目送叶臻把程杉抱进楼栋里面，他放心地开车走了。

程杉比从前轻很多，尽管他身体不舒服，抱动她足够了。

叶臻以为她会收拾东西离开Q市，所以很早趁谈美晴不留意，从医院出来来到这里等她。

就算这是结束，他也不希望，自己和程杉对彼此最后的记忆，是医院病房里那段他随时想来都心口发痛的对话。

可没想到，程杉没有打算立即离开。

程杉睡得不踏实，似乎是在做梦，口中低声呓语。叶臻抱着她站在房门前，发现门是密码锁。他输入程杉的生日，显示错误。

叶臻顿了顿，不知道想了些什么，重新输入了一组数字。

门锁发出"嘀"的一声，大门应声而开。

叶臻的身体有片刻僵直，他的表情晦暗不明，垂目望着程杉。

Q市已经集中供暖，屋里温度宜人，叶臻脱去程杉的外套，带她进浴室清理。

程杉吐过，头发上沾到些污渍，他打开花洒开关，调试水温。叶臻动作娴熟利索，有条不紊，他坐在浴室里的矮板凳上，把程杉横放在自己腿上，左手托住她的脖颈，右手持花洒，像给小孩子洗头发那样，把温热的水自程杉发根至发梢，一点点淋遍了。

这样的事情，他现在做来实在太容易。

他们婚后大约一个月，叶臻辞退了乔恩。而后不久，程杉再次发病，经历了很长一段时间的神思混沌，时好时坏，严重时甚至一度无法自理自己的生活。

叶臻最初因为工作忙碌，平时给程杉安排了专业的护工照料，自己则定期带她去当地的心理诊所进行阶段治疗。

直到半年后的一天晚上，睡觉前，他给程杉解开头发绑带时，她下意识地对他说疼，叶臻带她去医院做详细检查，才发现程杉的头皮处有不易发现的伤痕。

因为程杉发病时会伴有轻度自残行为，叶臻不好武断地判定伤势来源。于是，他趁护工离开后，在家里加装了微型摄像头。摄像机反馈的结果令叶臻胆寒，他大发雷霆，很快将那位护工连同她所在的公司一起告上了法庭。

叶臻实在不放心再将她托付给任何外人，程杉的生活琐碎，便全由他一个人来操办了。为了不拖累陈立钦和鲁卡斯，叶臻主动辞去职务，离开了他们三人一手创立并已经在业内站稳脚跟、逐渐红火起来的公司。

那段日子里，他只专心做一件事——照顾程杉。

后来叶臻回到Q市，叶慕总说叶臻出了意外后像是变了个人。但其实她错了，改变叶臻的，从来不是那场令他不能开口的"意外"。早在很久之前，他就开始变得不像从前的他了。

等到头发吹干，全程只用了十多分钟。叶臻给程杉洗脸，难免地，看到她颊边红肿，指尖轻触上去微微发烫。

他是知道谈美晴的，她只放纵脾气，对自己身体各项机能的管理已经达到了堪称严苛的程度：她有固定的私教，常年保持高强度的锻炼，一双手看着保养得宜，其实手劲尤其大，一耳光下去，连男人都要晕半天。

自己有这样固执的母亲，程见溪哥哥这样的身份，好像注定了不该和她有所牵扯。不然，轻则心烦意乱，重则伤筋动骨。

这个道理，他不是不明白。

叶臻知道程杉的置物习惯，把她抱进卧室后，直接去电视柜右侧第一个抽屉里取出备用药箱。

给她抹药的时候，程杉哭了，像是梦到不太愉快的经历。

她如果真的将一切都记起，或许有关他的那些记忆，于她而言，都会变得令人深恶痛绝吧。

毕竟，她说过，他的爱让她觉得恶心。

这么多年了，到头来只换回这么一句，明知道是罪有应得，也还是会觉得难过。

心疼得要死，可还是爱她。

谈美晴最早知道的时候，痛心疾首地骂他："你是我的儿子，怎么可以被一个女人绊住手脚？没出息的东西。"

叶晋倒是比谈美晴镇定很多，他私下里找过叶臻，询问他的看法。叶晋对他说："欺骗永远不是解决事情最好的手段，如果你已经做错了事，要想的是如何弥补，而不是寄希望于掩盖事实。在这方面，我这辈子已经走过太多弯路，我不希望你重蹈覆辙。"

叶臻那时候刚从公司离职，交接工作还在做，加上照顾程杉的同时，还在以一己之力和意大利本土的家政公司打官司。他整日焦头烂额，情绪不高，也没细想过叶晋话中深意，只问他："您会觉得我没出息吗？"

"如果真爱一个人，要她就够了，还要什么出息。"叶臻没想到叶晋会给出这样的回答，少不更事的年轻人似乎才会这么说，他甚至下意识想去观察父亲的表情，看看他是不是在讽刺自己。可是叶晋没有，他语气悲凉，真心实意，既无奈也无望。

那时叶臻想起程见溪的母亲，没有开口接他的话。现在回想起来，倒是懂了叶晋的用心良苦。可惜，已经太晚了。

太多的道理，由人说起来，远不如现实的冲击来得深刻。

叶臻给程杉拉上被子，半跪在床边久久地注视着她的脸，看到最后，眼睛都发酸了，变得红通通一片。他抬手抵住眉心，深深地吸了一口气，才站起身去关灯。

灯光陨灭，真正的夜深人静，心跳才更显得真切。

六年前，他们新婚。在锡耶纳，晚餐安排在城区最好的酒店花园里。

他们住在酒店顶层的蜜月套房，布置了满屋子的玫瑰花瓣，客厅的桌上还有赠送的香槟和蛋糕。

程杉倒出香槟，与他交杯。她告诉叶臻："我听童菲说，新婚夜要喝香槟才能相敬如宾的。"说完被自己逗笑了，"虽然她总是一本正经地胡说八道，但是这种话还是要听一听。"

她高兴、紧张的时候，话也多，又道："她还说，新婚宴尔这个词很不吉利，这个词最早出自《诗经》，说的是弃妇悲诉原夫再娶，与新欢作乐，后来才慢慢用作新婚贺词的。"

唠唠叨叨，直到两人依次洗完澡，和往常一样关灯睡在床上的时候，她还在说："我听说，日本传统婚礼，新婚夫妻双方要喝三百三十九杯交杯酒，也不知道喝完还……"

她其实只是话赶话说到，可是现下的气氛她提到日本，总让人难以自制地联想到雪奈的"夜半歌声"。

程杉说着说着，自己意识到了，声音慢下来，但已经在嘴边的话还是顺嘴溜了出去。

"……也不知道喝完还能不能洞房。"

程杉心里一"咯噔"，总觉得哪里不对劲，连忙澄清，急吼吼地说："我没有暗示你的意思哦。"

叶臻忍不住笑起来。

程杉在被子里一蹬腿，抬手去捂他的嘴："不许笑。"

她手心出了一点汗，被很快翻身覆在自己上方的叶臻惹得语气也紧张兮兮。

但同时松了口气："我还以为，今天也要我自己主动。"

178

叶臻顿了顿，语气不明地低声问："从前……都是你主动？"

程杉面色赤红，没回答就被他的吻堵住了嘴巴。

他们的初夜，程杉总觉得程见溪一心在证明什么。前戏过后，他的动作再也没有温柔可言，两人的力量完全不在同一个层面，而他急迫又不知节制。

程杉面如菜色，终于服从了身体的真实警告，不敢打肿脸充胖子，"哇"一声哭了。

叶臻被她哭得莫名其妙，拧开床头台灯，看见程杉发根尽湿，像是累着了。他伸手去抱她，却感觉到她轻微的颤抖。尽管他已经竭尽全力，将脑中的相关知识储备全都转化成实践，可效果似乎并不好。

叶臻突然觉得紧张："我是不是哪里做得不够？"

程杉一半是疼，一半是对未来婚姻生活的担忧，抽噎道："够了够了！你很好，也很持久！对不起！我身体素质不达标，给不了你想要的！"

叶臻迟疑了几秒，突然想到一种可能性，他脸色骤变，掀开被子，借着微弱的灯光辐射，看见她腿间的鲜红色。

他明明记得，程杉生理期已经过了。

叶臻如遭雷击，嗓子干哑，脱口说道："你是……第一次？"

他的疑问语气并不明显，程杉还沉浸在悲伤里不能自拔，没有发现不对劲。

她用不停说话来分散注意力："我太疼了，你知道那种感觉吗？我形容一下给你体会哦——你一会儿去浴室，用搓澡巾在舌头表面用力刮擦四十分钟，差不多就可以明白我的痛苦了。对了，咱们的浴室是不是没有搓澡巾？啊，意大利人真过分，他们都不搓泥的吗？"

叶臻真恨不得给自己几拳，他翻身下床，一边穿衣服一边对程杉说："我们去医院。"

程杉云里雾里，被叶臻认真严肃的表情吓到了，她喃喃："性生活不和谐，医院有的治吗？"

"……"叶臻虽然很介意程杉的前半句，但现在不是辩解这个的时候，他说，"你出血了。"

程杉低头看了看——还真是，都疼麻木了，没感觉到流了血。

她说："我们学校有生理卫生课啊，你那会儿逃学了吗？第一次会流血的，说明处女膜破裂，这很正常。"

叶臻低声说："小杉，你今年二十三岁了，第一次不出血或者极少量出血才更正常。"

程杉蒙蒙的："所以？"

"是我的错。"叶臻很努力，才能让自己极度沮丧自责的情绪不那么外露，他说，"这是裂伤。"

程杉旗帜鲜明地拒绝了去医院这个提议，她把自己包进被子里，像一只愤怒的蚕蛹。

"我思想狭隘！我不要因为这个去医院，这种事简直比'嘴里塞了电灯泡去医院取'的丢脸程度还要高十倍！不，一百倍！"

叶臻弯腰哄她："乖，没有人认识你的。再说了，受伤去医院是一件很正常的事。"

程杉哭腔渐起："这是我们的新婚夜，新婚夜谁会在医院里过啊？再说了，就是一点皮肉伤，我相信我身体的自愈能力。"

伤在那样的地方，严不严重，会不会发炎，需不需要用药都不清楚。叶臻实在很难被程杉说动，他直接上手去掀她的被子，板着脸说："不行，必须去。"

程杉跟他较劲，眼看落了下风，就苦着脸喊疼，叶臻根本不敢用力。

她软硬不吃，最后叶臻实在没有办法，无奈地半蹲在床边："小杉，你这样我很难受。"

程杉这才试着跟他讲道理："你不要太紧张，第一次谁都没经验啊。今天实在太晚了，折腾着去找医院，我一定会很不舒服的。要不然我们先简单处理一下，然后再观察两天，如果没有好转的迹象，再去医院好不好？"

眼看叶臻有动摇的意思，程杉赶紧放软了声音："你抱抱我啊，你抱抱我我就不那么疼了。"

明知道她是在撒娇，可叶臻还是妥协了。

他抱程杉去浴室清理，看见她身上有揉捏发红的痕迹，轻轻蹙眉道："做的时候，怎么不说？"

程杉顺口道："我看你挺带劲的，简直如狼似虎，不想打扰你。"

叶臻："……"

程杉瞟到叶臻一脸"给我好好说话，否则没完"的表情，知道马虎眼打不过去了，才蔫蔫儿地说："就……很少看你对我这么热情啊，我很喜欢，万一我喊疼，你肯定不愿意了……"

所以忍一忍没什么，你能尽兴就好啊。

叶臻不知道她怎么会有这种可怕的想法，擦干水渍后，他把程杉带回床上，非常严肃地矫正道："小杉，我不知道你从小受到的、有关这方面的教育是怎么样的，但是我希望你明白，做爱不是一个索取一个付出，而是两个人的事。如果只有我有快感，那毫无意义。"

程杉又累又困，窝在叶臻怀里嘀咕："你这个人，得了便宜就卖乖。"

叶臻双手捧着程杉的脸，让她看向自己："小杉，我没有开玩笑的意思，我很认真。"

她没睁眼，只低低地"嗯"了一声："我知道。"

叶臻执拗劲上来，他说："你不知道。"

程杉不得已张开眼，辩解道："我真知道。"

叶臻："你知道什么？你知道我爱你，我也费尽心思地想要取悦你吗？"

他没关灯，程杉隐约瞥见叶臻眼底微微发红，有一种别扭的委屈。程杉的心忽然有点乱，她从没见过他用这种神情看过自己——这让她心里发虚，好像不经意间从他眼中触碰到另一个完全陌生的程见溪。

她不知道该怎么接话，才能安抚他，也抚平自己心里突然起伏的情绪，只能仰头凑上去吻他。

这是他们从没尝试过的一次深吻。

无关欲望，反倒像是两个人，都迫切地想要证明自己愿意完全坦诚，愿意尽力去爱。

第二天，程杉醒得很晚。反倒是叶臻，作息健康得令人发指，一早就出去晨跑。

十点多了，程杉半梦半醒间，觉得有人俯身亲吻自己的额头，忍不住想要开口说话，又想起没有刷牙，一下子捂住了嘴巴。

"留着等我漱口以后亲。"

程杉闷声闷气道，掀了被子就要跳下床，下一秒痛呼着又躺了回去。

女人真惨啊。

叶臻看她这个样子，就知道没有好转。他说："我去咨询了医生，买了帮助修复的药膏，主成分是鱼肝油，不会有副作用。"

不用去医院就好，程杉松了口气："你真是天底下最善解人意的小天使！"

她说完这话，看见叶臻站在床边拆塑料包装，突然有种不好的预感："你这是干吗？"

叶臻："带指套，给你抹药。"

程杉："啊？"

叶臻没什么表情，说："裤子自己脱还是我来？"

程杉："等等等等！"

她老脸红透，明晃晃的大白天，她一个昨天才出阁的"新妇"，怎么可能这么没羞没臊？

叶臻困惑地看着程杉，说："你在介意什么？"

程杉以手抚面，说："我……我就是觉得这一切太快了。"

叶臻试着去揣测程杉所谓的"太快了"："你是觉得昨天的婚礼太草率，还是觉得只有具备法律效力的婚姻才会让你感到放心？"

程杉："不，都不是。其实有没有结婚证明我根本一点都不在乎，在我心里，我们昨天就是正式结婚了，是水到渠成的结果，一点也不草率。"

叶臻："那你是觉得什么太快了？"

程杉有口难言。

这个男人，前些日子跟他亲近亲近都老大不乐意，一脸小媳妇样。现在倒好，一晚上过去，翻身小媳妇把歌唱了？听听，听听这语气，说要检查她的身体，跟说要带她去看电影一样自然。

她支支吾吾，最后憋出一句话来："我只有昨晚吸引你吗？"

叶臻："啊？"

程杉痛心疾首："你昨晚，对我可是像拆礼物一样，视若珍宝、爱不释手！现在，我这么肉体横陈，你却视若无睹、无动于衷！我说的是你变得太快了。"

叶臻被她说得笑起来："小杉，你成语字典背得不错啊。"

程杉哼道："我歇后语也说得溜，要不要见识见识？"

叶臻嗑着笑，欺身过来，低声说："你都这样了，我要再动歪心思，那不是禽兽吗？"

程杉："说的是没错。可女人就是这么矛盾，我希望你看见我欲火焚身，又希望你因为心疼我，而以强大的自控力克服自身私欲，表现出一种在理智和情感中煎熬挣扎的痛苦，这样我才感动啊。"

叶臻大笑，说："给我几分钟，我酝酿一下情绪。"

程杉好气又好笑，先前那一点点扭捏和不悦倒是烟消云散，她抬脚要踢他，被叶臻捉住脚踝。

"好了，别乱动。"

叶臻知道她害羞，没有掀被子，而是半抱着程杉，手指上沾了药膏，在被子里摸索过去。

指尖探对地方，程杉浑身发紧。

"疼？"叶臻手势很轻，目光锁在程杉脸上观察她的表情变化。

"一点点。"

程杉心底里很享受被人照顾，她对他的温柔没有抵抗能力。

这大概是年少缺失的一种依恋感，以至时隔多年，程杉在醉酒之后，梦里铺天盖地而来的，全是从前的温情和喜悦。

偶尔有一个声音在她梦中大喊，这是假的程见溪，他在骗你。

可她沉浸其中，甚至为了不愿醒来而自说自话——

我知道啊，可那又怎么样？爱是做不了假的。

程杉被那个念头吓醒了。

头疼欲裂，程杉几乎是从床上滚下去的。她摇摇晃晃地站起来，先去冰箱找水喝，又下意识想要去抽屉里找药，可里头空无一物。程杉这才想起来，自己已经把药全都丢掉了。

家里空空荡荡，显然一点人气也没有。程杉倚着墙壁，无声无息地站了许久，一小口一小口地嘬完了一瓶水，才神情漠然地转身。她从卧室里拖出一只行李箱来，先把自己的相机和镜头挨个摆放进去，然后将M·O配给她的单独用纸箱包好，准备快递去公司，又去收拾了几件换洗衣物搁进去。

做完这些，程杉去浴室洗漱，顺便整理洗漱包。刚一推开门，程杉有些怔愣，她看见毛巾架上挂着的毛巾。浴室里安装的毛巾架是高低双杆的，程杉一共就两条毛巾，习惯了一条短的挂在前边，长的挂在后头。

可现在，两条毛巾并排挂在外头的那根杆子上。

程杉盯着看了好一阵子，突然伸手捻下其中一条毛巾的一角——没有干透。她转身，大步走进卧室，从包里翻出手机给童菲打电话。

是时辰接的电话，他语气抱歉，告诉程杉菲菲昨天喝多了，现在还没有醒。

程杉："昨天我们都喝了很多，是你送我们回去的？"

时辰："对，是我。"

程杉："你不知道我的大门密码，怎么进来的？"

时辰顿了下，连忙解释："我送你到小区以后看见叶总等在楼下，就把你交给他了。"

程杉的脸颊肉无意识地抽动了一下，眉心蹙起，刚想发难，时辰已经先开口了。

"小杉不好意思，我这么做是有些不合适，但那时候我实在……"

程杉："算了，菲菲醒了以后替我谢谢她。"

时辰一怔，下意识问道："你……"

程杉："嗯？"

他突然意识到自己没有立场对她的隐私进行过多发问，含糊道："多保重。"

程杉扯了扯面皮，笑笑："谢了。"

程杉将电话挂断，时辰仍旧握着童菲手机，神色担忧：程杉这回，总给他一种轻飘飘的感觉，好像一阵风就能刮走似的。

不知道是不是搞艺术的，最后都会这样。

第八章　月下之刃

程杉收拾好了行李，箱子一合，"咔嗒"上锁，人却没急着走。

准备工作都做好了，现在只剩下一个问题。

去哪儿？

天大地大，没有留她的人。听起来有些凄凉，但是万幸，她还有足够的钱。一个女人可以没有家庭依仗，可以没有男人依靠，但万万不能没有赚钱的能力。否则还没走到山穷水尽的一步，就已经退无可退了。

程杉盘腿坐在地毯上，垂眸翻手机，她下载的旅游APP还是M·O研发的那款——肯定不能在M·O订什么机票酒店，她不想再和叶家有所牵连。

程杉的手指快速从屏幕上划过去，脑子里盘算着直接去机场，随缘订票的可行性。

她很快否决了这个想法。过去的时间里，她太熟悉自己东奔西走的感觉了，安静却无趣。

她这次不想一个人去旅行了。

程杉锁屏，出门往外走。秋深风疾，程杉忘了戴围巾，即便用力

186

拢住风衣领子，仍然觉得凉飕飕的。

门卫是个热心肠，给程杉指路："你顺着这条街走到头左转，在七中对面就有一家国际旅行社！"又说，"最近旅行好啊，淡季、实惠！要入冬了，往南方走才暖和哩。"

程杉笑笑，向他道谢，直接去了他推荐的那家旅行社。

互联网时代，旅游电商兴起太快，传统旅游业还来不及调整战略就已呈现疲态。程杉想起自己还在念高中的时候，正值国内传统旅游行业的盛年，入行门槛低，街头小巷大大小小的旅行社一家接着一家。正规一点的大公司，海报时换时新，私人的小旅行社，小黑板上手写的广告挂在门口，也常常更换出行班次预告。

现如今，自由行的流行和OTA（在线旅游）的红火使得线下实体店接客量直线下降，只剩定制团和夕阳红老年团销量勉强维稳。经营不善或是没来得及转型的旅行社濒临倒闭，而及时促成了线上店铺的旅行社，也在减少门店数量与规模以控制成本。

程杉高中陪程见溪去参加物理竞赛的时候，去过七中，她并不陌生。顺着路直走左转，就看见了路边的校门。程杉看了眼手机——这个时间，学生们估计都正饥肠辘辘地熬着第四节课等待午饭呢。

她过了马路，来回张望许久，终于在两所辅导教育机构之间的夹缝里，找到一家名为"遨游天际"的国际旅行社门店。玻璃门极窄，大约只够两人并排通过。印有旅行社名字的蓝底白字横贴贴在玻璃门中央，技术还不如天桥上贴手机膜的，"天"字下头鼓起一个大气泡。

程杉走得近了，看到大门上挂着锁，上面挤挤挨挨还贴了几张A4纸，其中覆盖在印有"旺铺转让，价格面议"那张之上的白纸中，手写着一行字："业务袁一会儿回来，有事加微信或者去隔壁找。"那句话下头贴心地配了个微信二维码的图，和一个指向隔壁的单箭头。

程杉盯着那句话看了好一会儿，在对这家旅行社丧失信心之际，突然觉得下头那个微信二维码中间的照片有一点眼熟。她回国后才用上微信，交际圈又那么小，统共加在一起不过十来个好友。所以程杉迅速地从自己的微信朋友中找到了对应的人。

程杉给那个人备注的姓名是：龙湾岛–袁导。

原来不是错别字，还真是业务"袁"。

程杉顺着箭头往左看，是一家在中国任何一座城市都非常常见的中学生教育培训机构，私人经营的。兼做小饭桌业务，有偿"收留"因父母忙碌无暇照管的学生——每天放学后，学生会过来这里，在专门的老师照看下吃饭、做作业。

程杉绕进去，有两个家长模样的中年女人正在咨询双休日的补课费，前台没空搭理程杉。倒是有个拿着拖把、里外转悠清洁地面的中年女人注意到程杉，大概是觉得她不像家长，问道："你是来应聘的吗？"

程杉指了指隔壁："我来找袁……"

她不知道袁导的名字，这个当口不知道要给她加一个什么后缀称呼，才比较合适。好在那人立刻意会，一扭头冲里面喊："袁二宝，有人找！"

"来啦！"

那声嘹亮的应答确实听来熟悉，程杉忍不住问："她在你们这里帮忙啊？"

"做兼职。"那人蛮健谈，说，"反正她在店里没事干，闲出屁来了。午休两小时再加下班以后的时间，刚好过来带小孩，小孩都喜欢她。"

程杉若有所思地点点头。袁导说话确实很有感染力，人也有趣，孩子们喜欢很正常。

袁二宝穿一身休闲款正装小跑而来，女士小西装左侧别着个胸牌，上面写着"中级辅导教师：袁二宝"。

她还记得程杉，惊讶道："程总怎么有空来这里？"

袁二宝也不知道怎么称呼程杉，不过见她和叶臻叶慕相交甚好，"总"是没错的。

程杉："我是来咨询跟团出游的。"

袁二宝一讪，不好意思道："程总说笑呢，M·O什么样的供应商没有，怎么会找到我们这个小旅行社来？"

程杉看了看旁边的人，袁二宝会意："我们去隔壁聊。"

随后，立刻摘胸牌、脱外套，跟扫地的女人说："我有点事，你先帮我顶一会儿。"

女人答应得很爽快，接过她的衣服换上，又从前台抽屉里摸出一个新的胸牌别上，上面写着"高级辅导教师：林华"。

程杉："……"

袁二宝小跑领路，先去开门。程杉这才发现门根本没锁，那所谓的锁不过是挂在了门把手上，袁二宝一用力就抽开了。

屋子不过五平方米大小，四壁空无一物，原本应该张贴广告的地方只剩下隐约的胶痕。当中一张木桌子，上头摆着一台电脑和一个文件架。墙角放着一张双人沙发和一个矮几，旁边还有饮水机。

外头冷，袁二宝一进去就蹲在桌子后面翻找，摸出一件工装外套穿上，程杉注意到外套上也有胸牌，写的是"高级旅游策划师：袁二宝"。

"程总随便坐。"袁二宝热情道，一边从抽屉里摸出个一次性纸杯，又不知去哪里变戏法似的掏出一枚茶包，给程杉泡了杯热腾腾的绿茶。

程杉没跟她兜圈子，说："我离职了，不太想找老东家预订旅游行程。"

袁二宝"哦"了一声，脸上没有八卦的神情，也完全没有要追问的意思，马上说："现在是打算出去放松放松？"

程杉说："你们这里还有散客团吗？出行日期越近越好。"

袁二宝沉吟片刻，表情严肃，说："有一件事我必须要先向您说明……实不相瞒，我们旅行社其实刚被收购。"

程杉在心里说：看得出来。

袁二宝又说："公司处于重要的转型期，散客团暂时都不接了。

不过，倒是可以接定制业务。"

程杉说："什么时候出发，目的地是哪里？"

袁二宝说："后天，泰国全境。这是一个最多四人成行的小包团，纯玩零购物，金牌导游全程跟随讲解……现在团里已经有三个人了。"

加她一个刚好，程杉很干脆："行，合同什么时候签？"

袁二宝面露难色，说："不过现在有一个问题。"

程杉："什么问题？"

袁二宝翻阅手头的资料，说："他们三个人是一起的，而且其中还有一对夫妻。可能不能跟您这边拼房，需要您补个单房差……"

程杉："应该的。"

袁二宝说："这单子其实是我之前的老板谈下来的，路线方面我还在跟他对接，要不我今晚用微信发给您？"

程杉："之前的老板？"

袁二宝抱歉地笑笑："公司被收购了嘛，他也就……"

程杉"哦"了一声，对她的职业规划不太感兴趣，说："路线无所谓。"

袁二宝还没谈过这么顺利的业务，眉开眼笑道："您可真爽快，那没什么问题了，咱们今天先交定金签合同。泰国可以落地签很方便，您护照带了吗？"

程杉："带了。"

袁二宝算是看出来了，程杉这是遇到了烦心事，迫切地想要出去散散心，其实根本不在乎去哪里、和谁一起去。她虽然脸上没有表露出来，但心里隐隐约约猜测可能和M·O的那个总裁有点关系。毕竟龙湾岛那件事闹得那么大，这才过了几天啊，她就离职了。

办好一系列手续，袁二宝笑意盈盈道："后天专车司机会联系您，直接接您去机场。他们一行人从南京出发，我们在曼谷会合。"

没什么其他事了，程杉准备离开，临了回头问袁二宝："龙湾岛那次，也是你兼职？"

袁二宝摆手笑道："其实只是玩票。我是龙湾岛土生土长的人，对那里太熟了，要不然怎么能做得出那种地图来？是那个活酬劳高，所以在酒店工作的朋友就联系了我。说起来还真是幸运呢，要不是接了那个活，也不会……"

程杉错了错神，不太想回忆龙湾岛的事情，她低声打断袁二宝的话："知道了，谢谢。"

程杉推门出来，刚好赶上中学生放学，学校门口仿佛瞬间换了片天地。打眼望去，满目的白色绿色，上学的时候口耳相传，说是七中的校服一向以丑陋著称，千万别考七中。

现在看来，却有种恍然隔世的感觉，那是回不去的青春蓬勃。

有三五成群的男孩子嘻嘻哈哈勾肩搭背着出来，有两两结伴的女生互挽着手去买奶茶喝，也有背着书包一言不发的独行侠。

Q市骑自行车的人少，但在学校里还算常见，多是山地车，耍帅的少年单手控车推着往外走时，总能收获身边的女孩子投来的目光。

程杉顺着人群往回走，听见身边两个女孩子，小声讨论了一阵子是刘昊然帅还是吴磊帅，然后达成了共识："那只能都收来当老公了呀，好烦恼啊，嘿嘿嘿嘿。"

少女时代的烦恼还真是……程杉失笑，想起自己从前每周最大的忧愁，就是到底选哪张照片给程见溪。

都那么好看，都是她倾注心思拍的。

照片……程杉觉得头有点痛，她想起在叶臻那里看到的程见溪的遗物，明明只剩下很少的一部分。剩下的都去哪儿了？

她想不起来了。

关于那两年，她记起来的不多，可能停药的时间还不够久吧。很多事情，隐约觉得很关键，可是全部都被雾气蒙住了，不慢慢走进去，很难窥得全貌。

去曼谷的飞机是中午十一点半的，司机师傅九点半给程杉打了电话。

没想到旅行社不大，服务还挺贴心，不一会儿就有人敲门，司机膀阔腰圆，手提程杉的行李箱健步如飞。

走到商务车前，程杉透过玻璃窗，看见个熟悉的面孔。

"袁导。"

"二宝，叫我二宝就好。"袁二宝笑容灿烂，说，"你说巧不巧，我是咱们团的领队！"

"……"程杉迟疑道，"你之前不知道？"

袁二宝摇头："本来带队的人是小蔡啊，但她家里临时有事被撤换了，我昨天才接到通知来带咱们团。"

她隐去了一些重要信息没有说。这次其实是领导亲自点名指派她来的，不仅如此，领导还说，这次的小包团里有关键人物，绝对不能怠慢。如果这单做得好，回来升职加薪没跑的。

袁二宝的目光直往招财猫程杉身上瞄——程总刚来报名，上面就把她派过来跟队，一定跟是看中自己和程总有交情，能说得上话。这个关键人物，肯定就是程总。

程杉蹙眉，似乎察觉到什么："你们旅行社，被哪家公司收购了？"

袁二宝说："这我可不太清楚，听说是南方的一家公司。程总，我只是个小员工而已，虽然前些日子因为在龙湾岛表现好，南荣总监在总社那边美言了几句，我才有机会升分社长。但你也看到了，最近生意不景气，提成都没的拿。"

程杉想起来南荣邺对这个袁导印象确实不错，但仅仅因为这个就特地为她说项提拔，也不是他会做出来的事。除非，这家旅行社现在背靠的南方公司和M·O未来要有合作，南荣邺觉得她能算得上半个自己人。

程杉的目光在袁二宝的胸口逡巡，下意识说："你没戴胸牌？"

袁二宝把外套拉链往下一扯，从里面掏出一张挂牌来："正式出团嘛，要带工作证的。"

程杉看过去，名头果然又换了，这回是"金牌领队"。

程杉坐进车里，问："你带过出境团吗？"

袁二宝连连点头："我来旅行社之前就是做出境导游的，东南亚一带的国家我都熟。尤其是泰国，我在清迈大学做过交换生，说泰语没有问题的。"

司机师傅听到这里，不由得笑道："真是个人才啊，现在怎么干起领队了，导游不是更挣钱吗？"

袁二宝叹了口气："赚钱是多，但累啊。我干了几年，身体快熬坏了，攒钱回来本打算开个小旅行社，但国内行情变得太快。现在投资线下旅行社不是找死吗？所以就想着观望观望。"

司机应和道："唉，也是不容易。这个手机软件还有什么互联网，真是影响太大，我们被打车软件整的，连出租车都快开不下去。"

"您原来是的哥啊？"

"我不是跟你吹，市南区这一片，没人跑得过我。干我们这个的，那招子得放亮，里头学问多了。"

程杉坐在车后座，听他们你一言我一语地聊着，挺得趣味，觉得比自己一个人瞎跑有意思。

到了机场，值机、托运行李，袁二宝跑得不亦乐乎。公司枯木又逢春，找到了新的靠山，感觉真是不一样，她从来没有带团坐头等舱的经历。坐在VIP专属候机厅里，袁二宝觉得人生得到了某种程度的升华。只要能好好养护身边这棵摇钱树，她的前途将一片光明！

可是摇钱树不知道在想什么，时而眉心紧锁，时而双唇轻抿。袁二宝几次偷眼看她，忍不住说："我给你拿点吃的吧？那边提供纸杯蛋糕，还有马卡龙。或者你不饿的话，来一杯咖啡？"

程杉像是被她惊扰，突然从自己的天地里被拽出来，有点茫然地看着袁二宝："啊？"

袁二宝在心里赞叹，美人出神也还是美的，自己发呆简直像失了智的老人。

她又重复了一遍问话，程杉说："这里有奶茶吗？"

袁二宝："啥？"

大概不会有吧，程杉笑着摇头："没什么，一会儿要登机了，算了吧。"

那不行，如果摇钱树需要奶茶的浇灌才能茁壮成长，那她必须满足。袁二宝起身，小跑去附近的麦当劳买了杯热奶茶捧回来，笑眯眯道："请你喝！这里头只有这条件了，等到了曼谷，那里有很多超棒的手作奶茶店。"

程杉接过奶茶，果然表情柔和了很多，她说："我知道。"

袁二宝说："你看过攻略啦？"

程杉："我去过曼谷。"

袁二宝的脸色有一点僵硬，做定制团其实很少拼团，这次是因为两方都不介意才会一起出团。可是最怕这种拼了之后，双方因为旅游经历不同、旅游诉求不同而产生无穷无尽的矛盾——最惨的就是领队了，这要是不能居中协调好，第一个被投诉的就是她。

袁二宝迟疑地"啊"了一声，说："这……你要是之前说你去过曼谷的话，那咱们就不安排在那里会合了，其实可以迟两天去清迈会合的。"

程杉说："清迈我也去过。"

"……"

袁二宝的心"咣当"一声砸了下去，她试探道："那南部的普吉岛、苏梅岛这些……"

程杉："都去过了。"

那你干吗还要来泰国？！

袁二宝内心在咆哮，但是脸上的笑容还没垮塌，她小心翼翼道："这次的行程，中部、北部和南部，我们安排去的可能都还是这些比较大众的城市呢。"

程杉说："没关系，我虽然去过，可是记得不太清楚了。"

她的语气听上去很温柔，心平气和的，没有半点发怒的意思。袁二宝的心跳终于又恢复了往常的节奏，她说："哦，我明白了，您一定是小时候去的吧，那会儿都不记事的。"

程杉说："算是吧。"

她们没说一会儿话，很快到了登机时间，两人上了飞机坐定。袁二宝看程杉情绪不高，像是有些犯困，便让空乘拿了毯子、靠枕和眼罩给程杉，低声说：“睡一会儿吧，醒来就到了。”

程杉感激她的好意，老老实实地接过来摆出睡觉的姿势。但她心里很清楚自己不是困，只是有点混乱，她已经在努力地协调脑中纷涌不休的思绪了。

飞机按时起飞，程杉隐约听见耳边有人低声对她说：“嘴巴张开一点，不然耳朵会难受。”

但那声音，她已经分不清是袁二宝的，还是叶臻的。

程杉很难相信自己曾经有过那么一段时间，像个自闭症患者一样，除了简单的点头摇头，机械地配合做出一些难看的动作以外，无法和外界做正常的沟通交流。

但事实上，她有。不仅有，她现在还慢慢回想了起来。她甚至非常冷感地觉得，那时候的自己，就像是一台摄像机。

叶臻辞去工作，陪程杉在佛罗伦萨治疗了半个多月，也没见到她有明显好转的迹象，医生建议他如果有条件的话，可以带程杉去外面散散心。

官司还在胶着，欧洲人的办事效率摆在那里，各方都在拖延。其时正值国内新年，叶臻没有像往常那样回Q市的老宅过年，而是带着她这台摄像机去旅行。

他们先去了斯里兰卡。

那是程杉和程见溪约定好的目的地，可是最后，带她去的人是叶臻。他在当地租车，大环线全程跑下来，半个多月就过去了。

而程杉的病，真的就在斯里兰卡的茶香笼罩里，慢慢有了起色——如果，那也能算是起色而不是病入膏肓的话。

那是他们离开斯里兰卡前一天的清晨，程杉在科伦坡的酒店里醒来。

叶臻的睡颜在她面前——两人都侧着身，面对面地睡着。叶臻呼吸平稳，颊边有颜色极淡的胡茬，程杉忍不住伸手去刮蹭：不扎手，只是有一点酥麻。

他觉浅，很快被她弄醒了，但没睁眼，抬手握住程杉的手，自然地放在唇边亲了亲，低声说："早安小杉。"

程杉顺势用手指堵住叶臻的嘴巴，因为连日的沉默，声音都有些变调。

"Hazel，错了，是早安，Picea。"

叶臻陡然听见程杉开口，猛地张开双眼，眼里盛满了惊喜："你醒了？"

程杉平静地望着他："我不醒，谁在跟你说话？"

她的语气和神态都不太对劲，不再笑了，只翻身跨坐在叶臻的腰上，低头凝神看他。

叶臻的心跳得很快，一半是喜悦，一半是紧张。

程杉的手指顺着叶臻的额角一点点向下移动，来到他的唇边，并不做停留，又向下而去。很快，她的掌心贴在他的胸口，不动了。

程杉凝视着他的眼睛，问他："Hazel，你爱我吗？"

叶臻："爱。"

程杉："我是谁？"

叶臻觉察到不对劲，呢喃道："小杉你……"

程杉眉心皱起，手掌微微下压："不对，重说。"

叶臻微愕。

程杉："Hazel，你爱我吗？"

叶臻："我爱你。"

程杉："我是谁？"

叶臻："Picea。"

她满意了，脸上浮现出如释重负的笑容，手掌从浴袍的缝隙里游入，顺着他的腰线而下。

"你既然爱我，那么做给我看。"

程杉在机身的颠簸里醒转，周身出了一层燥汗，她拉下眼罩，听

196

见机上广播的声音："女士们先生们，飞机前方遇到气流，将会有些小小的颠簸，洗手间已经关闭，请大家回到座位，系好安全带……"

袁二宝偏头，发现程杉的脸色煞白，几乎有些张皇无措。她试探地轻轻拍拍程杉的手背，安抚道："没关系的，遇到气流很正常。"

程杉嗫嚅道："这不可能。"

袁二宝："真的很正常，我以前出团十次，九次都要碰到飞机颠簸的。"

程杉听不见袁二宝的声音，她脑中闪过纷杂的画面，响起重叠交织的无数声音。

"Hazel，我不喜欢斯里兰卡，这里除了红茶和你，没有任何能吸引我的地方。我们走吧，明天就走。"

"你想去哪儿？"

"我们去机场，哪趟航班最近就去哪里。"

……

"Hazel，让我看看，你许了什么愿……希望小杉早日康复？这是什么意思？"

"你生病了。"

"我没有生病，我现在这样不好吗？"

"你怎么样都好，可是……"

"别说可是！"

……

"小杉！跟我回去。"

"你别这么叫我！我不喜欢。"

"你喝多了。"

"我没有，你放手！放手！我警告你，以后我的事情，你少管。"

……

程杉以手按着胸口，呼吸渐渐急促，好像哮喘病发作那般上气不接下气。袁二宝被她吓得赶紧叫来乘务员："我的同伴身体不适，她

197

可能要吐了！"

"好的好的，我马上给您取呕吐袋和温水。"乘务员连连安抚，在机舱里摇摇晃晃地走，她以最快速度拿来了呕吐袋递到程杉面前，后者对着袋子低声干呕，吐出来几口奶茶之后才慢慢平静下去。

与此同时，飞机渐渐趋于平稳，袁二宝伸手顺着程杉的后背，提心吊胆道："还好吗？"

程杉被那股难闻的气味呛得直犯恶心，她轻声说："水。"

"这里这里。"袁二宝赶紧把乘务员递来的温水送到程杉嘴边，看着她小口含进嘴里漱口，又把袋子凑过去让她吐掉。

一顿忙活之后，程杉的脸色开始有了好转的迹象，袁二宝长舒一口气，说："没事了没事了，飞机已经平稳飞行了。"

程杉很过意不去："对不起。"

袁二宝连声道："别别，你怎么跟我道起歉来了呢？身体不舒服又不是你的错。"

程杉眼圈微微发红，看上去很难过："不，是我的错。"

袁二宝总觉得程杉跟自己不在一个频道上，她也不敢多问，甚至连大气都不敢出一声。过了几分钟，看着程杉重新靠回去，目色沉沉地望向窗外，才稍稍放松下来。

这年头，赚钱是真的不容易，摇钱树哪有那么好伺候。

飞机降落在廊曼国际机场，负责接机的师傅早早举着接机牌等在了出口。

程杉和袁二宝顺利地坐上车子，袁二宝一面用泰语跟司机师傅聊天，确定后续行程，一面熟练地给程杉和自己更换泰国电话卡。

程杉坐在车后座上，她降下车窗，让温热的空气充盈车内。

这感觉真糟糕。零碎的片段，如同树上的一片片叶子，交错、密布，全都挡在她眼前，可她始终不见枝干，无法还原整棵树的样貌。明知道这是必经之路，可程杉总害怕自己会在某一刻软弱下去。

"我们今天入住的是曼谷暹罗饭店。"袁二宝和司机搭完讪，转头把手机换给程杉，对她说，"因为您这边参团的时间比较紧张，所以订房的时候只剩下双床的河景套房了。这些在签合同的时候都跟您事先说明过。"

程杉说："你和我一起住吗？"

袁二宝一怔，连忙说："不不不，我们哪能跟客人一起住？住不起的。每天行程结束以后，我就去公司安排给员工的酒店了。"

程杉语气里带了一点恳求："你能和我在一起住吗？你们公司给你提供的，我也可以。"

能啊，太能了！袁二宝眼睛一亮，嘴上体谅道："也对，你身体不太好，我在的话还能照顾照顾你。好，我一会儿去跟公司那边做个申请，应该没有问题的。"

程杉松了口气。

袁二宝见她神情缓和很多，说："司机师傅说，他一个小时前已经把南京来的三位送去酒店了，一会儿咱们就能见到他们啦。"

程杉笑笑。

袁二宝精力充沛，到了酒店办理入住后一刻也没停过，程杉在房间冲了个淋浴、换了身衣服的时间，她已经联系上另外三位，并且约好晚上见面的时间地点了。

程杉不忍拂她好意，点头应了。

袁二宝还在念叨："那三位客人都很好说话的，其中有一位陈总，人长得帅，还老幽默了。"

说起陈总的时候，袁二宝忍不住偷眼看程杉的反应。方才她去楼下的泳池庭院别墅跟先入住的三位客人打招呼，那位陈总一直在打听有关程杉的信息，还说什么如果那位程小姐也是单身，就再好不过了。

边上的是李太太，名叫江柔，她嗤他："陈探，你要再不收回那副见色起意的嘴脸，就做好单身一辈子的准备吧。"

陈探苦着脸哀号："你这个没良心的，我都已经是个孤家寡人了，还陪你俩来这里度蜜月，你不能盼我点好吗？"

袁二宝都有点同情这个陈总了。想想也是，他看着就不差钱，一个黄金单身汉，怎么就想不开，要陪着一对夫妻出来度蜜月呢，这不是上赶着当电灯泡吗？

这时候，江柔对着屋里的人喊话："李明恺你来听听，有人说他是来陪我们度蜜月的。"

屋里的人没露头，袁二宝听见那位李明恺低沉有力的声音传来："行，咱们明天买机票回去。"

"你们两个！"陈探急得跳脚，又顾着还有外人在不好发作，先把袁二宝请了出去。

袁二宝敏锐地觉察出事有隐情，但毕竟是客人的私事，她不好八卦，便一路小跑着回去了。她离开后，陈探才朝李明恺发难："敢情公司是我一个人的？！老大，你马上要去跟M·O谈合作了啊，不得提前亲自过来探探点啊？！你不过来体验体验自家员工的业务水平，怎么好意思把开发的新产品推广出去？"

李明恺懒懒地说："我记得渠道拓展是你的活。"

江柔凉凉道："不知道是谁死乞白赖地跑来，让我们陪你一起实地参谋……我可是把年假都搭上了。"

李明恺补充说明："这个年假我本来是打算带你嫂子去意大利的。"

陈探被两人你一言我一语说得快崩溃了，他往旁边的沙发上一瘫，愤愤道："你们夫唱妇随，我没话说。"

晚上的会面安排在六点半，在酒店拥有百年历史的特色泰式餐厅Chon Thai Restaurant里。餐厅由柚木打造，曾是古董商人Connie Mangksau的家。当日天气晴好，工作人员贴心地为客人在草坪上摆放餐桌——那里临着湄南河，是欣赏落日的绝佳地点。

程杉和袁二宝去的时候，李明恺他们三个已经到了。

陈探对落日没兴趣，江柔和李明恺合法起腻的样子让他身心受创。自打一落座，陈探强行架空那对碍眼夫妻的存在，开始东张西望——所以成了第一个看见程杉的人。

程杉只带来两条长裙，此时穿着豆沙红的吊带款，长及脚踝，有很强的垂坠感，腰部设计非常到位。她刚洗过头发，吹得蓬松柔软，落在腰线上方，显得优雅大方。

陈探看得眼睛都直了。他腾地站起身，一只手还晓得矜持地控住T恤防止肚脐外露，另一只手朝程杉挥舞。

"程小姐，这里！"

江柔背对着程杉她们，只能看得到陈探的谄媚嘴脸，她对李明恺说："我赌五百块，程小姐是个美人。"

李明恺连头都没动一下，抬抬眼皮瞅了陈探一眼："不赌，稳输。"

江柔对美人的兴趣比李明恺大得多，转头去看，下一秒就在桌子底下拽李明恺的腿毛，压低声音说："这种气质级别的美人，不看要吃亏的。"

吃不吃亏是另一回事，李明恺觉得真要找时间，好好跟江柔掰扯掰扯这个扯腿毛的坏习惯了。

程杉很快落座，按照社交惯例，互不相识的人彼此交换了各自的姓名。

话没聊几句，程杉感觉到那对夫妻的气场带来的无形压力。其实那男人对她兴趣不大，完全是放松闲扯的姿态，也没打量程杉。他身边的女人不同，虽然她说起话来从容温和，可程杉从她的目光里感受到某种熟悉的审度。

当江柔第三次用那样的神情看自己时，程杉平静地回望过去，先开口说："李太太也玩摄影？"

江柔一顿，用憨笑掩饰审视别人被拆穿后的尴尬："不用叫我李太太，江柔，江柔就好。我是文字记者，摄影纯属业余爱好……抱歉，我见到漂亮的女孩子就忍不住多看。"

程杉报以微笑："没关系。"

陈探趁机发问："程小姐是做什么的呢？"

"叫我程杉就可以。"程杉说，"我是个摄影师。"

江柔："主要拍人像、风光还是……"

"风光。"

"哦!"陈探眼里闪烁着赞叹的光芒,插话道,"看不出来,还是个艺术家!"

程杉:"……"

谈判桌上神气活现的,一碰到女人就崩盘,真是凭实力单身,李明恺要被陈探气笑了。

一餐饭吃下来,有陈探在中间瞎搅和,江柔觉得自己和程杉的谈话质量直线下降。基本上除了交换微信以外,没有半点质的飞跃。

回去的路上,李明恺听江柔这么埋怨陈探,好笑道:"一个过客,你还想跟人家有什么质的飞跃?"

陈探没觉得自己聊天有毛病,回敬江柔道:"就是就是,就算要发展关系,那也是我的事,你一个打辅助位的瞎抢什么'人头'?"

江柔摇头叹息,用恨铁不成钢的目光扫射两人:"头发不长,见识是真短。"

两个男人双双受到了成吨的打击,一个敢怒不敢言,愤愤地望向李明恺,后者微微眯眼,觉得晚上有必要跟江柔好好"交流交流"。

江柔轻哼,开始自己的分析:"我早看出程杉是摄影师了。从她落座开始,她看湄南河的次数,比看我们几个加起来还要多。"

陈探"喊"了一声:"强词夺理,人家跟我们又不熟,看看风景缓解尴尬很正常。"

江柔:"是你身边的摄影师多,还是我身边的多?我们组里的摄记跟我是风里来雨里去的老搭档了,我对他们的观察和了解可是深入骨血的。"

李明恺听见深入骨血这个词,不爽地清了清嗓子。

陈探:"那又怎么样,看出她是摄影师很了不起吗?"

江柔轻哼:"如果再加上,我看出她是M·O的人呢?"

她这话不容小觑,这一次,陈探和李明恺都认真了起来。

李明恺先回忆了一遍他们吃饭的全过程,自认没有漏掉任何蛛丝马迹。

"从哪里看出来的？"

江柔难得有赢过李明恺的时候，得意扬扬地亮出手机："你们都关注了M·O的公众号对吗？"

"嗯，那又怎么样？"

江柔："我下午无聊，刚翻过他们最近的推送——企业号，一个月只能发四条推送。"

陈探有点摸不着头脑："说重点啊姐姐。"

江柔点进公众号："看到这里了吗？下午我翻的时候，显示我身边有四十八位朋友关注。刚刚加完程杉之后，就变成四十九位了。"

陈探说："这除了说明程杉关注这个公众号以外，证明不了其他。"

李明恺已经在低头翻找M·O公众号的历史消息，他低声说："程杉，是M·O为筹备新杂志从国外聘请来的摄影总策划，荣获奥赛两个奖项的国际知名风光摄影师。"

陈探伸头去看，嘴硬道："没照片啊，就不能是同名同姓？"

江柔没好气道："陈探，是你跟'遨游'对接的，另一个拼团的姑娘从哪里来你不知道？"

陈探恍然："Q市！M·O的老巢就在那里啊！"

李明恺也找到了决定性的证据。

"最近那条推送有M·O所有部门团建活动的照片，程杉是策划部的，合照里有她。"

江柔很满意李明恺的反应速度，拍拍他的肩膀："不愧是我找的男人。"

李明恺和陈探对视一眼。

陈探先道："这是巧合还是M·O的有意安排？收购'遨游天际'之后，负责人已经换成了我们的人，我们来参加这个团考查线路，没外人知道。"

江柔说："如果是有意安排，为什么不让我们知道？咱们两家，未来是通力合作又不是竞争。而且她半点套话的意思都没，看起来情绪也不高，过来吃饭可能只是出于礼貌，根本不是擅长和人打交道的那种人。M·O脑筋坏掉了，才会让这么一个专业的摄影师跑来跟我们玩心眼。"

李明恺说："可如果是巧合，M·O的摄影总策划出行，不在他们自己平台上找已经入驻的供应商，反倒跑去线下旅行社拼团？这不合理。"

三个人面面相觑，竟然都没有办法找到一个自洽的逻辑。程杉是个谜，大家都觉得按兵不动是上策。李明恺和陈探委任江柔去刺探"敌情"。

江柔老大不乐意，说："有人还说我打辅助位要抢'人头'。"

《王者荣耀》资深玩家陈探肃然道："谁说的？这么没眼力见，你是黑化后的江柔，我们'夜鹰'第一金牌坦克！"

江柔气得跳起来打他："谁坦克？你说谁坦克？！我是打野的！"

程杉吃完饭回到房间后没一会儿，又扛着三脚架和相机折回餐厅外的草坪，蹲守湄南河夜景。袁二宝在吃饭的时候才知道程杉是摄影师，看她这么一通操作，也不觉得奇怪。只好心叮嘱："晚上起风了还是有些凉的，披个薄外套吧。"

程杉应承她，从行李箱里摸出个轻薄的披肩："我可能会晚一点回来，你困的话就先睡吧。"

袁二宝点点头，看着程杉单薄的小身板，扛起机器设备倒是毫不含糊，她不由得说："别太晚啦，明天我们要早起的。"

程杉："我能起得来。"

袁二宝目送程杉，直到看不见她的背影。坐在空荡荡的大套房里，袁二宝心头突然升起一点莫名的怅然，她觉得这个世界上，有的人真是有种难以言喻的魅力。拿程杉来说，明明颜值高、身材好、有钱花，妥妥的人生赢家，可袁二宝总觉得她招人怜惜，让人不由自主地想要关心她。

这想法在袁二宝脑子里一闪而过，她被自己矫情得打了个冷战。她拿了换洗衣服往浴室走，安慰自己：这种心态，可能就是追星一族里面妈妈粉的真实写照吧。

程杉没想到会在湄南河边碰见江柔。

不，不是碰见。程杉很快在心里说，是她料定了自己会回来，所以来这里找自己的。

来之前，江柔在路上想了很多搭讪措辞，比如探讨摄影技巧，比如聊聊美妆话题……可是沿着草坪灯走到河边，看见程杉的时候，江柔就知道她心明眼亮，根本不需要自己找什么客套话。和这样的一个人交谈，能省去很多不必要的遮掩与修饰，一定会是件轻松愉悦的事情。

当然，前提是她愿意。

江柔与程杉并肩而立，她先开口说："陈探那个人，碰到漂亮的姑娘就不会说话，刚才有冒犯的地方，我替他跟你说声对不住。"

程杉想起来饭桌上那个一直处于莫名亢奋状态的男人，不在意地笑笑："没关系。"

江柔肯定不会是为了替陈探道歉才来找自己的，程杉静静地等着她的下文。

江柔抛出陈探作为对话的开端，是看准了程杉对他不反感。江柔见过一些如她这般气质清冷、淡雅如菊的女人，看上去像是把自己从烟火里摘了出去，可实际上比谁都渴望烟火。

她们只是融不进去。融不进去的原因有很多，比如就是做作矫情、能演会装，比如成长环境与世俗脱节，比如……有心理疾病。

可是在没有深入了解之前，江柔无法做出任何判断。她用闲聊的口吻问程杉："怎么一个人来旅行？是喜好、工作还是……"

程杉实话实说："是没有人陪。"

她语气平淡，但内容之耿直让江柔的心没来由一抽，她突然无比强烈地倾向相信自己内心的那个猜测了。

江柔笑言："不是我故意夸你，但你看上去这么优秀，追随者一定很多。"

程杉没有说话，面部的表情平静柔和——她无话可接，但是一点也不排斥江柔的搭话。

江柔主动道："其实我们三个的组合蛮奇怪的吧？你是不是觉得度蜜月还带个电灯泡挺不可思议？"

程杉说："你们看上去像合伙人。"

他们的聊天语气让程杉不自主地想到叶臻和陈立钦、鲁卡斯。

江柔没想到这么快就被看穿，她大方承认："我丈夫和陈探是'夜鹰'俱乐部的创始人——你可能没听说过，是一家侧重于户外运动的旅游公司。"

说这句话的时候，江柔没控制住地观察程杉的神色。江柔一直相信自己看人的眼光，她私心觉得程杉没有矫揉造作的痕迹，甚至……她认为程杉过于坦白，任内心的情感流于面部，不知道好好收拢。

比如她不想说话，就不开口，哪怕违背社交准则晾着别人，也不多说半个字；比如她心知肚明，就绝不装傻充愣含糊其词。

程杉迟疑片刻，重复道："夜鹰俱乐部？"

江柔心里揣着明白装糊涂："你知道？"

程杉失笑，没想到会是这样的巧合："我知道。Q市的龙湾岛上有你们的分部，我的老东家M·O和你们公司未来还有合作的可能……"她说到这里，不由得道，"怪不得，你们这次来泰国，应该不是单纯旅游的吧？"

"老东家"这个词从程杉口中说出，江柔心头一片敞亮——什么都能解释得通了。

江柔神情轻松，说："这么巧啊，这要是早一点合作，没准就在Q市碰到了。你猜得没错，我们来这里主要是踩线，看看哪些项目适合划进户外旅游路线里。之前一直在做国内市场，刚接触出境游，各方面都需要取经。考察下来，还是觉得M·O这个平台更有前景，也更有人情味。"

程杉听得仔细。江柔注意到，在自己夸奖M·O的时候，程杉的眼里流露出难掩的喜悦。

她突然悟出来点什么，继续说："你既然原来在M·O工作过，

206

应该多少了解，国内这几年做起来的OTA平台不少，但是M·O不太一样。"

说到这里，江柔有意停顿。

程杉果然开口问她："哪里不一样呢？"

这是今晚和程杉对话以来，她第一次这么主动向她提问。

江柔继续说："既然是M·O的摄影师，那你一定跟M·O的总裁叶臻相识，应该知道他在非常年轻的时候，就在意大利与人合伙，白手起家，做起了互联网旅游公司。那时候他锋芒毕露，自负又敢闯，什么都亲力亲为，尽管拼出些名头来，靠的也多是人脉、运气和带一点小聪明的创意。说老实话，如果是那样的公司，我们绝对不会考虑合作。"

程杉似乎在思索什么，没有插话。

江柔眼中满是激赏："但是谁能想到，他会急流勇退，在公司盈利的巅峰时期抽身而出。从他回国以后的行事和决策来看，真像是变了个人。"

程杉："是吗？"

江柔说到这个，有一点激动："要不是他回国后太过低调，几乎从不接受采访，我真想去问问他，是什么让他做出主动请辞的决定。而后的那一年多，他又在做些什么。"

这一次终于能够洽谈合作，江柔其实非常好奇，早就跟李明恺打过招呼，表示自己一定要去见一见这位小叶总。

江柔吞咽了一下，继续回到方才的话题，她说："他们挑选合作平台的时候，我也参与其中。这年头，卖情怀的公司不少，但两轮融资过后，很多公司为了赚钱连品牌的根本都可以出卖，甚至有钻法律漏洞损害消费者利益的，有直接从外网抄袭旅游攻略的，有数据造假的……所以当那个例外——M·O的调研报告摆在面前的时候，我们几个人全票通过了。"

程杉目光专注地望着江柔。

江柔："你知道吗，能在国内看到这样一个不对投资方谄媚讨好、数年如一日脚踏实地、不以贩卖情怀做噱头的公司，是一件多么让人骄傲的事。"

江柔的语气温和、坚定。

"M·O这个平台很年轻，但他有成熟平台都不具备的沉稳，这真的是管理层的功劳。叶臻是个值得相信、值得合作的人。"

程杉有些出神。

直到江柔的问话把她从漫无边际的遐思里拉回来："冒昧问一句，为什么会跟M·O解约呢？"

程杉抬手拂了拂颊边的碎发："私人原因。"

江柔点头："明白。"

那就是不方便问了。江柔暗暗挑眉，心里其实猜了个七八分。她认真看过M·O公众号的那条推送，策划部团建的照片一共两张，其中一张是团建活动开始前的合照，另一张是团建游戏获胜队伍的照片。

程杉只出现在合照里，值得玩味的是，她和叶臻站在一起，两个人手上绑着相同颜色的红绸带。不管从哪个角度去看，两个人的站位都过于亲密了。

再多聊M·O就显得刻意了，江柔的话题慢慢转到了曼谷有趣的户外旅游资源上。程杉对她说起的去处挺有兴趣，江柔又是个惯会和陌生人套近乎的，工作那么些年，碰到的人和事随便拣几个说说，都足够吸引人。

两人没聊一会儿转场去了酒店的特色小酒馆——Deco Bar&Bistro。考虑到明早的行程，她们点了无酒精的饮料，找了舒适的沙发座椅，一直聊到深夜才各自回房间休息。

出师告捷，李明恺和陈探想知道的都搞清楚了，自己好奇的还没全部弄清，不过还有大把时间，江柔觉得自己都会知道的。

程杉轻手轻脚地回到房间，放下拍照设备，她简单洗漱过后睡下。袁二宝有着令人羡慕的睡眠质量，始终没有醒来。

她平躺在床上，回忆起江柔晚上的话。叶臻在很多人眼里，都耀眼夺目，可没有人知道，他曾做过多么卑鄙恶劣的事情。

——如果没有他，你现在还被关在Q市的精神病院，日日受人欺负呢。农夫救了蛇，却反被咬得鲜血淋漓，真是可悲。

一个熟悉的声音自脑海深处窜了出来。它总出现得这么让人猝不及防。

程杉深深吸气，在心里回敬道：如果农夫救了蛇，只是贪图它能做成蛇羹呢？

——少颠倒黑白了。叶臻到底是敬你爱你，还是只想占有你，你自己心里比谁都清楚。

程杉咬着唇角，反驳它：以爱为名，就能够大行欺骗之事，就能够堂而皇之地，将我的人生磋磨得支离破碎吗？

——你走进死胡同了，程杉，你娇气又矫情，Picea比你通透太多。现在这样挺好的，你不配和叶臻在一起。

程杉气得发抖：你胡说，Picea就是我，我生病了，我把叶臻当成了程见溪。

那个声音突然停住了，而后从更深处传来一阵令程杉心惊胆战的低笑声。

你笑什么？！

它还在笑，好像一个阴阳怪气的大人，看着气急败坏发火的孩子，不觉得怜悯，也并不体谅，它傲慢又刻薄，带着洞悉一切的冷漠。

你别笑了！

——只有程杉会把叶臻当作程见溪，Picea爱的从来都是Hazel。

程杉被它说得心口发堵，突然袭来的慌乱让她矢口否认刚刚才说出口的话：不，我不是Picea！

——你当然不是。你不是程杉，不是Picea，叶臻从没有对不起你什么。你别再纠缠他伤害他，别总标榜自己是个委屈可怜的受害者！你这副嘴脸让人看了恶心！

程杉拼命摇头，却不知道如何辩解了。

那声音步步紧逼，更加嚣张。

——程杉单纯可爱，Picea妖媚妖娆，你再看看你，像个没精打采的走尸。等到叶臻醒悟过来就会发现，他根本不爱你，没有人会爱你的，你活着有什么意思？

程杉攥紧拳头，指甲深深陷进皮肉里也不知疼痛。

那声音又变得温柔了一些，语重心长，循循善诱。

——这地方没有什么可留恋的，糟透了，糟透了！你不想回山上吗？程见溪在那里等你呢。

程杉动摇了，她想起她的那座山，浓雾遮盖之下，只有她和她的爱人。程杉在心里小声道：我想。

——想就去做啊，我知道你带来了。就在那个地方，乖孩子。

程杉深受蛊惑，从床上爬下来，赤着脚慢慢走到墙边摊开的行李箱边上。她蹲下身子，从行李箱的侧兜里掏出一枚东西攥在手心里。

月光朗照，程杉低头张开手掌，掌心静静地躺着一支瑞士军刀。她不声不响地抽出其中的大刀，刀片锋利，在月色之下泛着银光。

那声音如影随形，在耳畔低喃。

——割下去，你就能回到山上了；割下去，一切都会变成你想要的样子。

程杉痴痴的，右手执刀，缓缓伸出自己的左手。

刀锋贴在皮肉上，有一点凉意。而刀刃之下，她的左手腕内，已经有一条极浅的伤疤。

——你在犹豫什么，程见溪在等你。

程杉闭上双眼。

第九章

等待戈多

"咣当!"

程杉手里的刀被她狠狠掷了出去，撞在房间内的装饰花瓶上，瞬间迸出极为可怖的巨大爆裂声。

月亮隐入云间，屋内的一切遁入黑暗。程杉同样破碎、尖锐的声音陡然炸开来。

"该死的是你！"

她怒视着前方虚无的空气，双手紧握，嘴唇颤抖。

"骗子。"

她深深呼吸，厉声道："你已经骗过我一回了，还以为能骗我第二回吗？！"

程杉咬牙切齿，眼泪不受控制地顺着脸颊流下来。

"我死了，一切才不会变成我想要的样子。"

"我要活着，我要朋友……也要爱人。"

她双腿发软，下一秒便倒跪在地。程杉伸手捂住自己的嘴巴，将呜咽声堵回去。

"我只是生病了，我会好起来……我要好起来。"

夜风吹散天边云霭，月光重回人间。

程杉单薄的身子被冷光洗得萧索伶仃，她听见身旁窸窣的响声，偏头看去，袁二宝不知道什么时候已经醒来，正搂着被子，满面惊恐地望着程杉。

袁二宝艰难地吞咽，目光在满地的碎瓷片、锃亮的瑞士军刀和跪地的程杉之间徘徊。她是被花瓶碎裂声惊醒的，而后目睹了程杉一个人和空气撕心裂肺较量的全过程。

情景之诡异，超过了袁二宝过去近三十年来全部的生活阅历。她在很长一段时间里，都以为这只是个荒诞离奇的梦。所以回神之后，袁二宝发觉自己已经错过了最佳尖叫时间——一切都发生、结束得太快。

袁二宝和程杉平静对视的时候，再大惊小怪地咋呼好像已经不太合适了。她渐渐收敛表情，觉得自己应该说些什么，但是喉咙像被人一把掐住似的，半个字都蹦不出来。

最后她只词穷地伸出手臂，指着程杉的膝盖，指尖微微颤抖。

程杉顺着她指的方向低头看去，膝盖前有一小摊鲜血，如同变异的软体动物，正缓慢地向前方蠕动。

原来是跪在了碎瓷片上，可程杉没感觉到分毫疼痛。她在理智的驱使之下，试图站起来，可是身体好像不受意识支配，她纹丝不动。

袁二宝微微吸气，深受蛊惑。她甚至打心眼里觉得，眼前这样的画面，看久了竟然生出一种错位的美感。

月夜、刀、碎片、鲜血和美人。

支离破碎又动人心弦。

直到酒店服务生接到隔壁客人的投诉赶来，在外头敲门询问，袁二宝才彻底回归现实世界。

天啊，她们都在做些什么？！

袁二宝一个激灵，突然弹跳起来，一个箭步跨下床去，她用力拉扯程杉："你流血了你知不知道？！"

程杉知道，但她已经用尽力气去对抗了。她求助地望着袁二宝，声音沙哑得不像样子："帮帮我。"

说完这句话后，她陷入昏迷。

原来她已经和那个声音的主人对抗了很多年。它在程杉的梦中横行霸道，盼她迷惘，盼她沉沦，盼她丧失。它是丛生的荆棘，是悬崖下的深海，是走不出去的迷宫……

它凶残又狡诈，蛰伏在无人问津的角落里，等待程杉变得脆弱，好一击而中。

早在程杉很小的时候，就已经听过它的声音。

那时候母亲刚过世，父亲工作繁忙，他为了工作便利而搬家，全然不顾新家和程杉的学校相距甚远——其时她不过是个小学二年级的学生，每天上学放学要倒两班公交车，还要步行很久。

有时候学校搞个大扫除，或者有活动拖延了些时间，程杉回到家天就黑透了。程杉班里没有一个小伙伴能陪她走完全程，大多数时间里，都只有她一个人。

后来，连父亲也离开了。他把程杉委托给她的舅舅一家，从此天高海阔，像是从没有过这个女儿。

父亲走后第一年的年三十，程杉等了一天，没等到他回来看她。

那个声音第一次从不见底的深渊里扑腾而出。

程杉被吓着了，跑去找舅舅，她跟舅舅说："有人在笑。"

舅舅不以为意："是邻居在看春晚吧。"

她跑去找哥哥，说："你听见笑声了吗？"

哥哥好不容易能有几天假期，可以无拘束地玩游戏，坐在游戏机跟前，头都没抬一下："你出现幻听了吧。"

程杉只好缩回自己的小床上，用被子蒙住头，可笑声还在。程杉害怕地哭，因为眼泪是妈妈，这让她心生勇气。

而后的日子，程杉慢慢摸索出规律来——那声音只有在她伤心难过的时候才会出现。

所以只要开心，就不会再碰到它。

小程杉认认真真地开心了很多年。她所有的老师都说，程杉比正常的孩子都更活泼好动，更没心没肺，更乐天欢脱。

　　没有人发现不对劲。那个它，被程杉深埋在永不见天日的地底。就在程杉慢慢长大，经历越来越多的事，结交越来越多的新朋友，几乎都快忘记那个声音的时候——

　　程见溪死了。

　　它一朝得势，破土而出，将程杉的心魄牢牢把控。它得意扬扬，日复一日地扮演着不同的角色，变幻出不同的样子，蚕食程杉的心智。

　　是乔恩最先发现了"它"的存在。很不凑巧的是，在乔恩确定自己的诊断之前，叶臻已经将她辞退。

　　那是他们婚后，两人刚从锡耶纳度假回来。

　　程杉一边忙着整理自己的既往作品，让鲁卡斯递交给他"朋友"所在的工作室，一边忙着完善自己的"城市嗅觉"系列——她通过叶臻的介绍，与"花·欲"的老板Chris联系上，在获得他的允许后，时常出入他的调香室。

　　与此同时，叶臻的公司开始了新的项目。两人各自忙着自己的事业，一天下来能碰面的机会其实不算多，但彼此都觉得充实自在，新婚之后的腻味时光因聚少离多而更显得珍贵甜蜜。

　　打破甜蜜的是乔恩的复职。

　　叶臻在看到乔恩发回来的消息时，着实愣住了。仿佛这一个月的时光是偷回来的，现在失主找到警察，来敲他的门，让他归还所有他不该得到的一切。

　　叶臻在私心里不希望乔恩再干涉。现在这样的状态很好，他和程杉都很快乐。

　　因为叶臻的隐瞒，乔恩不晓得他们已经"结婚"了。她仅仅是得知程杉足足一个月没有吃药，就已经震惊而愤怒，她质问叶臻，却无意间看见了他腕上的文身。

　　"叶臻，你疯了？！"乔恩难以掩饰自己的暴怒，连称呼也不再顾及了，"你知不知道你在做什么？！"

叶臻："是你说，让我配合你的治疗。"

乔恩一眼看穿了叶臻的谎言："配合治疗？仅仅是配合治疗？！叶臻，你这样会毁了她。"

叶臻说："小杉现在很幸福。"

乔恩气得发抖："这不过是表象罢了！你以为你骗得过一时，骗得过一辈子吗？"

叶臻敛着唇角，低声说："我尽力。"

乔恩在那一刻，忽然意识到一件事，她紧紧盯着叶臻，目光凌厉而沉痛。随后，她对叶臻说了一句话——正是那句话让叶臻下定决心，将她辞退。

乔恩并没有因为叶臻的决定而产生太多负面情绪，事实上，她更多的是为程杉担忧。在她离开意大利之前，乔恩对叶臻说："如果有一天你想清楚了，我希望你能来找我。也许在你心里，我私德有亏，但是叶臻，我希望你相信，我对待每一个病人都全心全意。更何况，对我而言，小杉不只是我的病人。"

那个时候，叶臻根本没把她的话放在心上，他觉得世上有的是比乔恩更优秀的心理医生。程杉的病离它一样有的治。

乔恩走后，他们度过了婚后最愉快的一段时光。

IPOTY的结果出来，程杉的作品获得圈内数位知名摄影师的认可，获得业余组中自然组的冠军，拿到了一千五百美元的奖金；程杉接到鲁卡斯的通知，她被顺利聘用，签约之后不过两个月，程杉的"城市嗅觉"系列就登上了*Life*杂志。

程杉在佛罗伦萨的摄影圈里，慢慢有了名气。当初她在卡米尔面前全部的意难平，一直被叶臻记在心里，他那时候向卡米尔的摄影师询问过其所属公司，并私下主动与其联系。

叶臻希望程杉能抹平心里所有的芥蒂，擅作主张帮她接了那家公司的一个人像拍摄邀约。

程杉专注风光摄影很久了，突然接到人像拍摄的邀请，倍感技艺生疏。

但这是叶臻的一片好心，程杉自然要迎难而上。她翻出自己从前的移动硬盘，在浏览自己以前不够成熟的人像摄影作品时，看到了加密文件夹里程见溪的照片。

　　那是她攒了近十年的，程见溪的照片。

　　程杉满面迷惘：如果照片里的这个人是程见溪，那么与她夜夜耳鬓厮磨的枕边人，又是谁？程杉被困囿在迷宫里，无论选择哪条路，最终都只能走回原点。她跌跌撞撞地直冲到叶臻公司，将移动硬盘拍在他的桌上，脸上没有半点血色。

　　"你是谁？"她眼里盛满了泪水，歇斯底里地在他办公室里尖叫，"程见溪呢？！"

　　叶臻试图上前抱住她，可程杉拼命挣扎，眼里一片赤红，她揪住叶臻的衬衣，扯掉好几颗扣子。她凄凄哀号："程见溪去哪里了？你为什么要这么对我？"

　　叶臻任她抽打撕扯，没有辩驳一句。最后他送程杉去看心理医生，陪了好几天，她的情绪才慢慢缓和，重新陷入新一轮的混沌。就在叶臻以为新一轮循环又开始了的时候，程杉在深夜惊醒，偷偷拿了水果刀去了浴室。

　　她在情绪极度不稳定的时候，听信了梦里那个声音的蛊惑。程杉想回到有程见溪的世界里去。

　　其实割腕的成功率极低，且伴随着巨大的痛苦。九成的实践者，力气不足以一刀割断动脉，与其用"割"这个词来描述，倒不如说是"锯"。

　　事实上，多数人只是划破皮肤，少数割断肌腱，会致残，但出血量远不致死。

　　叶臻觉浅，半梦半醒间意识到程杉下了床，本以为她是起夜上厕所，可等了许久也没听到她回来，心下有异，便起身去查看情况。

　　程杉割了三刀，到最后已经疼得使不上力气。她看见叶臻满面惊惧地喊着她的名字冲上来，从毛巾架上猛扯下毛巾，哆嗦着缠在她的手腕上。

电视里都是骗人的，她没有死去，却承受着几乎能描摹出形状的剧痛，感受热血一点点脱离身体的掌控，变得空洞、寒冷、麻木。

她感觉自己被抱起来，他的怀抱还是暖的，程杉出于本能地依恋着那温度。他抱着她大步奔跑，拖鞋跑掉了一只也不知道。

可程杉越来越模糊的视线里，始终有一只逐渐远去的拖鞋。再然后，他拦住计程车，紧紧抱着自己坐在后座。

程杉慢慢失去了听觉，但她知道他哭了，因为他的眼泪打在自己的脸上。滚烫的，一颗又一颗，滑到嘴边，程杉下意识伸出舌头舔了舔。

原来他的眼泪这么苦。

程杉的心突然也变得苦涩起来。

不知过了多久，程杉的神思从那片苦涩的沼泥里挣扎而出，在一片浓雾里游荡。

她记起从前，记起出院后的点点滴滴，记起护工的怠慢，记起斯里兰卡，记起泰国。记起为什么再次恢复意识后，她会坚称自己是Picea。

Picea是她的保护伞，是乔恩给她的一把保护伞。

这件事叶臻并不知道，他以为程杉自割腕后，直到斯里兰卡，始终处于混沌。

但其实不是。程杉早在佛罗伦萨的医院，趁旁人不注意，就偷偷给乔恩打过求救电话。她在电话里哭得上气不接下气，她对乔恩说："它一直在笑我，你能不能救救我？"

是乔恩教她，不要把自己禁锢在程杉这个虚无的代号里。如果她不是程杉，它就找不到她，也伤害不了她。

那不过是乔恩的权宜之计，在电话中，她无法对程杉进行过多的干涉，她只能尽最大的努力减轻程杉当下的痛苦，哪怕是让她适当地选择逃避。

程杉信她，潜意识也遵从乔恩的建议。所以在那之后，Picea出现了。

这通电话以后，乔恩特地抽了个时间回Q市，拜访了程杉小时候的老师，甚至联系上程杉的舅舅一家。她深入了解程杉的过去，追溯至她儿时的种种遭遇，终于意识到什么才是程杉心病的关键所在。可惜她已经没有办法再接近程杉。

程杉跌跌撞撞，闯入回忆，踏遍过往，不知道走了多久，雾气才渐渐消散。阳光温温柔柔地落下，亲吻她的脚背、躯干、脸颊。

她精疲力竭，席地而坐，坐了很久很久。久到她自己都忍不住自言自语：程杉啊，你在做什么？

她低头看自己的样子，觉得自己应该是在等人。

但是等谁呢，谁会来找你？

江柔是被李明恺叫醒的。

她睡眼蒙眬，一摸手机发现才五点半，偏头看见李明恺掀了被子起身穿衣服，有一点起床气："这才几点钟，有必要那么早起吗？"

李明恺说："程杉出事了。"

江柔反应了一会儿，一骨碌爬起来："什么？"

李明恺："袁领队打电话过来说，凌晨一点左右，程杉在房间里发病，被送去了酒店医务室，据说是精神障碍，还有……自残。"

"怎么会？我们昨晚聊天聊得好好的啊！"江柔火速穿衣，一边道，"我只猜出来她和叶臻之间可能有感情纠纷，但真没往她有心理问题上想。"

"现在必须终止程杉的行程，袁领队已经试着联系她的家人朋友了。"李明恺顿了顿，说，"来的人是叶臻。"

江柔的动作一顿，看向李明恺："你说谁？"

"我不知道袁领队为什么会有叶臻的联系方式。"李明恺说，"但是据她刚刚在电话里说的，还有半个小时，叶臻就要到了。"

江柔揉了揉眉心，有些不可思议："Q市就算直飞曼谷也要近五个小时，他这是……直接冲去机场挂在机翼上飞来的？"

李明恺看了江柔一眼："你是不是忘记了叶臻除了是M·O的CEO，还是叶家的唯一法定继承人？"

江柔："也对……他应该是坐私人飞机过来的。但这不就坐实了我的猜测，程杉和叶臻真的在一起过，否则他不会对程杉这么紧张。"

江柔和李明恺匆匆赶往医务室，而此时的程杉仍旧深陷困惑。她想不明白自己在等谁，可残存的理智告诉她，已经过去这么久，谁都不可能再等到了，她应该站起来离开。

可程杉一动不动。她想起了从前看过的荒诞剧《等待戈多》，没有人知道爱斯特拉冈和弗拉基米尔等待的戈多是谁，也没有人知道他们为什么等待。

什么也没有发生，谁也没有来，谁也没有去。他们等得无聊，解下裤腰带来要上吊，结果带子断掉，都没死成。

《等待戈多》的结尾，弗拉基米尔说："咱们是不是该走了？"

爱斯特拉冈说："好，咱们走吧。"

但他们依旧像昨日那般，站着不动。

那个时候程杉根本看不懂，觉得这部剧如其分类一般荒诞，不知所云。可现在她慢慢明白过来，原来他们这半生，都处于一场永远看不到头的等待之中。

之所以徘徊、挣扎、绝望，却又不愿离开，是因为不管走到哪里，都无法摆脱等待。

除非……除非有人向他们走来，告诉他们，我就是你们要等的戈多，才有可能打破僵局，解救他们。

那这个人究竟是不是戈多本人，还重要吗？

程杉在梦里流出眼泪。

"小杉。"

在某一刻，程杉忽然听见有人在叫自己。和"它"的声音不同，那个人的声音不带有任何攻击性，让她立即放松下来。

那人在找她，他是来找她的！

程杉心头一阵欢喜，她小声回应他："我在这里，你找不找得到我？"

"小杉。"

有一阵子，那声音变得很远。程杉有点急了，她站起来，顺着声源一阵奔跑，她急促地呼喊："我在这里，我在这里！"

程杉不看脚下，只顾着跑，很快被绊倒，膝盖流出鲜血。程杉重新爬起来，继续狂奔。

是谁都好，有人来找她了，她不想再等下去了。

程杉蓦地张开双眼。

"叶总，程老师醒了。"

她听见宋瑜的声音。眼球转动，看见床边人影晃动，大步走来的叶臻手里，正握着一块刚刚拧干还没展开的毛巾。

眼睛酸痛，眼周的皮肤干涩，程杉意识到自己不仅仅是在梦里痛哭。

叶臻的黑眼圈很重，眼球中红血丝密布，唇周泛起青色的胡楂，头发也乱着。最重要的是，叶臻依然穿着很厚的家居服，程杉的余光下移，看见他还穿着自己送他的拖鞋——那双皮粉色的棉拖鞋。原来是自己DIY的作品，鞋面上用金色丝线绣着歪歪扭扭的一句话。

"I blessed a day I found you."

感谢上天让我遇到你，我的戈多。

叶臻看见程杉笔直的目光，有一点手足无措。

宋瑜轻轻咳嗽了一声，给同样站在房间内的袁二宝和江柔打手势，几人默默退了出去，将门合上。

程杉的视线顺着他的脸，一点点下移，落在他的右手腕上。那里鼓起几个硕大的水泡——这是激光洗文身的证据。因为文身的颜色经过激光高温打过后会形成水泡，几天后水泡消去，会开始结痂，最后留下永远的疤痕。

程杉感觉热意顺着眼角，缓慢爬行至太阳穴。

叶臻眼里出现片刻慌乱，他把毛巾换到左手，垂下右手，让袖子落下，遮住手腕。他观察着程杉的脸色，向她走去。她没有明显的厌恶神情，叶臻稍稍松了口气。

他半跪在床边，单手捏着热毛巾，将她脸上的泪痕拭去。

叶臻低声说："谢谢。"

他的嗓子像被粗糙的砂纸磨过，伤痕累累。

程杉不知道他这句话从何而来。

"谢谢你的勇敢。"

叶臻能开口说话的时间并不久，他说得慢，尽量保证自己每一个字都说得清楚。

程杉的眼睛又开始发烫。每一个人都以为她精神失常，他们都说她是在自残，是疯癫的表现，甚至说是艺术家行为艺术的一种。可只有叶臻知道她在努力对抗，努力不让它伤害自己。

知道这一次，她花了多大的力气才丢开那把刀。

程杉低声说："我以为我们的所有关系都已经结束，我以为我对你说了那些话，你不会来了。"

叶臻的心微微一坠。

她又说："你何必把时间浪费在我身上。"

这话叶臻才刚刚听过。他半夜接到南荣郏打来的电话，说是遨游那边给到的消息，程杉在曼谷旅行的途中突然精神失常，此时被送去了暹罗饭店的医务室。

叶臻让宋瑜询问当前航班，可直飞曼谷的航班最早也要等到明天白天。

叶臻等不及了。这些年有太多教训，叶臻很清楚什么叫作失之毫厘谬以千里。他立刻给叶晋发消息，希望能"借"用他名下的私人飞机。

叶晋被他吵醒，得知叶臻所做竟然还是为了那个叫程杉的姑娘，惊讶之余隐生怒气，他回叶臻：阿臻，你现在不小了，怎么还一而再再而三地把自己的时间浪费在她身上？

叶臻：我不希望和小杉走到最后，也只留下了遗憾和悔恨。

他这么回复之后，叶晋没再给他消息。反倒是宋瑜那边联系叶臻，跟他说半小时后就可以安排飞行。

叶臻对着程杉，开口道："公寓的大门密码，是我们的结婚纪念日。"

程杉："那不过是下意识，我设定密码的时候，根本什么都没有想起来。"

叶臻说："可我都记得，我在自己的妻子身上花再多时间，都不是浪费。"

程杉忍不住说："我们结婚根本就不作数！那个时候我……"

她看见叶臻眼底的红痕，话说到一半，没能继续下去。

程杉对他的态度并没有那么刚硬了，叶臻心里发软。

他轻声问："你恨我吗？"

程杉几乎没有犹豫："恨。"叶臻："你爱过我吗？"

程杉抿着唇没有回答他。

叶臻凝视着程杉，说："那你要跟我离婚吗？"

程杉："如果我说要跟你离婚，那就坐实了我承认曾经跟你结过婚。如果我说不要……"

她没说完。

像是烦他，不愿看见他，于是闭上了眼睛："叶臻，你越来越狡诈了。"

程杉没有提出离婚，叶臻在心里说，只要事情还有转圜的余地，她说自己什么都好。

事到如今，早已经完全脱离了掌控，他只能走一步看一步。

程杉打碎了房间的花瓶，宋瑜去帮她照价赔偿善后。

原来的房间有人去打扫，宋瑜重新订了其他房型。袁二宝帮着程杉把行李放进箱子里，可怜兮兮地仰头看着宋瑜，用眼神询问他自己将何去何从。

她刚刚在医务室外听到了不得了的事情，宋瑜和李明恺夫妻互相交换名片的时候，袁二宝听见李明恺自称是夜鹰俱乐部的CEO。

她当时觉得不太对劲，悄悄掏出手机一查，蒙了，居然是那个收购了遨游天际的南方公司夜鹰。袁二宝打死不会想到,李明恺和江柔竟然就是自己的老板和老板娘。

怪不得领导说这次小包团里有关键人物,原来不是程杉,而是……

老板和老板娘!

这到底是什么神仙小包团?她怎么承受得起!

宋瑜低头看了生无可恋的袁二宝一眼,说:"订的是泳池别墅,你去一楼选一间房吧。"

他说完,拎起程杉的行李箱出门了。

袁二宝松了口气,泳池别墅上下两层,统共四间房,容纳一个小小的她还是绰绰有余。

她颠颠地跟过去,在房间门口看见抱着程杉回来的叶臻。

袁二宝屏息,默默地放慢了脚步。她觉得这个叶总是个狠人,不太好惹——试问谁会在最高气温能飚至32℃的十一月的曼谷,穿这么一身袄子,还有棉拖鞋,还是粉红色的!

程老师和叶总都不是正常人,他们理所当然要在一起,不然两人再跑去别的地方带疯其他人,这个世界就乱套了。

其实不只是袁二宝这么觉得,程杉被叶臻放在别墅二楼房间的床上时,也说:"你不热吗?"

叶臻实话实说:"很热。"

他这身睡衣裤浸了汗,脱下来可能已经比穿上的时候重了好几斤。

程杉抿了抿唇角,说:"去换衣服。"

"嗯。"叶臻给她拉上窗帘,说,"我一会儿再来看你。"

程杉听见门被他轻声关上,思绪复杂。

她刚刚在医务室对叶臻说,自己想起来很多事情,可是有一些重要的环节还没有扣上。叶臻说他会把所有她想知道的事情都慢慢告诉她。

程杉说好。

她不知道自己这么做，是否算是给了自己和叶臻一个全新的机会。但她实在没有办法在那个时候，再说什么重话。

　　程杉很明确地知道自己舍不得。

　　当她的记忆越来越丰盈，她不再像刚刚知晓被叶臻欺骗的时候那么愤怒，她的心乱得解不开。程杉无法预计自己把所有事情都想起来之后，还会发生什么变化。

　　程杉还不知道Picea和Hazel为什么最终走向了同床异梦的结局，不知道程见溪的那些照片为什么只剩下叶臻书房里的那一小沓，不知道谈美晴究竟在其中扮演着什么样的角色……不知道叶臻为什么会发生意外导致失语。

　　她隐约有预感，那些回忆的杀伤力过大，它们被乔恩藏得很好，自己很难一口气全都找回来。

　　所以程杉此刻什么决定也做不了。

　　她只能等待，等待时间把她脑海里的空白一点点抹上真实的色彩，等待她的心摒弃偏执，摒弃犹疑，摒弃胆怯。

　　叶臻洗澡剃须，换上宋瑜给他临时出门买的衣服和鞋。他去程杉的房间，看见她已经睡着了，伸手探了探她的额头，没有发烧的迹象，便先下了楼。

　　本打算和李明恺、陈探约在Q市见面，现在碰上了，总不可能视而不见。

　　宋瑜把叶臻近期的行程做了调整，让苏威把和夜鹰的合作计划书终稿传真过来，又租下了酒店的会议室，安排了一个小型的会议。

　　几个人聊得不错，结束的时候还约了共进晚餐。

　　只有陈探，会后想起程杉，酸溜溜地对江柔说："你觉得我跟叶总比，差哪儿了？"

　　江柔拍拍陈探的肩膀："你听没听过这么一句话，叫作全方位碾压？"

　　陈探不服，眼见着叶臻和宋瑜走远了，说："我起码嘴皮子溜，他九成时间都在用键盘。"

江柔看不惯陈探揶揄叶臻的身体缺陷，抬脚踹他："你这个人，素质极差。"

叶臻和宋瑜回酒店房间，看见程杉和袁二宝坐在花园里喝下午茶。

宋瑜说："程老师的气色看着比刚去Q市那会儿要好不少。"

叶臻也这么想。他走过去，袁二宝率先站起身来，有一点不自在道："叶总……那个我去找一下李总他们，商量看看明天的安排。"

她说完话，错开身子拔腿开溜。宋瑜忍着笑，回自己房间处理公事去了。

叶臻坐在袁二宝原本的座位上，拿开她喝了一半的咖啡，问程杉："感觉好点了吗？"

程杉面无表情，说："不好。"

叶臻一怔，突然意识到有什么不对劲："怎么个不好法？"

程杉偏头看他，目光里满是考量："我想起来的越多，就越觉得你不是个好人。"

叶臻微微蹙眉，似乎有些苦恼，他说："你又想起来什么了？"

程杉平静地说："你打过我。"

叶臻脸色一黯。

程杉："我没想到你看着这么有教养，却有潜在的暴力倾向，怪不得那天在医院……"

"小杉。"叶臻打断她的话，语气有一些急切，他说，"医院里那次，我很抱歉，但从前……"

程杉语气淡漠："打了就是打了，叶总打女人还要找借口吗？"

家暴这个帽子扣过来，能压得他永世不得翻身，他不想程杉只想起零碎的片段后对自己产生这样的印象。但现在不论他说什么，都像是在找借口，叶臻百口莫辩。

程杉看见叶臻的反应，眼里满是失望，她轻声说："看来是真的了。"

本来梦到那样的片段，程杉还以为只是个梦，现在套了他的话，原来是真实的回忆。

叶臻情绪低落，说："我是打过你。"

程杉问："不止一次吧。"

叶臻："嗯。"

程杉："原因。"

叶臻："我当时……太生气了。对不起，不管是什么原因，我都不应该动手。"

程杉觉得索然无味，她摇摇晃晃地站起来，在叶臻要扶她之前制止他："别碰我。"

叶臻的手停在空中，慢慢地落下去了。

程杉眼里浮现一丝厌恶，说："乔恩到底帮你瞒了多少？叶臻，我之前竟然还对你抱有希望……"

她觉得自己很可笑，一瘸一拐地往房间走，没再回头了。

叶臻坐在原地，深深呼吸。他快要习惯老天的恶作剧了，一次又一次地给他希望，在他以为终于可以松口气的时候，立刻抬手毁掉。

关于程杉说起的那段时光，他既盼着她记起，又盼着她永不想起。

乔恩曾对他说过一句话，那句话将他深深触怒，以致立刻解雇了乔恩。而后的那一年，他付出了太多，来为自己的自负买单。

那时候乔恩说："叶臻，你知不知道，现在病人不止程杉一个。你以为是爱情的这个东西，根本就是病态的！根本不应该存在！"

叶臻对程杉的包容，源于程见溪的遗志，也因为程杉是一个病人，以至乔恩忽略了一件事：程杉不仅仅是一个病人，打从一开始，她也在对叶臻无间断地进行着某种心理暗示。

从临床数据和众多论文的研究结果上来看，很多患有心理疾病的病人家属，往往也会出现诸如抑郁、焦虑、敌意、依赖等不同程度的心理问题。叶臻靠得越近，越深入地了解程杉所想，就越容易受到她的影响。

Picea和Hazel，在乔恩眼里，根本就是两个自欺欺人的病人。

我当时太生气了，太生气了。

程杉怎么也没想到叶臻给出这样的理由，这就是他对她动手的理由？程杉转身的时候，眼泪不由自主地掉下来。她伸手狠狠抹开眼泪，在心里骂，人渣。

这种人，她居然会对这种人心软。程杉坐在房间里，心情沮丧到了极点。

她想起下午的那个梦境，一片漆黑，隐约可以辨别出这是一间卧室。房门被人猛地撞开，外头的灯光照进来，程杉看见男人拖着女人的胳膊大步走入，将她用力掼在床上。

女人穿着暴露，妆容浓烈，程杉对这张脸有一点陌生。她想站起来，想要逃开，她厉声说："我跟你说过很多遍，不要管我！"

程杉在梦里听见那声音，发现原来是她自己。

男人语气暴躁，低声吼她："我也跟你说过很多遍，不要再跟那种人打交道！"

程杉的心凉了一半，这是叶臻。

梦里的程杉想走，却被捉回来，她跟他撕扯，可力量悬殊，最后被按在床上，单薄的衣裤被蛮力拽开。他一巴掌狠狠甩在她光裸的屁股上，声音极响，她痛呼出声。

叶臻问她："你还去吗？"

"去！"

他怒不可遏，加重了手里的力道。她从最初的尖叫、哭喊，到慢慢服从于他的武力，她失声痛哭，满头大汗，一边难耐地扭动着身子，一边讨饶说再也不敢了。

程杉在这个糟糕的梦境里徘徊，她看得心惊肉跳。她很清楚这一切不是情趣所致，而是某种惩戒的手段。

或者说，这是犯罪。

程杉长长地呼了口气，试图摆脱周身涌上的无力感。她无论如何也无法把梦中人与记忆里的叶臻相联系，坐在床边良久，程杉起身翻出自己随身携带的移动硬盘，把数据线取出来，连接电脑。

照片是不会骗人的，如果他们之间曾有过如此晦暗的时光，她或许会从那段时间的摄影作品里看出端倪。

文件夹以年份排序，里面存着她过去多年的摄影作品。程杉的手指在触控板上移动，光标来到名为"2012"的文件夹上。

程杉双击点开。这一年保留下来的照片少得可怜，寥寥几张，全都是登刊或是后期得奖的作品，连摄影展上的那些照片都没有留下。

程杉曾以为是因为自己在那段时间处于混沌状态，所以作品少。而且多为人像，风格和她偏好的大相径庭，颓靡之气张扬在表面，灰败里开出让人心慌的绝境之花来。

现在想来大概是有其他原因。

程杉深吸一口气，一张一张点开来看。

程杉从前认为这样的拍摄过于猎奇背德，为了追求力量的表达而显得有些刻意。可如今再浏览，她只觉得心情沉重。

每一张照片，都是她蹲点了无数个日夜才拍摄出来的。在深夜的红灯区，在城中的贫民窟，在破落的街巷，在充斥着异味的楼道里。

程杉想起第一张照片里的女人，茱莉娅。她的家乡在摩尔多瓦，才二十一岁，就已经在这一行浸淫多年。程杉用了两个月才让她对自己敞开心扉，她告诉程杉，男人们的凌辱最初令她苦不堪言，她只想赚够钱，把父亲欠的赌债还完，带着同样在这一行受苦的母亲离开。

可后来，茱莉娅不这么想了。当所有的钱都还掉，她发现母亲与她的恩客产生了感情，而父亲选择远去流浪，只有她一个人还想着回家。

她对程杉说，她突然意识到一件很可怕的事。

"我十岁那年来到了意大利，今年过完，我在这里停留的时间就比在摩尔多瓦还要长了。Picea，到底哪个才是我的家？我回去了又能怎么样呢？我甚至连家乡的歌谣也不会唱了。"

茱莉娅觉得自己想通了，她开始在从前觉得暗无天日的生活里找乐子，她开始迎接生活的落鞭，无怨无悔。

第二张，完全是个意外。程杉隐约记得是自己宿醉之后，抱着相机坐在街边的垃圾桶旁吹冷风，远远地，突然看到个形迹可疑的人。程杉举起相机调焦，看见了用头巾包着脑袋、从街边大楼里跑出来的女人，她怀里鼓鼓囊囊，一边东张西望，一边将怀里的东西往对街路边一丢，随后慌慌忙忙地跑了。

程杉摇摇晃晃站起来，一边凑近，一边调整镜头，终于看清了那是什么。

按下快门之后，她扶着路灯呕吐了起来。

……

程杉浏览照片，面色越来越难看。

她终于翻到最后一张，那背景看上去像是私人公寓的浴室。

程杉的目光锁在浴缸里的女人脸上，她张着嘴在笑，双眼却涣散无神，她手边有散落的叶子和卷烟。女人身子又瘦又小，看上去二十岁左右，烫了一个爆炸头，发尾削得极薄。

脸抹得煞白，黑色眼线描了有一厘米粗。

程杉的心落入冰窖里。

这个人她认识，这是熊猫。

程杉的手不可抑制地颤抖起来，那个时候……自己在做什么？

仅仅是拍照吗？

程杉猛地拉开房间的门，仓皇而出，她腿脚不便，步伐踉跄。

袁二宝这会儿刚好和李明恺他们聊完后续行程，推门回来，一抬头看见二楼栏杆边，程杉一副失了魂的样子，立刻尖叫："程老师！你别跳啊！"

她再也不是那个凌晨醒来，被程杉吓得说不出话的袁二宝了，她现在蓄足了力，嗓音洪亮，气吞山河，恨不能马上飞蹿上去拉住程杉。

但她慢了一步，程杉对门就是叶臻的房间，他在袁二宝出声的下一秒就从里面冲了出来。

叶臻一把将程杉挨在栏杆上的手拽了回来："小杉！"

袁二宝满怀激情地站在楼下看戏。她觉得叶总的力气真的挺大，三两下就钳制住了程老师，拎公文包似的把程老师夹了起来，门一推，直接把人带进了房里。

漂亮！干净利索！袁二宝心满意足，颠颠地回房了。

叶臻用力将程杉扣在怀里，程杉没挣，垂眼看见他腕上的水泡蹭破了，组织液顺着小臂流了下去。她说："袁二宝误会了，我没想跳楼，我不会再做这种蠢事。"

叶臻动作微顿，慢慢放开她，程杉看见他起伏的胸腔，和克制地收回去的双手。

叶臻往后退了半步，眼神落在程杉的胳膊上，低声说："弄疼你了？"

程杉摇头，说："有些事情，我想知道。"

叶臻："你说。"

程杉把笔记本拎过来："我能拍出来这些照片，必然是我整天都和她们生活在一起。想表达她们……就要先成为她们。"

她的眼泪在眼眶里打转，声音低哑："我那段时间做过什么？"

一个人的教养是深入骨髓的，更何况他连动作幅度稍大一些都要担心弄疼她，程杉不知道自己做了什么会触怒他到那种地步。

叶臻像是没有组织好语言，一时没说话。

他不说，那就换她来问。程杉说："我成天在酒吧喝酒？"

"嗯。"

"我在声色场所结交朋友，常常夜宿在外头？"

"嗯。"

"我……"程杉突然心乱，但她还是问道，"我做过？"

叶臻摇头："没有，早期你只想拍照。"

程杉："你劝过我吧？"

不只是劝告，还有争吵和冷战。

叶臻："嗯，可是没用。你说这是成为优秀摄影师的必经之路，

230

也说，你不会做那些事。"

"你相信我？"

"我相信。"

程杉的手在身侧攥起，她翻到最后一张照片，说："这是熊猫。"

叶臻微微叹了口气："是她。"

程杉的声音沾染潮意："怎么回事？"

叶臻说："被通缉的流浪汉，欺辱了她。那之后她辞职了，一直很消沉。你知道后，也替她难过。"

他现在还没办法说出很长的话，但程杉已经从他的只言片语里窥见全貌。

程杉深深吸气，话题来到最后一个，她伸出手指，点在浴缸边沿放着的东西上："这个，我碰过吗？"

叶臻这一次停了很久。

程杉明白了。她闭了闭眼，换了个问题，语气有一点虚弱："你是什么时候发现的？"

叶臻说："第一次就发现了。是你给我打了电话，我去的时候，你还想让我也加入。那会儿刚过十分钟，你很……热情。"

程杉说："然后？"

叶臻："那是我第一次对你动手，我不想让你再见她。"

那天他气得发抖，拖着程杉回了家。叶臻从很久以前就试过规劝，可程杉不仅没有收敛，反倒有越陷越深的趋势。

根据意大利法律，这些东西被归类为Ⅱ类药物，持有少量用于个人使用，通常不会受到刑事指控。叶臻甚至不能从源头入手。

叶臻不知道除了武力，还有什么可以使用的办法。

所有摆在面前的选择都是错误的。

那次程杉很快疼得哭了，伸手拦着不让他打，可怜地缩成一团，跟他保证以后不会犯错了。叶臻很难受，他抱着程杉给她揉伤，把所有的道理都说尽了。

她认错认得快，一转眼又抛诸脑后。如此反复，不过短短一个月，两个人就把对方折磨得气血殆尽。

程杉艰难地吞咽，有那么一瞬间，她非常希望自己没有经历过从前这些糟烂事，或者，没有试图想起。还有一些悬而未决的问题和细节，可程杉没有力气再问了。

她背过身，不看叶臻："你走吧。"

叶臻没动。

程杉说："我不怪你，全是我自己的问题，你出去吧。"

叶臻："可我觉得你需要我。"

程杉死死咬着下唇。

他又说："小杉，我不想走。"

程杉忍不住抬高音量，语气里哭腔顿显："叶臻你有病吧？我这个人，这个毛病，连我自己都觉得麻烦得不得了！你真没必要对我这样，就算是程见溪的遗愿，他也已经走了那么多年了，你真的不用再照顾我。

"你就不怕我哪天突然再发病？这几年全部从头再来一遍？我之前还觉得你妈妈对我有偏见，可现在想起来，她对我还真是太宽容了。

"你就不应该管我，我想堕落你就让我去啊！我是成年人，我做了什么错事，后果也活该自己担着。你干干净净、清清白白的一个人，何必拴在我身上？"

叶臻安静地等她发泄完，才开口说话。

"如果你觉得我有病，我必须向你坦诚，是，那段时间我患有轻度躁郁症。对你造成的伤害，我非常抱歉。

"我一样是个成年人。我骗过你，做了很多错事，后果我会一力承担。"

程杉赌气说："你不用承担，你不用对我负责任。"

叶臻语气温柔，却坚定，将她的不安和恐惧慢慢抚平。

"小杉，尽管我说过很多次，但你好像从没听进去过。

"我很爱你，我的妻子，程杉，你只是生病了，没有男人会丢下自己生病的妻子。

"而且——我知道你会好起来。小杉，我就是知道。"

第十章 浮生千山路

一个月后，Q市。

电脑端微信界面有新的对话提醒，发出不容忽视的提示音。程杉从公寓厨房出来，看见名为"童菲时辰小两口保护协会"的群聊里，弹出童菲发来的H5电子请柬。

婚礼日期定在了明年的二月初。

现在制作这样的电子请柬很容易，有模板，可以照着套，把照片和文字输入进去就可以了。

但童菲发出来的这个显然不在此列，程杉觉得既有设计感又非常精致，连点开后的音乐都不像是网上直接载下来的。她看到群里有人七嘴八舌地问了才知道，请柬是时辰自己做的，音乐是请了从前编导班的师姐帮忙新录的。

程杉早已经把修好的婚纱照打包发给了童菲，加上童菲要来了所有参与这场"婚礼保卫战"的朋友的自拍，一张张生动的笑脸嵌在请柬里面，看着怪让人想哭的。

顾展在给佛蒙特森林最大的店铺重新装修，算算日期，估计是等着来年给童菲当婚礼场地使了。据说届时笑梅学姐也会来，她上个

234

月刚升副监制，打算在她们电视台的微博平台给童菲这场婚礼做个直播。

童菲看顾展在群里汇报装修进展，发了个"我哭了，你呢"的搞笑表情包。

仙女菲：我这个婚结得太值了！感谢大伙众筹。

阿展：我给笑梅标题都想好了——众志成城！婚在二月二。

梅梅还差五斤找对象：阿展你这个素质，必须来我手底下当编辑啊。

阿展：不敢不敢，怕您再瘦五斤我贞洁不保。

程杉看着他们你一言我一语地耍贫，忍不住笑了。又隐隐听见锅盖子被顶起的声音，想起厨房里还煲了汤，便小跑回去。今天煮的是山药玉米排骨汤，已经在小火上慢慢煨了近两个小时，程杉松松盖子放走过于旺盛的热气，又去拿汤勺尝咸淡。

差不多六点四十分，程杉听见大门被敲响了。她知道是谁——叶臻六点半下班，每天都是这个时间过来。他明知道房门密码，但仍然敲门，除了程杉喝醉那回，叶臻一次都没有自己开过门。

程杉去开门，顺手把玄关鞋柜里叶臻的粉拖鞋拿出来放在地垫上。

叶臻看见她脸上挂着没散去的笑意，知道她今天心情不错。他把车钥匙和手机放在一旁，弯腰换鞋，问她："吃药了吗？今天感觉怎么样？"

程杉没在泰国多停留，一个月前和叶臻一起回了Q市。休整几天后，她去了灵犀找林医生，跟他说了自己的诉求——如果可以，她想再次通过催眠的手段，将所有的记忆都拿回来。

解铃还须系铃人，林医生没直接答应她，他这么回答程杉。

程杉懂他的意思，乔恩最了解她的一切，如果由乔恩来做，那么将事半功倍。更何况催眠这件事，实在不是说说而已，林医生还需要对程杉进行评估，和乔恩制定一个完整的治疗方案。

可惜的是，乔恩正在跟进一个新的病例，她发来邮件，说最早也要等国内新年过完才回得来。只能先远程和林翰沟通，由他这边来执行前期的心理疏导。

于是程杉回到她的公寓里住下。

叶臻要给她保留带薪职位，被程杉婉拒了，没干活就平白拿钱不是她的风格。保留职位可以，等她真正痊愈了再看要不要回去上班，带薪就算了。

叶臻看到她积极治病的态度，没再多说什么。

程杉回来以后，不像在泰国刚听到叶臻叙述的那些事情时那么焦虑不安，她心平气和很多，并且定期去林医生那里和他"聊天"，再配合新的药物治疗。

程杉平静地接受着自己每天醒来后，就比前一天多一点记忆的生活。她渐渐放宽心态，反而觉得很奇妙，像是睡着以后被人拉去补课，往脑子里填补新的知识点。

程杉开始觉得，自己既是Picea，又不是。

前些天她去询问林医生，说自己在网上查了，这个情况会不会是人格分裂。她给出的现实依据是，Picea的性格、行为方式和自己完全不同，而且Picea非常讨厌叶臻提起程杉，她是那么强烈地希望自己是一个崭新的个体。

林医生却给出了否定的答案。

就他和乔恩交流的那部分来看，林医生和乔恩都更倾向认为程杉出现了一种非常罕见的人格障碍。如果一定要给它加以定义，林医生更愿意称之为"人格迭代"，或者说，是程杉心智模式的变更。

小时候的程杉具有非常明显的固定型心智模式，这样模式下的孩子，在遭遇难以突破的问题时，往往因为不懂得绕路，而一蹶不振、止步于此。

程见溪的死，成了程杉无法翻越的山川。本来是个死局，是叶臻的出现，带来了新的意外。

这是乔恩提出的观点。她认为程杉在和叶臻相处的过程中，完成了由"固定型心智模式"到"成长型心智模式"的变更。

要知道，成长型心智模式之下的人，在应对这个变化的世界时，常常能表现出惊人的适应能力——可以说是一种本能、求生的欲望，这让他们能够在以"令自己更舒适"的前提之下，进行快速地自我迭代。

程杉听得有些糊涂，但隐隐约约能摸到些边。最后她总结："您这意思，是我在慢慢进化？"

说这些的时候，她非常冷感地想到小时候看的《数码宝贝》。按照常规，成长期的亚古兽要先进化成成熟期的暴龙兽，继而进化成完全体的机械暴龙兽……

可是也有例外，比如直接从成长期的亚古兽进化成超强的究极体战斗暴龙兽。强是强，可是杀敌一万自伤八千，能量很快就会被耗尽，之后两败俱伤，自己直接被打回原形。

她喃喃："敢情Picea 就是越级进化的产物，是究极体的程杉啊。"

代沟太深，林医生没听懂，不过他看见程杉勇于接受每个时期下的自己，还是很欣慰，他鼓励程杉："别太担心，会好起来的。"

最喜欢听医生说的就是这句话了。

程杉冲他笑笑，说："还有一件事。叶臻……他是不是在您这里接受过治疗？他跟我提过自己的躁郁症。"

因为是病人隐私，程杉不便多问细节，何况她专业不在此，未必能听得透彻，她只是问："前后一共治了多久？"

林医生说："我最早接触小叶，是在2014年的年初。直到今年的五月初，几位心理专家会诊的结果显示他已经完全被治愈了。"

程杉心口微微发颤。

叶臻没得到程杉的回应，他换了鞋子，抬头看见程杉出神，轻轻咳了声，说："在想什么？"

他这一个月在肖医生的指导监督下，每天努力练习会话。现在吐字愈加清晰，能够一口气说完的语句也越来越长了。

程杉摇摇头，说："没什么。"

她转身跑进去，把火给关了。从碗橱里面摸出两副餐具，抽出饭勺，打开多功能电饭锅——里头温着的是她刚学的广式腊肠煲仔饭。

　　这也是林医生的建议，自制美食和保持运动，会慢慢让人真诚地爱上这个世界。

　　程杉招呼叶臻吃饭，后者点头，先去洗手。

　　程杉在盛饭，给叶臻的那一碗多挖了一大勺腊肠，她身边的男人已经脱了外套，穿着纯黑色开司米上衣，袖口挽至小臂上部，微微弯腰洗手。

　　挺奇妙的，两个人现在的关系。程杉垂着头，在心里说，他们现在到底算什么呢？

　　看架势，不知道的还以为他们是早就结了婚的老夫老妻，可根本不是。程杉的动作慢下来，想到这一个月来，叶臻除了出差以外，每天都来这里和她吃一顿饭，简单聊天，前后不过两个小时。到了她该睡觉的时间，一定会离开。

　　感觉，像是自己开了个私人小馆，他只是个食客。也不全是，哪有食客会每天帮着洗碗的呢？而且又不给钱。程杉思绪乱飞——也许叶臻是用洗碗抵餐费了？

　　不对不对，程杉在心里否掉了这个比喻。现在他们共处一室的状态，有点像两个才刚相亲认识的人才会有的状态。

　　可两个人明明曾经那么亲密过，又对彼此有那么深的了解——随着程杉记忆的旁枝末节不断丰盈，她记起了叶臻的种种小习惯、小癖好。

　　甚至……是他喜欢的姿势。

　　叶臻洗完手，一偏头看见程杉动作停顿，她皮肤通红，从脸颊一路来到耳根，顺着脖颈延伸进睡衣领口中去了。他一愣，下意识反应是程杉过敏了。目光在食材中转了一圈，落在砂锅里的山药上。

　　叶臻不知道程杉到底想起多少，是不是足够细致到这些日常琐碎，所以他问：“你是不是忘记了山药不能直接接触皮肤？”

　　程杉“啊”了一声，转头看他。她记得，也记得那次叶臻是怎么帮她止痒的。

叶臻眼看着程杉的脸更红了，有点担心地伸手想碰一碰，没料到指尖刚挨上她滚烫的面颊，后者就受惊似的往后撤了一步。

"我……我没事。"程杉胡乱找了借口，"暖气温度太高了，有点热，我去洗个脸。"

说完掉头去了浴室。

叶臻怔了片刻，想着应该不是山药——就算是痒，这么长时间下来早该消了。

一顿饭吃得分外寡淡。

叶臻看出来程杉从浴室出来之后情绪就不太高，不怎么想说话似的，好在她的食欲没减——乖乖地把自己盛的饭都吃光了。

吃完饭又去拿汤碗盛汤。家里的汤碗很大，叶臻从自己的角度看过去，她简直像是幼儿园里最乖的小红花得主，双手捧碗，脸快埋进去了。

喝个汤……也这么专注。

吃过晚饭，叶臻照旧去刷锅洗碗。程杉租住的公寓房型和叶臻从前在佛罗伦萨的房子很像，她坐在客厅沙发上，刚好看得见厨房里叶臻的背影。

电视开着，在放热播剧《我的前半生》。现代社会的电视机，对很多年轻人而言，职能大约是"随它开着，能让客厅热闹点"或是"偶尔能听个响也是好的"。

程杉有一搭没一搭地看过几集，兴趣不大，对剧情印象也不深，仅限于简单了解人物关系。

她余光看见叶臻擦了手从里面出来，坐直了身子，随手从茶几的果盘里捞过两粒开心果，一副吃着零食认真追剧的模样。

电视里，贺涵对唐晶说："结婚这两个字，除了是对忠诚的承诺之外，不应该对我们有任何束缚。"

程杉的余光跟着叶臻移动，漫不经心地想：这个男人一定不会和这个女人结婚，把承担责任当作束缚，背后是不够爱。

叶臻见程杉看电视看得入神，像是没有话想跟他说。他拿起自己的外套，走到玄关去。

"我先回去了。"

他今天走得格外急。程杉没控制住，转过身去看叶臻，开心果壳还在手心里头攥着。她这么看他，也没有说再见。叶臻确定了程杉是有话要说——至少，是不希望他现在离开。

叶臻站定，他想起上一次程杉跪在沙发上，胳膊搭着沙发背巴巴地望着自己的那一天发生了什么。这一刻他终于承认，Q市供暖的温度，确实是高了。

他们之间，经历真不算少。酸甜苦辣都尝过一轮，可他对着程杉，还是有一种初恋的冲动和克制。

想狠狠疼她，又怕冒犯了惹她不开心。

程杉先开了口："叶臻，我有点怕。"

叶臻："怕什么？"

程杉说："我越清醒，我们就离得越远了。"

糊涂的时候，有理由胡搅蛮缠，他总会管着她，也惯着她；太清醒了，反而变得顾虑重重，理智又胆怯。就像人的心，不再年轻的标志之一，就是害怕打扰、伤害到别人而不再愿意靠近了。

程杉眼前蒙着一层水雾，雾气里，叶臻朝自己走来。他坐在沙发上，把她抱起，让程杉坐在自己腿上。

"不会，小杉，我们不会。"他忍了很久，终于抱住她，只想抱得更紧。程杉近来一直健康饮食，养得比从前胖一点，抱着的时候，不再硌得人发疼。可人抱在怀里了，就想得寸进尺地亲近她。程杉由衣领深处而来的香气绕在鼻尖，那是她常用的沐浴液的气味。

叶臻一只手从她脑后环过去，自右向左将她散下来的头发捞起、握住，全部顺到一边。这么一来，她白净的侧脸和发红的小耳朵就无遮无拦、近在眼前了。

程杉如今对他的动作分外熟悉，知道他这么做，下一步是想亲她的耳朵。她没躲，身体甚至近乎本能地想要回应他，可程杉忍住了。

她的念头刚转完，男人发烫的嘴唇贴了上来。先抿住了耳珠，用的是唇内部湿润的那两瓣。他的鼻尖因为这个动作，与程杉的上耳郭轻触，一呼一吸间，带动温热的风，像无数双看不见的小手同时搔着程杉的耳道内壁。

知道是一回事，实际感受又是另一回事。程杉顷刻便软了半截，拳头却攥得更紧了，想推拒，抵在叶臻胸口上的瞬间就卸了力。

叶臻只吻这一个地方，手很老实，不往其他地方乱摸。但他吻得太细致，程杉难耐地哼出了声，眼前的雾气更浓了。她觉得叶臻一定是故意这么慢地折磨她，试图唤醒她的身体对他的记忆。

等到她的呼吸完全乱了，叶臻才恋恋不舍地离开她的耳畔，辗转来到程杉的唇角，亲了又亲，低声说："去里面。"

叶臻不喜欢电视剧里闹闹腾腾的这帮人，在获得程杉首肯之后，把她抱进了卧室。

窗帘还是从前的百分百遮光款，可程杉已经拆掉了床帘——这是她好转的迹象。叶臻用腿勾上门，胳膊肘在墙上轻碰一下，打开了暖黄的壁灯。

顿时安静下来。

程杉在寂静里，听见叶臻的心跳，"扑通扑通"快得夸张，一点也不像他面上装得这么淡定。

对，装的。

别人都以为他改头换面，从意大利那个张扬自负的叶臻变成了现在这个低调冷静的叶总，可她心里一清二楚，他不过是主动套上了面具。

静海深流，暗涌湍急，程杉之所以这么笃定，是因为她浸在那里头。

程杉的后脑挨上枕头，双手被他压在头顶上方，细碎的吻从额角到颈间，又沿着睡衣衣领的边界来到锁骨处。

就在程杉被燥热一点点席卷的时候，他突然停下，仰头凝视程杉，声音压着欲望。

"想我吗？"

她脑子里一团糨糊，张了张口，却没说话。

叶臻没往下进行，回到她饱受逗弄的耳边，重新问她："小杉，想我吗？"

温柔迁就是他，固执蛮横也是他。

她赌气说："不想。"

程杉知道叶臻想听什么，可她不愿意在这种时候说给他听。像是被他拿捏住，用身体的欢愉做胁迫，程杉心里很憋屈。

叶臻松开压着她两条胳膊的手，想去抱她，被程杉躲开了。叶臻转而去握她的手，可后者攥着拳，叶臻翻身压住她，程杉挣不动了。

叶臻叹了口气："为什么总跟我较劲？"

程杉的手掌心传来一丝痛意，几乎让她立刻涌出泪来。

她说："是你要跟我较劲。"

叶臻垂头咬住她的下唇，很轻的一下，又抬起头来："这段时间，是你不肯理我。"

他说得委屈，程杉心里一阵难过，眼泪也控不住了。

她说："你每天过来吃饭，我都要准备很久，你洗了碗就走，却说是我不理你。"

说到这里，难免想起什么，又说："如果你觉得我不够主动了，也不会在床上讨好你了，如果你喜欢的是Picea，那我把她还……"

话没说完，被叶臻堵回去了。他这次亲得很重，没留余地，手掌握着她的后脑，把她的舌头勾出来一点，吮得她舌尖发麻。

最后叶臻喘着粗气，眼睛发红地盯着她，道："不许再说。"

程杉心尖裹上一丝痛，脱口道："你不怕我好了以后，不是程杉，不是Picea，谁都不是了吗？"

终于说了出来。

这一个月来，一点点积在心口的焦虑，终于被他逼得说出了口。

林医生说人格迭代，不管是越来越进化还是越来越退化，总归不可能回到从前的任何时期了。和叶臻朝夕相处的、彼此折磨的、互相吸引的，不论是谁，都将不复存在。

她说出来，胸口一股闷气决堤一般涌出，程杉一时无法把控情绪，不晓得哪里来的力气，把叶臻掀开，伸手捞过被子兜头蒙住，不能抑制地哽咽起来。

伤心难过的时候，不肯被看到，所以要躲起来。

最早的时候，小程杉会抱着被子钻进床底下，然后强迫自己忘记，回归平静。后来的Picea，拍下那个死婴后，会抱着酒瓶子关自己在小黑屋，然后通知警察，提供全部的线索。再到现在，她会蒙住自己，独自消化这份情绪。

叶臻是旁观者，他看得分明，从始至终，程杉哪怕表现的方式再不相同，她也始终是她。

有的东西，深深刻在骨子里，不会变。

她从来都不知道她吸引他的是什么。

叶臻伸手去拉被子，哄她："会闷出病来的。"

两人拉锯战了好一阵子，程杉像个红通通的大虾米被叶臻从被子里剥出来。

叶臻把她脸上粘着的头发拂开，重新抱进怀里的时候，才看见她手心还握着开心果的果壳，被她捏成了碎片，尖锐的那一片，刺破了她掌心半透明的皮肉。他清理掉碎壳，发现程杉手心留下了一个小小的红印子。

叶臻心疼又好笑，指腹摩挲她的手心，说："小杉，如果你因此而感到难过，我是不是可以理解成，你也同样爱我？"

由爱生忧，由爱生怖。这个道理叶臻还是懂的。

怀里的女人微微发怔，旋即想挣脱："我不知道。"

叶臻扣紧她，压着声音说："小杉，你二十八岁了，不是无知天真的孩子。是不是爱一个人，你心里很清楚。"

她是很清楚，抛开曾经将他当作程见溪的那些日子不谈，即便他重新以叶臻的身份在她面前出现，她同样会爱上这个男人。

程杉想了一会儿，才回应他："叶臻，你三十二岁了，不是自大轻狂的少年。我是不是爱你，你心里很清楚。"

叶臻："……"

他的嘴角缓缓扬起，收敛不住，索性不忍了，程杉看见他落入眼底的笑容——好久都没有看到他这么笑了。

叶臻："小杉，你造句练习做得不错。"

程杉顺口回敬："我文言文学得更好，要不要见识见识？"

这对话结构异常熟悉，叶臻很快想起来了——在他们新婚的第二天。

他低声笑了。在心理医生眼里，或许程杉有千万种面目，可在爱人心里，她从来就是她。

程杉被他笑得心里痒痒的，有什么满溢出来，压不下去，要做点什么才能平衡。

她心里有一种感觉，觉得这个晚上，才能算是他们的开端。

叶臻捏捏程杉的脸颊，说："我出去一趟。"

程杉心里明白他去做什么，点点头，在他走后，去抽屉里拆了新的洗漱用品出来。

叶臻回来的时候，在客厅叫她："小杉，下雪了。"

程杉很快从里面跑出来。叶臻关掉了客厅的大灯和电视，可屋里并没有因此而完全暗下去。因为他拉开了落地窗窗帘，外头有灯光点点和清清冷冷的初雪。

程杉眼里满是惊喜，但还是先顾着他："淋湿了吗？冷不冷？"

叶臻默不作声，垂眸注视着程杉。

程杉被他瞧得有些不自在，地板袜里的脚趾向下抠了抠。

叶臻抬手一拽，将她带进怀里。

"小杉，我真的等了很久。"

等你忘记程见溪，又记起程见溪。

程杉听懂了，眼中微热，额角在他肩胛骨上轻轻磨蹭。

她用余光看见窗外雪飘人间，有一种错觉，仿佛他们置身野外。

原来很早以前，她做的那个梦，梅花鹿、草场、卡其色的呢子大衣……都是真实发生过的。

程杉抬起胳膊，主动圈住了他的脖子，手指摸到他脑后隐藏在头发里凸起的伤疤，想问，可叶臻下一刻的动作打散了她所有的思绪。

半夜被他叫醒，哄着喝了小半杯温水。她困得睁不开眼，还记得最后想问他的话。

说梦话似的，她一边伸手摸索他的后脑勺，嘀嘀咕咕在他耳边念："什么时候受的伤，疼不疼啊？"

手被捉住了，他精神头真好，又把她折腾得五迷三道。

程杉快哭了，还真转起文言文来。

"小杉识之，叶臻猛于虎也。"

一觉醒来，日上三竿。

程杉迷迷瞪瞪地摸出手机看时间，才发现今天是周六。原来不用去公司，怪不得这么……不知节制。

依稀听到客厅传来键盘的敲击声，程杉想起早上叶臻问自己能不能借用她的电脑回邮件，程杉那会儿正困，头埋进枕头里，把开机密码报给他了。

在床上酝酿了五分钟，程杉爬下床，刷牙、放水、泡澡，换了干净衣服之后搓洗内衣裤，把揉得不成样子的家居服丢进洗衣机。

顿了顿，从浴室探头，问叶臻："你的内裤呢？"

他昨天晚上出去的时候，除了买套，还买了换洗的内裤和家居服。

叶臻"咳"了声，说："洗过了，新的也过了水。"

程杉"哦"了声，缩回去，把洗衣液、柔软剂一一加好，按下按钮。

越想越不对劲，晾内衣裤的时候瞅他晾出来的男士内裤，四条。程杉关上推拉门，回到屋里，没忍住，问叶臻："你现在没穿吗？"

叶臻的目光锁在屏幕上，非常自然地回答她："没。"

程杉的余光落在他宽松的睡裤上，想了半晌，好像也没什么不妥的。

只是觉得……叶臻总能轻而易举地调节气氛。有时候看他，觉得两个人像热恋中的小年轻，精力旺盛，亲不够。也有时候，觉得两个人像同居已久的夫妻，没遮没拦，什么都坦坦白白。

"小杉，过来。"

叶臻打断她的遐思，一条腿向外打开了一点，上半身根本没动，手上的活也一点没耽误。程杉走过去，坐在他主动提供的那条腿上，看见他在回英文邮件，旁边待处理的还有两封。

这男人，真是挺忙的。

叶臻的大部分精力都花在Ｍ·Ｏ，即便不在公司，也几乎都在办公。私人时间少得可怜。不多的时间，还要操心她的事。

"饿不饿？我点了外卖，粥和豆浆温在电饭锅里，吃了饭再吃药。"叶臻点击发送，空下来双手，圈住了程杉，右手一下一下地在她腰上按揉。

精神放松，程杉发懒，靠在他肩头，幽幽道："感觉自己像被霸道总裁包养的小老婆。"

叶臻默不作声地看了她一眼，手下力道微微加重了些。那酸劲，刺得程杉闷哼。

"身子这么弱，还包养。"叶臻恢复之前的力气，"去把药瓶拿过来我看看。"

程杉撇嘴，想下去拿药瓶，脑子转回来，问他："看什么？"

叶臻没好气："看看你是不是吃错药了。"

程杉愤愤，跳下来，说："回你的邮件吧。"

叶臻笑起来，点开新的邮件，嘴上说："我明天出差，去巴黎，要一周，想要什么我给你带。"

程杉的脚步顿了顿，想到什么，说："圣诞节也不在？"

他们在国外生活了不少年，尤其是程杉，已经很多年没有回国过春节了，对圣诞节还是挺看重的。

叶臻"嗯"了一声。

程杉揉了揉鼻尖，说："没有要带的，什么都不缺。"

叶臻沉默片刻，又说："回完邮件，我今天没有其他安排了，想去哪儿？"

"随便。"

感觉像是补偿，程杉心里怪怪的，按照正常剧情，两个人和好以后，不是要卿卿我我温存好一阵子吗？这才一晚上，人就要走了。

但又一想，叶臻出差的计划肯定是提前敲定好的，他也不知道昨天两人会突然完成关系上质的突破。而且，她一直都很清楚叶臻的忙碌，一个月前虽说是连夜坐飞机去了泰国，但在那边只停留了一天半，还完成了和夜鹰的合作计划。

心里黏糊糊的。程杉坐在叶臻身边喝豆浆，被莫名袭上心头的情绪搅得没精打采。

明明也不是黏人的姑娘，但就是觉得舍不得。

心里揣着事，饭也吃得慢。叶臻合上电脑，靠过来的时候，她还在有一搭没一搭地挑着粥里的葡萄干。

视线里出现了叶臻的手，他用手指碰了碰碗壁，随后收走了程杉面前的粥。

"凉了。"

又倒了热水，把药片推过来。

程杉喝水，吃药，面部表情平静。

叶臻说："我让小慕来陪你。"

程杉摇头，说："我不用人陪。"

叶臻换了种方式，说："文阿姨经常说起你，要不要去老宅住几天？我妈……她回美国了，老宅只有小慕和文阿姨。"

还有谈美晴。程杉知道如果自己决定和叶臻在一起，就绕不开谈美晴这个坎，不提起倒还好，一提起来，程杉心里更添了一丝阴影。

她抬起胳膊，拽了叶臻一下，说："我真的不是要人陪。"

叶臻心里明白，可现下没有其他办法，他不做点什么，不太好受。

程杉说："你别这么体贴，你这么体贴我现在就要想你了。"

人类的感情真是神奇，程杉还记起自己在医院，从叶臻口中听来一个几乎省去全部细节的概述，恨得牙痒，搜肠刮肚地把能说的狠话都说了。

现在简直不敢回想叶臻那会儿的神情，想了就觉得心疼。

还有在泰国那次，气他从前"家暴"的恶劣行为，但那时候的愤怒里，更多的还是失望。

可是真相总令人心软。

这一桩桩一项项，丝线似的密密匝匝缠绕过来，对与错都绕在里面，摘不出来。等她终于意识到，早都挣不开了。

索性承认吧，她就是爱他，所以痛苦，所以自责，所以纠结。

所以……才有这么多所以。

叶臻抱她去房间里面，程杉才铺好的被子又乱了，她轻轻推他，怪难为情的："我不是这个意思。"头抵着他，"太频繁了……腰疼。"

程杉直接怀疑叶臻把她刚说的"就要想你了"听成"就想要你了"。

"不做。"叶臻说，"只是想亲你。"

程杉嘀咕："那干吗要来卧室？"

叶臻笑："你一亲就站不住，迟早要躺下。"

程杉："……"

事实证明，叶臻说得没错。

程杉想着叶臻反正没有干内裤穿，还是不要出去了，两个人抱着电脑窝在床上找老电影看。

程杉筛选着高分电影，难免看到《怦然心动》。光标一顿，程杉说："你知道我那会儿为什么送你鞋子吗？没记错的话，这是在Picea从斯里兰卡醒来后，和你一起在泰国旅行的途中做的？"

叶臻不知道，说："我以为你是突然喜欢上DIY，加上……"

后半句没说，《怦然心动》的记忆更多属于程杉和程见溪，他怕提了程杉多想。

程杉伸手，亮出腕上那道伤疤，说："那天，我看见你跑掉一只鞋。我心里很难受，但是那时候我已经知道你不是程见溪了。"

叶臻迟疑地看着程杉。

程杉说："Picea不是完全不记得之前的事，她有印象。"停顿了一秒钟，又说，"我现在想起来得越多，就越来越确认一件事。"

叶臻心里有预感她要说什么。

程杉看向叶臻，说："我觉得，Picea心里知道你是谁。"

叶臻心口一颤。

程杉抿了抿唇角，说："她知道你是叶臻，但她不愿意承认自己知道，她过不去心里那关。你懂我的意思吗？"

叶臻深深呼吸，他当然听得明白程杉的字面意思，但是他无法往下细想。

程杉说："那段时间，其实她总是避着你。尽管……床上的她非常热情，但就算全力迎合，也常常是喝了酒之后。事后，会显得更沮丧。"

叶臻把程杉的左手握进手心："嗯。"

程杉："她不愿意听到你叫她程杉，也不愿意叫你程见溪了。"

叶臻："嗯。"

程杉："是她……从你那里找到程见溪的遗物，试图毁掉。"

叶臻微微扬起上半身，盯着程杉的眼睛："你记起来了？"

程杉轻声说："记不太清，我推测的，否则，那么多照片，怎么可能到你手上只剩下这么一点。而且你一定不知道……最后你手中保存的那些照片里，留着一张不一样的。"

叶臻蹙眉，没懂程杉这句话的意思。

程杉下床去，从行李箱内侧的暗袋里取出一张平整的照片，递给叶臻："这里面的手，是你的。这张照片，是Picea混进去的。"

叶臻不知道程杉还扣下来过一张照片，他捏着照片，目光落在反面的那句话上，久久没有移开。

程杉也是最近才明白过来，为什么她会在照片的背后写上那样一句话——

爱情像是一字一句读你,读你的温柔,也读你的暴虐。

原来那句话不是写给程见溪的,是给叶臻的。

叶臻说:"那天你……Picea喝多了回来,提出要看以前给我拍的照片。我怕她看出端倪,想把话题岔开。后来她趁我不注意,自己去书房翻了出来。她点了火,想把照片都烧掉。我发现的时候,大多数都被烧得残缺不全,只能救得下这些,垫在最下头,还没损坏。"

叶臻回忆着那一天的情境,说:"我以为她是犯了病,也奇怪过……这和她从前犯病时的表现不同,她不会这么对见溪的照片。"

程杉叹了口气:"不是犯病,是自欺欺人,想把程见溪彻底抹去。"

但同样的,Picea内心煎熬,无法平心静气地面对叶臻。这么日复一日,她一天比一天扭曲。

第二天,叶臻一早就离开了。

程杉醒时看见手机收到的微信,叶臻已经登机。那天是十九号,叶臻回程的航班是二十六号。程杉下床洗漱,随后给袁二宝打了一通电话。

夜鹰和M·O合作方案敲定后,袁二宝荣升为夜鹰旗下,遨游天际分公司的产品经理。

程杉一声袁经理叫得她嘴都合不拢。

"程老师说笑了说笑了,哈哈哈哈。"

程杉:"能帮我订两张机票吗?"

袁二宝义不容辞:"没问题的,您说。"

虽说主营业务在东南亚,但袁二宝在这行混得时间长,天南海北,什么供应商的群都加了。

程杉拉开衣柜,一只手从里面抽出几件长风衣,另一只手握着手机。

"一张从Q市去佛罗伦萨的,最好是今明两天出发。另一张,二十四号从佛罗伦萨去巴黎。"

"好嘞，您稍等，我去群里问问谁家还有余票。"

袁二宝速度很快，程杉这边刚收拾好行李，她就把预订信息发了过来。

一切都很顺利，程杉的多次往返申根签也没过期，第二天深夜十二点多，她坐上了离开Q市的飞机。

戏剧的是，这趟航班在巴黎转机。程杉顶着困意，在机场免税店闲逛，忍住了给叶臻打电话的念头。

最终，飞机在同一天的当地时间下午四点二十五分落地。

程杉打了出租车去市区。临近圣诞，城区节日气氛浓郁，圣诞集市随处可见。佛罗伦萨的十二月，气温并不低，也没有下雪，热心的商人们害怕少了气氛，拉来人造雪景供游客拍照观赏。

车子在集市边穿行。

程杉看见数十个德国风格的小木屋彼此相连，里头兜售来自全世界各地的美食——西班牙海鲜、东欧甜面包，还有来自德国本土的正宗猪腿、香肠、啤酒。

程杉饥肠辘辘，被香气勾得提前和司机师傅说要下车。她说意大利语，虽然不算熟练，但咬字清晰，司机冲她一笑："好好享受你的圣诞假期！"

程杉付了车费，拖着行李箱去排队买吃的。这条街她挺熟悉，心里一动，脚步不由理智控制了。

程杉一只手捏着个巨大的热狗，一手拉着箱子顺着记忆里的路线往南巷里拐。

十分钟后，她停在一家中国餐馆门口。推门进去，一股熟悉的水煮肉片香气飘来。里头人声鼎沸。程杉环视一圈，服务生里没找到熟悉的面孔，便往里走去。

"吃点什么？"

路过收银台，里面有人探出头来。看见程杉，一时愣住了，嘴张张合合好一会儿，没喊出名字："你？"

程杉站定，跟他打招呼："默存，好久不见。"

记忆里和默存有关的片段不多，但这家店她常来吃，大多是为了熊猫。

几分钟后，程杉还是坐在后厨旁的员工餐桌边，默存端上一碗热气腾腾的腌笃鲜，搓了搓手，坐在程杉对面。

好几次，欲言又止。

程杉就着鲜香美味的汤汁吃热狗，胃里立刻暖了起来，她说："嫂子呢？"

默存笑得腼腆："在家里，还有两个月就生了。这儿人多，碰着哪儿就糟了。"

程杉也笑："恭喜啊。"

默存的幸福溢于言表："是老二呢。前年把丈母娘接过来了，给我们帮衬帮衬。手续不好弄，阿臻帮了不少忙。"

两个人其实没什么共同话题，少不得提起叶臻。默存抬眼瞅程杉，观察她的反应。

程杉看起来一点也不避讳这个话题，还问他："这几年你们一直有联系？"

"啊。"默存点点头，"他每年都来，时间也不长，在佛罗伦萨最多留两天，不过都要到我这里坐会儿。"

"那他住哪里呢？"

默存："就住原来的公寓啊，他朋友帮他看着呢。有句话我说了你别不高兴，阿臻这人挺念旧的。就是那会儿闹得这么不愉快，分手这些年，他也还记着你。"

程杉的心微微下沉，她轻声说："不愉快？"

默存是知道程杉精神不好的，他自知失言，打马虎眼："嗨，过去了。"

程杉说："那……熊猫呢，她现在怎么样？"

一阵沉默。

默存反复打量程杉的神色，隔了好一会儿："不好说。"

程杉望着他，语气干涩："我能去看看她吗？"

默存眉心深深皱起来，说："我知道现在跟你说她有多可怜，也没什么用……毕竟大家都不容易。但是姑娘，听我一句劝，她已经受够了惩罚了。"

程杉没懂默存的意思，低声问："什么意思？"

默存垂头，说："还关在里头，明年才出来。"

程杉愕然："因为什么？"

默存终于意识到不对劲，抬头看向程杉："你不记得了？"

程杉心一坠："后来的事，跟熊猫也有关系？"

她所说的后来，就是回忆里永远笼着一团黑云，再怎么努力也无法碰触的那部分。是叶臻即便坦白，也不会主动提及的那部分。

程杉从默存那里离开的时候，天已经全黑了。

她打车去就近的酒店订房入住，撑着到了楼上，房卡一刷开门，人就被抽了筋骨似的瘫在了地上。

眼泪大颗大颗地落在地毯上，程杉将脸埋在自己的臂膀里，低声呜咽。

差不多，能串起来了。尽管有些细节还不清楚，但足够了。

默存刚才的话犹在她耳畔回响，震得她神魂俱颤。

"熊猫那丫头啊，开始一直拿你当姐姐，是喜欢你的，老跟我们提你多好。遭了那事之后，受打击我们都理解，也同情她。可我们谁都没想到她能做出那种事，居然是她把那禽兽藏起来的……这是嗑药伤了脑子啊！

"那天，你们在我这儿吵起来了。本来只有阿臻一个人，你特别生气，跑过来嚷嚷，说他妈妈怎么着的……我没听清你们具体说了些什么。但看到你越来越激动，掏出把刀子直往他身上比画的时候，就知道要坏事。

"我把你们拉开，想让你俩都冷静冷静，但你估计是听不进话，转头跑了。也怪我，看阿臻身上到处都是被你割出的血口子，就想着给他包扎，没顾得上去追你。

"然后你去找了熊猫，就出了那事，医院打了电话来……阿臻当

253

时快疯了。

"他们几个都去了医院，好像是听一个目击人说那些歹徒在后巷，几个人就一起去了，打算把犯事的揪出来。人都被抓了，他们几个全挂了彩。阿臻后脑伤得重，血流了一地，差点没救过来。

"后来熊猫自首，我们才晓得，那晚是她带你去的。

"那之后你们不就分手了吗……阿臻一个人住院，好长一段时间都不让我们通知他家里人，怪可怜的。"

……

程杉很庆幸这些事，是通过默存的嘴说出来的。她不知道自己如果有一天，在没有任何准备的情况下，被迫直面这段记忆，还能不能像今天这样镇定。

能怪谁呢？

怪熊猫隐藏太深，怪歹徒穷凶极恶，还是怪佛罗伦萨治安状况堪忧？

怪她自己交友不慎，怪叶臻骗她欺她，还是怪谈美晴找了那个日子把她唤醒？

程杉脑子里一团乱麻，腿肚子发抖，她抬起头，却发现自己站不起来。

能不能不面对……这念头一冒出来，迅速攫取了程杉的意志。

——小杉，你没有必要背负这么多，不累吗？这世界早烂透了，人心也坏透了，你比很多人都幸运，有这个机会可以选择把一切清零，不再想起，何必为难自己呢？

有个声音在心底里挣扎，小声劝她。

"别说了！"程杉跪在地上，头再度埋进臂弯，发出一声无法抑制的哀鸣。

这个时候，包里的手机发出清脆的响声。

微信响了，只有可能是叶臻。程杉泪眼朦胧，慢慢摸到地上的包，从里面把手机拿出来。右手在颤动，于是伸出左手按着右手，可没有用，抖得更厉害了。

她把手机按在地上，解锁，叶臻的消息弹了出来。

"小杉，我才忙完回酒店。你那里六点多了，起来了吗？"

屏幕突然模糊，程杉意识到眼泪落在了上头。她伸手抹干净，抱着手机颤巍巍站起来。

程杉坐去床边，抬起衣袖把脸上的泪渍擦干，连接微信语音。

叶臻很快接通，尽管疲惫，可他的声音还是轻快："这么早就起来了，没睡懒觉？"

"嗯。"

那边一愣，语气突然有些紧张："怎么哭了？"

程杉伸手捂住嘴巴，用力仰头，眼睛睁得大大的，好不容易把这股委屈忍了回去。

末了，压低声音，说："没事，做了个梦。"

叶臻问："什么梦？"

程杉想了想，说："梦到我拿刀子对着你。"

"小杉……"

程杉立刻听见叶臻语气里的颤动。她马上笑给他听，安抚他："就这一个画面，挺吓人的，是真的吗？"

叶臻似乎微微松了口气，他并没有瞒着程杉描述的那部分，说："嗯。那是在你接受催眠以前的最后一次病发，因为……我母亲把从前见溪住处的监控录像给你发了过去。"

程杉不知道这个前因："监控录像？"

谈美晴在知道程杉的存在后，就留心上了她，那监控是她差人找来的。事后，叶臻也看到了那段录像。

是多年以前，程见溪猝然离世的那个寒冬。程杉想要回程见溪的照片，她跑去程见溪家门口央求，希望能有人告诉她程见溪葬在哪儿，希望能得到他的一部分遗物。

她在冷风冷雨里站了很久，求了很久，最后站不住了，跪坐在地上，直到昏迷后被家里人带走，也还在恳切地请求。

叶臻无法形容自己看见那段录像时的心情。那姑娘在神志不清的时候，还扒着门边的石柱，哀声说："求求你，我求求你了，让我见见他吧。程见溪喜欢的书，我要烧给他的啊……我不会吵他的，也不会再娇气了，求你告诉我，他被葬在哪里了？"

没有人回应她，因为那间屋子早都搬空了。可门前的监控，如实记录下了这一切。

为什么是她？后来叶臻曾在无数个日夜问自己这样一个问题。

因为遇见过，遇见过那个姑娘，如此热忱，如此不顾一切、拼尽气血爱一个人。

他终于明白《怦然心动》里那句话的真正含义。

有些人浅薄，有些人金玉其外败絮其中，有一天你会遇到一个彩虹般绚丽的人，当你遇到这个人后，会觉得其他人只是浮云而已。

到了那一刻，他只能感谢。

感谢上天让我遇到你。不论你从前是谁，未来是谁。

提到监控，程杉的情绪没有叶臻那么激动，她不是旁观者，早已经接受了程见溪离世的事实。

程杉慢慢躺下去，紧紧捏着手机，听见叶臻在那头说："小杉，我会很快回去。这几天，不管你做了什么梦，想起什么，一定不要自己扛，跟我说。如果你不愿意，也请求你，和林医生聊一聊。"

一番话翻来覆去地说，明明知道这样会招来程杉的怀疑，可是现在他不多说一些，实在是怕哪天出现意外，没有机会再说。

叶臻说到后面，嗓子都沙哑了。

程杉安静地听，连她自己都分不清自己到底是伤感多一点，还是心软多一点。最后，她打断他的话，轻声说："叶臻，你不要太担心我。"

怎么可能会不担心。

程杉又说："再怎么遮掩，有些事，发生了就是发生了。死去的人回不来，受了伤留的疤也不会消失，过去不能改变，只有未来可以。"

听上去好像还蛮乐观，但叶臻依然提心吊胆。

程杉睁开双眼，望着天花板上的顶灯，光晕在水光的折射下呈现出更大的虚像，看久了让人觉得头晕。

　　她听见自己开口说："叶臻，再跟我说一遍。"

　　叶臻："说什么？"

　　程杉："说你爱我。"

　　叶臻："我爱你。"

　　他觉得不够，只停顿了半秒钟，又说："小杉，我爱你。"

　　爱这个字眼，说多了、听多了或许会觉得腻味，但叶臻从来不惮于在程杉面前剖开自己。他知道自己只有同样不顾一切，才能得到她的信任。他只怕哪一次机会自己没有抓住，就错过了。

　　他不想错过程杉。

　　又想哭了，这次和刚刚不太一样，心里那个软弱的声音不再出现了。

　　程杉揉揉眼睛，说："我想你了。"

　　电话那头的男人，呼吸声渐渐变粗，他默了片刻，说："我尽量早一点回去。"

　　"嗯，你休息吧，晚安。"

　　"晚安。"

　　程杉挂了语音，把手机塞到枕头下面去。比起刚听到那些往事的时候，要冷静很多。程杉往最坏的地方想，或许几年前，她真的遭遇朋友的背叛，受到了最不堪的凌辱。

　　但最难熬的时候，她都已经挺了过来。现在她还活着，故乡有朋友，远方有亲人，身边有爱人。而背叛她的、伤害她的，都付出了代价。

　　没道理今时今日，她还要被从前的糟烂事拖入地狱。

　　程杉仔仔细细地把这些话又想了一遍，才爬起来去浴室洗澡。

　　很想叶臻，但还不能去找他。叶臻为她做了很多，可是他不能永远替代她去生活，也不能全都指望乔恩，她是医生，总有一大堆理论来试图让她更平静地生活。

程杉不需要修饰过后的平静，她现在有勇气接受真实，那会让她获得内心真正的宁静。

她想起林医生的话来。

"几乎没有心理医生可以帮助病人做选择，你想走出来，要靠自己去找该走的路。"

程杉好好睡了一觉。醒来后，她又去找了默存，向他询问如何申请探监。

"只有直系亲属才能提出申请。"默存很抱歉，说，"熊猫的家人早就跟她断绝往来了。宣判的时候，我们甚至没有看到她的任何亲人出庭，除了我们，只有熊猫从前的……朋友来了。"

程杉一怔，问他："那个人还在意大利吗？你有没有她的联系方式？"

默存点点头："她有点名气，你应该认识。"

程杉迟疑地"啊"了一声。

"是个摄影师，你们圈子里的人。"

程杉蒙了一下，看向默存的目光里充满了惊愕。

但很快，程杉了悟，她想到了熊猫从前跟自己说的话。

"我有个朋友跟你一样高。"

"她头发比你还长点。"

"她是个摄影师。"

"我知道你也是，我第一眼看见你就知道你是。"

如默存所言，程杉对他告诉自己的那个名字不陌生。她知道那个人——因为是个亚裔，所以程杉对她的印象颇深，甚至她们之间，还有过短暂合作。

那个人的中文名，叫作方晨。

程杉半晌没吭声，最后问默存："你说熊猫是去自首的，最后入刑的罪名是什么？"

她从事发那夜开始，精神状态就不好，根本不可能出庭做证。如

258

果熊猫自首的理由是协助他人实施诱奸，那么证据呢？没有完整的证据链，怎么可能判罚这么多年。

默存说了两个字。

程杉讶异，在她仅有的记忆里，熊猫没有做过那档子事。

默存叹气道："熊猫是有心赎罪，又不想让你的事情再曝光一次。"

这个说法程杉听在耳中，隐隐觉得站不住脚。

可惜不能跟熊猫直接对话，程杉只好联系方晨，后者比她想象中更平静，似乎对程杉的来电一点不惊讶，两人约了第二天的下午在城中央一家咖啡店见面。

程杉隐有预感，方晨那里也许会有她想要的答案。

程杉利用那天剩下的时间去拜访了陈立钦，后者与默存差不多，对程杉的到来感到异常惊讶。

"老实说，因为忙，我已经很久没见到叶了，更没有想到，还会见到你。"

陈立钦如今已经是这家上市旅游公司的一把手了，他与韩双结婚后，业务方面得到了韩家的大力支持。

他曾是叶臻信赖的伙伴。

程杉开诚布公，对他说："我来找你，是想向你了解一些事情。"

陈立钦比程杉记忆里要稳重多了，他问她："以什么身份？"

程杉说："以叶臻妻子的身份。"

陈立钦没料到会是这个回答，咀嚼了片刻，又失笑，觉得这算是情理之中。

"好，你问，我尽己所能。"

程杉说："谈美晴，也就是叶臻的妈妈，有没有跟你们联系过？"

陈立钦一顿，他本来以为，这姑娘找过来，无非想问从前叶臻是不是对她很好，是不是真的爱她。女孩子嘛，都恋爱脑，陈立钦甚至已经想好要说什么了。反正叶臻做的那些事情摆在台面上，随便挑几件出来讲都足够动人。

可没想到程杉抛出来的第一个问题这么犀利，他不由得坐直了身子。

"叶臻辞职以后，在跟家政公司打官司，闹得挺大。他妈妈有一天确实联系上了我，来问原因。这种事情，你知道的，我不说都会有其他人说。自己人讲起来还能把握个度。"

程杉点头："能理解。"

陈立钦觉得眼前这个姑娘和从前的程杉判若两人，说话必须掂量着来了："就问过那一次，只是知道你是叶臻从国内带来的摄影师。"

程杉在他说到摄影师的时候微微蹙眉。

"之后官司打赢了，你们也从国外度假回来。公司这边一直挺忙的，大伙就慢慢少了联系。"陈立钦说，"后来再凑到一起……就是你出事那次了。"

程杉说："我出事？你指的是在酒吧街后巷，我被三个男人侮辱的那次？"

陈立钦的心一个狠颤，不由得道："叶把这事跟你说了？"

但凡是个姑娘，说起这种事都不会这么平静吧，陈立钦心里突然有点发虚。

原来是真的。

程杉咬着牙，缓了缓神，继续套他的话："怎么，他能跟你说，不能跟我说？"

陈立钦忙道："不是叶说的，是护士。你出事那晚，医院那边联系了你手机通讯录里面的好几个人，包括我在内。如果不是这样，叶怎么可能会让我们知道这些？别说你是他的女朋友，就算是个陌生女孩，他也绝对不会多让一个人知道。"

程杉心里起了疑窦："联系了哪些人？"

陈立钦说："叶，我，还有鲁卡斯。"

程杉冷哼："没联系韩双？"

陈立钦一愣："韩双那时候不在意大利，她没接到电话啊……等

260

会儿，你是说……"

那天事情紧急，谁都没想那么多。可现在回味起来，好像确实有哪里不太对劲。

程杉冷笑道："在我的通讯录里，除了叶臻，联系人都是按照名字首字母排序的——韩双排在鲁卡斯前面。哪家医院的护士这么神通广大，连韩双那会儿不在意大利都知道？"

陈立钦身上起了一阵鸡皮疙瘩，他不由得道："那个时候，能打电话来的，不是护士……还能有谁呢？"

程杉不关心打电话的人是谁，她只想知道是谁让那个人打的这通电话，目的又是什么。

她觉得自己已经能猜到了，只是……还需要确认。

这个问题上，陈立钦已经不能给她什么帮助了。

程杉换了一个问题："我出事以后，你们去找那些歹徒了？怎么也是犯罪，结果他们人都没跑，等着你们去抓他们？"

陈立钦突然觉得智商不太够用了，他抓抓头，说："就在后街那条巷子里啊，开始只是想说去找找线索。结果去的时候就碰上了他们围在一起喝酒，那个流浪汉特征太鲜明，我们一眼就认出来了。那些人看我们冲着他们来的，慌得要跑。打架的时候，他们还喊了帮手，我们都受了伤，叶因为这个，还躺了那么久医院，后来连话都不能说了……好在最后，那些人伏法认罪，很多人指认那个流浪汉呢，新闻说是判了九年多。其他两个也都是五六年的刑期。"

不可能是顶罪。

性侵这种事，谁会没事往自己脑门子上乱扣啊。

但程杉说的也有道理，他们当时脑子一热就去抓人，确实没想过歹徒为什么刚犯了案子还不逃。又不是酗酒斗殴，轮奸呢，闹大了是要判化学阉割的。

程杉坐在他对面，不动声色，心里突然起了念头。

歹徒没走，或许是因为他们根本不认为自己刚刚犯了案子。对性侵事件供认不讳，不代表……他们承认侵犯的对象，是程杉。

261

欧洲人一向对亚洲面孔没有什么辨别能力,如果他们交代的犯罪事实,根本不是对自己进行的呢?换句话来说,自己从来没有出庭做证过,怎么他们就有了性侵自己的犯罪事实呢?判刑的证据又是谁提供的?

这些疑点并不难察觉,可是那个时候,唯一对此关心并了解程杉的人——叶臻,他躺在医院里不省人事。

巧合,还是有人蓄意安排?

离开的时候,程杉要走了叶臻公寓的钥匙。

程杉:"我来这里,叶臻不知道。你要是想说,麻烦等到圣诞节过后再告诉他。"

陈立钦现在对程杉大为改观,连忙道:"不不,这是你们的家事。而且叶很早很早以前就跟我说过,这房子永远都有属于你的一把钥匙。"

程杉笑笑,同他道别。

那晚程杉留宿在公寓里。

十一点多,她和昨天一样,与叶臻通话。没表露出什么,但叶臻还是觉察到她的低落。

"真的不要小慕去陪陪你吗?"

"真的不用。"

叶臻抿唇,没说话了。

想抱她,揉进身体里,这想念在心里发了疯地暴走叫嚣。叶臻本以为程杉不在自己身边的那几年,他对她的想念已经深入骨髓。他以为自己再也不会有这么想一个人的时候。

可原来不是。

当两个人彼此思念,才会让情绪肆意而起,在心间流窜。

第二天,程杉按时赴约。

方晨比她早到,已经在咖啡馆内最靠里的座位落座等她。这样的地方不会有奶茶,程杉要了一杯拿铁,搁在桌上没动过。

方晨和印象中不太一样，她比从前瘦太多，几乎脱了形，风衣罩在身上，里头显得空落落的。她戴着墨镜，程杉看不见她的眼睛。

　　从程杉进入她的视线开始，方晨就在默默打量她，看她露在外头的一切。最后方晨得出一个结论，作为开场白说了出来——

　　"你过得不错。"

　　程杉失笑，说："可以这么说。"

　　方晨："我一直在等你们找我，但没想到你们都这么能忍。"

　　程杉蹙眉："我们？"

　　方晨："你和叶臻。"

　　程杉顿了顿，说："也就是说，我猜的那些，很有可能是真的。"

　　方晨呼了口气，程杉注意到她想从衣服里掏什么，似乎考虑到这是咖啡馆，手指攥了攥，又放回桌上，最后端起面前的咖啡喝了一大口。

　　"说说看，猜到什么？"

　　程杉在脑子里迅速过了一遍昨晚想好的要说的话，缓声开口："我从头说吧。"

　　"嗯。"

　　程杉："我最早认识你，是一次联合摄影项目，你本来不在组里，是被杂志社突然安排插进来的。"

　　"是。"

　　"我认为那次安排，不是巧合。"

　　方晨没有否认，也没承认。

　　程杉看不出方晨的神色变化，便自己说了下去："我们只有过联合摄影的那一次合作，但我对你一点也不陌生，现在想想，可能是在那之前，你的名字就经常出现在我的视野内。也许是同刊杂志上，也许是摄影展同一展厅内，也许是比赛的获奖名单里。"

　　方晨："这个圈子里华人摄影师本来就少，作品放在一起很正常。"

　　程杉："不，被放在一起，是因为我们的摄影风格，挺像的。"

　　她说完这句话，看见方晨的手指不自主蜷起。

方晨："你说这些有什么意义？"

程杉："我只是试着阐述，谈美晴找上你的理由。"

方晨轻轻"哼"了一声："继续。"

程杉："她见不得我和叶臻在一起，可她很傲慢，自己拉不下脸来亲自出面把我赶走。但如果可以找到一个摄影圈里的人，和我又能算得上是竞争对手，就再合适不过了。方晨，你甚至还是一名亚裔，你是最佳人选。"

方晨不开口了。

程杉心里微微有了点底，继续道："她或许找上了你，许你一些好处，让你接近我，动一点手脚，离间我和叶臻。所以，就有了2013年的那次性侵案……方晨，电话是你或是你找人打的吧？"

程杉一边紧盯着方晨的反应，一边加快语速："一开始我实在想不到，为什么只通知他们三个去医院。但如果这些是由谈美晴授意，一切都说得通了。她会觉得，我被侮辱，叶臻身为一个男人，面子上会挂不住——尤其是，他身边的男性朋友都知道了。这么一来，我和他之间就完了。不通知韩双，不是因为知道她不在意大利，而是那种情况之下，男人会失去理智，可女性朋友会更清醒。"

程杉深深吸气，说："她会发现，我的身上，并没有被性侵的痕迹。那晚叶臻他们回头去找所谓的肇事者，之所以会发现他们跟什么都没发生过一样，还留在原地喝酒，是因为——那天根本没有发生什么恶性性侵案。"

程杉有些激动，右手微微发抖，捏了捏拳头才勉强止住了。

方晨在她的沉默里缓缓开口："你说的那部分，都没有什么问题。"

程杉的心，突然轻颤，一时间不知道做何感想。

方晨："但是，少了很多。"她微微叹气，"很多很多。"

程杉看向她。

方晨抬手，将墨镜摘了下来，程杉这才得以窥见她的模样。她暗自心惊，方晨的样子她一眼看得出来，可能已经成瘾到无可挽回的地步了。

程杉的喉咙像是被什么堵住，好久才挤出一点声音："你也……"

"不是我也。"方晨嘴角抬起一丝笑，她指了指自己，"是我带着熊猫抽起来的。"

她叫熊猫的时候，不自主地带上了一点亲昵的口吻。

程杉愕然："可我听说，熊猫是因为被……"

被那个流浪汉欺负了，才会意志消沉，继而走上不归路。

"这个世界上的听说太多了。"方晨冷笑，"有几件事是真的？就算是真的，又有多少人会追究背后藏着什么隐情？"

程杉不语。

方晨慢声道："程杉，你既然要从头开始，那我就跟你从头开始。"

方晨说得很仔细，一直追溯到她刚来意大利，失意、彷徨、怀才不遇，结交了很多朋友，大多数对她有所图谋。她看得分明，可也享受别人的追捧，享受烟草燃起那刻不属于人世的快乐。

直到遇上熊猫。

方晨说她的好，说了很久。那是个对她掏心掏肺的姑娘，所以到了最后，熊猫自己成了没心没肺的那个。

是方晨，把熊猫带上了那条不归路。把她拉下水，似乎是那个时候最好的选择。

"刚开始她还有顾忌，看起来像个正常人。"方晨说，"后来学会了化妆遮挡，才变得没顾忌起来。"

程杉记起熊猫那张煞白的脸和浓黑的眼眶。

"她跟艾伦那事，也是在抽大了之后发生的。"方晨的嗓音发干，低声说，"艾伦就是你们口中，那个四处骚扰市民的流浪汉，不只是艾伦，还有其他两个。"

程杉的心被一只冰手紧紧握着，她咬牙，说："你就看着她，看着她这么……堕落下去？！"

"熊猫跟我说的时候，我很不高兴。三个贱男人，我当时就想，总有一天要让他们付出代价。"方晨说这些的时候，语气没有起伏，有一种冷漠的残酷，她说，"我跟熊猫提了绝交，她那时候往后退，不是没机会回到正常世界里的。"

说到这里，方晨的目光刀子一样地插了过来，她一下子变得暴躁起来，怒视着程杉，说："谈美晴找上我，问我能不能办到她说的事。能啊，太能了！程杉你不知道办成这件事我会有多痛快！我告诉你，就算不是她，我也老早看你不爽了。你拼过什么？牺牲过什么？因为傍上一个富二代，就拥有了这个圈子里最好的资源？凭什么？！"

"可我一接近你，就知道不对劲。"近乎愤怒了，方晨说，"为什么是你？你居然和熊猫认识！联合摄影那次，熊猫来探你的班，给全组带了午饭。程杉，她看见我了。我当时就想到了最好的办法。可能对你有一点残忍，但这个计划简直是一箭双雕。"

程杉深深吸气，猜到了："你又去找了熊猫，让她再次陷落。熊猫不愿意告诉我实情，所以只说，她是被坏人欺负了，才会深陷于此。"

方晨轻哼："她当然要顾全在你跟前的形象，这么说，你还能心疼她，常常去陪她。再说了，她反正和艾伦搞过，当然能说得有鼻子有眼。"

程杉的脑子微微发炸，很想快一点结束对话，这里，她一刻都不想再待下去。

"我知道你脑子不太好，常常精神恍惚。所以我跟熊猫说，她要是不听我的，我就找人办你，熊猫当然不忍心。"方晨说，"后来，我让她带着你一起，还故意让你在最忘我的时候，给叶臻打电话，那会儿啊，什么丑态都能露出来。"

程杉心头发疼，低声道："这些谈美晴都知道？"

方晨耸肩，有点瞧不上谈美晴似的："她啊，哪有我们缺德，还特地交代我不用做得太过，能让你们分开就行。程杉，你可真是走运。"

程杉的指尖扣着座椅，微微发着抖。

"可谁能想到，做到这份儿上，你们硬是没分。"方晨似乎很不能理解，目光玩味地看着程杉，点评，"两个都是疯子。"

明白了，所以才有了最后那一出，加码的戏。

"我早就想好了那天的计划，该布置的，提前布置好了。"方晨眼中微微亮起精光，"录像是谈美晴提供的。我负责发给你。我知道你看完录像会发疯，你发了疯，最后肯定要去找熊猫，所以……我提前去了熊猫那里等你。"

方晨似乎回想起那个晚上的事，说："你比我想象的还要崩溃，很快不省人事了。熊猫有点怕，一直求我别对你下手。可我没想对你下手，程杉，我对你多仁慈啊，你知不知道你躺在那种地方，但凡我松松口，就能坐实这场轮奸。"

程杉心头发紧，抖着唇说："你不会的。因为你的目标，是那三个男人。如果真的发生了什么，他们不会留在原处。"

方晨轻轻挑眉："电话是我找人打的。为了让你看着像个受害者，在你身上动了不少手脚。并且，我还充当了那个目击证人，跟着一起去了医院。

"本来还有点担心，怕医生拆穿你的伤势。但你知道吗？老天都帮我。叶臻根本不愿意看你，不愿意去找医生问你的伤势——所以啊，男人都是介意自己的女人被别人碰过的。

"你没看到他那个样子，整个人狂躁得像一头发疯的狮子。我只是跟他说了一句，那伙人经常在酒吧街后巷聚众酗酒，他就跟几个兄弟冲出去了。

"医生最后来找了我，因为当场只有我一个脑子清楚的中国人。他完全相信我是你的朋友。

"我跟谈美晴说，事情圆满结束了，让她找人来收拾尾声。谈美晴很高兴，说她会给我提供一些资源，并且保证，以后在意大利这个圈子里，再也不会有硌硬我的人了。"

说到这里，方晨微微直起身子，嘴角噙着一抹冷笑。

"当然，这还不够。那天，我一直等着收网，网我要的那些鱼呢。他们三个，糟蹋的姑娘太多了，根本分不清谁是谁，几个人渣被判罚成什么样都不冤枉。我做这些，也算是为民除害了。

"只是可怜了叶臻，在医院里躺了那么些日子，错过了那么多好戏。不过是谈美晴起了作恶的心，最后报应在他儿子身上，也算是老天开眼。"

程杉听到这里，终于打破了方才的沉默，低声说："那你起的这些心思，报应在谁身上了？"

方晨突然一顿。

程杉的声音飘忽，轻得几乎听不分明："熊猫是为了你去自首的，是她拿走了你所有的东西，带着去警局自首的，对吧？"

方晨一拍桌子，惊动了其他的客人，她又压低声音，恨恨道："程杉，是因为你！如果你们没搅和到一起去，熊猫不会被牵扯进来。"

程杉双目发红，望着方晨："自始至终，利用她的人是谁，你自己心里清楚。"

方晨想冷笑，但不知道为什么，突然发不出声音。

她想到那个时候，熊猫对她说，你帮我惩罚了他们三个，我很感激你。但你伤害了我最喜欢的朋友，我无法原谅你，更无法原谅我自己。

她还说，我希望事情能到此为止，也希望如果还有转圜的余地，你能做你该做的，说你该说的。

说这些话的时候，她脸上的妆都洗得干干净净，素着一张瘦削憔悴的小脸，看向她的眼神全然都是陌生。

熊猫被带走前，对她说的最后一句话是："别怪我把你一个人留在地狱里，我想先赎罪，也想先解脱。"

那时候方晨还觉得这丫头脑子有病，是她被关进去，又不是自己。

可这几年，她游魂一样在人间荡着，才终于明白过来熊猫的意思。

是，只有她还在地狱里呢。

方晨深深呼吸："随便你怎么想吧，该说的，我都说了。"

话毕，似乎想离开，程杉出声叫住了她："其实，早在联合摄影前，我就听说过你。"

方晨微怔："哦？"

程杉将熊猫和自己在"花·欲"发生的对话告诉了方晨，随后，平静地说："当然，那时候，我不知道是你。我只知道，她还很眷恋。"

方晨的喉头微动，没说话。

程杉："你来的时候，说没想到我们这么能忍，你一直在等我们找你，是什么意思？"

"如果我想走，你觉得你找得到我？"方晨说，"这几年，我的联系方式都没换，也是打算对过去有个交代，但是……"

程杉蹙眉，心里有不太好的感觉浮出来。

方晨目光幽幽，看了程杉一眼："你能这么轻易地发现不对劲，然后找过来。不想想为什么，叶臻从来没有找到过我吗？"

程杉说："他身体不好，那时候……"

"别骗你自己了。"方晨说，"躺在医院的时候没办法追究很正常，醒了以后呢？"

程杉失神地坐在原地，没有开腔。

方晨："当然，你现在已经可以向他自证清白，你们也许还有挽回的余地。但依我看，他根本没打算寻求真相，还你一个清白。"

程杉听得出来，方晨什么都不知道，可能以为自己来找她是想跟叶臻破镜重圆。可程杉已经不再是看少女读物的小孩子了，来找真相，也不是因为对清白两个字的介怀。她只是想知道，想看得更清楚，生命的轨迹是如何延伸而来，这样她才能知道，自己又将如何走下去。

程杉越来越懂得清醒对自己的意义。

可她不想对方晨解释，是觉得太累了。

方晨看出来程杉的脸色不对劲，她站起身，低声道："祝你好运。不过如果我是你，有今时今日的成绩，完全有资本自己潇洒地活着……我不会去蹚叶臻家那浑水，和谈美晴那种人同在一个屋檐下，你迟早会再度崩溃。"

她说完，不看程杉的反应，转身离开了。

程杉走的时候，已经很晚了。她浑浑噩噩，想了很多，又觉得没想明白。

谈美晴想要方晨做的，就是让叶臻认为自己被人凌辱，而她的目的已经达到了。一直到现在，叶臻或许都觉得，她在那个夜晚受到了最不堪的对待。

所以叶臻不愿意再过多地提起那夜，提起那个让所有人都伤心的夜晚。

以至叶臻授意乔恩催眠自己，把所有她不愿意想起的那些事，全都藏在了程杉脑中的小小角落里。

即便真的是这样，程杉是能够理解的。

但她总觉得漏掉了什么，觉得不正常。

按照叶臻的性子，但凡有一点怀疑，都不会不去求证，何况还是这么明显的疑点。

除非他根本不愿意。可为什么呢，连最坏的情况他都接受了，为什么不愿意把昏迷阶段发生的事情搞清楚呢？

程杉回到公寓，浑浑噩噩，倒头睡了。

没跟叶臻聊天，凌晨醒来才看到他前一天发的消息。

——23:30 叶臻：醒了吗？

——01:32 叶臻：还没醒呢，小懒虫。

——03:20 叶臻：小杉？

随后是两条程杉没有接到的语音提示。

——03:55 叶臻：小杉？接电话。

程杉看了一眼时间，"04:05"，巴黎和佛罗伦萨没有时差。她猛地清醒了一半，立刻给叶臻回了语音过去，后者几乎立刻接了起来。

"小杉？"他语气急促。

程杉应了一声："对不起，我睡着了。"

叶臻听她声音里还有倦意，像是刚刚睡醒，舒了口气："怎么睡了这么久？"

程杉趴在床上，头微微发痛，她把被子裹得紧了些，说："头有点疼，你一夜没睡吗？"

叶臻没回答她的问题，说："受凉了？"

程杉"哼哼"了一声："可能吧，你快点睡啊，也不看看你那里都几点了。"

知道她没事，叶臻彻底放下心来，又和程杉说了几句，才挂了语音。

程杉没了睡意，在床上赖了一会儿才爬起来，简单把公寓收拾了一番，带着行李离开了。

在意大利停留的最后一天，程杉回了一趟小镇。几年来，小镇的旅游业越来越繁荣，从前她住的房子，迎来送走了一拨拨游客。

安吉洛夫人在去年冬天去世了，花店按照她的遗嘱被拍卖，拍卖所得一部分用于海豹和海狮的日常开销，剩下的都捐赠出去了。

程杉看见了花店的新主人，是一个很可爱的女孩子，套着白色的花边围裙，哼着歌摆弄着花草。两只布偶猫老得走不动了，没有力气追逐打闹，都窝在桌子旁边晒太阳。

临近圣诞，来往游客众多，程杉在花店门口默默驻足，正准备离开的时候，从台阶上小跑下来一个少年，用意大利语对店主说："给七棵橄榄树旅馆的花篮准备好了吗？我马上送过去。"

"早就准备好了。"店主冲他一笑，从里头取出一只精美的花篮递给他，"今天的主题是冬日序章。"

程杉被他口中的"七棵橄榄树"触动了，想到什么似的，上前一步，问少年："你说的那个旅馆，是过了吊桥后，第七棵橄榄树旁边的那栋房子？"

少年点头："是啊。"

程杉的心跳得很快："他们旅馆每天都订花篮吗？"

店主笑盈盈地接话道："不是旅馆订的，这是个传统啦。"

她耐心向程杉解释，在前一位店主还在的时候，就有位先生定期给花店汇款，预订一年份的花篮，送到那栋房子里去，不管里面住着谁。

店主离世前，还特地在遗嘱里加上这句，请不要忘记给"七棵橄榄树"送花篮。

"除此之外，还有每天的小卡片。"店主给程杉看花篮里插着的卡片，上面没有任何文字，只有印上去的花纹。

一棵云杉，一支榛花。

"我想，这背后应该是一个浪漫的爱情故事。"

店主少女心泛滥，说："或许是一个男人，苦苦追求着自己心爱的姑娘，你看，树指的是男人，花一定是女孩子。"

程杉想笑，可鼻子酸酸的，表情一时不知道该怎么摆了。

少年带走了花篮，店主重新坐回凳子上，她看见程杉的神情，以为她想起了自己的爱人，便从面前还没有整理好的花束里抽出一支向日葵给她。

"送给你的。"她说，"云杉一定已经追上了他心爱的榛子花，一切都会变得好起来的。"

程杉接过来，轻声道谢。随后，她转身欲往回走。

"上面还有更好看的风景啊。"店主在她身后说，"不上去看看吗？"

程杉冲她微笑："不了。"她用中文，小声说，"我也要去找我的榛子花了。"

二十四日，程杉搭乘前往巴黎的飞机，于晚间十点十五分降落在戴高乐机场。

路程很短，两个小时就飞到了。程杉下飞机的时候，给叶臻发了一个定位。

微信很快"叮咚"响了好几声。

叶臻：等我。

叶臻：我开车过去，很快。

叶臻：三十分钟，我走高速。

叶臻：二十五分钟。

从巴黎市区开过来，二十五公里左右，程杉捏着手机低笑，随后给他回消息。

程杉：不着急，等行李还有好一会儿。

发完之后很久没有收到他的回复。程杉脑补着他从酒店里跑出来，估计来不及叫宋瑜了。会问谁借车呢？酒店会提供租车服务的吧。可是，是不是要办手续？

也许是早就租了车，所以他才说得那么肯定。如果有不确定因素，他不会精确到多少分钟。

程杉慢慢顺着人流走到行李转盘边，依旧在出神。

见到以后，要说什么呢？怎么跟他解释这几天都在骗他说自己在国内呢？

他会不会生气啊？还害他一晚上没睡。应该不会，她可以撒娇赖过去。

想到这里，程杉唇角微微上扬。

可是，怎么解释方晨的事呢？还有，想问他的问题……

程杉叹气，觉得头又开始疼了。

这么反复纠结中，时间倒过得快，程杉推着行李箱去了趟洗手间，出来的时候收到了叶臻的消息。

叶臻：我到了，你出来就看得到。

程杉往外走，果然一眼就在接机处举牌等候的人群里看见了叶臻。

二十五分钟，这个男人还真是……说到做到。她心头一软，什么乱七八糟的念头都抛到了脑后，快步走向他。

没见到的时候什么都想了，见面之后却什么都想不出、想不起，程杉越走越快，最后收不住，一头扎进了他的怀里。

手松开对行李箱的控制，从他大衣内侧伸进去，环抱住他的腰。

是暖的，手心、脸颊的触感都是。听到他的心跳声，快而有力，鼓噪着，震得她耳膜发颤。

"叶臻。"她说，"我来看你了。"

叶臻的目光沉沉地落在航班提示牌上，航班数量不多，程杉搭乘的只有可能是从佛罗伦萨飞来的那一班。

只一眼，他就猜到程杉在过去的那几天，试图去找回什么。他不知道程杉独自一个人，做到了哪一步。

可不管结论如何，程杉来了。

叶臻抿着唇，一点点收紧搂着她的那条手臂，用大衣裹着程杉，另一只手捞过她快要滑行离开的行李箱。

他说："小杉，抬头。"

程杉的下巴顺着叶臻的毛衣慢慢滑动，仰面凝视着叶臻。

他吻下来，还带着凉意的鼻尖蹭到她热乎乎的脸颊，舌尖扫着她舌下的软肉，程杉的后背激起薄薄的麻意，眼里蒙上一层雾气。

来往游客络绎不绝，与他们一样相拥而吻的也不少，没有任何人用惊诧的目光打量他们。

这是巴黎，这是平安夜。

这是，你来找我的日子。

乔恩与程杉的会面安排在了国内农历年初五，公历2018年2月20日。

灵犀的七号诊室被腾出来给她们使用。

房间布置得非常简洁：一张床，两把椅子，一张桌子。墙壁干净光洁，没有半点装饰物。程杉久病成医，已经知道这是为了减少无关刺激物，从而尽可能地使受术者提高注意力。

室内很安静，温度适宜、光线暗淡。程杉坐在椅子上，与乔恩面对面。

乔恩觉得这次回国见到的程杉，与上一次见到的那个很不同。她背脊自然挺直，四肢放松又不垮塌，目光平静，却有神采，里面没有提防和戒备，眉眼间还多了份难解的妩媚风情。

在安排这次治疗前，乔恩了解过她最近这段时间的经历。

有些部分没想到，可大多是在意料之中。

在她和叶臻的约定中，程杉回到Q市，会慢慢想起程见溪，以更健康的心态接受他已死的事实。也许需要一年，甚至更久的时间，程杉或许能与现实握手言和，重新迎接新的感情，走入下一程的人生。

而这一程的人生里，有没有叶臻，乔恩不能保证。

这是计划，可变故接踵而来。程杉比想象中更快地记起往事，愉快的、不愉快的，悉数记起。

同时，出现了乔恩没有预料到的第一个意外。

程杉爱上了叶臻，并且，很快发现了自己曾经接受催眠这件事。

这意外出现，程杉大发雷霆，甚至再也不联系她了。乔恩却并不沮丧，相反的，她甚至因此对程杉刮目相看——比起从前，她越来越敢于直面事实了。

所以这次回来前，当叶臻告诉她，程杉已经去过意大利，找回了所有记忆的时候，乔恩没有感到诧异。她反倒想快一点见见这位姑娘，见见这个她从业以来，第一次花费如此多的心血陪伴、照料的姑娘。

"感情生活不错？你看上去精神饱满。"程杉率先开口。

她们相伴多年，乔恩对她来说早就不只是个心理医生了。程杉对乔恩的了解，或许达到了某种连乔恩自己都未曾触及的深度。

乔恩坦诚一笑："我打算结婚了，这一次，是因为爱情。"

程杉微笑："挺好。"

乔恩观察着程杉，后者由着她注视自己。随后，乔恩说："回来前，老林跟我说，可能我不需要按照原定的方案来进行治疗了。我本来还有点不相信，可是我现在看到你，觉得他说得有道理。"

"这次约你，确实不是来接受催眠的。就像叶臻说的那样，我已经把当初的事情调查清楚了。这两个月以来，在林医生的帮助下，所有的往事全都慢慢想起来了——几乎没有什么阻碍，也没有感到痛苦。"程杉说，"但我还是想见你，毕竟很久不见了，我想跟你叙叙旧。"

乔恩双手手指相互交叉，放在桌上，一副打算与她深入交流的亲和模样。

她说："真高兴你还需要我。"

程杉凝视着她的眼睛，说："当然，因为我们是朋友，你觉得呢？"

乔恩微微错神，心里有了一丝不确定的猜测。

程杉垂眸，说："我从一开始就拿你当朋友。"

乔恩知道她有很多话想说，于是没有插嘴，安静地望着程杉。

程杉语气平和，一点点把往事复盘："最初是你让叶臻把我从精神病院里接出来的。那个时候，我还将叶臻当作程见溪，和你一起住在吊桥后头第七棵橄榄树边的那栋屋子里。那段时间，你对我的照顾无微不至，我都记起来了。

"后来，在你不知道的时候，叶臻将错就错，在手腕上文了文身，骗我也骗他自己。你为此恼怒，而他辞退了你。

"我和他做了所有情侣会做的事，约会、长途旅行、做爱、同居。事业和爱情都蒸蒸日上，一切看上去都那么美好，像越吹越大的肥皂泡，在阳光下绚烂夺目。可五彩泡泡，终有一天要破裂的。

"我再次发病导致叶臻辞职，谈美晴知道了我的存在。不管叶伯伯的态度如何，她那个人，自然是要找人调查我。"

程杉说到这里，再次看向乔恩："谈美晴找过陈立钦，最后又找上同为摄影师的方晨。试图接近我，瓦解我和叶臻的关系。

"一般来说，想要拆散一对情侣，大多数人或许都会安排第三者，或是制造误会吧。可是乔恩，方晨没有选择这么做，她几乎一招毙命，打击点准得不可思议。你说……她怎么对我这么了解呢？"

乔恩心里一空。

程杉没有停顿，继续往下说："所以我又想，也许在陈立钦和方晨之间，谈美晴又找了其他人。那个人对我更了解，能把我的情况完整详细地向谈美晴阐明。

"谈美晴无论如何都不可能容忍，自己的儿子和程见溪的前女友在一起。要知道，她一直对程家母子心怀怒意，怎么可能接受得了叶臻把程湘儿子剩下的'残羹冷炙'，当宝一样供着。尤其是，她知道我是个从精神病院出来的疯子后，一定恨得牙痒痒。

"可她理智尚存，知道不能莽撞，不然等于和叶臻直接站在了对立面，这不利于母子感情的稳固。毕竟她很清楚自己在叶家处于一个什么位置。

"所以她想了很久，才去找了方晨，一次次试探后，终于找到了好办法。谈美晴找人把程见溪从前住的那栋房子屋外监控调了出来。

"打蛇打七寸，监控里的内容就是我的七寸。它简直像在说，你这个不知廉耻的女人，口口声声说只爱程见溪一个人。可你一转头，就背叛了他……

"那屋子是叶臻父亲为程见溪找的，谈美晴其实根本不知道它在哪里，何况她在国外养尊处优惯了，一年才回Q市几天。怎么就找得到监控呢，或者说，谁能找得到监控呢？"

乔恩喉头发紧，可她没有阻止程杉继续说下去。

程杉说："那天之后，我经历了前所未有的病发和心理防线的溃堤。不仅仅是因为意识到程见溪已死，而是我同时清醒地认识到，自己和一个伪装成程见溪的男人相爱了一整年。

"曾经肉体与精神上的欢愉，像是一道道鞭子，抽得那个我体无完肤。我背叛了程见溪，被叶臻彻头彻尾地骗了。

"那是我的灭顶之灾。

"所以我才会拿着刀子，去找叶臻。然后拜方晨所赐，住进医院。

"谈美晴很快来收拾尾声，当然，不会是她自己出面。那么，又会是谁呢？"

程杉眼底隐有红痕，她轻声呢喃："我醒来以后，看见的第一个人，是你啊，乔恩。"

可那时，程杉已经接受了乔恩的催眠，对她而言，乔恩是自己才刚认识的心理医生。她以为，是前男友的离世，导致自己心神混沌，所以才会寻求心理疏导。

乔恩在程杉身边两年，程杉对她无保留地坦诚，从没有怀疑过她。

乔恩看见程杉神色哀凉，心痛起来。她终于承认："是我。告诉谈美晴的人，回Q市追溯你的过往、发现监控的人，把监控录像交给谈美晴的人，都是我。"可她立刻又说，"小杉，我不奢求你能原谅我，但我希望你明白，我做这些事，不是为了利益。我并不知道她在计划什么，我没有想过伤害你。并且，我努力过，想要……"

乔恩没有说下去。

程杉替她说了："我知道。我不傻，那两年我们怎么走过来的，我都记得。我也知道，意大利那晚发生的事，你并不知情，甚至……你因为不希望让叶臻记起那晚发生了什么，也试图给他进行催眠。"

乔恩蓦地张大双眼，嘴唇都发抖了，她看向程杉。

这件事，她以为没有人知道。这件出自她私心的、完全违背职业道德和行医准则的事情，乔恩以为会烂在心里一辈子。

她曾在没有获得许可的前提之下，擅自尝试催眠叶臻。

程杉说："我总是很疑惑，叶臻如果认真回想那夜的事，一定会发现蹊跷。可他始终非常抗拒，完全把那段时间的事架空了。我在巴黎问过他，他一点也不愿意想起那晚，从没有和任何人谈论过。直到我把自己调查的经过一点点拿出来告诉他，他才慢慢愿意正视这件事。"

程杉看向乔恩："我经历过这种感觉，就像刚回Q市的时候，我对程见溪的认知一样。乔恩，叶臻那时候患有躁郁症，一个人躺在佛罗伦萨的医院里，无法开口，神思不清，他的心理状态很适合接受催眠。所以我有理由怀疑，那时候，你出手了。"

乔恩再难维持神色的平静，她的声音发颤："我接到谈美晴的电话，才知道发生了那么大的事。小杉，我承认一开始我有私心，但我真的不想看到你和叶臻落得那么个下场……尤其，还是我促成了这场悲剧。我只想做一点挽回。"

程杉："你只听到谈美晴口中所说的'真相'，所以试图让叶臻忘记那天和我之间的不愉快，以及我所受到的欺辱，是吗？"

乔恩轻轻摇头，面上流露出一丝自嘲的笑："可是我失败了。很多人觉得催眠是让人陷入昏睡从而受人摆布……"乔恩说，"其实不是。催眠其实是让人进入一个高度清醒的状态，如果对方的意识与潜意识可以达成某种程度上的和谐统一，那么问题就很容易解决。

"而我没做到对他进行彻底催眠。尽管叶臻那时候情绪很不稳定，但他依然不是个适合进行催眠的对象，他的自我意识太强……所以到了最后，我能对他产生的全部影响，仅仅是让他不再刻意记起。可心里留下的悲伤和痛苦，难以抹去。"

尽管已经猜到，可听乔恩亲口证实，程杉心里还是起了波澜。

乔恩说："那以后，我再没有听从谈美晴的任何吩咐，也没有再向她透露过半点你的消息。"

这个程杉知道，否则谈美晴不会那么晚才气急败坏地赶回Q市，不惜正面与她撕破脸。

尘埃落定，程杉心里最后的疑惑有了答案。

很奇妙，她不怪乔恩，真的不怪。或许在这一整件事中，没有哪一个人是罪大恶极，所有人都在被一股力量推着走，为了各自的终点，走上了不同的路。只是这些道路交错在一起，出了事故，你很难将罪责全数归于某一个人。

程杉起身，说："谢谢你从前的陪伴，也很感谢你今天的坦诚。"

乔恩看着程杉，久久地看着，眼里终于流出一些欣慰的笑："也许你很难相信，但是看到你成为今天这个样子，我很高兴。"

程杉真诚地笑了："乔恩，我相信。谁都有犯错的时候，我能看到你的努力，也愿意相信你能成为一个好医生。"

乔恩眼眶微热。学会宽恕不容易，这个词似乎不太适应现代社会"快意恩仇"的节奏了，大家好像对"睚眦必报"更感兴趣。

所以，只有犯过错的人才会明白，被宽恕是一件多么难得的事情。

乔恩在程杉离开前叫住了她："有一件事，我想告诉你。"

程杉驻足，看向乔恩。

乔恩说："这几年，我和叶臻始终都有联系——当然，都是在交流你的病情。有一件事，我希望你能明白。在叶臻心里，他一直都将那个晚上发生的一切，归咎于他自己。"

程杉微怔，诧异地看着乔恩。

"这也是他后来一直在老林这里接受心理疏导的原因之一。他心里最大的痛苦，源于那个晚上，你们争执过后，他看着你离开，却没有开口叫你。"乔恩眼圈发红，说，"你没看见过治疗录像，叶臻不止一次在接受治疗的时候失声痛哭。那时候，他还不能开口说话。所以都是利用纸笔，将心事袒露。"

程杉咬着嘴唇，听见乔恩的哽咽。

乔恩说："你知道他为什么执意不肯进行口语恢复训练吗……那对他太艰难了。因为他心里始终认定，只要那天他能多说一句话，能叫住你，一切都不会发生。"

程杉心神俱颤，她想起自己回到Q市后，和叶臻的点点滴滴。

想起她问叶臻，为什么不愿意开口说话；想起在龙湾岛，他跃入冰冷的海水中，将她带回岸边，一字一顿地念她的名字。

那时候她完全不知道，叶臻需要花费多少勇气，才能跨过心里这道坎。

叶臻紧张地等在诊室外的走廊。

程杉推门出来，眼睛红红的，像是刚哭过。叶臻眉心轻皱，朝她走过去。

他低声说："小杉？怎么回事？"

不是说过来找老朋友聊聊天吗，怎么哭了？

程杉把手塞进叶臻掌心，后者立刻紧紧包住了。程杉拖着他往外走，步子很急，抿着嘴巴没说一句话，走时也没跟林医生打招呼。

到了诊所外的停车库，程杉一言不发地抠出叶臻另一只手里的钥匙，打开车锁，拉开后门。

"进去。"

叶臻的目光突然玩味起来："小杉，有监控。"

"进去。"

监控就监控吧，真要发生点什么，就拿衣服挡着。

叶臻坐进后座，下一秒，被程杉压上来。程杉用腿勾上车门，两条胳膊撑在叶臻头两侧。

叶臻伸手摸她的脸颊，说："你这是唱的哪一出？"

程杉："叫我。"

"嗯？"

"叫我。"

"小杉。"

"三遍，不，十遍。"

叶臻目光渐深，明白程杉这股别扭劲肯定是因为听见什么了。

两人在里头没待一会儿，外头又下起雪，玻璃上很快起了雾气。

叶臻的声音在密闭的空间里更显得低沉、温厚。

"那你听好了。"

他把程杉拉进怀里，唇角触着她的耳侧。

"小杉。"

"小杉。"

"小杉，小杉，小杉……"

耳鬓厮磨，温声细语，却只是念你。

可是这么念你，就足够了。

从小程杉，到Picea，到混乱又孤独的程杉，再到现在。

命运的玩笑终于被她慢慢化解，一程又一程的人生，灿烂的、灰败的、孤独的、温暖的，程杉见过它的无数面目。

也沉醉，也逃避，也麻木，也眷恋。

当她终于决定接受它的全部面目，体谅人生的全部错误和不圆满，才发现，原来她一直苦苦寻找的方向，就藏在来时的路上。

【全文完】

番外

春节

2018年春节前的最后一个工作日是情人节。

M·O的全体员工早在一周前，就收到了《关于2018年春节放假通知》。

致全体员工：

春节是中华民族传统节日，也是家人团聚的日子！现对放假做如下通知：

一、放假时间

二月十四日（含）—二月二十一日（含）

……

通知是冷冰冰的，但是一个"含"字温暖了M·O全体员工的心。于他们而言，Q市2018年的冬天，顿时变得有人情味起来。

二月十三日的M·O年会就在公司进行，没有包下酒店富丽堂皇的宴会厅，也没有安排硬性的员工才艺展示，和往年一样，搞了个M·O内部大party。

唯一的不同是，今年的年会叶臻将全程参与。

几个月下来，他的恢复训练已显见成效，可以与人无阻碍地进行交流，加上积极参与年会游戏，博了个满堂喝彩。

"脸长得好看就是讨巧。"

年会结束，大家都喝了酒。等代驾的时候，叶慕当着叶臻的面，在南荣邺跟前长吁短叹："唉，你是不知道，今天多少小姑娘要芳心大乱啰。"

叶臻说："有什么不满意就说出来。"

叶慕"哼"了声："我哪敢有什么不满意的，反正有的人金屋藏娇，我们《无疆》销量下滑也不关他的事。"

叶臻："有位主编放着现成的摄影师不用，回回打包照片发给请长病假的工作伙伴，策划方案一改就是不眠不休的三四天，大半夜莫名其妙弹过来视频邀请，要开视频会议，这不太合适吧？"

叶慕："现成的摄影师国内一抓一大把，没口碑没创意没灵气，照片拍出来谁看啊。哎哟，纸媒的未来真是堪忧，我们杂志明年就要停刊了吧？言犹在耳，我可还记得有人跟我说，要把这杂志做成行业标杆的。"

南荣邺憋着笑，听这对兄妹对呛。

叶臻先走到自己的车边，站定，对叶慕说："三月，小杉三月回M·O。"

叶慕得了准话，心里安定多了，想了想，说："过年她会跟你回老宅吗？"

老宅平时冷清，过年那几天却尤其热闹，因为爷爷要回来祭祖，叶家上上下下几家人，不管平日里是否走得近，或是散在天南海北过自己的生活，年节这几天都会回到老宅相聚。

叶家不成文的规定，小辈要有了确定的对象，必须带回老宅给爷爷过目。所以每年那几天，家里好戏简直是一出接一出地上演。

叶慕已经完全摸清楚了程杉和叶臻之间的关系，感慨归感慨，回到现实问题中来，第一个要考虑的就是，怎么过长辈这一关。

谈美晴油盐不进，等她松口没可能。叶晋态度不明朗，叶慕觉得不太乐观。而爷爷那边……他可是一直盼着哥哥和刘佳琳能有进

284

展的。

　　想到这里，叶慕隐隐担心：哥哥太惨了吧，好不容易熬出头追到了女朋友，眼看就要被棒打鸳鸯。

　　叶臻直截了当地回答叶慕："不回。"

　　叶慕和南荣郴对视一眼，前者支吾道："哥，不太好吧。就算你还在跟堂姊置气，爷爷那边也总要有个交代。你从小跟他最亲，爷爷一直想看你成家，而且你知道的，爷爷这几年身体越来越不好，要是……"

　　话说到这里，叶慕觉得自己有点道德绑架，矛盾得不得了："我知道你们挺难的。但以后总要成为一家人，不见面是不是说不过去……况且一年就这么一次，平时长辈们都在国外，你们根本不用跟他们打交道。"

　　叶臻没有给叶慕明确的回应，代驾开车，载他去程杉那里的途中，他脑子里翻来覆去都是叶慕最后这番话。

　　叶慕工作中雷厉风行，可一碰到家长里短的事就拿不定主意。叶臻大概猜得到她这是被谁找来当说客的，说的话句句扣着他的死穴。

　　叶臻没跟程杉说过回老宅的事。明知道她会受委屈，他要是还哄她跟自己回家，那不是浑蛋吗？他忙里偷闲，好不容易才能谈个恋爱，只想把最好的给程杉，真不想让她为这些事烦神。

　　回到家，看见程杉坐在电脑前帮小慕修照片。

　　这个叶慕，除了没安排程杉出差，其他事哪一件不指着她帮忙？叶臻没好气地想。

　　程杉听见声音，默默保存，合上电脑，笑眯眯地小跑出来。

　　"年会结束了？怎么这么早？"

　　又伸手去摸他的脸试温度，说："喝了多少啊，脸好烫。"

　　叶臻抬手覆在她的手背上，移到唇边，亲了亲，说："小慕她搞得定，你不用帮她。"

　　程杉知道叶臻对叶慕这个工作狂又爱又恨。

　　她还记得上个月定稿前那晚，叶臻和自己正在床上折腾得起劲，叶慕一个视频邀请弹过来，程杉极度艰难地从叶臻身下抽离，连滚带爬地下了床，披上睡袍应了叶慕的视频会议。

叶臻全程黑脸，程杉只好按了静音，调转摄像头，跟叶臻解释："有张图片出了点问题，很关键。我们很快就好。"

是，快得很呢，程杉忙到半夜两点才重新回到被子里。

叶臻只留给她一个委屈而悲壮的背影。

程杉自知理亏，好言好语地哄他："我可是在帮你，你的公司，你的杂志啊。"

做到兴起被残忍抛弃的叶总拒绝被三言两句打动。

程杉在他耳后吸鼻子，低声说："有点冷。"

但人还是没转身。

叶臻用沉默回应程杉：生气了，哄不好的那种。

程杉故意道："叶总睡着啦？"

男人没反应。

程杉解开睡袍，整个人挨上他的后背，在他耳边低笑，手下一点点用劲。

"叶总精神抖擞啊。"

叶臻的呼吸声变重了，"哼"了一声。

程杉没羞没臊地说："那换我给叶总服务？"

那天之后，叶臻一看到程杉大半夜不关电脑，手指在她的桌面上敲一敲，后者就能立刻领会精神，绝不恋战，乖乖关机。

今晚叶臻喝了酒，没计较程杉这个点还在忙。程杉陪他在沙发上坐了会儿，见他情绪不高，像是有话说，可又难以启齿。

他手心滚烫，程杉的右手被他握了一会儿就焐出薄汗。

程杉："叶臻，你有心事吗？"

叶臻将头靠在程杉颈边，拱了拱，借酒意"哼"了声，竟有点小兽撒娇的样子。程杉心里软得不可思议，左手摸摸他的脸颊，试探地说："是不是和回老宅有关？"顿了顿，又说，"如果只是吃一顿饭的话，我可以……"

她这么体恤他，叶臻内心负疚感更强烈，没等程杉说完，展臂将她箍进怀里，这动作让两人一时坐不稳，歪倒在沙发上。

　　叶臻的头发刺挠着她的皮肤，程杉难耐地笑，一面轻轻推他："好痒啊。"

　　叶臻把她整个人拉下来一些，让程杉伏趴在自己的胸口，手掌一下一下地抚着她的头发，说："别人你都不用理会，可我想让你见一见我爷爷。"

　　程杉闷闷地"嗯"了一声。

　　叶臻："他很和蔼，对除了我爸以外的小辈都很宽容。"

　　这个说法令程杉感到好奇，她问："除了你爸爸？"

　　叶臻仰面躺着，说："嗯……这或许算是叶家的传统陋习。"

　　他告诉程杉，他们家一贯如此，父辈选定了继承人之后，选用的教育手段就完全不同。但无一例外的是，比对家族里其他成员要严苛很多。

　　叶臻很难评判这沿袭多代的培养方法是利大于弊，还是弊大于利，因为他既从中受益，也为此深受困扰。

　　程杉咬唇，隐有担忧，想了想，还是说了："你以后有了孩子，也会这么对他吗？"

　　叶臻没回答，反而低声笑了，胸腔震得程杉昂起脑袋来。

　　程杉知道他在笑什么，嘀咕道："你别想多了……"

　　叶臻的指腹摩挲她的耳垂，说："我想得还不够多。"

　　说罢，他陷入思索，似乎在组织接下去的语言。程杉提心吊胆地等着，想听听是怎么个"不够多"。

　　很快，叶臻伸手把程杉往上抱了抱，唇角挨着她的耳郭，热气吞吐，程杉耳际泛起一片红。胡乱地想，他这人的家教是真不错，酒喝多了，言行反而更慢条斯理。

　　叶臻在她耳边低声说："如果以你愿意生育为前提。我们的孩子，不论男女，首先要学会承担一个人需要承担的全部责任——哪怕这个学习的过程不那么轻松。可我希望他从小就清楚一件事：如果真的面临选择，我们也永远不会选择放弃他，我们会给他很多很多的爱和自由。"

程杉挨靠着他，听着他说话，内心奇异地平静下来，一点也不因为自己许诺的老宅之行而紧张了。而后，在听见叶臻说到"永远不会选择放弃他"的时候，程杉眼眶发热，眼泪顺着眼角滴落，没入沙发垫中。

从前，程杉和程见溪，都是被放弃的那一个。

她本以为叶臻这样的幸运儿，不会明白自己内心隐秘的恐惧与担忧，可没想到，他全部看在眼里，记在心里。

叶臻又说："这是我之前的想法。可是小杉，如果你仍然害怕，对'生育下一代'这件事隐藏的种种风险所带来的压力，很难克服的话，我们也可以选择代孕或是领养，这些我都能够理解并支持。而且……因为家族遗传病史，所以我的家人们在这一方面非常开明，从我爷爷开始，他就始终强调，在决定'是否孕育后代'这个问题时，占据最高优先级的先决条件，永远是身心健康。"

长久以来，叶臻使用书面语的时间多过口语，恢复训练结束后，极少连贯地说出这么长一段话，所以听上去，他的部分用词和语法还是会让人觉得别扭和生硬。

可他真挚诚恳。

叶臻从不会说，小杉，我要你如何如何。他只会条分缕析地把可以做的选择摆在她面前，告诉她，小杉，你可以如何如何，我会理解你，支持你。

程杉没有料到他已经想得如此细致周全，他宽容得让人心折。这番话把程杉内心所有顾虑的褶皱一一抹平，也让她心里生出莫大的勇气。

叶臻感觉到程杉濡湿的眼角，亲了亲她，问："怎么哭了？"

程杉在叶臻的衣领处瞎蹭，吸吸鼻子，说："我觉得，我快要做好准备了。"

叶臻微讶："什么准备？"

程杉主动贴上去，亲吻他的嘴角，说："与你共度后半生的准备。"

除夕那天，叶臻开车接程杉回了"银杏小镇"。

和程杉前几次来的时候大不相同，春节时分，老宅热闹极了。

院里的停车位不够，叶臻把车停在几百米之外的公共停车位，带着程杉步行回家。

宅院内外挂着大大小小的红灯笼，外部墙壁围贴着一圈"福"字，看着像是手写自制的，笔迹不同，有的苍劲有力，有的潇洒飘逸，有的方正，有的歪斜。程杉顺着墙边，边走边看，很得趣味。

叶臻说："国外年味淡，家离唐人街又远，所以爷爷每年回来祭祖，都要在老宅过完春节再回去。这些福字，都是家里人自己写的，不论是不是写得好，所有人都要写。这样成串地贴起来，每个人都能沾得到福气。"

程杉："哪个是你写的？"

叶臻赧然，指了指近前的一张红纸："我毛笔字写得不好，小时候爷爷没少因为这个说我。"

程杉抿着笑，食指尖点了点偏旁的那一竖，说："你的字怎么这么横端竖正，都没有上提的笔锋。"

叶臻微讶："你懂书法？"

程杉说："其实只练了一学期的'永'字。初中学校开过软笔书法兴趣班，我跟着程见溪报的名。"顿了顿，又道，"他写得好。"

叶臻"嗯"了声，说："我把他临的《滕王阁序》带给爷爷看过，爷爷夸他的字有风骨。"

叶晋瞒着长辈程见溪的存在，也屡次警告叶臻不要在爷爷叶勉跟前瞎说话，可叶臻小时候，还是偷偷把程见溪的书法作品和自己的夹在一起，拿去给爷爷看。

两人在书法上的造诣天差地别，叶勉当然一眼看出来这不是出自叶臻的手笔。叶臻告诉叶勉这是自己朋友的软笔书法作业，拿来找他指点。

然后，叶臻把爷爷的夸赞原封不动地转达给程见溪，还把叶勉送给自己的字帖转赠给程见溪，告诉他是爷爷要送给他的。

程见溪嘴上没说，却很珍视那本字帖。

叶臻心里清楚，程见溪其实很在乎叶家人的认可。他从来没有因为叶家的忽视而自怨自艾，相反的，他总是努力做到最好，来赢得本该属于他的目光。

两人继续走，程杉看见大门右侧的一处空白，迟疑道："这里……"

叶臻说："留给你来写。"

程杉发怔。

叶臻努了努嘴："对称的那个位置，贴的'福'字是南荣邺写的。"

程杉心头一暖，不确定地看着叶臻："这是你的主意？"

叶臻："是爷爷的主意。"他语气轻松，对程杉说，"我这几天在爷爷跟前，端茶送水、捏腰捶腿。他认定我这么乖，是找到了品性高洁、贤良淑德的女孩子为伴，所以很高兴地表示，要在我爸跟前帮我说好话。"

程杉心里晓得这话是叶臻安抚自己的说辞，可仍然好奇他在老人家跟前的形象："听你的口气，你在你爷爷跟前，一直都很皮？"

"嗯，十四岁以前我在他身边的时间多一些，那时候性子野，好动，几乎一刻也停不下来。"叶臻点头，皮得理所应当，"爷爷只对我爸严格要求。对我和小慕，以纵容为主，所以我们都喜欢去看爷爷。"

程杉："……"叶家教育晚辈的逻辑听上去怪怪的，但是好像无法反驳？

两人已经站在大门口，叶臻自然地牵起程杉的手，温声道："走吧，我们去写福字。"

老宅没有程杉想的那么可怕，程杉跟着叶臻，和家里的长辈和小

290

辈挨个打招呼。

先去了院内的茶室，程杉看见男人们在品茶聊天。叶晋也在，看见程杉，先给了个礼貌的微笑。程杉看不出那个笑背后的含义，她顶着他直视的目光，礼貌地问好。

叶晋没多说什么，让叶臻带程杉去楼上见爷爷。

叶臻："好，我们马上就去！"

这下程杉明确地感受到了叶臻的喜悦，不自主地，跟着开心起来。

两人推门进屋，女人们坐在一楼客厅沙发上剥着坚果唠嗑，电视放着只听个响。谈美晴坐在当中，身边是叶臻的表姊和堂姊们，她还和记忆中一样，妆发精致，在家也穿得华贵。

程杉对谈美晴并没有好的改观，来之前已经做好了心理建设——不求和睦相处，只求互不冒犯。

好在，谈美晴对她的态度也是如此：她拿程杉当空气，目光停留在电视屏幕上没有移开过，显然没打算给自己儿子面子。谈美晴这么做，反而比虚情假意更让程杉自在。

姊姊们和颜悦色，就像寻常家里的长辈，大过年的，没有人在这个时候还想着摆什么脸色，只把过节当作头等大事。看见叶臻带了女朋友回来吃年夜饭，第一反应全都是和气地笑。

一轮问候下来，程杉轻轻舒了口气，跟着叶臻又往楼上走。

要去见叶家的大家长了，程杉步子发沉，终于有了见大boss前的紧张，她问叶臻："小慕他们呢？你不是说她和南荣邺都在。"

叶臻："她和其他小辈都在影音厅玩游戏看电影，我们见完爷爷之后再去找他们。"

程杉"哦"了声。

叶爷爷年纪大，腿脚不便利，所以定制了智能轮椅，他坚持自己去各个地方，不喜欢被别人推着走。看见程杉和叶臻上楼来，叶勉在轮椅扶手面板上按了个按钮，就和轮椅一起直奔两人而去了。

程杉刚踏上最后一节台阶，看见个笑眯眯的老人家端正坐着，远远朝自己飞驰而来，在惊讶于轮椅行进速度的同时，心里更是一阵发软。她动了动手指，被叶臻更紧地握住了。

叶臻小声说："别怕。爷爷年轻的时候喜欢飙车，坚持要给轮椅提速。"

老爷子耳力惊人，说："放心，我刹得住。"

那架势，何止是刹得住，恨不得要来个漂移。

程杉"扑哧"笑了，她根本不是害怕，只是觉得感动。在答应叶臻之后，她知道他会尽己所能帮她在家人跟前说好话，只是她没想到，叶臻能做到这一步。

叶晋对她的态度很大程度上要受叶爷爷的影响，而谈美晴，掣肘于叶晋，哪怕对她有再多不满，也不好当着全家人的面发作。他还真是知道这个家谁说了算，不仅知道，还提前帮她荡平前路的障碍。

程杉回握他的手，终于踏踏实实地笑开了。

见完长辈，贴完福字，程杉和叶臻加入到叶慕和南荣邺他们的游戏队伍里去了，平辈人相处起来愉快轻松得多，时间过得飞快。

到晚间，一大家子人聚在一起吃年夜饭。老爷子坐主位，长桌两边挨着坐了四个小家庭的家长，小辈们都坐末席。

程杉挨着叶慕，此时已经能神色自然地和她说笑，长辈们讨论到叶慕和南荣邺的婚事时，还自荐做婚礼总摄影。叶慕不甘示弱，马上说："我哥不先结婚，我不嫁的。"

谈美晴当即冷了脸，可桌上气氛活跃，叶臻的堂弟叶玺起哄："哥，你求婚没啊？不速度点，准妹夫要愁死了。"

叶臻双眸水洗过似的发亮，望着程杉，回答叶玺："当然。"

叶慕吃惊地望向程杉："是不是啊？！我怎么不知道？"

程杉："嗯……"

是求过婚了，而且，是她求的婚。

程杉喝了些酒，两颊发红，旁人看来还以为她是害羞，没再追问细节了。

叶勉心情甚好，前几年家里不知道发生了什么乌糟事，过年时几

292

个小的都没什么活力，尤其是叶臻还不能开口说话，年夜饭也吃得没劲。所以他才极力撮合叶臻和刘家那个叽叽喳喳的小丫头，哪怕躁一点，也想给家里添点生气。

今年好啊，今年好。

叶臻自己找了个合心意的丫头，整个人的精气神都不一样了。他为了让那丫头进门，前几天在自己跟前紧张兮兮的样子，叶勉看在眼里，不是不感慨。

老人家情感充沛，眼中蒙上一层雾气，不由得拿起手边的餐巾擦了擦眼角。清了清嗓子，开口道："阿臻，你们结婚前，记得来一趟洛杉矶。"

程杉和叶臻一同望过去，连谈美晴也不由自主地看向自己这个公公，不知道他有什么话要说。

叶勉语气和蔼："你奶奶留了些东西，我看着有几样和小杉很相配，你拿去，就当是我和你奶奶给你们的新婚礼物。"

叶慕连忙抬起胳膊肘碰碰程杉，比自己拿了好东西都高兴，她小声对程杉道："奶奶从前可是名门望族的大家闺秀，留下来的都是宝贝！"

程杉受宠若惊，一时不知道怎么应对这样的盛情，只好和叶臻一起，给叶勉敬酒道谢。

谈美晴脸色一时极度难看，她作为儿媳妇，可从没听说过婆婆留了什么东西给自己！

叶晋半点反对的意思都没有："婚礼筹备不急在一时，这种事情让他们小的先去商量吧。"

谈美晴一时气不过，刚欲开口，却见身边的男人侧头，瞥了自己一眼。气势凌人的一眼，里面全都是警告。尽管谈美晴用力攥紧了拳头，却被叶晋瞪得一句话都说不出了。

晚饭后，大伙下棋的下棋、看春晚的看春晚，各找各的乐子去了。作为叶家下一年度的准夫妻，叶慕、南荣郏、叶臻、程杉也被"排挤"到房里，过各自的二人世界去了。

这和程杉的设想不太一样，她本以为吃了这顿饭，自己会巴不得赶紧回去，可叶臻家人大多通情达理，家庭气氛比程杉想象中好太多，她竟然没那么想回到自己的公寓里去。

她没提出要走，叶臻就放心了——这说明小杉不排斥他的家人。想到席间她的表现，叶臻甚至觉得程杉挺喜欢这样热闹的氛围。

叶臻与程杉上楼，人声渐渐小了，他问："小杉，晚上要不要留在这里？"顿了顿，说，"明早有好吃的鸡丝面条、鲅鱼水饺和五香茶叶蛋。"

这留宿的意义与往常不同，程杉低笑，没直接回答他，只说："听上去真的很好吃。"

叶臻懂了她的回答，也笑，直接揽过她来，半是感慨半是喜悦："爷爷很喜欢你。奶奶的遗物，他连我妈都没给。"

程杉在他怀里仰头，说："他喜欢我，是因为他很爱你，而你喜欢我。"

这绕口令让叶臻发愣，他低头，亲了亲程杉，纠正她的说辞："爷爷喜欢你，是因为他很爱我，而我很爱你。"

程杉抬起手臂圈着他的脖子，回吻他："好，你比我说得好。"

热恋中的爱人，几番亲吻，气息就都乱了。

叶臻带程杉回自己的房间，路过书房，程杉微微停顿，问叶臻："你书房的密码……5743，是什么意思？"

叶臻没回答她，门一关，就将程杉的双臂举高，压在门上，细碎的吻落下来，嘴上故意逗她："你猜。"

程杉低喘："我不猜。"

叶臻："猜猜嘛……"

突如其来的撒娇让程杉深刻认识到，这男人原来拥有无数副面孔。更让人无所适从的是，她居然拒绝不了这样的叶臻。

程杉："是谐音梗吗？和我有关？"

叶臻贴身去亲吻她的嘴唇，很磨人的亲法，舌头搅得程杉浑身燥热。

叶臻："当然和你有关。"

程杉："……"

叶臻仰起头捧着她的脸又仔细亲过一遍，说："看来是想到了。"

程杉脸颊滚烫，说："吾妻是杉？"

叶臻在她耳边低低地笑了起来，声音愉悦畅快，没说对，也没说不对。

程杉说："叶臻，你变坏了。"

变坏了的叶臻被她一针见血的点评惹得扬起笑来，一把抱起程杉，往床边走。

把程杉放在床上，他单膝跪地，亲吻她光洁的手臂。

到后来，程杉的背贴着叶臻的胸膛，被他抱在怀中，而他的手指在她肩背处一笔一画写着字。

写到第三遍，程杉才反应过来，他在写什么。

程杉半闭着眼，低语："程杉，对不对？"

他在写她的中文名字。

叶臻的声音带着纵情过后的缱绻和慵懒，男人的性感，在于专注与深情，他在程杉耳后温声说："你知道你不在的日子里，我写了多少遍吗？"

程杉，程杉，程杉……这个名字，被时间刻在他灵魂深处，教会他爱也教会他痛，教会他占有也教会他舍弃。

叶臻忍不住握住程杉的手，也在空气里轻画。

禾、呈、木、彡……

他的声音同时响起："笔画数是——5、7、4、3……"

"吾妻是杉"原来还有这样的巧合，程杉心头酸软非常，翻身与他相拥。

她听见叶臻继续说："小杉，第一个发现这个秘密的人，是不是应该被奖励？"

程杉点头。

295

叶臻低笑："奖励什么？"

困意袭来，程杉不记得有没有回答他。只记得在这新旧年的交替中，她在叶臻怀里许下心愿：她要给叶臻一个，最好的程杉。

【番外完】

图书在版编目（CIP）数据

又一程：全2册/粥小九著.——南京：江苏凤凰
文艺出版社，2020.4（2022.4 重印）
ISBN 978-7-5594-4641-1

Ⅰ.①又… Ⅱ.①粥… Ⅲ.①长篇小说–中国–当代
Ⅳ.① I247.5

中国版本图书馆 CIP 数据核字 (2020) 第 036205 号

又一程（全2册）

粥小九 著

选题策划	北京记忆坊文化
特约策划	朱 雀
特约编辑	朱 雀
营销编辑	杨 迎
责任编辑	白 涵 刘洲原
封面绘图	恰克飞鸟
封面设计	80 零·小贾
版式设计	天 缈
出版发行	江苏凤凰文艺出版社
	南京市中央路 165 号，邮编：210009
	http://www.jswenyi.com
印　　刷	三河市国新印装有限公司
开　　本	880 毫米 × 1230 毫米 1/32
印　　张	18
字　　数	543 千字
版　　次	2020 年 4 月第 1 版　2022 年 4 月第 2 次印刷
书　　号	ISBN 978-7-5594-4641-1
定　　价	59.80 元（全二册）

江苏凤凰文艺版图书凡印刷、装订错误可随时向承印厂调换

MEMORY
HOUSE